{ ANDRÉ MATH

La Saga des Grégoire

Tome 2

La maison rouge

Les Éditions

Coup d'œil

Du même auteur, aux Éditions Coup d'œil :

La Tourterelle triste, 2012
L'été d'Hélène, 2012

La saga des Grégoire
1- La forêt verte, 2012
2- La maison rouge, 2012
3- La moisson d'or, 2012
4- Les années grises, 2012
5- Les nuits blanches, 2012
6- La misère noire, 2012
7- Le cheval roux, 2012

Aux Éditions Nathalie :
Plus de 60 titres offerts, dont *Aurore*,
la trilogie du Docteur Campagne et les Paula

Couverture : Camille Ponton
Conception : Geneviève Nadeau et Sophie Binette
Correction : Pierre-Yves Villeneuve

Première édition : © Éditions Nathalie, 2004
Pour la présente édition : © Les Éditions Coup d'œil, 2012

Dépôt légal : 3ᵉ trimestre 2012
Bibliothèque et Archives nationales du Québec
Bibliothèque nationale du Canada
Imprimé au Canada

ISBN : 978-2-89690-375-7

Pour bien connaître l'amour, il faut, après s'être trompé une fois, pouvoir réparer son erreur.
Léon Tolstoï

Cœur las de haïr n'apprendra jamais à aimer.
Nikolaï Nekrassov

Un clocher dans la forêt

La maison rouge s'inspire de l'ouvrage intitulé *Un clocher dans la forêt* par Hélène Jolicœur, petite-fille d'Émélie Allaire et Honoré Grégoire, figures centrales de cette saga familiale, et Canadiens français de bonne souche.

Hélène a elle-même basé ses écrits sur divers témoignages et fait preuve d'une grande authenticité dans sa recherche sur la famille Grégoire.

Mon regard sur ma paroisse natale où vécurent les Grégoire, s'ajoutant à celui d'Hélène sur cette grande famille beauceronne, donnent une œuvre qui tient autant du roman biographique que de la fiction. Mais ce qui compte d'abord, c'est l'esprit qui animait ces gens d'autres époques, mentalités qui furent si bien comprises par Hélène, et que j'ai tâché de rendre avec mes yeux d'enfant de 1950 et ma plume de maintenant.

J'ai dédié *La forêt verte*, premier tome de la série, à la mémoire de Berthe Grégoire, mère d'Hélène Jolicœur.

Le second, *La maison rouge*, est à la mémoire d'Alfred Grégoire, un grand personnage de mon enfance.

Le troisième, *La moisson d'or*, à celle de Bernadette Grégoire, un être exceptionnel qui a eu l'une des plus belles places dans mes ouvrages et dans mon cœur à ce jour.

Les suivants seront dédiés à la descendance.

André Mathieu

Chapitre 1

Rêveurs et penseurs furent nombreux depuis les lointaines cavernes à croire à l'enchevêtrement de tous les destins des hommes et à leurs interactions universelles sans égard à la distance et au temps qui les séparent.

Certaines destinées s'influencent de près, affirmaient-ils. C'est ainsi que la fracture de la jambe de Marie Allaire devait faire éclater l'amour de sa sœur Émélie et du commis Honoré Grégoire au grand jour des deux intéressés. Bien que pour leur image publique et aussi pour les bonnes affaires du magasin, il eût été préférable que ce sentiment demeurât sous cape encore bien du temps, l'important était pour la blessée qu'ils ne soient plus jamais à couteaux tirés comme auparavant.

Première à croire aux liens de cause à effet entre tous les êtres vivants de la planète, avec pour lien suprême Dieu lui-même et son Fils mort en croix pour la rédemption des péchés des hommes, Marie offrait ses souffrances pour que dure toujours ce sentiment enfin exprimé entre sa sœur aînée et le beau grand commis du magasin. Et maintenant que la douleur était devenue tolérable grâce aux bons soins du ramancheur Rémi Labrecque et peut-être aux visites que lui faisait trois fois par jour Honoré dont on avait su par Séraphie, l'épouse de Grégoire Grégoire, qu'il possédait la fleur de lys soit le don de guérison, étant septième fils d'affilée de Thomas Grégoire, elle avait beau être clouée sur son lit, elle souriait de bonheur, un bonheur venu de sa bonté, de sa générosité, de son esprit de sacrifice.

Et sans le savoir, le propre destin de Marie était relié à celui, bien triste, d'une autre femme portant le nom de Marie, en fait Mary, et qui agonisait à l'âge de 64 ans à des centaines de milles de là.

Cette femme moribonde était, vingt ans auparavant, l'épouse d'un président américain qui menait la guerre. Elle exerçait une influence sur toutes ses décisions. Et c'est par l'une de ces décisions que le soldat Jean Genest avait dû se retrouver dans un régiment ravagé par la tuberculose. Et c'est aux alentours de Gettysburg que ce jeune Canadien français avait contracté le bacille de Koch qui avait longtemps dormi en lui, mais s'était réveillé quand le personnage, à force de misère physique et morale, s'était affaibli. Et, deux ans plus tôt, le déserteur de l'armée de l'Union, Jean Genest, établi sur un lot du Petit-Shenley avait transmis ce bacille de mort à Marie Allaire à travers la jeune et ô combien inoffensive chatte Mousseline.

Tissage de destinées. Marie et Mary, toutes deux clouées au lit en cette nuit du 15 juillet, regardaient l'obscurité environnante avec une grande et pure espérance. L'une de vivre des années heureuses, peut-être avec Georges Lapierre ; l'autre d'entrer dans une éternité heureuse, peut-être aux côtés de son époux assassiné voilà dix-sept ans au théâtre Ford de Washington.

Marie Allaire ferma les yeux pour dormir.

Mary Todd Lincoln ferma les siens pour mourir.

∞∞∞∞

Honoré s'était toujours retenu de chanter au travail, à moins de se trouver sur la route des livraisons ou des réapprovisionnements, afin de ne pas indisposer les Allaire ou leur clientèle. Mais voici que pour oublier chaleur et sueur alors qu'il finissait ce jour-là de tout ranger, de tout ordonner, de tout dépoussiérer dans le hangar, son cœur heureux lui commandait de lancer de sa voix d'église des chants si entraînant que tous ceux qui les entendaient s'arrêtaient pour écouter… religieusement.

Et les uns de rire aux éclats de voix d'une étonnante puissance ; et les autres de s'amuser fort aux mots de certaines chansons dont celle qu'entonnait en ce moment Honoré.

Quand j'étais chez mon père
Le p'tit Latour, tous les Latour d'lour d'lour
Quand j'étais chez mon père
Garçon à marier
Garçon à marier (bis)

Marie était aux premières loges vu que la porte de sa chambre laissée grande ouverte aspirait les élans du chanteur qui se glissaient par la porte entrouverte du hangar. Émélie, là-bas dans le magasin, entendait sans sourciller. Elle n'avait pas parlé à Honoré depuis le baiser obligé de la veille, et le rouge lui montait au front rien que de penser au moment où ils se verraient, ce qui se produirait forcément dans les heures à venir. Il entrerait boire. Il viendrait lui demander ce qui restait à être fait comme ménage du hangar, voudrait qu'elle vienne examiner son travail de trois jours. Il ne fallait pas qu'il soit au magasin pour un jour ou deux. Tiens, elle l'enverrait peut-être astiquer des voitures d'été encore à vendre et parquées dans la grange-entrepôt.

Honoré avait le cœur tout en joie, heureux de l'avoir enfin vidé devant sa bien-aimée. Et si elle devait le faire renvoyer pour ça, il en aurait au moins le cœur net malgré la souffrance qu'il endurerait. Et retournerait à Saint-Isidore : son oncle Magloire lui donnerait aussitôt du travail à son magasin. Ou à Scott chez son frère Godefroy. Il poursuivit sa joyeuse chanson :

Je n'avais rien à faire
Le p'tit Latour, la p'tite Latour, tous les Latour d'lour d'lour
Je n'avais rien à faire
Qu'une femme à chercher
Qu'une femme à chercher (bis)

Il sortit un tiroir de sa glissière, le vida sur l'établi. Vis, clous de diverses grosseurs devaient être classés, mais malgré sa jeunesse, il ne voyait pas bien en raison de la demi-obscurité qui sévissait dans le hangar où le seul éclairage venu de la porte arrière ouverte à grandeur ne suffisait pas pour permettre un travail de précision. Qu'à cela ne tienne, il se rendit prendre le fanal dans le petit réduit de la cuve-bain et l'alluma sans s'arrêter de chanter haut et fort :

À présent j'en ai-t-une
Le p'tit Latour, la p'tite Latour, pépére Latour, tous les Latour
d'lour d'lour
À présent j'en ai-t-une
Qui me fait enrager
Qui me fait enrager (bis)

À 17 ans, Honoré possédait la maturité d'un homme de 30 ans et son instruction lui conférait une autorité d'homme de 40. Son talent d'orateur révélé un soir d'automne à la boutique Foley, loin de s'éteindre avec le feu de forge, avait été amplifié par le bouche à oreille. D'aucuns, sans même l'avoir entendu, allaient jusqu'à le comparer à celui de Wilfrid Laurier, ce politicien à la langue d'argent dont on avait tant parlé quelques années auparavant et dont Honoré prédisait le triomphal retour quelque part dans un futur pas si lointain.

Ell' m'envoye à l'ouvrage
Le p'tit Latour, la p'tite Latour, pépére Latour, mémére Latour,
tous les Latour d'lour d'lour
Ell' m'envoye à l'ouvrage
Sans boire ni manger
Sans boire ni manger (bis)

Émélie avait bien dormi après avoir dit tout haut dans le secret de sa chambre : « Je pense que je t'aime, Honoré Grégoire… » Mais le matin venu, elle s'était dit qu'il lui fallait bien entreposer ce sentiment le temps nécessaire. Pas question de mariage même à son âge, même à 16 ans, alors que bien d'autres comme Clorince Tanguay y avaient déjà plongé tête première et tant mieux si elles y trouvaient leur bonheur. Mais il lui faudrait côtoyer Honoré quotidiennement et l'abbé Quézel avait beau ne pas faire les gros yeux de l'abbé Faucher, il fallait montrer belle image au regard des bonnes mœurs. Et donc garder sinon une haute barrière entre elle et lui, du moins une distance constante. Comme les deux rails d'une voie ferrée… Il fallait qu'elle lui en parle, qu'elle l'en avertisse… La clochette sonna. Un nouveau client. C'était Marie-Rose Larochelle…

Quand je reviens d'l'ouvrage
Le p'tit Latour, la p'tite Latour, pépére Latour, mémére Latour,
mon oncl' Latour, tous les Latour d'lour d'lour
Quand je reviens d'l'ouvrage
Tout mouillé, tout glacé
Tout mouillé, tout glacé (bis)

– Mon doux Seigneur, y a du monde heureux au magasin général! s'exclama la visiteuse.

Émélie leva une épaule:

– C'est notre commis qui fait du ménage puis qui trouve ça ennuyant. Un homme, faire du ménage, c'est forçant, je vous dis, madame Larochelle.

Marie-Rose sourit et approuva solidement du regard et d'un signe de tête. Puis Émélie comprit sa question silencieuse et y répondit:

– Papa est pas là aujourd'hui, il est allé à Saint-Évariste chercher des produits. Peut-être qu'en retournant chez vous, vous allez le rencontrer.

– Ah, j'ai pas affaire à lui du tout. J'sais pas ce qui te fait dire ça.

Émélie patina:

– Des fois, les clients aiment mieux être servis par lui, vu que j'ai rien que 16 ans.

Marie-Rose mit sa main sur celle de la jeune fille et dit avec abondance du cœur:

– Y a personne mieux que toi pour nous servir au magasin.

– Pas même notre commis?

– Pas même lui. Mais il chante pas mal bien par exemple… ça, faut lui donner ça…

Je m'assois sur la porte
Le p'tit Latour, la p'tite Latour, pépére Latour, mémére Latour, mon
oncl' Latour, ma tant' Latour, tous les Latour d'lour d'lour
Je m'assois sur la porte
Comme un pauvre étranger
Comme un pauvre étranger (bis)

Marie se mit à tousser et ne put guère entendre ce que se disaient Émélie et sa cliente, d'autant qu'elle préférait pour le moment écouter le commis chanter comme un ténor, sur une voix exagérée qui rendait l'histoire racontée par la chanson encore plus irrésistiblement drôle pour elle.

Rentre, mon Noré, rentre,
Le p'tit Latour, la p'tite Latour, pépére Latour, mémére Latour, mon oncl' Latour, ma tant' Latour, cousin Latour, tous les Latour d'lour d'lour
Rentre, mon Noré, rentre
Rentre te réchauffer
Rentre te réchauffer (bis)

Sans la présence de Marie-Rose au magasin et si elle y avait bien réfléchi, peut-être qu'Émélie aurait deviné que le commis avait choisi cette chanson à dessein. Et ce qui lui aurait mis la puce à l'oreille était cette licence que le jeune homme s'était permis en gommant le nom Jean de la chanson originale et le remplaçant par celui de Noré, donc le sien, et amputé de surcroît. Se moquer de soi-même apaise les peurs de l'autre et Honoré savait cela, lui qui en était venu parfois à se désigner lui-même comme le kid de Saint-Isidore, ce qui un jour avait désarçonné Georges Mercier, l'inventeur de cette expression narquoise.

Soupe, mon Noré, soupe,
Le p'tit Latour, la p'tite Latour, pépére Latour, mémére Latour, mon oncl' Latour, ma tant' Latour, cousin Latour, cousine Latour, tous les Latour d'lour d'lour
Soupe, mon Noré, soupe,
Pour moi, j'ai bien soupé
Pour moi, j'ai bien soupé (bis)

Dehors arrivait au magasin et attachait le cheval à un œil de fer fixé au mur le couple Henri Jobin dont la femme Restitue se sentait le cœur broyé chaque fois comme en ce moment qu'elle apercevait la petite croix blanche penchée marquant la tombe de sa petite-fille Octavie Beaudoin dans le cimetière voisin.

— Pauvre petite Octavie!... Mais... mais peut-être qu'elle s'amuse avec d'autres petits anges comme elle... et rit fort comme quand on la gardait des fois...

— Ça doit être ça! Ça doit être ça!

La voix d'Honoré que le pas du cheval et le bruit des roues de la voiture avaient gardée en arrière-plan leur parvenait maintenant après être sortie par la porte du hangar et avoir fait le tour de la bâtisse par les deux côtés et jusque par-dessus le toit.

— Y a du monde heureux par icitte! s'exclama Henri en descendant. On va aller voir ça de proche.

J'ai mangé deux oies grasses
Le p'tit Latour, la p'tite Latour, pépére Latour, mémére Latour, mon oncl' Latour, ma tant' Latour, cousin Latour, cousine Latour, mon frére Latour, tous les Latour d'lour d'lour
J'ai mangé deux oies grasses
Et trois pigeons lardés
Et trois pigeons lardés (bis)

Et voici qu'après les Jobin s'amena un client rare: le curé Quézel. La timidité en faisait un reclus et quand il n'administrait pas les sacrements ou n'était pas requis autrement par les devoirs de sa tâche, il couvait le presbytère où il se livrait à de la méditation et de la contemplation dans un univers de mysticisme.

Il salua Marie-Rose, Émélie, Restitue et Henri Jobin puis se mit à examiner de la vaisselle. Et pourtant, il ne venait pas pour acheter quoi que ce soit, mais se sentait fort embarrassé et le paraissait. Et il hésitait à confier à Émélie la raison véritable de sa visite. Arrivé entre deux couplets, il put entendre le suivant par Honoré:

Les os sont sur la table
Le p'tit Latour, la p'tite Latour, pépére Latour, mémére Latour, mon
oncl' Latour, ma tant' Latour, cousin Latour, cousine Latour, mon
frére Latour, ma sœur Latour, tous les Latour d'lour d'lour
Les os sont sur la table
Si tu veux les manger
Si tu veux les manger (bis)

D'autres clients vinrent. La circulation entre les étagères n'était guère possible, aussi Émélie invita-t-elle ceux qui étaient les moins pressés à se rendre attendre et boire de l'eau à la cuisine où ils pourraient s'attabler pour jaser comme ils aimaient le faire.

– Pis si vous voulez rendre visite à Marie, ma sœur qui s'est cassé la jambe, sa porte de chambre est ouverte et elle sera contente de vous voir.

Restitue, Marie-Rose et l'abbé Quézel agréèrent à la suggestion et furent bientôt dans la chambre sombre où Marie les accueillit avec une joie évidente. Mais l'on resta sans parler : la voix d'Honoré s'y faisait beaucoup plus présente.

Noré baisse la tête
Le p'tit Latour, la p'tite Latour, pépére Latour, mémére Latour, mon
oncl' Latour, ma tant' Latour, cousin Latour, cousine Latour, mon
frére Latour, ma sœur Latour, Fanfan Latour, tous les Latour d'lour
d'lour
Noré baisse la tête
Et se met à brailler
Et se met à brailler (bis)

Tous, dans la chambre comme dans le magasin, y compris l'abbé Quézel, se mirent à rire. Et tant qu'à faire, on attendit que se termine la folle chanson par le prochain et dernier couplet.

Braille, mon Noré, braille
Le p'tit Latour, la p'tite Latour, pépére Latour, mémére Latour, mon
oncl' Latour, ma tant' Latour, cousin Latour, cousine Latour, mon
frére Latour, ma sœur Latour, Fanfan Latour, la tour de Babel et
toutes les tours d'lour d'lour
Braille, mon Noré, braille
Et moi, je vais chanter
Et moi, je vais chanter (bis)

Honoré qui par sa chanson lancée à pleins poumons voulait faire
rire Marie et rassurer Émélie n'imaginait pas qu'il pût avoir autant
d'auditeurs, et il s'en rendit compte quand la porte fut poussée par
Henri Jobin et que lui parvinrent de nombreux applaudissements.
Il accourut, entra dans la cuisine et sous des applaudissements
encore plus nourris, salua comme un mousquetaire en répétant:

— Excusez-la…

Le prêtre qui avait béni Marie en lui prodiguant un mot
d'encouragement, interpella Honoré et se rendit avec lui dans un
coin près de la pompe à eau de l'évier pour lui parler à voix basse.
Ceux de la table, Marie-Rose, Restitue et Séraphie, l'épouse de
Grégoire Grégoire, purent voir les hochements de tête négatifs du
jeune homme et se demandaient bien pourquoi le curé s'adressait
ainsi à lui dans pareille discrétion. Sans doute pour lui adresser des
reproches, songea Restitue qui avait elle-même la culpabilité à
fleur de peau.

Mais la voix d'Honoré s'éleva:

— Écoutez, monsieur le curé, j'sais pas qui c'est qui vous a conté
ça, mais…

— L'as-tu déjà fait? insista le prêtre qui levait la voix.

— Je l'avoue, oui, je l'ai fait.

— Quoi dire de plus, mon ami? Le temps pour toi est venu
d'agir. Tu ne peux pas t'y soustraire. C'est plus qu'une demande…

L'inquiétude grandissait vite chez les gens. Même Émélie bridait sa patience et rongeait son frein. Sûrement que le prêtre agissait comme l'abbé Faucher et dénonçait la moralité du jeune homme pour mieux l'enfermer entre les quatre murs des commandements de Dieu!...

– Mais j'ai pas ce qu'il faut! jeta Honoré avec ses bras impuissants lancées en l'air.

– Moi, j'ai vu ce qu'il faut… en avant… dans le magasin.

C'était la confusion totale chez les personnes présentes. Honoré, enrôlé de force par le prêtre, se rendit dans la pièce du magasin et revint, tenant dans sa main droite une paire de pinces menaçantes. Il demanda :

– Mesdames, si vous voulez retourner au magasin.

Et il cria :

– Mademoiselle Émélie, auriez-vous des linges propres à nous fournir ?

Elle s'empressa de venir mettre son nez par-dessus la cloison :

– Pourquoi faire donc ?

– Parce que…

Le prêtre coupa en disant d'une voix qu'on ne lui connaissait pas :

– Parce que je l'oblige à m'arracher une dent… qui fait mal à mourir depuis une semaine…

Jamais de toute sa vie, Émélie n'avait ressenti un tel soulagement à entendre quelqu'un, même un curé, parler de sa souffrance.

– Il est capable, approuva Séraphie en quittant la pièce. Son père lui a montré comment faire pis à Saint-Isidore, il en a arraché pas mal… des saines, des pourries…

La réputation d'Honoré à cet effet avait fait le tour de la paroisse et avait même traversé les volets clos du presbytère. L'abbé Quézel avait eu beau offrir ses souffrances à Dieu en rédemption de ses péchés et de ceux du monde, la douleur avait fini par lui indiquer le chemin du magasin… et du soulagement que lui procurerait le jeune bras puissant d'Honoré.

– C'est pas des pinces exprès pour les dents, protesta le jeune homme.

– Des pinces, c'est des pinces! affirma le curé qui prit place sur une chaise à côté de la table.

Il semblait que la timidité avait déserté le curé et que la douleur de sa dent malade avait injecté une substance anesthésiante à son embarras coutumier. Dès l'instant où Honoré avait opposé à sa requête une hésitation négative fondée sur sa crainte de faire souffrir un prêtre, Quézel s'était transformé en personnage autoritaire, et cette nouvelle disposition ne retrouverait les tréfonds de son âme qu'avec l'évulsion de cette maudite molaire.

Des têtes, dont celle de la grande Émélie, s'alignèrent derrière la cloison pour le voir souffrir et guérir, pour regarder couler le sang pur d'un saint curé, pour scruter la musculature du jeune Honoré. La séance de torture obligée ferait événement dans les annales paroissiales.

Le dentiste improvisé vint se mettre à côté de l'abbé. Il appuya sa hanche contre son épaule pour y prendre appui solidement et pouvoir appliquer toute la pression arracheuse.

– Ben… ouvrez la bouche, d'abord que c'est de même!

Quézel aussitôt y mit toutefois le doigt pour pointer la coupable. Il émit un son bancroche. L'œil d'Honoré brilla :

– Je la vois : elle commence à se gâter, on dirait…

– Ouè, c'est celle-là, approuva l'autre en zigonnant sur ses cordes vocales.

– Émélie, lui lança Honoré, vous auriez pas du p'tit blanc quelque part. Une rasade pour monsieur le curé, ça engourdirait un peu…

– Sûr que j'en ai : j'en prépare une tassée.

Quézel s'insurgea :

– Non, je ne bois aucune boisson alcoolique… je n'en bois jamais à part le vin de messe.

– C'est un remède, voyons donc! objecta Honoré.

Émélie qui n'avait pas entendu la protestation du prêtre se rendit derrière son comptoir y vider dans une tasse l'élixir du soulagement.

– Envoye de même! ordonna Quézel.

– Au moins priez pour que ça fasse moins mal!

– Dis-moi que ça fera pas mal et ça fera pas mal.

Mais Honoré se tut car son bras parlait maintenant le plus fort. Il introduisit les mâchoires de l'instrument qui agrippèrent la dent. Et aussitôt, il tira en tordant avec toute la force de son biceps.

La douleur fut bien pire que celle d'un péché mortel. L'abbé crut défaillir. Il se mit à respirer par à-coups comme un chien. Rien ne changea quoi que ce soit à l'intolérable souffrance et il ne songeait même plus à l'offrir pour la rédemption de ses péchés. Il se produisit un coup sec et un son gravoiteux. Ce fut pour Quézel le couronnement de la douleur. Au moins la mise à mort de cette dent de malheur avait-elle été accomplie.

Leurre. Et erreur!

– Je l'ai pétée en deux morceaux la m… je veux dire que la dent s'est cassée. C'est pas des pinces ben yable, je vous l'ai dit…

– Parle pas du yable, mon ami, pis hale encore! lança le prêtre au visage devenu cramoisi.

Émélie vint poser une petite cruche de grès sur la table ainsi qu'une tasse à demi pleine de whisky. L'abbé perdit tout remords que les prêcheurs de la tempérance, émules de Chiniquy, avaient pu semer au fond de lui, remords qui pousserait comme un champignon s'il avait un jour l'idée saugrenue de l'arroser à l'alcool.

Il prit la tasse et but trois fois en pensant aux chutes de Jésus sur le chemin de croix mais sans faire aucun lien entre les deux. Puis présenta de nouveau sa bouche ensanglantée et abominablement souffrante.

– Manque pas ton coup: fais ce qu'il faut faire.

Honoré s'adressa aux spectateurs et leur demanda de dire tous en chœur: ça fait pas mal, ça fait pas mal, ça fait pas mal…

En même temps, le curé répétait en lui-même : mon Dieu, soulagez cette douleur…

Le dentiste se remit à l'ouvrage. Il saisit le morceau de molaire qui avait résisté et tira en serrant ses propres mâchoires. La dent vint. Il l'exhiba triomphalement. La posa sur un linge avec les pinces. Déchira un morceau de guenille et le mit dans le trou afin d'empêcher l'hémorragie et pour faire cesser la coulée de sang au plus tôt.

Le visage du prêtre avait passé du rouge au blanc cireux en passant par le vert très pâle.

– Perdez pas connaissance, là, vous : c'est fini. Terminé. *Over*…

– Non, non… je… tiens le coup… J'ai demandé au bon Dieu de soulager ma douleur et il l'a fait…

Il est vrai, songeait Honoré, que c'est le bon Dieu qui lui avait donné de la force dans le biceps, qui avait donné à l'homme le génie de se fabriquer des pinces, aussi du whisky avec ses propriétés lénifiantes, mais il ne pensa pas que l'action la plus déterminante dans ce soulagement avait été le pouvoir de suggestion des personnes présentes. L'eût-il fait qu'il aurait aussitôt associé ce pouvoir intermédiaire à celui du Tout-Puissant.

La prière du prêtre dont il venait de parler devint pour la plupart la potion magique ayant atténué sa souffrance. D'aucuns dont Émélie en étaient toutefois un peu moins certains…

Malgré tout, cette fleur de lys, ou pouvoir de guérir, dont on disait Honoré dépositaire, prit du galon dans le livre de sa bonne réputation…

Toutefois, le jeune homme jura de ne jamais plus extraire une dent à froid ou presque, comme il venait de le faire sur ordre de l'abbé Quézel. Après tout, l'éther et le chloroforme étaient utilisés depuis plusieurs décennies déjà et il suffirait à Édouard de s'en procurer quand il se rendrait acheter dans le gros à Québec. Il lui en parlerait à la première occasion. Pourquoi souffrir quand on peut l'éviter ? La reine Victoria elle-même en avait donné l'illustre exemple en se faisant chloroformer à chacun de ses accouchements à partir de son septième enfant.

Mais les gens seraient-ils prêts à payer pour une substance anesthésiante? En avaient-ils les moyens? Questions auxquelles l'avenir prochain se chargerait de répondre...

∞∞∞∞∞∞∞∞

Chapitre 2

Le curé Quézel libéré de sa dent malsaine, les clients servis à leur satisfaction, Marie endormie dans sa chambre, Émélie rendit visite au commis qui en arrivait à la toute fin de son ménage du hangar. Elle avait pour prétexte de s'enquérir s'il avait fait de la bonne ouvrage.

Ils ne s'étaient toujours pas parlé privément depuis ce baiser volé, méfait dont Émélie ne s'était encore plainte à personne. Il l'entendit pousser la porte et entrer. Elle brandit un drapeau sans annoncer ses vraies couleurs:

— Je viens voir si t'as bien fait ça.

— Sais pas si c'est O.K., mais c'est le mieux que je peux.

— La religieuse à l'école Modèle disait qu'on peut toujours faire mieux.

— Un professeur du collège nous disait que parfois le mieux est l'ennemi du bien.

— En tout cas, t'as bien réussi avec la dent de notre cher monsieur le curé.

— Je l'ai fait souffrir passablement, le pauvre.

— C'est sa dent qui le faisait souffrir, pas toi.

— Oui, mais…

Elle prit le fanal et changea le sujet:

— J'examine pour dire à papa que tout est beau.

— Vas-y, Émélie!

Ce qu'elle fit en silence à pas lents et feutrés. Un silence qu'il ne voulut pas rompre. Puis elle revint à lui qui avait le dos tourné.

— T'as rien à me dire, Honoré.

— Je remarque que tu me tutoies : tout un progrès !

— Devant le monde, je continuerai de dire «vous» en espérant que tu feras la même chose.

— Aucune objection. Ça mettra du piquant dans nos échanges… Et moi qui pensais que tu me ferais jeter dehors par ton père.

— À cause d'hier ?

— On a appris quelque chose tous les deux, je pense. Et puis… comme ça se reproduira pas…

Honoré sourit pour lui-même en ajoutant :

— Ben… disons une fois par semaine ?

— C'est pas parce que le curé est pas sévère qu'on va…

Il se tourna, soulagé et déterminé :

— On sera des enfants sages, Émélie. Je te le promets. Je dois te dire que ce qui est arrivé… ben c'était plus fort que moé… T'es trop belle, Émélie… les gars rôdent trop… j'ai voulu te dire que je suis là… même si quand on voit une personne tous les jours, on vient à oublier qu'elle est là…

Elle le regarda de ses yeux toujours un peu tristes, mais où pointait le bonheur :

— J'oublie jamais que t'es là, Honoré… et je veux dire qu'à compter d'aujourd'hui, je t'appellerai toujours Honoré, jamais plus Noré.

— Ni le kid de Saint-Isidore ? blagua-t-il, l'œil pétillant.

— Ni Jesse James en chapeau.

— Parce que tu m'as appelé comme ça itou ?

— Des fois, avoua-t-elle sans remords.

— Asteur qu'on a fait la paix, je voudrais te dire quelque chose au sujet de Marie… je travaille ses béquilles pis elles vont être prêtes ça sera pas long… aussi je pense que vu qu'elle doit garder le lit pis qu'il fait pas mal chaud en dedans… et que y a aucune fenêtre dans sa chambre, je pourrais percer une ouverture dans la porte entre la maison pis le hangar… Ça ferait circuler du bon air frais et t'en profiterais aussi dans la cuisine et dans le magasin.

– C'est vrai, ils auraient dû en percer une quand ils ont bâti le hangar. Papa avait parlé des voleurs qui auraient la vie plus facile pour entrer dans le magasin, mais des voleurs, par ici, ça n'existe pas. Tout le monde est honnête…

– Si quelqu'un se faisait prendre à voler, il serait obligé de s'en aller vivre ailleurs qu'à Saint-Honoré-de-Shenley.

– Espérons que ça sera toujours de même !

– Je le croirais…

∞∞∞∞

Marie-Rose garda sa jument au petit pas sur le chemin du retour; de cette façon, elle augmentait les chances de croiser Édouard quelque part entre le village et l'entrée du rang 10. Mais le hasard devait compter avec l'heure peu avancée du jour et les tâches nombreuses que devait accomplir le marchand du côté de Saint-Évariste.

Les voix du cœur exercent peut-être une influence plus grande qu'on ne le croit sur le maître de toutes les destinées, toujours est-il que sur le dessus de la côte à Grégoire Grégoire, la femme aperçut au loin sur le chemin de la Grand-Ligne venir un attelage qu'elle crut être le bon, soit celui qu'elle espérait croiser.

On était bien loin de la fourche de Sainte-Hénédine et encore plus distancé par le temps passé depuis cette grande émotion qu'ils avaient tous les deux ressentie en de si brèves circonstances mais qui avaient suffi à buriner leur cœur à tout jamais.

La femme fit s'arrêter la voiture là même pour que la jument s'alimente à même le foin sauvage clairsemé qui poussait au flanc d'un button sablonneux frôlant la route.

C'était bien lui, c'était Édouard Allaire; malgré l'évidence, elle n'en était pas sûre encore. Lui la reconnut sitôt qu'il aperçut l'attelage sur les hauteurs. À ce moment, il mit son cheval au trot.

C'est le cœur de Marie-Rose qui lui donna l'assurance que c'était bien lui. Elle jaugea les distances et sut que même à repartir tout de suite, ils se croiseraient tout près de l'embranchement du rang 10; alors elle clappa...

Ils firent les étonnés quand les deux voitures s'arrêtèrent à hauteur une de l'autre.

– J'arrive du magasin.

– Pis moé, j'y retourne.

– J'ai pris des nouvelles de Marie: ça a d'l'air que ça va aller mieux pour elle?

– La pauvre enfant, elle a pris une méchante débarque dans l'escalier. C't'idée de bâtir un escalier à pic de même itou.

– Un accident, ça arrive! soupira la femme.

– Ben content de te rencontrer aujourd'hui.

– Les affaires vont toujours bien?

– On devrait se parler plus souvent, Marie-Rose.

Elle plissa les yeux à cause du soleil dans le ciel et dans son cœur:

– On s'est tout dit la dernière fois.

– On va mourir, pis on se sera jamais tout dit.

– On aurait toujours quelque chose à se dire, penses-tu?

– Tu penses pas?

– Peut-être... Mais...

Édouard qui avait appris à lire la tristesse dans le regard de Pétronille naguère trouva cette même lueur dans celui de Marie-Rose malgré tout ce qui brillait aux alentours y compris sa longue robe d'un bleu que le ciel devait lui envier.

– Tout va-t-il comme tu veux, Marie-Rose? Clément, les enfants? Le barda?

– Eux, oui...

– Toé?

– Pas plus qu'il faut. C'est pas les chars.

L'homme s'inquiéta. Il se tourna pour voir s'il ne venait pas une autre voiture, mais rien aussi loin que son regard ne pouvait balayer l'horizon.

– La santé ?

– Quand ça va pas comme on voudrait, quand ça va pas comme il faut, c'est rare que c'est pas la santé, Édouard.

– T'es allée voir le docteur toujours ?

Il s'agissait là d'une façon discrète pour l'homme de chercher à connaître la nature du mal dont souffrait cette femme qu'il aimait en secret depuis un quart de siècle. Certes, il y avait lassitude dans ses yeux et son teint n'était plus la splendeur de naguère, mais il ne fallait tout de même pas se trouver à l'article de la mort pour venir seule au village, ce qui voulait dire atteler, voyager, mener le cheval, marcher, visiter des amies, retourner à la maison, dételer...

– Pas encore ! fit-elle en regardant le mont Adstock dont la ligne bleue découpait l'horizon lointain. Faudrait aller à Saint-Georges...

– Y a un docteur asteur à Saint-Évariste... pis c'est collé su' vous autres... Allez-y direct par l'ancien chemin... même pas besoin de faire le tour par la Grand-Ligne ! Clément te refuse pas le docteur toujours ?

– Il le sait pas que j'suis malade de même.

– C'est pas à lui que t'aurais dû le dire avant de me le dire à moé ?

– J'ai pensé à ça pis j'me suis dit que non. Ce qu'il sait pas, ça y fait pas mal. Quant à toi, Édouard, j'sais que tu m'aimes assez pour vivre ça avec moi. Si le pire s'en vient, tu vas me tenir par la main, d'âme à âme...

– Viens toujours pas me dire que tu te sens en danger de mort, là !

– On sait pas, Édouard. Tu sais, dans la cinquantaine pis la soixantaine, ça tombe comme des mouches.

– Ben moé, je m'attends de vivre à 80 dans le p'tit moins.

– Moi non !

– Je te le demande carré : c'est quoi que t'as donc pour parler de même ?

– C'est des malaises qu'on dit rien qu'au docteur.

– Ben tu vas t'arranger pour aller le voir ou ben moé, je vas m'en mêler.

– C'est pas rien d'aller à Saint-Georges…

– Pour moé, c'est rien : j'y vas une fois par semaine, des fois deux. Ça fait que tu vas dire à Clément que tu viens me rejoindre au village lundi matin de bonne heure… pis tu vas venir avec moé. Tu pourras retourner chez vous avant la noirceur ou ben tu coucheras au village su' ton amie Agathe, la femme à Prudent.

– C'était pas mon intention de te demander ça, là.

Édouard leva les bras au ciel :

– Je le sais, Marie-Rose, je le sais ben. Mais c'est comme ça qu'on va faire. Pis va falloir que tu dises à ton mari que tu vas pas ben pis qu'il faut que tu voies un docteur. Il va être le premier à me donner raison… Dis-moé que tu vas faire ça de même, Marie-Rose !…

De nouveau, elle regarda l'horizon et jeta dans un profond soupir :

– C'est bon. Je vas monter au village dimanche au soir pis coucher là. Agathe va me recevoir : c'est une vraie amie… Mais… ça va pas jaser de nous voir partir pour Saint-Georges tous les deux ?

– Marie-Rose, j'en prends souvent, des passagers avec moé. Des hommes. Des femmes. C'est connu au village. Quelque chose qui fait l'affaire du monde, tout le monde approuve !

Elle eut un léger sourire et quelques mots ensuite, ils se séparèrent, emportés tous deux, chacun de son côté, par un espoir plus grand que l'inquiétude partagée...

∞∞∞∞

À la forge Foley, ce soir-là, les seuls feux qui brûlaient se trouvaient dans les pipes des hommes et dans un fanal à la flamme éclairante. Joseph avait déposé le marteau sur l'enclume pour jaser avec ses amis. Il y avait comme souvent Édouard Allaire, Prudent Mercier, Henri Jobin, Alfred Bilodeau auxquels s'ajoutait depuis quelque temps Michaël Foley venu vivre avec son fils et sa bru. Des moins de 20 ans s'y trouvaient aussi pour entendre la sagesse des quadragénaires et quinquagénaires répandant ses odeurs de connaissances et souvenirs dans l'air que le soir libérait peu à peu de ses noires particules de houille en suspension. Honoré Grégoire, Jean Jobin, Georges Lapierre, Théophile Dubé se faisaient peu bavards pour mieux écouter leurs aînés.

Il était question de progrès, d'inventions, de nouveautés qui rendraient la vie plus facile et qui, disait-on, généreraient d'autres progrès, d'autres inventions, d'autres nouveautés en un enchaînement sans fin.

— Le téléphone s'en vient à grande course ! affirmait Michaël Foley en tirant une touche. Le président américain, monsieur Garfield, était lui-même un abonné de son vivant.

— Ça l'a pas empêché de se faire assassiner l'année passée, dit Prudent, la pipe en l'air.

— Le téléphone, c'est pas un bouclier, c'est une invention qui va changer la vie d'un « boutte » à l'autre, dit Édouard, la sienne morte.

— Dans cinq ans, on va l'avoir un peu partout : dans les villes, les campagnes...

— Les campagnes, ça va être pas mal plus long, intervint le forgeron. Ça va prendre long de fil en tout cas pour se rendre à Shenley.

— Parler sur un fil: si nos grands-pères voyaient ça, ils se revireraient ben dans leur tombe, déclara Henri Jobin.

On fut d'accord avec lui par les éclats de rire et une pause heureuse tandis que le cercle des yeux éclatait de lumière de part et d'autre de l'enclume crasseuse.

Les plus jeunes étaient assis à l'arrière du cercle sur un établi où leurs pantalons ramasseraient de la suie qui enterrerait la poussière du jour et les crasses incrustées des jours précédents. Honoré toutefois avait pris soin de mettre sous lui une poche de jute ayant appris l'hygiène au collège et la pratiquant quotidiennement.

Mais ce qui les fascinait le plus et qui installa un silence de nuit dans la forge fut ce que savait et dit Michaël Foley à propos de véhicules qui n'étaient pas les gros chars et qui pouvaient se mouvoir d'eux-mêmes, sans la traction animale ou humaine.

— Tout a commencé avec le fardier de monsieur Cugnot, un Français de France. Sa voiture à trois grosses roues avançait grâce à une machine à vapeur. C'est lui qui a réussi à transformer le mouvement en ligne droite des pistons en mouvement circulaire des roues.

Joseph fit une remarque à son père:

— C'est pas d'hier, ça, là. Une centaine d'années comme il faut. Asteur, c'est la Bollée…

— J'ai entendu parler de la Bollée, lança Théophile Dubé.

— Parlez-nous en, monsieur Foley.

— Amédée Bollée, un autre Français de France, a inventé, ça fait proche dix ans, une machine à vapeur qui peut transporter douze passagers.

Honoré n'était aucunement surpris et Foley ne lui apprenait rien. Il savait ces choses qu'on lui avait montrées au collège. Il savait même que des mécaniciens en Europe et en Amérique cherchaient à mettre au point un véhicule automobile mu par un moteur à explosion. Il émit un savant commentaire sur la Bollée :

– Dix milles à l'heure avec une charge de 10 000 livres. Les roues d'en avant sont directrices. Les roues d'en arrière sont motrices.

– Hey, hey, notre grand Wilfrid Laurier, il en sait des affaires sur la Bollée, s'étonna Prudent.

– Sais-tu comment elle s'appelle, la voiture à Bollée ? demanda Michaël pour tester le jeune commis.

– L'Obéissante.

– En plein ça ! Tu dois lire les journaux pas mal, mon jeune homme ?

– Faut se tenir au courant, autrement, c'est pas trop sa place de travailler dans un magasin général.

Cette parole était irréfléchie par un certain côté, car son employeur ne savait pas grand-chose, lui, sur la Bollée et les moteurs à essence dont on parlera plus tard. Mais, bon côté de la bourde, Édouard se dit comme de plus en plus souvent que le magasin, ce n'était pas vraiment fait pour lui. Toutefois, il n'avait guère envie d'approfondir la question. Le tracassaient bien trop en ce moment l'état de santé de Marie, sa fille, et de Marie-Rose, sa dulcinée du vieux temps. Du reste, il ne participait à la conversation que de manière bien distraite et le plus souvent son esprit voyageait sur le chemin de Saint-Georges en compagnie de cette femme qui de force de la nature, semblait devenue un être fragile et inquiet.

– Vas-tu nous parler du moteur à explosion de monsieur Otto ? demanda Michaël à Honoré.

– C'est un moteur à quatre temps qui a été présenté à l'Exposition de Paris en 78. Paraît que ça pourrait s'installer sur un châssis de voiture à cheval pis ça aurait pour nom « auto mobile », ce qui veut dire que ça avance par soi-même.

– Ben moé, je dis qu'on aura toujours besoin des chevaux, intervint le maréchal-ferrant soucieux derrière son ton affirmatif.

Prudent le taquina :

– C'est sûr qu'un forgeron pas de chevaux, ça vivra pas riche, riche…

Honoré comprit qu'il devait se trouver une certaine inquiétude chez Joseph et il voulut le rassurer :

– Ben au contraire, ça va donner plus d'ouvrage aux forgerons. Les voitures automobiles, ça va briser souvent : les roues qui vont avoir la vie dure. Moyeux, essieux… le moteur, les alluchons, les pistons… ça va prendre quelqu'un pour réparer tout ça. Ce qui voudra dire la prospérité pour les forgerons…

Joseph sourit dans l'ombre et tira une réconfortante bouffée de sa pipe blanche. Mais son répit ne fut de courte durée. Édouard qui ne s'entendait guère en nouveautés mécaniques glissa :

– Mais va falloir qu'ils connaissent ça en maudit, un moteur à explosion, eux autres.

– Tout s'apprend, monsieur Allaire, tout s'apprend, répliqua Honoré. En attendant, comme dirait l'autre, vaut mieux brayer du lin que broyer du noir.

Chacun saisit à sa façon cette phrase un peu énigmatique qui avait l'air d'une parole de l'évangile…

∞∞∞∞∞∞∞∞

Chapitre 3

Depuis le côté de la grange blanche sise à l'arrière du magasin à une trentaine de pas, Édouard pouvait voir malgré quelques arbres épars qui le rendaient moins visible, la devanture de la maison à Prudent Mercier. Marie-Rose ne tarderait pas à en sortir. Ils avaient rendez-vous de très bonne heure afin de se rendre à Saint-Georges où la femme de près de 50 ans subirait des examens chez le docteur Gravel dont la réputation s'étendait par toute la Haute-Beauce et même au-delà.

Elle avait bien couché là, chez son amie Agathe: elle l'avait fait savoir par Émélie qui était allée faire du vélo du côté de la Grand-Ligne la veille au soir et avait croisé son attelage entrant au village.

Édouard avait seulement révélé à sa fille qu'il aurait une passagère pour Saint-Georges, que Marie-Rose le lui avait demandé en vue de se faire examiner par un docteur.

– Est malade?

– Quand on va voir le docteur...

– Mais de quoi? C'est une femme toute jeune encore...

– Elle m'en a rien dit. »

– C'est sûr que les femmes aiment pas parler de leurs maladies.

– Ben elles devraient... au lieu que d'endurer sans rien dire jusqu'au moment où c'est trop tard pour les sauver.

– Vous parlez de maman?

– D'elle pis de ben d'autres itou.

– Les gens, ils ont pas toujours de l'argent pour se faire soigner.

– Les docteurs refusent jamais de soigner le monde, riche ou pauvre.

– Oui, mais les gens s'endettent.

– On vit avec des dettes, mais on vit pas avec la mort.

– Perdre ses biens, c'est pas drôle…

– As-tu déjà entendu parler qu'un docteur avait fait saisir du monde à cause d'une dette de santé ? Jamais vu ça, pis j'ai 50 ans ben sonnés c't'année. Un docteur, ça pense à soigner, ça pense pas à l'argent. C'est une vocation… comme un bon curé ou ben une bonne sœur…

Tel avait été l'échange entre Édouard et sa fille dans la cuisine la veille au soir, à portée d'oreille de Marie qui était bien d'accord avec les propos de son père.

Et ce matin-là, le soleil éblouissant était au rendez-vous. Il serait sûrement très chaud toute la journée, mais fort heureusement, le chemin dans son entier parcours ou presque, était bordé d'arbres, des feuillus qui ombrageaient les voyageurs et leur prodiguaient le confort de la fraîche. Quand, même à son zénith, il dardait plus aisément les attelages, le mieux, pour lui échapper, était de voyager dans ses périodes de montée et de descente alors que ses angles favorisaient le travail d'ombre des érables et des plaines.

Édouard aurait bien voulu se servir d'une voiture fine, mais il devait songer aux marchandises qu'il devrait rapporter pour le magasin et avait dû se rabattre sur sa longue voiture à planches et ridelles coutumière : en fait quelque chose d'hybride se situant entre le « rack » à foin et le fardier. Mais avec une banquette montée sur ressorts métalliques qui rendait le voyage bien moins pénible aux passagers, il ne manquait plus que de la compagnie pour trouver la distance à parcourir agréable et vivifiante.

En marchant et en tenant la bride, Édouard fit avancer le cheval, une bête grise, docile et puissante, mais plutôt lente, jusque devant la porte de la demeure Mercier. On l'y attendait. Marie-Rose sortit aussitôt, suivie de son amie Agathe. Elles saluèrent toute deux le marchand qui sonda le regard non pas de la malade, mais celui de sa compagne qui, sûrement, lui transmettrait un message trouvant sa mesure dans le mal véritable que subissait Marie-Rose et qui s'en serait livrée à l'autre.

Agathe ne se prêta pas au jeu. Car si elle connaissait les symptômes de la maladie de Marie-Rose, elle n'ignorait pas non plus que des femmes traversaient de telles difficultés et survivaient alors que d'autres y trouvaient hélas! un long calvaire les menant ultimement vers le cimetière.

Ce dont souffrait Marie-Rose, c'était de ménorragie. Parvenue à un âge qui aurait dû freiner voire stopper ses menstruations, il y avait écoulement excessif, signe possible d'un mal bien plus grave. Et mortel si cancer.

– Faites bon voyage, lança Agathe en s'adressant aux deux.

– Je vas te la ramener en santé à la fin de l'après-midi.

– T'es mieux, Édouard Allaire!

Sur ces phrases mi-sérieuses, mi-légères, l'on se mit en route vers le bas de la Grand-Ligne, en fait vers le rang 9 un peu avant la sortie ouest du village, que l'on emprunta. On se félicita du beau temps et de l'air frais et pur du matin. Et chacun se plaisait à se dire que cette journée malgré les inconvénients dus au voyage, à la visite médicale et aux nouvelles appréhendées venues par la bouche du Dr Gravel, serait magnifique.

Pas loin, près d'un ruisseau limpide, le cheval bifurqua hors chemin.

– Rendu icitte, y a pas moyen, faut qu'il boive, monsieur le cheval. C'est vrai que l'eau est bonne pis fraîche. Tiens, en veux-tu un peu, Marie-Rose?

L'homme trouva sous la banquette deux tasses souriantes en fer-blanc qu'il arbora devant son propre sourire. Et les entrechoqua:

– Rien qu'à entendre ça, ça me donne la soif, déclara-t-elle en agrandissant les yeux.

Il fit s'arrêter le cheval devant l'eau qui formait un remous près d'une grosse pierre et se rendit lui-même un peu en amont rincer les tasses dans l'eau courante avant de les remplir et de les ramener à la voiture.

– Tiens, ça va te faire du bien, Marie-Rose.

– À toi aussi, Édouard.

Ils burent par petites gorgées en se regardant droit dans les yeux et en se disant par ce long moment de silence, et de lèvres qui s'essuient parfois, que si la vie n'était pas facile, au moins l'heure de boire à deux cœurs qui vibrent valait-elle d'endurer bien des misères.

– Elle est bien bonne, finit-elle par dire alors que les brillances de l'eau coulaient dans ses yeux.

– Ça sort du fin fond des «cèderiéres», pis là, de creux dans la terre. Y a rien de plus pur…

– Oui…

– Ah ?

– Nos cœurs. Ton cœur. Mon cœur.

– Deux cœurs purs qui se partagent de l'eau pure, c'est une éternité de bonheur.

– Comme tu dis bien les choses, Édouard !

– C'est les belles choses qui se laissent ben dire par ma bouche.

Il remonta et prit place auprès d'elle. La bête secoua la tête, ce qui signifiait qu'elle avait fini d'étancher sa soif et qu'elle était prête à reprendre la route. Mais Édouard ne lui donna pas d'ordre. Et ne bougea pas aux côtés de la femme aimée qui sentait si bon, sous les rayons obliques d'un soleil si doux, dans cet air matinal si vivifiant. Ce moment de leur jour, ce moment de leur vie, ce moment de pur bonheur commandait qu'ils se donnent une autre baiser après le premier, celui si tendre de la nuit du hangar.

– Ça te rappelle-t-il notre première rencontre, Marie-Rose, en 54 sur le chemin de Sainte-Marie ?

– À la fourche de Sainte-Hénédine… y en a coulé, de l'eau, dans les ruisseaux.

– Clément, il craignait pas de te voir partir avec moé, toujours ?

– Il craindrait quoi ?

– Des affaires… comme de boire ensemble comme on vient de le faire ?

– Il pense même pas à se poser des questions… Ce qui le tracasse depuis hier, c'est mon état de santé. Et puis, je lui ai dit que ta femme Pétronille avait été malade semblable à moi avant de trépasser à 30 ans… c'était pas pour le rassurer.

– Il tient ben à toé ?

– Ça fait trente ans qu'on est ensemble, qu'on fait tout ensemble, qu'on a des enfants pis même des petits-enfants asteur… Je te dirai même qu'il s'est aperçu que toi pis moi, on a une sorte de sentiment certain un pour l'autre. Il le sait, ça fait longtemps. Il m'a souvent fait étriver pour ça. Mais sans méchanceté jamais. Il te respecte. Il sait que tu le respectes. Pis que tu vas faire attention à moi en allant à Saint-Georges.

– Il a ben raison : y a personne qui va toucher un cheveu de ta tête tant que je serai avec toé, Marie-Rose.

La raison de chacun venait de réprimer son désir sans pour autant l'étêter. L'on repartit au pas assuré du cheval appelé Dick et qui connaissait ce chemin tout autant que la piste forestière qui donnerait naissance dans le futur au sixième rang, deux milles plus à l'est. Les deux premiers cultivateurs se trouvaient à quelques minutes encore et cette solitude à deux que l'on partageait avec la magie du souvenir abreuvait autant les cœurs et les esprits que les corps. Elle rapprocha les mains et sans que chacun n'y voit plus qu'un doux contact, l'on continua sans rien dire, chacun oubliant même ce qui les conduisait ensemble vers Saint-Georges, soit le mal dont souffrait Marie-Rose.

Mais voici que Dick s'arrêta sec. Et alors qu'on se croyait seul sur ce chemin apparut un homme aux allures de vieillard misérable et qui n'avait sans doute guère plus d'années que le couple. Il les fit sursauter et s'arrêta à leur hauteur, tête basse et regard fixé sur les deux mains nouées, tandis que le cheval s'arrêtait aussi sur l'ordre d'Édouard :

— Huhau ! Huhau !

On ne connaissait pas ce personnage qui finit par s'exprimer en levant sa tête étrange :

— Ben moé, j'charche un dénommé Genest qui reste par icitte. J'vois le village arriver… j'ai fait toutes les portes… pas de Genest nulle part…

— Quelqu'un aurait pu vous dire que Genest, c'est dans le Petit-Shenley, pas dans le 9.

— J'aurais dû le demander, mais j'pensais toujours qu'il serait là, d'une porte à l'autre.

— Montez sur la Grand-Ligne pis descendez vers Saint-Évariste sur deux milles de long. Le Petit-Shenley commence drette-là. Mais c'est un bon boutte pas mal dans le rang par exemple. Ça paraît que vous êtes pas de par icitte, vous.

— J'viens de Saint-François… pis je cours les chemins… je demande la charité aux portes… Je porte une blessure de guerre : j'peux marcher, mais j'ai jamais pu travailler.

— La guerre civile américaine ? C'est là que vous avez connu Jean Genest ? supputa Marie-Rose en l'espace de deux questions.

L'étranger regarda vers le sud en soupirant :

— C'est là, oui… ça me rappelle pas les meilleurs souvenirs de ma vie.

— J'veux rien en dire de trop, monsieur…

— Bizier… Augure Bizier

— … j'veux rien dire de trop, mais la dernière fois que j'ai vu le pauvre Genest, il sautait pas haut. Blanc comme un drap. Tousseux comme un cheval qu'a la gourme.

— Consomption, hein ?

— Ben… là…

— La consomption, ça me fait pas peur pantoute ; j'ai passé ma vie à en voir, des malades de ça, pis à en voir mourir… Si ça s'attrape comme ils disent, ben je devrais être plus qu'à six pieds sous terre… j'devrais ben être à un mille sous terre, je vous le dis sans mentir.

– Ben chanceux, monsieur!

– Appelez-moé le quêteux Augure.

Marie-Rose demanda:

– C'est ben votre vrai nom, ça, Augure?

– Mes parents ont pas eu la bonne idée de me faire baptiser Auguste ou ben Augustin… faut ben rester avec le nom qui nous tombe sur la tête au-dessus des fonts baptismaux! Pis vous autres, j'ose pas vous demander votre nom… du monde swell à voir madame… du monde riche à voir la voiture…

– Ben moé, c'est Allaire, Édouard Allaire. Le magasin du village icitte, c'est à moé. Pis madame, c'est madame Larochelle.

– Je vous ai vus boire de l'eau tantôt: je pensais que vous seriez probablement le mari pis la femme, je vous le dis sans… mentir.

– Madame voyage avec moé pour aller se faire soigner à Saint-Georges. Bon, ben faut y aller…

– Salut ben!

– Salut ben!

– Bonne journée, monsieur Bizier.

L'homme, en même temps que le cheval, se remit à marcher et disparut du champ de vision des deux voyageurs. Mais un peu plus loin, Marie-Rose, restée silencieuse et curieuse, tourna la tête pour le voir une dernière fois. Bizier commençait à disparaître sur le button de l'autre côté du ruisseau de l'eau pure.

– Non, mais comment qu'il a pu nous voir boire? dit-elle en retournant la tête en avant.

– Il devait être assis pas loin sur le bord du chemin: des quêteux, c'est pas du monde pressé.

– Un homme ben étrange!

– Venu de nulle part, reparti vers nulle part.

– S'appeler Augure, tu parles.

– À première vue, il paraît avoir au moins 60 ans, mais de proche, on voit ben qu'il a même pas 50 comme moé.

– Ou moi dans pas trop de temps.

Cette rencontre les avait éloignés de leurs beaux sentiments des moments d'avant; Marie-Rose et son compagnon de voyage se parlèrent moins et aucun ne voulut dire à l'autre qu'il pensait que c'était le ciel qui leur avait envoyé cet homme de nulle part pour les rappeler à l'ordre et leur éviter quelque tentation que le feu de cette eau pure avait fait naître en eux.

– Si ça te fait rien, Édouard, on va arrêter chez monsieur Quirion… je vais aller aux toilettes.

– Ben certain, on arrive.

La petite maison au lambris noirci par le soleil de plusieurs années déjà était la première du rang, sise au bout des terres taillées dans l'autre sens et dont les propriétaires avaient leur résidence sur le chemin de la Grand-Ligne. On y fut en quelques minutes encore. Chaque famille possédait à l'extérieur de la maison, pour usage durant trois saisons, des latrines malodorantes et c'est là qu'avait l'intention de se rendre Marie-Rose pour se changer de linges absorbants après une autre hémorragie qu'elle avait sentie sur elle après leur rencontre avec le mendiant Bizier. On les vit arriver et on vint au-devant d'eux pour les accueillir. La femme Quirion et sa fille Amabylis, deux êtres de descendance amérindienne, s'occupèrent de Marie-Rose tandis que l'homme de la maison entreprit une conversation avec le marchand. Les femmes ne laissèrent pas Marie-Rose aller dans les toilettes extérieures et l'emmenèrent à l'intérieur où elle put «s'organiser» comme on le disait.

Et bientôt, on reprit la route.

Et tandis que les milles coulaient sous les roues, que les maisons défilaient tranquillement dans le décor et que la joie de se trouver ensemble occultait toute peur, toute contrariété, salués parfois, surveillés en d'autres, voici que Marie-Rose et Édouard parvinrent après quelques heures près du pont Roy sur la Chaudière à

Saint-Georges, un pont couvert vieux d'un an seulement et construit devant l'église érigée parallèlement à la rivière.

– On va aller voir le docteur, dit Édouard en arrêtant l'attelage pis si il peut pas te recevoir avant un boutte de temps, tu pourrais venir avec moé de l'autre côté de la rivière. On reviendra à l'heure qu'il voudra.

– J'peux attendre dans son cabinet.

En fait, ce que voulait Édouard, c'était d'être présent dans la pièce voisine tandis que le médecin examinerait sa patiente pour se faire rassurer le plus vite possible par le diagnostic ou bien si des nouvelles inquiétantes lui étaient transmises, afin de soutenir sans retard le moral de Marie-Rose.

– Allons-y voir pour commencer, on verra bien.

Le cheval et la voiture furent mis en attente à la devanture d'une boutique de forge au voisinage immédiat de la maison du docteur Gravel et on s'y rendit à deux, à pied.

Le praticien aux manières obséquieuses portait moustache bien taillée en compensation pour des cheveux rares ne formant plus qu'une mince couronne derrière le crâne. Il pouvait recevoir Marie-Rose sans attendre. Édouard prit place sur une chaise droite dans un couloir étroit qui en contenait trois autres pour les accompagnateurs de patients. Et attendit en songeant à ses affaires qu'il devrait écourter pour revenir à Shenley avant la noirceur.

Il n'entendit pas Marie-Rose exposer les symptômes de son mal bien que les phrases de son échange avec le docteur lui parviennent en murmures mélangés.

Elle dit qu'elle avait des épanchements sanguins abondants qui cessaient puis reprenaient, et cela depuis un mois, ce qui l'affaiblissait considérablement. Sans compter des douleurs abdominales parfois insupportables qui la clouaient au lit en fœtus.

– Ménorragie combinée à dysménorrhée, fit savamment le médecin. On va vous passer un examen pour savoir ce qui se passe en vous si on peut le trouver puis vous prescrire la médication requise en de tels cas qui sont, vous n'êtes pas sans le savoir, fréquents de nos jours.

— Pourquoi dire «de nos jours»? demanda la femme qui d'un coup d'œil balaya une bibliothèque bien garnie sur le mur derrière le personnage.

— Parce que dans le temps, dans les siècles passés et le début du nôtre, les femmes vivaient jeune. La population vieillit, vous savez. Beaucoup de femmes de nos jours se rendent à 60 ans, ce qui est une donnée nouvelle dans l'histoire de l'homme. Ce qui veut dire d'autres maladies… moins répandues auparavant.

— Paraît que ce que j'ai pourrait vouloir dire le cancer?

— Ça peut, oui. Mais le plus souvent, c'est autre chose, c'est temporaire et l'organisme de la femme reprend le dessus et le contrôle à l'aide d'une bonne médication.

— Vous m'encouragez.

— Bon… allez vous préparer pour l'examen… enlevez vos linges derrière le paravent, là…

Ce que fit Marie-Rose et elle revint devant le docteur qui lui demanda de s'adosser contre le mur latéral. Alors, il se mit à genoux, souleva la robe et glissa ses mains sous le tissu. Il lui fallait procéder à un toucher vaginal, mais l'éthique professionnelle, fortement teintée de la morale victorienne et catholique, lui commandait un examen manuel sans que le corps de la femme ne soit dénudé devant ses yeux. Voilà pourquoi Marie-Rose qui avait retiré ses linges ensanglantés avait pourtant gardé sa robe.

Il introduisit son index et son majeur dans le vagin et poussa le plus qu'il put jusqu'à atteindre le col de l'utérus puis se retira aussitôt et se lava les mains dans un bac d'eau qu'il vida dans l'évier et remplit aussitôt d'eau neuve. Pendant ce temps, la femme prenait dans son grand sac de voyage des linges secs et propres qu'elle mit ensuite en place. Et enveloppa ceux qui étaient souillés dans une toile lacée.

Quand ils se retrouvèrent de part et d'autre du bureau, il annonça:

– Rien n'est anormal à l'examen sommaire. Naturellement, il est impossible de savoir par ce seul examen ce qui arrive à l'intérieur de l'utérus. Il pourrait s'agir simplement d'un kyste folliculaire ou bien d'endométriose. La médication vous guérira, sinon il nous faudra poursuivre nos recherches et prendre de nouveaux moyens.

Le docteur alla prendre une bouteille dans une petite pharmacie vitrée et la posa devant sa patiente sur la table :

– Tartrate d'ergotamine : 25 gouttes matin et soir diluées dans de l'eau fraîche. Et deuxièmement, vous allez vous injecter de l'eau chaude bouillie revenue disons tiède depuis un bock qui ne sera pas situé à plus de 18 pouces au-dessus de votre corps… Il vous faudra aller jusqu'à ce que l'eau ressorte claire de votre corps… Vous vous ferez aider par quelqu'un… Il vous faudra une canule que voici… Faites-la bouillir après usage pour aseptiser… tuer les bactéries, les microbes…

– Je…

– Est-ce que vous savez lire et écrire ?

– J'ai été maîtresse d'école.

– Tant mieux ! Je vais vous écrire ce qu'il faut faire et ne manquez pas de le faire surtout !

Et pendant qu'il le faisait, il dit qu'au besoin, avec de l'aide toujours, elle pourrait se faire comprimer le bas-ventre à l'aide de compresses et bandages de corps très serrés.

– Pour l'heure, voilà ce qu'il faut faire, madame Larochelle, et il n'est pas défendu d'y ajouter quelques prières. Quand on demande à plusieurs reprises au ciel d'agir, et si on a confiance que le ciel va agir, cela donne très souvent des résultats positifs.

– J'y manquerai pas.

– Et on ne parle surtout pas de cancer.

– J'en parlerai pas.

Puis le docteur Gravel reconduisit sa patiente au couloir d'attente où il s'exprima devant Édouard qu'il savait ne pas être le mari de la femme, mais qu'il savait inquiet par quelques regards d'auscultation à leur arrivée :

— Vous direz à monsieur Larochelle et à vos enfants de ne pas s'inquiéter. Rares sont les femmes à qui n'arrive pas une fois dans leur vie ce qui vous arrive en ce moment. Il suffit de vous montrer vigilante.

— C'est pas trop grave ? s'enquit Édouard.

— Avec des soins et l'aide de Dieu, tout ira, mon cher monsieur.

— Madame Larochelle est notre cliente au magasin de par chez nous… je l'ai amenée à votre bureau à matin…

Le praticien parut sonder Édouard jusqu'aux tréfonds de l'âme et dit avec des hochements affirmatifs :

— Normal que vous soyez inquiet à son sujet.

Marie-Rose et Édouard s'échangèrent un regard qui ne devait pas échapper au praticien expérimenté. Mais ce qu'il y avait entre eux ne le regardait aucunement. Il salua et tourna les talons.

Tous deux rassurés, elle plus confortable en raison d'un arrêt temporaire des hémorragies, ils remontèrent en voiture et se rendirent au pont qu'elle n'avait jamais traversé, car la dernière fois où elle s'était rendue à Saint-Georges, on avait emprunté le pont mobile en usage depuis 1870 et que son propriétaire, Got Grenier « serrait » l'hiver jusqu'après la débâcle printanière. Mais voici que l'année précédente un dénommé David Roy avait construit un pont à péage tout en bois et après avoir versé les dix sous exigés, s'être fait avertir de ne pas faire trotter le cheval sur le pont, on l'emprunta. Édouard se plut à expliquer à sa compagne que l'interdiction de faire trotter un cheval avait pour motif d'éviter la naissance et l'amplification d'un mouvement oscillatoire qui aurait pu jusqu'à mettre en danger la structure, quelle qu'en soit la solidité.

— Eh bien, vous en savez, des choses, monsieur Allaire, lui dit-elle pour taquiner un peu.

— J'sais pas tout' ; j'sais toujours pas c'est quoi au juste, ta maladie.

Elle regarda les montants croisés constituant la structure et répondit un peu évasivement :

– Maladie de femme... T'as été marié, tu sais c'est quoi... pis le comment et le pourquoi.

– Justement, j'ai été marié, tu peux ben me le dire.

– T'es pas mon mari.

– Ta santé me tient à cœur, moé itou.

– C'est ça... un mal de femme... Tu sais ce qui nous arrive tous les mois... c'est ça en pire...

Voilà qui ressemblait drôlement à ce qui avait amené la mort de Pétronille dix ans plus tôt, presque jour pour jour. Mais l'homme n'en parla aucunement et fit en sorte que la suite du voyage en si bonne compagnie soit du plus grand agrément.

Il parut que les prières de Marie-Rose eurent de l'effet car son corps lui donna répit et ne devait plus lui donner de souci de toute la journée.

Ils ne purent se rassasier des paroles et de la présence de l'autre, mais y burent à volonté à chaque minute, à chaque seconde. Parfois, les ornières du chemin provoquaient des soubresauts de la voiture qui, se répercutant sur les passagers, faisaient toucher leurs épaules. Édouard en vint à vouloir aligner les roues pour que la chose se reproduise exprès, mais alors, il songeait au problème de santé de sa compagne de voyage que des chocs fréquents et répétés auraient pu empirer.

Ils ne voyagèrent pas au retour par le rang 9 et plutôt par la ligne du futur rang 6 qui les amena à un mille du village du côté est. Et quand, parvenus à la Grand-Ligne, ils aperçurent au loin le clocher dans la forêt, chacun ressentit une pression sur le cœur, sachant que le voyage arriverait bientôt à sa fin. Tenaillaient le cœur de l'homme les deux mâchoires d'une même pince : son désir de refaire ce voyage avec elle d'une part et celui, bien plus intense d'autre part, qu'elle guérisse, et par conséquent n'ait plus à retourner à Saint-Georges avec lui sur semaine. D'une façon ou de l'autre, la souffrance morale serait au rendez-vous. Elle exprima la même tristesse alors qu'on approchait de plus en plus des premières maisons du village :

— J'ai fait un très, très beau voyage, Édouard, malgré mon malaise.

— Ça va passer.

— Si ça passe, je retournerai pas voir le Dr Gravel en ta compagnie. J'aurai pas besoin.

— On le refera par la pensée, ce voyage-là ; l'important, là, c'est ta santé.

— Tu te fais autant de souci pour moi, je veux dire ma santé, que Clément.

— J'ai perdu une femme déjà ; ça laboure quelque chose en dedans.

Il tourna la tête alors. Mais elle lui demanda de la regarder. Il obéit. Et aperçut des larmes dans ses yeux.

— Tu pleures pour Pétronille…

— Oui, mais pour toé itou. Faut pas que tu partes : je tiens à toé, je tiens trop à toé… Rien que te voir le dimanche à messe ou ben au magasin, ça me redonne de la vie… le curé appellerait ça une raison de vivre.

— Y a surtout tes enfants, ton magasin.

— Y a personne qui passe en premier pour moé ou en deuxième, mais oublie pas, Marie-Rose, que t'es entrée dans ma vie ça fait 28 ans, ben avant les enfants, ben avant le magasin pis même avant Pétronille. Ta place est là pour toujours, même si je te vois ben rarement.

La femme demeura silencieuse un moment. Elle envisageait la mort et songeait à l'appel de la terre dont elle avait parlé à Édouard ce grand jour d'éternité un soir d'automne dans le hangar du magasin. Elle le lui redit dans une simple phrase aux mots les plus purs :

— C'est en aimant la terre que tu m'aimeras toujours.

Il arrosa cette pensée, comme une fleur, avec l'eau pure de son silence…

∞∞∞∞∞∞∞

Chapitre 4

– Y a personne qui l'a déplacée toujours? Elle a pas essayé de se lever?

– Ben non, elle nous l'aurait dit.

Il y avait dans la cuisine Rémi Labrecque appelé à voir la jambe de Marie dont les os semblaient s'être mal soudés, de même que Émélie et Édouard qui discutaient du cas à mi-voix pour que la blessée ne puisse entendre derrière la porte de sa chambre refermée à fin de discrétion.

– J'ai ben peur qu'elle va pas marcher sans boiter.

Émélie n'y croyait pas, refusait l'évidence. Édouard s'adressa, comme le jour de cet accident survenu à Marie, un dur reproche. Peut-être n'aurait-il pas dû transplanter des enfants au printemps de leur vie comme on le fait pour des plants de tomates. S'il s'était moins préoccupé d'Émélie et plus de Marie au moment de prendre la décision de s'établir marchand à Saint-Honoré, sa fille cadette ne serait pas dans cet état de santé physique ou bien advenant pareil accident à Saint-Henri, son moral lui aurait permis de s'en sortir mieux.

Édouard demanda:

– Ça pourrait pas s'arranger?

– La seule manière, ça serait de casser la jambe au niveau de la fracture pis ça, c'est pas moé qui vas jamais le faire, je vous le garantis.

Émélie fronça les sourcils, ce qui en raison de leur épaisseur, lui conférait un air menaçant :

– Pis personne d'autre le fera jamais non plus. Moi, je dis qu'elle va s'accoutumer à marcher comme il faut. On va l'aider. Honoré lui a refait des béquilles à sa hauteur. Il va lui rester une bosse à la jambe, mais son pas sera comme avant, c'est une question de temps.

– Faut souhaiter que ça se passe de même. Moé, j'ai fait ce que j'ai pu, mais… suis pas docteur non plus.

Édouard intervint :

– Un docteur reboute pas mieux que toé. Tes preuves sont faites, mon ami Rémi. Fais-toé pas de reproches. Nous autres, on t'accable pas.

On brassa de nouveau ce qui venait d'être dit puis la décision fut prise de faire marcher Marie. Et l'on se rendit dans sa chambre où Émélie lui parla :

– Comme tu le vois par la bosse sur ta jambe, elle est pas ressoudée comme il faut. Mais… tu vas marcher comme il faut, tu vas voir.

Marie regarda chacun dans les yeux, disant :

– Je le sais que je marcherai plus jamais comme avant, mais c'est pas de votre faute, monsieur Labrecque. Vous avez fait ce que vous avez pu.

L'homme hocha la tête :

– J'ai déjà réparé d'autres cassures de même, pis ça a ben repris. J'comprends pas avec toé, Marie…

– J'ai peut-être d'autre chose qui a empêché que ça reprenne comme il faut. Faut être de ben bonne santé pour que ça se replace comme avant.

Édouard s'insurgea :

– Ben non, t'as pas d'autre maladie, autrement on s'en apercevrait pis toé itou. Bon… on va te prendre par le dessous des bras, Rémi pis moé… pis tu vas essayer de te porter sur tes deux jambes… si ça fait trop mal, tu nous le dis… on te remet au lit.

Le cœur de Marie était baigné par la peur. Mais elle se tourna aussitôt vers la Vierge pour lui demander son soutien et vers le Christ pour lui offrir ses souffrances quelles qu'elles soient tandis que les deux hommes l'encadraient après que sa sœur eut tiré sur sa jaquette blanche pour cacher ses jambes frêles jusqu'aux chevilles ossues.

On la souleva. Elle mit ses deux pieds sur le plancher. Fit deux pas. Sans ses soutiens aurait chuté. Essaya encore de marcher. Sa jambe brisée la supporta, mais mal. Et elle boitait plus que si elle était affligée d'un pied bot.

– C'est une question d'accoutumance, tu vas voir.

Marie avait si souvent entendu ce « tu vas voir » dit par Émélie qu'elle n'y croyait pas toujours. Et cette fois pas. Elle savait sa jambe affaiblie, raccourcie, soudée de travers, et comprenait que plus jamais elle ne pourrait marcher comme auparavant.

Elle essaya encore trois fois avec le même résultat puis demanda à se reposer. On la coucha. Les deux hommes quittèrent la chambre tandis qu'Émélie tâchait de conforter sa sœur bien-aimée qu'elle avait toujours tant protégée.

– Elle marchera jamais comme autrefois, monsieur Allaire, confia Labrecque. Va falloir vous y faire.

Édouard hochait la tête. Cette funeste nouvelle lui assénait un coup de poing en pleine poitrine. Mais il devait s'incliner devant l'évidence. Et s'il n'avait été un si bon catholique, il aurait lancé au ciel quelques jurons de protestation, de contestation.

La clochette du magasin se fit entendre et quelqu'un vint à la cuisine. C'était Georges Lapierre qui dit venir visiter Marie. Mince consolation, mais une bonne chose, songea Édouard. On lui dit que Marie resterait infirme ; il pencha la tête. Puis le jeune homme frappa Édouard au plexus solaire avec une phrase coup de poing dont il ignorait la portée et que l'autre n'attendait pas :

— J'sais pas si vous savez, mais y a de la mortalité dans la paroisse. Madame Clément Larochelle… Elle est morte hier. Elle va être exposée aujourd'hui pis demain, pis sera enterrée après-demain.

Les événements du dernier mois déferlèrent dans l'esprit tourmenté du marchand assommé. Après avoir accompagné Marie-Rose à Saint-Georges à sa première visite au docteur Gravel, et pris des nouvelles d'elle auprès de Clément au magasin, Édouard avait appris que son état était stable. Puis on lui avait dit qu'elle était retournée voir le docteur, reconduite là-bas par son mari. Mais il n'avait plus revu à la messe du dimanche cette femme aimée depuis si longtemps, cette femme rêvée depuis un quart de siècle, ni chez les Mercier pas plus qu'au magasin. Personne n'avait rapporté que son état s'était aggravé à ce point, pas même Agathe, son amie. Il avait fallu un cancer foudroyant pour l'emporter si vite. Ou bien était-elle décédée au bout de son sang…

Édouard ne dit pas un mot. Il se rendit à l'évier et pompa de l'eau fraîche dans le plat des mains. Il prit une jointée qu'il porta à son visage. Puis s'arrêta un moment, dos courbé, tête à l'horizontale et remplit la tasse à boire posée sur l'évier. Et, se redressant, et se regardant dans le miroir suspendu au-dessus de l'évier, il but à petites gorgées. Et longuement, il revécut par le souvenir ce moment d'arrêt au ruisseau du rang quand ils avaient partagé, Marie-Rose et lui, cette eau de source venue à eux à travers le sable et les pierres qui l'avaient rendue plus pure encore.

Alors il se rendit compte pour la première fois que ses tempes n'étaient plus grises mais complètement blanches.

Deux malheurs extrêmes venaient de terrasser cet homme vieillissant. Il lança à Émélie qu'il allait se reposer dans sa chambre et qu'elle devrait s'occuper du magasin. Elle entendit mais ne comprit son état qu'un moment plus tard lorsque Georges redit pour elle et Marie la nouvelle de la mort de Marie-Rose.

– Pauvre papa! Pauvre Marie! Pauvre nous autres! prononça lentement Émélie.

Puis elle ajouta à l'intention de sa sœur et de son jeune visiteur:

– Je vous laisse ensemble, moi, je vais aller avertir Honoré des malheurs qui nous frappent durement. Il est dans la grange…

Et tandis qu'elle traversait le hangar et s'arrêtait un moment là où son père et Marie-Rose avaient échangé des sentiments voilés mais surprenants par leur intensité et leur pérennité, le quinquagénaire, lui, s'effondrait sur son lit, l'âme ruinée, le cœur anéanti.

Il pleura longuement sa vie à l'abri des regards de pitié. Pleura ses misères traversées, le regard asséché par le souci de se montrer fort devant l'adversité. C'était comme si chaque décès, chaque départ d'un être cher, chaque malheur du passé revenaient soudain alourdir de leur poids cette douleur profonde, insupportable que la mort de Marie-Rose faisait jaillir du fond de son cœur comme d'une source lointaine et intarissable. Et s'ajoutait ce sentiment de culpabilité que lui valait l'infirmité certaine de la pauvre Marie. Il lui paraissait que d'avoir égoïstement suivi les appels que lui adressait sa propre nature d'homme, il avait sacrifié sans toutefois s'en rendre compte, le bonheur, peut-être même la vie, de certains de ses proches comme Pétronille et d'une manière, la petite Georgina tuée à cause d'une étrenne qu'il lui avait donnée pour se soulager lui-même devant son refus de laisser ses enfants à d'autres…

Toutes ces tristesses incommensurables lui remontaient à la gorge comme autant de doigts accusateurs pour l'entourer et la serrer, la serrer, la serrer encore…

Au moins, maintenant qu'il comprenait tout cela, laisserait-il son corps verser toutes les larmes que son âme en exigerait.

Édouard Allaire était de ces hommes pas si nombreux que la souffrance attendrit…

Bien que choyé jusque là par la vie, Honoré possédait son côté tendre et s'apitoyait sincèrement sur les autres que les cruautés du sort frappaient.

Après lui avoir demandé une absolue discrétion sur les confidences qu'elle lui ferait, Émélie lui confia que son père avait un profond attachement envers Marie-Rose Larochelle et que cela datait de fort loin.

— J'ai cru le lire dans leurs yeux un soir à la boutique de forge : ils brillaient trop dans le noir... comme des diamants. Et moi qui croyais que c'était à cause de mon discours... ben disons le discours de Laurier que je venais de répéter... C'est que... j'aurais pas imaginé que ces deux-là...

— Ils se connaissent... se connaissaient depuis 1854 quand monsieur Larochelle est venu abattre le tout premier arbre dans Shenley. Mon père était même pas marié...

— Tu les as pas jugés, au moins, Émélie.

— Ben sûr que non ! J'ai trouvé ça beau.

— Ton père t'a tout avoué ?

— Non, ben sûr que non ! Mais... ce que j'ai entendu par hasard... ce qui s'est dit dans le hangar entre eux ce soir-là... je pensais que c'étaient des voleurs... et puis ce que je savais par papa... comment il avait connu les Larochelle...

— Et... tu as tricoté un beau roman là-dessus...

— C'est pas un roman, Honoré, c'est la vérité vraie. Je suis sûre qu'il s'est caché pour pleurer. Il est affecté tout autant par ce qui arrive à Marie. C'est deux coups de masse qu'il a reçus en même temps sur la tête. Pauvre papa, il mérite pas ça, non, il mérite pas ça pantoute.

Le jeune homme était dans un grand parc à moitié rempli d'avoine qu'il fallait transvider à la pelle dans des sacs de jute pour libérer l'espace requis pour les prochaines graines de semence. Émélie s'appuyait à la planche supérieure de l'enclos. Il planta sa pelle et s'approcha, les pieds s'enfonçant dans les grains puis se dégageant dans un chuintement d'eau qui coule entre des roches :

— Mais il arrive quoi, donc, à Marie ?

– Tu savais que sa jambe, y avait une bosse à l'endroit de la fracture… on a essayé de la faire marcher pis elle boite terriblement. Monsieur Labrecque dit qu'il a fait comme d'habitude, mais… ça s'est mal soudé.

– Marie : boiteuse ! Non, batêche, non ! se désolait Honoré en hochant et penchant la tête en même temps.

– J'ai ben peur pour elle en tout cas.

– Tu l'as pas laissée tu seule toujours ?

– Ben sûr que non ! Je l'ai laissée avec Georges Lapierre. C'est lui qui nous a appris la mort de madame Larochelle.

– Maudit que le bon Dieu fait la vie dure à d'aucuns !

– Faut pas se révolter contre Lui : Il éprouve ceux qu'Il aime, nous dit la sainte Église.

– Ouais… dur à comprendre pareil ! Mais… faut toujours garder espoir, disait souvent ma mère.

Il se fit une pause qu'elle finit par briser :

– C'est ça, je voulais te rapporter moi-même les mauvaises nouvelles…

– T'as ben fait : à deux, on passe plus facilement au travers du malheur.

Il posa sa grosse main sur la longue main de la jeune femme et dit en la regardant droit dans les yeux :

– On va tâcher de se trouver du courage dans la vie de tous les jours… pis dans la prière comme va le faire, j'en suis certain, ta pauvre sœur Marie.

– Quoi faire d'autre ? fit-elle en retirant doucement sa main puis en tournant les talons.

– Je te remercie ben d'avoir pensé à moé pis d'être venue m'avertir de ce qui arrive.

Elle s'arrêta et lui dit sans se retourner :

– Même si ça change rien à ce qui arrive, ça soulage de le dire à quelqu'un.

– Je vas toujours être là pour t'écouter, Émélie.

– Je retourne au magasin: y a personne pour répondre au monde. Marie boite de la jambe; papa boite de l'âme.

– On va se donner la main pour les relever tous les deux.

– Oui… oui… ben sûr que oui! Mais comme c'est là, moi, je boite du cœur…

Il fut sur le point de lui parler de béquilles du cœur puis songea que ce n'était pas dans la nature d'Émélie de s'accrocher à quelqu'un d'autre…

∞∞∞∞∞∞∞∞

Chapitre 5

Émélie osa frapper à la porte de la chambre d'Édouard. Il lui fallait consoler son père en détournant son attention depuis sa souffrance morale vers les nécessités du quotidien. Aucun remède, croyait-elle, n'était meilleur pour soigner le cœur que l'ordinaire de tous les jours et le temps qui passe.

– Ouais! C'est quoi qu'y a?

– Je voudrais vous parler un peu.

– C'est-il si pressant? Suis pas mal fatigué…

– J'ai un peu de cognac pour vous relever.

– Entre d'abord!

Il faisait sombre, presque noir, dans la pièce. Elle ne put voir la rougeur des yeux de l'homme qui, allongé sur le dos, garda un bras replié sur son front. Elle alla lui porter la tasse qu'il prit de sa main libre.

– Pis j'voudrais vous dire quelque chose en même temps…

Pas question pour elle d'aborder le sujet de la mort de Marie-Rose et s'il voulait en parler, il devrait ouvrir la porte lui-même. Elle ne parla donc que de Marie et quand il exprima du regret pour leur déménagement deux ans plus tôt, elle entra dans son cœur par cette porte-là.

– On aurait eu notre part de malheurs à Saint-Henri. Le malheur, comme le bonheur, est attaché aux pas de l'humanité comme à celui de chaque personne humaine. On le sait pas, ce qui serait arrivé. On sait juste ce qui nous arrive par ici. C'est pas tant la misère que ça, vous le savez. Des escaliers à pic, y en a partout. Y en avait un chez nous là-bas.

Édouard se souleva un peu pour boire. Son visage entra dans la sombre clarté dispensée par l'entrebâillement de la porte ; il apparut à Émélie ravagé par les larmes. Elle qui avait appris de sa mère à n'en jamais verser sur un être disparu était bâillonnée par son respect entier des sentiments cachés de son père envers la disparue du rang 10.

— Tu dis vrai, Mélie, mais...

Pour une fois, elle ne s'insurgea pas de l'entendre écourter son prénom :

— Marie a pas une grosse santé physique comme moi, mais sa santé intérieure est ben au-dessus de la mienne. Paraît que le bon Dieu nous demande jamais au-dessus de nos forces.

Et elle lui servit d'autres clichés rassurants tandis que le cognac atténuait un peu l'effet des substances alarmantes que son cerveau d'homme en deuil produisait. Puis elle lui lut la liste des marchandises qui approchaient de l'épuisement et qui devraient être réapprovisionnées.

— Émélie, quand tu vas être prête pis que je vas être prêt, c'est toé qui vas reprendre le magasin.

— C'est justement, papa, j'suis pas prête, j'ai encore que 16 ans.

— Tu sais tout faire mieux que moé... pis avec Honoré à tes côtés.

Elle fit les sourcils menaçants :

— Honoré... est un commis qui peut sacrer son camp à tout bout de champ.

— Ouais... ouais... Coudon, le petit Lapierre est-il encore avec Marie ? Je voudrais lui parler un peu...

— À lui ou ben à Marie ?

— À Marie.

— Il est parti, sinon je vas lui demander de vous laisser tous les deux ensemble pour le temps que vous aurez besoin.

Édouard rendit la tasse vide à sa fille. Il se redressa et s'assit un court moment au bord du lit, frottant ses yeux, son front, lissant ensuite ses cheveux.

– En tout cas, la vie, j'peux te dire, ma fille, ça dure pas long-temps. T'as 16 ans : t'auras pas le temps de te revirer de bord que tu vas avoir 50 ou 60.

– Bah ! je me rendrai même pas là.

– T'es bâtie pour vivre jusqu'à 100 ans.

– C'est ce qu'on verra.

– C'est ce que tu verras.

La conversation s'étant un peu allégée et les devoirs de sa charge la réclamant, Émélie retourna au magasin moins anxieuse tandis que son père se rendait voir Marie.

Et Marie se montra si forte devant son propre malheur que son père trouva le sien moins important...

∞∞∞∞

Toute sa peine la plus profonde revint le submerger quand il fut devant le corps de Marie-Rose étendu sur les planches au milieu de la cuisine chez Clément Larochelle. Il s'y était rendu en voiture fine avec Émélie tandis que le commis gardait le magasin. La jeune femme s'entretenait à l'écart avec Marie-Césarie que cette disparition trop rapide gardait en état de choc.

Et l'homme balayait des yeux cet être absent dont il ne restait plus que des souvenirs. Son visage inerte n'était qu'une blancheur où plus aucun sentiment ne se pouvait lire et ses mains exsangues des choses dures et cirées qui plus jamais ne lui transmettraient la douce chaleur de son cœur de femme. Édouard parvint à ligoter au fond de sa chair autant que de son esprit son énorme chagrin afin qu'il ne se déverse pas sur la dépouille noire. Si Émélie avait appris à ne pas pleurer sur un être cher disparu, lui était forcé de le faire pour ne donner prise à aucun étonnement. Mais ses épaules accablées trahissaient son état d'âme. Émélie voulut sauver les apparences :

— Pauvre papa, chaque fois qu'il va au corps, ça lui remet au visage la mort de maman, il y a dix ans.

Marie-Césarie n'était pas dupe de ce propos qui maquillait la vérité profonde. Elle savait fort bien que ce cœur endormi sur les planches avait battu fort et longtemps pour ce cœur flétri qui le pleurait de l'intérieur. Mais voilà de graves secrets intimes qui ne dépasseraient jamais le cercle féminin...

∞∞∞∞

Il y avait retard aux réapprovisionnements. Émélie le signala à deux reprises à leur retour de l'exposition du corps.

— J'pourrai pas demain : c'est le service à Marie... à madame Larochelle.

— On a aussi des devoirs envers la clientèle.

— Une journée de plus...

— Si on a du méchant temps après-demain ?

Il était certes plus long et compliqué de se rendre à Saint-Georges y faire la tournée des grossistes par temps pluvieux. On avait beau étendre des toiles sur les marchandises, il y avait risque d'infiltration d'eau quand la pluie était battante. Et un cheval nerveux par temps d'orage, ça n'apportait rien de bon à un voyage.

— J'pense qu'il faudrait envoyer le commis à ma place. Toé, tu garderas le magasin. Pis moé, j'vas aller aux funérailles. Émélie, tu l'as souvent dit : quand quelqu'un de la paroisse se fait enterrer, ça prend un représentant du magasin pour assister... C'est ben vu du monde...

Il est vrai que la jeune marchande avait érigé en principe voire en précepte commercial cette présence obligatoire de l'un d'eux aux obsèques tandis que l'autre gardait le magasin. Car un enterrement amenait au village des gens qui en profitaient pour magasiner avant ou après la cérémonie des funérailles, ou bien avant ou après l'inhumation au cimetière.

Édouard reprit:

– Comme tu dis tout le temps: nous autres, faut qu'on soit en même temps au four pis au moulin. Ça prend quelqu'un à Saint-Georges; ça prend quelqu'un au magasin; pis ça prend quelqu'un aux funérailles. Pis asteur qu'on a perdu Marie qui peut pas encore marcher sur ses deux jambes…

Émélie qui aurait voulu épargner à son père la douleur de voir le cercueil de Marie-Rose s'enfoncer pour jamais dans la terre du cimetière, acquiesça en soupirant fort et longuement:

– Oui, c'est comme ça qu'il faudra toujours faire quelle que soit la circonstance. Vous avez ben raison…

Impossible pour elle de savoir quelle prolongation de souffrance morale subirait son père à son prochain voyage à Saint-Georges, surtout près d'un certain ruisseau d'eau pure ou bien au passage du pont couvert là-bas, sur la Chaudière, car impossible pour elle de savoir quel degré de bonheur il avait alors atteint par delà les inquiétudes au sujet de la santé de Marie-Rose Larochelle.

∞∞∞∞

Et Honoré attela tôt pour se rendre à Saint-Georges à la place d'Édouard. Ce serait la première fois qu'il s'y rendrait seul. Le temps était gris, mais le sens du vent indiquait que le ciel s'éclaircirait au cours de la journée.

Il vint prendre la liste des effets à rapporter après avoir arrêté son attelage à côté du magasin sous la fenêtre de chambre d'Édouard. Émélie se pencha sur le comptoir, papier à la main, pour lui faire plusieurs recommandations. Lui regardait ses magnifiques cheveux qu'il aurait bien voulu toucher et cette tête adorable qu'il aurait bien voulu caresser. Mais elle le rappelait à l'ordre quand elle tournait son regard vers lui afin de mieux appuyer une demande. Et lui, pour mieux camoufler ce qui tournoyait en sa poitrine avait accroché sur son visage un sourire énigmatique. On entra dans le magasin. La clochette en témoigna. Alors Honoré se mit bien droit et quand Émélie tendit la liste, il la prit en disant :

— Ce sera fait comme vous me le demandez, mademoiselle Allaire.

Mais en lui-même, il se trouvait hypocrite de vouvoyer ainsi une jeune personne qu'il voyait chaque jour comme sa future épouse. Pour Émélie, ce langage était une nécessaire dissimulation. Et puis, elle ne le voyait pas, elle, comme son futur mari. Pas encore. Mais elle n'en voyait pas un autre non plus dans ce rôle... Ils se rendirent compte qu'ils faisaient bien de montrer de la distance car la cliente arrivée était un bec pincé, connue pour sa forte inclination à la médisance et à l'exagération.

Personnage sec d'une quarantaine d'années au chapeau mauve orné d'une voilette noire planté sur le pignon de la tête, la cliente croisa Honoré dans l'étroite allée et le salua vaguement par un sourire en biais et une tête à l'oblique. Rendue au comptoir, elle salua Émélie puis se retourna pour voir sortir Honoré avant de redonner son attention à la jeune femme. Son regard en disait long sur le message d'avertissement qu'elle leur donnait à propos des bonnes mœurs.

— Qu'est-ce qu'on peut faire pour vous aujourd'hui, madame Paradis ?

— Tu peux m'appeler Célina : à 40 ans et quelques mois, suis pas si vieille encore.

— La bienséance m'a appris à dire vous madame aux personnes mariées comme vous, madame Paradis.

— C'est comme tu voudras. Je venais voir les nouveaux tissus pour l'automne.

— Sont là, madame Paradis, en pièces cordées sur le dessus du comptoir à côté du châssis.

La femme s'approcha de l'étalage en question :

– Mon doux Jésus, mais t'en as donc pas beaucoup !

Piquée au vif, Émélie rétorqua à voix pourtant retenue :

– D'autres pensent le contraire.

– Ceux-là sont pas allés voir à Saint-Georges.

– La clientèle à Saint-Georges est plus grosse qu'ici aussi, ma bonne dame.

La femme prit un ton condescendant :

– J'disais ça comme ça, sans vouloir t'offenser...

Une voix masculine soudain tonna entre les étalages :

– Célina Paradis, depuis qu'on a ouvert de magasin icitte que tu viens écornifler pour rien... tu regardes tout' pis t'achètes jamais pour une vieille cenne noire... pis tu trouves toujours de quoi pour chialer...

Blessé à vif par les événements aussi cruels que récents, Édouard qui avait tout entendu n'avait pu empêcher sa peine de se transformer en colère. Et Célina Carbonneau, épouse d'Édouard Paradis, était venue à point nommé pour lui servir d'exutoire. Sans rien ajouter, il bifurqua, entra dans la cuisine pour sortir de la maison par le hangar. Médusée, la femme agressée devint toute doucereuse :

– Ton père a le poil drette à matin, Émélie. Mais... je le comprends... Avec ce qui est arrivé à ta petite sœur... Pour du tissu, tu sais, j'en ai besoin... Je vas m'en choisir, crains pas... T'as du beau autant qu'à Saint-Georges, c'est juste que t'en as un peu moins...

Tout comme son père qui pleurait intérieurement, Émélie sourit de toutes les dents de son esprit à entendre la déplaisante Célina s'adoucir comme un chaton.

∞∞∞∞

La cloche de la chapelle fit entendre son glas aux airs de sanglot, signe que le service funèbre de Marie-Rose commencerait bientôt.

En fait, le bedeau avait vu venir le noir corbillard au loin et, suivant la coutume, appelait les fidèles à la cérémonie.

Édouard qui s'était endimanché, rentra après quelques minutes passées derrière le magasin à se souvenir et à se remettre en question une fois encore. Il endossa son veston noir et s'apprêta à sortir dans la grisaille de ce milieu d'avant-midi.

Il n'y avait personne à l'intérieur à part Émélie qui lui dit de loin:

– Papa, moi et Marie, on va faire des prières pour madame Larochelle... pis pour vous itou...

La jeune fille avait étudié sa phrase à l'avance, chaque mot, chaque intonation, chaque hésitation, pour que son père comprenne qu'elle le comprenait jusqu'au fin fond du cœur. Il dit après une brève pause:

– C'était une ben bonne personne humaine: si elle est pas au ciel, y a jamais personne qui va y aller.

– Ça, j'en doute pas une seconde.

Et la clochette sonna à peine tant Édouard usa de lenteur et de discrétion pour sortir. Il traversa la rue et rejoignit un petit groupement de personnes réservées en attente du corbillard sur le parvis de la chapelle.

Une heure plus tard, c'était le transport de la dépouille de la chapelle au cimetière, un si court trajet que le corbillard n'était pas requis, et d'ailleurs, il n'était pas resté aux alentours et avait repris le chemin de Saint-Évariste. C'est de là qu'il fallait le faire venir à chaque décès dans la paroisse.

Clément Larochelle avait acheté un lot loin au fond du petit cimetière et tout près de la clôture, donc à l'endroit le plus rapproché du magasin. Si bien qu'il serait impossible à Édouard, chaque fois qu'il regarderait de ce côté de ne pas voir ce qui marquerait la tombe de Marie-Rose. Comme si le destin avait voulu le clouer à la croix au bois gravé de ce nom déjà ciselé depuis un quart de siècle dans la chair de son cœur.

Prudent Mercier avait creusé la fosse la veille. Le monticule de terre brune donna le cap aux porteurs qui s'y dirigèrent lentement au son du tocsin qui marquerait toute la cérémonie d'inhumation. Le noir cercueil fut déposé au pied du tas de terre et le préposé aux pompes funèbres, Adolphe Leconte, personnage sombre et austère d'une soixantaine d'années, se chargea de glisser les câbles de retenue sous la boîte qui serait prête à être mise en fosse après les prières de l'abbé Quézel.

La famille proche forma cercle. Clément gardait sa main sur son visage à se souvenir. Une pluie fine commença à tomber. Le ciel voulait montrer qu'il était aussi en deuil. Au second rang, Édouard Allaire regardait au-dessus du magasin, loin dans le temps passé et voyait la jeune femme soulever sa robe pour examiner la blessure qu'elle venait de s'infliger, puis la regardait boire de cette eau si limpide qu'ils avaient partagée. S'il y avait donc une eau pour guérir de la mort. Pourquoi les herbes pour soigner les plaies de l'âme se faisaient-elles si rares? Pourquoi Dieu faisait-Il se rencontrer les bonnes personnes au mauvais moment? Comment sa pauvre fille Marie, maintenant infirme, pouvait-elle être si sûre que les souffrances des uns contribuent au soulagement des autres?

Le prêtre fit quelques prières en latin. Pierre Chabot et Onésime Lacasse chantèrent un psaume. Des mots tristes au son lugubre du long glas. L'abbé enfin dit quelques mots en français. Une conclusion à cette vie envolée. Un point final.

– Prions pour notre sœur Marie-Rose. Et disons-nous que là-haut, son âme est à l'œuvre pour faire tomber sur ceux qu'elle a aimés sur terre une pluie de roses aussi abondante que celle qui tombe en ce moment même sur nous. Chaque fois que l'un de ses proches pensera à elle, notre sœur pensera à lui afin de le bénir et pour lui prodiguer son aide. Ainsi soit-il.

Les porteurs firent glisser le cercueil dans la fosse. Édouard se demanda combien il lui faudrait en voir encore au cours de sa vie, de ces boîtes contenant un morceau de son cœur, descendre entre les quatre murs de la fin.

Le prêtre, son servant de messe et les chantres se retirèrent, suivis des fidèles. Édouard baissa lentement les yeux et son regard tomba sur la fenêtre de la cuisine de sa maison, celle donnant sur l'escalier. Il put y voir Marie assise dans une marche. Avait-elle reçu l'aide de sa sœur aînée pour s'y rendre ? Sans doute que non car Émélie n'aurait pas voulu prendre un tel risque. Marie avait donc réussi à se déplacer seule pour assister à l'inhumation. Qui sait, peut-être avait-elle eu l'aide de Marie-Rose ?...

L'homme contourna les proches et s'arrêta un peu plus loin, dos à tous, à regarder la terre à Foley, le cap là-bas, le champ défriché, et lui revinrent en tête ces lettres d'or que Marie-Rose y avait gravées pour jamais :

— C'est en aimant la terre que tu m'aimeras toujours.

Ce sont les mots qu'il lirait en filigrane sur l'épitaphe que l'on se proposait d'inscrire sur la croix noire.

∞∞∞∞∞∞∞

Chapitre 6

Lors de sa première tournée des portes de Saint-Honoré, le quêteux de grands chemins, Augure Bizier, ne se rendit pas en fin de compte visiter Jean Genest dans le rang Petit-Shenley. Mais il rapporta chez lui à Saint-François l'image exceptionnelle de ce couple de quinquagénaires qui s'était arrêté au bord d'un ruisseau pour partager de l'eau belle et claire comme ce vaste ciel bleu leur servant de témoin. Témoin aussi lui-même qui avant leur arrivée sur le sommet de la côte voisine du cours d'eau s'était assis un moment près d'une grosse pierre à l'ombre d'un boqueteau de jeunes sapins pour respirer l'air matinal énergisant.

C'était la première fois que ce mendiant parcourait le territoire de Shenley: un territoire vierge, croyait-il. Plusieurs lui avaient dit en effet qu'il était le premier quêteux à les visiter. À toutes les portes, on lui avait souhaité la bienvenue et on l'avait reçu avec les honneurs dus à un homme de son rang social. On voyait en ces personnages qui tendaient la main pour demander aide à leurs semblables des êtres qui possédaient de grandes connaissances en toutes choses, parfois qui savaient guérir bêtes et hommes de certains maux accablants, souvent plus fortunés même qu'un jeune cultivateur et qui pourtant ne possédaient aucune terre, pas de maison, pas de grange ou de bêtes. Mais ils possédaient la liberté du jour et de l'heure, mais ils possédaient les paysages des saisons, mais ils possédaient la sagesse et l'humilité, mais ils possédaient la terre et pourvu qu'ils soient des catholiques pratiquants, on les disait bienheureux.

Un soir d'automne à la brunante, venu par la piste de Tring, Augure se présenta chez l'ermite Genest qu'il avait côtoyé dans les camps militaires et sur le champ de bataille durant la guerre civile américaine qui avait pris fin voilà 17 ans déjà, quelques mois après la naissance d'Honoré Grégoire et quelques mois avant celle d'Émélie Allaire.

Il ne trouva pas le personnage aussi mal en point que le discours du marchand le laissait supposer quelques semaines auparavant. Le mendiant fut tout d'abord étonné par une sorte de stagnation qui se pouvait lire dans le décor dès que les lieux du loup solitaire furent à portée de regard. Ce camp de bûcheron rallongé dans trois directions en des ailes bric-à-brac, cette grange voisine exhibant la désuétude et l'usure prématurée de tout ce qui n'est pas soigné, ces pièces de terre neuve inachevée, ces objets de bois informes jonchant le sol derrière la masure, semblables à des lisses de traîne en devenir entre les mains d'un sculpteur qui œuvre avec une hache malhabile : tout parlait d'une âme délabrée à l'image de celles que la guerre de Sécession avait enfantées à si grande échelle.

C'est un fusil qui reçut le visiteur à la porte. Un fusil muraille tenu en travers de son corps émacié par un homme aux yeux anciens, brûlés, comme ravagés par le temps qui s'était emballé depuis sa vie de soldat et que le vétéran avait cherché à figer sur place en cette terre de recul.

— Ouais ?

— C'est moé, Augure Bizier.

— Ça devrait me dire quelque chose ?

— On a déserté ensemble.

Genest s'avança d'un pas. La pénombre du soir semblait en état d'hésitation entre la lumière sombre et la nuit pâle. L'autre insista :

— Tu dois te rappeler de moé.

– Ben certain que je me rappelle de toé, Bizier! C'est que t'es venu faire par icitte, au boutte du monde?

– Si le boutte du monde est par icitte, où c'est que c'est Gettysburg pis Manassas?

– J'ai dit le boutte du monde, pas le boutte de l'enfer.

– Ben suis venu te voir, *my friend*.

– Pourquoi c'est faire que tu veux me voir?

– Pour se parler du vieux temps.

Comme s'ils s'étaient donné rendez-vous au milieu d'une foule immense plutôt que parmi les arbres de la forêt, les deux hommes avaient sur la tête la casquette ratatinée, trouée, miteuse, de l'armée de l'Union. Comment ne pas se reconnaître quand on n'est que deux à se parler?

– Ça m'intéresse pas pantoute.

– Ni moé non plus, je te le dis sans mentir.

– Ben tu peux passer ton chemin drette.

– Sus venu voir de quoi ça a d'l'air, un vétéran de la guerre civile comme moé.

– Tu me vois: c'est rien que ça pis pas mieux que ça.

– Serais-tu consomption, mon Genest, dis-moé donc?

– Ça se pourrait ben. Ça fait que tu ferais mieux de sacrer ton camp d'icitte.

– T'es pâle comme un cadavre… pis à dire la vérité, tu sens le cadavre à plein nez.

– Pis toé, tu sens le quêteux magané. Viens t'assire en dedans, je vas te contaminer comme il faut.

Ces êtres bizarres que la guerre avait sortis du rang se lisaient l'un l'autre derrière les injures et les signes extérieurs de rejet. Et plus ils se repoussaient, plus ils s'attiraient.

Genest toussa à deux reprises pour décoller des humeurs grasses qu'il cracha dehors avant d'entrer.

Bizier entra en avouant qu'il vivait de mendicité:

– T'as le nez fin, Genest, c'est vrai que j'sus quêteux de grands chemins.

– Rien qu'à te voir, on voit ben. Pis avec c'est que t'as eu à la guerre, c'est que tu pourrais faire d'autre, hein?

Le visiteur tenait caché son terrible handicap. Ses deux mains avaient été emportées par le tir d'un canon à la dernière bataille à laquelle ils avaient participé. En réalité, il lui restait le pouce et l'auriculaire de la droite et rien de l'autre. Et quand il tendait le bras pour recevoir une aumône des personnes sollicitées, c'est dans un petit sac accroché à la place des doigts du milieu qu'ils versaient leur sou, sinon plus, mais guère plus et rarement plus. (Là se situait la norme de charité qui convenant au bon Dieu, croyait-on.)

L'infortuné avait développé des trucs pour s'habiller, pour manger, pour transporter des petites choses, et il avait dû désapprendre à fumer la pipe.

Genest se rappelait d'avoir vu l'écharognure à l'hôpital de campagne et de s'être demandé comment on peut survivre avec une telle infirmité. Mais lui-même avait subi un tel massacre du cœur et de l'esprit à cette guerre impossible qu'il en était sorti tout aussi amoché pour aboutir dans une situation autrement plus misérable que celle où vivait Bizier.

Et ils conversèrent sans aucune forme de retenue.

Genest dit qu'il n'avait jamais voulu rien savoir de plus qu'il savait déjà de cette guerre maudite, mais que des connaissances habitant dans la paroisse étaient venues lui en parler presque de force un jour en lui annonçant la fin de la guerre civile et l'assassinat du président Lincoln.

– Y a une suite qui pourrait t'intéresser, *my friend*. Ça concerne l'officier qui t'avait envoyé en mission d'estafette avec Joseph John.

– T'étais pas des nôtres.

– Tu m'as tout conté quand on a déserté.

– C'était un dénommé Custer, le capitaine Custer. Il avait autour de 23 ou 24 ans. Il gagnait toutes les batailles : un vrai démon pour l'ennemi. Il faisait de quartier à personne. Il m'a parlé deux fois. C'est un peu de sa faute, ce qui s'est passé dans la maison en Virginie… John pis les deux autres… J'ai rien pu faire…

– T'es encore hanté par les fantômes du temps.

– Custer aurait pas dû choisir un malade comme John, il aurait pas dû.

– As-tu su par les journaux que Custer est devenu général par la suite. S'est battu contre les Sauvages. Commandait le septième de cavalerie. Au mois de juin 76, ça fait huit ans déjà de ça, il s'est passé une bataille à Little Big Horn au Montana contre les Sioux commandés par Crazy Horse. Custer pis tous ses hommes ont été massacrés. 212 morts.

– Je souhaite que parmi eux, y avait un dénommé Joseph John, fit Genest qui toussa et cracha quelque part sur le plancher.

– Qui mérite la mort, mon ami ?

– Joseph John en est un qui la mérite, c'est ben certain.

– Ouais… bon… Pis comme ça, tu t'es installé sur ton lot comme t'avais dit que tu ferais.

Les hommes parlaient dans le noir presque total et la seule lueur d'une petite flamme dans un poêle jetait par une ouverture ses rais de lumière sur le plancher qui les renvoyait en délinéaments sur les choses de la maison.

– Pis ça fait proche vingt ans que je vis par icitte. J'ai pas de parents, pas d'amis. Des fois, Louis, mon frère de Saint-Henri vient me voir, pas souvent, une fois par trois ans. Il doit pas s'ennuyer de moé. Je m'ennuie pas de lui, moé non plus. C'est de même. Pis depuis une couple années, ben j'tousse pis j'crache, ce qui fait dire aux rares personnes qui passent par icitte que j'sus consomption. Pis je le pense moé itou. Ça devait me couver dans le corps depuis la guerre pis un bon jour, les microbes ont décidé de se lever deboutte pour me faire tomber. Ils vont gagner, mais ça peut prendre encore du temps.

– On peut pas déserter les armées qui nous habitent.

Le visiteur crut entendre à quelques reprises un ronflement tandis qu'on se parlait du vieux temps sanglant. Une pause intervint ; il prêta oreille pour mieux capter les bruits ambiants. Ce qui augmenta sa surprise lorsqu'une paire d'yeux luisants parut à ses pieds et qu'il perçut la forme de la bête qui les portait. Genest voulut le rassurer :

— C'est le chien qui vient te sentir de proche.

— J'ai pas peur des chiens : y en a quasiment à chaque porte. Ça m'est arrivé de me faire mordre…

— Veux-tu que j'allume une lampe ? Tu dois trouver que je ménage le pétrole lampant.

— T'as pas une chandelle ?

— Oué… je vas en allumer une, ça sera pas long.

La silhouette animale s'assit sur son derrière et la bête émit de brefs silements alors que son maître transportait une petite flamme à l'aide d'une allumette de cèdre depuis la porte du poêle jusqu'à la chandelle dont on avait parlé et qui trônait sur un meuble de bois brut usé par les années et dont deux pattes avaient servi d'aiguisoir à des griffes de chat.

Le chien parut plus nettement à l'œil de Bizier et Bizier ne s'améliora pas à l'œil du chien.

— Il est trop vieux pour même japper, dit Genest en retrouvant sa chaise berçante, ça fait que mordre, il doit même pas se rappeler c'est quoi que ça veut dire.

— Il a un nom, ton chien ? demanda l'autre qui toucha l'animal sur le dessus du crâne.

— S'appelle Piteux.

— Ben coudon, c'est mieux que sans nom pantoute.

— Pis à part de ça, mon ami, tu t'es jamais marié toé non plus ?

— Infirme des deux mains : quoi c'est que tu veux ?

— Ben tu pourrais avoir une terre ; ta femme s'en occuperait pis toé tu ferais ton quêtage pareil. Ça serait vivable, tu trouves pas ?

– Trouver une femme qui voudrait vivre de même ? Pense pas. Quand j'étais plus jeune, ça se sauvait loin de moé quand ils savaient que j'étais rien qu'un infirme comme j'en suis un.

– C'est ben moins pire qu'être aveugle, pis y a des aveugles qui se marient.

– Entre eux autres ! Mais me vois-tu marier une femme qui a pas de mains comme moé ?

– J'ai une idée pour toé… Va voir Allaire au village. C'est le marchand général. Lui, il connaît tout le monde. Il va te dire si tu pourrais pas trouver une femme quelque part dans la paroisse qui te conviendrait comme il faut.

– T'as qu'à me le dire toé-même.

– Je te l'ai dit : j'connais à peu près personne par icitte. J'sors jamais. J'fais même pas ma religion. J'ai pour mon dire qu'un bon Dieu qui laisse du monde se massacrer comme j'ai vu ça faire… pis toé itou, tu l'as vu, ça donne pas grand-chose d'y demander quoi que ce soit. C'est un bon Dieu sourd comme un pot…

– Tu vis comment ? Tu manges quoi ? Du sapin comme un orignal ?

– Chasse, pêche… j'cultive un peu de légumes… des pétaques en masse. Des œufs en masse, j'ai des poules. Pis l'hiver, j'poigne du lièvre que je vends à Allaire au village. En retour, j'achète de la mélasse pis de la fleur. J'me cuis du pain. J'mange des crêpes avec du sucre d'érable… J'ai tout' c'est qu'il me faut.

– T'es un homme libre.

– Pas autant que toé.

– Plus. Moé, je dépens de la charité du monde.

– Moins. Parce que moé, j'vois jamais de monde.

– Parce que tu veux pas.

– J'aime mieux pas voir personne.

– Pis tu survis : t'es plus libre que moé.

– J'ai la maladie dans le corps : c'est pas de la liberté, ça.

Et l'échange léger sur des sujets lourds se poursuivit encore un temps puis le visiteur demanda à coucher.

— J'ai pas de lit' pour toé.

— À terre, à côté du poêle… pourvu que tu me prêtes une couverte de laine. J'ai l'accoutumance de dormir sur un plancher. Je mets mon packsack en dessous de ma tête, pis j'dors comme un bébé.

∞∞∞∞

L'astucieux conseil de Genest trotta dans le cerveau endormi du quêteux et au matin, Augure prit la décision de se rendre au village, au magasin, pour parler avec le marchand et apprendre de lui peut-être qu'il se trouvait dans la paroisse un être disponible qui voudrait le suivre à Saint-François où il vivait dans une masure à l'arrière du village sur les hauteurs venteuses.

Ce qu'il fit après avoir quitté Genest qui, prisonnier d'une quinte de toux, le regarda longuement aller de son pas lent de quêteux à qui le monde appartient sous un soleil cru de la mi-saison d'automne.

Bizier se souvenait très vaguement du visage d'Édouard Allaire, lui qui pourtant avait bonne mémoire des personnes et des événements ainsi que des dates et grandeurs. Une fois au magasin, il le reconnaîtrait. Et peut-être que le marchand aurait souvenance de lui. Après tout, cette rencontre près du ruisseau à l'eau claire ne datait pas de si loin.

On le vit passer sur le chemin, mais Bizier ne frappa à aucune porte. Quand il avait une idée en tête, il allait au bout de la question : c'était ça aussi sa liberté. Devant la chapelle, il mit un genou à terre et se signa. Agathe Lacroix, la femme de Prudent Mercier, qui l'avait vu passer et surveillé, pensa qu'il s'agissait d'un quêteux tant il en avait la gueule et les frusques, mais pas dangereux puisqu'il respectait la maison du bon Dieu.

L'homme entra discrètement dans le magasin, usant de son pouce restant pour appuyer sur la clenche.

Émélie était occupée à son inventaire, crayon sur l'oreille et calculs dans l'œil. Marie tricotait dans la cuisine en se berçant. Édouard fumait la pipe dehors en arrière. Honoré vantait les mérites d'une voiture fine dans la grange-entrepôt devant un couple pour qui ce serait le plus important achat de leur vie, car même leur terre ne leur avait rien coûté, l'ayant obtenue au départ par concession et défrichée sous forme de lot de colonisation.

Bizier passa sur la gauche de sorte qu'il se dirigea vers l'entrée de la cuisine plutôt que du côté d'Émélie qui n'avait pas encore levé les yeux vers lui. L'apercevant, Marie se leva et fit des pas en sa direction. L'homme la regarda, si fragile sur ses jambes, si boiteuse, si décharnée dans son corps, si défaite alors que son jeune âge devrait l'offrir neuve et belle. Non point qu'elle fût laide, mais quelle infirmité !

– Je viens voir monsieur Allaire.

– Prenez la porte, là, pis sortez par le hangar : il est dehors, en arrière.

Bizier remercia en prenant la direction indiquée. Émélie parut au-dessus de la cloison :

– Qui c'est, celui-là ? Il doit sentir la ratatouille. Non, mais as-tu vu comme il est malpropre ?

– Ça doit être un quêteux.

– J'espère que papa va être raisonnable. Donner, c'est beau, mais…

– T'as toujours peur qu'on manque d'argent.

– Faire banqueroute, papa se ramasserait en prison.

– C'est pas une cenne ou deux…

– Toi, Marie, tu donnerais tout ce qui nous appartient. La charité a ses limites, tu sauras.

La jeune fille ne dit mot. Elle retourna s'asseoir et reprit son tricot. Émélie disparut parmi les étalages qui remplissaient la moitié de sa vie au moins.

— Mister Allaire, dit le visiteur qui s'approcha du marchand en train de fumer, assis par terre sur une bûche, adossé au mur du magasin, le regard tourné vers le cimetière.

Édouard leva les yeux, frissonna :

— C'est-il parce que t'es un oiseau de mauvais augure qu'ils t'ont donné le nom d'Augure ?

— Vous vous rappelez de moé ?

— Qui c'est qui oublierait une tête comme la tienne pis surtout un nom comme le tien ?

— C'est ben tant mieux : ça va être moins long pour se connaître.

— L'as-tu trouvé, toujours, le Jean Genest ?

— Là où vous avez dit. Mais rien qu'hier. L'autre fois, suis pas allé. J'ai piqué tout drette à Saint-Évariste.

— Il est aussi malade que je te le disais ?

— Il dit qu'il va durer des années.

— Pourvu qu'il fasse pas attraper sa maudite consumption à d'autres. As-tu passé la nuitte là ?

— Moé, je vous l'ai dit, du monde consumption, ça me fait pas peur.

— Approche-toé, Bizier, que j'te montre quelque chose.

Augure vint auprès du marchand qui indiqua le cimetière à l'aide du bouquin de sa pipe noire :

— Tu vois là, la première croix : ben c'est là qu'est enterrée la personne que t'as vu avec moé dans le 9 au milieu de l'été.

— Vous me contez une peur ou ben…

— Non, j'te le dis. L'autre fois, j'allais la reconduire voir le docteur à Saint-Georges. Quelques semaines après… ben elle est partie pour la grand voyage…

Bizier vit le gargoton d'Édouard rouler aller et retour dans sa gorge, et comprit que l'homme comprimait une douleur lourde s'y logeant. Il les avait vus boire de la même eau belle et deviné qu'ils partageaient aussi à ce moment-là les ondoiements du cœur.

– C'était pas votre dame, me semble.

– Non, non, c'était la dame d'un autre. J'te dis ça pour te faire penser que la vie, c'est rien qu'un petit feu de paille.

– Ça, je le sais trop ben, soupira Bizier. J'en ai vus mourir, des hommes en santé. 20 ans. Une balle. Leur vie qui coule dans l'herbe avec leur sang. Genest a vu tout ça itou.

– Bon, ça fait que t'es venu pour la charité. Attends que je fouille dans ma poche…

– J'viens itou pour une autre raison.

Augure sortit ses bras enfouis dans ses poches et montra son moignon gauche et son infirmité de la droite:

– La guerre m'en a déjà emporté des bouttes en paradis. Ça fera ça de moins à enterrer.

Édouard grimaça:

– Balle de fusil?

– Boulet de canon. J'vous dis pas ça pour avoir plus pis attirer votre pitié, mais pour justifier le métier de quêteux que je fais. Suis pas un lâche qui veut pas travailler pis j'vous le dis sans mentir.

– T'avais pas besoin de me donner les détails. On sait ben, tout le monde, que pas un homme marcherait douze, quinze heures par jour d'une porte à l'autre pour ramasser des cennes noires s'il s'rait capable de travailler. Je t'ai cru sur parole, mon Augure.

– J'vous montre ça pour une raison que m'a donnée le Jean Genest hier au soir. J'dois avouer que j'avais jamais vu ça à sa manière, à lui. On apprend de tout le monde…

– Parle, mon Augure!

– Vu que vous connaissez le monde par icitte, y a peut-être quelqu'un qui pourrait me convenir même si j'sus rien qu'un quêteux infirme… j'veux dire une vieille fille… ou ben une veuve… quand même quelqu'un qu'a de l'allure, pas un restant de paroisse, là…

Édouard éclata de rire. Il se leva, rajusta ses bretelles qu'il fit claquer sur sa chemise, s'exclama en regardant par delà les tombes du cimetière :

– J'aurais jamais cru qu'un marchand soye assez général pour vendre… non pas vendre, mais repasser à son monde… du monde…

– Écoutez, là, j'veux pas faire rire de moé non plus.

– Ben pourquoi pas ? Non, pas rire de toé, mais te donner des noms. Ça pourrait t'arranger pis ça pourrait arranger c'te quelqu'une-là…

– C'est comme Genest pense : elle pourrait s'occuper de la terre pis moé, je continuerais mes ronnes de quêtage icitte et là dans la Beauce.

– Ben certain ! Ben certain ! Ben pensé ! Ça fait longtemps que je le connais, Genest… avant qu'il parte pour les États se bâtir un rêve qu'a tourné au cauchemar… pas fou, le Jean Genest, loin de ça… Bon, je m'en vas te le dire tout de suite, la meilleure personne pour toé, ben ça serait… ça serait Amabylis Quirion. Tu seule d'enfants chez eux pis elle commence à âger… dans la trentaine… Y a un problème, mais…

– Elle veut personne ?

– Non, mais personne veut d'elle vu que c'est… ben c'est une Sauvagesse. Pis t'as dû la voir en passant par leur porte, l'autre fois.

Augure devint songeur. Édouard en remit :

– Une Sauvage, ça te donnera pas beaucoup d'enfants… un ou deux. Pis vu qu'elle fait de l'âge, peut-être pas pantoute…

– Où c'est que j'aurais dû la voir ?

– Viens avec moé, on voit la maison d'icitte, de l'autre bord de la terre à Foley en travers. La grange nous cache…

Les deux hommes marchèrent en parallèle dans l'herbe au vert jauni que parsemaient des feuilles tombées encore clairsemées. Devant la porte ouverte de l'entrepôt, on put entendre Honoré dire de sa voix la plus persuasive :

– Si votre voiture brise avant un an, on vous la fait réparer par monsieur Foley ou monsieur Racine à votre choix, à nos frais et dépens.

– Ça, dit Édouard, c'est un jeune homme qui est pas mal bon dans les affaires... notre commis qui est en train de vendre une voiture...

Bizier ne put voir quiconque par la porte et son regard de ce côté fut bref, car ce qui l'appelait en ce moment, c'était bien plus la maison de cette Amabylis. Et elle lui fut montrée quelques pas plus loin:

– Tu vois entre les arbres, la première du rang. On voit rien qu'elle. Tu pourrais vivre là, mon Augure. Pis ben vivre.

– J'quêterais pas dans la paroisse icitte, j'irais partout ailleurs dans les paroisses des alentours.

– Pis ramener de l'argent dans la paroisse icitte: ça, c'est une vraie bonne idée itou.

– Bon ben...

Édouard se gratta la tête:

– Même si la mère pis la fille sont des Sauvagesses, tu ferais mieux de te passer un peu le savon sur le corps... tu sentirais meilleur... Tu sais ce qu'on va faire? Dans mon hangar, là, y a une cuve pour se baigner. Tu vas prendre tout un bain avant de reprendre le chemin. Comme ça, tu vas mettre toutes les chances de ton bord.

Bizier acquiesça. Il attendit près de la cuve où Édouard l'avait parqué en attendant que de l'eau chauffe sur le poêle. Ce ne fut que quand Honoré vint annoncer qu'il avait conclu sa grosse vente du jour qu'Émélie apprit que le quêteux se baignerait dans la baignoire familiale. Elle devint rouge de colère, mais il était trop tard: Édouard dit à Marie qui le dit à Émélie que le quêteux était déjà à l'eau.

– Je vas jamais reprendre un bain là-dedans de ma vie, maugréa-t-elle.

Sa joie à l'annonce du beau chiffre d'Honoré venait de tomber à l'eau. Le jeune homme vint à sa rescousse :

— J'te la laverai, la cuve, cinq fois s'il faut, avec du Castille pis de l'eau de Javel.

Marie, qui depuis sa chambre où elle se reposait maintenant de trop de fatigue à n'avoir pourtant fait que du tricot, avait tout entendu d'un côté comme de l'autre, et s'en amusait fort. Elle souriait en même temps qu'une larme roulait sur sa joue creusée par la faiblesse physique…

∞∞∞

Deux heures plus tard, Augure Bizier frappa à la porte des Quirion du 9. Amabylis le reçut. Non seulement on lui donna la charité pour l'amour du bon Dieu, mais on le garda à souper…

∞∞∞∞∞∞

Chapitre 7

Pas une seule fois, Marie ne consentit à marcher devant son ami Georges qui lui répétait chaque fois qu'il se rendait la voir :

— T'es pareille pour moé comme avant.

— Je vas prendre du mieux de ma jambe pis là, on prendra une marche dehors.

— Quand ça ?

— Quand il va faire beau.

— C'est loin, Marie, on est rien qu'au mois de novembre.

— Décembre est à la veille de tomber de son nuage de neige pis là, il va se réveiller comme il faut.

Il arrivait à Marie d'utiliser pareil langage imagé qui échappait en partie au jeune homme, non pas son sens, mais sa construction métaphorique. Car alors, la jeune fille lui semblait partie dans un autre univers, et cette fois dans ces nuages porteurs de saison qu'elle venait de décrire.

Marie devenait de plus en plus mystique avec les saisons qui s'écoulaient autour d'elle et à l'ombre du clocher dans la forêt. Elle ne songeait plus à cette vision du jour de son arrivée que l'abbé Faucher avait, selon son entendement de prêtre, exorcisée chez elle. Mais quelque part derrière sa conscience somnolait l'idée de sa fin prochaine issue de cette scène d'outre-tombe lui montrant sa mère Pétronille et sa petite sœur Georgina en train de lui ouvrir les bras et de lui dire qu'elle serait bientôt avec elles dans un monde meilleur et plus doux surtout.

On ne le disait pas à Georges, mais on le disait devant lui pour qu'il l'entende :

— C'est quasiment pas possible pour un homme de nos jours de se marier avec une femme infirme. Comment qu'elle va pouvoir tirer des vaches, faire le train avec lui, aider aux foins, à l'abatis au besoin, à la boucherie pis tout le reste ?... Faut une personne qui soit pas une handicapée.

C'était la femme Lapierre qui insistait le plus pour déraciner Marie Allaire du cœur de son fils. Mais le jeune homme en avait du cœur, et il voulait partager les souffrances de la pauvre infirme. Chaque semaine, il la voyait. Chaque semaine, il l'encourageait. Chaque semaine, il tâchait de la persuader qu'elle n'avait pas changé à ses yeux sinon qu'il la trouvait plus belle qu'auparavant.

— Avoir des enfants pis les élever comme il faut : imaginez donc ! enchérissait la mère sèche du jeune homme sensible.

Georges demeurait d'une fidélité aussi solide que le cap à Foley. Et ce soir-là, quand elle lui dit qu'elle préparait un cadeau du jour de l'An pour lui, il pencha la tête pour commenter :

— Le plus beau cadeau que tu pourras me faire, c'est de marcher devant moé... pis avec moé rien qu'un peu, icitte, dans la maison.

Marie espérait que les semaines de rééducation de son corps lui permettraient de boiter moins pour moins l'effrayer. Elle ne parvenait pas à lire dans le cœur de son ami plus que de la pitié alors qu'il s'y trouvait de l'amour profond qui se moque de tout obstacle.

« Dans quelques mois, ça va ben moins paraître, » lui redisaient souvent Édouard, Honoré, Émélie surtout et même Rémi Labrecque, le ramancheur qui, depuis cet échec sur Marie, avait une confiance en soi aussi mal ressoudée que la jambe de la jeune fille et qui claudiquait tout autant, attitude qui risquait de provoquer de nouveaux échecs.

Voilà donc pourquoi elle attendrait le printemps pour marcher devant Georges, pour marcher avec Georges.

∞∞∞∞

Vinrent les neiges.

Et vinrent un soir de décembre veiller chez les Allaire leurs voisins, les Foley, qui avaient maintenant deux jeunes enfants : Joseph âgé de 18 mois et Mary qui venait d'avoir 6 mois. Pendant qu'Émélie et Lucie passaient du temps dans le magasin et que placotaient dans la cuisine le marchand et le forgeron, Marie passa tout son temps à regarder les bébés dormir côte à côte sur son lit. Assise dans une berçante, elle avait réclamé la tâche de les surveiller et voici qu'elle priait pour chacun d'eux dont les traits du visage dansaient sous les reflets de la lampe.

Et elle imaginait pour chacun le plus heureux des avenirs. Et elle étançonnait chacune de ses pensées favorables d'un *Ave* qui faisait office de vœu.

– Joseph… tu auras une belle famille et tu vivras très long-temps…

Puis posant ses yeux sur Mary :

– Mary… tu grandiras en bonne santé et… tu feras un beau mariage…

Mais il y avait des eaux troubles dans l'image du futur de cette petite fille et Marie ne chercha pas à s'y aventurer. Le bon Dieu la protégerait quoi qu'il advienne. Dieu ne protège-t-Il pas autant ceux qu'Il garde en vie jusqu'à 100 ans que ceux qu'Il rappelle à lui dans la fleur de leur jeunesse ? Dans un cas comme dans l'autre, n'est-ce pas pour les aimer davantage ?

Et le temps de ce soir de grâce entoura sa jambe brisée d'une enveloppe d'oubli.

∞∞∞∞

Et vinrent vite les fêtes de fin d'année.

Avec l'aide d'Obéline, Émélie parvint à préparer tout un fricot pour le jour de l'An midi. À part la famille Allaire y seraient Honoré qui cette année avait annoncé longtemps d'avance qu'il ne partirait pas pour Saint-Isidore comme auparavant à la fin décembre, Georges Lapierre et Obéline Racine. Et Mousseline...

Tandis que la jeune femme trottait du poêle à la table, au comptoir de l'évier, et confectionnait tourtières et tartes, le commis répondait à la clientèle nombreuse de cette période. Parfois, leurs regards se croisaient par-dessus la cloison et naissait un sourire complice sur chacun des visages épanouis.

Assise à table avec Marie, Obéline qui préparait des petits canapés joyeusement décorés, remarquait l'intérêt que se portaient Émélie et le commis, et pourtant elle n'avait eu droit encore à aucune véritable confidence de la part de son amie sur ses sentiments voilés, très voilés, mais qui ne lui échappaient pas, ni à Marie, ni à Édouard.

– Savez-vous, j'ai une grande nouvelle à vous annoncer, dit soudain Obéline qui s'était retenue de le révéler tout en brûlant de le faire.

Que pouvait être une grande nouvelle à part un mariage ou une naissance en perspective? Or aucun cas ne pouvait concerner Obéline qui semblait tenir à son jeune célibat en éloignant d'elle tout regard trop doux d'un éventuel prétendant.

– T'as décidé d'entrer en religion, fit Marie avec un regard d'espoir.

– Non, c'est pas ça.

– Tu vas faire l'école l'année prochaine, risqua Émélie.

Obéline possédait le diplôme requis pour enseigner, mais les postes étaient remplis dans la paroisse et ses efforts pour se placer ailleurs au printemps et à l'été s'étaient avérés vains. Il lui aurait fallu s'essayer au loin, très loin, et ses parents lui avaient conseillé d'attendre une année encore.

– C'est pas une nouvelle qui me concerne ou qui concerne ma famille.

– Ah, fallait le dire d'abord! s'exclama Émélie qui brassait des viandes mélangées en train de mijoter sur le poêle.

– Personne devine?

Honoré avait beau servir des clients, il prêtait oreille aux propos de la cuisine qui lui parvenaient par bribes entre les paroles des magasineurs. Édouard écoutait passivement, tirant parfois sur sa pipe égoïste qui ne lui consentait guère de fumée à cause d'un tabac peu sec qui grésillait parfois pour le rappeler. Il était assis dans l'escalier et regardait le cimetière où la plupart des croix étaient maintenant ensevelies sous la neige. De celle de Marie-Rose, on ne pouvait plus apercevoir que l'extrémité; et quelques coups de vent de plus, la moindre poudrerie l'avalerait pour des mois afin que s'efface aussi le souvenir de cette femme inaccessible et qui pourtant, avait partagé avec lui l'eau de la félicité.

Mais tant qu'il y aurait de la terre sur cette terre, Édouard n'oublierait pas cette âme resplendissante qui avait tant éclairé son cœur.

– Ben j'vas vous le dire, c'est la Mathilde Bégin qui va se marier avec Maxime Bégin le printemps qui s'en vient.

Les yeux brillants d'Obéline en disaient long sur quelque chose qu'elle n'osait dire. C'est Édouard qui, sortant de son mutisme, lança en même temps qu'un crachat foncé dans un récipient obligatoire utilisé sur ordre de sa fille aînée:

– Ça fait assez longtemps qu'elle brûle, la p'tite Bégin. Le mariage, ça va la rafraîchir comme un fer rouge mis dans l'eau frette par ton père, Obéline.

– C'est quoi que vous dites là? demanda l'interpellée.

– Ah rien, j'me comprends...

Émélie prit la parole:

– Quand ton père ferre un cheval, Obéline, il fait rougir le fer et il le trempe dans l'eau froide… Papa compare ça au mariage, lui… Des drôles d'idées que vous avez donc là, vous !

– Faut pas tout le temps être sérieux comme le pape Léon XIII…

Édouard, à son arrivée à Shenley et donc dans la Beauce, avait été surpris par les sujets parfois brûlants abordés par les gens malgré l'encadrement de leur vie par l'Église tout comme ailleurs dans le pays. Chansons et propos égrillards faisaient les délices des Beaucerons qui ne s'en privaient pas, et l'homme commençait à y trouver de l'agrément. Au moins le rire permettait-il de diluer quelque peu les pleurs !

– Faut pas exagérer non plus ! dit Émélie qui de plus en plus faisait la remontrance à son père.

Or, elle était une jeune femme prude, mais surtout, elle ne voulait pas que le commis entende un propos à saveur grivoise, pas même pour un soupçon d'épice. Mais Honoré avait entendu et il en était troublé. Dans la plénitude de ses 17 ans, il possédait une nature forte qui frappait à la porte de sa chair quotidiennement. Et il devait se faire violence pour résister aux tentations parfois bien orchestrées des démons les plus actifs. Heureusement qu'il pouvait compter sur les rêves libérateurs des petites heures du matin et qui s'estompaient au lever en même temps qu'il prenait soin d'en effacer les évidentes conséquences dans ses draps de lit.

Mais Mathilde tout entière exsudait la sensualité. Il lui arrivait de venir au magasin et de s'approcher de lui jusqu'à ce qu'il sente ses parfums mélangés. Et de plonger ses yeux dans les siens qui les retirait vite par fidélité à Émélie. Il apparaissait aux jeunes gens qu'elle ne montrait jamais une attitude de fuyarde devant eux comme tant d'autres que la religion culpabilisait d'être de leur sexe, qu'elle leur répondait avec aplomb, qu'elle faisait en sorte que chacun se sente le nombril du monde tant elle riait de grand cœur à leurs moindres propos légers.

Parce qu'elle était différente et délurée, Mathilde passait pour frivole et volage. Parce qu'elle dégageait une sorte de chaleur humaine unique, elle attirait les garçons comme la lumière attire les papillons, et quelques-uns parmi les plus audacieux s'étaient même brûlé les ailes pour avoir voulu trop s'en approcher.

Mais pas Maxime Bégin, un beau garçon pas loin de 20 ans, propre de sa personne et sûr de ses manières. Il croyait avoir choisi Mathilde, mais c'est elle qui l'avait choisi. Et la date de leur mariage. Et le reste à décider autour de cette union à part la terre que défrichait le jeune homme qui, avec l'aide de son père, l'avait achetée à moitié faite déjà.

Quand des pensées secrètes voyageaient d'un bout à l'autre de leur anatomie, généralement du bas vers le haut, plusieurs jeunes gens voyaient alors Mathilde en vêtements mouillés collant sur sa chair comme ce jour de baignade avec trois autres filles alors que les deux Georges les avaient espionnées. Car la nouvelle avait fini par se répandre sans pourtant que jamais personne ne sache quels jeunes gens de la paroisse avaient surpris les jeunes filles au bain en haut de la terre à Mercier.

– J'sais pas si elle va nous inviter aux noces? se demanda tout haut Obéline.

– Tu sais bien que oui, fit Émélie. On ira ensemble, toutes les deux…

Contrarié, Honoré n'écouta plus aux portes. Mais il eut du mal le reste du jour à devoir sans cesse repousser loin de son esprit des images osées de Mathilde dont un diable malin le mitrailla sans cesse… Et puis une question tout aussi brûlante le harcela: quand donc Émélie serait-elle prête à l'épouser? QUAND DONC?

∞∞∞∞∞∞∞

Chapitre 8

Pas de magasin à tenir en ce jour de l'An glacial qui faisait frémir jusque les croix du cimetière qu'un dégel récent avait dégagées de leur prison de neige. Ce qui ne voulait pas dire moins de travail pour Émélie. Lui incombait le soin de servir la table, ce en quoi l'aiderait Obéline, mais pas Marie que son handicap rendait plus nuisible qu'utile dans l'accomplissement des tâches domestiques requérant une certaine célérité et requérant la position debout.

Et puis s'était ajouté un invité de plus par les bons soins d'Édouard : l'abbé Quézel qui autrement eût passé cette fête familiale par excellence seul dans sa maison presbytérale. Il ne manquait plus que lui qui viendrait dans une demi-heure, – on le savait et on l'avait prévu et demandé – un temps qui servirait à la remise des cadeaux de chacun à chacun.

Édouard, Honoré et Georges formaient un cercle de fumeurs près de la porte donnant sur le hangar. Jos les écoutait, assis par terre, adossé au mur. Marie s'était mise à table avant même l'arrivée de Georges afin qu'il ne la voie pas marcher. Et en ce moment, Obéline dressait la table, servie par Émélie qui choisissait assiettes et ustensiles voulus dans un vaisselier sans vitre sis contre le mur arrière.

Tous ceux qui avaient préparé un ou plusieurs cadeaux les avaient déposés dans la chambre d'Édouard sur invitation d'Émélie qui demanda l'attention de tous quand la table fut mise.

– Le temps est venu de nous agenouiller tous pour recevoir la bénédiction paternelle. Papa…

– Vu que le curé vient, c'est lui qui devrait le faire cette année, suggéra Édouard.

– Une bénédiction empêche pas l'autre : plus on est béni, mieux c'est, lança Honoré qui y alla d'un rire tonitruant comme ça lui arrivait d'en émettre en des circonstances particulières.

Émélie s'agenouilla la première :

– Pas de zigonnage avec les traditions !

Marie se tourna la tête. Personne n'avait pensé qu'il ne lui serait peut-être pas possible encore de se mettre à genoux sur le plancher. Son ami Georges accourut auprès d'elle et s'agenouilla à son côté comme pour lui faire comprendre qu'il le faisait pour deux et qu'elle ne devait pas bouger davantage.

– D'abord que c'est de même, blagua Édouard, j'vous manquerai pas : j'vas vous bénir à deux mains.

Honoré s'agenouilla à côté de sa chaise et Obéline près d'Émélie. Et la bénédiction eut lieu comme toutes les autres années aussi loin que se souvienne Émélie. Le commis choisit de se redresser en même temps qu'elle et leurs yeux se rencontrèrent. En eux deux surgit la même pensée que chacun croyait pourtant unique : serait-ce Honoré qui, dans quelques années, donnerait la bénédiction à leurs enfants ? Et cela valut à chacun un fin sourire énigmatique…

– Asteur, fit Émélie, c'est le temps des cadeaux.

À Jos fut donnée une petite somme d'argent comme il le souhaitait, lui qui ramassait ses sous en prévision d'un futur qu'il sentait devoir en requérir. À chacun de Georges et Édouard, Émélie offrit en son nom et en celui de Marie une pipe neuve. Édouard donna à chacune une jolie crémone tricotée par leur voisine Lucie Foley. Et Honoré découvrit dans le sac qui lui était destiné une ceinture fléchée choisie par Émélie lors d'un voyage de réapprovisionnement.

Mais le cadeau le plus étonnant vint d'Honoré à la famille Allaire: un chiot qu'à son arrivée, il avait laissé chez les Foley avec leur complicité, et qu'il se rendit chercher. Il revint avec la boîte en même temps que le curé revêtu d'un grandiose capot de chat sauvage traversait la rue pour répondre à l'invitation de la famille.

– Fait frette, hein, monsieur le curé?

– Un froid de canard, sibérien, polaire.

– Mais il fait chaud dans le magasin.

– Je n'en doute pas à voir la cheminée fumer.

Le jeune homme céda le passage au prêtre et un Georges prévenant leur ouvrit la porte. Il prit le manteau de l'abbé, le déposa sur le lit d'Édouard où Honoré mit aussi son mackinaw. Le trio rejoignit ensuite les autres dans la cuisine. Après les salutations d'usage, Émélie s'exclama devant Honoré:

– Mais qu'est-ce que t'as donc dans ta boîte?

– C'est pour la famille pis si c'est pas bienvenu, je le rapporterai à la maison, dit-il le ton doux.

Il vint mettre la boîte aux pieds de Marie et l'ouvrit tandis que des têtes se penchaient pour voir. Et il prit le petit animal fragile tacheté de noir et de blanc qu'il souleva et montra à tous:

– Venu au monde ça fait pas longtemps. Je l'ai eu chez mon frère.

– Hey qu'il est beau! s'exclama Marie.

– Oui, mais as-tu pensé à la chicane que ça va faire avec la chatte? dit aussitôt Émélie dont le regard disait qu'elle n'avait guère envie de ce chien dans la maison.

– Où elle est, Mousseline?

– Elle doit dormir sur ton lit comme de coutume.

Le prêtre intervint:

– Le chien est bien trop petit. La chatte aura une réaction négative peut-être mais dans quelques jours, elle l'adoptera et ils feront bon ménage, vous verrez.

Émélie s'était fait couper l'herbe sous les pieds et se trouvait à court d'arguments pour opposer un refus sans devoir se fâcher et blesser Honoré. Mais ce fut Édouard qui eut le dernier mot :

— Ça va faire du bien, un chien à côté du cimetière : ça va faire peur aux siffleux qui se font des tunnels. Si j'avais un proche enterré là, moé, j'aimerais pas trop ça...

Émélie songea à Marie-Rose et à la peine de son père qu'elle sentait toujours malgré les mois écoulés depuis l'enterrement. Elle jeta :

— Bon, ben une tête de plus dans la maison. Pis là, tout le monde à table tandis que c'est chaud. Monsieur le curé, on vous demanderait de nous bénir avant le repas.

Honoré sentit qu'il ne lui avait pas fait plaisir tandis que Marie, elle, s'émerveillait devant le charme de l'animal et demanda à le prendre sur elle. Il lui donna le chiot et se rabattit sur la ceinture fléchée qu'il brandit et vanta en prenant place à table après le curé et Édouard :

— Ça, je vas la mettre à toutes les cérémonies officielles... à la prochaine St-Jean-Baptiste ou quand je serai l'invité du premier ministre du Canada...

La blague plus à tous, mais on attendit que le prêtre réagisse par le rire pour y ajouter du rire. Ce fut le bénédicité. Émélie attendait pour servir dans les assiettes, aidée toujours par son amie Obéline.

— Ce n'est pas tout, dit l'abbé, il vous faut maintenant lui trouver un nom, à votre chien. Ou bien en a-t-il déjà un ?

— Il en a pas, dit Honoré qui prenait place à la gauche du curé face à Édouard.

Marie caressait toujours la petite bête qu'elle tenait serrée d'une main contre sa poitrine. L'abbé Quézel fit sa suggestion qui recueillit l'assentiment général :

— Il a l'air d'un petit paquet de mousse ; votre chatte s'appelle Mousseline : appelez-le Mousse.

– C'est bon, ça, approuva Émélie. Mousse pis Mousseline... comme le frère et la sœur.

Et la joie de la tablée ajouta à la saveur des mets et à la couleur des mots.

Le chiot fut mis à terre par Georges pour que Marie puisse manger, et parut Mousseline qui vint le sentir et ne manifesta aucune agressivité. Indépendante, elle prit le chemin du magasin où elle avait aménagé à son goût quelques lieux de résidence sous les étagères.

Le curé se mit à l'écoute des sujets variés et légers que proposait Honoré qui du reste les alimentait de ses idées souvent originales et de ses rires entraînants. Les deux jeunes femmes de service prirent place à leur tour et le commis leur dit que pour la suite du repas, pour tout besoin de quiconque, il serait celui qui se lèverait et irait chercher la chose demandée.

– Ben moé, j'veux du thé! dit aussitôt Jos pour le mettre à l'épreuve.

– Il parlait des grands, pas des enfants, dit Édouard, taquin.

Mais Honoré se rendit au poêle, prit la théière lourde et vint servir Joseph qui souriait béatement.

On parla ensuite du quêteux Augure Bizier dont on dit qu'il fréquentait régulièrement Amabylis Quirion. Il venait voir à cheval chaque dimanche et il n'y aurait pas de surprise chez les gens qui connaissaient la famille de la jeune femme d'apprendre qu'un mariage se profilait à l'horizon du rang 9.

Il y eut au dessert de la tarte au sirop d'érable qui valut à Émélie les félicitations du curé puis de tous.

– C'est sa spécialité, affirma Marie.

– Facile, c'est madame Leblond qui me l'a montré.

Émélie dont les pommettes rougissaient facilement se défendit d'un talent de cuisinière dont elle ne se réclamait pas et qu'elle ne croyait surtout pas posséder.

À la fin du repas, quand tous les ustensiles furent posés et que les estomacs furent rassasiés, Marie profita d'une pause pour annoncer un fait :

— J'aurais quelque chose à offrir... à Georges, mon ami Georges qui me soutient comme il faut dans mon petit malheur de cette année...

Toutes les oreilles se suspendirent aux lèvres pâles de la jeune fille. Tous les regards se posèrent sur elle et sur Georges qui avait les yeux agrandis par deux hauts points d'interrogation.

Sans rien ajouter, l'œil lumineux, elle s'aida de la table pour se mettre debout. Aussitôt, Georges se pencha et prit la canne dont Marie se servait maintenant pour continuer la rééducation de sa jambe et la lui proposa ; mais elle refusa du geste et d'un hochement de tête. Puis, fragile et confiante à la fois, elle se mit à marcher et contourna la table, boitant fort mais progressant par delà toute faiblesse. Elle ne toucha aucune épaule, aucune chaise et revint vers la sienne tandis que tous l'encourageaient de regards intenses. Et parmi ceux-là, celui d'Honoré que mouillait sa sensibilité : un regard généreux qui ne devait pas échapper à Émélie. Elle était de plus en plus sûre de lui comme père de ses futurs enfants...

— Ça faisait longtemps que Georges voulait que je marche devant lui pis je devais le faire le printemps prochain, mais j'ai décidé de lui donner ça en cadeau du jour de l'An.

Le curé intervint :

— C'est le plus beau cadeau qu'un être humain puisse faire à un autre être humain : cette foi en la vie malgré les épreuves les plus dures. Et je sais que Marie possède aussi une foi en Dieu inébranlable. Voilà pourquoi de nous tous ici, c'est elle la plus forte alors pourtant que c'est elle qui à première vue paraît la plus faible.

Ce que personne n'avait prévu, c'est que Georges réagisse au point d'éclater en sanglots. On fit silence un peu, puis le prêtre reprit :

– Ces larmes-là sont les plus belles que j'ai vues couler de toute ma vie, je pense. Y a surtout pas de honte à les verser. Et, est-il besoin de le dire, elles montrent ton attachement, Georges, pour Marie, ce qui est un sentiment qui t'honore et surtout qui s'avère d'une rare beauté…

Vu l'infirmité de la jeune fille, ce sentiment de Georges prenait une dimension particulière en lui ajoutant une teinte «bon Samaritain». Au besoin naturel de prendre et recevoir s'opposait en lui le désir de guérir et donner. La mère du jeune homme n'était pas près de parvenir à détourner son cœur de cette jeune infirme incapable de tenir maison mais à l'âme et au cœur si merveilleux.

– Scusez-moé, fit-il en quittant la table pour trouver un refuge momentané dans le magasin, histoire de se reprendre en main tandis que l'abbé Quézel se sentait obligé de pérorer sur l'âme humaine et ses beaux penchants.

Émélie craignait pour Marie comme toujours. Elle se disait que sa sœur s'attachait trop à Georges, plus que de raison à cause de sa faiblesse, de sa vulnérabilité, et qu'advenant une rupture de leur relation, sa sœur s'effondrerait totalement, comme un arbre que l'on abat, que son ossature morale serait brisée plus encore que celle de son pauvre corps. Les paroles du prêtre étaient fort belles, mais risquaient de cimenter encore davantage le lien unissant Marie et Georges. Elle crut de son devoir de s'emparer de la conversation pour la diriger dans une autre direction:

– Pis, monsieur le curé, y a-t-il ben des mariages en vue en cette année 1883 qui commence?

– Faut dire que pour Émélie commence sa dix-septième année, glissa Honoré, le regard à la joie.

Elle le reprit sans sourciller:

– Je me trouve à commencer ma dix-huitième année vu que j'ai 17 ans, Honoré.

– Coudon, blagua Édouard, moé, j'pensais que mon commis savait compter mieux que ça.

Émélie se leva et alla trouver Georges pour lui changer les idées. On s'échangea des phrases légères en son absence. Et quand elle revint avec le jeune homme, le prêtre répondit enfin à sa question, car il avait compris, lui, qu'elle avait voulu aiguiller le propos ailleurs que là.

– À propos des mariages, Émélie, j'ai Mathilde Bégin avec Maxime Bégin, mais vous deviez le savoir avant moi. Et un seul autre… Euphrémie Grenier dit Perron avec Antoine Audet dit Lapointe. Pas d'autres à moins…

Le curé prit un air souriant et mystérieux pour ajouter :

– … à moins qu'il me faille ajouter celui d'Émélie Allaire et… Honoré Grégoire…

Émélie se sentit plongée dans une cuve d'eau froide tandis qu'Honoré pataugeait dans l'eau chaude. Qui eût cru qu'une telle supputation puisse émerger de la bouche d'un curé aussi réservé ?

La grande Émélie cherchait une voie de contournement tandis que le commis restait bouche bée, bras croisés sur sa poitrine, cœur en accéléré, paupières ouvertes et figées là, en fait complètement hébété.

– On aura beau fêter le jour de l'An, c'est pour nous autres un anniversaire ben triste, dit la jeune femme dont le visage n'avait pas réagi. Ça fait dix ans jour pour jour aujourd'hui que ma petite sœur Georgina a eu son accident qui la ferait mourir trois jours plus tard.

De tous, seul l'abbé ignorait cette horrible tragédie.

– On a quasiment pas besoin de s'en rappeler, jeta lourdement Édouard. C'est se tourner le fer dans la plaie…

Mais sa grande fille ne l'écouta pas et quitta la table pour se rendre dans la chambre de Marie qu'elle-même avait regagnée depuis quelque temps après avoir couché plusieurs mois en haut. Et elle revint vite avec une mèche de cheveux fixée sur un morceau de carton qu'elle vint poser devant l'abbé Quézel.

– Chaque fois que j'ai pu, monsieur le curé, j'ai fait bénir cette mèche de cheveux de ma petite sœur Georgina. J'aimerais que vous le fassiez.

– Oui, bien sûr, bien sûr! Et qu'est-ce donc qui est arrivé à cette pauvre petite fille en plein jour de l'An?…

– C'est à cause d'une étrenne que je lui ai donnée…

Émélie interrompit son père:

– C'était pas de votre faute, ni la nôtre, ni celle à ma tante Sophie…

Puis, restée debout, impassible, elle raconta l'événement et ses suites alors que son père demeurait engoncé en lui-même, bras croisés lui servant de bouclier protecteur.

À son tour d'avoir des larmes aux yeux, le prêtre bénit les cheveux qu'Émélie alla remettre aussitôt dans le coffret de sa chambre.

Seule Marie ne s'était pas senti la gorge serrée au récit de sa sœur qui rappelait un événement de pareille atrocité; c'est que depuis plusieurs années, chaque fois qu'elle pensait à Georgina, c'était pour prier pour elle et l'imaginer dans des jeux magnifiques quelque part dans le grand ciel bleu du bon Dieu.

Non seulement ce jour de l'An avait-il fait entrer Mousse dans la maison, mais aussi l'idée concrète d'un futur mariage entre Émélie et Honoré… Le jeune homme toutefois ne sauta pas sur l'occasion pour faire sa grande demande; il sentait que le bon moment n'était pas venu et qu'il lui faudrait patienter encore des mois, peut-être même des années… Car il faudrait encore quatre ans avant qu'elle n'atteigne sa majorité. Et comme cette attente lui paraissait longue! Et comme le but visé semblait hors d'atteinte!

∞∞∞∞∞∞∞∞

Chapitre 9

Mai 1883

Les affaires allaient en prospérant chaque mois au magasin et cela enchantait Émélie. Honoré aussi s'en réjouissait, mais il lui semblait que son apport était bien minime eu égard à ses capacités. Il lui apparaissait de plus en plus qu'il fallait agrandir le hangar et songer sérieusement à faire de même avec le magasin. Et chaque mois au moins, il remettait un plan de construction à Émélie qui l'ajoutait à ceux qu'elle-même dans ses soirs de rêve esquissait en souriant dans son imagination débordante.

Marie marchait sans canne, mais il était acquis maintenant qu'elle ne boiterait jamais moins, et toujours autant. Et Georges poursuivait sa généreuse fidélité envers elle.

Jos terminerait bientôt une autre année scolaire au collège et se réjouissait à la pensée qu'après une autre encore, sa toute dernière, il serait libre. Et penserait voler de ses propres ailes pour s'envoler peut-être loin de cette forêt trop lourde et contraignante vers un monde exaltant qui était à se construire outre-frontière et dont il pouvait lire tous les jours quelque nouveauté le concernant dans le journal *Le Soleil de Québec*.

Dès que cela fut possible à la fonte des neiges, Édouard prit l'habitude d'aller s'asseoir dehors contre le mur du magasin du côté du cimetière pour y fumer la pipe. Ses filles savaient bien qu'il y parlait à Marie-Rose et peut-être à leur mère enterrée à Saint-Henri. Émélie prit sur elle de lui faire installer par Honoré un petit banc à une seule place afin que personne ne soit tenté d'aller le déranger bien longtemps au milieu de sa méditation.

Il était vrai qu'Édouard s'entretenait chaque fois avec Marie-Rose, ressassant des souvenirs, en construisant de nouveaux à partir de scènes réellement vécues. Il était vrai qu'il passait en revue son passé perdu dans le temps et maintenant enfoui sous les années 80. Mais il n'en était pas moins vrai que l'homme pesait et soupesait l'idée pas encore finale de délaisser le magasin pour «aimer Marie-Rose à travers son amour de la terre». Il ne prendrait pas un lot vierge, mais une terre assez bien défrichée. Elles se faisaient nombreuses maintenant, celles-là, mais aucune n'était à vendre. Pour tous ceux qui en vivaient ou survivaient, la terre familiale constituait le bien le plus précieux. Mais avec de la patience, l'occasion se présenterait un jour ou l'autre…

C'était jour de noce. Mathilde Bégin épousait pour le meilleur et pour le pire, mais surtout dans son esprit pour le meilleur, Maxime Bégin. Émélie avait fait en sorte que le commis ne soit pas invité, ce qui la justifiait d'y aller en la compagnie d'Obéline; et ainsi, on gardait le cap sur la discrétion qu'il fallait montrer pour ne pas scandaliser.

Bras croisés, le torse bien droit devant la fenêtre, Honoré regardait les gens entrer dans la chapelle en face. Et il se sentait très contrarié. Il y aurait après la cérémonie convoi de voitures; les noceurs se rendraient à la maison Bégin où l'on ferait la fête. Sans lui. Il soupçonnait Émélie de complot avec Mathilde pour qu'on l'ignore. Car il n'était pas requis que le magasin lui retombe sur les bras ce jour-là. Édouard qui n'était pas invité non plus, aurait fort bien pu servir la clientèle, secondé par Marie dans les calculs ou la facturation. Il serra les mâchoires et plissa les paupières en palpant dans la poche de sa veste sa douce vengeance: quand les mariés sortiraient de la chapelle, lui sortirait du magasin et courrait leur offrir son cadeau de mariage soit une somme d'argent dans une enveloppe.

Émélie marcha jusqu'à la porte en même temps qu'elle enfilait ses gants blancs. Avant de sortir, elle lui dit :

– C'est de valeur que tu sois pas invité, Honoré, mais d'un autre côté, c'est peut-être mieux de même.

– Probablement! Ben une bonne journée, là! Amuse-toi comme il faut, Émélie.

– Je te conterai ça en revenant.

– Pas nécessaire!

Elle sortit. Il la regarda aller : une si belle tête altière, une taille si fine, légère dans sa robe aux chevilles en tissu bleu ciel, et ce joli chapeau qui donnait à penser à un canot miniature décoré d'une voilette blanche et de fleurs turquoise. Un ange d'humilité lui souffla à l'oreille qu'il aurait probablement ressenti une trop grande fierté à se retrouver à son bras. Il soupira, hocha la tête. Une voix de toutes les douceurs le ramena dans le magasin :

– Je comprends Émélie d'avoir voulu aller aux noces de Mathilde avec Obéline plutôt qu'avec toi, Honoré. Mais je te dirais que dans son cœur, c'est avec toi qu'elle voudrait être.

– Tu penses ça, Marie? Elle te l'a dit.

Marie avait marché dans sa discrétion coutumière et se trouvait au bout de l'étalage central.

– Tu sais ben qu'Émélie est pas une personne pour livrer à une autre le fond de son cœur. Elle se le dit à elle-même en pensant déjà qu'elle le dit à tout le monde. Et rien que ça, c'est pas facile pour elle.

– De quoi elle a donc peur tout le temps, tu veux bien me dire, toi?

– Elle est devenue grande trop petite. Quand maman est morte, elle, l'aînée, se sentait responsable de nous, les autres enfants, Henriette, Georgina, Jos, moi. Quand Georgina est morte, elle s'est sentie coupable… je pense plus encore que mon père. Sais-tu, Honoré, qu'elle a pas pleuré quand on a enterré ma mère, mais qu'elle a pleuré à chaudes larmes quand elle soignait

Georgina avant qu'elle meure? Elle aura pour son dire que pleurer sur ce qui est fait, ça sert à rien. D'un autre côté, elle se fait tellement de souci pour les autres. C'est pour ça qu'elle avait si mal devant l'agonie de sa petite sœur, de notre petite sœur Georgina. Elle aurait voulu la sauver de la mort, la guérir…

– Elle accepte ce qui arrive, mais a peur de ce qui va arriver, selon ce que tu me dis.

– C'est de même qu'elle est faite, Émélie. Y a des fois que je voudrais donc être bâtie comme elle, sur son modèle. Mais… chacune est chacune en ce bas monde.

– Et chacun trouve sa chacune, dit Honoré qui sourit pour la première fois depuis le début de leur échange.

– Et tu l'as trouvée, Honoré, en elle.

Le jeune homme hocha tristement la tête:

– Émélie est pas plus intéressée qu'il faut par le petit commis de magasin que je suis. Suis que son employé…

– Tu sais ben que non! Pis tu sais ben qu'elle sait ce qu'elle fait. Elle pense à tout arranger comme il faut, Émélie. C'est comme ça qu'elle est. Sois patient. Pis laisse-la aller. Elle va peut-être faire des grands détours, mais c'est vers toi qu'elle va toujours revenir. Vous êtes faits l'un pour l'autre, c'est clair comme de l'eau de roche.

– Des fois, j'me décourage…

– Tu dois pas. Après ce qui s'est passé entre vous deux dans le hangar après mon accident… c'est sûr que vous allez vous marier. Autrement, elle aurait exigé de papa qu'il te renvoie. Je vous vois souvent vous regarder: vos yeux brillent, à tous les deux.

– Comment ça, Marie Allaire, t'écoutes donc aux portes asteur?

– J'étais clouée au lit, tu te rappelles. Ma porte de chambre et celle du hangar étaient toutes les deux entrouvertes. Pis Émélie et toi, vous avez des voix qui se cachent pas en dessous des étagères comme Mousseline… pis Mousse…

Honoré tourna le dos à la fenêtre:

– Bon, ben va falloir travailler.

– Y a quoi à faire?

– Y en a toujours à faire dans un magasin général. C'est six jours sur sept quand c'est pas sept. Même le dimanche, tu le sais, y en a qui viennent cogner à la porte.

– Je peux te donner un coup de main si tu veux.

– Non… ben ça prend des tablettes en hauteur dans le hangar… de l'ouvrage d'homme.

– J'peux servir au magasin.

– Ben… heu… pourquoi pas? Pis quand tu verras le monde sortir de la chapelle après le mariage, tu me lâcheras un cri, veux-tu?

– J'y manquerai pas.

Marie croyait qu'il voulait voir Émélie resplendir sous le soleil de mai tout comme il l'avait regardée aller vers la chapelle quelques instants plus tôt. Elle ignorait que malgré leur conversation favorable à sa sœur et à leurs amours, Honoré gardait l'intention d'aller offrir son petit cadeau à la mariée pour lui faire comprendre qu'il aurait bien voulu se faire inviter lui aussi à la noce où il aurait accompagné la grande Émélie Allaire.

Et il s'engouffra dans le hangar en marmonnant.

Marie se rendit s'asseoir sur un tabouret derrière le comptoir. Elle commença de feuilleter le journal de l'avant-veille, dernier reçu.

Pendant ce temps, Émélie et Obéline, agenouillée dans un même banc recevaient le regard amusé de Mathilde qui se retourna pour leur adresser un clin d'œil au grand dam de certaines personnes qui trouvaient cette attitude irrespectueuse du lieu sacré dans lequel on se trouvait. On ne parlait pas dans une église. On ne riait pas dans une église. On ne dormait pas dans une église. On ne souriait pas dans une église. Et les hommes qui se risquaient à péter devaient le faire tout bas ou bien une honte écarlate se serait emparée de tout leur visage. Quant aux odeurs nauséabondes, assurément que le personnage le plus laid de l'assistance en portait l'odieux chaque fois qu'il s'en répandait une.

Avant que l'abbé Quézel ne se présente, Mathilde poussa l'audace jusqu'à s'emparer de la main de Maxime pour la pétrir comme de la pâte à pain, promesse de nuits où le pain lèverait au maximum du possible.

Clorince fut de celles qui la trouvèrent fantasque. Zoade s'en amusa et lança un regard de connivence à Émélie. Célina se scandalisa et leva le nez bien haut.

Alors se présenta le prêtre et tout rentra dans son ordre à lui…

Une voiture s'arrêta au magasin: un cultivateur du 9, un des pionniers de la paroisse venu s'installer sur un lot une vingtaine d'années auparavant, et nommé Louis Carrier, maintenant quadragénaire. Il était accompagné de son épouse, femme de dix ans sa cadette au prénom de Célanire. Marie les reconnut par la fenêtre et quand ils entrèrent, elle les salua sans les voir encore, ce qui leur plut.

— Quoi c'est qu'il se passe donc à la chapelle à matin? On voit ben que c'est un mariage, mais qui? vint demander la femme à Marie tandis que son époux examinait de la marchandise nouvellement arrivée.

— Ben c'est la petite Mathilde Bégin…

— C'est pourtant vrai: les bans sont publiés ça fait une escousse. Le petit Bégin, ça va lui faire une ben bonne petite femme. Est un peu énervée, mais travaillante à ce qu'on dit. Pis du toupette en masse…

— Ma sœur Émélie est au mariage. Vous comprenez, un marchand général, ça se fait un devoir d'assister à toutes les cérémonies de mariage ou de funérailles. Y a rien qu'aux baptêmes qu'on va pas.

— Ça se comprend: y a pas une famille qui a pas un nouveau bébé dans l'année. Vous seriez tout le temps à la sacristie, à regarder baptiser.

– Des fois, moi, j'y vais.

Il apparut à Marie que Célanire était enceinte ainsi que le révélaient son vêtement ample et sa démarche un peu lourde. La jeune femme venait magasiner pour trouver un tissu de belle apparence afin de se coudre une nouvelle robe de maternité. Elle en possédait quelques autres car ce ne serait pas son premier enfant, et en réalité son septième, mais quelque chose en sa personne réclamait du neuf pour accompagner la venue d'un enfant neuf.

Louis qui entendait des coups de marteau venus de l'arrière, demanda à Marie pour voir Édouard.

– C'est pas mon père, c'est le commis qui pose des tablettes en hauteur dans l'entrepôt. Il est au courant de ben des affaires. Y a son oncle pis son frère qui tiennent magasin dans les bas et il va les voir de temps en temps pour tout savoir sur ce qui vient de sortir.

– Pis il paraît qu'il connaît les moteurs de l'avenir, celui-là. Un vrai savant !

– Il en connaît pas mal. Vous pouvez aller le voir. Mon père est parti à Saint-Éphrem aujourd'hui, acheter des produits.

– Coudon, on a pas tout ce qu'il faut par icitte ?

– Ça a ben l'air que non. Soyez sûr qu'il achète d'abord à Shenley avant d'aller ailleurs. Il vous dira lui-même c'est quoi qu'il achète à Tring.

– Ah, je doute pas de sa bonne volonté, pas une minute. Tu sais que je le connais depuis une trentaine d'années, ton père. Nous autres, on vient de Saint-Henri comme lui pis comme toé itou. Ça fait vingt-trois ans qu'on vit par icitte. Lui, je l'ai ben connu dans ma jeunesse. Pis Genest du Petit-Shenley pis le quêteux Bizier itou… Y a quasiment la moitié de la paroisse de Shenley qui est originaire de Saint-Henri.

Marie savait ces choses partiellement, mais ne s'y intéressait pas beaucoup. Elle se baignait trop, chaque jour, du présent immédiat pour passer de son temps de rêve à revivre des scènes de jadis, et encore moins pour les imaginer à partir des récits de son père ou autres personnes des générations précédentes.

— Papa les connaît tous et il en parle souvent.

— C'est bon...

L'homme passa par la cuisine pour aller dans le hangar tandis que Marie reprenait le fil de son échange avec Célanire qu'elle trouvait bien jolie du visage avec ses yeux rieurs et ses joues rondes pleines de santé et de vie.

— Les nouvelles pièces de tissu sont sur le dessus, là, et les autres sont dans les tablettes du dessous. Vous pouvez les étendre à votre goût, madame Carrier, pis je m'occuperai de les replacer comme il faut.

— Tu peux compter sur moé pour les remettre comme c'est là. En plus que j'ai les mains propres pis que je vas rien salir, tu peux en être certaine.

— Vous êtes une cliente en or.

— Faut respecter les autres : c'est comme ça qu'on peut vivre longtemps[1].

Elle examina attentivement les pièces et finit par choisir un coton beige imprimé de fleurs vertes et en demanda trois verges.

— Deux verges et demie, vous en auriez assez.

— J'ai pas envie de me retrouver de court. Les retailles, on fera de la catalogne avec.

— C'est comme vous voulez : plus on vend, plus Émélie est contente.

— Ah, j'te dis qu'elle a ça dans le sang, le magasin, ta grande sœur.

— Elle est heureuse ici comme un poisson dans l'eau.

— T'en as d'l'air toé itou... malgré ta malchance.

— Faut prendre les épreuves que le bon Dieu nous envoie pis penser qu'au fond, c'est une richesse... ou ben dans cette vie ou ben dans l'autre.

---

1. Elle était appelée à vivre jusqu'à l'âge vénérable de 96 ans (1944)

– Si jeune pis si sage : y a de quoi s'étonner ! Pis je te dirai que tu devrais te tenir plus au magasin pour servir le monde : t'as l'air de quelqu'un d'épanoui. On voit que t'aimes ça…

– Le magasin, c'est à Émélie, pis j'veux pas prendre une heure sa place. Elle a ben de la misère à se faire remplacer.

– Ça serait bon autant pour elle que pour toé.

Cet échange aux allures de thérapie appliquée se poursuivit alors que Marie enveloppait le matériel acheté dans un papier brun qu'elle attacha ensuite avec une corde blanche de coton dite corde de magasin.

Honoré et Louis se parlèrent des prodigieux progrès anticipés grâce au moteur à explosion sans pour autant que le jeune commis menuisier ne s'arrête de scier à l'égoïne, de clouer au marteau, d'aligner au niveau.

– Les batteuses à grain, au lieu de les faire virer avec la force animale, si on veut un cheval, ça va tourner sur le pouvoir d'un engin à explosion.

Deux nouvelles fenêtres percées dans les murs latéraux du hangar diffusaient une abondante lumière à l'intérieur. Et pour empêcher les indiscrets d'y voir quelque chose quand Émélie et Jos prenaient un bain, on avait élevé une cloison qui menait du lieu de la cuve à la porte de la maison. (Marie ne pouvait plus utiliser cette cuve et c'est péniblement qu'elle se lavait à la petite serviette derrière un paravent aux heures du jour où elle ne dérangeait personne, presque toujours au lever du soleil.)

– C'est pas pour demain, c'est que tu m'annonces là, mon ami, hey non !…

– C'est pour avant le nouveau siècle, monsieur Carrier. Pis dans le prochain siècle, les chevaux, ça va se démoder, ça va être remplacé par de la machinerie.

– Ah ben là, tu rêves ! T'as l'âge pour ça, rêver, c'est ben beau, mais tu rêves en porte de grange ! Un cheval, y a pas plus utile, ni plus parfait comme bête. C'est ce qu'il y a de mieux après l'homme pis tant qu'il y aura du monde sur la terre, y aura des chevaux.

Carrier était un petit personnage replet au visage bedonnant. Pas plus haut de taille que la plupart des femmes, il en avait pris une à sa mesure. Et à côté d'Honoré, il faisait figure d'un nain. Un nain énervé qui parlait profusément et souvent à travers de son chapeau. Mais il ne déplaisait pas et, comme son épouse Célanire, il témoignait du respect pour les autres.

– J'dis pas le contraire : y en aura encore. Mais y aura rien que les gros messieurs qui en auront... pour leur plaisir de faire de l'équitation.

– Pour faire quoi ?

– Faire du cheval si vous voulez.

– C'est pas ça que t'as dit.

– J'ai dit de l'équitation.

– Seigneur que t'es donc savant, toé, mon Noré ! Des mots longs comme d'icitte au mur pis beaux comme des bills du Dominion flambant « neus ».

Honoré s'arrêta de clouer et se tourna vers Carrier pour lui dire en souriant :

– Des beaux mots, ça me fait pas « chier » « drette »... j'veux dire scier plus « drette » pis clouer plus juste.

Une blague qu'il se serait abstenu de faire devant une personne du beau sexe mais qui obtint un évident succès auprès de son interlocuteur.

– Mais ça aide en maudit à oublier une coche mal taillée par exemple. Plus t'as de mots dans ta tête, plus tu peux penser à des choses compliquées. C'est moins ennuyant quand on est tu seul avec soi-même comme quand c'est que je ramasse de la p'tite roche comme de ce temps-citte du printemps su' mon labour.

– Bon, ben pour en revenir aux chevaux...

– Un moteur, ça sera jamais fort comme un cheval.

– Voyons donc, monsieur Carrier, songez donc à une locomotive de chemin de fer, c'est vingt fois plus fort qu'un cheval. Sa force, ils appellent ça justement des chevaux-vapeur pis ça dit qu'elle en a plusieurs, de ces chevaux-là, dans sa chaudière.

L'interminable débat ne devait pas vider la question encore ce jour-là, pas plus par eux que par bien d'autres ailleurs qui tenaient des conversations similaires sur le même sujet.

L'échange dura et eut pour avantage – ou inconvénient – de faire oublier à Honoré le mariage de Mathilde qui prit fin sans qu'il ne s'en rende compte. Et le son de la cloche se mélangea avec celui du marteau pour le rassurer à son insu comme chaque fois que parlait la chapelle pour faire savoir aux fidèles qu'elle veillait bien sur eux.

Mais il oublia de courir à Mathilde pour lui offrir son cadeau vengeur. Mais il oublia de courir vers la chapelle pour voir d'encore plus près, éblouissante sous le soleil de mai, la belle grande Émélie Allaire.

Carrier repartit content, Célanire satisfaite.

Par la fenêtre du magasin, Marie put voir les mariés et les invités se regrouper sur le parvis pour congratuler l'épousée et l'élu à vie de son jeune cœur. Et elle remarqua ces regards furtifs de sa sœur vers le magasin. Le faisait-elle par devoir en songeant à la clientèle ou par l'appel du beau sentiment en pensant à Honoré ?

Un frère d'Obéline conduisait la jument attelée à une voiture fine dans laquelle montèrent les deux jeunes femmes. Et le convoi des attelages déjà formé par les charretiers avant la fin de la cérémonie se mit en branle dès que tous les invités furent à bord des voitures.

Honoré entra boire. Marie vint lui parler. Ils étaient de part et d'autre de la cloison séparant les deux pièces.

– Une grosse noce : une bonne trentaine d'invités.

– Comment ça, le mariage est déjà fini ?

— Pis le cortège est parti : doivent êtres rendus pas loin de la maison Bégin.

— Ça parle au beau maudit !

— Pourquoi tu dis ça ?

— Bah !… J'aurais voulu les voir sortir. La Mathilde, elle devait avoir le sourire large ?

— Pas mal ! Elle avait assez hâte…

— C'est ce que disait ton père.

Pour oublier la noce et parce qu'il s'intéressait sincèrement aux malheurs de Marie et à ses états d'âme devant l'adversité, Honoré aborda le sujet de sa jambe. Il y avait, croyait-il, à apprendre le courage de cette jeune personne qui n'avait cessé de garder le cap sur l'espoir malgré les assauts du sort.

— Pis comment ça va, toé, Marie ?

— Bien… comme tous les jours.

— Émélie m'a déjà dit que tu t'ennuyais pas mal de Saint-Henri, de la famille Leblond et tout.

— Ça fait trois ans qu'on reste à Shenley. On s'habitue.

Elle sourit et ajouta :

— Vivre dans les concessions, on s'y fait.

— Quand est-ce que tu vas avoir tes 16 ans ?

— Au mois de septembre… le 26.

— Tu vas pouvoir te marier l'année prochaine.

— Es-tu fou ? Émélie d'abord. C'est son tour avant le mien.

— C'est pas nécessaire.

— En tout cas, moi, j'pense jamais à ça.

— Georges doit y penser, lui.

— Il en parle pas… pis c'est mieux de même.

— Tu t'empêches de… trop… heu… disons te rapprocher de lui à cause de ta…

— De mon infirmité ?

— Écoute, t'es pas infirme de naissance : il t'a vue marcher droite, on t'a tous vue marcher droite… C'est ça l'image qu'on a de toi.

– Il faut pas… parce que c'est le passé, ça. Mon présent pis mon futur, c'est d'avoir de la misère à marcher… pis de marcher tout croche…

– J'aime donc pas ça, t'entendre parler de même, Marie! Que j'aime donc pas ça!

– Faut faire face à la réalité pis l'accepter. Offrir nos souffrances…

– Oui, oui, oui, offrir nos souffrances… des fois, on dirait que plus on les offre, plus elles nous courent après, les saintes souffrances.

– Prends pas inquiétude pour moi, Noré, je vais bien. Vous prenez soin de moi comme il faut: papa, Émélie, toi, Georges. Je me sens entre bonnes mains. Protégée. Aimée. Pis aimée par le bon Dieu et surtout la sainte Vierge Marie.

– Mais…

– Le problème vient de ce que vous voudriez en faire plus, en faire trop, faire l'impossible. Ma jambe, elle reviendra jamais comme elle était. C'est comme ça. Faut vivre de même, moi à l'endurer pis vous autres à me regarder et à moins vous imaginer que c'est pire que c'est.

Honoré hocha la tête, soupira, voûta le dos et tourna les talons:

– Il me reste une tablette à finir…

Quand sa journée fut terminée, le jeune homme salua Marie et retourna chez lui à pied. Il passa lentement devant la maison Bégin sans que personne ne le remarque. Et n'osa entrer pour donner son cadeau qu'il regrettait maintenant avoir songé offrir aux mariés. Ça ne lui ressemblait pas, pareille petite mesquinerie. Si on l'avait mis de côté à la demande d'Émélie, ce qu'il soupçonnait, ce n'était pas pour lui faire du tort…

Mais il avait tout de même besoin de calmer son impatience et quand le repas du soir fut terminé, il sella son cheval et repartit vers le village plus qu'au simple trot, affublé de son chapeau de cow-boy. Cette fois, on le vit passer chez les Bégin. Il y avait beaucoup de monde sur la galerie et parmi eux, Émélie qui dépassait les autres d'une demi-tête et près de qui se trouvait le frère du marié.

— Salut, le commis ! lui lança un fêtard un brin éméché.

Les autres lui emboîtèrent le pas et par des cris de joie et des mots mêlés, on fit savoir à Honoré qu'on l'aimait bien. Paradoxalement, cette manifestation contraria le cavalier que frustrait l'idée d'être bien aimé de tous et qui aurait voulu en ce jour troquer ce sentiment public contre un peu d'amour de la part de celle qui occupait tant ses pensées.

Il leur répondit par un geste vague du pouce et de l'index montrant que dans sa tête, il soulevait son chapeau sans pourtant la découvrir pour de vrai. Et ses talons dans les flancs de Freddy commandèrent au cheval d'accélérer sa course, ce qu'il fit.

Émélie avait mal à son cœur de le voir seul et hors de la fête où elle aurait bien voulu qu'il soit. Et dut serrer les mâchoires, s'endurcir. Et se consoler à l'idée que cette fois au moins, il n'avait pas fait monter sa nièce avec lui comme le soir de la noce à Clorince.

D'ailleurs, elle ne l'avait plus revu en compagnie de Séraphie et il n'en parlait que rarement. Et toujours comme d'une sœur, parfois comme d'une nièce, mais aucunement comme quelqu'un en mesure de rivaliser avec Émélie dans la conquête de ses sentiments profonds.

Honoré fourcha dans le Grand-Shenley. Il lança son cheval à l'assaut des collines à travers les sucreries jusqu'à se trouver dans la partie des terres faites. Et ne s'arrêta nulle part si ce n'est au fond du rang chez les Mercier, Georges et Clorince, établis colons et parents d'un jeune bébé maintenant. La jeune femme berçait son enfant sur la galerie et son regard s'éclaira quand elle reconnut le cavalier sur sa monture qui s'arrêta devant et la salua.

— T'as pas été invitée aux noces à Mathilde ? demanda-t-il, sachant que Clorince et la mariée du jour étaient plus que des connaissances.

— Oui, mais Georges a pas voulu y aller. Trop d'ouvrage pour perdre une journée qu'il a dit.

– Où c'est qu'il est ?

– Dans le haut de la terre à ramasser de la roche.

– Je te dis que ça s'amusait chez les Bégin. J'ai passé devant un peu après souper.

– Pis toé, Noré, comment ça se fait que t'es pas là avec la belle Émélie ?

Le jeune homme fit la grimace et changea sa voix pour exprimer le désagrément :

– Pas été invité. C'est rien que le commis du magasin, le Noré Grégoire !

– Elle est pas allée aux noces avec un autre toujours ?

– Ça se pourrait ben : elle était avec le frère du marié tout à l'heure.

Et parce qu'elle ne voulait pas passer aux yeux d'Honoré pour avoir nocé avec un autre garçon, Émélie servit quelques prétextes à Mathilde et lui annonça qu'elle retournait à la maison. Obéline resta et le jeune Bégin se rabattit sur elle...

La brunante vint doucement teinter toutes choses de ses ombres imprécises. La sage fille d'Édouard alla s'asseoir sur la galerie tandis que son père fumait la pipe en regardant mourir dans la pénombre la croix de Marie-Rose. Marie attablée dans la cuisine lisait pour la troisième fois les nouvelles d'un vieux journal qui la transportaient dans un ailleurs où elle ne serait sans doute jamais. On ne se préoccupait guère de Jos – revenu prématurément du collège pour la saison estivale – qui savait se préoccuper de lui-même et se faisait toujours plus furtif que les sombres silhouettes du soir tombant.

Il parut à Émélie que la monture d'Honoré se dessinait loin entre les maisons, sur le chemin vers le Grand-Shenley. Elle se dit que l'obscurité grandissante lui jouait des tours et se recula sur sa chaise, croisa les doigts sur son ventre et ferma les yeux. Le pas du cheval la sortit d'un début de somnolence. Elle fut étonnée de voir Honoré qui la regardait du haut de sa monture. Mais elle ne pouvait discerner très bien le sourire défiant qu'il arborait.

– Belle noce ?

– Belle noce !

– Ça s'amusait en masse quand suis passé par là.

– Je t'ai vu, tu sais.

– Je t'ai vue itou, tu sais.

– Ça dansait encore à soir, mais j'étais fatiguée.

– T'es revenue avant ton temps ?

– Si on veut.

– Fatiguée, ça veut dire que tu viendrais pas faire un tour de cheval avec moi ?

– C'est pas une question de fatigue, c'est la question de ce que les gens pourraient dire.

– Fait quasiment noir… pis on irait pas du côté de celles qui jasent pour rien dire…

– Monsieur le curé en face et tout…

– Il est pas contre. Des fois, j'emmène Séraphie avec moi. T'aimerais mieux que j'aille la chercher ?

– Non, c'est pas ça… J'suis dans une robe pour aller aux noces…

– Ben va t'habiller en écuyère !

Émélie possédait un costume de qualité acheté en secret et tenu dans l'intimité de son grand coffre. Avait-il donc deviné ? Ou bien Marie lui en avait-elle glissé un mot ? Il parut à la jeune femme que le moment était venu de faire un autre pas vers lui. En même temps, elle lui montrerait qu'elle n'avait pas froid aux yeux, peut-être pas plus que la Mathilde que son audace tranquille n'avait jamais pénalisée et qui, bien au contraire, lui valait un respect certain. Qui aurait osé lui faire reproche d'une indiscipline si charmante ?

– Je reviens. Tu m'attends ?

– L'éternité s'il faut.

– Une éternité de dix minutes.

– Ça sera l'éternité.

À la lueur d'une lampe à pétrole, porte laissée ouverte sur le regard de sa sœur, Émélie trouva le costume dans son coffre, l'étendit sur le lit, se dévêtit et s'en revêtit. Marie garda un silence émerveillé sans se priver d'observer la scène de transformation. Et quand Émélie parut dans l'embrasure, silhouettée par les lampes de la chambre et de la cuisine, elle s'exclama, les yeux agrandis et le sourire élargi:

– Mais depuis quand c'est que t'as un costume de même, toi?

L'autre répondit évasivement en avançant lentement:

– C'est un cadeau de fête… que je me suis fait. Je pensais que tu le savais pis que tu l'avais dit à Honoré.

– Au jour de l'An?

– Non… l'été passé… non, l'automne passé…

Marie voyait que sa sœur mélangeait les choses et comprit qu'elle voulait en dire le moins possible. Puis la lumière se fit en elle: Émélie avait réagi fortement le soir de la noce à Clorince l'année précédente quand elle avait aperçu Honoré qui faisait de l'équitation en compagnie de sa nièce Séraphie. Alors elle s'était acheté en secret un costume d'écuyère… au cas où… Un autre «en-tout-cas» de la grande Émélie.

– T'es magnifique, tu sais, magnifique! J'en reviens pas comme t'es belle dans ce costume-là!

– Je vais faire un tour avec Honoré.

– Mais il fait noir, il pourra pas te voir.

– J'mets pas le costume pour qu'il me voie… c'est pour… bon, ceux qui vont me voir pourront dire: c'est normal qu'elle soit à cheval, elle est habillée pour aller à cheval.

Marie éclata de rire devant tant de naïveté de la part d'une sœur qui jamais ne se départissait de son sérieux. Et puis, elle se plaisait à découvrir qu'il y avait des morceaux de petite fille encore dans certains recoins d'Émélie.

– Ben… faites donc une belle randonnée!

– On sera pas longtemps… un quart d'heure pas plus… Le temps d'aller à l'autre bout du village et revenir… Les réverbères, ça jette pas mal de lumière… autrement, on partirait pas en pleine noirceur, tu sais ben…

— Tu devrais acheter un cheval pour aller avec Honoré des fois.

— Es-tu folle, Marie? C'est plutôt lui qui devra s'acheter un bon vélo.

— Non, mais vous pourriez partir le soir, lui à cheval pis toi à vélo…

— T'en as, des idées pas comme les autres, toi!

Et la jeune écuyère cessa d'hésiter comme jusque là: elle partit d'un pas décidé vers le magasin et la porte de sortie.

Honoré qui attendait aussi sagement que son cheval près des marches de l'escalier, se pencha pour offrir son bras afin d'aider la jeune femme à monter avec lui sur la croupe de la bête. Ce qui fut fait pour leur plus grand plaisir et celui du curé embusqué derrière les rideaux d'une joyeuse curiosité. Le jeune homme rajusta son large chapeau qui, pour une fois, ne suscita pas le grondement d'Émélie.

Pour un moment, la monture ne reçut aucun ordre et Honoré ne cessait de secouer la tête.

— C'est qu'il y a donc?

— T'avais un costume d'écuyère: j'en reviens pas.

— Ben quoi, ça fait longtemps…

— T'aurais dû me le dire.

— J'ai pas à tout te dire ce qui m'arrive, tu sauras.

— C'est ben sûr! En tout cas, il te va comme un gant, ton costume. Une véritable dame de Paris ou de Londres…

— De Shenley, c'est assez…

Il fit un signe de tête en biais et clappa. L'on se mit en chemin.

— Va pas trop vite, hein!

— Même pas au trot: rien qu'un petit pas. J'ai pas envie que mon écuyère se casse une jambe pis moé le cou…

On les vit passer, Émélie les mains sur les épaules d'Honoré. Les gens savaient tous avant même les deux intéressés qu'ils s'épouseraient et que ce n'était plus qu'une question de temps. En l'esprit de chacun du village, c'était chose acquise maintenant et personne n'aurait songé à redire au sujet de cette randonnée équestre dont on savait par ailleurs qu'elle était sûrement bénie par l'abbé Quézel.

Après les réverbères, le cheval continua tout droit.

– On ferait mieux de revirer de bord, dit-elle. D'aucuns vont jaser.

Il arrêta la monture et se fit tendre:

– Tu voudrais pas glisser tes mains autour de moi... pis coller ton oreille dans mon dos pour écouter mon cœur battre?

– Je...

– Dis rien... si tu veux pas, c'est O.K.

Il sentit les longues mains d'Émélie s'infiltrer derrière ses coudes, parcourir ses flancs et se croiser devant. Elle coucha sa tête dans son dos et ne bougea plus.

Le souffle d'Honoré devint puissant. La nuit profonde les enveloppait d'un noir silence. Émélie s'abandonna presque complètement. Puis son sens de l'ordre et du devoir lui commanda de compter les secondes jusqu'à soixante et alors, elle revint à sa position première.

Ils ne se parlèrent plus de tout le chemin du retour au magasin... chacun cherchant à reprendre haleine...

∞∞∞∞∞∞∞∞

Chapitre 10

1884

Quel bel été que celui de ses 18 ans! Émélie travaillait comme une fourmi et pourtant trouvait moyen de faire du vélo le soir après souper et, comme l'avait suggéré Marie l'année précédente, se laissait accompagner par Honoré qui lui, se promenait à cheval. Un couple magnifique. La jeune femme était plus belle que jamais et son compagnon de travail plus serein qu'auparavant, plus sérieux, plus fort. On entendait toujours ses éclats de rire exubérants aux quatre coins du village et même de la paroisse, mais il compensait par des manières plus policées.

Il convainquit Édouard d'agrandir le magasin par le dessous. Faire soulever la bâtisse de quelques pieds permettrait d'aménager une cave où diverses marchandises seraient entreposées: quincaillerie d'abord dont les clous, pentures, serrures, cadenas, tuyaux de poêle, outils, plâtre de Paris, etc. Le marchand se dit en son for intérieur que ce serait son dernier œuvre dans l'établissement du commerce et que dès le mariage de sa fille et du commis, il s'en irait. Encore fallait-il qu'il se trouve une terre qui n'exige pas la force et l'endurance d'un jeune homme, car voici qu'il dépassait la cinquantaine maintenant et qu'il sentait ses réserves d'énergie moins bien pourvues qu'auparavant.

C'est à un jeune homme de 27 ans, Théophile Dubé, que le marchand confia le mandat de procéder au levage de la bâtisse ainsi qu'aux aménagements nécessaires: fondations de pierres, perron avant, séparation du hangar de la maison et leur jonction après coup, construction d'espaces d'entreposage au sous-sol sans oublier un escalier qui y accéderait depuis le magasin et enfin une descente de cave extérieure par laquelle on pourrait faire entrer des objets encombrants et lourds comme des barriques de mélasse ou de vinaigre.

Les augmentations du chiffre d'affaires donnaient le vertige à Émélie sans toutefois l'étourdir, car en toutes choses, elle tâchait de garder la tête froide et de rester en contrôle de ses émotions. Mais elle ne se privait pas de se laisser emporter parfois durant quelques minutes par les tourbillons que les recettes hebdomadaires ou mensuelles faisaient naître en sa poitrine.

Honoré se montrait d'une loyauté, d'une fidélité, d'une compétence hors pair, quotidiennement et à l'année longue. Elle savait qu'il l'attendait et se sentait de plus en plus disposée à répondre à ses espérances qui du reste rencontraient si bien les siennes.

Affairée au plus haut point, elle ne se rendit même pas compte que le niveau du plancher augmentait et que le cimetière voisin s'abaissait de quelques pouces chaque heure par la vertu des crics installés par le contracteur et son engagé, son frère Joseph. Et crut qu'il s'agissait de clients quand la clochette sonna tandis que c'était son père arrivé par l'avant suivi sur les talons par Honoré. Les deux hommes venaient lui parler, lui faire une proposition qu'elle ne pourrait refuser, du moins, le croyaient-ils fermement.

— On voudrait te parler, veux-tu lâcher ton crayon une minute ?

— Oui, papa, fit-elle en posant le crayon sur son oreille droite.

Il était rare qu'une telle visite par les deux hommes à la fois, et qui semblaient s'être parlé avant de venir, se produisait. Si le jeune homme devait lui faire la grande demande, elle répondrait: 1885. Pas 1884, mais 1885. Telle était sa décision. Il fallait assumer les rénovations au magasin. Et il fallait que son père prenne la décision de leur vendre sa propriété. Qu'il se trouve une terre comme il en parlait de plus en plus souvent. Qu'il l'achète, s'y installe...

– J'ai décidé de vous donner, à toé pis Noré, une semaine de congé pour faire un voyage à Québec.

– Vous voulez aller une semaine à Québec ? s'étonna-t-elle.

– Pas moé, vous autres. Toé pis Noré...

Elle agrandit les yeux encore davantage en se demandant où était la blague. Édouard poursuivit :

– Attention, je vous envoie pas comme ça, rien que vous deux. Vous allez vous rendre chez les Leblond pis avec Alice ou ben Cédulie, vous irez à Québec.

– Pour quoi faire à Québec ?

– Vous allez tous les deux vous mettre en relation avec des marchands de gros. D'autres en plus que ceux qu'on a déjà. C'est le commencement de vous deux à ma place. Asteur que le Québec Central va de Lévis à Sherbrooke en passant par Thetford, ça va coûter moins cher de s'approvisionner du côté de Québec au lieu que de Saint-Georges. Pis quand les gros chars vont passer par Saint-Évariste pour aller à Mégantic, ça va coûter moins cher encore. Nos bons habitants vont en profiter pis vous autres un peu itou.

– Dites donc, on va toujours pas descendre à Québec à cheval pis en vélo.

– Les gros chars, ma fille. Je m'en vas vous reconduire tous les deux à Thetford...

Tout avait été calculé par Édouard. Certes, il disait vrai en parlant des contacts à établir avec de nouveaux grossistes, mais ce voyage serait le début des affaires vraiment communes pour le futur couple Émélie-Honoré. Et puis il comptait bien que le dépaysement les rapproche, mais pas trop, et là interviendrait une des filles Leblond agissant comme chaperon. Enfin, Émélie serait en sécurité entière sous la protection d'une escorte de cette valeur.

– Bon, je suppose que t'es d'accord, toi ?

Honoré fit un signe de tête en biais signifiant « ouais, si toi, tu l'es aussi ».

– J'comprends pas comment on va pouvoir entrer en contact avec Alice pis Cédulie.

Honoré prit la parole :

– Les gros chars de Thetford à Saint-Isidore. Là, mon frère va me prêter un cheval et une voiture pour nous rendre à Saint-Henri chez les Leblond. Pis de Saint-Henri à Lévis ensuite. Là, on traverse à Québec en bateau.

Émélie posa ses mains sur ses hanches et se montra défiante :

– Pis vous deux, vous avez discuté de tout ça, vous avez fait des plans sans m'en parler… en pensant que je dirais oui, oui, oui…

– Ça te ferait du bien de te reposer un peu, assura Édouard.

La voix de Marie se manifesta depuis la cuisine, elle qui entendait tout :

– Elle veut se faire tourmenter. Tourmentez-la pas, ça va prendre moins de temps.

– Toi, Marie Allaire, y a des fois que je te tordrais le cou, lança Émélie en tournant la tête en direction de la cuisine. Pis qui c'est qui va tenir le magasin le temps que je vas être partie… si je pars ?

– Moé… pis Marie… pis Georges qui va venir nous aider… pis Jos qui est pas un deux de pique.

– Autant dire que vous pourriez vous passer de moi tout le temps !

– Une semaine, rien qu'une semaine.

– O.K., d'abord que c'est tout pensé d'avance.

∞∞∞∞

C'était juillet dans son plus beau mais pas dans son plus chaud. Le couple fut reçu à bras ouverts chez les Leblond où il fut décidé que Cédulie l'accompagnerait à Québec le lendemain.

Ce soir-là, dans la chambre de ses cousines, Émélie ressassa avec elles maints souvenirs. Les meilleurs surtout. Alice lui apprit qu'elle prendrait le voile très bientôt, en fait en septembre. La nouvelle était bonne en ce que la jeune fille en rêvait depuis longtemps, mais son visage s'assombrit quand il fut question de Marie :

– Elle m'a si souvent parlé de devenir religieuse.

– À Shenley, elle n'en a plus parlé. Comme si son rêve à elle s'était envolé. Des fois, elle me fait peur. Elle parle comme si elle ne devait pas vivre bien longtemps. Est si pâle, surtout depuis son accident. Pauvre Marie ! Pauvre petite Marie !

La candide Cédulie portait des cheveux bouclés couleur des blés d'or de l'automne, parfois roulés en boudins, et son visage gardait le charme de l'enfance. Ses yeux verts donnaient l'air parfois de réfléchir à eux seuls pour mieux teinter les idées qu'elle exprimait en grâce et en joie. Alice se montrait plus taciturne. Brune et moins flamboyante que sa sœur, elle affichait une sérénité et une assurance de religieuse d'âge mûr, elle qui pourtant n'avait encore que 17 ans.

Les trois jeunes filles étaient assises en cercle sur le lit, jambes repliées sous elles, comme autrefois, à se parler le plus souvent à mi-voix par habitude, pour que les oreilles des espions espiègles ne puissent s'alimenter à leurs dires et les modifier à souhait puis les retourner contre elles ensuite, histoire de s'amuser à leurs dépens.

– Je vais prier plus fort pour Marie que pour n'importe qui d'autre, assura Alice que le sort de sa cousine devenue infirme affligeait autant que si elle avait été sa propre sœur.

– Moi itou ! enchérit Cédulie.

– Elle a un ami… voulez-vous que je vous en parle ? Il s'appelle Georges Lapierre…

Ce fut une soirée toute en joie malgré les tristesses passagères et les nostalgies avouées. Divers états d'âme de chacune émaillèrent la conversation et toute impasse trouvait sa solution à travers la Vierge Marie ou le bon Dieu, parfois un saint qui se faisait plus rare, comme le bon saint Joseph et même saint Honoré.

Une suggestion d'Alice à Émélie quant à son voyage à Québec ne tomba pas dans l'oreille d'une sourde, qui consistait en une visite du Palais du Parlement inauguré quelques mois plus tôt : une bâtisse énorme où les députés de la nation, des hommes d'une qualité supérieure et d'une honnêteté absolue se dévouaient corps et âme, et avec une générosité à toute épreuve, pour le bien-être de la population de la province.

Émélie osa avancer que peut-être un jour, les femmes aussi auraient le droit de vote et donc celui d'être élues. Ne s'était-il pas souvent trouvé au cours de l'histoire des femmes reines ou impératrices comme Victoria, comme la grande Catherine, comme la belle Cléopâtre ? Sans avoir été élues, elles n'en étaient pas moins, chacune en son temps, à la tête d'empires considérables. Mais l'unanimité des deux sœurs Leblond vint chercher le ralliement d'Émélie et on convint de dire que les femmes et la politique, c'était comparable aux hommes et à l'enfantement : elles pouvaient conseiller, aider, soutenir l'autre sexe, mais pas le remplacer pour assurer le fonctionnement naturel des choses. Et pourtant, il demeura quelques doutes dans l'œil gauche d'Émélie... Et bien des questions irrésolues...

Néanmoins, la suggestion lui plut, non pour elle-même, mais pour Honoré dont elle savait qu'il allait au moins une fois par semaine à la boutique de forge de Foley ou celle de Racine pour y entendre des plus âgés que lui parler tout aussi bien de Mercier que de Laurier dont on disait qu'ils finiraient tout deux par devenir des premiers ministres, l'un du Québec et l'autre du Canada, comme si la chose était écrite dans le ciel politique des Canadiens français.

Au petit matin, le trio formé de Cédulie, Émélie et Honoré se mit en chemin pour Lévis. Pas loin de midi, on était à Québec, dans la basse-ville où se trouvaient tous les grossistes recherchés, installés naturellement près du port.

Émélie n'avait pas une seule fois parlé de cette possible visite du Palais du Parlement devant Honoré. Il leur fallait tout d'abord accomplir leur devoir en établissant contact avec quatre marchands de gros, importateurs des vieux pays. Et chez l'un d'eux, le jeune homme trouva quelque chose qu'il avait mis en tête de liste de sa recherche avant même que l'idée ne vienne à Édouard de les envoyer en ville: des bagues brillantes pour mains féminines. Certes, il n'avait pas l'intention d'en acheter une avant la grande demande, mais celle d'en faire essayer à Émélie pour que l'attrait du bijou ajoute une arme douce à son arsenal de séduction.

Ces objets de valeur étaient sous verre et l'on n'y avait accès que par le bon vouloir et la main d'un commis obséquieux portant lunettes sur le bout du nez: personnage à chevelure poivre et sel en vagues profondes, et à voix hautaine à la British.

— Laquelle voulez-vous voir de près?

— Émélie, dit Honoré, laquelle?

— Ben… celle-là, répondit-elle.

Elle en essaya quelques-unes et Honoré surveillait moins les reflets de la pierre que le regard diamanté de la jeune femme. Et quand s'allumèrent ses beaux yeux bruns, il demanda le prix de la bague qu'il inscrivit dans la mémoire de son cœur.

Émélie voulut en faire essayer à Cédulie qui se prêta joyeusement au jeu tout en avouant qu'elle n'était pas disposée à se marier prochainement faute d'un prétendant digne d'intérêt.

Le pauvre commis comprit qu'il ne vendrait rien et avait devant lui des curieux venus lui faire perdre son temps. Il finit par couper court à la démonstration inutile:

— C'est tout le temps dont je dispose. Si vous désirez vous procurer une bague, venez me le signaler au comptoir du tissu à la verge.

Et il remit dans son écrin de velours rouge qu'il replaça dans le comptoir vitré le dernier bijou soumis à leur examen, puis ce fut son demi-tour «fraîchier» vers autre part.

On s'échangea la moue devant tant de hauteur, mais on le prit en riant. Car c'était un voyage sous le signe de la bonne humeur que même la mauvaise humeur des autres parvenait à nourrir copieusement.

Il s'installa une grande complicité entre Émélie et Honoré au chapitre des affaires. Ils se comprenaient en tout et sur tout. Se respectaient. Honoré ne se butait pas par le seul fait qu'il était un homme devant toujours avoir raison avec les femmes et il se ralliait de bonne grâce à l'opinion d'Émélie qui, du reste, possédait une expérience et une instruction au moins égales à celles de ce compagnon de négoce. Et sur chaque transaction, elle demandait son opinion qu'elle ne suivait pas toujours. Bref, ces deux entêtés ne faisaient montre d'aucun entêtement l'un envers l'autre: signe de cœur plus que signe de tête. Le temps garderait-il au beau fixe le soleil de leur connivence?

Au cours du repas qu'ils prirent dans une petite auberge, Émélie proposa à Honoré une visite au Palais du Parlement:

— J'aimerais ben voir une bâtisse aussi importante une fois dans ma vie. Il paraît qu'on peut tout voir en dedans aussi. Ils appellent ça une visite guidée.

— Comment sais-tu ça, toé?

— Je l'ai lu dans le journal au mois de mars quand le Palais a été inauguré. Ils ont dit que le public pouvait le visiter certains jours de la semaine.

— Le mois de mars, ça fait un bout de temps...

— Allons voir l'extérieur! Si on peut pas entrer, tant pis pour nous autres!

Certes, Émélie désirait voir le Parlement, mais elle voulait s'y rendre pour faire plaisir à Honoré d'abord. Et s'il s'était servi des bagues pour se rapprocher un peu plus d'elle, voici qu'elle se servirait de la politique pour se rapprocher un peu plus de lui.

Il accepta sans plus se faire prier:

— Va falloir y aller à pied par la Côte de la Montagne: allez-vous pouvoir me suivre?

— Pis toi, Honoré, vas-tu pouvoir nous suivre? rétorqua Cédulie pour rire.

Le défi ne devait pas se traduire dans la réalité et le jeune homme aida même parfois de son bras l'une ou l'autre à progresser dans la pente raide qui les mena là-haut vers les six heures du soir. La tour du Parlement leur indiqua la direction et ils furent bientôt devant l'imposant édifice à la gloire et au service de l'élite démocratique.

– C'est la plus belle grange que j'ai jamais vue de ma vie! s'exclama Cédulie pour rire.

Mais ses deux amis sourirent à peine tant ils étaient impressionnés par cette construction et ce qu'elle symbolisait. On gravit lentement les marches de l'escalier pour atteindre la porte principale derrière laquelle un garde à l'accoutrement de policier les reçut et les empêcha d'aller plus loin en faisant barrière de sa personne.

– On vient pour une visite guidée, déclara Honoré sur son ton le plus conciliant.

Le garde sortit sa montre et statua:

– À sept heures, la prochaine, donc dans une demi-heure très exactement.

– Où c'est qu'on peut attendre?

– La porte, là: y a une salle d'attente. Et des toilettes à l'eau au fond. Mais vous n'avez pas le droit d'aller ailleurs que là. On vous avertira au moment de la visite.

– Merci à plein!

Émélie demanda:

– On va-t-il pouvoir voir le premier ministre?

– Non pas, jeune dame. Le premier ministre, l'honorable monsieur Ross est dans son comté cette semaine.

– Et monsieur Chapleau? demanda Cédulie.

Le garde se mit à rire:

– Monsieur Chapleau n'est plus le premier ministre de la province de Québec, mademoiselle, il est au fédéral.

– Il est devenu le bras droit du premier ministre Macdonald à Ottawa, enchérit Honoré.

– Ce jeune homme s'y connaît, déclara le garde qui, une fois de plus, à cause de l'intervention de Cédulie, se disait que les femmes n'y connaissent rien en politique et feraient pas mal mieux de se taire au lieu d'en parler comme des écervelées.

– Allons attendre! fit Émélie qui sentait le mépris de ce personnage au ton contrariant.

Le garde toutefois avait dit quelque chose qui intéressait fort la jeune femme en parlant de toilettes à l'eau. Certes, elle savait de quoi il s'agissait comme la plupart des gens au courant. Car on parlait souvent de ces luxes de résidences cossues des villes européennes et américaines dans les journaux. Mais ni elle ni les deux autres n'en avaient vu de ses yeux fonctionner. La chasse d'eau avait eu pour inventeur le poète anglais Harrington en 1595, mais il avait fallu attendre deux siècles encore avant que d'autres Anglais de tête, Cunnings et Brahama, hautement préoccupés par les déjections de l'autre extrémité de leur anatomie, ne rendent la chose pratique pour usage quotidien. Et pourtant, un autre siècle plus tard, les toilettes à l'eau se faisaient toujours rares et en voir constituait un véritable spectacle inoubliable que ne voulait surtout pas manquer Émélie intéressée par toute forme de progrès bien au-delà de la politique.

Il était écrit au-dessus de la porte: toilettes à l'eau. Inscription candide, de celles qui souvent accompagnent les nouveautés en valorisant leur propriétaire usager. Émélie s'y dirigea sitôt que les deux autres furent assis.

– Fais attention pour pas te noyer! lui lança Cédulie pour rire avant qu'elle ne referme la porte.

– Ben voyons donc!

Émélie n'avait aucun besoin naturel à satisfaire: elle ne fit que tirer sur la chasse d'eau et vit le tourbillon liquide dans la cuvette, éclairée par une petite fenêtre haute et une clarté valable encore à l'extérieur. Elle examina le réservoir plus haut que ses yeux et alla même jusqu'à grimper sur le couvercle de la cuvette pour voir à l'intérieur. Et tira la chaînette une autre fois. Il fallait qu'Honoré voie ça! Il faudrait qu'Honoré installe ça dans la maison afin qu'on en finisse avec l'éternel pot de chambre, les odeurs durables et peu endurables, et une tâche bien peu prisée que celle de vider à l'extérieur la nauséabonde « catherine ».

Quand elle retrouva les deux autres, Cédulie lui demanda si elle avait apprécié. Sa réponse étonna:

– Honoré, va voir comment ça fonctionne, essaie de te rappeler de tout pis demain, on va aller voir les importateurs pour acheter les morceaux qu'il faut. Pis tu vas nous installer une toilette à l'eau.

– Émélie, il faut de la tuyauterie pour amener l'eau… et de la pression. Va falloir une pompe et tout…

– Il faudra ce qu'il faudra… Vas-y, veux-tu?

Le jeune homme se leva et fit comme demandé. Après tout, il était payé pour accompagner Émélie; et ce qu'elle exigeait devait être accompli dans la mesure du raisonnable. Il songea néanmoins:

« Une toilette à l'eau à Shenley, ça va faire des envieux. Faudrait au moins que le presbytère en soit doté d'abord. »

Pendant qu'il procédait à l'examen demandé par Émélie, un homme étrange entra dans la salle d'attente où il ne se trouvait encore que les deux jeunes femmes. Il les regarda un moment sans sourciller puis leur sourit. Comme elles n'étaient là que deux, elles sourirent aussi, se protégeant l'une l'autre de quelqu'un qui chercherait à interpréter à sa façon, pas forcément correcte, la réponse de leur visage.

– Mesdemoiselles, je vous salue.

– Bonjour, dirent-elles en des voix entremêlées.

Celle de l'homme était nasillarde, désagréable, et pourtant remplie de douceur, d'aménité. Séduisante. Et l'homme dans la quarantaine, le nez comme un coin pour fendre du bois de chauffage, la moustache épaisse comme une vailloche de foin noir, le front large et ridé comme un champ fraîchement labouré, les cheveux bien ordonnés, séparés du côté gauche sur une raie aux allures de sentier de forêt, les sourcils touffus et la mâchoire vigoureuse, présentait l'image d'un bûcheron endimanché. Séduisant.

Veston noir sur chemise noire sans col et une mante sur les épaules, il n'avait pas son pareil dans les souvenirs de chacune de ces jeunes personnes qu'il impressionnait au point de les garder, par son énorme présence, bouche bée et regards ahuris.

Il tendit la main en se rendant à elles et reprit de cette voix si puissante à l'accent de terroir prononcé :

— Si vous me le permettez, j'aimerais vous serrer la main.

Le personnage avait l'œil pour la beauté féminine et malgré son assurance, il hésitait intérieurement entre les deux aux fins de déterminer la plus jolie ; et cela faisait que sa main tendue ne visait aucune en particulier. Celle qui présenterait sa main la première lui plairait le plus car lui ressemblerait davantage que l'autre par sa détermination. Il ne fut pas surpris de serrer d'abord la main de la grande brune. Mais il comprit à son regard incertain qu'elle ne le reconnaissait pas tout en le connaissant peut-être d'une certaine façon, par un croquis de journal sans aucun doute.

L'homme ne s'identifia pas car il aimait savoir quelle était sa popularité chez la population, et il la sondait en attendant qu'on dise son nom avant qu'il ne le révèle lui-même.

Honoré sortit de la salle de toilettes et secoua la tête quand il aperçut le personnage célèbre. Du moins pour lui. L'autre se tourna en le voyant venir et tendit la main de nouveau.

— Vous êtes un jeune homme chanceux d'accompagner d'aussi jolies personnes.

Honoré s'exclama en serrant la main tendue :

— Monsieur Honoré Mercier, j'aurais jamais cru vous voir un jour en personne.

— Et à qui ai-je l'honneur ? demanda le chef du parti libéral.

— Honoré Grégoire.

— Un prénom honorable que le vôtre !

En plus de son humour, le sourire du politicien occasionna celui de tous. Il demanda :

– Et… de quel coin de pays êtes-vous ?

Émélie répondit :

– Ah, nous autres, on est de la province de Québec.

– C'est ce que je dis : le pays.

Honoré fit réponse à son tour :

– Tous les trois, on est originaires de la Basse-Beauce, Saint-Henri, Saint-Isidore, mais mademoiselle Allaire pis moi, on vit dans la Haute-Beauce, transplantés dans un coin appelé Saint-Honoré-de-Shenley.

– Tiens, tiens ! Et donc, vous êtes mademoiselle Allaire ? Et votre prénom est ?

– Émélie.

– Émélie… avec un « e » accent aigu au milieu… Émélie Allaire : ce nom vous va si bien. Et vous, chère mademoiselle de Saint-Henri ?

– Cédulie Leblond.

– Cédulie : quel joli prénom aussi ! Et Leblond, ce patronyme vous sied si bien avec vos boucles d'or ! Et… il y a des liens de parenté entre vous ?

Honoré prit la parole et dit avec un brin d'ironie au coin de l'œil gauche :

– Entre elles, des cousines. Moi, j'ai pas de parenté. En fait, je suis l'employé de mademoiselle Allaire qui possède le magasin général de Shenley, là-bas, au fin fond de la forêt verte.

– Il me fait étriver : le magasin est à mon père.

– Ça ne pouvait faire autrement en raison de la loi, mais viendra un jour où les femmes posséderont la terre.

Tous comprirent cette allusion à une parole de l'évangile légèrement modifiée. Et voici qu'en un premier contact encore bref, l'homme politique venait de démontrer plusieurs choses : sa capacité de séduire, sa confiance en lui-même, sa propension à diriger le discours grâce à des questions et impressions bien étudiées, son intérêt aussi grand pour le sexe non électoral que pour l'autre et enfin sa foi en Dieu et en l'Église.

— Et puis, demanda Honoré, y a-t-il des élections prochainement?

— Tu me parles sûrement du provincial... tu me permets de te tutoyer?

— Certain!

— ... on est au milieu de 84. Monsieur Chapleau a été élu en décembre 1881. Parti à Ottawa et remplacé par monsieur Mousseau puis monsieur Ross, ça nous met en 85 et même en 86 pour les prochaines. Tout dépendra de «mister» Ross notre bon «premier» anglophone. Le parti libéral que je dirige prendra le pouvoir, c'est certain. Et peut-être que tu seras un de mes supporteurs, Honoré, dans la Haute-Beauce.

— En 86, je serai en âge de voter. Et je peux vous assurer que vous aurez mon premier vote.

— Je ne te décevrai pas, mon ami. Ni ces jeunes dames non plus. Il y aura de la part de mon gouvernement des politiques agréables pour vous, là-bas. Par exemple le chemin de fer. Je sais... je ferai en sorte que des tronçons s'ajouteront à celui de Lévis-Sherbrooke passant par Thetford, c'est-à-dire un qui se rendra à Saint-Georges par la vallée de la Chaudière et un autre qui va aller de Vallée-Jonction à Mégantic et vous frôlera quelque part à Saint-Évariste.

— Mais, monsieur Mercier, mais vous connaissez nos coins comme il faut à ce que je vois! s'exclama Honoré, ébahi, les yeux agrandis par l'étonnement.

— Je connais mon pays et ses besoins par cœur, mon cher Honoré.

Émélie voulut mettre en valeur son futur époux:

— Savez-vous, monsieur Mercier, que lui, il est capable de faire des discours politiques? Il a étourdi mon père avec un discours de monsieur Laurier déjà...

– C'était par amusement! fit Honoré un peu embarrassé. Au collège, un professeur nous a fait apprendre un discours de monsieur Laurier... pis j'ai fait que le répéter à la boutique de forge un soir.

Mercier leva l'index et prévint le jeune homme:

– Tu seras député un jour, toi. En attendant, tu pourras faire de l'organisation électorale pour mon parti.

– Avec ce que je viens d'entendre, comment est-ce que je pourrais travailler pour un autre parti que le vôtre?

– Laisse-moi te serrer la main une fois encore.

Ce qui se produisit tandis qu'il poursuivait:

– Je dois me rendre à mon bureau de chef de l'Opposition pour affaires urgentes et je vous dis que je suis content de vous avoir rencontrés tous les trois. Émélie, Cédulie, Honoré, vous êtes l'avenir de ce pays.

Il repartit comme il était venu: le pas long et bancal en raison sans doute de jambes tortues. Mais on ne vit ni ses jambes ni son marcher et le politicien laissa le trio pantois mais bouillant de bonheur.

– Tout un personnage! finit par dire Honoré en s'asseyant comme ses compagnes.

– On a ben fait de venir, dit Cédulie.

– Tu parles! enchérit Émélie.

Plus tard, leur visite guidée fut teintée des couleurs de Mercier et chacun se sentait léger mais rempli d'enthousiasme devant les splendeurs de ce Palais des élus que le petit peuple avait droit de visiter. Et gratuitement de surcroît. Quatre salles leur furent montrées: celles de la bibliothèque, de l'Assemblée Législative, du Conseil Législatif et des bills privés. Des images qui resteraient gravées à jamais dans la tête d'Honoré et le cœur d'Émélie...

Comble de bonheur, on fit l'expérience du téléphone. Le gouvernement avait fait installer une ligne pour cette fin depuis un bureau privé près de la salle de l'Assemblée jusqu'à un autre près de la salle d'attente, une certaine distance séparant les deux appareils. Honoré demeura au premier endroit tandis que les jeunes femmes et leur guide allaient à l'autre. Et cet accompagnateur tourna la manivelle. Et quand à l'autre bout, la voix d'Honoré se fit entendre, il passa le récepteur à Émélie. Chacun parla à la manière d'un enfant avec une constante interrogation incrédule dans la voix:

— C'est toi, Émélie?

— C'est toi, Honoré?

— Oui... Oui...

Les oui se mélangèrent et une pause suivit. Émélie regarda Cédulie en se demandant quoi ajouter. Honoré parla:

— Ouais... ben... c'est ça... ben c'est ben moé à l'autre bout du fil.

— Monsieur le guide nous dit qu'il y a une quinzaine d'abonnés au central de Québec... ça fait qu'on pourrait parler à quelqu'un de la basse-ville...

— On va en avoir un plus tard... pis des toilettes à l'eau itou...

— On va se payer la traite, tu vas voir...

Cette phrase ne manqua pas d'étonner le jeune homme à l'autre bout du fil. Ne sachant plus quoi dire, il dit:

— Bon... ben asteur, je vas raccrocher...

— Monsieur le guide affirme que c'est la personne qui appelle qui décide de raccrocher.

— Ben du bon sens!

— Dans ce cas-là, je vas raccrocher... attends, je vais te faire entendre par Cédulie.

Et la blondinette appuya le récepteur sur ses boudins qui voilèrent un peu le son:

— C'est toé, Cédulie?

— Oui, c'est ben moi.

— Ben content de te parler.

— Ben contente itou.

— Avais-tu autre chose?

– Ben… non…

– Tu me repasses Émélie?

Mais ce fut le guide qui mit fin à la conversation: assez dit tout de même! Et Honoré raccrocha pour revenir à l'entrée. Il s'égara en chemin et ne fut de retour que cinq minutes plus tard. On le taquina. Sur des remerciements profonds, le trio quitta le Palais du Parlement.

– C'est quelqu'un, le gouvernement! s'exclama Honoré en descendant les marches extérieures.

– Quasiment aussi important que la sainte Église.

– Quasiment, ouais…

∞∞∞∞∞∞∞∞

Chapitre 11

Comme elle en raconta, des choses, à Marie qui les écouta avec avidité, le regard brillant de la joie d'Émélie et attristée de se savoir incapable, elle, de vivre des événements exaltants comme ceux de ce fructueux voyage de sa sœur à Québec en la compagnie d'Honoré et de Cédulie. Mais la jeune infirme compensait par sa puissante aptitude à vivre par l'imagination ce qui, au plan matériel, lui était hors d'atteinte. Elle connut Mercier par son rêve. Elle essaya des bagues de prix. Elle parla au téléphone par la pensée.

Toutefois, ce qui constituait pour le reste de la famille un bonheur vint la frapper de plein fouet. Son père venait d'acheter une terre dans le rang 9, pas loin de la première où vivaient les Quirion, mais à plus d'un mille du village et près de deux du magasin. Cela voulait dire une autre transplantation. Cela voulait dire le mariage imminent de sa sœur avec Honoré. Cela voulait dire que la cloche qui annoncerait joyeusement l'union de ces deux-là sonnerait du même coup le glas de sa vie au village. Et la terre du labour l'enterrerait, elle, d'ennui mortel. Georges serait plus loin. Et surtout une partie du lien l'unissant à Émélie serait défaite.

Dès qu'il fut mis au courant de la transaction, Honoré fit sa grande demande. Émélie prit encore quelques jours pour y réfléchir puis elle donna une réponse favorable. Le jeune homme était aux anges. Édouard le prit à part et lui parla des conditions de vente du magasin et des dépendances: fort raisonnables, ces conditions, et elles permettraient au couple de prendre un départ canon dans la vie.

— Tu vas rester avec nous autres, assura Émélie en même temps qu'elle annonçait la nouvelle de son mariage à sa sœur.

— Mais papa sera tout seul là-bas?

— Il aura Jos avec lui. Jos retourne pas au collège.

— Jos est à la veille de partir pour les États. Il en parle quasiment tous les jours asteur.

— Ça poussera papa à se trouver une femme.

— Il va jamais se remarier, tu sais ben.

— Faut jamais dire «fontaine, j'boirai pas de ton eau».

— Mais... vous allez avoir des enfants...

— Dans le temps comme dans le temps! En attendant, tu vas occuper la chambre à papa en avant quand il va s'en aller. Mais si t'aimes mieux, tu peux garder celle-là, ici. Et puis, de toute façon, le mariage aura pas lieu avant tard l'année prochaine, le plus proche possible de notre majorité, surtout celle d'Honoré pour raisons de contrat et d'affaires, tu comprends.

Elles étaient en effet dans cette chambre partagée depuis leur arrivée en cette maison à l'exception du temps de récupération nécessaire à Marie après la fracture de sa jambe. Dans l'ombre d'un soir qu'elles ne songeaient pas à éclairer pour se mieux comprendre. Émélie assise au bord du lit où reposait sa sœur dont elle tenait la main entre les siennes après lui avoir annoncé la grande nouvelle.

Toutefois Marie qui était rassurée par sa sœur ne se rassurait pas elle-même et se disait entre les phrases d'Émélie que ce ne serait qu'une question de temps. Sitôt un enfant ou plus survenu, elle devrait céder la place. Et elle l'avança:

— Quand il faudra que je parte, je partirai.

— Tu vas garder ta place avec nous autres. Même que tu pourrais aider à t'occuper des enfants qui viendront. Moi, je vas en avoir plein les bras avec le magasin.

— Quand il faudra, je m'en irai, insista Marie.

Émélie protesta :

– Il manquera pas de place, Marie. Ça retardera pas qu'il va falloir régrandir. Ça se pourrait même qu'on bâtisse du côté de chez Foley une maison résidence : rien que pour rester et rien là de ce qui touche les affaires du magasin.

– Vous avez parlé de tout ça, Noré et toi ?

– De tout ça et de ta place avec nous autres. Il veut que tu restes. Il t'aime beaucoup, Marie. C'est sûr que si tu veux à tout prix t'en aller dans le 9, on va l'accepter et on va respecter ta volonté, mais si tu choisis de rester au village avec nous autres, les bras de notre cœur te sont aussi grands ouverts que les portes de la maison.

Marie sourit dans la pénombre :

– C'est rare que tu parles par images comme ça, Émélie.

– Quand ça vaut la peine, je parle par images, moi itou.

– Je veux penser à tout ça...

Puis Marie entra dans une violente quinte de toux que sa sœur attribua au manque d'air et à la poussière du magasin.

– Va falloir faire percer une fenêtre dans le mur de la chambre...

Ce furent les derniers mots de leur échange ce soir-là.

∞∞∞∞

Il fut décidé d'un commun accord de garder jusqu'à l'été suivant les choses telles qu'elles étaient, donc le plus près possible des noces d'Émélie. C'est ainsi que les esprits seraient préparés, en quelque sorte cultivés, en vue des grands changements prévus pour l'année 1885. Édouard prit entente avec le vendeur de sa nouvelle terre afin qu'il y reste encore un an et la cultive moyennant rétribution. Et l'automne 1884 vint faire oublier, par ses indescriptibles beautés, les inconvénients anticipés provoqués par les changements à venir.

Georges demeurait fidèle à Marie malgré les fréquentes pressions subies à la maison de la part de sa mère qui, tout en s'abstenant de dire du mal de la jeune infirme, ne cessait de vanter la beauté et la santé apparente de Séraphie Grégoire, fille de Grégoire et nièce d'Honoré.

Séraphie qui rêvait depuis longtemps dans le secret de son cœur et de son lit d'épouser un jour son oncle, ce qui, elle le savait, était possible après obtention des dispenses nécessaires données par la sainte Église, déchantait maintenant. Et comprenait enfin que toute l'affection que lui avait portée Honoré n'incluait rien qui dépasse les limites d'un lien tout fraternel. Et au secret de son cœur et de son lit, elle pleurait à la pensée que le jeune homme aimé ouvrait ses bras à la trop grande et trop belle Émélie Allaire.

Il lui fallait sans cesse repousser loin d'elle une pensée qu'elle jugeait méchante : puisque la Émélie lui prenait Honoré, elle prendrait Georges à Marie.

Même si ce projet lui apparaissait odieux et sans y souscrire, elle refusait toute approche de quelque autre jeune homme que ce soit.

La vie de Saint-Honoré se poursuivait autour de trois axes : naissance, mariage, obsèques. À la première neige, Joseph Foley déposa le marteau sur l'enclume durant une heure afin de se rendre à la chapelle au baptême de leur troisième enfant, à lui et Lucie, et à qui l'on donna le prénom de William.

Quelques jours plus tard, Marie demanda à Émélie de la conduire chez leur voisin pour voir le nouveau-né de même que le petit Joseph et la petite Mary âgés respectivement de 3 et 2 ans. Mais avant de se rendre, elle fut prise d'une quinte de toux et demanda à rebrousser chemin. Au moment de rentrer dans sa chambre, elle fit une réflexion qui déplut hautement à sa sœur :

— Des fois, on dirait que j'suis consomption.

— T'es pas consomption, c'est une bronchite que t'as…

— Ça revient tout le temps…

— Une bronchite chronique, ça s'appelle de même.

Émélie refusait d'envisager le pire. En le niant, elle croyait le gommer. Malgré tout, elle en parla à Honoré le lendemain. Il dit :

– C'est à cause du froid dans la chambre qu'elle a pris du mal. Il faudrait un lambris de plus pour empêcher l'air froid de rentrer dans la maison. Je m'en vas en parler à ton père aujourd'hui même.

Quand Édouard fut là, il s'attabla avec lui dans la cuisine pour lui faire part du projet, usant d'une douce et ferme persuasion :

– On a eu de la neige, mais il va faire doux encore avant le gros hiver. Je pourrais m'occuper de tout : aller acheter du déclin à Québec, le ramener, le poser en me faisant aider par vous pis Jos. C'est que vous en dites, monsieur Allaire ?

– Ça doit coûter cher, du déclin de même.

– On ajoutera le coût au prix que vous allez me vendre le magasin.

La décision fut prise. Mais Édouard y mit une condition : il fallait que le déclin soit peint en rouge pour que la vieille prédiction de l'abbé Faucher se réalise.

Deux semaines plus tard, la maison grise était devenue la maison rouge. Et les paroissiens s'en réjouirent. Même que le curé Quézel le mentionna en chaire et félicita les Allaire de leur bon goût et du bel exemple de progrès qu'ils offraient par ce revêtement nouveau.

L'on garda du déclin en réserve pour d'autres rénovations prévues pour le printemps 1885, soit le perçage d'une fenêtre additionnelle à chaque bout de la maison sous le comble de sorte que les murs arborent quatre châssis plutôt que trois comme auparavant et depuis la construction de la maison.

Au jour de l'An, Émélie reçut comme l'année précédente, et les mêmes personnes à l'exception du curé Quézel qui était pris ailleurs. Marie ne se montra guère qu'au moment de la bénédiction paternelle et à l'heure du repas. Édouard s'inquiéta d'elle. Georges tout autant de même qu'Honoré. Le mot consomption n'était jamais prononcé et pourtant, il était dans toutes les têtes. Elle était si pâle, si émaciée, si squelettique : à faire peur, à faire pleurer, à faire prier.

Comme au dernier jour de l'An, à un moment, il fut question du quêteux Bizier qui finalement au cours de l'automne avait épousé Amabylis Quirion et vivait maintenant dans la paroisse sur la première terre du rang 9. Il fut aussi question de Jean Genest que l'on n'avait plus vu au village depuis des mois. Le solitaire atrabilaire du Petit-Shenley n'était venu vendre aucune peau de lièvre en décembre.

— Comment il fait pour survivre? s'enquit Honoré.

— Il a tout ce qu'il faut pour manger pis le reste du temps, il dort ou fume sa pipe.

— Mais son tabac?

— Il en cultive, pis du bon.

L'on parla de Grégoire Grégoire. Émélie se demanda s'il y avait un lien de parenté entre son épouse, née Séraphie Mercier et le grand politicien qu'ils avaient eu l'honneur de connaître personnellement, elle et Honoré, à leur voyage à Québec.

L'on parla de sa nièce Séraphie dont Honoré vanta les talents culinaires et le bon naturel. Ce qui s'ajouta aux belles impressions d'elle que Georges recevait régulièrement de la bouche de sa mère.

Georges demeura là jusqu'au départ d'Honoré malgré l'absence de Marie qui devait, disait-on, soigner sa bronchite en gardant le lit le plus possible. Il écoutait et parfois ajoutait son grain de sel aux conversations éparpillées qui prévalent dans les réunions familiales.

Mais pour chacun, ce jour de l'An 1885 mettait un point final à une époque commencée pour les Allaire cinq ans plus tôt et ouvrait la page sur une autre période bien différente. L'événement marquant en fut le cadeau d'Honoré à Émélie: une bague de fiançailles achetée chez un grossiste de Québec au cours d'un voyage d'automne qu'il garda secret, camouflé derrière un voyage solo à Saint-Isidore pour visiter les siens.

∞∞∞∞∞

L'hiver apporta un certain répit à Marie. La toux sèche diminua. On la croyait en voie de se rétablir. On priait fort pour cela. Et on remerciait le Seigneur de lui redonner peu à peu la santé.

Honoré prenait doucement les choses en main sans heurter Émélie qui savait devoir lui passer les rênes d'un certain pouvoir par leur mariage prochain. Il continuait de fréquenter la boutique de forge de Foley où les nouvelles de tout partout dans la paroisse convergeaient et où l'on débattait de celles venant de loin. Comme cette révolte des Métis de la Saskatchewan sous la conduite de Louis Riel qui avait tant fait parler de lui quinze ans plus tôt au Manitoba.

On en parlait entre hommes un soir d'avril alors que le feu de forge suffisait à répandre une bonne chaleur dans l'atelier peu éclairé.

— Riel serait devenu fou, dit Joseph Dubé qui aimait bien lui aussi faire partie du cercle des placoteux de la brunante.

— Comment ça ? demanda Prudent Mercier pour qui le nom de Riel était synonyme d'héroïsme et de justice à l'égard de tout un peuple.

— Cet homme-là a fondé une petite république dans le bout de la rivière Rouge...

Honoré l'interrompit :

— La rivière Rouge, c'est au Manitoba.

— T'as raison, je veux dire la rivière Saskatchewan.

— C'est quoi qu'il y a de fou là-dedans ? insista Prudent.

— En plus, il a fondé une religion...

Là, Dubé obtint l'accord des autres quant à sa proposition sur l'état mental du chef métis. Fonder un pays en taillant à même un territoire revendiqué, cela pouvait tenir la route, mais fonder une religion à même la sainte religion catholique, voilà une autre histoire.

C'est Honoré qui devait mettre le clou dans le cercueil de la faveur inconditionnelle accordée par certains au Métis vu unanimement comme le fondateur du Manitoba :

— Il a été interné à l'asile de Beauport dans le temps. Paraît qu'il avait des visions. Mais a retrouvé ses facultés peu à peu. Devenu professeur au Montana. Si les Métis de Saskatchewan sont allés le chercher, c'est pas pour rien non plus.

À vrai dire, comme souvent dans ces débats de cuisine, on connaissait fort peu la vie de Louis Riel, sa naissance, sa jeunesse, ses études à Montréal, sa maladie mentale, son séjour en terre américaine et son rôle véritable dans l'affaire Scott lors de la révolte de la rivière Rouge. Et chacun y allait de morceaux d'événements glanés depuis d'autres bouches, car la moitié des hommes présents à la forge ne savaient pas lire et ne pouvaient donc s'être abreuvés aux articles de journaux pour ceux qui en recevaient.

Il arrivait à Jos Allaire de se rendre à la boutique comme ce soir-là et ce dont il était question lui ouvrait encore plus larges les horizons de ses ambitions. Son heure de partir approchait, sentait-il de plus en plus fort...

∞∞∞∞∞∞∞

Chapitre 12

Édouard et Joseph partirent les premiers entre les sucres et les foins. Ils prirent possession de la maison du 9, n'ayant apporté avec eux que de minces bagages et le chien Mousse. Quant à Marie, elle changea de chambre et prit celle de son père en avant de la maison près du magasin. Pas question pour Émélie de la laisser s'en aller et risquer de la rendre malade encore. Car la jeune infirme vivait une période de rémission qui se prolongeait et on la croyait bien guérie. Même qu'au printemps, Édouard l'avait conduite au Docteur Gravel qui ne lui avait trouvé aucune maladie des voies respiratoires.

Habitué de s'occuper de lui-même, Édouard ne demanda pas à Marie d'aller vivre sur sa terre. La décision lui revenait à elle mais pas seulement à elle. Aussi à Émélie qui, avec son futur époux, avait maintenant la haute main sur la propriété du village : la maison rouge et les dépendances.

Ailleurs dans le monde, l'austère Victoria, maintenant âgée de 66 ans et veuve depuis près d'un quart de siècle régnait toujours sur l'Angleterre et le Canada, s'efforçant – et y parvenant – de restaurer le prestige de la royauté.

En Russie, le tsar Alexandre III gardait son peuple, comme ses prédécesseurs, dans la pauvreté la plus abjecte et la soumission la plus totale.

Et aux États-Unis, un nouveau président, premier célibataire à occuper la maison blanche, Grover Cleveland, entend gouverner autrement, c'est-à-dire sans favoritisme ou népotisme, et surtout en mettant l'accent sur une politique d'apaisement et de libre-échange avec les États du Sud restés amers de leur formidable défaite de 1865.

Le Canada demeurait sous la gouverne des conservateurs et du premier ministre John A. Macdonald. Ce jeune pays en voie de formation était secoué par une crise sans précédent : celle des Métis de la Saskatchewan. En fait, la révolte du printemps qui avait comporté deux escarmouches, l'une à la rivière Saskatchewan et l'autre à Lac-aux-Canards, avait été matée par le gouvernement fédéral et les troupes du général Middleton, et Louis Riel fait prisonnier.

Et Montréal se donnait un nouveau maire en la personne d'Honoré Beaugrand.

Le monde était donc passé en revue grâce aux journaux et aux soirées sombres de la boutique Foley. Émélie en parla un après-midi avec Honoré :

— T'as l'air d'aimer ça, veiller chez Foley.

Il ne le prit pas comme une phrase préparatoire à une attitude d'opposition de la part de sa future épouse. Et répondit joyeusement :

— Ah, je te dis qu'on change le monde, le soir, chez Foley. Y a le vieux Michaël qui...

— Vieux, il a même pas 60 ans.

— C'est pas jeune non plus... Monsieur Mercier est souvent là, les frères Dubé qui sont pas mal renseignés... leur mère était française, ça leur a donné une bonne éducation... le veuf Larochelle du 10, il vient de temps en temps... Disons que c'est le lieu de rendez-vous de ceux qui ont des connaissances plus hautes que la moyenne ou au contraire qui ne savent pas lire mais veulent se renseigner. Même l'abbé Quézel vient faire son tour des fois. Il nous appelle la clique des intellectuels de Shenley. Mais vu qu'il est renfermé, il écoute plus souvent qu'il parle, celui-là.

— Comme je disais : t'aimes ça y aller ?

– On brasse ben des affaires. Là, le gros sujet, c'est Louis Riel. Il a été arrêté au mois de mai. Là, il est emprisonné. Et ils viennent de l'accuser de rébellion. Il pourrait être pendu pour ça. Les Orangistes d'Ontario réclament sa tête. Le pauvre homme est pas sorti du bois.

Ils étaient de part et d'autre du comptoir du magasin, lui droit, elle à demi-penchée sur les livres où elle faisait des entrées avant l'arrivée de son fiancé qu'elle n'osait plus désigner par le mot « commis ». Elle fit un sourire narquois et un brin énigmatique :

– Ça te fera pas oublier qu'on va se marier au mois de septembre, toujours.

– Notre mariage, c'est ce qui vient en premier. Ça brille comme une étoile dans le ciel de ma vie.

– Oh ! oh ! oh ! Honoré le poète ! Vas-tu chanter au moins à nos noces ?

– Si je chante, ça sera pour toi, Émélie.

Il regarda à gauche, à droite, et s'approcha pour lui donner un baiser, mais elle l'esquiva. Il se rebiffa :

– Voyons, Émélie, un petit en secret, qui c'est qui saura, qui c'est qui verra ?

– Comme ils disent : t'as pas envie de fêter Pâques avant les Rameaux, toujours ?

– Ben sûr... que non !

– Dans ce cas-là, mon cher Honoré, boutonne-toi la bouche après le nez.

Le jeune homme s'esclaffa et son rire atteignit Marie dans sa chambre, le curé assis sur sa galerie et même quelques-uns de la famille Mercier de l'autre côté de la rue plus bas que la chapelle.

La chambre des futurs fut décorée à neuf par les bons soins d'Émélie et de Marie. Une nouvelle literie fut achetée et mise en coffre en attendant la noce. Honoré avait de plus en plus de mal à refuser à sa chair les aliments du désir et à fermer son imagination aux choses de la nuit de noce. Comme tout bon jeune homme de son temps, une impatience bridée incendiait toute sa substance. Mais il invoquait le Seigneur au besoin et le Seigneur lui prodiguait des nuits libératrices en plus grande quantité.

Et puis il se préoccupait de plus en plus des paroissiens, tous clients du magasin, établissement dont le transfert à son nom serait fait automatiquement le jour de la noce. Car Édouard, s'il ne manquait aucunement de confiance en Honoré, avait voulu éviter le risque de complications légales importantes si la fatalité avait fait en sorte que le commis meure entre le moment de la transaction et celui de son mariage avec Émélie.

« Les bonnes affaires font les bons amis. »

« Faut donner à chacun cent cennes dans la piastre. »

Telles étaient les deux principes directeurs de sa vie qui revenaient en leitmotiv dans son discours.

Et Honoré les faisait siens, ces principes auxquels il ajoutait une attitude de bon père de famille résumée en quelques mots qu'il redisait à Émélie aussi souvent que l'occasion s'en présentait :

« Traitons nos clients comme nos enfants ! »

Ce à quoi elle rétorquait avec un peu de malice dans l'œil droit :

« Pourvu qu'ils finissent par nous payer ! »

Plus sévère que lui à ce propos, Émélie n'aurait jamais fait en sorte d'égorger quelqu'un en difficulté, mais elle prônait la discipline au niveau du crédit à la clientèle ou sinon le commerce en pâtirait et, par voie de conséquence, les clients aussi.

Et la transition continuait de se faire. Le sceptre de la direction était passé des mains d'Édouard à celles d'Émélie, bien que, du temps de son père, la jeune femme ait toujours mené en sourdine, et bientôt, écherrait à celles d'Honoré, quoique chacun sût que la main d'Émélie continuerait d'être haute, même si cachée derrière la tête du nouveau propriétaire officiel.

Tous les préparatifs passèrent par la main approbatrice ou réprobatrice d'Émélie : vêtements de noce, fleurs du jour, chant à la chapelle, réception à la sacristie confiée aux mains expertes de

Célanire Pelchat, épouse d'Onésime et Agathe, la femme de Prudent Mercier qui possédait déjà une longue expérience en la matière.

Il y aurait une séance de photographie à Saint-Georges dans la semaine suivant la noce, au retour d'un voyage à Québec.

– Tout est prêt, monsieur Honoré! dit joyeusement Émélie à son fiancé un soir d'août qu'ils repassaient en revue les éléments de la préparation.

Attablés dans la cuisine, ils se consultaient sur la liste des invités, la plus longue jamais vue en cette paroisse aux dires d'Agathe, ce qui n'était aucunement pour jeter de la poudre aux yeux mais pour plaire au plus grand nombre de villageois possible.

Tous les Grégoire encore vivants des paroisses d'en bas viendraient sans doute visiter la maison rouge de la forêt verte dont ils avaient tous si souvent entendu parler mais que peu d'entre eux avaient vue.

Et bien sûr Grégoire Grégoire et sa famille dont Séraphie qui ne manquerait pas de verser une larme à la cérémonie et à la sacristie, elle qui avait pourtant fait son deuil de cet oncle qui n'en était pas un et surtout qui ne serait oh! grand Dieu! jamais son époux.

Il y aurait aussi Pierre Racine et son épouse.

Obéline.

Joseph Foley et son épouse.

Son père Michaël et son épouse Euphemie.

Et puis Henri Jobin et sa femme Restitue.

Aussi Mathilde et son cher Maxime.

En plus de Clorince si son époux Georges ne refusait pas de venir.

Les frères Dubé, Théophile et Joseph, ainsi que leurs épouses, les sœurs Leblanc, Démerise et Malvina. Des gens de belle qualité...

Clément Larochelle avec sa nouvelle épouse Flavie Gagnon. Aussi, accompagnée de son époux, Marie-Césarie Larochelle qu'Émélie désirait voir à sa noce pour mieux rappeler à son père Édouard les grands, les magnifiques souvenirs que sa chère Marie-Rose, si secrète amoureuse, lui avait laissés.

– Et Zoade?

– Zoade?

– Ben oui, avec François-Xavier, son mari.

– Ben sûr! François-Xavier Blais.

– Zoade, c'est quoi déjà, son nom de famille? Je l'ai jamais su.

– Ferland. Son père, c'est Magloire Ferland. Les pauvres femmes perdent leur nom en se mariant.

– Voudrais-tu garder le tien, Émélie?

– C'est pas toujours drôle d'être une femme, Honoré, tu sauras. On nous donne un nom à la naissance. On le garde jusqu'au mariage. Ensuite on le perd jusqu'à notre mort. Pis là, on le retrouve tout d'un coup, pis on l'écrit sur notre épitaphe.

– Ben oui, mais... c'est ça, Émélie pis j'pense pas que ça pourrait se faire autrement. Un mariage, c'est deux personnes qui deviennent une seule. Pis ça prend rien qu'un nom. T'as pas hâte, toé, de t'appeler madame Honoré Grégoire? finit-il en la taquinant avec une hauteur amusée.

– Non, mon cher ami... j'aimerais ben mieux m'appeler madame Émélie Allaire, épouse de monsieur Honoré Grégoire.

Honoré éclata de rire.

– Une chance que tu parles pas sérieusement!

– Je parle sérieusement certain.

Il ne la crut pas et on se remit à énumérer les noms de la liste des invités.

– Faut pas oublier monsieur le curé.

– S'il est encore avec nous autres.

– Ben lui, il est mieux de pas s'en aller: qui c'est qui va nous marier?

– Son remplaçant.

– Faut pas qu'il parte : on va lui dire d'attendre plus tard cet automne pour se faire remplacer.

– Sa demande est faite : c'est monseigneur l'évêque qui va décider.

– J'veux pas être mariée par un autre que l'abbé Louis Quézel. C'est le meilleur prêtre qui soit au monde et c'est lui qui bénira notre union.

– On pourrait communiquer avec l'abbé Chiniquy, blagua Honoré.

– Et se faire excommunier.

– Sérieux : l'abbé Faucher.

– L'abbé Quézel est tellement plus humain. Si on lui demande, je suis sûre qu'il va revenir nous marier même s'il a été remplacé ici. S'il faut, on paiera ses frais de voyage. Qu'en penses-tu ?

– Ça froissera pas son remplaçant.

La voix de Marie se fit entendre malgré la distance séparant la cuisine de sa nouvelle chambre en avant :

– Vous oubliez Georges.

– Quoi ?

– Voulez-vous me voir toute seule à votre noce ?

– Hein, on l'a pas inscrit ? fit Honoré qui reprit la liste et la parcourut.

– On l'aurait pas oublié de toute manière, lança Émélie vers sa sœur qui se reposait, la porte ouverte sur le magasin pour avoir moins chaud et parce qu'il ne viendrait aucun client à cette heure du soir, la porte d'entrée principale étant verrouillée.

– Des fois, c'est les plus proches qu'on oublie.

Émélie et Honoré se regardèrent et se comprirent par leurs yeux éloquents. Marie disait vrai. On commença une nouvelle revue de la liste des invités.

– Dans le fond, c'est pas la liste qui peut donner des réponses, c'est repasser les maisons de la paroisse une par une. D'abord on connaît tout le monde.

Un couple devait s'ajouter aux autres: celui d'Amabylis et Augure Bizier.

– Ça va montrer qu'on aime tout le monde, même les Sauvages.

– Pis les quêteux. Et c'est à papa que ça va faire plaisir: c'est lui qui a conseillé Augure au sujet d'Amabylis... tu t'en rappelles.

Honoré lança à sa fiancée ce regard ironique annonçant une taquinerie:

– Pis c'est ton père qui lui a fait prendre un bain dans ta cuve du hangar.

Émélie s'insurgea devant l'allusion à son grand mécontentement d'alors:

– J'sais à quoi tu penses... tu sauras que c'est pas Augure lui-même que j'aimais pas, c'est sa crasse pis ses odeurs... mais asteur, il se présente mieux que dans ce temps-là... en tout cas quand il vient à la messe le dimanche... il porte un col dur et le reste...

– Un quêteux, Émélie, faut que ça ressemble à un quêteux pis c'est à un quêteux que le quêteux Bizier ressemblait dans ce temps-là.

– Il quête encore, tu penses?

– On peut pas lui reprocher: il a pas de mains pour gagner sa vie autrement. Il «gabote» comme il peut avec ses bougons de bras. La guerre, c'est...

Elle l'interrompit:

– Mais un qu'on invitera pas, c'est certain, c'est Jean Genest, même si c'est un ami de jeunesse de mon père. Lui, il a pas fait de progrès depuis qu'il vit à Shenley. Il porte aucune blessure de guerre, mais...

– En plus qu'il est consomption: ça ferait fuir tout le monde.

Marie qui entendait tout sentit le besoin de venir à la rescousse de l'ermite malade:

– Peut-être que sa blessure de guerre, il la porte à l'intérieur de lui. Faudrait pas l'oublier. Un homme seul peut quand même être un homme sensible.

– C'est vrai, Marie, approuva Honoré. J'ai entendu dire par ton père qui l'a entendu dire par Augure que Genest avait vu des affaires inimaginables à la guerre... assez terribles pour qu'il passe le restant de sa vie à essayer de les oublier... Mais même sans ça, on peut pas l'inviter vu qu'il est probablement consomption, tu comprends?

– J'comprends ça, c'est sûr!

Et la jeune infirme continua de caresser la chatte Mousseline qui se trouvait auprès d'elle sur le lit tandis que le couple de la cuisine s'adonnait à des exercices inutiles autrement que pour prolonger le temps passé ensemble.

∞∞∞∞∞∞∞

Chapitre 13

Le lundi, 7 septembre 1885

C'était le soir peu après souper, un repas qui se prenait tôt pour allonger la soirée. En cette veille des noces d'Émélie, tout était calme et chacun vaquait à ses occupations normales à part Honoré qui avait embarqué ses petites possessions dans une charrette pour les transporter à la maison rouge. Le futur marié déménageait. Il reviendrait plus tard dormir une dernière fois chez son demi-frère où il avait pensionné durant cinq ans.

Son attachement profond pour Grégoire et son épouse Séraphie ainsi que pour les enfants encore à la maison dont Séraphie qui l'avait tant aimé en cachette, causait une déchirure en lui. Certes, il les verrait souvent, toutes les semaines au moins à la messe du dimanche et au magasin, mais rien ne serait plus pareil et il le savait. On arrivait à une croisée de chemins et il lui fallait prendre le sien. Un avenir brillant s'ouvrait devant lui : demain, il serait l'époux d'Émélie Allaire et le nouveau propriétaire du magasin général. Et pourtant, son attachement pour sa famille d'adoption lui faisait oublier en ce moment toute perspective d'avenir, si belle soit-elle.

— Veux-tu que j'aille t'aider à débarquer tes meubles au village ? lui demanda Grégoire quand Honoré fut prêt à partir et sur le point de le faire.

— Je vas m'arranger.

— J'sais que tu manques pas de force dans les bras.

Séraphie (fille) regardait vers le soleil et le mont Adstock au loin, pensant que tous ignoraient la brisure que ce départ causait en elle. Mais Séraphie (mère) avait l'œil pour les cœurs affligés. Elle suggéra :

— Vas-y donc, avec Noré, Séraphie. Ça va te faire du bien pis il sera pas tout seul pour le voyage, même si c'est pas loin pantoute.

— Ben oui, approuva aussitôt le jeune homme. Ça va passer ton temps, Phie.

C'est par la moitié de son prénom qu'Honoré avait toujours désigné sa nièce depuis presque son arrivée là cinq ans auparavant. Il était le seul à l'appeler ainsi, mais seulement en sa présence.

— Ben, si tu veux.

— Ben, si tu veux toi itou.

Elle s'approcha de la charrette. Il se pencha et lui donna le bras pour l'aider à monter. Souventes fois, il avait posé ce geste avant de l'emmener faire un tour de cheval quand, grâce à un changement de curé, le presbytère avait cessé de voir la chose d'un mauvais œil. Et puis, au fond de lui-même, l'astucieux Honoré savait que sa chère Émélie maugréait en silence chaque fois qu'il promenait sa nièce sur sa monture, ce qui l'obligeait à se rapprocher de lui.

Elle prit place sur le banc à côté de lui. Il clappa et le cheval se mit en chemin…

Au village, Marie et Georges quittèrent la maison rouge et marchèrent lentement vers l'ouest et le soleil en train de baisser. Chaque semaine maintenant, la jeune fille et son ami se rendaient ainsi jusqu'au Grand-Shenley en restant sur la surface durcie du milieu de la rue principale. Malgré son infirmité, Marie avait repris presque toute sa mobilité.

D'aucuns les regardaient passer en pensant que leur mariage aurait lieu dans un an, pas plus. D'autres songeaient en secret qu'il n'aurait jamais lieu car il leur semblait que Marie souffrait probablement de consomption. Chaque fois qu'ils sortaient ainsi, le curé

Quézel les observait et priait pour Marie tout en gardant cachée une larme de pitié derrière son regard charitable.

En ce moment même, Édouard Allaire achevait une planche de labour. Il ne lui restait à tracer qu'un dernier sillon. Et en tournant la charrue à la fin du précédent, il songea comme presque chaque fois à Marie-Rose et à sa phrase inoubliable : « *C'est en aimant la terre que tu m'aimeras.* » Mais par-dessus tout, il se souvenait de ces mots sublimes purement métaphoriques échangés ce soir-là dans l'entrée du hangar :

Tu laboureras ma terre, Édouard.
Et tu me sentiras frémir dans ta chair…
Parce que ma chair frémira.

Le quinquagénaire banda tous les muscles de ses bras et de sa poitrine ainsi que ceux de ses jambes sur lesquelles il s'arc-boutait et, à l'aide du cheval, il fit pénétrer le soc de la charrue dans la terre qui s'ouvrit sur un large sillon où brillait l'humidité.

L'homme n'avait aucun regret de son éloignement du magasin, donc de la croix si triste que chaque jour il regardait là, à trois pas de la maison rouge. De son vivant et sûrement de son éternité, Marie-Rose voulait qu'il se conduise ainsi. Elle lui avait montré le chemin, son chemin à lui. Un chemin qui n'avait fait qu'effleurer le sien à deux reprises, une première fois un grand jour de printemps, une seconde fois un grand soir d'automne.

Pour donner la vie, la terre fertile offerte au laboureur n'attendait plus que sa semence. Mais il lui faudrait attendre deux saisons pour qu'enfin il la dépose dans ses entrailles. La vie attendrait bien. Elle avait tout son temps…

Émélie était à mettre un point final à l'inventaire du magasin. Il fallait évaluer la marchandise et en indiquer le total à son père pour qu'il leur fasse un prix global. Car il était entendu que les stocks seraient payés à part, formant un tout, tandis que la propriété en formait un autre à l'exemple des fermes qui se transigeaient, fond de terre et bâtiments dans un ensemble, roulant et cheptel dans un autre. Elle avait hâte d'en dire le chiffre précis à Honoré qu'elle attendait d'une minute à l'autre…

Mais Honoré tarda. Il laissa le cheval marcher à son petit pas de fin de journée. Et puis l'on rencontra Marie et Georges à la bouche du Grand-Shenley et la conversation s'engagea sur des riens :

— D'après le soleil, il va faire beau demain, avança Georges qui montrait l'horizon rose de son doigt connaisseur.

— Les deux premières de septembre, c'est ben rare qu'il fait pas beau ; c'est pour ça qu'on a choisi de se marier à ce temps-citte de l'année.

Jamais Séraphie et Georges ne s'étaient vus d'aussi près. Beaucoup de ce qu'on avait dit d'elle devant lui s'avérait juste. Elle était jolie, charmante, quoique timide et réservée. Marie et elle se connaissaient bien et s'étaient trouvé des points communs chaque fois qu'elles avaient été en contact lors de visites de Séraphie au magasin. Mais après l'accident survenu à Marie, elles n'avaient plus conversé et ne s'étaient dit que les mots ordinaires de connaissances qui se croisent dans un lieu public. C'est que l'infirmité de Marie mettait bien des gens mal à l'aise. Quoi dire à une belle jeune fille en santé qui tout à coup devient presque invalide ?

— Je t'ai vue marcher, Marie : ça va pas mal mieux, on dirait ?

— Asteur, c'est toujours pareil. Je vas toujours marcher comme là. Une épreuve que j'offre au bon Dieu, que veux-tu que je fasse d'autre ?

— C'est le meilleur moyen de revenir, Marie.

Les deux hommes n'entendaient que d'une oreille et se parlaient entre eux. Et Georges posait l'incontournable question à un futur marié la veille de ses noces :

— T'as pas envie de revirer, toujours, mon Noré ?

— Quand Noré Grégoire prend un chemin pour aller quelque part, il se rend jusqu'au bout, tu sauras, mon Georges Lapierre.

– J'en ai jamais douté une minute.

– Je m'en vas drette… comme une flèche.

– Ça doit t'énerver un peu quand même?

– Pour pas qu'une affaire t'énerve, tu la vis d'avance dans ta tête: deux fois, dix, vingt. Tu parles si je l'ai fait depuis cinq ans. Dans le fond, demain, ça sera pas du vrai nouveau pour moé.

– Nous autres, un boutte de temps, on pensait que tu marierais Séraphie, lança Georges abruptement.

Honoré éclata de rire:

– Séraphie, c'est ma nièce: pareille comme une p'tite sœur voyons!

Le rire avait alerté les jeunes femmes qui entendirent cette réplique. C'était l'ultime coup de marteau sur le dernier clou du cercueil des sentiments de Séraphie envers son oncle. Elle fit semblant de s'en amuser:

– Papa nous a toujours dit qu'on se ressemblait comme deux gouttes d'eau, tous les deux.

Honoré qui nageait en plein bonheur entoura les épaules de sa nièce et lui donna un baiser furtif sur la joue gauche puis lança à la terre entière:

– C'est la plus belle p'tite sœur au monde… qu'un oncle peut pas avoir pis je la changerais pas pour une terre en bois deboutte.

Ce qui fit rire tout le monde, lui surtout dont la voix atteignit les demeures avoisinantes, appelant aux fenêtres des oreilles curieuses et attentives. Obéline en fut qui sortit sur la galerie sans chandail malgré la fraîcheur du soir. Aussitôt, on la salua.

– Viens nous voir un peu, lui cria Honoré.

– Je vous vois comme c'est là, pis je vas vous voir encore plus demain…

On saisit la taquinerie et l'on comprit à la voir s'entourer les bras de ses bras qu'elle sentait la crudité de l'air dont chacun avait pris soin de se protéger avant de partir.

– Bon, si on veut revenir à la maison avant la noirceur du loup, nous autres, on va aller vider la charrette.

– Je vas aller t'aider, Noré.

– C'est pas de refus.

– On va te suivre à notre vitesse, Marie pis moé.

– Je vas commencer à vider pis tu m'aideras quand tu seras là: comment que tu pourrais faire autrement?

Il eut un autre éclat de rire, clappa, puis s'adressant à Obéline:

– Bonne nuit, Obéline! Le condamné à mort te dit: fais de beaux rêves!

– Bonne nuit! répondit-elle.

Tout taché de noir, son petit frère Elzéar émergea soudain de la boutique de forge et courut vers la maison. Elle l'interpella:

– Tine, tu t'es encore sali comme un petit cochon.

L'enfant eut un rire presque aussi sonore que celui d'Honoré mais autrement plus clair.

Émélie vint annoncer à Honoré le chiffre global de l'inventaire. Il commenta:

– C'est à ton père qu'il faut le dire.

On entrait les choses du jeune homme dans la maison rouge par le hangar sombre où néanmoins presque tous ses biens resteraient entreposés en attendant la construction de cette résidence voisine du magasin dont on parlait de plus en plus souvent.

Contrariée, Émélie insista:

– Je pensais que ça pourrait t'intéresser.

– Ben... oui... mais on peut pas en faire un long sujet de discussion... tu me dis le chiffre et... ben c'est comme de me dire «il pleut» quand il tombe de la pluie.

– Motadit que t'es plate, des fois, toi!

Il rit et se moqua de lui-même:

– C'est ma nature d'être plate: je le fais pas exprès. Faut me le pardonner.

Elle tourna les talons et retourna au magasin en soulevant légèrement sa robe pour qu'elle ne traîne nulle part tout en se disant
qu'une fois mariée, elle les écourterait, ces robes trop longues qui se
salissaient sans cesse dans la boue de la rue, dans l'herbe verte
mouillée et même sur les planchers poussiéreux du hangar.

Quand tout fut mis en place, Honoré marcha dans la pénombre
sans faire de bruit. Il se glissa dans une allée du magasin pour
arriver par le côté à la silhouette d'Émélie. La jeune femme était,
comme si souvent, entièrement plongée dans des calculs d'hypothèque, d'intérêts, d'annuités, sous la lueur d'une chandelle. Il
s'arrêta tout près et admira sa réflexion. Non seulement il aurait
pour épouse une jeune femme de remarquable beauté, mais aussi
un être capable d'exprimer sa volonté et ses idées : chose rare
chez la plupart des femmes bien trop soumises. Il aimait la force
mesurée d'Émélie. Mais il savait que ce caractère heurterait
souvent le sien...

– Je sais que t'es là, Honoré, fit-elle d'une voix monocorde sans
redresser la tête.

– Quoi, mais t'as donc des yeux derrière la tête ?

– Ah... je sais des choses que tu sais pas que je sais...

– Chantage !

– Je te fais étriver.

– Je le sais.

Il s'approcha jusqu'à se trouver près d'elle derrière le comptoir.
Elle se retourna vers lui. Leurs yeux se rencontrèrent, brillants,
bourrés de bonheur. Ils ne sauraient jamais lequel avait initié le
baiser, mais le baiser fut...

Dans la cuisine sombre, Marie et Georges entendirent tout à
coup leur silence et firent silence eux aussi pour un moment, se
tenant la main et laissant par elle parler leur cœur ému.

Édouard avait dételé, soigné son cheval et voici qu'il venait de
s'asseoir sur la galerie arrière pour jeter un dernier regard de ce jour
vers sa planche de labour frais. En même temps, il chargeait sa pipe

dans des gestes empreints de lenteur et de respect. Puis il l'alluma sans cesser de regarder le champ assombri par l'heure du soir.

Et il parla à Pétronille, lui disant s'inquiéter de l'état de santé de Marie. Et il la remercia de veiller sur Émélie à qui le ciel en donnait tant.

Puis il parla à Marie-Rose... lui dit qu'il avait aimé la terre ce jour-là comme elle le lui avait conseillé, demandé. Et son imagination ouvrit dans la brunante une scène belle et neuve. On était dans un siècle futur. Une femme en blanc possédant l'âme de celle qui n'était plus s'avançait vers lui depuis ce champ labouré, ses pas à peine portant sur la terre qui n'en subissait aucune marque. Quand elle fut tout près, il vit son visage. Un visage qui aurait pu être celui de n'importe quelle femme au monde. Et qui, pour cette raison, ne pouvait appartenir qu'à Marie-Rose. Car l'âme de ce visage révélait l'identité de la personne par sa douceur, sa chaleur, l'harmonie de ses caractères... Mais elle ne dit rien. Elle était femme de silence, femme de distance et pourtant femme d'amour, et de rêve, et de rapprochement. Et vint s'asseoir à son côté, tout près, le frôlant de son épaule puis touchant sa main rugueuse de la sienne fraîche comme un baume et chaude comme un rayon de soleil.

Il murmura sans voix ou presque :

– C'est toi, Marie-Rose ?

– C'est moi.

En fait, le doux spectre demeurait muet et c'est Édouard, homme d'un siècle futur, qui répondait à ses propres questions. La maison derrière était devenue un moulin ancien que des touristes venaient visiter. Et devant coulait une large rivière aux eaux vaporeuses.

– Est-ce que tu sais comme je t'ai aimée ?

– Je sais tout de toi.

– La vie, c'est l'amour toujours ?

– La vie, c'est la naissance, c'est l'amour, c'est la mort.

– Ça ne changera jamais ?

– Ca ne changera jamais.

Et l'homme du futur pencha la tête, et le spectre du futur pencha la tête. Et les deux têtes se touchèrent, se mélangèrent, se comprirent.

– Je sens ton esprit s'infiltrer par ma main.

– Ma main est venue vers toi pour t'inspirer.

– Je vous aime, Marie-Rose.

– Je vous aime, Édouard.

Puis, comme dans tous les rêves, le paradoxal et l'abracadabrant se confondirent pour exprimer quand même les sentiments les plus puissants de la personne humaine; et le rêveur fut projeté dans le passé, à ce carrefour qui les avait unis pour toujours...

Assis dans son bureau étroit de la maison presbytérale, le curé Quézel préparait l'homélie qu'il prononcerait à l'occasion du mariage d'Émélie. Mais le prêtre ne pouvait chasser de son esprit la nouvelle d'un décès qui pourtant datait déjà. L'événement lui avait échappé. Personne en ses rares visites à la boutique de forge ne l'avait mentionnée, cette mort survenue le 22 mai en France, une mort de poète suivie de funérailles nationales grandioses.

C'est que l'abbé Quézel recevait un quotidien, mais souvent, trop accaparé par les devoirs de sa tâche et les attraits de sa contemplation, il n'avait pas le temps de le lire avant de le donner à la famille Dubé qui le payait de retour en œufs de poule.

Voilà ce qui était sûrement arrivé quand le monde avait appris le départ pour son éternité du grand Victor Hugo. L'abbé possédait plusieurs œuvres de l'écrivain français. Il avait lu la plupart de celles qui avaient coulé si généreusement et avec pareil talent de cette plume divine. Et l'Église du Canada avait beau nourrir certaines réserves à l'endroit de certains ouvrages de l'homme de lettres, Quézel le voyait quant à lui comme le plus grand écrivain de langue française de tous les temps.

S'il l'avait seulement su, l'abbé aurait parlé de cet artiste incomparable, de *Notre-Dame de Paris*, des *Misérables*, de la *Légende des siècles*, des *Travailleurs de la mer*… Non, il n'en aurait pas trop dit à des ouailles qui pour la plupart sinon tous auraient ignoré tout de son propos. Il aurait seulement annoncé : *le grand poète est mort*. Et en aurait profité pour redire que la mort n'épargne personne et que cela prouve qu'elle est une bienfaitrice déguisée. Comment dire que Victor Hugo avait trépassé maintenant qu'il partait et que la seule homélie qu'il lui restait à prononcer serait celle du lendemain au mariage prévu ? Comment ne pas dire que Victor Hugo avait trépassé alors que cette plume s'avérait la plus forte du monde des lettres de l'univers, la plus pure, la plus noble, la plus chaude, la plus exaltée, la plus habile, la plus… tout… ?

Il fallait qu'il trouve une façon de le dire. Et pour y arriver demanda l'aide de Dieu. Dieu lui suggéra de lire du Hugo. Il prit *Hernani* qu'il ouvrit au hasard. En plusieurs endroits. Mais il ne trouva rien qui l'inspire. Alors il décida de chercher en lui-même. Et trouva quelque chose. Et se remit à écrire, la tête penchée éclairée par la flamme de la lampe qui brasillait dans son regard…

∞∞∞∞∞∞∞∞

Chapitre 14

Le mardi, 8 septembre 1885

Un matin de plein soleil. Un matin où le grand ciel profond peut se targuer de prodiguer tant de beautés à la terre. Un matin bleu. Plus pur que l'eau de source. Plus clair que l'eau des ruisseaux de la forêt verte. Un matin qui parle de Dieu et le fait parler par sa fraîcheur et sa chaleur. Matin de l'alpha et de l'oméga. Matin du grand espoir. Qui dispense la vie à la vie… Un si beau matin !

Mariage d'Émélie et Honoré qui sont à s'y préparer avec fébrilité derrière les apparences de la tranquillité.

Émélie promenait son calme d'une pièce à l'autre, ajustant encore et encore un élément ou un autre de sa robe bleu foncé : l'encolure serrée, le camée aux éclats nacrés devant, les boutons du corsage, les épaules bouffantes et surtout cette petite largeur d'étoffe blanche décorative aux manches à hauteur des poignets.

Marie avait particulièrement bien réussi la coiffure de sa sœur en lavant soigneusement les cheveux, en les brossant longuement puis en les attachant de manière qu'ils paraissent gonflés sur le dessus et les côtés de la tête. L'ensemble de la chevelure aboutissait dans le tourbillon brun foncé d'une toque ne laissant échapper aucune mèche et décorée d'un ruban d'un bleu plus pâle que le tissu de la robe.

– Comment tu te sens, Émélie ? lui demanda sa sœur quand pour la nième fois, l'autre courut de la chambre à la cuisine, d'un miroir à l'autre pour se mieux bichonner encore et encore.

— Comme de coutume!…

— Ça, c'est ce que tu voudrais, pas ce que c'est dans la réalité.

Émélie soupira fort en se regardant la tête qu'elle avait tournée le plus qu'elle pouvait pour voir le plus loin possible en arrière :

— C'est vrai, suis nerveuse. Si ça peut être fait. Si la journée peut donc être passée !

— Tu dis ça de ton mariage pis du jour de tes noces ?

— Je voudrais bien t'y voir. J'ai hâte quand ça va être ton tour. Tu vas voir.

Marie protesta doucement :

— On sait ben, toi pis moi, que je me marierai jamais.

Le regard de Marie n'était pourtant pas attristé. Il n'exprimait pas non plus une résignation empreinte de lassitude et au contraire, disait une forme de joie sereine. Elle connaissait son destin sans pouvoir l'exprimer, par crainte de jouer à la voyante, ce qui eût été commettre un péché contre le deuxième commandement de Dieu.

— Tu sais ben que Georges est à la veille de te demander en mariage. À 17 ans, bientôt 18, t'es quasiment vieille fille asteur.

— Comme toi.

— J'ai encore un an avant d'être majeure, tu sauras… un an et trois mois pour faire plus précis.

Marie était prête à partir, attablée dans la cuisine à regarder les incessants va-et-vient de son aînée, légèrement souriante et comme en état de réflexion par un regard chercheur et parfois lointain. Elle se frottait la main gauche à l'aide d'un petit morceau de savon doux que le magasin vendait maintenant aux coquettes. Elles le préféraient au savon du pays qui, lui, provoquait souvent des rougeurs et même des éruptions cutanées quand on en abusait.

Après une pause, elle dit :

— C'est comme tu dis : ça va être vite fait. Avant que midi sonne, tu seras madame Honoré Grégoire. Disparue, la Émélie Allaire. Un seul cœur ; une seule chair.

– Madame Honoré Grégoire, c'est rien qu'un nom. Tu vas voir que la vraie Émélie Allaire va toujours se tenir debout en arrière de ce nom-là.

Elle se tourna et demanda :

– Tout est-il O.K., Marie ?

– Tout est O.K., Émélie.

– Bon, ben quelle heure qu'il est donc là ?

Marie jeta un œil sur l'horloge brune de la tablette derrière la tête de sa sœur :

– Huit heures et demie. Le mariage est à dix heures. Il te faut exactement une petite minute pour traverser la rue du magasin à la chapelle.

– Et papa qui est toujours pas là... comment veux-tu qu'on se marie sans lui ?

– Il est quelque part dans le 9 pas loin de nous autres : il s'en vient.

– Tu vois ça au travers des murs, toi ?

– Oui. Mes yeux traversent le mur de la maison, le mur du hangar pis les murs de la grange à Foley. Y a rien qui arrête mes yeux qui voient tout...

– T'es donc drôle, Marie, à matin !

– J'essaie de te calmer un peu.

– Mais je suis parfaitement calme ! Regarde...

Émélie tendit le bras droit et montra sa main qui ne tremblait aucunement.

– Ben oui, ben oui, t'es calme, calme, calme... Si t'es si calme que ça, assis-toi qu'on parle un peu.

– Pourquoi pas ?

Émélie tira la chaise et prit place devant sa sœur de l'autre côté de la table :

– On parle de quoi ?

– De n'importe quoi qui pourrait t'intéresser.

– Tout m'intéresse, tu le sais.

– De n'importe quoi qui pourrait t'intéresser le plus à matin. Ça doit pas être le magasin. Ça doit pas être Obéline, Mathilde, moi ou ben Augure Bizier…

– Pas lui certain !

– Notre chien Mousse : j'pense pas non plus. Pis Mousseline pas plus, hein ?

– Le termite ermite à Jean Genest ?

– Es-tu folle, Marie, à matin ?

– Je t'écoute…

Émélie soupira. Son regard toujours un brin nostalgique s'attrista. Elle pencha la tête :

– J'aurais donc aimé que Cédulie pis Alice viennent à mes noces.

– Tu sais ben que depuis qu'Alice est au couvent, elle sort pas comme elle veut. Pis Cédulie, venir toute seule… Si les gros chars passaient à Saint-Évariste, mais c'est tout un voyage de s'en venir de Saint-Henri, tu sauras. Moi, je le comprends. Mais vous allez vous revoir…

– Je le sais bien. À deux, c'est moins long, mais une personne toute seule, c'est ben compliqué. Aller la chercher à Thetford, c'est quand même pas à la porte. S'ils peuvent se décider à la bâtir, leur ligne de chemin de fer de Scott à Mégantic !… Si monsieur Mercier prend le pouvoir, on va l'avoir : il nous l'a garanti en personne.

Émélie avait besoin d'un sujet affligeant comme l'absence de ses presque sœurs, Cédulie et Alice Leblond, pour lui imputer une autre tristesse inavouable que ressentent tous ceux qui se marient et qui, unanimement, l'occultent, la musellent dans les basses-fosses de leur âme. Montrer un regard peiné pour une raison permet de se cacher à soi-même l'autre raison. La vraie. La seule vraie. Et de la dissimuler aux yeux des gens autour.

Marie protesta à voix douce et indulgente :

– Tu sais ben que Cédulie pis Alice vont être avec nous autres toute la journée par le cœur et par l'esprit. Elles te l'ont écrit deux fois plutôt qu'une dans leurs lettres, toutes les deux.

– En tout cas, c'est pas parce que je vas être mariée qu'elles seront plus loin pour moi. J'ai ben averti Noré, je vas aller les visiter une fois par année. Y a rien qui va m'en empêcher, tu vas voir. Pis tu vas venir avec moi.

– Ça...

– Pis ça va commencer dès cette semaine, là, sur notre voyage de noce. Ben... tu seras pas avec nous autres, cette fois-là, mais ensuite, tu viendras. Cédulie pis Alice, c'est quasiment tes sœurs comme c'est quasiment les miennes. Sur notre voyage, on va aller voir Cédulie à Saint-Henri pis ensuite Alice à son hôpital à Québec.

– Tu me l'avais pas dit.

– Tu sais ben que si je m'en vas dans le bout de Québec, je manquerais pas de visiter une ou l'autre, ou ben les deux.

– Je vas en profiter pour leur écrire.

– T'auras pas le temps, ma pauvre Marie. Après la réception à la sacristie, on va se dépêcher de partir si on veut arriver à Thetford avant la noirceur d'à soir tard.

– Dans ce cas-là, je m'en vas le faire tout de suite.

– Ben c'est comme tu veux. Ça va leur faire bien plaisir. Bouge pas, je vas chercher le papier, l'encre et tout ce qu'il faut.

Émélie apporta le nécessaire à sa sœur puis retourna dans sa chambre pour essayer une fois de plus ses vêtements du dessus, les derniers à endosser pour être fin prête, un manteau léger aux allures de mante décorative avec touffes de mousseline et dentelle style jabots aux poignets et capuchon sur la tête attaché sur le côté du menton par une boucle immense en tissu renforcé à l'empois.

Une voix masculine remplit soudain la maison: Jos entrait en coup de vent comme du temps où il vivait là. Toujours aussi maigre, toujours aussi pressé, le garçon de 15 ans portait un habit trop court aux pattes et aux manches.

— As-tu encore grandi, toi ? lui demanda Marie sans réfléchir.

— Dis-moé donc que y a de l'eau dans la cave, fit-il, l'air dépité avant d'annoncer que son père était allé dételer.

La question de sa sœur provoquait le rouge aux oreilles du jeune homme. On se moquerait de lui, c'est sûr. Mais il n'y pouvait rien. Il aurait fallu qu'on l'habille en neuf pour ces noces, mais personne ne s'en était occupé, et il ne l'avait pas demandé à son père. Il aurait fallu aller chez un tailleur, mais il ne s'en trouvait pas à Shenley et seulement à Saint-Georges, le plus près.

En même temps ou presque, la clochette du magasin retentit. Des pas furent entendus. Puis Georges Lapierre émergea dans la cuisine dans un habit flambant neuf qui faisait sa fierté mais qui bûchait encore davantage dans celle de Joseph. Émélie vint se mettre dans l'embrasure de la porte et Marie ne sut pas trop lequel féliciter de sa sœur ou de son ami.

— Vous êtes tous les deux beaux comme des cœurs, s'exclama-t-elle sans plus songer à Joseph qui avait fait demi-tour et franchi la porte donnant sur le hangar.

— Il faut ce qu'il faut quand on va aux noces, dit Georges.

— T'as jamais si bien dit, enchérit Émélie.

Elle dénoua la boucle de sa capeline qu'elle enleva :

— Bon, je vas aller finir de m'habiller.

— Tu l'es déjà, protesta Marie. Elle s'habille, se déshabille, se rhabille. Si faut que tu changes d'idée autant devant monsieur le curé tout à l'heure. Le pauvre abbé Quézel saura pas où donner de la tête, lui.

— Ah, Marie, occupe-toi donc de finir ta lettre, toi, pis de Georges.

Ce que fit l'autre qui invita son ami à prendre place à table et lui parla un moment de ce qu'elle écrivait à ses amies et cousines, les sœurs Leblond.

Puis elle lui demanda un peu de silence afin de terminer sa lettre. Elle allait signer quand une jeune personne endimanchée entra, suivie d'un homme que Marie connaissait aussi. C'étaient Amabylis et Augure qui avaient voyagé en voiture fine avec Édouard et Joseph pour venir au village. Comme il était trop tôt pour se rendre à la chapelle, ils venaient attendre au magasin comme ça leur arrivait parfois le dimanche avant la grand-messe.

La jeune femme était d'une timidité à embarrasser un roi et se tenait juste à côté de la porte, adossée au mur, la tête penchée, le regard rivé au plancher, les mains derrière le dos.

– Monsieur pis madame Bizier, venez donc vous asseoir avec nous autres à table.

– Non, fit l'homme. On vient juste attendre quelques minutes…

– Vous allez attendre le temps qu'il faut, dit une voix qui les suivait de près et appartenait à Édouard.

– On aurait pu aller attendre dans la chapelle, suggéra Augure.

– On va prendre un p'tit verre de vin pour fêter ça.

Mais la voix d'Émélie intervint:

– Papa, faut pas boire sauf de l'eau, là, ceux qui veulent communier à mon mariage.

– Ouais… Ben vous allez prendre une bonne tasse d'eau frette. Y a des bonnes veines dans le fond du puits pis même si le cimetière est à côté, l'eau est ben propre parce que le puits est du côté du cap à Foley par là.

Amabylis refusa d'un signe de tête la tasse offerte. Il lui paraissait que le don de cette eau était trop pour elle. Augure prit la tasse des mains d'Édouard et la lui tendit. Alors seulement elle but de grandes gorgées et vida le contenu presque d'un trait ou deux.

La jeune femme portait des vêtements multicolores: foulard jaune sur la tête en guise de coiffure réglementaire à l'église, robe verte aux chevilles, chandail rouge. De quoi attirer sur elle les regards que pourtant sa modestie fuyait comme la peste.

Augure, lui, donnait l'air d'un gros monsieur et rien sur sa personne n'y paraissait de son métier de quêteux, pas plus que de ses antécédents militaires. Et puis son habit de noce était récent et lui seyait parfaitement. Pour l'occasion tout comme à son propre mariage, il avait taillé avec soin sa poilure du visage et au total, voici qu'il rappelait Ulysses S. Grant sous lequel il lui avait été donné de servir vingt ans plus tôt durant la guerre barbare de l'Amérique. Peut-être aussi que c'était la façon du vétéran infirme de montrer qu'il survivait tout simplement malgré les handicaps alors que le général-président quant à lui venait de mourir en ce 23 juillet précédent?

Marie s'adressa à la femme indienne:

— Amabylis, est-ce que tu vas bien?

L'autre leva à peine les yeux et esquissa un sourire d'approbation. Marie reprit:

— T'as l'air en bonne santé, en tout cas.

Le teint foncé encadré par des cheveux noirs mis en évidence par la ligne de l'écharpe couleur de pissenlit, conférait à Amabylis l'apparence d'une santé de fer. Et elle en possédait une. Et l'entretenait grâce aux plantes sélectionnées dans les bois qui n'avaient pas de secrets pour sa mère et pour elle-même. Elle répéta son signe de tête et son mince sourire. Marie dit encore:

— Mais viens donc t'asseoir à table avec nous autres, Amabylis.

Contre toute attente, la jeune femme accepta. Dès qu'elle fut assise, à peine accoudée sur la table, Marie allongea les bras et la toucha aux mains:

— On est content que tu sois venue aux noces.

Amabylis releva la tête et sourit un peu plus nettement. Sans le savoir, Marie venait de mettre dans la meilleure banque au monde, celle du cœur de cette femme indienne, un capital d'amour humain qui lui serait bien rendu quand le besoin se ferait grand, urgent, impérieux pour elle, la pauvre infirme au destin tragique.

Émélie parut dans l'embrasure de la porte. Après avoir salué Augure et son épouse en les remerciant d'être venus, elle annonça que des gens étaient à se regrouper sur le parvis de la chapelle:

– Y a déjà cinq ou six personnes autour du garçon et de la fille d'honneur.

– Qui c'est que t'as pris comme fille d'honneur? demanda Georges.

– Angélina Plante… et c'est son ami, le fils de monsieur Foley qui sera garçon d'honneur.

– Joseph?

– Non, son frère Henry qui vient de s'établir par ici. Angélina pis lui, c'est un mariage sûr pour l'année prochaine, croyez-moi.

Amabylis osa tourner la tête vers la mariée et son regard brilla. Comme elle enviait Émélie tout en étant ravie pour elle d'être si grande, si jolie, si bellement vêtue, si extraordinaire!

Édouard restait adossé au comptoir de l'évier à côté de la pompe à eau de sorte que sa fille ne pouvait s'y rendre pour s'y regarder dans le miroir haut. Elle renonça à le faire bouger et rentra dans la chambre, y cherchant en vain quelque chose pour calmer ses nerfs. Marie, qui comprit son besoin, prit Amabylis par la main et l'entraîna dans la chambre dont elle referma la porte. Un échange entre elles aiderait certes Émélie à se détendre un peu. Et cela se produisit… La femme indienne avait le don de communiquer à ceux qui en avaient besoin la sérénité qu'elle cachait derrière sa timidité.

∞∞∞∞

Prudent Mercier sonna la cloche pour annoncer le mariage. Un son joyeux lançant au canton le même enthousiasme que l'angélus du matin, du midi et du soir.

Le curé Quézel accompagné du servant de messe en surplis blanc parcourut l'allée centrale et vint au-devant des fidèles et des futurs en signe d'accueil. Tout d'abord, il présenta l'eau bénite qu'apportait le servant dans le bénitier en aspergeant à l'aide du goupillon l'épouse puis l'époux et leur disant :

— Recevez cette eau bénite en rappel de votre saint baptême.

Sans savoir si c'était de mise à ce moment, Émélie ne voulut prendre aucune chance d'omettre un geste important et se signa. Honoré et les autres crurent que c'était la chose à faire et tracèrent sur eux-mêmes le signe de la croix également.

— Maintenant, si vous voulez me suivre...

Le prêtre fit demi-tour et marcha lentement vers l'autel, suivi des mariés d'abord, des pères soit Édouard Allaire et Grégoire agissant comme père substitut de Thomas Grégoire décédé en 1878, puis d'Angélina Plante et Henry Foley, puis des deux Séraphie, mère et fille, puis de Marie et Georges, puis de tous les autres. Il y avait déjà dans les bancs de l'arrière de la chapelle des personnes non invitées mais venues assister à la messe de mariage, et chacun des époux les salua de signes de tête et de larges sourires joyeusement étonnés et reconnaissants.

Pendant que la procession se dirigeait vers le sanctuaire, retentit le chant d'entrée interprété par Henri Jobin que son épouse Restitue accompagnait au petit orgue : un duo entraîné pour la circonstance par Onésime Lacasse, le maître-chantre et maître de chapelle.

Honoré remarqua particulièrement une partie de l'antienne :

Heureux qui craint le Seigneur
Et marche en ses voies.
Du labeur de tes mains tu profiteras
pour ton aise et bien-être.
Ton épouse : une vigne fructueuse
au cœur de ta maison.
Tes fils : des plants d'olivier
alentour de la table...

Les fidèles prirent place dans les bancs et le prêtre les invita à s'asseoir alors qu'il entreprenait la liturgie de la parole par la lecture de l'épître de saint Paul aux Éphésiens. Émélie fronça les sourcils quand elle entendit les mots et les garda ainsi tout le long de ces phrases qu'elle trouvait fort discutables.

– Frères, que les femmes soient soumises à leur mari comme au Seigneur, car le mari est la tête de la femme comme le Christ est la tête de l'Église, lui qui est le sauveur du corps. Ainsi, de même que l'Église est soumise au Christ, que les femmes soient soumises en tout à leur mari.

Ils étaient épais, les sourcils d'Émélie, et cela paraissait quand elle les soulevait, mais seul le prêtre pouvait les voir quand il levait les yeux. Il les vit. Comme si quelque chose lui avait ordonné de la regarder. Intimidé par cette détermination, presque rébellion, qu'il put lire en elle, le prêtre poursuivit en songeant que les mots suivants rendraient la soumission dont saint Paul faisait état dans ses premiers mots plus acceptable puisque l'époux la baignerait de son amour éternel...

– Les maris doivent aimer leur femme comme leur propre corps. Aimer sa femme, c'est s'aimer soi-même... L'homme quittera son père et sa mère, et il s'attachera à sa femme, et les deux deviendront une seule chair.

Puis ce fut le graduel suivi de l'évangile après quoi l'abbé procéda à l'homélie au cours de laquelle, suivant le rite, il devait faire voir ce qu'est le mariage pour des époux chrétiens. Mais puisqu'il en était à la toute dernière fois où il s'adressait à des ouailles de Saint-Honoré vu qu'il serait remplacé par l'abbé Gosselin dès le prochain dimanche, il dérogea du contenu normal de pareille homélie par les mots exceptionnels qu'il avait jetés sur papier la veille au soir.

– Mes bien chers frères, nous voilà réunis pour célébrer ensemble l'union de notre sœur Émélie Allaire et de notre frère Honoré Grégoire, un événement qui marquera leur vie et qui ne manquera pas d'ajouter une pierre précieuse à la nôtre car ce jour est béni du ciel, nous en sommes assurés. L'année 1885 restera gravée dans le calendrier des dates importantes de ce siècle à cause de ce qui est arrivé à travers le monde et continue de se produire. C'est une année qui fait des vagues, un peu comme 1883 à cause de cette explosion du volcan Krakatau qui a provoqué un raz de marée qui a eu des répercussions dans le monde entier... qui n'en a pas entendu parler il y a deux ans?

Voilà ce qu'on aimait de l'abbé Quézel: cette capacité d'emporter son auditoire partout dans le monde et d'ouvrir les esprits aux grands événements d'ailleurs. Et de les faire revivre à sa façon puis de les relier par n'importe quelle pirouette à celui du moment...

– ... regardez cette montagne fumante qu'on appelle Perbuatan et qui s'élève au-dessus de l'îlot qu'elle a formé... la terre semble bouger, semble trembler, semble gronder... Des gens qui habitent aux environs tremblent eux aussi et décident de s'éloigner au plus vite... La montagne crache des cendres, exhale des colonnes de fumée... et puis tout à coup, elle explose et provoque une vague immense qui a des répercussions à des milliers et des milliers de milles... Vous vous demandez où votre curé veut en venir à parler de l'explosion du Krakatau au mariage d'Émélie et d'Honoré? Eh bien, c'est pour vous dire que tout ce qui arrive, petit ou grand événement, a des répercussions très, très loin. Ce mariage, bien sûr, n'a rien de commun avec l'éclatement d'une montagne, mais il pourrait bien produire des effets très, très éloignés dans le temps...

D'aucuns commençaient à comprendre l'allégorie tandis que l'abbé poursuivait:

– ... et ce qui m'a fait songer à cela, c'est une nouvelle que j'apprenais tout récemment avec grand retard puisque l'événement s'est produit le 22 mai dernier soit la mort du plus grand poète de la langue française: Victor Hugo. Poète et romancier bien sûr! Dire que la plume de cet écrivain fut un véritable volcan serait une association facile et je ne le dirai pas...

Certains n'écoutaient déjà plus le prêtre et songeaient à bien plus important pour eux que la mort d'une montagne ou d'un artiste, fussent-ils gigantesques, et parmi eux Séraphie Grégoire que ce mariage ne pouvait réjouir et qui s'inquiétait de son propre avenir. Il n'y aurait plus d'échappatoire pour elle désormais et il lui faudrait bien répondre favorablement aux propositions de plus en plus pressantes qui lui étaient faites par quelques jeunes gens de la paroisse. Et malgré la pitié que lui inspirait Marie Allaire, elle ne se retenait pas de lancer des regards doux à Georges Lapierre. Advienne que pourra! Georges n'était pas marié: il n'appartenait donc vraiment à personne...

– ...ces deux événements me font penser que votre mariage, Émélie, Honoré, pourrait avoir des répercussions sur l'avenir à travers les descendants qui seront les vôtres. Qui sait si l'un d'eux ne sera pas député, Premier ministre ou bien évêque? Je me suis dit aussi que par exemple, il pourrait naître un jour tout près d'ici, en ce cœur de village, un enfant qui grandira et que vous ou certains de vos descendants inspireront, car il écrira pour la postérité l'histoire de votre vie et celle de votre descendance. Tout est possible quand un jeune homme et une jeune femme unissent leur destinée. Tout est encore bien plus possible quand un jeune homme de la qualité d'Honoré et une jeune femme de la qualité d'Émélie unissent leur destinée...

Comme Séraphie Grégoire, Mathilde Bégin, maintenant madame Maxime Bégin, voguait loin des eaux sur lesquelles naviguait l'homélie exaltée de l'abbé Quézel. Elle n'était toujours pas enceinte, mais ce n'était pas faute d'avoir essayé. Maxime et elle possédaient tous deux un appétit d'ogre et d'ogresse et elle n'était pas à la veille de s'en plaindre. Par contre, elle se demandait ce que pourrait bien être au lit une femme d'apparence aussi froide qu'Émélie Allaire, un être qui semblait tout passer par le boulier du calcul, y compris les sentiments les plus profonds. Elle en avait justement parlé avec Maxime la veille dans l'alcôve et obtenu pour joyeuse réponse :

« Faut se méfier des eaux dormantes. »

— Le ciel vous bénit et vous assurera comme à la plupart des familles de chez nous d'une belle descendance. Nombreuse. Prospère. Chrétienne. Vous connaîtrez la douleur, mais vous connaîtrez le bonheur. Et votre vie entière sera une longue et belle préparation à votre entrée au royaume éternel…

Au contraire de ce qu'en croyait Mathilde, Émélie ressentait en ce moment de fortes émotions, allant de la joie à la tristesse, de la peur à la confiance en l'avenir en passant par l'amour auquel enfin elle pouvait s'abandonner tout entière. Depuis l'enfance que les circonstances la retenaient, la repoussaient dans des préoccupations de gens plus vieux que son âge, voici que ce rendez-vous avec son mariage était aussi le rendez-vous avec le bonheur. Elle aimait profondément Honoré et se savait profondément aimée de lui. Et puis chacun avait eu cinq années pour connaître l'autre et se rendre compte qu'il lui convenait vraiment. Qui pouvait se vanter d'autant en un pays où les jeunes se fréquentaient quelques mois, rarement plus d'un an ou deux, avant de convoler en justes noces ? Elle se sourit à elle-même car toutes ces pensées relevaient encore du calcul et de la réflexion, et c'est aux beaux sentiments qu'elle désirait se livrer en cette magnifique cérémonie de son mariage.

Elle glissa doucement sa main sur sa personne à hauteur d'une poche intérieure et son cœur s'accéléra. Et son âme sourit à quelque chose. Elle pouvait sentir du bout de ses doigts une mèche de cheveux qu'elle avait insérée dans son vêtement avant de partir afin que sa petite sœur Georgina soit avec elle à la chapelle. Son geste se poursuivit ; elle toucha à sa croix de bois bien cachée dans sa robe, et qui l'assurait auprès d'elle de la présence de sa mère…

Malgré son désir d'abandon à l'homme de son cœur, il lui revenait la volonté de continuer de s'appartenir à elle-même. Et il lui parut que ces objets talismans apportés à son mariage figeraient dans la pierre sa volonté de ne jamais enfermer sa vie entière entre les quatre murs de l'amour. Et ce, pour mieux aimer encore...

– Nous allons tous ensemble maintenant prier pour nos jeunes époux, pour que Dieu leur accorde la grâce de vivre pleinement leur vie chrétienne en une seule chair, en une seule autorité, en une...

Honoré se promettait de ne pas abuser de cette autorité qui lui était donnée par Dieu lui-même à travers sa sainte Église, autorité dont il serait le détenteur, lui, le chef de famille. Et le seul. Il savait prendre Émélie de manière qu'elle se mette d'accord avec lui; il savait l'écouter quand, malgré tout, elle ne l'était pas. En bien des choses déjà, ils possédaient une même vision, en particulier concernant l'expansion du commerce et celui de la famille. L'un et l'autre espéraient de nombreux enfants. Il se sentait l'ardeur pour les procréer. Émélie possédait aussi une santé de fer. Restait la volonté divine pour voir au reste...

L'abbé Quézel parla ensuite de lui-même et ce, pour une première fois peut-être depuis son arrivée dans la paroisse. Et une dernière sûrement avant son départ prochain:

– En même temps que nos amis Émélie et Honoré prennent leur départ dans la vie de ménage et entrent dans une nouvelle phase de leur existence, ainsi en est-il de votre curé, vous le savez déjà tous. Dans une semaine d'ici, je vivrai au monastère des pères trappistes où ma vie sera enfermée pour toujours dans l'amour du Seigneur...

Lui vinrent des larmes aux yeux.

– ... J'ai vécu parmi vous quatre années bien remplies. Des années heureuses. Des années de réflexion aussi. Et c'est dans ce grand calme de votre grandiose forêt verte – multicolore l'automne et blanche l'hiver – que j'ai pris goût à la contemplation. On se sent si bien à Saint-Honoré. Comme si un rayon du soleil divin réchauffait la terre d'ici d'une manière différente. Il n'y a pas de vieillards en cette paroisse qui est trop jeune encore, mais ceux qui y vivent auront la vie longue. Le labeur est grand et la foi encore plus.

C'est donc à regret que je vais vous quitter, mais le bon Dieu m'appelle et je dois lui répondre au prix du sacrifice de ces années douces et tranquilles que j'aurais pu couler encore parmi vous…

Marie sentait envers ce prêtre une admiration sans bornes et voyait en lui un saint sur terre. Depuis le début de cette homélie au contenu peu orthodoxe pour un mariage chrétien, elle buvait ses paroles, le regard rivé sur sa personne dont il lui semblait voir émaner un rayonnement surnaturel.

L'abbé conclut:

– … ainsi ils ne sont plus deux mais une seule chair. Donc, ce que Dieu a uni, que l'homme ne le sépare pas! Ainsi soit-il!

Alors le curé s'avança vers les époux qui se tinrent debout, et leur dit:

– Voici le moment venu de vous donner l'un à l'autre, à la vie, à la mort. Que l'Esprit du Seigneur soit dans votre cœur et sur vos lèvres et qu'il inspire votre engagement… Honoré, voulez-vous avoir Émélie qui est ici présente pour femme et légitime épouse?

– Oui, je le veux.

– Émélie, voulez-vous avoir Honoré qui est ici présent pour mari et légitime époux?

– Oui, je le veux.

Les époux contournèrent leur prie-Dieu, avancèrent de quelques pas dans le pré-sanctuaire et se tinrent près du prêtre, tournés vers l'assemblée, l'air grave.

– Émélie, Honoré, donnez-vous la main droite en signe d'amour et de fidélité. Devant Dieu et devant l'Église, unissez-vous maintenant l'un et l'autre par les liens sacrés du mariage. Honoré, dites après moi… moi, Honoré, je te prends, toi, Émélie pour mon épouse, et promets que je serai pour toi fidèle époux et que je serai avec toi en toute nécessité, tant qu'il plaira à Dieu de nous laisser ensemble.

Puis le curé s'adressa à la mariée:

– Moi, Émélie, je te prends, toi, Honoré pour mon époux et promets que je serai pour toi fidèle épouse et que je serai avec toi en toute nécessité, tant qu'il plaira à Dieu de nous laisser ensemble.

Ce fut ensuite la bénédiction des anneaux puis leur échange.

– Votre échange, je le reconnais et je l'atteste ; et je bénis votre mariage, au nom du Père, du Fils et du Saint-Esprit. Ce que Dieu a uni, que l'homme ne le sépare point !

Puis, la main droite levée vers les époux, le prêtre pria d'un cœur qui paraissait dans le ton :

– Que le Père tout-puissant qui a créé l'homme et la femme et a béni leur union dès l'origine, vous garde unis et vous bénisse dans vos enfants. Qu'il vous donne santé et longue vie. Qu'il veille sur votre foyer et vous apprenne à vous servir des biens de cette terre pour votre seule utilité et à la gloire de son Nom. Que le Seigneur Jésus fasse de votre maison un foyer où vos enfants grandiront heureux. Que l'Esprit-Saint soit votre conseiller pour l'éducation de vos enfants. Qu'il vous console dans l'adversité et soutienne votre espérance. Qu'il vous conduise enfin jusqu'au royaume du ciel, pour célébrer avec tous les saints les noces éternelles du Christ et de l'Église à la gloire du Père.

L'assemblée se leva ensuite et ce fut la prière dite des fidèles dont le prêtre par couplets récitait l'essentiel tandis que les gens répondaient à chacun : *Ô Seigneur, écoute et prends pitié.*

*« Pour notre sœur et notre frère
qui sont maintenant unis l'un à l'autre,
et pour leur salut,
prions le Seigneur…*

*Pour que leur mariage soit béni
comme celui de Cana en Galilée,
prions le Seigneur…*

Pour que leur soient accordés des enfants
en signe de bénédiction,
prions le Seigneur...

Pour que leur foyer porte dans le monde
un vrai témoignage de vie chrétienne,
prions le Seigneur...

Pour que l'Esprit-Saint daigne renouveler
dans la grâce de leur mariage
tous les foyers ici rassemblés,
prions le Seigneur...

Pour que le père des miséricordes
daigne accueillir dans le secret de sa Face
tous les membres de nos familles
qu'il a rappelés à lui,
prions le Seigneur...

Et c'est ainsi qu'avant d'entrer dans le rituel eucharistique, le curé mit fin au rituel du mariage proprement dit:

– Seigneur, Dieu éternel et tout-puissant, écoute avec bienveillance la prière de ton Église: sur elle et sur les nouveaux époux, répands avec largesse tes bénédictions. Par le Christ, notre Seigneur.

– Amen, répondit l'assemblée.

Pour les mariés ensuite, les émotions revinrent à la normale tandis que les cœurs reprenaient leurs battements presque réguliers. Se succédèrent les diverses prières parmi lesquelles Henri Jobin livrait des chants qui répétaient l'essence du message de l'Église à propos du mariage et de sa définition définitive.

Le baiser étant chose défendue à l'intérieur du temple, les époux devraient attendre de se trouver à l'extérieur pour en échanger un, mais il n'en serait que plus passionné. Ce fut la bénédiction finale et les mariés se rejoignirent face à l'assemblée pour entreprendre leur marche nuptiale. Quand elle leur vit faire leurs premiers pas, l'organiste lança son instrument qu'alimentait d'air un soufflet actionné par le pied du maître-chantre.

Honoré tourna légèrement la tête et se permit de murmurer à Émélie:

– Comment vous sentez-vous, madame Grégoire?

– Et vous, monsieur Allaire? fit-elle du tac au tac.

Cette taquinerie mutuelle leur valut un large sourire que la musique et les regards rivés sur eux agrandirent encore davantage….

Une surprise de taille attendait tout le monde, à l'exception du marié, au sortir de la chapelle. Un photographe était là, installé au beau milieu de la rue et s'apprêtait à prendre le portrait des époux et de leurs proches. Émélie mit sa main sur sa bouche qui béait tant elle en fut étonnée:

– Mais comment ça? Qui c'est, celui-là? On lui a pas demandé de venir. Ça va nous coûter une fortune. C'est toi, mon mosus de Noré, hein, qui l'a fait venir?

Elle vit bien par les yeux de son époux qu'elle ne se trompait pas. Et puis qui d'autre pour jouer de pareils tours? Honoré, tous le savaient, était le roi de la surprise et celle-ci battait toutes les autres. (Il était interdit de prendre des photos à l'intérieur des églises et c'est pourquoi personne ne savait avant la fin de la cérémonie qu'il y avait un photographe en attente devant la chapelle.) Le marié avoua en riant:

– Il vient de Québec.

– Es-tu fou?

– C'est pas si cher, tu vas voir.

– Dépensier va! Pourquoi tu m'en as pas parlé?

– Une surprise, c'est une surprise!

– On devait aller à Saint-Georges en revenant de voyage.

– On va y aller.

– Deux fois des photographies ? C'est sans bon sens.

– On a toute notre vie pour payer. On peut pas laisser passer un événement comme notre mariage.

Les reproches d'Émélie n'allaient pas chercher loin dans ses inquiétudes. Au fond, elle était plutôt contente de la surprise. Et à vrai dire ravie.

– Bon, asteur, faut que les mariés s'embrassent, lança Henry.

On l'applaudit. Les époux se donnèrent un baiser.

– Ça dure pas longtemps, mais c'est l'intensité qui compte, commenta Maxime Bégin qui fut à son tour applaudi.

Puis le photographe, jeune homme mince et grand de la mi-trentaine, fit placer les invités, s'ajusta et prit deux photos après avoir demandé certains sourires qui ne lui furent que peu accordés car les gens qui pour la plupart n'avaient jamais été photographiés prenaient la chose trop au sérieux.

Quand ce fut fait, Honoré demanda l'attention de tous et déclara :

– Le portrait, on va le mettre au magasin. Quand vous allez venir, vous allez pouvoir vous voir.

Alors Émélie pensa que son astucieux mari avait bien calculé son affaire et que le coût du photographe serait essuyé en fin de compte par une clientèle mieux disposée à acheter quand elle se verrait fixée sur pellicule à jamais. Ce que n'avait pas prévu Honoré toutefois, c'est que les photos prises dehors et deux autres au banquet seraient manquées, ruinées au développement et que personne ne pourrait jamais les voir.

Mais pour le moment, aucune ombre au tableau d'un si beau mariage. Le soleil était de la fête. L'air pur et frais aussi. Émélie jeta un œil vers le magasin avant de marcher au bras de son époux vers la sacristie par l'extérieur de la chapelle. Marie et Georges fermèrent la marche sans dire un mot et simplement en se félicitant du bonheur des époux et en songeant à celui qu'eux-mêmes avaient et auraient...

Marie que Georges aidait de son bras regarda les arbres tout autour. Elle aperçut une feuille, une seule, qui avait presque pris ses couleurs d'automne… Si seule…

∞∞∞∞∞∞∞

Chapitre 15

Jos Allaire était fasciné par les équipements tout noirs du photographe. Il se tenait aux alentours pour tout voir, tout imprimer dans sa mémoire, comme si cet événement devait avoir une incidence importante sur son destin. Ce qui par ailleurs devait se produire. Car une fois installé au milieu de la place et prêt à prendre les photos prévues des mariés à la table d'honneur, le photographe s'adressa à ce tout jeune homme maigre qui lui posait tant de questions par ses seuls regards et les prétextes qu'il se donnait pour s'approcher de l'appareil mystérieux surveillé jalousement par son propriétaire.

On avait comme à chaque banquet du genre repoussé dans un coin les bancs mobiles pour faire place aux tables. Le bon Dieu avait été transporté du tabernacle de la sacristie dans celui de la chapelle. Et une fois encore, peut-être la dernière, grâce à l'extrême tolérance du curé Quézel voire à son encouragement aux plaisirs sains, l'on pourrait danser quadrilles, sets canadiens et gigues; l'abbé avait toujours pour son dire que cet exercice permettait aux énergies corporelles de sortir de la bonne manière pour se réunir au-dessus de ce temple en un bouquet de fleurs offert au Seigneur, le meilleur surveillant des activités et divertissements humains qui se puisse être.

Les époux continuaient de recevoir les vœux de tous et chacun, debout devant la porte d'entrée. En fait, la plupart des invités se tassaient déjà devant une table de service où Agathe Mercier servait chacun d'un vin d'honneur. Et bientôt, à la demande criée par Onésime Lacasse, on lèverait un toast aux mariés. Mais Émélie et Honoré attendaient pour eux aussi, se mêler aux autres l'arrivée de Marie et Georges. On les savait à la fin du cortège nuptial et l'on devinait qu'ils s'étaient arrêtés en chemin pour s'échanger leurs impressions sur la cérémonie.

– T'as jamais vu ça, un appareil à photographier, mon gars, on dirait.

– Ben… non… j'ai vu des dessins dans le journal. Quand j'étais jeune, il passait des tireurs de portraits par chez nous, mais le père voulait pas les voir. Il disait que ces gens-là portaient malheur.

Le jeune homme de Québec éclata de rire.

– Ça vient des Sauvages, des idées de même. Eux autres, ils pensent qu'un portrait, ça leur prend un morceau de leur esprit. Pis c'est pour ça, hein, que le Sauvage Crazy Horse, celui qui a massacré le général Custer pis tous ses hommes, a jamais voulu se faire tirer le portrait. Pourtant, son ami Sitting Bull aime ben ça se faire poser… C'est rien qu'une superstition qui vaut même pas un écu.

Le photographe était quelqu'un de bonne taille mais fort mince et qui possédait des paupières bridées donnant une plus grande proportion à ses moindres sourires, ce qui lui valait aisément la sympathie de sa clientèle à qui il savait parler. Il avait émigré aux États sept ans plus tôt et y avait appris son art. L'argent vite gagné lui avait permis d'acheter son équipement, le plus moderne qui soit, et il était retourné s'installer à Québec.

– Ben… moé itou, j'pense que c'est de la superstition, pas autre chose.

Jos jeta un œil du côté de son père qui lança un regard amer sur le photographe et son équipement. Lui revenait en tête la séance de photographie devant sa maison de Saint-Henri, suivie de fort près de la maladie et de la mort de son fils aîné Joseph-Édouard.

Tout s'enchaîna naturellement. Jos demanda d'où provenait l'appareil. Il apprit que l'autre avait vécu dans une petite ville du Maine. Que des jeunes de 15 ans comme lui n'avaient aucun mal à trouver de l'emploi dans les manufactures avec de bonnes gages. Il ira jusqu'à lui donner deux adresses de gens de ses connaissances qui recevraient Jos là-bas et le pensionneraient sûrement.

Le fils Allaire n'en croyait pas ses yeux. Après le grand départ de son père et de lui-même du village, après celui de sa sœur aînée vers une nouvelle vie, voici que devant ses désirs et ambitions s'ouvrait une large avenue au moment où il s'en attendait le moins...

Georges soutint Marie afin qu'elle ne risque pas de chuter dans les quatre marches de l'escalier menant sur la petite galerie devant la porte de la sacristie. Ils y furent sans encombre.

– Ça nous a pris du temps, dit la jeune infirme à sa sœur en entrant. On pensait pas que tu nous attendais, autrement on se serait grouillés un peu plus.

– Honoré a jeté un coup d'œil dehors pour vous voir : vous étiez arrêtés à regarder les arbres.

– On aurait pas dû...

– Mais c'est pas grave, Marie, voyons ! On veut pas faire quoi que ce soit sans que tu sois là.

– Suis pas la reine Victoria tout de même.

– T'es ben plus que la reine Victoria, laisse-moi te dire.

– Ça, c'est vrai ! approuva Honoré.

Cet accueil fut un baume au cœur de la jeune fille qui hésitait toujours à propos de son avenir et jonglait avec la décision de s'en aller dans le 9 résider chez son père pour laisser vivre les nouveaux mariés à leur manière et sans obstacle aux alentours.

Marie serra la main d'Émélie puis elles s'étreignirent.

– C'était beau, la cérémonie, Émélie : tout était absolument magnifique. Surtout le chant de monsieur Jobin. Et madame Restitue, comme elle joue bien... de mieux en mieux... Tu sais, durant la marche nuptiale, j'ai pleuré.

– Mais faut pas pleurer sur le bonheur de quelqu'un.

– Mais je pleurais de bonheur.

– Je sais bien, Marie. Et je te remercie du fond du cœur. Toi aussi, tu auras ton tour, tu vas voir.

– On verra bien, fit Marie, une larme au coin de l'œil.

Georges serrait la main d'Honoré qui lui mit l'autre main sur l'épaule afin de lui garantir à lui aussi une bonne vie future :

– Comme dit tout le temps Émélie : tu vas voir comme ça va ben aller pour toi itou. Marie va te faire la meilleure femme que tu pourrais avoir.

Georges acquiesça d'un signe de tête. Il avait bien l'intention malgré l'infirmité de son amie et les problèmes occasionnés par ce handicap sérieux de la demander en mariage avant la fin de l'année. Et son père alors serait forcé de l'aider enfin à s'établir. Et donc il épouserait Marie devant Dieu et les hommes au courant de l'été 1886.

Germain Gagnon, le photographe, vint s'emparer des nouveaux mariés, montre à la main, arguant le temps qu'il lui fallait pour se rendre à Saint-Georges y remplir un autre tâche. On lui obéit. Et sous peu, ce fut la première des deux photos devant être prises là. Pour la suivante, il fallait attendre la venue du curé. Car c'est avec lui ainsi que les parents et témoins que serait faite la seconde.

L'éclair au magnésium surprit tout le monde. Les conversations engagées furent interrompues, le temps d'applaudir les mariés que l'on obligea à s'embrasser pour le plus grand agrément de tous.

Puis vint le prêtre tout en noir et en sueur. Il obtint toute l'attention non par son retard, mais par son départ prochain, et les applaudissements le firent rougir jusqu'aux orteils. Il ignorait, pour n'y pas avoir assez réfléchi encore, que son entrée chez les Trappistes constituait aussi une fuite : celle de cette partie de lui-même si mal à l'aise en la présence des humains. Là-bas, au monastère, elle dormirait à vie pour son plus grand bien-être et tout son cœur y serait consacré au Seigneur. C'était le salut garanti !

– On a besoin de vous pour la photo, lui cria Honoré. Venez, monsieur le curé.

– Quoi, on me veut en portrait?

– Arrivez, le photographe a hâte de s'en aller! blagua le garçon d'honneur.

– Les éclairs m'éblouissent, ne le savez-vous donc pas? plaisanta le prêtre à son tour en contournant la table pour retrouver les mariés, dos au petit sanctuaire.

On le fit mettre à côté d'Émélie puis les autres proches de chaque côté du trio. Et bientôt jaillit le second et dernier éclair au magnésium de la séance.

– Votre place est là, monsieur le curé, dit Honoré en indiquant la chaise à côté de son épouse.

Sans perdre une seconde, Onésime Lacasse ordonna la levée d'un toast en l'honneur des mariés. Puis on leva le verre à celui du curé qui fut longuement applaudi malgré ses hochements de tête, ses moues d'humilité, son malaise d'être ainsi aimé et déjà regretté.

L'abbé gêné fut ensuite invité à livrer une prière de bénédiction. Il le fit sans ambages, ce qui détachait de lui l'attention pour la diriger et vers le ciel et vers les époux:

– Seigneur, Père saint, Dieu éternel et tout-puissant, toi qui nous rassembles autour de cette table pour l'honneur et la joie des nouveaux époux, nous te bénissons et nous te rendons grâce pour l'amour que tu as fait naître dans leur cœur et que tu viens de sceller par le mariage. Que ta bénédiction les accompagne toute leur vie, dans la joie comme dans la peine, et les conduise jusqu'au banquet du ciel, afin qu'entourés là aussi de leurs amis et de toute l'Église, ils puissent, par ton Fils jadis présent aux noces de Cana et dans l'Esprit-Saint, te bénir et te rendre grâce pour les siècles des siècles.

– Amen, répondit-on sur toutes les lèvres en même temps que plusieurs se signaient.

Puis ce fut le repas que bien des estomacs attendaient avec impatience; et le ragoût, les tourtières et tartes disparurent des assiettes aussi rapidement qu'ils y étaient apparus. Tradition oblige, Émélie fut ensuite installée dans la chaise de la mariée. Et malgré les protestations qui coulèrent sur sa robe comme sur le dos d'un canard, elle refusa de chanter, disant et redisant :

– Je chante comme un coq pris dans une barrière. C'est à Honoré qu'il faut demande à chanter : il a appris, lui, au collège de Sainte-Marie. Et quand je l'ai vu pour la première fois, imaginez-vous donc qu'il chantait dans la voiture.

À force de se faire tirer l'oreille, Honoré vint se mettre à la place laissée par le photographe et ses équipements avant le repas. Il lança un regard complice à Onésime Lacasse qui, armé de son violon bien connu, attendait le bon signal. Et le jeune marié ouvrit la bouche, non pour chanter et plutôt pour annoncer quelque chose, une seconde très grosse surprise dont il avait été l'instigateur et qui serait tout à l'honneur et l'agrément d'Émélie mais aussi tout autant du curé :

– Monsieur le curé, Émélie, ma chère épouse, voici quelqu'un qui va chanter pour vous deux, et aussi bien sûr pour nous tous, l'*Ave Maria*. Je crois que vous serez tous très émus…

Il fit un signe à l'endroit de quelqu'un : c'était Marie qui s'approcha lentement pour que paraisse moins sa terrible infirmité et qui regardait l'un après l'autre le prêtre et sa sœur avec un tendre sourire. D'aucuns qui bougeaient encore s'arrêtèrent. Émélie cessa net de se bercer. Le curé comme tous devint parfaitement immobile. Les cœurs de tous même parurent s'arrêter de battre. Une seule personne de toute l'assistance savait vraiment à quoi s'attendre de la jeune femme : Onésime Lacasse qui l'avait fait pratiquer à une dizaine de reprises. Et qui savait que Marie possédait une voix fine, douce, presque céleste. Deux autres avaient agi comme complices dans le processus : Honoré qui avait demandé à Marie de chanter pour Émélie et à Onésime de la faire répéter, de même que Georges qui, assidûment, avait reconduit son amie à la maison Lacasse ces derniers temps.

Certes, l'épouse d'Onésime aussi avait par son silence participé au touchant complot.

Les notes d'accompagnement, lentes et lointaines, se firent entendre, car le violoniste se tenait le plus au fond possible pour donner l'impression d'une musique venue d'ailleurs. Et Marie qui regardait Émélie droit dans les yeux, lui confia sur le sanglot du violon :

– C'est maman et Georgina qui vont chanter par ma voix. Je les ai entendues à travers moi tout le temps que j'ai pratiqué…

Émélie reçut un coup au cœur. Elle faillit éclater en larmes. Mais elle hocha la tête avec un sourire à la fois étonné et bourré d'amour.

À l'abbé Quézel, Marie adressa une courte phrase remplie de reconnaissance :

– Et pour vous, le merci de tous ceux qui vous aiment dans cette paroisse.

Le prêtre dut essuyer une larme.

Ce furent les premiers mots chantés par une voix angélique s'insinuant dans chacune des âmes éblouies :

«*Ave Maria… Gratia plena…*
Dominus tecum…»

Émélie avait maintes fois entendu sa sœur fredonner, mais jamais chanter à pleine voix comme maintenant. Honoré qui connaissait le chant n'avait pas mis beaucoup de temps à comprendre que Marie possédait une voix belle et pure dès lors qu'il l'avait entendue à quelques reprises durant son alitement après sa chute alors qu'il était à effectuer des travaux dans le hangar.

Georges ressentait fierté et admiration, et s'imaginait un an plus tard à la place d'Honoré mais surtout voyait Marie en sa robe de noce, assise dans la berçante de la mariée. Un immense bonheur s'empara de son être profond.

Mathilde, un être sentimental autant que sensuel, était transportée au septième ciel par ces mots latins qui s'envolaient vers la Vierge Marie. Pas besoin d'en connaître le sens véritable : il était celui que leur donnait son cœur. Elle glissa sa main sur la cuisse de Maxime et trouva sa main qu'elle couvrit...

Pendant que son fils rêvait de fortune et d'exil, Édouard se faisait du souci. Il lui paraissait que Marie serait un encombrement pour Émélie désormais et que sa place devrait être chez lui dans le 9. Elle se ferait utile à mijoter des repas, à remplir des tâches à la mesure de ses capacités. Son temps y serait bien plus précieux parce que plus lent qu'au magasin où il fallait courir encore et encore, qui que l'on soit y œuvrant ou y vivant. Et puis, peut-être voudrait-elle chanter le soir à la brunante pour leur rappeler le passé révolu et le faire revivre par le souvenir tout imbibé de nostalgie et de tristesse ?

Amabylis et Augure qui avaient pris la place la plus humble de la sacristie, un bout de table près de la sortie, pour ne déranger personne, s'échangeaient des regards au moins toutes les trente secondes. Tous deux qui entretenaient une dévotion particulière envers la Vierge Marie savaient que le chant lui était adressé en hommage et mettaient les mots français d'un *Ave* sur ceux qu'offrait Marie à Marie.

Tout en goûtant la beauté du chant, Honoré prenait inquiétude pour sa belle-sœur, se demandant quel bonheur elle saurait se tailler à vivre au magasin ou même dans cette résidence attenante que l'on construirait dans peu d'années, dès que le chiffre d'affaires le permettrait. Et puis comment irait sa santé ?

Émélie avait figé sur son visage un air sérieux et pour cause. Son esprit retournait loin dans le passé, ce bien triste dimanche de la mort de sa mère :

« Je peux aller voir maman ? »
Édouard répondit à la place de sa belle-sœur :
« Vas-y, Mélie. Demande-lui si elle veut manger... »

«*Oui.*»

La fillette entra dans l'ombre de la chambre et dit sur le ton de l'interrogation :

«*Maman ?*»

On l'entendit redire encore et encore le mot puis on la vit revenir et s'arrêter dans l'embrasure à regarder sa marraine et son père un après l'autre tout en restant muette.

«*Qu'est-ce qui se passe ?*» *demanda aussitôt Sophie qui se leva vivement et se dirigea vers la chambre, suivie de près par Édouard.*

«*Pétronille ?*» *dit Sophie à trois reprises en s'approchant d'elle.*

La malade, dans un impensable sursaut ultime, avait réussi à se mettre sur son séant et à s'adosser tant bien que mal à la tête de son lit, les reins appuyés aux oreillers. Elle avait voulu jeter aux siens un dernier regard : les voir tous à la fois et leur adresser un souffle de tendresse. Et sans doute prier... Car voici que sa main droite tombée sur le drap laissait voir la croix de bois appartenant à sa fille et que la petite Émélie lui avait confiée, à sa demande même, la veille au soir.

«*Votre maman est morte !*» *dit Sophie dont les yeux se mouillaient de larmes.*

Marie avait rejoint Émélie et toutes deux, épaule contre épaule, regardaient leur mère, si blanche dans sa jaquette, ses draps, ses oreillers, son visage et son silence.

Édouard s'approcha de Pétronille, la prit dans ses bras et la coucha sur le dos puis la recouvrit du drap jusque par-dessus les épaules, ne laissant visible que son seul visage émacié et déserté par l'esprit. Puis il se tourna la tête afin que personne ne puisse le voir de face et ses soupirs remplirent la pièce en même temps que les pleurs étouffés de Sophie.

«*Quand y a quelqu'un que t'aimes qui meurt, faut pas que tu pleures... Quand y a quelqu'un que t'aimes qui meurt, faut pas que tu pleures... pour pas lui faire de la peine... parce que la personne est là encore, de l'autre côté d'une porte invisible... pis elle te voit... pis elle t'entend...*»

L'immobilité que produit le premier choc d'un deuil, même attendu, fige ceux qui le subissent dans l'incrédulité et la souffrance. Édouard restait debout, ahuri, prisonnier d'un coin de la chambre comme un enfant sévèrement puni à la petite école. Les pleurs de Sophie devinrent vite des larmes muettes qui roulaient une à une sur ses joues devant le regard des petites filles perdues dans leurs sentiments.

Marie prit la main d'Émélie puis elles se regardèrent dans les yeux. L'aînée souffla à l'oreille de sa sœur:

– Faut pas pleurer, maman aurait de la peine à nous voir pleurer... faut pas...

Marie fit plusieurs petits signes d'acquiescement. Puis sa sœur bougea, la délaissa un moment et marcha tout doucement jusqu'à la couche funèbre où elle prit sa croix de bois dans la main inerte et la tint par sa base pour en toucher la bouche de sa mère défunte et lui faire baiser le mystère de Jésus. Mentalement, elle dit:

«Je vas pas pleurer, maman, je vas pas pleurer...»

Elle y parvint et il lui parut alors lire une sainte paix sur le visage de celle qui ne lui parlerait jamais plus, qu'elle ne reverrait jamais après les quelques heures d'exposition du corps, suivies, le lendemain, de son enterrement dans le cimetière paroissial après le service religieux.

Tandis que personne ne bougeait encore, que Sophie regardait sa peine, qu'Émélie regardait le visage sans vie en écrasant ses larmes au fond de son cœur, que Marie demandait à sa mère de l'emmener avec elle au ciel, et que son père regardait le vide devant lui, il se produisit un événement d'une profonde tristesse qui eut pour effet de faire émerger chacun du gouffre profond dans lequel il se trouvait. La petite Georgina entra dans la chambre en courant et se rendit au lit où elle toucha le bras de Pétronille en lui disant sans s'arrêter:

«Maman, maman, maman, maman...»

Comme si quelque chose dans son âme d'enfant de 3 ans lui suggérait qu'à force de redire le mot et de tapoter son épaule, sa mère se réveillerait. Peut-être que cela aurait pu arriver si on ne l'avait pas arrêtée de le faire.

« Viens avec Mélie, » lui dit gentiment sa sœur aînée qui la prit par les épaules.

« Occupe-toé d'elle, veux-tu, Mélie ? » demanda Édouard.

« Tu peux aller mettre la vaisselle dans le plat d'eau, dit Sophie à sa nièce. Ma tante va aller t'aider tantôt.

« Viens, Marie, on va emmener Georgina avec nous autres. »

Et les trois fillettes sortirent à la queue leu leu, main dans la main, Marie devant, Émélie derrière et leur petite sœur entre les deux. Georgina se laissa faire, mais tout le temps de leur marche, elle garda la tête tournée vers le corps de sa mère. Il semblait que l'enfant entendait quelque chose et que dans son beau visage empreint de sérénité voire de félicité leurs esprits communiquaient. Mais le meilleur observateur n'aurait jamais pu savoir comment cela était possible, comment cela arrivait et ce que les deux âmes se disaient par delà la matière et le temps.

En même temps que le chant de Marie se terminait prit fin la rêverie d'Émélie. Elle se leva. Le regard mouillé, elle se dirigea vers sa sœur qu'elle étreignit : gestes fort rares qui ne se produisaient qu'au jour de l'An ou en des occasions exceptionnelles comme celle de maintenant, ce qui les rendait d'autant plus précieux et inoubliables.

Surprise de taille, une autre personne de sexe féminin suivit Émélie, qui voulait dire à Marie combien large était sa place dans son cœur, et personne ne remarqua son accoutrement bigarré et choquant pour l'œil. Amabylis oubliait grâce à l'*Ave Maria* et à la jeune infirme, qu'elle-même était une Sauvage, qui plus est de sexe féminin, sans droits, sans statut, sans rien d'autre que sa simple, banale et insignifiante existence.

– Merci, Amabylis. Tu es très belle, tu sais.

L'Indienne l'étreignit sur son cœur et retourna s'asseoir, la tête basse, mais, pour un temps encore, libre de ses peurs. Séraphie Grégoire vint embrasser Marie à son tour. Puis sa mère Séraphie. Et d'autres : mais seulement des femmes, les hommes étant trop gauches et empesés pour se livrer à de pareils débordements d'émotion devant d'autres hommes. Honoré fut sur le point d'imiter les femmes, mais le curé Quézel l'accapara et l'en empêcha sans le vouloir.

Quand Marie eut regagné sa place auprès de Georges, le maître de cérémonie, Onésime Lacasse, prit la parole et invita les invités à la danse tandis que Restitue Jobin le rejoignait sur une plate-forme avec un accordéon.

— J'aurais aimé ça aller te retrouver au milieu de la place, mais je me suis dit que... En tout cas, tu chantes ben.

— J'ai chanté pour toi, Georges, plus que pour les autres.

Il sourit, baissa la tête. Des hommes autour dirent à peu près la même chose que Georges à Marie. Le jeune homme se promit de l'étreindre lui aussi sur son cœur quand ils seraient tous les deux seuls après la noce.

∞∞∞∞

Au milieu de l'après-midi, Onésime annonça le départ des époux pour leur voyage de noce. Il leur fallait partir tôt pour prendre le train à Thetford en soirée. Le frère d'Honoré les reconduirait avec son meilleur cheval de chemin et il faudrait le faire trotter le plus souvent, car la distance était grande et les côtes nombreuses. On avait une solution de rechange en cas de retard: les mariés prendraient une chambre dans une auberge là-bas pas loin de la gare, ce que de toute manière Grégoire devrait faire, lui, afin de ne pas revenir de nuit profonde.

Tous les invités sortirent de la sacristie pour saluer les époux qui avaient pris place dans la voiture sur la banquette arrière. C'est à ce moment qu'Honoré fit à Émélie une troisième surprise dans la journée. Il glissa sa main sous le siège et trouva un objet enveloppé dans du papier brun et lui présenta. À palper et par la forme constatée, elle reconnut aussitôt la chose: un parapluie.

Quand elle le dégagea de sa prison de papier, elle en fut éblouie, ravie : il était tout blanc.

– C'est ben mieux quand il fait soleil, dit Honoré. Ça repousse la chaleur tandis que le noir, même le gris, l'attire. Tu sais ça comme tout le monde.

Elle le déploya et sous les applaudissements, le tint au-dessus de la tête, la sienne et celle de son époux qui se pencha un peu par nécessité.

– Merci beaucoup !

– Tu prendras ton gris quand il va pleuvoir pis celui-là quand il fera grand soleil.

– T'es donc fin !

– Avec toi, j'peux pas faire autrement.

Elle le taquina :

– J'espère que tu vas le rester.

– À la vie, à la mort !

– Bon, faut y aller ! annonça le cocher improvisé qui clappa.

La voiture se mit en branle. Émélie salua de la main et du sourire. Son dernier regard fut pour sa sœur qui lui adressait des petits signes de tête un peu tristes et pourtant chargés de bons vœux.

∞∞∞

– Sais-tu ce que j'aimerais asteur, Georges ?

– Non.

– Qu'on parte pis qu'on marche jusque sur le cap à Foley.

– Serais-tu capable ?

– On va prendre notre temps. Pis j'suis pas si infirme que ça.

– Je le sais ben, mais…

– Pis mieux que ça, on va se demander à manger à madame Mercier pis on va faire un pique-nique sur le cap, au beau soleil de fin d'après-midi.

Le cœur de Georges gravit plusieurs marches d'escalier. Voilà que la belle occasion lui serait donnée de serrer Marie dans ses bras. Il pensa qu'elle le voulait aussi et que par cette proposition, elle lui ouvrait la porte toute grande. Mais il fallait tout de même demander la permission du propriétaire des lieux. Joseph Foley qui s'entretenait avec le maire Bilodeau quand on l'approcha déclara à Marie :

– Quand tu voudras aller sur le cap, Marie, – ça vaut pour toi itou, Georges – tu iras sans crainte. Ma permission, tu l'as pour tout le temps que le cap m'appartiendra. T'as pas peur des pistes du diable toujours ?

– Mais non !

Foley faisait allusion à ces marques imprimées dans le roc et qui ressemblent au pas d'une bête préhistorique quelconque – sans doute un grand oiseau – ayant foulé une boue primitive devenue un cap qui garderait à jamais en sa surface les empreintes. On les associait au diable, mais c'était pour rire et personne n'y croyait vraiment, ou feignait ne pas y croire.

– Vous avez ma bénédiction pis sûrement celle de monsieur le curé.

Mais on ne la demanderait pas à l'abbé Quézel qui avait quitté les lieux depuis un moment pour retourner à la maison presbytérale.

Agathe et son assistante Célanire préparèrent un généreux goûter à même les restes du repas. Le tout fut mis dans une boîte et donné à Georges qui partit avec Marie après qu'elle eut invité certains à les rejoindre là-bas, suggestion qui fit briller une petite flamme dans le regard de Mathilde.

On emprunta le chemin des vaches pour une portion de la distance puis on longea la clôture en s'arrêtant souvent et en jasant de tout, mais d'abord de la journée qui s'avérait une réussite magnifique pour Émélie et Honoré. Plus loin, on contourna le cap par le côté est ou bien la pente en droite ligne eût été trop raide pour Marie. De la sorte, on parvint au roc dur entre les petits conifères en plein dans les pistes du diable que chacun évita de fouler…

Et on alla s'asseoir sous le soleil qu'une brise fraîche rendait agréable. Georges aida sa compagne au moment de prendre place puis il s'assit à côté d'elle.

— Es-tu O.K.?

— Oui, tout est si beau ici.

— Je me demande si nos mariés sont rendus ben loin.

— L'important, c'est qu'ils soient heureux, qu'ils en fassent long ou pas ensemble.

— Tu parles comme monsieur le curé, Marie.

— C'est un reproche?

— Non, mais non. Au contraire! C'est comme de te dire que tu chantes comme un ange du ciel: c'est pas un reproche, c'est un encouragement.

Georges avait le cou prisonnier de son col et tirait souvent dessus pour se soulager et réduire l'étouffement. Marie se sentait bien maintenant qu'elle était assise auprès de son ami. Sa robe de couleur claire allait chercher les rayons du soleil qui la faisaient resplendir. Il ne restait plus que de se laisser enivrer par cette solitude à deux, par l'odeur de résine venue de toutes les directions, par cette heure de grâce que le bon Dieu leur dispensait généreusement. Au bout d'une pause, il reprit:

— J'voudrais quelque chose pis j'ose pas le dire.

— Je t'écoute comme de coutume. J'aime ça, t'entendre parler, tu le sais.

— Tout dépend de ce que j'dis.

— Envoye!

— Ben… j'aimerais ça, te serrer sur moé comme les autres tantôt au milieu de la sacristie.

— T'avais rien qu'à venir itou.

— C'est certain…

– Mais… ça t'empêche pas de le faire encore.

– Ouè?

– Ben oui. Tiens, je vais le faire pour deux…

Elle se pencha sur lui et le prit sur elle. Et serra fort. Il resta pantois, les bras morts de surprise, le cœur arrêté dans une joie trop forte. Au milieu de l'étreinte, elle dit:

– J'pense que j'ai jamais connu quelqu'un de meilleur que toi, Georges.

– Ben… moé itou… j'veux dire de meilleur que toé…

– J'veux qu'on reste les meilleurs amis du monde, quoi qu'il advienne.

– On sera ben plus que des amis: c'est juste une question de temps.

– Plus que des amis, ça se peut pas, parce que l'amitié, c'est ben plus grand que tout le reste. C'est plus grand que l'amour, c'est plus grand que la mort, c'est plus fort que… que la maladie…

– Pas plus grand que l'amour de Dieu.

– Ça, c'est autre chose.

– Pas plus que l'amour d'une mère pour ses enfants.

– Ça itou, c'est autre chose. Je parle de l'amitié entre un homme pis une femme.

Elle recula et reprit sa place en parallèle avec lui. Entouré de conifères et de cèdres, le lieu choisi pour le pique-nique ne permettait pas de voir le clocher de la chapelle non plus que la grange à Foley, et encore moins les bâtiments des Bizier dans le rang 9, pourtant visibles du village et de l'autre versant du cap. Personne ne pouvait donc les apercevoir à moins de les surprendre. Dieu seul pouvait les voir en ce moment. Mais si tous deux possédaient cette vertu appelée par la sainte Église crainte de Dieu, ils ne le craignaient pas, car leurs fréquentations depuis le début restaient sous le signe du respect l'un de l'autre, passant forcément par celui des bonnes mœurs.

Ils se parlèrent de la noce un bon bout de temps et des surprises ménagées à Émélie par Honoré.

– Il en a, des idées, celui-là! s'exclama Marie.

Puis, abruptement, elle exprima un élan soudain:

– Aurais-tu envie de prier avec moi, Georges?

– Ben... oui...

– Pas réciter des *Ave*, là, ou ben des prières qu'on connaît par cœur... seulement parler avec la sainte Vierge Marie...

Le visage du jeune homme s'éclaira:

– Comme tu l'as fait en chantant tantôt.

– Si tu veux, fit-elle, dubitative.

– Pourquoi c'est faire que tu le chanterais pas encore, l'*Ave Maria*, rien que pour la sainte Vierge, icitte, sur le cap à Foley au lieu que pour tout le monde comme aux noces. Ça pourrait attirer la bénédiction de la Vierge Marie icitte...

Marie pencha la tête, sourit un peu:

– Pas de musique d'accompagnement?

– Oui.

– Monsieur Lacasse dit que c'est chanter a cappella.

– T'as la voix d'un ange: la bonne sainte Vierge va t'écouter, c'est certain...

– *A... ve... Ma... ri... a...*

Égrenées comme les grains d'un chapelet, les notes s'élevèrent jusqu'au ciel sans aucun doute tant elles étaient remplies d'amour pour la Vierge Marie. Certes, Marie retenait sa voix, mais c'était pour la mieux ciseler. Et le chant parut encore plus beau qu'à la noce aux oreilles de Georges qui l'écoutait aussi par le regard sur le visage serein et lumineux de la jeune fille. Il en vint à partager son état extatique et à croire un court moment que la sainte Vierge Marie, c'était sa Marie Allaire, si belle, si pieuse, si chrétienne...

Le couple ignorait qu'un autre couple s'était installé plus loin dans la section des pistes du diable, venu pique-niquer lui aussi avec l'intention d'abord de retrouver Marie et Georges pour se joindre à eux, puis accrochant cette intention aux branches des cèdres pour en cajoler une autre : bien moins sociale et bien plus sensuelle.

Mathilde et Maxime avaient eu droit eux aussi à un panier de victuailles puis ils avaient quitté la sacristie, s'étaient rendus à leur voiture prendre une couverture pour ensuite gagner le cap à Foley.

Et voici qu'ils étaient étendus côte à côte à se laisser chauffer la couenne par un soleil pas trop radin encore malgré des avertissements que l'automne lointain lançait à travers la brise rafraîchissante.

— Penses-tu, Maxime, que la Marie pis Georges, ils se lutinent un peu ?

— Ça me surprendrait pas pantoute. Paraît que les personnes infirmes, c'est plus chaleureux que les autres.

— Tu penses ça ?

— Je le sais pas : je l'ai entendu dire. Ils compensent dans la couchette pour ce qui leur manque dans la charrette.

— Comme ça, pas besoin d'avoir peur de devenir infirmes, nous deux.

— Pas besoin d'être infirmes pour compenser…

Ils se comprirent et se ruèrent l'un sur l'autre. L'homme ne s'attarda pas à labourer la terre, il envisagea de semer sans attendre et advienne que pourra en guise de récolte. Il souleva la robe jusqu'aux hanches tandis qu'elle défaisait les boutons de ses culottes. Mathilde était prête à le recevoir depuis un bon moment. Maxime se sentait outillé pour entreprendre un vrai labour.

Il souffla :

— T'as pas mis ton corset à matin ?

Elle murmura :

— C'est bon pour les vieilles, pas pour moi.

Il souffla encore :

— C'est ben tant mieux.

Elle murmura encore :

– J'ai pensé qu'il pourrait se passer quelque chose.

Il souffla :

– Ben maudit torrieu, il va s'en passer.

Il s'installa sur elle. Mathilde s'empara de lui. Ce fut comme si la foudre du plaisir venait de le frapper et de fouetter son désir. Il plongea dans ce corps chaud, mouillé, qui lui appartiendrait jusqu'à la mort et peut-être, qui sait, jusqu'à la fin des siècles…

Pour mieux donner ses coups de boutoir, il installa le bout de ses souliers dans le tracé des pistes du diable et s'y arc-bouta. Mathilde se mit à geindre et ses plaintes rejoignaient les notes de l'*Ave Maria* quelque part au-dessus des lieux, bien haut. Et voici que la Vierge Marie ne savait plus qui écouter et surtout quoi écouter, car Mathilde en accomplissant l'acte sacré du mariage donnerait peut-être la vie. Mais la Sainte Vierge possédant le don d'ubiquité se sépara en deux et ainsi, elle put tendre sa sainte oreille autant à Marie qui la louangeait qu'à Mathilde qui aidait le ciel à perpétuer la vie sur la terre du bon Dieu…

∞∞∞∞∞∞∞∞

Chapitre 16

Une fois encore, Émélie fit vivre à Marie son voyage, du moins en partie, par l'imagination. Le couple avait passé deux jours chez les Leblond à Saint-Henri. Honoré avait voulu voir la maison des Allaire occupée par ceux qui avaient acheté la terre en 1880: on y avait eu bonne et agréable réception. Puis on avait passé plusieurs heures avec Alice à son lieu de repos à l'hôpital où elle œuvrait comme Hospitalière.

À Québec, on n'avait pas pu s'empêcher de visiter un ou deux grossistes, les plus amicaux et chaleureux. Une fois encore, on s'était rendu au Palais du Parlement, mais sans y faire de rencontre vraiment mémorable comme celle d'Honoré Mercier la dernière fois.

On avait visité le couvent des Ursulines, vu la tombe du général Montcalm, longé les murs du vieux Québec, foulé du pied les plaines d'Abraham, franchi les portes des murailles, découvert la Citadelle: du jamais vu à part le Parlement pour chacun d'eux.

Un peu partout, les gens parlaient de Louis Riel. Le Métis alimentait des conversations animées voire passionnées. Son procès s'était ouvert le 20 juillet; le 1er août, on l'avait trouvé coupable et condamné à la pendaison. Mais il soufflait un tel vent de protestation dans tout le pays canadien de langue française qu'on croyait sauver la tête du condamné politique.

Émélie revint rapidement aux détails agréables du voyage dont les repas copieux, les chambres confortables, les gens rencontrés à

Québec, cette ville aimable au-dessus de laquelle flottait une odeur de respectabilité et de noblesse.

Elles étaient attablées dans la cuisine. Marie paraissait malade et pourtant son intérêt pour le récit de sa sœur demeurait soutenu. Parfois, elle posait une question qui relançait Émélie dans une autre portion de son heureux et mémorable voyage de noce. Pas une seule fois, elle ne fit allusion à ses nuits qu'elle avait trouvées un peu pénibles au départ, surtout celle de Thetford, la première. Elle savait qu'il s'agissait là d'un passage incontournable dans la vie de chaque nouvelle épouse et présumait que le sien n'avait pas été trop difficile vu le respect et le tact de son jeune mari, un être moins rugueux que les autres de son âge, à en juger pas sa seule façon de parler toujours respectueuse.

La conversation prit une tournure imprévue pour Émélie et ô combien cruelle! quand sa sœur eut une quinte de toux et avoua cracher du sang.

– Ma pauvre, pauvre Marie, mais qu'est-ce qui t'arrive donc?

La phrase dite d'une voix pourtant sereine tomba comme un lourd pavé dans la mare:

– Suis consomption, Émélie, suis consomption.

– Dis donc pas ça! Dis donc pas ça!

– On est allé en secret voir le docteur Gravel cette semaine, papa pis moi. Je suis consomption, Émélie. Va falloir que je parte d'ici pour aller vivre dans le 9. Papa va venir me chercher dimanche…

Émélie secouait la tête, refusait d'y croire, niait la vérité en elle-même, ne trouvait pas les mots pour arranger les choses. Il fallait qu'elle les trouve. Il le fallait.

– Mais ça se peut pas, Marie! Aux noces, t'as chanté, t'étais si belle…

– Le mal couvait pis je m'en doutais. Tu te rappelles l'année passée…

Émélie se leva de table et se rendit à l'évier. Elle pompa de l'eau dans une tasse, soupira longuement, hocha la tête, revint s'asseoir. Marie poursuivit :

– J'ai commencé à cracher du sang le lendemain de tes noces. Des journées moins, des journées plus. Pis voilà trois jours, papa m'a emmenée à Saint-Georges… J'peux pas rester au magasin… ça va se savoir pis personne voudra venir acheter. Pis ceux qui vont venir, j'pourrais les contaminer. C'est une maladie contagieuse, Émélie, tu le sais comme moi pis comme tout le monde.

– Georges, tu l'as vu ? Il en dit quoi ?

– Il le sait pas encore. Il pense que je suis allée en réappro avec papa à Saint-Georges.

– Tu vas faire quoi avec lui ?

Marie baissa les yeux. Elle n'aurait pas pu garder les paupières ouvertes tant elles étaient maintenant chargées, lourdes de larmes. Au bout d'un long silence, d'un pesant soupir, elle jeta à voix blanche :

– Je vas le renvoyer la prochaine fois qu'il va venir me voir.

Émélie buvait de petites gorgées. Son regard avait mal. Ses yeux subissaient la torture. Elle protesta de tout son cœur :

– Marie, Marie, si tu t'en vas dans le 9 pis si en plus, tu te sépares de Georges en plus de moi, comment tu vas faire pour t'en sortir. Toute seule dans une petite maison de rang… c'est la m… c'est…

– Jos sera là… J'serai pas tu seule…

– Pour combien de temps encore ? Il est sur le bord de la porte, celui-là. Papa pourra jamais le retenir. Honoré m'a appris qu'il avait parlé au photographe le jour de nos noces pis qu'il a ramassé de bonnes adresses de gens où il pourrait pensionner aux États, plus des noms de contremaîtres qui engagent dans des manufactures.

– Papa a parlé au docteur de mon déménagement. Le docteur pense que ça va être mieux pour moi pis pour les autres comme toi,

Honoré et la clientèle du magasin. Moi, je vas avoir plus d'air frais, d'air pur pis même d'air froid qui fait du bien aux… tuberculeux.

— Mais… tu vas être toute seule, Marie! Sans moi, sans Georges, sans personne à part notre père. Même si Jos part pas tout de suite pour les États, il sera jamais à la maison…

— J'aurai Mousse…

— Pis Mousseline si tu dois partir absolument… c'est sûr que la vie t'arrachera pas la chatte en plus du reste.

Il y eut un moment de silence. Émélie cherchait une solution à sa mesure et l'idée que sur le même sujet elle avait déjà eue et exprimée lui revint en tête: construire une maison résidence dans les plus brefs délais. En fait arrêter une autre date et devancer celle des projets établis. Et c'est à travers cela qu'elle redonnerait espoir à sa sœur:

— Tu sais ce qu'il faut faire: c'est commencer la construction de la résidence tout de suite…

Une voix masculine se fit entendre. Honoré, invisible aux jeunes femmes, prit l'initiative:

— On va réunir tous les matériaux nécessaires pis au printemps prochain, on va bâtir de maison. On le ferait ben en hiver, mais on peut pas. Tu vas avoir ta chambre en bas, Marie. Pis de ta chambre, tu vas voir la chapelle chaque fois que tu vas regarder dehors. Pis tu pourras y aller prier tant que tu voudras. La porte est jamais barrée, tu le sais.

Il n'apparaissait pas à la malade que cette solution, si réconfortante était-elle, fût valable. Il fallait songer à la clientèle du magasin. On saurait que la consomption se trouvait aux alentours. On saurait que le couple marchand serait en contact quotidien avec un être souffrant de tuberculose. Plusieurs s'en iraient acheter à Saint-Évariste. Pas question pour Marie de nuire à sa sœur et son beau-frère. Elle ne reviendrait jamais au village si ce n'est pour s'y faire enterrer à côté du magasin dans le champ des disparus parmi beaucoup d'enfants envolés trop tôt et avec qui elle s'amuserait et rirait dans un paradis tout rose exempt de la maladie et de la mort. Et parfois, elle visiterait Marie-Rose et avec elle, irait faire un tour sur le cap à Foley épier les amoureux. Et elle recevrait la visite de sa mère et de Georgina qui oseraient pénétrer dans la forêt verte pour venir voir comment Émélie se débrouillait avec la magasin et surtout avec Honoré.

Marie sourit :

– Tout s'arrange, on dirait. Je vais déménager avec l'espoir de revenir, avec l'espoir de guérir…

– Et l'espoir de te marier…

– Non pas cet espoir… Je dois me séparer de Georges pour qu'il perde pas son temps, pour pas qu'il attrape la mort de moi, pour qu'il grandisse comme un bel érable solide et bien enraciné, pour qu'il trouve l'âme sœur… et je sais que ce sera Séraphie Grégoire…

À ce propos, Émélie et Honoré comprirent qu'ils ne devaient pas insister. Ce qui devait arriver entre Marie et son ami ne regardait qu'eux. Ils ne s'en mêleraient qu'à la seule condition qu'elle leur demandât conseil. Ou lui, qui sait.

– Papa va venir me chercher dimanche…

Honoré parut au-dessus de la cloison. Lui et son épouse se regardèrent, les yeux chargés de tristesse et d'inquiétude…

∞∞∞∞

L'abbé Quézel n'officiait plus. Mais il déménagerait lui aussi le dimanche suivant. Son remplaçant lui avait demandé de rester une semaine ou deux le temps de l'initier à tous les dossiers et de le présenter à plusieurs familles. Quézel avait accepté à la condition qu'on ne le fête pas et qu'il ne soit pas question de lui et de son départ en chaire alors que lui-même assisterait aux messes depuis le chœur de la chapelle.

Marché conclu. L'abbé Gosselin n'était pas lui-même très enclin aux éloges. Il suffit qu'il avertisse les notables comme le maire Bilodeau et quelques autres bien placés comme Honoré Grégoire à propos du refus de l'abbé Quézel d'une bourse et d'honneurs publics. Malgré tout, des gens nombreux firent des dons sous enveloppe. Et puis Quézel lui fit dire aux ouailles que tous leurs sentiments, toute leur reconnaissance lui avaient été transmis par Marie Allaire dans son chant *Ave Maria* aux noces d'Émélie et Honoré. Plus que cela eût été du superflu apte à tisonner son orgueil : s'en passer valait mieux.

Quézel avait l'habitude le soir après souper de prendre le chemin pour y faire une marche de lecture de son bréviaire. Il se rendait le plus souvent jusqu'au 9 qu'il empruntait jusqu'au ruisseau de l'eau claire et en revenait, ce qui correspondait au temps nécessaire pour accomplir son devoir de lecture en une portion de rang silencieuse, inhabitée.

La veille, il avait reçu la visite d'Émélie et Honoré qui lui avaient fait part de la très mauvaise nouvelle concernant Marie et son déménagement. Mais aussi, sous couvert d'un secret que l'abbé respecterait, il lui fut dit que les «amours» de Marie et Georges prendraient fin ce samedi soir, veille de son départ, à elle, tout autant que celui du prêtre.

L'abbé avait dû essuyer des larmes avec un mouchoir blanc que la brunante avait mis en valeur.

«La pauvre Marie, elle est pas chanceuse et pourtant, elle est la meilleure de nous tous. On dirait que le bon Dieu reste silencieux dans son cas. Ses voies, au Seigneur, sont impénétrables. Comment comprendre? Mais Marie fait tout ce que son devoir lui commande de faire et son chemin m'apparaît être le bon. Vous n'êtes pas intervenus entre elle et Georges et vous avez bien fait; et je ne le ferai pas non plus. Le bonheur de Marie ne se trouve pas dans ce qu'elle peut amener à elle, mais dans ce qu'elle peut apporter aux autres. C'est une donneuse dans l'âme. Oh, vous l'êtes également tous deux, mais vous avez aussi l'aptitude à prendre ou bien vous ne seriez pas des marchands; et puis tout le monde ne saurait être uniquement donneur. La survie humaine en dépend. Je connais votre générosité à tous les deux, mais vous ne pouvez tout de même pas tout donner. Marie le peut, elle. Et je crois qu'elle le veut. Je la comprends…»

«Marie vous ressemble, monsieur le curé,» avait alors dit Émélie qu'aussitôt Honoré approuvait.

C'est à cet échange de la veille que songeait l'abbé Quézel qui entreprenait sa marche au clair du jour déclinant. Son bréviaire venait bien moins le chercher que sa conversation avec les Grégoire à propos de Marie, et surtout de l'état de santé de la jeune infirme qui ne laissait pas grand espoir. Il avait le sentiment qu'elle rendrait l'âme dans pas plus de deux ans. Par contre, pour avoir souventes fois parlé avec elle ces dernières années, il savait qu'elle voyait et comprenait la mort comme une porte ouverte sur le grand bonheur. Sa foi inébranlable serait la couche funéraire de son âme et l'emporterait comme un tapis magique vers les pays du bon Dieu dans l'éternelle félicité.

Une fois au monastère, le prêtre adresserait un mot aux Grégoire afin de leur donner son adresse officielle pour qu'ils l'informent de ce qui pourrait advenir à cette si grande chrétienne.

– Monsieur le curé, monsieur le curé…

L'abbé tourna la tête vers le haut du village donc dans la direction opposée à celle qu'il empruntait et vit venir en courant presque, Georges Lapierre qui devait sûrement aller voir Marie pour la dernière fois. Georges ignorait que la séparation était pour ce soir-là; pire, il ignorait encore la maladie de Marie qui ne lui avait rien dit quand ils s'étaient vus ces tout derniers temps. L'abbé le vit venir et l'accueillit par des gestes d'amabilité, mais en lui-même il avait pitié et priait pour ce pauvre jeune homme qui aurait si mal à son cœur ce soir et dans les mois à venir.

– Tiens, Georges, le plus vaillant jeune homme du canton.

En effet, le jeune homme passait pour un gros travaillant, mais il ne s'en targuait pas. Et considérait qu'il lui fallait trimer d'une étoile à l'autre tout comme ses parents, tout comme les autres habitants de la paroisse et d'ailleurs.

— Je sais que vous partez demain pis je voulais vous donner un petit quelque chose.

Georges tendit une enveloppe que le prêtre prit:

— Tu sais quoi? Tout ce que j'ai reçu des paroissiens et que je vais recevoir demain, ce n'est pas pour moi…

— Pour le bon Dieu, je sais.

— Non, le bon Dieu a pas besoin de ça, voyons. Le bon Dieu a aucun besoin d'argent, Lui…

— Mais pour le culte pis le reste…

— C'est à Marie que je vais le donner.

— À Marie? Vous avez bien raison. La sainte Vierge est…

— Pas Marie du ciel, Marie, ton amie Marie Allaire.

— Ah oui? s'étonna Georges qui posait mille interrogations par son regard.

Marie n'était pas si pauvre. Son père veillait toujours sur elle. Aussi sa sœur et maintenant Honoré. Elle ne manquait de rien. Pourquoi cette générosité? Mais comme il s'agissait de la décision d'un prêtre et surtout d'un tel prêtre, le jeune homme ne creusa pas plus dans la terre incongrue de l'événement avec la pelle impertinente de son questionnement.

— Oh, il ne s'agira pas d'une fortune, tout au plus de vingt ou trente piastres en tout. Quel besoin en aurai-je, moi, chez les Trappistes, hein? La seule valeur qu'aura l'argent là-bas, c'est le sacrifice que l'on en fait et je dois t'avouer que ce ne sera pas un bien grand sacrifice pour moi.

— Ben je vous remercie en son nom.

La phrase rappela au prêtre que Georges comptait épouser Marie dans l'année 1886 et pourtant, son rêve se briserait ce soir-là pour jamais. Comme la vie réservait de souffrances à ceux qui ne les méritaient pourtant aucunement! Mais elles s'ajoutaient à l'océan des souffrances humaines pour aider Jésus crucifié à sauver le monde du péché qui le condamnait à sa perte depuis Adam.

– Une chose, Georges…

– Oui.

– Je ne voudrais pas que tu le dises à Marie; je le ferai moi-même demain en lui remettant les enveloppes. Est-ce que je peux compter sur toi?

– Totalement! La tombe!

– En ce cas, je te laisse. La route et mon bréviaire m'appellent, me réclament.

– Pis moé, c'est Marie. Bonsoir, monsieur le curé.

– Bon courage, mon ami, bon courage!

Ces derniers mots firent naître un nuage d'inquiétude sur le front de Georges. Comme si le prêtre y avait camouflé un orage ou du moins sa perspective voire son annonce. Il poursuivit vers la maison rouge d'un pas moins sûr et regarda ailleurs que vers l'abbé, mais c'est sur les croix du cimetière que ses yeux tombèrent.

Quézel marcha vers le 9, tête penchée sur son bréviaire.

Dans une fenêtre de la maison presbytérale, embusqué derrière les rideaux, l'abbé Gosselin avait été témoin de la scène somme toute banale qui avait réuni dans un échange bref ce jeune homme qu'il connaissait de vue et son prédécesseur. Il se demandait quelle attitude prendre avec les gens du peuple: amicale **ou** distante ou bien amicale **et** distante… Et puis quelle importance puisqu'il avait déjà demandé à son évêque une autre affectation que celle de cette paroisse perdue dans une forêt verte trop éloignée!

Georges entra discrètement. Mais la clochette ne pouvait pas se faire son complice; elle annonça aux gens de l'intérieur qu'on pénétrait dans le magasin. Marie savait qu'il s'agissait de Georges. Elle l'avait surveillé venir par le fenêtre qui donnait sur le cimetière puis s'était attablée dans la cuisine. Émélie et Honoré lui promirent de s'éclipser dès la venue du jeune homme. Quand ils surent que c'était lui, ils allèrent le saluer et sortirent, annonçant qu'ils voulaient se bercer sur la galerie après une journée de durs travaux pour l'un et pour l'autre.

— Viens t'assire, Georges, lança Marie de sa voix pas très forte.

Surtout, elle ne voulait pas risquer de s'égosiller et d'entrer dans une de ces interminables quintes de toux qu'il lui aurait fallu expliquer à son ami de cœur.

— J'arrive.

Et il parut, endimanché, bien peigné, aussi beau qu'aux noces d'Émélie. Elle lui sourit. Il lui sourit. Il faisait déjà un peu sombre dans la pièce faute d'éclairage intérieur et parce que dans un village ayant conservé autant d'arbres, les rayons du soleil en déclin s'enfargeaient vite les pieds dans le feuillage, fût-il comme maintenant de toutes les splendeurs.

— Là, en face de moi.

Il obéit.

— Je viens de parler avec monsieur le curé.

— Gosselin ou Quézel.

— Quézel.

— Ah?

— Paraît qu'il part demain. Là, c'est vrai. Pis il a pas voulu qu'on le fête.

— Il a dit à Émélie que son mariage avait été sa fête. Puis que par l'*Ave Maria* que j'ai chanté, il a ramassé toute la reconnaissance de la paroisse.

— C'est parce que t'as chanté avec ton cœur encore plus qu'avec ta voix, Marie.

— C'est donc gentil de me le dire.

— Tout le monde le dit dans la paroisse.

— Et qu'est-ce qu'il avait d'autre à dire, monsieur le curé?

Marie avait pris un mouchoir blanc qu'elle tenait devant sa bouche sans l'y coller pour que le son passe sans avoir à répéter les phrases et les mots. Mais cela intriguait son ami tout en le contrariant. En fait, tout lui paraissait inhabituel ce soir-là, l'attitude de

Marie dans ses gestes, celle de sa sœur et d'Honoré qui avaient semblé fuir quelque chose et celle du prêtre aux propos énigmatiques. Il en attribua la cause au départ imminent du curé Quézel.

— Pas grand-chose de spécial! Je lui ai remis une petite enveloppe au nom de ma famille. J'sais même pas combien d'argent il y avait dedans. Probablement une piastre. Il a dit qu'il aimerait te parler avant de s'en aller demain.

Marie soupira; son regard s'attrista.

— Y a quelque chose qui va pas, Marie?

— Moi itou, je vas m'en aller demain… comme le curé Quézel.

Il fronça les sourcils, grimaça, secoua la tête:

— T'en aller? Comment ça, t'en aller?

— Je m'en vas dans le 9, vivre chez mon père.

— Hein?!

— T'as ben entendu, Georges: je m'en vas vivre dans le 9.

— C'est à cause du mariage d'Émélie. Ils vont manquer de place?

— C'est un peu ça… pis autre chose itou.

— Autre chose?

Les yeux de la jeune infirme s'embrouillèrent de larmes. Lui reprit en allongeant le bras pour lui prendre la main gauche qu'elle retira vivement avant qu'il ne l'atteigne:

— Tu m'inquiètes, Marie, comme ça se peut pas.

— Georges, faut ben que je te le dise: ça va se savoir quand même… j'suis malade pis je dois m'en aller pour protéger les gens…

Il gardait sa main à plat sur le vide de la table, déçu de n'avoir pu la toucher, impuissant, effrayé, livide. Il savait que le nouvelle tomberait comme le couperet d'une guillotine et elle tomba:

— Suis consomption.

Il nia catégoriquement:

— Ben non… tu pensais ça l'autre année.

— Cette fois, c'est vrai: le docteur Gravel me l'a confirmé.

— Mais… je… c'est que…

– Demain, je vais à la messe, ensuite je prends ma petite valise pis j'embarque avec mon père pour aller vivre dans le 9… le temps qu'il me reste à vivre.

– Arrête donc: les personnes qui ont la consomption meurent pas forcément de ça. On en connaît dans la paroisse qui l'ont depuis des années… Quen, l'ermite du Petit-Shenley, là, Jean Genest… il l'est depuis qu'il a fait la guerre civile américaine… C'est pour ça qu'il veut voir personne pis que personne est bienvenu chez eux… D'autres itou… Entre toé pis moé, y en a qui disent que Jean Jobin, le père, il en ferait, lui, de la tuberculose. Madame Jobin vient d'avoir un enfant, tu le sais, une petite fille… Alexandrine qu'ils ont dit qu'elle s'appelait.

– C'est peut-être rien que du commérage. Pis même si c'est vrai, c'est pas parce que son mari ferait de la tuberculose que madame Desanges – madame Jobin si tu veux, Desanges, c'est son prénom – peut pas avoir d'enfants. Elle a 40 ans ben juste.

Le choc brutal de la nouvelle était absorbé par des idées aptes à amoindrir l'impact réel de la tuberculose sur une personne. Plus de 80 % des personnes atteintes en mouraient un jour ou l'autre, tôt ou tard. Il se disait aussi que des gens mis en contact avec des personnes malades s'immunisaient d'elles-mêmes, ce qui apparaissait évident dans le cas d'Émélie et Honoré qui avaient côtoyé Marie toutes ces années alors qu'elle était forcément porteuse du bacille avant de développer la maladie elle-même dans ses voies respiratoires. Et Georges aussi avait eu de fréquents contacts avec elle.

– Y a ben des personnes qui l'attrapent pas: on dit qu'elles sont… immunisées.

– Comme mon père, mon frère, ma sœur, Honoré et sûrement toi, Georges.

– Le docteur Gravel nous a expliqué ce que je savais déjà par les journaux. C'est le bacille découvert par monsieur Koch il y a trois ans qui est le vrai responsable de la maladie. D'aucuns résistent au bacille qu'ils portent en eux, le combattent toute leur vie sans problème. D'autres résistent pas. D'autres résistent un bout de temps comme monsieur Genest puis un jour, la maladie se déclare. Certains peuvent guérir. D'autres meurent au bout de plusieurs années. D'autres meurent en quelques mois. C'est toujours trop long.

— Si on est tous immunisés, ceux qui t'entourent, pourquoi c'est faire que tu t'en vas ?

— C'est un magasin général, ici, Georges. J'veux pas risquer de contaminer du monde, des clients. On sert la clientèle, on la tue pas. En plus que ça va se savoir pis que les affaires vont péricliter… baisser si tu veux… J'veux pas faire ça à Émélie. Ils vont venir me voir dans le 9 toutes les semaines…

— Pis moé deux fois par semaine.

— Non, Georges, pas deux fois par semaine : même pas une seule parce que tu vas me laisser.

Il parut abasourdi un moment puis lança :

— Jamais ! Au grand jamais ! Tu m'entends : jamais !

— C'est notre dernière soirée ensemble, Georges.

— C'est pas vrai.

— Je ne te recevrai plus. Je décide, pas toi.

— Je te l'ai jamais dit, mais tu le sais que je t'aime, Marie. J'aimerai jamais personne d'autre dans ma vie.

— Ce n'est pas vrai. Beaucoup de jeunes femmes meurent et les maris finissent tôt ou tard par en aimer une autre. Et c'est le plus souvent tôt que tard. C'est ça, la vie. On meurt, on est oublié… à part le souvenir et la croix sur la tombe, il ne reste pas de liens qui empêchent les survivants de poursuivre leur chemin autrement.

— Mais attendons au moins un an encore. Je voulais te demander de m'épouser au printemps 1886. Tu as le temps de guérir…

— Je ne guérirai pas.

— Tu pries assez : la sainte Vierge te guérira.

– Les papes meurent aussi. Bernadette Soubirous qui a vu la Vierge est morte elle aussi. Toute jeune. Chez les bonnes Sœurs. À Nevers, il y a six ans. Les plus purs meurent. Regarde toutes les croix d'enfants dans le cimetière.

– Ça donne quoi de prier dans ce cas-là, si le bon Dieu écoute jamais personne.

– Il nous est fait ce qu'il y a de mieux pour notre vie éternelle, Georges. Mais moi, j'pense pas que je vas vivre longtemps. Quand je suis arrivée par ici en 80, j'ai eu une vision. C'est la première chose qui s'est produite… C'était devant la chapelle, dans le milieu du chemin…

Et Marie raconta comment elle avait vu sa mère et sa petite sœur Georgina qui lui avaient annoncé qu'elle-même serait au paradis dans sept ans.

– Tu me l'as déjà conté, Marie, et tu sais ce que le curé Faucher en pensait. On peut pas savoir l'avenir. Pis si on cherche à le savoir, on fait un péché.

– Je l'ai vu sans chercher à voir ; je l'ai su sans chercher à savoir.

L'échange devint presque philosophique pour quelque temps, mais la cruauté reprit vite sa place au cœur de l'événement en train de se produire : la rupture entre deux amoureux à cause de l'insurmontable et non pas en raison de leur volonté propre.

Mousseline soudain sauta sur la table et s'arrêta. Puis regarda l'un et l'autre et renifla le bois du dessus.

– Elle va venir avec moi. Les chats attrapent pas la consomption, eux autres.

Après une longue pause, après avoir ravalé pour libérer sa gorge de l'étouffement, Georges retrouva un sourire fabriqué :

– Tu sais ce qu'on va faire ? Je vas aller te voir pareil dans le 9 d'abord que suis immunisé comme on disait tantôt. Pis tu vas prendre du mieux. On se mariera quand tu seras guérie. S'il faut, dans deux, trois, cinq ans…

Mousseline vint trouver Marie et se coucha sur un sac de papier que la jeune femme avait laissé là pour usage prochain et entreposage d'un tricot en devenir.

– Non, Georges, je ne le veux pas. Et ma décision est… finale. C'est notre dernière soirée ensemble…

Le jeune homme secoua la tête puis sa sensibilité déborda et il éclata en sanglots.

– Tu vas pleurer, Georges, pis moi aussi. Et ça me fait mal de te voir, mais tu retrouveras ton sourire et la joie, tu vas voir.

– J'pourrai pas, j'pourrai pas, Marie.

– Je vais prier pour toi et tu vas pouvoir.

– C'est ça: ils voudront pas guérir ton corps pis ils vont guérir mon âme. Ils savent pas ce qu'ils font, eux autres, en haut… la sainte Vierge, le bon Dieu pis tous ceux qui ont toutes sortes de pouvoirs pis qui s'en servent tout de travers…

Elle prit le ton d'un doux reproche:

– Faut pas blasphémer, Georges. Je le sais que tu le penses pas et c'est donc pas un blasphème, mais ne dis plus de choses pareilles.

– Faut que je te serre dans mes bras, Marie, il le faut. Laisse-moi te serrer su' mon cœur. Pis là, rien que là, tu me diras de m'en aller…

– Et tu vas m'obéir?

Il se dit qu'elle n'aurait pas la force de le renvoyer alors qu'ils s'étreindraient. Elle tourna sa chaise et se leva tandis qu'il contournait la table. Ils se regardèrent longuement dans les yeux sans rien se dire. Puis il l'attira contre lui et parla à mi-voix dans son oreille:

– Je t'aime, Marie, et je veux t'épouser.

– Je t'aime aussi, Georges, mais il faut que tu partes.

– Ne m'dis pas ça. Aime-moé assez pour me garder.

– Je t'aime assez pour te renvoyer. Tu vas faire ta vie avec une autre… comme si tu étais un veuf…

Le jeune homme écrasé se reprit de sanglots profonds. Elle enchérit de sa voix la plus douce et persuasive :

— Faudrait pas parce que tu me fréquentes, que tu rapportes à un des tiens, tes frères, tes sœurs, tes parents, la consommation. Rien que penser à ça, Georges, ça me catastrophe.

Elle eut alors une quinte de toux assez brève et put poursuivre, des larmes aux yeux provoquées à la fois par son malaise physique et moral :

— Penses-tu que le bon Dieu voudrait m'ouvrir les portes du ciel si par ma faute, ta petite sœur Belzémire attrapait la consommation pis la mort à cause de moi ?

Il avait la tête basse, à ras la table et la secouait :

— C'est donc injuste, tout ça !

— Tout est injuste en ce bas monde. La grande justice ne se trouve que dans l'au-delà. Même la mort est injuste et pourtant, d'aucuns affirment que c'est la plus grande justice pis disent qu'on est tous égaux devant la mort, mais elle prend les uns à 10 ans, les autres à 20 qui ont rien vécu de leur vie, d'autres encore à 80, pas toujours les meilleurs, à ce qu'on dit. Ma pauvre petite sœur Georgina : crois-tu que c'était juste pour elle de mourir à 4 ans... brûlée vive alors qu'elle était si belle, si belle, si belle ?...

Dehors, Émélie et Honoré se rassuraient à qui mieux mieux.

— Marie va suivre sa propre voie pis ce qu'elle va décider au bout du compte, faudra qu'on le respecte.

Honoré qui ne possédait pas à cent pour cent cette conviction de sa jeune épouse et pensait qu'on devait essayer de la garder ou du moins tout faire pour qu'elle revienne au village au plus vite, répliqua :

— Faut pas qu'elle se sente enterrée vivante par la terre à ton père dans le 9.

— Il se sent pas enterré, lui...

— Ton père, c'est pas pareil. Il a ce qu'on peut appeler l'appel de la terre.

— Ça, c'est certain, dit évasivement Émélie qui se leva et fit quelques pas jusqu'au bout de la galerie où elle aperçut au fond du petit cimetière la croix blanche de Marie-Rose Larochelle. Le lien en sa tête se fit clairement entre cet appel de la terre que venait d'évoquer Honoré et celui qu'avait exercé si profondément sur son père cette femme unique. Édouard qui auparavant parlait à cette femme disparue le soir à la brune en fumant sa pipe, assis dehors, ne l'avait pas quittée en allant vivre dans le rang 9, il s'en était rapproché en se rapprochant de la terre.

Elle revint vers Honoré, posa sa main sur son épaule en restant debout dans la clarté sombre d'un jour à son déclin, si grande et si belle, le regard posé sur la porte de la chapelle de l'autre côté de la rue, et eut une phrase inattendue, sans lien apparent avec leur préoccupation de l'heure :

— Tu crois, comme l'a dit l'abbé Quézel, qu'un jour, un enfant de ce village pourrait écrire l'histoire de notre vie ?

— Ça se pourrait. Qui connaît le futur ?

— Mais, Honoré… ça intéresserait qui à part quelques personnes de la paroisse ?

— La vie des autres, ça nous intéresse parce qu'on est des humains sur la terre du bon Dieu. On se rapproche parce qu'on se ressemble ; on s'intéresse parce qu'on est différents. Si celui qui raconte la vie des autres a les bons mots pour le faire, pourquoi c'est faire que ça intéresserait personne ?

— Mais… si jamais… je dis bien si jamais… quelqu'un raconte l'histoire de notre vie, comment il va voir ça, lui, le départ de Marie du village pour aller s'enterrer dans le 9, tandis qu'elle a 18 ans… pis comment qu'il va voir ça qu'elle se sépare du jeune homme qu'elle aime… Il va pas penser que toi pis moi, on manque de cœur de la laisser partir ? Pis que Georges, il manque de cœur de l'abandonner ?

Honoré fit plusieurs hochements de tête avant de dire après quelques soupirs prolongés :

– Ça se pourrait qu'il pense comme tu dis… parce qu'il saura pas tout ce qu'on s'est dit entre nous autres… parce qu'il connaîtra pas les sentiments qu'on a dans tout ça… parce qu'il pensera pas qu'on doit respecter la volonté de Marie même si je pense qu'il faut tout faire pour qu'elle reste au village… parce que je te le dis franchement, Émélie, ta petite sœur, dans le 9, elle survivra pas. Le docteur a beau dire pour l'air pur… c'est son cœur qui va manquer d'air pur pis quand ça arrive à quelqu'un qui est déjà malade, la mort est au bout.

Une autre pause leur permit de réfléchir plus à fond sur leurs propos, puis la jeune femme, plus droite que jamais déclara, la voix blanche :

– J'ai de la peine, Honoré, beaucoup de peine. Comme à la mort de Georgina.

– On va avoir nos enfants, Émélie. Et l'amour que t'auras pour eux va effacer une partie de la peine que t'auras eue à cause de Marie… pis de Georgina… pis de ta mère quand t'étais petite… Moi, j'ai eu beaucoup de chance… y a que mon père qui est mort… mais je comprends ta peine, en tout cas en partie, parce que j'pense qu'on peut pas tout comprendre de la peine des autres si on n'a pas vécu quelque chose de semblable… Surtout, j'espère qu'ensemble, on vivra pas des malheurs comme ceux qui sont arrivés dans ta famille…

Émélie eut un long frisson :

– Dieu nous en préserve, Honoré, Dieu nous en préserve !

Le ton pour le dire et la répétition de l'exhortation contenaient une forte dose d'anxiété. Émélie reprit sa berçante. Parfois, on voyait marcher un des prêtres dans la maison presbytérale. L'abbé Gosselin devait tâcher de s'adapter à ces lieux étroits et si lointains. Peut-être aller jusqu'à se demander pourquoi les compagnies forestières et le gouvernement avaient tant retardé l'ouverture de cette portion de forêt à la colonisation, sachant que la terre y était si fertile ? Et l'abbé Quézel, si c'était lui qui passait devant sa fenêtre, ressentait sûrement une forme de nervosité à quitter cet endroit qui l'avait chéri et choyé ces quatre dernières années.

La clochette de la porte du magasin se fit entendre. À peine un tintement ou deux du grelot. Georges apparut dans le grand noir du soir profond. En fait sa silhouette seulement que de faibles lueurs de réverbères dessinaient dans un délinéament contraint, révélant un terrible abattement moral. Le jeune homme blessé oubliait que deux berceurs se trouvaient là qui venaient de se figer sur les cerceaux des chaises pour respecter la douleur de cet opprimé de la vie.

Une fois encore, après d'autres en présence de Marie, il éclata en sanglots et demeura longuement adossé au mur à gémir comme un enfant rejeté trop tôt hors de son foyer et de son milieu, déraciné brusquement, désorienté, fou de douleur, étouffé par la nuit du désespoir.

Dans l'ombre de leur silence, Émélie et Honoré se trouvèrent la main pour se dire des tristesses muettes. Mais la tendresse qui s'y trouvait aussi les empêchaient de souffrir comme ce cœur abandonné. En même temps, ils pouvaient imaginer que dans la cuisine se trouvait un cœur broyé. Et ils ne pouvaient rien faire ni pour l'un ni pour l'autre. Les mots qui leur venaient en tête paraissaient du coup si dérisoires devant l'ampleur de ce drame, si petits et si vains, si vides et inutiles, qu'il leur fallait les refouler à l'intérieur d'eux-mêmes.

Georges ne leur parla point. Peut-être ne les vit-il même pas tant lourdement l'enrobait le voile de son chagrin. Émélie et Honoré se dirent toutes les prières du monde par leurs mains enlacées. Ils suivirent son ombre misérable marcher si malaisément le long du cimetière vers son destin qui devrait s'inventer dans une autre direction maintenant.

– Allons voir Marie, murmura Honoré le premier.

– Tu crois pas qu'il faut lui laisser son heure de larmes dans la solitude?

– Peut-être, peut-être…
– Attendons un peu, Honoré!
– Attendons, Émélie!

∞∞∞∞∞∞∞∞

Chapitre 17

Un peu plus tard, ce même soir...

Honoré avait pris soin d'apporter une lampe dehors comme au temps de leurs fréquentations, mais il venait juste de l'allumer et de la poser plus loin à leurs pieds, au bord de la galerie basse. Son éclairage maigre, s'il permettait de les faire apercevoir des curieux ou de se voir entre eux, ne suffisait pas, malgré celui des rares réverbères situés de loin en loin, à leur faire discerner quelqu'un s'approchant. À plus forte raison un être vêtu tout de noir. Aussi, la voix de l'abbé Quézel les fit sursauter tous deux :

— Beau soir d'automne, trouvez-vous ?

— Monsieur le curé ! s'exclama Honoré. On vous pensait dans votre presbytère.

— On vous voyait par les châssis, enchérit Émélie.

— C'est l'abbé Gosselin qui doit marcher de long en large en lisant son bréviaire tout comme je lisais le mien avant que la noirceur ne se mette de la partie. J'ai fait une longue et ultime marche dans le 9 jusque chez monsieur Augure Bizier que j'ai salué de même que sa digne épouse, madame Amabylis que j'ai eu l'honneur de côtoyer à vos noces l'autre jour.

— Du bon monde ! fit Honoré.

— Leur pauvreté fait leur richesse.

Honoré commenta avec emphase :

— Quelle bonne parole, monsieur le curé ! Et l'inverse est donc vrai aussi : la richesse fait la pauvreté... pour plusieurs qui savent pas lui donner sa vraie valeur d'entraide plutôt que sa pauvre valeur d'achat de confort...

— Je m'en vais là où je connaîtrai la pauvreté pour toujours.

— On vous admire pour ça, monsieur le curé, fit Émélie.

Le prêtre accrocha son pied à une marche de l'escalier et passa sa main dans ses cheveux roux qui ne lui obéirent pas. Il dit sans lever la tête :

— Vous savez que je suis curé jusqu'à minuit ce soir... je veux vous dire et je le dirai à Marie demain, que vu sa maladie, elle est exemptée de toute assistance à la messe du dimanche ou autre fête liturgique. Et cela vaut pour tout le temps de sa maladie jusqu'à ce que le docteur la déclare guérie. Il y a deux bonnes raisons à cela : la protection de sa santé et la protection de celle des autres vu la nature de son mal.

— Elle en mourrait de ne pas pouvoir assister à la messe, surtout à la messe de minuit.

— Je n'ai pas dit interdiction d'assister à la messe, j'ai dit exemption. Elle n'aura pas obligation de le faire : c'est tout.

Émélie parla :

— On va s'arranger pour avoir un banc à part. Comme ça, elle sera un danger pour personne pis elle ne va pas se sentir mal à l'aise de venir à la messe tant qu'elle voudra. Vous savez, monsieur le curé, Marie, c'est une petite fille pieuse, pis qui l'est depuis qu'elle était petite. Quand elle entrait à l'église à Saint-Henri, elle parlait à son Jésus. Je pense qu'elle a continué de le faire ici, quand elle va dans la chapelle. Pis surtout, elle parle à la sainte Vierge Marie et à notre mère et à notre petite sœur Georgina qu'elle sent présentes dans la chapelle... pas moi, mais elle oui. Puis je vas aller avec elle dans le même banc pour pas qu'elle se sente trop seule.

— Je suis en parfait accord avec ma femme, affirma Honoré.

— Voilà donc que les choses vont s'arranger. Et petit à petit, elle va recouvrer sa santé. Sa maladie en est une qui a la vie longue, si vous me permettez de parler ainsi... Elle frappe en aveugle.

Personne n'en est exempt. Les prêtres parce qu'ils ont de fréquents contacts avec des personnes atteintes, ne sont pas épargnés, eux non plus.

Propos aux airs de lieux communs, ce qui se disait sur la galerie, même à voix mesurées, atteignait Marie qui, dès après le départ de Georges, s'était traînée jusqu'à sa chambre dont une fenêtre entrouverte servait de couloir à la parole de ceux en train de discuter dehors. Allongée sur son lit dans l'ombre profonde, elle entendit chaque mot et chaque mot frappa son cœur tuméfié d'un coup de marteau comme ceux du forgeron Foley qu'on entendait si souvent résonner sur l'enclume jusque tard le soir.

Elle comprenait les bonnes intentions du prêtre et de sa sœur ainsi que de son beau-frère, mais prenait conscience plus que jamais de cet isolement dans lequel on l'enfermerait pour lui éviter l'enfermement dans l'ostracisme. Saint-Honoré avait beau être bon, les meilleurs en son sein fuyaient à raison les personnes atteintes de consomption.

À tâtons, Marie trouva sa canne près de son lit et l'utilisa afin de pousser sur la fenêtre qui s'ouvrait sur l'intérieur, espérant ne pas faire de bruit et se mettre à l'abri d'autres propos la concernant. Au moment de fermer, les pentures grincèrent. Dehors, Émélie s'alarma.

– J'espère qu'elle nous a pas entendus, dit-elle sans voix mais dans un chuchotement capable d'atteindre les deux hommes.

– Je m'en vais au presbytère. Je la verrai demain.

– À la messe?

– Plus qu'à la messe. Je viendrai quand elle s'en ira avec monsieur Allaire.

– Ce serait très apprécié, monsieur le curé, dit Honoré.

– Je traverserai sitôt après la messe…

∞∞∞

Au lever, Émélie insista pour que sa sœur vienne à la messe comme tous les dimanches ; Marie refusa.

— J'ai entendu monsieur le curé hier soir qui m'a exemptée tant que je serai malade. Pis j'veux pas faire attraper ça à personne. Y a assez que je vas être inquiète pour Jos quand je vas vivre dans le 9.

— Ben moi, tu me le feras pas attraper. Ni papa non plus…

— Vous êtes bâtis forts tous les deux. Mais Jos est si maigre, lui…

Émélie voulut dérider sa sœur :

— C'est ça, dis-moi donc que j'suis grosse.

— Ben non, toi, tu seras jamais grosse parce que t'es trop grande.

Émélie était habillée, prête pour la messe et se tenait debout dans l'embrasure tandis que Marie restait assise sur son lit, en jaquette blanche, le teint plus pâle que son vêtement, les cheveux désordonnés flottant sur ses épaules affaissées.

— Je vas me brosser. Je vas me laver. Je vas finir de préparer mes affaires. Allez à la messe pis priez pour moi.

Honoré parut derrière Émélie :

— Même si tu vas rester à deux milles du magasin, Marie, on va s'occuper de toi ben comme il faut. Pis tu vas t'en revenir avec nous autres au printemps.

— Le printemps, Noré, c'est encore loin.

— L'hiver va vite passer…

Cette dernière phrase du jeune homme continua de résonner dans la tête de la malade qui après le départ d'Émélie et son époux, commença à brosser tranquillement sa chevelure docile. Plus tard, elle se rendit à la cuisine et se lava à l'évier, assise parce que non capable de rester debout comme naguère ; mais toutes les parties de son corps furent frottées à l'eau et au savon avant d'être asséchées. Elle s'enduisit ensuite d'un parfum d'odeur et s'habilla de sa robe du dimanche la plus neuve soit celle qu'elle avait étrennée peu de temps auparavant à la noce de sa sœur.

Et enfin, elle boucla sa petite valise grise qu'elle avait déjà commencé de remplir la veille. Il ne lui resta plus qu'à attendre, qu'à écouter le silence extérieur et peut-être regarder par la fenêtre du magasin les choses qu'elle ne verrait plus tous les jours désormais comme le cimetière qui la faisait tant rêver et prier.

Tandis qu'elle imaginait le visage de celles et ceux qui auraient son âge mais dormaient déjà là sous la terre sacrée depuis nombre d'années, un léger bruit attira momentanément son attention devant. Elle revint à sa contemplation sans s'y arrêter davantage puisque ce n'était pas la sonnette.

Puis, poussée par son inconscient qui était au fait de son destin, elle choisit sa place au cimetière. Au fond, près de Marie-Rose Audet-Lapointe, l'épouse de Clément Larochelle, cette femme de beauté et d'exception qu'avait toujours aimée son père tout en aimant d'une autre façon sa femme Pétronille dont Marie gardait un si net souvenir. En dormant près de Marie-Rose, elle se sentirait près de Pétronille. D'ailleurs, il lui semblait parfois les voir travailler au métier côte à côte...

Elle comprit l'origine du bruit entendu plus tôt quand elle changea de fenêtre pour voir devant. Georges était assis sur le bord de la galerie ; il y attendait, bras croisés, qu'arrive quelque chose, n'osant frapper à la porte du magasin et de la volonté de Marie.

Mais comment se faisait-il qu'il n'était pas à la messe ? Allait-il jusqu'à commettre un péché mortel pour se trouver plus près d'elle et peut-être chercher une fois encore à l'empêcher de le repousser comme la veille ? Il fallait qu'elle lui parle, qu'elle intervienne pour ne pas risquer qu'il souille son âme par une absence à la messe dominicale obligatoire. Et Georges n'en était certes pas exempté comme elle...

Elle se rendit à la porte du magasin qu'elle déverrouilla et ouvrit à moitié :

– C'est que tu fais là ? Mais t'es pas à la messe ?

– Suis allé.

– La semaine passée pis l'autre.

– Non, à matin. Y a eu une basse messe de bonne heure. Vu qu'il y a deux prêtres au presbytère, chacun a dit sa messe et l'abbé Quézel a dit la sienne au petit jour. J'étais là.

– Ils ont pas sonné la cloche. Je l'ai pas entendue… ou j'ai pensé que c'était l'angélus.

– Ça sera ça.

– Pis pourquoi que t'es venu t'assire sur la galerie du magasin au lieu de retourner à la maison ?

– Tu le sais pourquoi.

– Pour me parler ?

– C'est ça.

– Pour te parler, j'peux te parler, Georges, mais j'vais pas accepter de te revoir comme avant. J'ai tout dit là-dessus hier soir. Trouve quelqu'un pour me remplacer dans ta vie…

Georges se leva d'un bond et se rendit à la porte qu'elle referma presque complètement :

– Approche pas… recule ou on se parlera pas pantoute.

– D'accord, je dépasserai pas le poteau de l'escalier.

Elle rouvrit à demi. Ils se revirent.

– As-tu pensé à ce que tu viens de me dire ? Tu veux que je fasses ma vie avec une autre tandis que c'est ensemble que j'ai tout préparé. Tout le monde sait ça, Marie. Nous autres, on est destinés un à l'autre. J'y ai pensé toute la nuit. Faut que tu changes d'idée.

– C'est pas de gaieté de cœur que je t'ai dit ce que je t'ai dit hier soir, Georges. Mais il est pas question que je reviennes sur ma décision. C'est comme ça pis ça va rester comme ça. T'as mal. J'ai mal. Mais le mal qu'on se ferait à rester ensemble serait dix, cent fois pire encore.

– Mais…

– Il faut pas voir rien que le bout de notre nez, faut voir loin devant. Si je reviens à la santé pis que t'es pas marié avec une autre, ben on verra si on peut faire un bout de vie ensemble. En attendant, je t'aime trop, Georges, pour te laisser perdre ta vie à cause de moi.

— J'perds pas ma vie…

— Tu la perdrais sans même t'en rendre compte jusqu'au jour où ça te sauterait dans le visage.

L'échange se poursuivit dans une course qui s'éternisait à tourner en rond, à cheval sur les mêmes idées chaque fois colorées de mots nouveaux qui ne parvenaient toutefois à convaincre ni lui ni elle.

Signe que la messe approchait de sa fin, la cloche se fit entendre. Marie voulut clore l'échange :

— Me reste des affaires à préparer. Papa va atteler pis me prendre juste après la messe.

— Je vas attendre, lança le jeune homme qui s'entêtait.

Elle referma la porte, s'adossa au bois rugueux et laissa rouler ses larmes sur ses joues. Il retourna s'asseoir où il était au départ.

∞∞∞

Émélie et Honoré s'attardèrent comme beaucoup d'autres paroissiens à la sortie de la chapelle où les avait rejoints l'abbé Gosselin. Plusieurs voitures retournaient à la maison dans les rangs. Il fallait voir aux animaux, prendre le repas du midi. Tous ceux-là avaient déjà salué l'abbé Quézel. Les autres sur le parvis du petit temple de bois attendaient pour faire leur dernier adieu à ce prêtre aimé qu'on regrettait déjà.

L'on était au courant que l'abbé partait sans même prendre à la maison presbytérale son repas du midi qu'il emporterait avec lui et son maigre bagage composé essentiellement d'objets de piété, de quelques livres dont *Les Misérables* ainsi que de photos de sa parenté et de quelques paroissiens de Saint-Honoré. Et pour vêtements, dans une petite malle à part, il n'emportait que son manteau d'hiver, quelques paires de chaussettes et un gros chandail de laine qui lui faisait toujours chaud au cœur quand il l'enfilait en pensant qu'il avait été confectionné avec amour par sa vieille maman.

Il serait reconduit à Saint-Georges par Joseph Foley et de là, se rendrait à Québec en diligence. Déjà la voiture du forgeron cocher ad hoc se trouvait en attente devant le presbytère, Foley bien installé sur la banquette avant.

Sans attendre et sachant qu'il lui serait possible de parler une dernière fois avec l'abbé Quézel, Édouard se rendit atteler à la grange Foley et bientôt vint prendre place avec l'attelage devant le magasin, le cheval nez à l'est au contraire de celui du forgeron. Les deux hommes se saluèrent de la main et d'un vague bonjour tandis que leurs chevaux se faisaient de larges signes de tête sans que personne ne sache ce qu'ils voulaient se dire.

Édouard entra chercher Marie. Un grand silence se répandit chez les personnes attroupées devant la chapelle. Même les chevaux se mirent à l'attention quand le père et sa fille descendirent l'escalier, que la valise fut mise à l'arrière dans un coffre noir et que l'homme aida la jeune fille à monter. Elle avait délaissé sa canne. Son père la lui redonna sitôt qu'elle fut assise.

Les premiers à se détacher du groupe pour s'approcher furent Émélie et Honoré. Tous savaient que Marie allait vivre avec son père. Quelques-uns devinaient qu'elle souffrait de consomption. Rares étaient ceux qui n'avaient pas pitié d'elle et ne ressentaient pas du chagrin de la voir partir, elle si fragile et si pure. Si blanche, si virginale.

Georges demeura assis sur le bord de la galerie, les bras croisés, la tête engoncée dans les épaules, le regard rivé sur Marie qui ne cessait d'ajuster le bas de sa robe et de retoucher les détails de son chapeau.

La surprise fut générale quand le curé Quézel s'amena au pas rapide et précéda tous les autres à la voiture des Allaire, devançant même Émélie et Honoré qui s'arrêtèrent au beau milieu de la rue pour permettre au prêtre de parler à la jeune femme seul à seul.

Le prêtre tendit une enveloppe que Marie prit en hésitant.

– C'est ce que les paroissiens m'ont donné ces jours-ci et que je veux t'offrir.

Elle montra beaucoup d'étonnement:

– Mais… j'peux pas accepter. C'est votre argent, c'est votre bourse de départ.

– Permets-moi de te l'offrir… pas pour la valeur… il n'y a que vingt-cinq piastres là… mais pour le symbole… Je sais que tu vas faire de cet argent quelque chose de grand. Je le sens. Et les vingt-cinq piastres prendront alors une valeur énorme.

Marie mit sa main devant sa bouche pour parler:

– Vous êtes trop proche, monsieur le curé. J'veux pas vous contaminer.

– Pauvre Marie, ça n'existe pas, pour moi, la contamination. Dieu décide si je dois survivre longtemps ou mourir prématurément, pas les microbes. Je n'ai pas peur de toi et si je devais continuer d'être curé ici, je serais toujours là pour toi. Je t'ai exemptée de la messe. Je crois que ta sœur te l'a dit. C'est pour t'éviter de t'exposer au vent, au froid, à la pluie quand cela se produira.

– Et pour ne pas risquer que d'autres attrapent mon mal. C'est pour cette raison que j'suis pas allée à la chapelle aujourd'hui. Mais j'ai prié tout autant dans ma chambre et en regardant le cimetière tout à l'heure.

– Il n'y a aucun risque pour ta belle âme, Marie.

Pendant que se poursuivait cet échange de deux cœurs qui se comprenaient, des gens vinrent entourer Émélie et Honoré, et les accaparer au beau milieu de la rue. L'abbé finit par tendre la main à Marie qui n'eut pas le choix et la serra de la sienne, si froide, si timide et inquiète.

Et Georges continuait de défendre son amour par son seul regard en attente rivé sur celle qu'il refusait de quitter.

Édouard imprima une secousse aux guides et le cheval se mit en marche tandis que l'abbé Quézel montait dans la voiture à Foley sous le regard de l'abbé Gosselin qui se tenait droit debout, bras croisés, devant l'escalier du presbytère, seul là, et devant les fidèles désireux d'accompagner leur curé partant jusqu'à la dernière minute.

Émélie s'excusa soudain en se détachant du groupe :

– Marie oublie quelque chose... je vais le chercher...

Elle pressa le pas vers le magasin, pensant qu'elle aurait le temps d'en ressortir avant que l'attelage de son père n'ait tourné dans l'autre direction. Et puis où était donc Jos ? Édouard devrait bien l'attendre... à moins que le jeune homme ne soit parti à pied dès après la messe, se fiant à des Samaritains plus pressés que son père et qui lui feraient faire un bout de route vers la maison du 9.

Et voici, quelques secondes plus tard, que les deux attelages avancèrent en parallèle de chaque côté de la rue, enserrant entre eux les gens en attente de leur départ et qui se tournaient davantage du côté du prêtre que son destin envoyait aux Trappistes que de la jeune fille malade que le sien envoyait à la mort.

– Marie, Marie, cria bientôt Émélie qui reparaissait hors du magasin, Mousseline dans ses bras. T'oublies la chatte...

Marie se tourna sur le siège et vit sa sœur, et vit Mousseline, et vit Georges aussi qui s'était levé et restait debout, comme pétrifié de douleur morale.

Gênée par sa robe trop longue et trop étroite, Émélie se dit qu'elle ne saurait rattraper la voiture et risquait de s'affaler en pleine rue. Elle présenta la chatte à Georges en lui demandant :

– Porte-la à Marie, veux-tu ?

– Je te la laisse, Émélie, lança Marie avec des signes de tête négatifs.

– Mais tu devais la prendre ?

– Elle sera mieux avec vous autres.

– T'en aurais besoin, Marie...

Georges avança, l'animal entre les mains. Édouard tourna la tête et fit arrêter la voiture. En ce moment même, tous saluaient une toute dernière fois le curé qui répondait par des sourires embarrassés. Il se sentait trop aimé. Il se disait n'en pas mériter autant.

– Georges, ramène-là à Émélie.

– Mais...

Il tendait Mousseline vers Marie qui garda ses bras pour elle-même. Le jeune homme demeura interdit. Émélie le rejoignit.

– Prends-la : elle va te faire du bien.

– Elle va t'en faire plus à toi qu'à moi. Je ne veux pas qu'elle vienne.

– On dirait que tu veux t'enterrer vive, toi.

Édouard intervint :

– Je la prendrai la semaine prochaine ou dans l'autre.

Ce fut en même temps le dernier salut de l'abbé Quézel à quelqu'un et il l'adressa exclusivement à Marie :

– Je vais prier pour toi tous les jours, Marie.

– Et moi pour vous, monsieur le curé.

Édouard fit repartir le cheval. Émélie demeura pantoise. Georges mit la chatte par terre. Il marcha à petits pas comme un chien fidèle à qui son maître a ordonné de ne pas le suivre, des larmes plein l'âme.

Marie se tourna et regarda devant...

∞∞∞∞∞∞∞

Chapitre 18

Marie s'enferma dans sa nouvelle vie en s'enfermant dans la prière. Son départ du village révéla à tous ce que tous avaient murmuré sous le manteau à savoir qu'elle souffrait de tuberculose.

On approuva la décision prise, croyait-on, par Édouard, Émélie et Honoré, de la retirer du magasin pour ne pas faire courir de risques à la clientèle. Mais on se tut en s'entourant du voile de la tolérance quand on revit la malade dans un banc à part à la chapelle : le banc isolé pas loin mais à distance prudente du maître-chantre et de l'orgue.

∞∞∞

Édouard laboura une nouvelle planche début octobre.

Jos l'aida à ramasser de la petite roche, mais son esprit et son cœur étaient absents de la terre, partis au bout du monde. Au bout d'un sillon, il prit son courage à deux mains et annonça à son père qu'il partait pour les États :

— Je m'en vas avant les neiges.

Édouard s'arrêta de labourer.

— On devrait en parler un peu, tu penses pas ?

— Si vous voulez.

— D'abord, je vas allumer ma pipe… Tu sais que si t'as envie de fumer, tu peux prendre une de mes pipes. Même que j'peux t'en acheter une au magasin dimanche.

– Non, ça me le dit pas de fumer.

– En tout cas…

L'homme regarda son champ en se demandant comment il avait pu abandonner la terre un jour pour courir un rêve de richesse, celui d'ouvrir magasin, qui n'en valait pas le coup, mais qui, par chance, avait fait le bonheur de sa fille aînée. Il pensait que son fils était atteint du même mal. Car comment imaginer qu'on puisse tourner le dos à la terre nourricière pour vouloir gagner son pain durement dans des travaux débilitants sous la férule de contremaîtres arrogants et autoritaires. Quand il eut chargé et allumé en ne parlant à ce moment que par son regard amoureux de la terre, tandis que son fils mâchouillait une tige de foin sec, il s'exprima :

– Tu connais Jean Genest, l'ermite du Petit-Shenley ?

– Je l'ai vu une fois ou deux.

– Il l'a vécu, son rêve américain, lui. J'en ai été le témoin d'une manière.

– Je vous ai déjà entendu conter ça.

– Faut que je te le conte encore une fois, pis par le long pis le travers…

L'homme relata sa dernière rencontre avec Genest et Beaudoin au temps de sa jeunesse alors que le premier ne songeait qu'à partir vers la terre promise de l'exil, un exil dont il reviendrait quelques années plus tard l'âme en lambeaux et le corps atteint d'une maladie dormante qu'il avait peut-être même transmise à quelqu'un d'autre depuis son installation dans la paroisse.

– Oui, mais c'était le temps de la guerre.

– Les États aiment les guerres : ils les inventent au besoin. C'est comme si ça leur redonnait du respir, eux autres.

– Vous dites n'importe quoi pour m'empêcher de partir.

– Ben non, ben non… pis si la guerre prend, un émigré a rien qu'en s'en revenir par icitte. C'est ça qu'aurait dû faire Genest au lieu que de s'engager dans l'armée de l'Union. Non, si je t'ai conté l'histoire à Genest, c'est pour te dire que c'est pas toujours ce qu'on pense qui arrive. Tu vois, je m'imaginais marchand pour la vie, mais je suis retourné à la terre. Parce que la terre, on l'a dans le sang. Tandis que le commerce…

Puis Édouard parla des misères endurées par les travailleurs des usines américaines. Il put lire dans le regard de son fils que ses propos noirs tombaient dans le vide. Alors il crut bon faire appel à d'autres cordes, notamment celle de l'obéissance due à ses parents :

– En plus que j'ai besoin de toé pour partir comme il faut la terre icitte. Faut faire de la terre neuve. Faire le sucre tout seul, c'est trop pour moé. Sais-tu quel âge que j'ai ? 53 ans pas loin. Je vas les avoir à la fin de novembre. Tantôt, c'est l'heure de dételer qui va sonner pour moé. Va falloir que tu me donnes un an encore, Joseph. Tu peux pas m'abandonner comme ça. Je te récompenserai comme il faut, mais je m'attends que tu restes avec moé pis Marie… Elle nous donnera pas sa maladie, autrement on l'aurait déjà depuis le temps qu'on vit proche d'elle. C'est rien que ça que j'ai à te dire pour aujourd'hui. Tu peux retourner ramasser de la roche…

Ce que fit le jeune homme, la mort dans l'âme. Sa décision de partir demeurait ferme, mais il y avait, qui pesait dessus de tout son poids, une immense pierre : celle de la volonté paternelle et de son devoir eu égard au quatrième commandement de Dieu. *Père et mère tu honoreras…*

– Pour un enfant, c'est pas déshonorer son père que de s'en aller, affirma Marie à qui Joseph se confiait plus tard tandis que leur père s'attardait aux champs, comme s'il avait favorisé ce conciliabule qu'il anticipait fructueux dans le sens de son vouloir à lui.

– Le père, il a besoin de moé, Marie.

Les deux étaient attablés au milieu de la cuisine, face à face. Sur la pauvre Marie, le départ de son frère ferait peser une solitude accrue ; néanmoins elle devait le soutenir dans sa démarche, l'aimer dans son rêve. Une fois de plus, elle devait s'oublier tout à fait pour penser au bien de quelqu'un d'autre.

– Il a moins besoin qu'il le pense lui-même. Beaucoup d'hommes travaillent leur terre sans aide. Ils en font moins, c'est tout.

– Quoi, Marie, tu m'encourages à m'en aller?

– Je t'encourage pas à t'en aller, je t'encourage à suivre ta voie. Le père, il nous a emmenés tous les trois par ici, à Shenley, sans nous demander si ça faisait notre affaire. On l'a suivi: on n'avait pas le choix. Mais asteur qu'on l'a, le choix, en tout cas toi, Jos, il peut pas nous retenir de force.

– T'as trouvé ça dur par icitte, hein Marie? C'est Émélie qui l'a dit devant moé.

– J'aurais aimé mieux rester à Saint-Henri, c'est certain, mais j'étais trop jeune. J'avais que 13 ans, toi 10… fallait qu'on suive.

– Peut-être que tu s'rais pas malade à Saint-Henri… si tu s'rais restée par là…

– Faut pas jeter le blâme à notre père: il a fait pour le mieux. Puis tu vois, il aura fait le bonheur d'Émélie. Elle aime ça, Shenley. Elle aime le monde. Elle aime le magasin. Elle aime Honoré. Elle aime sa vie. Faut que t'aimes ta vie, toi itou, Jos; ça fait que je te dis que si tu penses que ça serait mieux aux États, tu dois partir. T'as des bonnes adresses. Tu sais où aller là-bas. T'es quasiment certain de te trouver de l'ouvrage vitement…

– Il me manque deux choses: l'accord du père pis de l'argent pour mon voyage.

Marie regarda au loin tout le temps d'une pause longue. Puis elle songea au curé Quézel qui lui remettait sa bourse en lui recommandant d'en faire un usage particulier. Et sans dire, elle se leva et se rendit dans sa chambre sur le même plancher pour en revenir avec une enveloppe qu'elle mit sur la table en disant:

– Voici l'argent pour ton voyage. Tu vas prendre la diligence à Saint-Georges pour les États. Avec le reste, tu paieras tes repas pis ton premier mois de pension à Lewiston.

– Mais…

– Hésite pas à le prendre si tu veux suivre ton propre chemin. Surtout que t'es un homme, pas une femme. Tu rêves des États depuis des années : vas-y !

– Le père m'a parlé de Genest du Petit-Shenley.

– Genest, c'est Genest. Toi, c'est toi. Genest, c'était il y a vingt-cinq ans, son départ pour les États...

– Le père dit que plus ça change, plus c'est pareil.

– Des choses changent pas ; d'autres changent.

Il se fit une pause. Joseph regardait l'enveloppe prometteuse, remplie d'avenir, posée devant ses yeux. Marie allongea le bras et la poussa vers lui.

– Fais-moi plaisir : prends !

– Ben... je vas te le remettre... par la malle...

– C'est déjà remis, Jos. En le prenant, c'est déjà remis.

Le jeune homme chercha comment sans comprendre. Il ramassa l'enveloppe et resta un moment debout :

– Je vas penser à toé tous les jours aux États.

– Moi aussi, tant que je vivrai.

– Si ça te prend des remèdes, t'auras pas d'argent pour les acheter. Le père pourrait te faire des reproches de me donner ça pour partir.

– Quand tu vas être parti, il va réfléchir pis comprendre, crains pas.

– Je vas t'envoyer de l'argent pour tes remèdes.

– Pense à toi pis prends soin de toi !

– J'y manquerai pas... Là, je vas dans ma chambre pis écrire un mot au père. Je vas partir avant les aurores pour Saint-Georges.

– Tu vas me manquer beaucoup, Joseph.

– Tu diras de la manière que tu voudras ce qui s'est passé à Mélie. Si tu veux lui dire que tu m'as passé l'argent, c'est beau, si tu veux pas, c'est beau itou.

– Je vas arranger ça, Jos. Va. Fais ta vie !

— C'est toé qui comprends le mieux les affaires, Marie. Tu vois clair, tu vois ben clair…

— Pas que je les comprends, les affaires, mais que je les sens. Je parle avec mon cœur pis ma tête s'en arrange comme il faut.

— Vu que le père est à la veille de revenir à la maison, je vas te faire mon adieu tout de suite. Je vas partir sans bruit au bord du petit matin : c'est comme ça qu'il faut faire pour casser les fils qu'on a dans les pattes. Si j'serais un oiseau, le père me jetterait en dehors du nid. Mais c'est bon que ça soit de même. Quand on n'est pas sûr de son avenir, on se garroche dans n'importe quel exil. C'est peut-être ça que Genest a fait en 1860. Moé, j'ai pas peur…

Marie et son frère se regardèrent droit dans les yeux. Elle dit :

— Je t'embrasse sans te toucher.

Ému aux larmes, l'adolescent prononça un vague merci et enjamba l'escalier qui menait à l'étage, enveloppe à la main droite et cœur gros de voir sa pauvre sœur si grande et si malade.

Marie pleura aussi. Puis elle se rendit au poêle brasser le bouilli.

∞∞∞∞

Elle entendit quand son frère quitta la maison. Édouard dormait dur et c'est l'heure qui, le matin, le réveillait, pas le bruit. Jos n'en fit pas, mais sa sœur put ouïr les pas feutrés, les sons retenus émis par les gonds de la porte, le silence qui vint frapper à sa porte de chambre et y entra en se transformant du coup en profond sentiment de solitude.

Elle parvint quand même à somnoler grâce à une prière répétée pour demander au ciel de bénir son frère et son futur puis des coups à sa porte la ramenèrent à la réalité du matin.

— Marie ?…

— Oui, papa.

— J'sais pas si tu le sais, mais…

— Mais ?

– L'oiseau s'est envolé.

Édouard saurait par la réponse de sa fille si elle en savait déjà quelque chose. Marie déjoua le piège :

– De quoi c'est que vous parlez à matin ?

– Ben… l'oiseau a quitté le nid…

– Expliquez-vous mieux que ça.

L'homme crut que sa fille ignorait le départ de Jos. Il demanda à entrer et annonça :

– Notre cher Joseph est parti pour les États. Il a laissé une lettre sur la table, mais comme j'peux pas le faire, je voudrais que tu viennes me la lire.

– Il s'est couché hier au soir…

– Parti durant la nuitte… Suis allé voir en haut… Viens me lire ça, si tu veux.

Marie se leva et se rendit dans la cuisine où elle s'attabla avec son père et lut les mots de son frère :

Mon père,

Quand vous allez lire ça, je vas être parti pour les États. La terre, j'aime pas ça. Je veux voir ailleurs. Je vas vous envoyer de l'argent et vous vous ferez aider pour me remplacer un peu. Vous allez vous accoutumer sans moi. On s'accoutume à tout. Prenez soin de Marie comme il faut…

Marie,

Je le sais que tu vas retrouver ta santé. T'es trop bonne pour mourir. Je vas t'envoyer de l'argent pour tes remèdes. Je m'en suis trouvé pour partir. Tu prendras soin de notre père. La terre, c'est sa vie, à lui, comme les États, c'est la mienne, à moi. Je vas t'écrire. Pis je te promets que je vas revenir une fois par année. Soigne-toi comme il faut. Je vas prier pour toi tous les jours. Je le sais que tu vas revenir à la santé.

Jos

Le regard dans l'eau, Marie replia le morceau de papier. Son père qui était à charger sa pipe déclara en indiquant la direction des États avec le bouquin :

— C'est égal. Fallait qu'il le fasse, il l'a fait.

Puis il se dépêcha d'allumer pour mieux libérer sa gorge de l'étau qui l'enserrait comme chaque fois qu'un oiseau de ses proches « s'envolait »... Au moins, celui-là, ce n'était pas pour le grand voyage...

∞∞∞∞

La maison du 9 était située près d'une rivière bleue parsemée de pierres d'affleurement, d'émersion. Et au bord de l'eau et du chemin se trouvait une immense pierre laissée là par la glaciation d'il y a dix mille ans. Marie ne tarda pas à en faire son lieu préféré de réflexion et de prière. Elle s'y rendait chaque jour de beau temps, s'y asseyait longuement et laissait son cœur parler aux êtres de son passé et aux choses de son présent.

Partout les feuilles maintenant jonchaient le sol. Parfois, rarement, il s'en ajoutait quelques-unes à la tige coriace qui les avait retenues à leur branche plus longtemps que les autres, mortes et tombées durant octobre qui en arrivait à ses derniers souffles.

Un soir encore jeune qu'elle avait les yeux rivés sur les eaux d'argent, une voix masculine la fit sursauter :

— Bonsoir, Marie ! On allait te rendre visite à la maison, mais ça sera aussi ben icitte. Fait beau à soir...

C'était un couple, celui d'Amabylis et d'Augure, qui arrivait sans grand bruit à hauteur de la grosse roche servant de banc en ce lieu de repos de la jeune malade.

— Tiens... mais faut pas m'approcher par exemple... je vous l'ai pas dit l'autre jour, mais je souffre de... tuberculose.

— Ben ça nous dérange pas pantoute, nous autres, hein, Mabel ?

L'Indienne fit un signe négatif et sourit comme chaque fois que son époux l'appelait ainsi, par son prénom abrégé et prononcé à l'américaine, soit presque toujours.

– Moi, oui. Savoir que je vous ai repassé la consomption, ce serait le pire malheur de ma vie.

Contre toute attente, Amabylis prit la parole, sans toutefois regarder Marie dans les yeux et dit d'une voix mesurée :

– On a parlé, Augure pis moé... pis on s'est dit qu'on allait te visiter... chaque semaine si tu veux... pour t'encourager dans ta santé...

Marie ne put s'empêcher de se rappeler la scène dans la cuisine du magasin le matin de la noce d'Émélie alors qu'elle avait invité la jeune femme indienne à prendre place avec elle...

« Viens donc t'asseoir à table avec nous autres, Amabylis. »

Contre toute attente, la jeune femme accepta. Dès qu'elle fut assise, à peine accoudée sur la table, Marie allongea les bras et lui toucha aux mains :

« On est content que tu sois venue aux noces. »

Voilà qui avait grandement touché le cœur d'Amabylis et maintenant, il aurait fallu bien plus que la consomption pour l'empêcher de lui témoigner son amitié reconnaissante.

– Je vous inviterais ben à vous assire, mais...

Et Marie montra du geste et d'un sourire qu'il n'y avait que le foin sec, les pierres à la surface de l'eau ou la terre nue pour sièges où prendre place. Il n'aurait pas pu se trouver meilleur confort pour une Indienne et un mendiant. Ils vinrent près de la « roche à Marie » et s'assirent chacun dans un nid de feuilles mortes. L'on se parla de choses anodines comme la truite qui habitait les eaux noires de la rivière bien en amont dans la forêt, comme le temps doux que le cœur des jours dispensait à la région, comme les événements de la paroisse : mariages, naissances.

Puis Marie leur dit qu'elle n'avait aucune nouvelle de Jos depuis son départ. Sans doute avait-il écrit en arrivant là-bas et la lettre se trouvait-elle en chemin pour venir au 9 en passant par monts et par vaux depuis Lewiston.

— Peut-être qu'il y en a déjà une au bureau de poste chez monsieur Tanguay.

— Je vas au village demain : veux-tu que je demande ta malle ? s'enquit Augure.

— Ben oui.

— On reviendra demain au soir pour te dire si t'as quelque chose.

— Dérangez-vous pas pour moi : si y a rien, votre absence va me le dire. Soit dit que je vous défends pas de venir pareil ben au contraire, là. Pis merci d'avance pour la commission.

Pas une seule fois, il ne fut question de la santé de Marie. Elle ne subit aucune quinte de toux. Du reste, elle n'avait plus d'expectorations sanguinolentes depuis son arrivée à la maison du 9. À croire que le docteur Gravel avait eu raison en disant que l'air pur d'un rang serait meilleur pour elle que celui du village où trop de cheminées fumaient en saison froide.

Mais la jeune femme s'enquit de l'état de l'ermite Genest dont on savait qu'il faisait lui aussi de la consomption, sans plus. Car l'homme ne sortait plus de chez lui et les rarissimes nouvelles à courir à son sujet venaient de ses visiteurs plus rares encore.

— Ça fait un boutte que je l'ai pas vu, dit Augure. Je vas lui faire une p'tite visite ces jours-citte.

— Dites-lui ben que je prie pour lui tous les jours.

— J'y manquerai pas. J'y manquerai pas.

Et l'on conversa encore longuement. L'on pria même en trio à la suggestion d'Augure qui connaissait la piété de Marie et savait que la chose lui plairait au plus haut point.

Puis le couple se leva :

— Va falloir retourner à la maison, autrement on va se faire prendre par la grosse noirceur.

– Le chemin est tout droit.

– Bah ! ça nous empêcherait pas de trouver notre chemin pareil. J'en ai fait, de la semelle, dans ma vie, la nuitte. Pis Mabel, elle sait où c'est qu'elle s'en va dans le noir : un vrai chat… disons une chatte…

Le mot transporta l'esprit de Marie auprès de Mousseline qui vivait toujours au village et qu'elle continuait de refuser de prendre, se disant que si elle venait à mourir bientôt, la chatte pourrait être abandonnée, perdue, et mourir de misère à son tour. Mousseline devait donc rester dans les lieux qui l'avaient vue grandir.

– Ben moi itou, je retourne à la maison.

Et l'on se sépara sur des formules de politesse conventionnelles.

Le soir suivant, Marie vit quelqu'un assis sur la roche qu'elle avait adoptée. Il faisait beau temps et elle avait l'intention d'y retourner. Aux alentours, il n'y avait pas d'Amabylis qu'elle aurait reconnue par ses couleurs vives et ses cheveux noirs comme charbon, donc le personnage masculin n'était pas Augure. Puis il finit par tourner la tête : c'était Georges Lapierre.

Il devait savoir qu'elle se rendait souvent là depuis son départ du village et voulait la rencontrer sans atteindre la maison où il craignait de se rendre et de fâcher celle qu'il aimait trop.

Elle le laissa faire. Et parfois, tant que dura la clarté, se rendit voir par la fenêtre jusqu'au moment où il s'en alla, le cœur piteux.

Et le couple Bizier ne vint pas, signe que rien n'était arrivé pour les Allaire au bureau de poste.

∞∞∞∞∞∞∞

Chapitre 19

Marie reçut le surlendemain la visite d'Amabylis qu'elle se mit aussi à désigner sous le nom bien plus joli de Mabel dit à l'anglaise, à l'instar d'Augure. La jeune femme lui apportait, en provenance de Lewiston par la poste, une lettre éclatante de joie.

— S'il fallait que tu prennes ma maladie! redisait sans cesse Marie à Mabel, et une fois encore ce jour du début de novembre.

— Ça serait mon destin! Ça serait une chose voulue par le bon Dieu. Mon mari pis moé, on sait que t'as besoin de quelqu'un pour te soutenir, quelqu'un à part que ton père pis ta sœur: c'est pour ça qu'on est là pis qu'on va continuer d'être là pour toé. On va tout le temps être là pour toé, tant que tu le voudras.

Elles étaient à la table et cela rappelait à l'Indienne la scène du matin de la noce à Émélie alors qu'elle avait ressenti une telle pureté, une si grande authenticité dans l'accueil de Marie, une sincérité dénuée de toute nuance détestable de pitié ou de condescendance. Et pareille attitude la libérait devant Marie de son incommensurable embarras devant tous ceux qu'elle connaissait peu et ne voyait que de temps en temps.

Il fut ensuite question d'enfants. Marie s'étonna fort d'entendre l'idée de Mabel sur la question:

— Les enfants que j'ai pas, ils me manquent pas. Si j'en ai aucun de ma vie comme c'est parti là, j'vas pas m'en plaindre. Pis j'prie pas pour en avoir non plus.

– C'est la première fois de ma vie que j'entends une femme parler comme ça. J'te dis pas que c'est pas correct, mais ça me fait réfléchir… Mais j'aurai sans doute pas à le penser pour moi-même… Comment je pourrais avoir un enfant: j'ai 18 ans, pas mariée pis malade pour peut-être en mourir?

Amabylis allongea le bras et posa sa main sur celle de Marie:

– Si tu meurs pas, t'auras une bonne vie. Si tu meurs, t'auras une bonne mort pis une éternité de bonheur. Tu peux juste être gagnante dans ton futur. Qu'il arrive quoi que ce soit…

– C'est ben vrai! Je suis pleinement d'accord avec toi. Mais certains jours, je ressens des petits moments d'abattement.

– C'est pour que t'en aies moins qu'on sera là, Augure pis moé, tant que tu le voudras. Pis si tu trouves qu'on vient te voir trop souvent, tu nous le dis, on va s'arranger pour faire comme ça te convient.

– Vous serez jamais trop souvent avec moi. Vous êtes du bon monde rare, vous autres.

– On s'est fait mettre de côté pas mal tous les deux durant notre vie: ça aide à comprendre les autres qui le sont itou.

– Suis donc contente de vous connaître…

Il devait se tisser un lien plus serré entre elles les jours d'après. Parallèlement, chaque soir de beau temps, Georges, conduit par son inlassable sentiment, allait à pied occuper la roche à Marie, attendant en vain qu'elle vienne le retrouver.

∞∞∞∞

Et tandis que se poursuivait cette visite, Augure, lui se rendait visiter Jean Genest au fond du Petit-Shenley en passant par le haut des terres et en suivant le trécarré plutôt que de faire le tour par les rangs publics.

Ce 2 novembre, un lundi, jour de la fête des Morts, il faisait temps gris par un plafond nuageux dense et opaque. La pluie pouvait s'amener à tout moment ou peut-être pas. L'office à la chapelle auquel étaient conviés les fidèles, ne comportant pas une obligatoire assistance, le mendiant-cultivateur n'avait donc pas à se rendre au village et, en accord avec son épouse, on avait décidé d'aller chacun de son côté pour accomplir un bon geste, elle auprès de Marie et lui auprès de son compagnon de la guerre civile, éclopé du cœur tout comme lui-même des deux mains.

En vue de la masure de l'ermite, il s'arrêta pour se souvenir un moment de quelques combats auxquels tous deux avaient pris part. Mais il ne trouva que fumée, bruits de fusils et de canons, d'obus qui explosent, de membres arrachés, de sang qui se répand dans l'herbe verte ou sur la terre brune, de cris de jeunes gens appelant leur mère et demandant à boire pour remplacer les fluides qui s'écoulaient de leur chair meurtrie condamnée à mort. Il n'y avait rien de bon à revoir ces scènes et c'est pour s'en éloigner plus sûrement que Genest vivait en reclus derrière un mur épais le séparant de la bête humaine.

Rendu devant la porte, Augure s'annonça à cris longs et pointus :

– Genest, c'est Bizier. Je vas cogner à ta porte. Vas-tu m'ouvrir comme l'autre fois ? J'veux pas que tu tires sur moé, là : j'sus pas un Sudiste, c'est ton compagnon de la guerre, Augure Bizier... Tu m'entends, Genest ?

Augure était inquiet. Il n'avait aperçu aucune fumée s'échapper de la cheminée en venant, et pourtant l'air était cru sans être froid comme tard l'automne. Le chien Piteux, il le savait, ne jappait même plus pour annoncer la venue de quelqu'un et son silence ne révélait rien. L'homme mit le pied sur une marche de l'escalier qui, pourrie, céda sous lui, ce qui faillit le faire tomber. Alors il frappa du poing fermé tout en parlant encore :

– T'es là, Genest ? T'es pas malade trop toujours ?... T'es-tu ben là ?...

Soudain, la porte s'ouvrit et parut un spectre silencieux devant le visiteur. Si étrange, si sépulcral que le mendiant qui en avait pourtant vu d'autres dans sa vie en fut sidéré, cloué sur place. Ce visage de Genest n'était plus le même que celui d'autrefois, pas plus que celui de l'autre fois : si émacié, les rides si sèches, les os étirant une peau cirée, une peau blanc vert craquelée comme une terre assoiffée. Ces vêtements trop gris, trop grands, trop souillés en lesquels semblait égaré un squelette ambulant... Le visiteur soupira et prononça une drôle de question :

– C'est toé, Genest ?

– Qui c'est que tu veux que ça soye ?

– Suis venu te dire que Grant est mort.

– Tant mieux pour lui !

– Suis venu pour parler : j'peux entrer chez vous ?

Genest ne dit rien et tourna les talons en voulant dire : entre si tu veux ! Et l'autre le suivit en refermant la porte.

Et ces pieds nus, tels une paire d'ossements multiples entremêlés, enfermés dans une peau crasseuse et des ongles noircis par la maladie, le manque de lavage ou l'usure du temps...

Comme s'il avait fait un effort suprême pour se rendre ouvrir, Genest marcha à pas chancelants jusqu'à son grabat près du mur latéral où il se laissa tomber doucement pour s'y asseoir d'abord, s'y allonger ensuite.

– Mon règne achève, tu sauras, Bizier.

– J'vois ben ça, mon Genest.

Augure avait appris dans l'armée du Nord à ne pas dorer la pilule à un mourant en lui mentant sur son état véritable et Genest ne l'ignorait pas, qui dit après quelques soupirs :

– J'passerai pas l'hiver... pis je m'en sacre rien qu'en masse, hein !

– Mais quoi c'est que tu fais donc pour manger pis vivre, là ?

– Bah ! j'mange des patates pis des œufs. Il me reste du sucre d'érable de l'année passée : je gruge là-dessus. Il me reste de la fleur de ce printemps que m'a livrée Édouard Allaire : j'me fais des crêpes... On s'arrache la vie comme on peut...

– Comment que tu fais, faible comme t'as d'l'air d'être, pour soigner tes animaux ? Pis rentrer ton bois de poêle pour pas mourir gelé ben dur ?

Le visiteur prit place sur la berçante au milieu de la seule pièce de la maison, dans un encombrement chaotique qui n'avait pas changé, lui, et ressemblait encore à un vrai capharnaüm.

– J'ai pus rien qu'une vache pis des poules. Même pas de cheval qui est mort de sa belle mort l'année passée. Mon chien est mort itou... ses ossements sont là, dehors, en arrière de la maison. Manque pus rien que les miens à sécher au soleil dans le pacage...

– Tu vas à l'étable emmanché de même ?

– Écoute, Bizier, c'est pire aujourd'hui qu'hier, pis demain je vas m'améliorer.

– Qui c'est qui soigne ta vache pis qui y donne de l'eau ?

– Moé de coutume. Aujourd'hui, elle va manger après le tas de foin. Elle est « loose » dans l'étable. J'ai un voisin qu'est venu me porter du foin au mois de septembre. Pis j'ai une auge avec un tuyau d'eau courante qui entre dedans... pis l'eau ressort par un canal qui s'en va dehors. Les poules manquent pas d'avoine.

– Tu penses à tout ?

– J'pense à ce qu'il faut.

– Le foin pis la fleur, ils doivent pas te les donner ?

– J'ai encore quelques piastres du vieux temps : je les dépense à petites doses.

– Je vas te dire : c'est pus Édouard qui est au magasin, c'est sa fille pis son gendre asteur. Lui, il reste dans le 9 avec sa fille Marie qui est ben malade comme toé.

– Comme moé ? Tu veux dire... consomption ?

– C'est ben ça.

Genest ne dit plus rien. Si rares avaient été les fois où il s'était rendu au magasin depuis son ouverture en 80 qu'il se souvenait de chacune, et la seule où il avait parlé à Marie Allaire lui revint en mémoire. Il se souvint du chaton qu'il avait pris dans ses bras, de leur conversation…

Ils avaient parlé des ours qui rôdent, des marmottes qui creusent des tunnels dans le cimetière. Se souvint nettement d'un contact qu'ils avaient eu par le petit animal qui avait passé de ses bras à lui à ceux de la jeune fille. Comme il était déjà tuberculeux à l'époque, peut-être avait-il transmis la maladie à cette jeune personne frêle. Et il se dit que s'il était capable de se souvenir avec une telle précision de ses faits et gestes ce jour où il était allé commander des pièges, ce devait être parce qu'il avait senti alors qu'il transmettait la mort. Ce même sentiment qui lui était si familier puisqu'il l'avait transmise à maintes reprises avec le feu de son arme sur le champ de bataille à des hommes si près de lui qu'il pouvait lire dans leurs yeux avant de les abattre comme des chiens.

Et lui qui avait refusé de participer à la tuerie des femmes ce jour terrible d'une mission d'estafette sous les ordres d'un misérable était-il marqué par le destin, et la vie l'obligeait-elle à tuer, lui aussi, comme les trois autres soldats une jeune femme, et de manière bien plus violente qu'un coup de feu ou de baïonnette, soit la consomption transmise.

— J'aurais besoin d'un cent de fleur pour passer l'hiver. Pourrais-tu en acheter un au magasin pour moé? Je vas le payer à celui qui va me le livrer… plus paiement pour me l'apporter icitte.

— Ah, j'pense pas qu'Honoré Grégoire va te faire payer pour l'emporter icitte.

— Je vas le récompenser…

— Tant qu'à faire, veux-tu d'autres effets au magasin? Je vas le marquer dans ma tête pis le dire à Émélie, la femme à Grégoire.

— Ouè, j'en aurais quelques-uns.

— T'as dit tantôt que tu passerais pas l'hiver.

— Peut-être que oui, peut-être que non!

Cette réponse de Normand n'alluma aucune idée dans l'esprit du visiteur. Il trouva simplement curieux que Genest tout à coup demande qu'on lui apporte des marchandises aptes à le faire survivre au moins jusqu'au printemps 1886.

– Quel âge que t'as, asteur, Genest?

– Je le sais pas trop : aux alentours de 45 ans. Pis j'en ai l'air de 75, trouves-tu?

– T'as perdu quelques cheveux, on dirait...

Il n'en restait guère en effet d'une chevelure que Bizier se rappelait avoir été assez abondante et vaguée. Le dessus de la tête laissait voir quelques fils blancs et des épis couleur platine formaient une sorte de couronne d'épines autour d'un crâne large dont des phrénologues du temps auraient affirmé qu'il était signe d'intelligence supérieure et d'entêtement généralisé.

Genest se redressa sur son lit comme s'il venait tout à coup de retrouver de l'énergie et demanda :

– Pis, de quoi c'est qu'il est mort, Ulysses S. Grant, le général président?

Et l'on se parla de la guerre sans toutefois toucher aux combats auxquels ils avaient participé séparément et conjointement...

Avant de partir, Augure se rendit à l'étable pour voir à l'ordinaire. Il en ramena à la maison les œufs pondus.

∞∞∞∞∞∞∞∞

Chapitre 20

Mardi, le 17 novembre 1885

Il n'avait pas encore été possible à Honoré de se rendre au Petit-Shenley porter les effets demandés par l'ermite Genest par Augure Bizier qui n'avait pas tardé, lui, à transmettre la commande au marchand. Et tous les jours, Émélie redisait à son époux:

— Vas-tu trouver le temps qu'il faut pour aller au Petit-Shenley aujourd'hui?

— Je le sais pas, Émélie, je vas faire tout mon possible. Mais monsieur Bizier a ben dit que c'est pas urgent, que c'est de la marchandise pour hiverner.

— Faudrait pas attendre l'hiver pour lui porter.

— C'est le 17 novembre, pas le 15 décembre aujourd'hui.

— Monsieur Genest pourrait penser que monsieur Bizier a pas fait sa commission.

— Je vas tout faire pour y aller aujourd'hui.

Ils se parlaient debout, seuls dans le magasin désert, entre deux allées, sous un éclairage prodigué par les seules fenêtres, et le jour dehors était sombre et parlait de pluie à la forêt dégarnie et à la terre de Shenley.

— J'pense que ça te le dit pas trop, d'aller livrer des effets à l'ermite, Honoré.

Tous deux, sur leur voyage de noce, avaient convenu de ne jamais se désigner par un prénom écourté, soit Mélie que détestait Émélie et Noré que tolérait bien Honoré mais que sa femme ne voulait plus utiliser. Cette petite distance entre eux devant les clients déteindrait sur ceux-ci qu'il ne fallait pas laisser se familiariser trop, question crédit surtout.

— J'te dis tout de suite que c'est pas sa consomption qui m'empêche d'aller là.

— T'es ben sûr de ce que tu dis là ?

— Tu sais que des marchands, c'est appelé toute leur vie à servir des personnes malades aussi ben que des personnes en bonne santé. On va avoir affaire souvent à des tuberculeux : autant commencer asteur.

Émélie secoua la tête sur un triste sourire :

— Tu sais ben que c'est commencé, ça fait longtemps, avec notre pauvre Marie.

Honoré soupira, désolé :

— Oui… je le sais ben trop… Mais j'te dirai que j'aime pas trop ça, c'est vrai, aller voir l'ermite… pas parce qu'il est malade, mais parce que ça lui arrive de recevoir le monde avec son fusil de guerre. Si… sa maladie ou quoi que ce soit le rend fou, pis qu'il décide de tirer sur moé… Tu serais veuve jeune, Émélie Allaire.

La jeune femme songea aux rares fois où elle avait vu Genest toutes ces années et c'est plutôt l'idée de sa réputation peu enviable à cet homme de colère sourde qui la fit frémir. Elle trouva quelque chose :

— Écoute, les Bizier, c'est pas loin dans le 9 : quand tu partiras pour le Petit-Shenley, va donc demander à monsieur Augure de t'accompagner. Ils se connaissent : il tirera pas sur lui, un compagnon de la guerre civile américaine.

— Je vas passer pour un maudit peureux, moé.

— Pas à mes yeux, Honoré. Et je vas être toute seule à savoir. Monsieur Bizier pensera que tu veux lui donner une occasion de revoir son ami malade. Il a même dit que tu pourrais le trouver mort sur son grabat tellement il est malade de sa consomption.

Honoré fit quelques pas en direction d'Émélie et la prit dans ses bras pour dire :

– Tu vas pas me dire ensuite que j'suis une poule mouillée, là.

– C'est pas toi qui as peur, Honoré, c'est moi. J'exige que tu demandes à monsieur Augure d'aller avec toi chez monsieur Genest.

– Parce que… j'me sens pas trop une poule mouillée, j'me sens plutôt comme… un coq sec…

Ils rirent ensemble puis s'embrassèrent avec la tendresse toujours si vive des nouveaux mariés.

– En tout cas, on va voir à soir si j'sus une poule ou ben un coq.

– J'connais la réponse d'avance…

∞∞∞∞

Émélie avait bien raison : il fallait en finir avec cette histoire de livraison à l'ermite. Sur la fin de l'après-midi, Honoré attela sur la longue voiture fine dont on avait éliminé la seconde banquette et haussé les côtés. Parce que la banquette restante et la voiture même comportaient des ressorts, ce moyen de transport s'avérait bien plus agréable aux voyageurs qu'une voiture à planches dispensatrice de toutes les secousses et de tous les inconforts. Il approcha la voiture de la porte du hangar à l'arrière du magasin et y mit le cent de farine voulu par le client. Puis la cruche de mélasse. Puis des munitions. Du saindoux. Deux bouteilles de rhum. Du pétrole lampant.

– Viens me voir, Honoré, j'ai quelque chose pour monsieur Genest et pour monsieur Bizier…

Le jeune homme rentra dans la cuisine puis se rendit dans la partie magasin.

– Tiens, c'est un petit sac de *candies* pour chacun. Des petits bonbons à la cannelle.

– Tu m'en as gardé quelques-uns au moins ?

– Oui… pis ben d'autres encore meilleurs.

Honoré éclata de rire. Il empoigna les deux sacs puis repartit.

Chemin faisant, il arriva à hauteur d'un marcheur qu'il reconnut aisément et dont il devinait les intentions. Georges devait sûrement se rendre du côté de Marie en espérant en vain la revoir. Honoré s'arrêta, lui parla d'homme à homme:

— Mon ami, j'ai une proposition à te faire…

— Quoi c'est?

— Viendrais-tu avec moi livrer des effets au Petit-Shenley à Jean Genest?

L'idée parut géniale au jeune homme qui connaissait comme toute la paroisse la maladie du vétéran ermite et se dit que Marie aurait la preuve qu'il ne craignait pas ce mal et que s'il avait à s'en faire contaminer, ce serait déjà fait.

Ce qu'Honoré avait en tête était tout le contraire. Il voulait montrer les ravages de la maladie sur un être humain afin que Georges y réfléchisse bien avant de continuer à poursuivre Marie contre sa volonté. Mais aussi, au retour, on s'arrêterait chez Grégoire Grégoire et Honoré ferait en sorte que Georges et Séraphie soient laissés seuls. Quelques moments du moins.

— Ben… O.K.

— Va falloir que tu t'assises en arrière parce que sur le siège, c'est Augure qui y sera. Je vas le chercher. C'est pour ça que je me trouve dans le 9 tandis que je m'en vas au Petit-Shenley, tu comprends?

Georges monta et s'assit sur le cent de fleur. On fut bientôt chez Bizier. Augure sortit. Il accepta aussitôt d'accompagner Honoré. Il prit d'abord le cadeau d'Émélie et alla l'offrir à Amabylis puis, dit, en ressortant de la maison.

— Le candy, Mabel, elle aime ben ça.

Puis il monta aux côtés d'Honoré après avoir salué Georges. L'attelage vira de bord et on reprit le chemin du village pour atteindre la Grand-Ligne et gagner le rang de l'ermite. Il faudrait que le cheval trotte sur une bonne partie du chemin si on voulait revenir avant la grande noirceur. Ce qui ne constituait pas un problème pour une bête aussi entraînée.

Et on jasa d'un peu tout. En passant devant chez Grégoire Grégoire, Honoré salua de la main Séraphie (mère) qui les regarda passer par la fenêtre. Plus loin, il parla avec un cultivateur pendant un court moment. Et le voyage se poursuivit sans encombre ni autre distraction.

Le temps restait au gris, lui, sans que la pluie ne commence, mais on la craignait pour le retour. De toute manière, Honoré gardait toujours des toiles cirées dans cette voiture et on aurait de quoi s'abriter si le ciel décidait de mouiller la terre.

On fut devant la porte de la cabane égrianchée une heure et un peu plus avant le coucher du soleil. Augure descendit sitôt la voiture arrêtée devant l'entrée. Il se rendit frapper tout en criant sa présence comme les autres fois :

– Genest, c'est Bizier... dors-tu à soir ? On vient te porter tes effets... Genest, on vient, Noré Grégoire pis moé, te porter tes effets...

Aucune réponse. Bizier savait qu'il avait fallu une minute ou deux avant que l'ermite ne réponde l'autre jour. Il insista, alors que ses deux compagnons attendaient derrière lui. Puis il sonda la porte qui n'était pas verrouillée et qu'il savait ne jamais l'être. La poussa. Silence. Ou plutôt grincement sur les gonds. Silence.

– Genest, c'est moé, cria alors Bizier à tue-tête.

Puis à ses compagnons :

– S'il est mort, je vas crier assez fort que je vas le réveiller pareil.

Augure s'attendait maintenant à trouver l'homme décédé. Il se souvint de son état quinze jours plus tôt. La consomption aurait pu attendre une autre année, peut-être deux vu la lenteur de la maladie dans bien des cas, mais possible que Genest ait subi une pleurésie hémorragique et se soit noyé dans son propre sang comme cela arrivait sans crier gare chez de tels malades.

Honoré décida d'aller reluquer par un châssis sur le côté de la maison et y courut sans qu'on ne le retienne. Il colla sa main pour réduire les reflets sur les vitres sales et son regard pour y chercher signe de vie. Trois secondes plus tard, il lançait une formidable exclamation :

— Ah ben maudit batêche de maudit batêche…

Il vira de bord pour revenir aux deux autres que du même coup envahissait une odeur pestilentielle de cadavre en état de décomposition.

— Est mort ?! dit Bizier dans une interrogation affirmative.

— Tout ce qu'il y a de plus mort… Première fois que j'vois ça, première fois…

Bizier poussa la porte davantage et sauta à l'intérieur en se plaignant amèrement de la senteur extrême. Puis s'arrêta. Fit silence. Georges lui emboîta le pas, poussé et suivi par Honoré. Les trois hommes se retrouvèrent épaule à épaule, Honoré entre les deux, à regarder… un pendu.

— À juger par l'odeur, ça fait un bout de temps qu'il s'est accroché, constata Honoré au bout d'un moment.

Genest avait le visage entièrement noirci, la langue pendante, un œil à demi-ouvert et restait suspendu, immobile, au bout d'une corde fixée à la poutre centrale du plafond, les deux pieds nus à six pouces de terre, pas davantage. Des excréments ayant coulé le long de ses jambes souillaient ses orteils et le plancher. La consomption dont il souffrait avant sa mort rendait le cadavre encore plus horrible à regarder. Les os saillaient de partout.

— J'ai pas vu pire à la guerre, jeta Bizier, j'ai pas vu pire dans ma vie.

— À part que prier pour lui, quoi c'est qu'on peut faire ? se demanda tout haut Honoré.

— Même prier pour l'âme d'un pendu, ça sert absolument à rien, se désola Bizier. L'Église voudra même pas le laisser enterrer dans le cimetière.

— Il s'est peut-être repenti au dernier moment, on le sait pas, ni l'Église non plus.

– L'Église prendra pas de chance. Peut-être l'abbé Quézel, mais pas l'abbé Gosselin qui va se montrer strict.

Georges restait muet comme une carpe et sourd comme un pot. Son âme même, en plus de ses narines, était remplie d'une odeur nauséabonde, horrible, insupportable. Et pourtant, il ne parvenait pas à bouger d'une ligne le petit doigt. Et les deux autres tâchaient de secouer leur torpeur en échangeant des opinions terre-à-terre.

– Va falloir remonter au village pis dire au maire d'envoyer quelqu'un dépendre pis prendre le corps pour aller l'enterrer dans un peu de… de respect disons… C'est probablement le docteur Gravel qui va venir… il est coroner pour tout le haut de la Beauce.

– Tu penses pas, Honoré, qu'il faudrait le décrocher?

– Il sera pas moins mort à terre qu'en l'air. Ça nous regarde pas pantoute. C'est les autorités qui doivent s'en occuper, autrement, on pourrait se faire faire des reproches. Et peut-être pire.

– J'sais pas pourquoi qu'il s'est pendu: il avait l'air de vouloir passer l'hiver. Autrement, il m'aurait pas demandé de te faire la commission de ramener des effets… Il a dû se passer de quoi après ma visite…

– Ou ben durant ta visite, Augure.

– Bah! j'ai pas été longtemps icitte. J'ai demandé comment il survivait. Il m'a répondu… Coudon, sa vache pis ses poules, va falloir quelqu'un pour les prendre. Pour asteur, la vache a de l'eau pis du foin pis les poules du grain…

– Irais-tu voir à l'étable, Georges, pour savoir si la vache est là pis les poules, pis si ils ont à manger comme il faut?

Georges gardait les yeux rivés sur le mort. Honoré comprit que le personnage ayant le plus besoin d'aide en ce moment était ce jeune homme qu'il toucha au bras avant de mettre sa personne entre lui et l'image du cadavre suspendu par le cou.

– Georges, Georges, il est mort… on peut rien pour lui… il est mort à sa manière… c'est son choix…

Bizier reprit la parole sans tenir compte de ce qu'il venait d'entendre et pour faire suite à ce qu'il disait précédemment:

— Même que j'y ai parlé de vous autres... ben de la famille Allaire pis ben... de toé, Noré. J'y ai dit que Marie a la consomption, elle itou. D'une manière, je voulais l'encourager à vivre. J'y ai dit que Marie, elle, finirait par retrouver la santé parce qu'elle voulait ça... Pis que c'est pour ça qu'elle vivait dans le 9 avec son père asteur... partie du village, d'avec vous autres... Parlant de Marie, ça lui aura fait penser à vous autres pis au magasin. C'est là qu'il m'a demandé de commander des effets pour lui...

Soudain, dans la tête d'Honoré Grégoire, les pièces d'un puzzle se mirent en place avec une grande clarté. Il réfléchit tout haut:

— J'me suis toujours demandé... de l'autre bord de ma tête, si c'est pas lui qui a repassé la consomption à ma belle-sœur le temps qu'il venait au magasin. Ça couve longtemps, c'te maladie-là avant de se montrer la tête au grand jour. Sa tuberculose, il l'a probablement attrapée à la guerre comme tout le monde pense y compris lui-même... ça veut dire qu'il a pu repasser le bacille de Koch... ça, c'est le microbe de la tuberculose, à d'autres personnes. Pas ben ben parce qu'il vivait en ermite, mais à Marie... J'vois pas de qui elle aurait pu l'attraper; y en a pas de consomption à Shenley: c'est tout du monde jeune pis en pleine santé.

— Voudrais-tu dire qu'il se serait pendu pour ça... pis que ça serait de ma faute étant donné que j'y ai parlé de Marie?

— Tu l'as pas fait exprès: c'est donc pas de ta faute... On fait assez de péchés sans s'en inventer bord en bord, là... Mais oui, il pourrait avoir du remords pour Marie. Pas pour rien qu'il vivait en ermite depuis qu'il est à Shenley, tandis qu'il avait pas un tempérament d'ermite selon ce qui fut dit par Elzéar Beaudoin pis Édouard Allaire qui l'ont ben connu dans le temps... Pis toi, Augure, penses-tu... tu l'as connu itou autrefois...

— J'y ai dit que j'comprenais pas pourquoi il vivait comme ça... j'y ai dit que ça lui ressemblait pas pantoute...

– La réponse à tout ça pourrait ben être qu'il avait peur de faire du mal au monde. Dans le fond, tout le monde pensait que c'était un loup tandis que c'était peut-être un agneau.

Les deux hommes discutaient avec un tel intérêt, analysaient tenants et aboutissants de cette mort bizarre avec une telle profondeur, qu'ils ne prirent pas conscience du départ de Georges qui, obéissant à la demande d'Honoré, se rendit à l'étable pour constater ce qui arrivait là aux rares bêtes s'y trouvant. Elles se portaient bien. L'eau ne manquait pas. Le foin, les grains non plus.

Augure soupira en interrogeant le visage horrible du cadavre:

– La commission qu'il m'a demandé de faire, c'était probablement pour qu'on retrouve son corps pas loin après sa mort pis qu'on s'occupe de le faire enterrer. Il doit pas avoir laissé de lettre vu qu'il savait pas écrire.

– Il a dû penser qu'on pourrait lire pareil le message qu'il laissait derrière lui.

– C'est ça qu'on vient de faire.

Puis les droits de la réalité revinrent en force:

– C'est quasiment pas supportable, une odeur de même, fit Honoré qui recula vers la porte.

– Surtout que ça donne rien de sentir ça plus longtemps. Va falloir retourner au village.

Ils sortirent et tombèrent nez à nez avec Georges qui revenait en annonçant que tout était normal dans l'étable.

– Je referme la porte ou ben les oiseaux de proie pourraient entrer dans la maison pis gruger les yeux du mort... il est déjà pas assez beau comme c'est là... pis on s'en va, mes amis... Venez.

Les trois hommes reprirent place dans la voiture. Honoré lui fit prendre la direction du village par un virage en U sur le chemin et dans l'entrée de la maison. C'est alors que survint un étrange événement tandis que le jour commençait à baisser et qu'en raison du plafond nuageux, une brunante prématurée s'installerait bientôt: on entendit au loin sans pouvoir affirmer de quelle direction le son venait, le hurlement d'un loup, sorte de gémissement profond adressé à la race humaine par un animal traqué par sa propre nature. Chacun regarda l'autre et Honoré fit cette réflexion en secouant la tête :

— Non, c'était pas un loup, c'était un agneau.

∞∞∞∞

Sur le chemin du retour, il fut demandé à Georges par Honoré de descendre une fois rendu à hauteur de chez Grégoire Grégoire afin d'aller informer son demi-frère de l'événement épouvantable. Ainsi, le jeune marchand ne perdrait pas de temps pour se rendre chez Alfred Bilodeau, le maire, qui prendrait les mesures légales qui s'imposaient vu le suicide de Genest, et pour ensuite prévenir l'abbé Gosselin au presbytère. En même temps, Georges serait forcément en contact avec Séraphie Grégoire, ce qui s'inscrivait dans les intentions de départ d'Honoré...

À l'embranchement du rang 9, Augure descendit. Il rentrerait chez lui à pied malgré la brunante solidement engagée maintenant. Il avait l'habitude.

Honoré entra dans le Grand-Shenley. Il se rendit chez Alfred Bilodeau à qui il raconta sa découverte macabre.

— On a touché à rien, Augure, Georges ou moé.

— Vous avez fait ce qu'il fallait. Je vas envoyer un cavalier à Saint-Georges demain pour que le coroner vienne au plus vite. Pis je demanderai à l'abbé Gosselin si on peut l'enterrer dans le cimetière. Je me doute qu'il voudra pas...

— C'est ce que je disais aux autres...

La conversation fut brève. Puis, tant qu'à se trouver dans le Grand-Shenley, Honoré s'arrêta au bureau de poste y quérir le courrier dans lequel se trouvait le journal de la veille qu'il jeta à l'arrière ainsi que deux petits colis. Puis il rentra au cœur du village pour s'arrêter devant le presbytère avant d'aller dételer. Le nouveau curé déclara spontanément sa tristesse mais aussi son intention de ne pas laisser entrer le corps d'un suicidé dans le cimetière béni.

– Plus loin, c'est du terrain à monsieur Prudent Mercier. S'il y consent, on pourra inhumer le corps par là. C'est quand même proche... à une dizaine de pieds de la croix blanche, là... vous savez...

Les deux hommes étaient dehors. Honoré sut que le prêtre voulait parler de la croix de Marie-Rose Larochelle. Peut-être que Genest reposerait quand même si près de la terre bénie... De toute façon, il était sûrement le premier qui avait songé à une inhumation hors les limites du cimetière catholique.

Émélie qui avait pu voir revenir Honoré par une fenêtre et se rendre compte qu'il ramenait les effets commandés par l'ermite pensa que Genest était mort et que son mari s'adressait au prêtre pour cette raison. Elle sortit du magasin :

– Tout va bien, Honoré ?

– Ben... disons qu'on a retrouvé monsieur Genest... mort.

– Je m'en doutais ben.

– Je vais aller te conter ça...

– C'est bon.

Et la jeune femme inquiète voire un peu anxieuse rentra. L'abbé Gosselin fit une recommandation à son voisin d'en face :

– Peut-être que ça serait mieux, de ne pas en parler, de la façon de mourir de monsieur Genest. Le suicide, c'est quelque chose de si... peu glorieux pour une personne humaine, vous comprenez, Honoré.

– Malheureusement, il est trop tard. Georges Lapierre est allé le dire chez mon demi-frère Grégoire pis Augure Bizier va le conter à du monde du 9, c'est certain.

Le nouveau curé qui n'avait pas sollicité ce poste à Saint-Honoré, et le subissait plutôt, se trouvait bien mal étrenné avec cette histoire de suicide d'un homme non pratiquant. Il conclut avant de tourner les talons :

— En tout cas, essayons tous ensemble d'oublier le plus vite possible ce si triste événement. Bonsoir, Honoré.

— Bonsoir, monsieur le curé.

∞∞∞∞

— Ben on te garde à souper avec nous autres, dit Grégoire à Georges après qu'il eut raconté ce qu'il avait vu chez l'ermite du Petit-Shenley.

— Ben d'accord… s'il peut encore manger après ce qu'il a vu, dit Séraphie (mère).

— Pis, tu restes? demanda Grégoire.

Le jeune homme jeta un petit coup d'œil du côté de Séraphie (fille) qui lui sourit.

— Ça se refuse pas…

∞∞∞∞

Honoré rentra à la maison par le hangar, les bras chargés des deux colis et du journal plié en deux, emprisonné entre les boites. Il se rendit poser le tout sur le comptoir du magasin et revint auprès d'Émélie qui avait préparé un bon et beau repas à leur intention.

Ils mangèrent en silence ou presque, n'échangeant que sur la clientèle du jour et le temps pluvieux qui s'annonçait. Elle savait qu'il valait mieux attendre qu'il soit prêt à parler de ce qu'il avait vu chez l'ermite et respecta son mutisme à cet égard. C'était beaucoup demander à sa curiosité de femme, mais Émélie savait se retenir quand il le fallait.

Quand la table fut débarrassée, il se décida:

— Monsieur le curé veut pas qu'on en parle, mais je te le cacherai pas plus longtemps. Le vieux Genest, ben il s'est pendu dans sa maison. Ça doit faire au moins plusieurs jours. Je le sais, j'ai retardé pour lui porter ses effets, mais je l'aurais trouvé pendu pareil d'après moé.

Émélie qui finissait de mettre la vaisselle à l'évier vint se rasseoir, muette, une certaine frayeur dans le regard. Un pendu, ce n'était pas rien. Un pendu, on disait que c'était une âme damnée. Un pendu, c'était la honte quelque part. Un pendu, c'était l'effroi. Nulle mort ne semblait plus désolante, plus abominable...

Il lui raconta les événements. Alla jusqu'à refaire les mêmes liens que chez l'ermite entre sa maladie et celle de Marie, entre son remords consécutif et sa mort affreuse.

Émélie fit peu de commentaires. Elle soupira. Hocha la tête. Croisa les mains. Pria en silence. Il lui dit que les autorités prenaient les affaires en main, qu'il serait sans doute appelé à répondre aux questions du coroner, que c'était la procédure normale. Et annonça qu'il irait à l'inhumation, même s'il devait s'y retrouver seul.

Puis il se leva de table et se rendit prendre le journal dans le magasin, fort sombre maintenant, tandis que sa jeune femme allumait deux lampes dans la cuisine pour la veillée, l'une sur une tablette pour éclairage général et l'autre sur la table pour servir d'éclairage mobile. Honoré revint, déplia l'exemplaire et le laissa tomber sur la table avant d'y reprendre place.

– Ah ben batêche de batêche ! s'exclama-t-il sur un ton qu'elle lui avait rarement entendu, un mélange de colère et de contrariété.

– C'est qui arrive donc encore ?

– ILS ONT PENDU RIEL !...

– Quand ça donc ?

– Hier, le 16 novembre. Je pensais jamais que ça se ferait. Monsieur Mercier pensait qu'ils oseraient pas. Monsieur Laurier pensait qu'ils oseraient pas. C'est un crime contre la race canadienne-française, une attaque... sournoise...

Émélie alla s'asseoir à son tour. Elle demanda qu'il lise l'article tout haut.

« Ils l'ont pendu.

Il était onze heures et douze minutes quand le télégramme maudit est arrivé à Montréal.

Dix minutes plus tard, tout Montréal savait la nouvelle, et les affaires furent aussitôt suspendues.

Jusqu'au dernier moment, on avait espéré. Espéré quoi ? Tout et rien. Le shérif pouvait donner sa démission. Le bourreau pouvait disparaître. Les ordres étaient peut-être incomplets, un événement extraordinaire pouvait arriver… On espérait encore !

Mais le télégramme arriva, et le tocsin sonna bientôt dans toutes les maisons canadiennes.

Les crêpes apparurent partout, et partout, l'on entendait ces mots: « Ils l'ont pendu !!! »

« Ce pauvre Riel est mort ! » tel est le cri de douleur que nous entendions s'échapper de la bouche d'un vieillard respectable et bien posé, que nous rencontrions ce matin dans une de nos rues de la ville.

Des larmes abondantes tombaient de ses yeux et exprimaient la douleur profonde dans laquelle son cœur se trouvait plongé. »

– Bon, ensuite, ils parlent des orangistes assoiffés de vengeance pis ensuite disent que Montréal est en deuil… ensuite un bout avec un titre… Le gibet… Je vais te le lire, le reste tu pourras le lire quand tu voudras…

– J'écoute…

« Riel vient d'expier sur l'échafaud le crime d'avoir réclamé les droits de ses compatriotes. Il est pendu, mais on a été obligé de reconnaître que les réclamations étaient fondées, et d'y faire droit.

Un patriote vient de monter au gibet, pour un de ces crimes purement politiques, auxquels les nations civilisées n'appliquent plus la peine de mort.

Un pauvre fou vient d'être livré en holocauste à des haines sauvages, sans que même on ait daigné prendre le soin de s'assurer de son état mental.

Le général Middleton avait demandé à Riel de se rendre. On ne pend pas un homme qu'on n'a pas pu prendre.

On lui avait promis un procès loyal. On l'a livré à Richardson et à ses six jurés anglais.

Un Anglais, Jackson, n'était ni plus ni moins fou que Riel. L'avocat de la couronne s'est constitué son défenseur. Jackson a été acquitté et Riel est mis à mort.

On avait promis qu'après le rejet du pourvoi, il serait nommée sur une commission médicale: mensonge! Il n'a jamais dû être, il n'a jamais été nommé sur une commission médicale.

Riel n'expie pas seulement le crime d'avoir réclamé les droits de ses compatriotes; il expie surtout et avant tout le crime d'appartenir à notre race.

L'échafaud de Riel brise tous les liens de partis qui avaient pu se former dans le passé.

Désormais, il n'y a plus ni conservateurs, ni libéraux, ni castors.

Il n'y a que des patriotes et des traîtres.

Le parti national et le parti de la corde.»

Honoré secoua longuement la tête en disant:

– Avec Laurier ou Mercier au gouvernement fédéral, une chose de même serait jamais arrivée, jamais, Émélie.

– J'ai pas de misère à te croire.

∞∞∞∞∞∞∞

Chapitre 21

Samedi, le 21 novembre 1885

À l'exemple du docteur Gravel et sur sa recommandation, tous ceux qui eurent à s'approcher du corps de Genest, soit pour le dépendre, soit pour l'envelopper dans un suaire, soit pour le mettre en bière, soit pour le porter de sa maison au corbillard noir qui l'attendait sur le chemin, soit pour le porter de nouveau depuis la chapelle jusqu'à sa fosse enchaînée par delà le cimetière, se mirent un masque sur le visage, qui recouvrait la bouche et le nez, masque fabriqué à même un morceau de tissu noir et fourni aux volontaires par le coroner lui-même.

On trouva dans la maison une somme d'argent suffisante pour couvrir les dépenses inhérentes à ses funérailles, et qui fut utilisée à cette fin après que la parenté du défunt des paroisses d'en bas ait unanimement renoncé à sa succession peu désirable par le biais de messages télégraphiques rapportés à Shenley par le postillon Tanguay.

D'ailleurs, personne parmi ses frères et sœurs, cousins et cousines, ne devait se présenter pour accompagner le disparu lors de sa sépulture. L'homme avait souffert de quatre maux terribles dont la combinaison en une seule et même personne en faisait un paria tous azimuts : tuberculose, pauvreté, misanthropie et instinct suicidaire.

Toute sa vie à Shenley, il avait érigé de hautes murailles autour de sa personne vivante ; voici qu'on dresserait autour de sa personne décédée une barrière de la même force. C'est dans la solitude extrême qu'il entrerait dans la solitude éternelle.

Prudent Mercier fut sollicité de nouveau. Il céda à la municipalité une parcelle de terre jouxtant celle sacrée du cimetière. À la demande du curé Gosselin, comme cela se faisait ailleurs dans toute paroisse catholique, des hommes avaient planté creux des poteaux de cèdre aux quatre coins, et qu'on avait reliés par une solide chaîne formant quatre cerceaux de maillons noirs appelés à rouiller sous peu. L'enclos ghetto attirerait les regards avant tout le reste bien qu'il fût situé par delà la terre bénite.

Tout ce que la jeune paroisse recelait de cultivateurs et colons avait visité le voisinage ces jours derniers pour parler des deux pendus de la semaine : Genest de la paroisse et Riel de l'Ouest. La nouvelle se répandit aussi que l'ermite du Petit-Shenley serait enterré le samedi. Son corps n'entrerait pas dans la chapelle, mais le corbillard s'arrêterait devant et le curé sortirait pour bénir la dépouille sous condition malgré le péché grave que l'homme avait commis en mettant fin à ses jours dans un geste de défi envers son Créateur, crime dont peut-être, il s'était repenti avant son râle ultime.

En le cœur de chaque paroissien, ce fut la guerre civile ce samedi-là ; et le grand combat spirituel eut lieu à l'aube, au lever du jour et des hommes. D'un côté, l'armée de la curiosité ; de l'autre, celle de l'ostracisme, aiguillonnée par la peur d'un suicidé mort en état de péché mortel. Aller à ses funérailles, c'était, d'une façon, approuver ses faits et gestes, et comprendre son rejet de Dieu et de sa sainte Église ; n'y point aller, c'était manquer un spectacle étrange qu'on ne pouvait voir qu'une seule fois dans sa vie.

— Vas-tu aller à l'enterrement ? demanda Émélie à son mari dès leur éveil.

— Certainement !

— Moi, faut que je garde le magasin.

– Un de nous deux garde la magasin, l'autre va à l'enterrement.

– T'es l'homme : vas-y !

– Ben O.K.

Après une pause et quelques soupirs, Émélie jeta :

– Je me verrais pas aller aux funérailles d'un homme qui a peut-être contaminé ma petite sœur. Pas que je lui en veux… mais… je prierai pour le repos de son âme à partir de mon magasin…

– J'ai hâte que tu te mettes à dire : notre magasin.

– Notre magasin.

– C'est mieux… Mais je te comprends… j'ai pas mis beaucoup d'argent pour en faire l'achat.

– Ni moi non plus. On le paye à tant par année pis on travaille à deux pour gagner l'argent. T'as raison, va falloir que je dise à l'avenir : notre magasin.

Honoré sortit prestement des draps et s'assit au bord du lit. Il passa sa main dans sa chevelure abondante et rebelle, puis la glissa à l'intérieur de son sous-vêtement et se gratta quelque part à l'aisselle. De ce point de vue, il parut moins charmant à sa jeune épouse qui se laissa glisser à son tour hors du lit conjugal pour s'asseoir sur le bord à bâiller encore.

– Mourir pendu… ça doit être horrible… finit-elle par dire.

– Surtout pour un innocent comme Louis Riel.

– Pourquoi donc tant de souffrances en ce bas monde ?

– Les prêtres disent que c'est le salaire du péché.

– Ça fait un salaire élevé, trouves-tu ?

– Des fois oui. Notre pauvre Genest a dû souffrir pas mal toutes ces années, surtout les dernières. Il avait l'air d'un vieillard, mais il était loin d'être à bout d'âge… Au milieu de la quarantaine, quelque part par là… Tu sais que le Conseil a mis ses biens à vendre ? Une vache, des poules, une terre… Je me demande ben qui c'est qui va acheter ça. Ça pourrait prendre du temps avant que ça se vende…

Émélie haussa faiblement une épaule. Honoré se tourna la tête vers elle et ce qu'il vit de sa personne émergeant de la jaquette blanche, cette tête adorable à fière allure, ces mèches de cheveux libérées et folichonnes sur la nuque, ce dos blanc et soyeux, orné de grains de beauté, le dessus des épaules qui semblait moulé dans de la chair de rose, tout allumait un corps d'homme déjà allumé par les ardeurs matinales naturelles. Il étira le bras et la fit sursauter quand sa grande main enveloppa le cou féminin, et qu'il souffla :

— On aurait ben le temps de se lutiner un peu...

— On pourrait l'acheter, nous autres, lança-t-elle.

— Quoi ?

— Acheter la terre pis les biens de monsieur Genest. Personne en voudra : ça va donc se vendre pour une bouchée de pain.

— Pour faire quoi avec ce bien-là ?

— Le revendre, mon ami, le revendre avec un profit.

Il immobilisa sa main :

— Si personne en veut aujourd'hui, qui c'est qui en voudra demain ?

Honoré devait bien se rendre à l'évidence : son épouse n'avait guère les mêmes idées que lui en sa belle tête matinale. Il retira sa main un peu trop baladeuse. Elle se leva et fit quelques pas en ayant l'air de réfléchir profondément, et vint se mettre devant lui. Il insista avant qu'elle ne parle :

— Imagine donc... la terre d'un homme consomption qui s'est pendu : les gens pensent que le malheur rôde par là... surtout qu'on a entendu les loups hurler l'autre jour...

— Tout est parfait pour nous autres. On attend que le Conseil mette la terre en vente pour savoir son prix. Ensuite on attend quelques mois pis quand nos conseillers seront ben mûrs pour vendre, on achètera au quart du prix demandé pourvu qu'on nous donne l'autorisation de raser les bâtiments par le feu. Le fond de la terre est pas souillé, au contraire, c'est de la bonne terre fertile dans le Petit-Shenley autant que dans le 9. À celui qui sera intéressé, on fournira ses matériaux pour bâtir maison au prix du gros. On pourrait même acheter les planches de monsieur Dubé pis les revendre au même prix : on supportera le tout sur hypothèque. Qu'est-ce que tu penses de ça, Honoré ?

Le jeune homme attrapa sa femme de son long bras lancé autour de sa taille et l'attira vers lui sans ménagement :

– J'pense que j'ai marié un vrai trésor. Pis que j'aurais ben envie de...

Elle se libéra, recula, dit d'un ton taquin :

– Ton trésor, faut pas l'épuiser trop vite si tu veux qu'il te rapporte des intérêts longtemps...

Honoré éclata d'un rire à vous réveiller un pendu...

∞∞∞

Le convoi funèbre était formé de trois attelages : corbillard devant et deux voitures noires emportant les six porteurs, tous vêtus de noir des pieds à la tête et jusque masqués de noir. Au matin frisquet succédait un avant-midi ensoleillé qui dégourdissait la terre. Le ciel semblait tout à fait indifférent à ces funérailles étranges d'un homme étrange et n'avait aucune envie de fournir le décor affligeant pour aller avec l'événement insolite.

Un léger coup de vent parfois balayait des feuilles tombées qui n'avaient pas toutes commencé de pourrir et les faisait rouler entre les pattes noires ou grises des chevaux mobilisés pour la circonstance.

À toutes les portes, des curieux s'embusquaient aux fenêtres pour voir, cœur battant, le cercueil de bois pâle entre les montants du corbillard non vitré, longue boîte qu'on savait contenir le corps d'un pendu donc pas le premier venu. La mort d'un homme caractérise son cadavre et en certains cas comme celui-ci le stigmatise.

Des cultivateurs avaient fait exprès de visiter des villageois pour assister au passage du convoi sans se montrer aux abords de la chapelle et du cimetière, et ainsi ne pas être associés, ni de près ni de loin, à cette cérémonie d'inhumation, incontournable pour les autorités mais fort bien évitable pour le peuple.

L'on s'arrêta devant la chapelle tel que prévu. Prudent Mercier sonna un larmoyant tocsin. Les gens qui l'entendirent dans les maisons prièrent pour ce pauvre ermite tant puni de son vivant même. Et l'abbé Gosselin en vêtements liturgiques de circonstance, noirs aux larges dorures, sortit sur le parvis, goupillon à la main et livre de prières dans l'autre.

En même temps, Honoré, bien vêtu et cravaté, sortit du magasin, descendit le court escalier, marcha, grand, mince, digne, tête haute et fière, jusque pas très loin du corbillard. Surgit aussi du chemin menant à la grange à Foley le couple Bizier venu au village à travers champs comme ça lui arrivait souvent. Puis, d'une maison, sortirent Elzéar Beaudoin et son épouse. Édouard Allaire ne tarda pas non plus à arriver en voiture, accompagné de sa fille Marie venue prier pour le disparu. Ébranlées par les nombreux exemples, d'autres personnes sortirent des maisons et s'approchèrent par curiosité et par sens du devoir envers un co-paroissien. Et par simple devoir de chrétien tout à coup surgi d'une source profonde en eux. Il y eut Jean Jobin père et sa femme Desanges. Il y eut Henri Jobin et son épouse Restitue. Il y eut Théophile Dubé et sa jeune femme Démerise. Il en vint même d'autres des rangs, qui, comme Édouard, attachèrent leur cheval au côté ouest du magasin sous les fenêtres des chambres.

Ce fut un bon libera pour tout un chacun et d'abord pour l'abbé Gosselin qui économisa l'eau bénite et après une ultime bénédiction vite faite, remarquant qu'il coulait un liquide sous le corbillard, sans doute quelque pus dangereux dont l'odeur nauséabonde remplissait l'air du cœur du village, alla prendre les devants sur un signe au noir cocher pour qu'il le suive vers la destination finale.

Marie resta à l'écart comme une lépreuse et ce n'est qu'au dernier moment, quand tous furent en chemin pour se rendre au lot enchaîné, qu'elle fut aperçue par sa sœur restée dans la porte du magasin à prendre part d'une certaine façon au rituel bâclé du curé pressé. Émélie sortit :

– Marie, j'pensais pas que tu viendrais. Suis contente. Vas-tu au cimetière.

– Oui, après les autres.

– Tu tousses pas trop aujourd'hui.

– Non.

– Ben je vais vous faire à manger pis tu viendras avec papa après la cérémonie au cimetière.

– J'pense qu'on va s'en retourner tout de suite à la maison.

– Comment ça ? T'es venue juste pour l'enterrement ?

– Oui. J'ai demandé à papa pour venir avec lui.

– Je sais… il connaissait monsieur Genest. C'est bien qu'il soit venu et toi itou, mais je vous veux à manger après.

– Je vas lui en parler, Émélie.

Marie avait le cœur dans l'eau. Il ne fallait pas qu'elle entre au magasin pour ne pas nuire aux affaires de sa sœur et de son beau-frère. Si on la voyait entrer dans la maison rouge, on craindrait d'y aller ensuite pour quelque temps. Il était déjà entendu avec son père qu'on retournerait dans le 9 tout de suite après l'inhumation. Et cela serait…

Et après contournement du cimetière, les assistants se regrou-pèrent derrière le prêtre tandis que les porteurs venaient poser le cercueil dont on voyait une trace blanchâtre ou peut-être verdâtre, ou bien les deux s'écouler par le dessous, sur le tas de terre qui le recouvrirait bientôt. Au plus tôt.

Quelques prières encore et Édouard en profita pour voler du temps à Genest et le donner tout entier à sa chère Marie-Rose dont la croix, penchée par l'hiver précédent, demandait à être redressée.

«Je l'aime, la terre, comme j'aimerais que tu l'aimes,» lui adressa-t-il en guise de pensée et de prière hommage. Il aurait voulu être à la place du mort sans pour autant avoir commis le suicide, pour dormir auprès d'elle, même dans une terre enchaînée. Dormir à jamais auprès d'elle mais aussi, par la grâce de Dieu, auprès de sa chère Pétronille et de ses trois enfants disparus. S'il fallait que Marie les suive et lui soit aussi enlevée, ne se coucherait-il pas sur la terre aimée pour s'en laisser absorber afin que son esprit par son sein entre dans l'éternité? Pourrait-il se laisser survivre jusqu'à l'autre siècle et au-delà? Émélie n'avait plus aucun besoin de lui. Il ne lui restait en fait de sa famille que Marie malade et de ses amours que des souvenirs exaltants et une modeste croix blanche penchée.

L'homme baissa les yeux.

Le prêtre marmonna des prières latines puis aligna trois bénédictions avant de refermer son livre dans un bruit de point final.

Le directeur des funérailles, un homme venu d'ailleurs et qui avait voyagé avec le coroner Gravel, se fit aider pour glisser des câbles sous le cercueil, après avoir bien rajusté son masque noir sur sa figure. Trois câbles pour six porteurs et on ne les retirerait pas pour s'en servir plus tard. Câbles sacrifiés à l'odeur et à la décomposition cadavérique aux emprises dont chacun avait hâte d'échapper. À cause du vent, la senteur fut transportée jusque dans la cuisine d'Émélie qui referma aussitôt la porte du hangar par lequel venaient sûrement les relents insupportables.

On laissa donc glisser le cercueil entre les parois gluantes et quand il fut au fond, on rejeta les câbles avec le défunt comme pour symboliser le rejet de ce terrible usage de la corde qu'il avait fait pour mettre fin à ses jours. Deux fossoyeurs d'occasion, Georges Lapierre et son frère Napoléon, masqués aussi sur le conseil du coroner et par ses soins, se mirent à pelleter; et en bien peu de temps et bien peu d'efforts, Jean Genest, vétéran de 45 ans, consomption suicidaire, de même que son cercueil et ses odeurs disparurent de la surface de la terre. S'il ne contaminerait plus jamais personne, par contre la présence de son corps sous cette terre enchaînée provoquerait bien des peurs superstitieuses dans l'avenir, surtout à l'heure située entre chien et loup. Et bien plus encore s'il advenait qu'on entende alors un loup hurler au loin...

Marie reçut bien des regards contrariés et inquiets, mais elle sut se tenir à distance. Georges la regarda à une ou deux reprises sans chercher à lui adresser la parole. Il ne se rendait plus prendre place sur la grande roche à côté de la rivière à la tombée du jour et maintenant, quand il traversait le village, c'était pour passer son chemin droit devant l'embranchement du rang 9 afin de se rendre du côté de Séraphie Grégoire qui lui ouvrait si largement son sourire. Il se sentait coupable de s'intéresser à une autre, mais en sentait le droit à cause du rejet subi par la volonté trop ferme de sa chère Marie Allaire.

En elle-même, la jeune femme pleura tout le long de la cérémonie. Séparée d'Émélie, séparée de Georges, séparée de la santé et du village, séparée de la chapelle, séparée de Jos, elle ne pouvait plus compter que sur elle-même pour garder vivante leur image tout comme elle l'avait toujours fait avec celle de sa mère et de Georgina. C'était là, avec la prière intense à chaque heure du jour, ses seuls réconforts. Car ses nuits se faisaient de plus en plus tousseuses. Car il arrivait de temps en temps que du sang vienne colorer ses humeurs que le docteur lui avait dit de bien surveiller.

Le couple Bizier vint l'encadrer comme pour montrer à la paroisse entière qu'il ne faut pas mettre à l'écart quelqu'un qui est malade et qui souffre. C'était risqué pour une Indienne et un quêteux de se démarquer ainsi de l'ensemble de la population que la consomption rendait prudente à l'extrême, et pour cause.

Un autre couple s'approcha d'eux trois, formé de Restitue Lafontaine et son époux Henri Jobin. Marie leur déclara aussitôt :

— Vous savez, j'ai la même maladie que monsieur Genest avait. C'est pour ça que je reste loin du monde.

— Écoute-moé ben, répondit Restitue, nous autres, à l'âge qu'on a, dans la cinquantaine ben entamée, c'est pas la maladie des autres qui nous fait peur, c'est celle qui afflige tout un chacun pis qui s'appelle le temps… le temps qui passe pis qui ramasse tout. Pis… comment c'est que tu t'arranges dans le 9 avec ton père ? On a su que Joseph était parti pour les États : as-tu eu des nouvelles de lui ?

Un autre couple vint se joindre au groupe. Plus jeune et en fait constitué de la fille de Restitue et Henri, Célanire, femme de 28 ans et son mari, Onésime Pelchat, plus jeune qu'elle de 7 ans. Il ne fut plus question de l'état de santé de Marie. Toutefois, elle se montra prudente et un peu distante non par le cœur ou les mots qui témoignaient de l'abondance de ce cœur, mais par le corps et le souffle.

Et les deux fossoyeurs continuaient leur œuvre. Plus de la moitié du tas de terre avait maintenant regagné ses origines dans la fosse béante. Georges surtout travaillait comme un forcené, comme si en enterrant Genest, il était à inhumer son propre passé qui le faisait trop souffrir encore.

Honoré alla parler un moment avec son beau-père. Le docteur Gravel les repéra et s'approcha. En dépit du jeune âge d'Honoré, le médecin était impressionné par sa manière digne et si sérieuse de se comporter. Ce que ce jeune marchand de 20 ans lui avait confié à propos de la découverte du corps du pendu l'avait agréablement surpris en autant qu'on puisse l'être devant des événements aussi funestes. Tant de sang-froid. Tant de mesure. Il irait loin, ce jeune homme. Et quelqu'un lui avait dit autant de bien de sa jeune épouse qui, avait-il pu s'en rendre compte, possédait fort belle réputation dans la paroisse. Et enfin, ce qui ne gâtait en rien la sauce, on lui avait confié, à lui, l'amateur de joli minois, que l'épouse d'Honoré était femme aussi grande que belle, accueillante, souriante et un brin mystérieuse. Il était presque en amour avec Émélie sans jamais avoir vu le bout de son nez.

Les trois hommes parlèrent encore du mort. Des redites. Des opinions exprimées autrement que déjà. Allaire du vieux passé. Honoré de sa découverte macabre. Gravel de ses observations d'enquêteur. Puis le jeune homme invita le docteur et son beau-père à manger.

– Je sais que ma femme en prépare : je l'ai entendue le dire à Marie. Et quand Émélie en fait pour quatre, elle en fait pour cinq pis même six.

– Bien, cela va me faire grand plaisir, fit le docteur dans sa langue châtiée. Et quand vous viendrez à Saint-Georges, nous aurons sûrement l'occasion, mon épouse et moi-même, de vous rendre la pareille.

Puis Édouard se sépara d'eux qui prirent le chemin de la maison rouge en passant par l'arrière. Il dit qu'il allait chercher Marie. Mais la jeune femme refusa net et obstinément de se rendre aussi à la maison rouge. Elle rappela à son père la promesse qu'il lui avait faite avant leur départ du 9 : on n'entre pas au magasin pour pas nuire à Émélie et Honoré.

Honoré présenta son épouse au docteur qui se montra ravi devant un être encore plus agréable à voir qu'à imaginer par les dires des gens. Certes, il était homme de famille et de fidélité, mais il avait le bon œil pour les personnes charmantes et jolies qui faisaient des efforts, malgré leur mariage, pour se garder attirantes : attitude rarissime en cette époque victorienne où la plupart des êtres de sexe féminin se cachaient sous des masques d'affliction, des chevelures prisonnières et des vêtements sombres.

Émélie portait du rouge à la ceinture et dans les cheveux. Et avait mis du fard à ses joues. Elle serra la main tendue avec fermeté, assurance et ouverture du cœur. Le visiteur se fit digne et chaleureux.

– Un de plus à table, dit Honoré, j'ai pensé que t'en aurais assez dans ton chaudron.

– Certainement! Venez vous asseoir, monsieur le docteur.

Elle lui approcha la meilleure berçante tandis que son mari prenait l'autre. Et pas un seul instant, il ne fut question de la mort de Genest ou de son enterrement, et plutôt du développement rapide de Saint-Honoré, de l'expansion de l'entreprise des Grégoire et du bel avenir qui s'ouvrait devant cette paroisse neuve.

L'on fut si intéressé par cette conversation que personne ne remarqua le départ des Allaire, Édouard et Marie, qui contournèrent la maison rouge, montèrent en voiture et prirent le grand chemin pour retourner à la maison. C'était filer à l'anglaise en quelque sorte, et même en sauvage, déclara le père, mais sa fille argua que jamais Émélie ne les laisserait partir et qu'il valait mieux la mettre devant le fait accompli.

Elle ignorerait toujours que sa sœur aînée, en l'apprenant de la bouche d'Honoré qui, avant qu'on se mette à table, se rendit voir dehors et dut constater que son beau-père et sa belle-sœur avaient quitté sans rien dire, alla verser des larmes dans le hangar, cachée dans l'ombre discrète.

Ni son mari ni leur invité ne le remarquèrent à son retour dans la cuisine avec, entre les mains, un prétexte d'absence, car ses paupières un peu lourdes semblaient perpétuellement renflées, mais à peine et tout juste assez pour ajouter à son secret personnel, à cet insondable qui fascinait.

Ce fut un beau et bon repas. Le docteur ne cessa de vanter les mets pourtant fort simples voire rudimentaires que la jeune femme servit. Honoré se montra fier d'elle et fier de lui-même. Le médecin par son langage cultivé, sophistiqué mit l'un et l'autre en valeur.

Il fut longuement question de politique. On s'entendit à merveille. Le docteur était libéral à tout crin. Et tout comme Honoré et Émélie, il avait pour idoles, à l'égal un de l'autre, Wilfrid Laurier du fédéral et Honoré Mercier du provincial, des hommes plus grands que nature d'une race plus grande qu'elle ne le croyait elle-même.

Les deux hommes venus de Saint-Georges avec le coroner pour le service des obsèques avaient pu se sustenter chez Prudent Mercier qui aurait pu désigner sa maison sous le nom d'auberge tant il y accommodait souvent par le gîte et le couvert les voyageurs venus à Saint-Honoré. On s'attendait d'ailleurs que d'un mois à l'autre, il s'ouvre un hôtel dans la place et des citoyens comme François Leblanc s'y intéressaient de près. Les deux compagnons de tâche et de voyage du docteur Gravel le retrouvèrent donc à sa voiture quand il fut prêt à partir. Honoré ne voulut pas les laisser partir sans avoir fait aussi manger le cheval et il lui donna une portion raisonnable d'avoine à même un seau dont il se servit ensuite pour l'abreuver.

– Ouais, fit Honoré quand il rentra au magasin, j'te dis qu'il te trouvait à son goût, le bon docteur Gravel.

– Dis donc pas ça !

– Tu lui voyais pas les yeux quand il te regardait et que tu ne le voyais pas, lui.

– J'pense pas qu'il soit un homme de même, voyons.

– J'ai aucun doute au sujet de… de sa bonne conduite, mais il sait voir les belles choses.

– La belle chose, c'est moi ?

– La belle personne, disons.

– Tu veux me rendre mal à l'aise, là, hein ?

– J'aime ça, te faire étriver… Mais j'ai quelque chose de plus sérieux à te dire… Viens dans la chambre…

Elle leva un sourcil contrarié :

– Écoute, il peut venir du monde d'une minute à l'autre au magasin, là.

– Ça va prendre dix secondes pas plus. Viens, viens…

Elle le suivit de mauvaise grâce. Il referma la porte derrière eux et lui toucha les bras dans la pénombre pour annoncer :

– J'ai un secret… L'idée d'acheter le bien à monsieur Genest, ben je trouve que c'est une vraie bonne idée… Je me sens d'accord pis d'équerre…

– Ah oui?

– Pis je voulais t'en remercier avec rien qu'un petit bec… tout petit… gros de même…

Elle accepta volontiers. Il effleura sa poitrine de sa longue main… quand elle rouvrit la porte pour retourner au magasin…

∞∞∞∞∞∞∞

Chapitre 22

1886

Marie refusa de se rendre au village la plupart des dimanches, même à l'occasion des Fêtes de fin d'année (85) et ce furent Émélie et Honoré qui visitèrent les Allaire dans le 9 au jour de l'An 86 afin d'y recevoir la bénédiction paternelle de la part d'Édouard.

C'était un jour froid et clair. Honoré vint prendre Émélie devant la porte du magasin. Quand elle parut dans la beauté du matin, le jeune homme eut un sentiment de fierté. Elle portait un chapeau de vison, un manchon de la même fourrure et son long manteau en étoffe de la couleur des blés mûrs était orné aux chevilles d'une longue laize de la dite fourrure de vison.

– Madame Grégoire, la reine Victoria serait jalouse de vous, s'écria Honoré avec un rire joyeux qui se répercuta sur la neige et la glace jusqu'au fond du cimetière.

Et si fort que le jeune curé Gosselin vint s'embusquer à une fenêtre pour admirer lui aussi le spectacle offert par cette jeune femme de tout juste 20 ans et un jour. Il put apercevoir Honoré enlever son casque et exécuter un salut chevaleresque quand Émélie monta dans la carriole. Et il les envia de former un si beau couple, lui dans son élégant manteau noir, elle dans son fin sourire nuancé.

Les grelots bientôt tintinnabulèrent et l'attelage prit la direction du 9. Bien entendu, en ce jour de fête le plus important de l'année, pas question d'ouvrir le magasin après la messe: le service à la clientèle avait ses limites. Personne par ailleurs n'avait osé, au sortir de la chapelle, aller frapper à la porte de la maison rouge.

— La pauvre Marie, j'espère donc qu'elle va prendre du mieux cette année, soupira Émélie quand on fut dans le rang.

— Si notre nouvelle maison peut être prête, on va la ramener au village. Ça empêchera personne de venir au magasin.

— Mais elle voudra pas : je le sais. Je connais Marie : jamais elle voudrait revenir avec nous autres. Elle a pour son dire que notre vie, à toi pis moi, c'est devant, pas derrière. Pis qu'elle fait partie de notre passé, pas de notre avenir. Elle guérirait de sa tuberculose qu'elle voudrait pas revenir habiter avec nous autres.

Honoré soupira :

— C'est ben dommage !

— C'est son choix et je le respecte.

— Faut ben le respecter.

— J'aimerais tant ça, la voir revenir à la santé, se marier pis avoir des enfants. Elle ferait la meilleure mère au monde.

— Après toi.

— Non, Honoré, ben avant moi... Elle, tout son cœur, ce serait pour ses enfants ; moi, y en aura toujours un gros morceau pour le magasin.

— C'est ce que tu dis : mais quand tu vas avoir des enfants, tu vas pas chanter la même chanson... Parlant de chanter, aurais-tu le goût qu'on chante ensemble ?

— Oui... mais tu sais que je chante comme un coq pris dans une barrière... tu te rappelles, à notre noce, c'est Marie qui a chanté à ma place.

— C'était beau en pas pour rire.

— J'me demande si Jos a écrit à son père pour le jour de l'An.

— Il écrit plutôt à Marie qu'à ton père.

— C'est ben de valeur que Jos soit parti sans s'entendre avec mon père.

– Ils pouvaient pas se comprendre avant que ton frère soit parti pour de bon. Asteur que chacun a affirmé sa volonté, ils vont s'entendre, tu verras.

– Je le souhaite.

Le cheval allait le bon pas, naseaux fumants, franchissant les congères durcis et battus par tous ces patins de traîneaux qui avaient passé dessus. Une robe de carriole en peau d'ours gardait le couple bien au chaud. Le village s'éloignait lentement derrière eux.

– Comment ça va être, notre année 1886, Émélie? s'enquit soudain Honoré.

– Je dirais qu'avant la fin de l'année, on va avoir un enfant.

– Penses-tu?…

– Mais pas en chair et en os: en poutres, en planches et en clous.

– T'es folle. Tu penses à notre résidence?

– En effet.

– Mais un enfant en chair et en os: ça te déplairait?

– Non. On le prendra quand il viendra…

L'on se tut jusque chez les Bizier dont on savait qu'ils viendraient faire leur tour chez les Allaire au cours de la journée parce que déjà invités par Marie qu'ils aimaient beaucoup et qui les aimait tout autant. Augure sortit sur la galerie pour saluer Honoré et sa femme, et leur adresser quelques mots.

– On sera là pas tard après dîner.

– Ben on se reparlera de toutes sortes de choses.

– Continuez, c'est pas plus chaud qu'il faut.

L'attelage poursuivit sa route. Honoré aidé par Édouard détela et entra le cheval dans l'étable tandis que son épouse retrouvait Marie dans la maison.

Les deux sœurs furent un moment à se regarder, la visiteuse debout, splendide, devant la porte refermée, et Marie qui venait de sortir de sa chambre, canne à la main, misère dans l'œil, maladie plus grave qu'auparavant dans la pâleur de son visage.

Des larmes vinrent à chacune mais, contre toute attente, une seule put retenir les siennes et ce fut Marie. Émélie trouva un mouchoir dans la poche de manteau et essuya ses yeux sans cesser de répéter :

– Ma pauvre petite Marie, ma pauvre petite Marie...

– J'te dis que j'ai pas pu faire grand-chose à manger...

– J'en ai apporté : Honoré va rentrer ça avec lui dans la minute. T'inquiète pas pour ça ! On a vu les Bizier qui vont venir après-midi. Pour là, faut s'aimer un peu entre nous autres, es-tu d'accord ?

– J'suis souvent d'accord avec toi, Émélie, pis quand je le suis pas, c'est pour ton bien.

– J'te l'ai jamais dit, mais j'ai aucune peur d'attraper ton mal, moi. Honoré non plus.

– Le monde qui va acheter au magasin, c'est pas pareil.

– Bon... on recommencera pas à discuter là-dessus... pas le matin du jour de l'An en tout cas.

– Émélie, j'ai pensé à toi hier, toute la journée.

– Pourquoi c'est faire ?

– T'as eu 20 ans hier. T'es belle. T'es magnifique. T'es mariée. T'es heureuse. T'as une longue et belle vie devant toi. Je donnerais la mienne pour pas que tout ça te soit enlevé.

Émélie ne put se retenir et courut à sa sœur qu'elle étreignit sur son cœur, à l'intérieur de son manteau déboutonné et largement ouvert.

Cette fois, Marie ne put retenir ses larmes qui vinrent en vagues ; elle dit parmi ses sanglots :

– On s'embrasse... comme... quand maman... est morte.

– Pis Georgina...

Au bout d'un long moment d'émotion, Marie se tourna la tête pour dire :

– Va ôter tes bottines, tu vas mouiller le plancher.

C'était sa façon d'éloigner sa sœur afin que les microbes aient moins de chances de l'atteindre. Elle dit, alors même qu'Émélie allait se déchausser après avoir ôté son manteau pour le déposer sur le dos de la chaise utilisée :

— On a eu des nouvelles de Jos.

— J'ai hâte d'entendre ça. C'est des bonnes nouvelles ?

— Excellentes !

— Au moins lui va bien.

— Et toi aussi, Émélie, et j'en suis tellement heureuse. Tu as tellement fait pour moi toute ma vie.

— Tu vas retrouver ta santé et à ton tour, à 20 ans, tu trouveras le bonheur, Marie. On va tellement prier fort que le bon Dieu pourra jamais nous refuser ça.

Marie marcha malaisément vers l'évier, tournant le dos à sa sœur, demandant :

— Georges… ça va bien avec Séraphie ?

— Il est venu au magasin, Marie ; il t'attend encore malgré Séraphie. Il va pas la marier cette année, c'est ben certain.

— Ah bon ! Suis ben contente pour lui… pis pour Séraphie qui est une bonne personne.

— Avec toi, tout le monde est beau pis bon.

— Ben… c'est comme ça que je vois les gens.

— Je t'en fais pas reproche ; j'voudrais juste être comme ça.

— Écoute… c'est pas Émélie Allaire-Grégoire qui déteste qui que ce soit.

— Non… mais de là à donner à tout un chacun l'absolution sans confession comme tu fais…

L'échange conserva toute sa tendresse et quand Émélie fut en sa robe, libérée de son bel accoutrement hivernal, elle s'enquit de l'état de santé de sa sœur qui lui répondit, tournée vers elle maintenant, et le regard éclairé :

— J'pense que j'prends du mieux. C'est rare que j'tousse long-temps comme l'été passé, tu te souviens. J'prends pas mal d'air froid tel que me l'a conseillé le docteur Gravel.

– Un monsieur d'homme ! Tu sais qu'on l'a mieux connu le jour de l'enterrement du pendu…

– Appelle pas monsieur Genest le pendu, Émélie !

– T'as ben raison… à force d'entendre dire ça au magasin… Je vas faire attention… Dire le pendu : autant dire le damné. Pis ça, on est sûr de rien !

On entendit le pas des hommes et leurs voix sur la galerie dehors puis ils entrèrent, chacun une boîte sous un bras.

– Mon doux Seigneur, s'exclama Marie, mais vous en avez donc apporté ! Comme si on était une grande famille de douze à table.

Édouard fit son drôle :

– Ça sera qu'Honoré s'attend à ça : douze à table un jour ou l'autre.

Honoré éclata de rire :

– On est pas parti pour ça en tout cas.

C'était sa façon voilée d'annoncer que son épouse n'était toujours pas enceinte.

∞∞∞∞

Il y eu bénédiction, cadeaux, repas, suivant la tradition. Émélie obligea Marie à s'asseoir. Et à se laisser servir, ce qu'elle fit avec entrain. Et pas tard ensuite arrivèrent les Bizier qui reçurent un accueil chaleureux de tous et plus encore de Marie, leur si grande amie.

– C'est pas tout le monde qui nous recevrait de même ! lança Augure peu après leur arrivée tandis qu'on formait un cercle de conversation dans la cuisine chaude.

– J'pense pas, argua Honoré. Les gens de Saint-Honoré-de-Shenley sont tous ben accueillants.

Marie intervint :

– Ils ont peur parce que Mabel pis Augure viennent me visiter souvent. C'est de la consomption qu'ils ont peur.

– À ce compte-là, ils viendraient pas au magasin non plus étant donné qu'on vient te voir au moins une fois par mois, Marie, fit valoir Émélie.

Édouard et Honoré s'échangèrent un regard qui en disait long. À l'évidence, les paroissiens craignaient davantage la contamination, à côtoyer de trop près un mendiant et une Indienne, que deux jeunes personnes en pleine santé comme le couple marchand. Voilà bien pourquoi, chaque fois que l'occasion se présenterait, on recevrait les Bizier à la maison rouge. Il y avait des limites aux craintes de la maladie. Et puis des sommités médicales parlaient de plus en plus souvent d'immunisation par contact avec le bacille...

Il fut ensuite question de Jos. Marie résuma ses lettres :

– Il a trouvé de l'ouvrage le lendemain de son arrivée aux États. Il est ben payé. Il m'envoie de l'argent, mais comme j'en ai pas besoin, je le donne à papa. Il pensionne chez une famille de Canadiens français... des Roy. Du bon monde, il paraît. Son ouvrage, j'ai pas trop compris... C'est une manufacture de lin... ils le font pas parce qu'on sait que du lin, ça pousse dans la terre, mais ils le travaillent pour faire ce qu'on appelle par chez nous de la toile du pays... Ils font des draps, des serviettes, des nappes pis quoi encore... J'sais pas trop comment on pourrait appeler ça, une manufacture de même...

– Disons une linerie, glissa Émélie.

Honoré rit de bon cœur :

– J'pense que tu viens d'inventer un mot nouveau, ma chère épouse.

Et elle, du tac au tac :

– Quand il manque un mot dans notre belle langue française, faut quelqu'un pour le créer, mon cher époux.

– C'est les académiciens ou les écrivains comme monsieur Hugo qui s'en chargent.

Honoré aperçut alors des points d'interrogation sur le visage des Bizier et de son beau-père. Il comprit qu'il les avait perdus en les entraînant dans un domaine qui leur était totalement étranger et les rendait mal à leur aise. Il s'adonna donc à un coq-à-l'âne :

— Avez-vous entendu parler quelqu'un qu'on va perdre encore notre curé ?

Devant l'étonnement général, il ajouta :

— Oui... paraît que notre bon abbé Gosselin a fait la demande d'une cure autour de Québec... Ah, c'est pas qu'il nous aime pas, mais... ben il sera plus proche de sa parenté. Tandis qu'icitte, il est perdu tout seul... comme une pomme pendue au plafond...

Émélie souleva le voile du doute :

— Il en faut itou, des prêtres, dans les paroisses perdues comme nous autres...

Les Bizier l'approuvèrent de signes de tête.

— Ah, il va s'en trouver un pour prendre la relève. Espérons qu'il sera aussi bon que notre bon curé Quézel.

— Y a pas deux curés Quézel, avança Émélie.

— Suffit de trouver du bon dans chaque personne, dit sa sœur.

— On sait ben : toi pis ta grande indulgence envers les autres !

Et ce fut un bel après-midi. Les hommes sortirent, se rendirent à l'étable. Et les sœurs Allaire firent en sorte que la femme indienne se sente à son aise et parle autant qu'elles-mêmes. Ce qu'elle fit du reste. Bien que parfois son naturel hautement timoré lui revînt au galop. Marie veillait et alors allait la rechercher dans son marécage perdu de complexes et d'embarras sans cause pour la ramener dans l'agréable échange entre femmes.

Sur la galerie, Augure réfléchit tout haut tandis qu'on venait de s'arrêter pour placoter avant de rentrer. Regardant la flèche du clocher de la chapelle qui émergeait de la forêt frileuse, il dit :

— Je m'demande si on va enterrer ben du monde c't'année.

— C'est pas le temps de penser à la mort le jour de l'An, commenta Édouard.

— Bah ! j'disais ça de même...

– On devrait plutôt penser aux mariages à venir, fit Honoré. J'en connais au moins un qui va arriver : Angélina Plante et le p'tit Henry Foley. Un ben beau couple !... Ah, et pis Olivier Maheux qui va se marier avec Obéline... heu...

– Racine ? se surprit Édouard.

– Non, non, pas Obéline Racine... elle est pas prête pour ça, elle... Obéline Poulin.

– Au magasin, vous autres, vous savez tout ce qui se passe dans la paroisse, pis qui va se passer en plus.

– Un autre qui me vient dans la tête quen... Y a la Séraphie Crépeault... l'élu de son cœur s'appelle Majorique Cloutier qui vient de Saint-Joseph... Se sont connus par parenté interposée... Mais paraît que le Majorique veut s'installer dans la paroisse... J'y pense : j'pourrais lui vendre le bien à monsieur Genest.

– Et comment ça ? s'étonna Édouard.

– Vous avez pas su qu'on l'a achetée, la terre du pendu ? Ses biens avec. On va raser les bâtiments par le feu au printemps aussitôt que le temps va le permettre. Pis je vas faire couper du bois pour notre nouvelle maison, qui sera scié – le bois, j'veux dire – par Théophile Dubé à son moulin.

– Quand est-ce que t'as acheté ça, Noré ?

– La semaine passée. On l'a eu pour trois fois rien. Personne en voulait. Ça faisait l'affaire du Conseil de s'en débarrasser. Ils nous ont donné l'autorisation de brûler les bâtiments... La vache a été vendue. Les poules itou. Il reste rien que les souris dans la grange à Genest pis en sentant la boucane, elles vont se sauver pour pas se faire chauffer la queue pis la couenne.

– Je trouve que c'est un beau gaspillage de brûler les bâtiments du pendu.

– Ah, si vous voulez les acheter pis les démolir avant l'été prochain pour emmener le bois...

– J'prendrais pas la maison, mais j'prendrais la grange. C'est petit, mais y a du bon bois là-dedans. Y a du bois de moulin à scie là-dedans, pas rien que du bois équarri à la hache.

– Ben moé, glissa Augure, j'prendrais la maison si c'est pas trop cher, pis j'me trouverais quelqu'un pour la défaire.

– Ben j'vas vous faire un prix à chacun pis si c'est trop cher, vous me le direz. Monsieur Allaire, pour la grange, je demande une piastre. Monsieur Augure, pour la maison, je demande une piastre. Pas besoin d'une entente notariée, suffit de signer ça sur un bout de papier sur le coin de la table. Mais… c'est valable pour cinq mois. Faut que les matériaux partent du terrain avant le 1er de juin. Pour ce qui va rester, on va raser au feu avant de labourer la terre. Plus personne pensera qu'un homme non pratiquant a vécu de misère là pis est mort pendu.

Édouard secoua la tête :

– T'as pensé à ça, toé, Noré Grégoire. Pis tu vas revendre le bien avec un bon profit : tu vas aller loin, mon gars.

– Pour être ben honnête avec vous, j'dois dire que l'idée est venue de votre fille.

– Ça me surprend pas d'elle. Elle a du nez pour les affaires, en pas pour rire, la Mélie.

Le froid les poussa à l'intérieur de même que le désir de bâcler la transaction. Émélie prépara deux papiers d'entente. Les signatures furent apposées à l'aide d'un X pour chacun des acheteurs. Elle demanda à Bizier comment il s'arrangerait pour démolir la maison vu son handicap physique, surtout que les bons samaritains ne se bousculeraient pas au chemin pour aider à débâtir, vu la nature des lieux.

– En plus que Mabel a ni frères ni sœurs, enchérit Augure avec un petit sourire en coin… Non, j'ai l'intention de faire une corvée de démolition le premier dimanche de mai. Si monsieur le curé veut l'annoncer en chaire, ça va marcher. Y a des hommes qui ont pas peur des mouches par chez nous. Suffit de deux ou trois pis la bâtisse est défaite le même jour. Pour le transport du bois ensuite, moé pis ma femme, on peut faire ça ensemble.

Marie intervint :

– Papa, faites une corvée, vous aussi, le même jour que monsieur Bizier. Les chances d'avoir du monde en masse seront ben meilleures.

– C'est que t'en penses, Augure ?

– Parfaitement d'accord.

– Ben, fit Édouard en regardant son aînée, j'vois que j'ai pas rien qu'une fille qui est aux affaires…

– C'est pas pour sauver de l'argent, papa, dit Marie. C'est pour donner aux gens le plaisir d'aider. Et puis, ils savent que ça pourrait être leur tour un jour ou l'autre…

Honoré se rendit à une fenêtre. Regardant au-delà des arbres ce ciel tout bleu et si prometteur, il déclara :

– Ben on va ouvrir chantier sur le lot à Genest pas plus tard que la semaine prochaine. Je vas me trouver trois bûcheux pis faire couper le bois qu'il faut pour deux maisons plutôt qu'une : celle qui va remplacer les bâtiments du pendu dans le Petit-Shenley pis la nôtre, notre résidence attenante au côté de la maison rouge… Au printemps, monsieur Théophile va nous tailler les billots en madriers pis en belles planches : tout ça sera ben sec pour le début de l'été… prêt à bâtir… Quand notre bon Majorique Cloutier va voir qu'il lui reste rien qu'à acheter pis à se bâtir avec du bois fin prêt, il va pas hésiter. À moins qu'il aurait déjà le plan de s'établir par chez eux à Saint-Joseph… En tout cas, Émélie, on va le tenter ben comme il faut…

Après la signature, Honoré fit cadeau de jour de l'An à Augure et son beau-père de la piastre que chacun lui avait versée comme le stipulait le contrat…

∞∞∞∞∞∞∞

Chapitre 23

1886... la suite

Les événements se bousculèrent cette année-là.

Premièrement, Honoré ouvrit chantier comme prévu et les arbres tombèrent sur la terre à Genest devenue la sienne. En même temps, le jeune marchand fit planter une affiche au chemin portant la mention : *Propriété privée de H. Grégoire. Ne passez pas.* Les gens croyaient que c'était pour empêcher les curieux ou autres de circuler par là, tandis que la seule intention du jeune homme était de faire oublier la présence passée de Jean Genest et d'effacer les craintes qui finiraient par s'envoler en fumée quand on démolirait les bâtisses et qu'on brûlerait jusqu'aux racines la terre qui les avait portées.

Majorique Cloutier en visite à Shenley vint au magasin général en janvier. Il lui fut parlé de cette belle terre disponible, peu défrichée encore certes, mais d'une fertilité incomparable. On se rendit même la visiter. Le plan du cadastre fut examiné. Honoré lui fit valoir tous les avantages de s'y établir. Matériaux prêts pour bâtir. Prix de gros sur tout. La proposition devait enchanter le jeune homme à un tel point qu'il signa une promesse d'achat en échange d'une promesse de vente par Honoré à un prix convenant aux deux parties. L'enchantement devait aller bien plus loin puisque le jeune homme de Saint-Joseph demanda aussitôt en mariage sa Séraphie (Crépeault) qu'il fréquentait depuis quelques mois à raison d'une rencontre par deux mois. Elle accepta. Ils auraient une bonne terre fertile. Elle ne serait pas déracinée. L'avenir et une belle descendance offraient leurs meilleures perspectives.

Émélie dut garder le magasin le jour du mariage, mais Honoré put assister à la cérémonie en ce 9 du mois de février, un jour sous couvert nuageux où la température se faisait plutôt douce. Il n'y aurait pas de repas de noce, pas de danse ni réception d'aucune sorte, et les nouveaux mariés s'en iraient à Saint-Joseph le jour même pour y vivre pendant quelque temps jusqu'au jour où ils viendraient s'installer sur leur terre du Petit-Shenley sitôt la maison érigée au courant de l'été suivant.

L'épouse et Honoré furent invités à signer le registre paroissial sous l'entrée du mariage. Et le marchand leur offrit un cadeau à la sortie de la chapelle : une poêle à frire en bel acier luisant.

– Quand Majorique fera pas ton affaire, Séraphie, tu lui en sacres un coup sur le bord de la tête : ça va le faire réfléchir.

Ce fut un large éclat de rire au milieu de la rue. Émélie qui surveillait depuis une fenêtre de la maison rouge, sortit pour féliciter de loin les mariés. Et dit à Séraphie qu'elle avait bien hâte de la revoir à l'été.

Le cortège nuptial ne comportait que trois voitures : celle des mariés, celle des parents Crépeault et celle du père de Majorique, Jean et son épouse Apolline Mathieu, venus de Saint-Joseph et qui avaient été hébergés par Prudent Mercier. La veille, on avait signé des papiers chez le notaire à Saint-Évariste et voici que la terre du Petit-Shenley appartenait officiellement à Majorique. Les travaux de déblaiement prévus auraient lieu en mai. Le chantier se poursuivrait jusqu'à obtenir les billots requis pour les constructions envisagées. Le prix du bien allait en conséquence de tout cela. De plus, Honoré promit de se renseigner auprès de sa clientèle afin de savoir si des vaches étaient à vendre quelque part dans la paroisse, des veaux, des poules et des cochons pour que le jeune cultivateur puisse rapidement constituer son cheptel. Des moutons, Majorique en ramènerait de Saint-Joseph.

On se salua gaiement et le cortège se mit en branle.

Honoré rentra au magasin en disant à Émélie :

– Ils vont faire les meilleurs cultivateurs de la paroisse quasiment.

– Grâce à nous autres, c'est pas orgueilleux de le dire.

– C'est en aidant les autres qu'on s'aide soi-même.

– Je trouve ça beau, ce que tu dis là.

– On a tous besoin les uns des autres.

– Une Allaire sait ça, Honoré.

– Ah, je le sais que tu le sais... Bon, asteur, je m'en vas voir mon ami Ferdinand Labrecque pour lui reparler de son aqueduc.

– Tu m'en as glissé un mot, mais c'est quoi au juste, que tu veux discuter avec lui ?

– L'endroit le plus élevé aux alentours du village, ça lui appartient au fond de la petite rue devant le cimetière. C'est là qu'il faudrait faire creuser un puits artésien. Ensuite, on creuserait dans la rue tout le long jusqu'au milieu du village pour installer une canalisation. L'eau va descendre à gravité avec une bonne pression à l'année longue. Se brancheraient sur la canalisation ceux qui le voudraient... moyennant un loyer annuel bien entendu.

– Et ça voudrait dire nous autres.

– On serait les premiers à se brancher. Pis dans notre nouvelle maison on aurait tu sais quoi : les toilettes à l'eau. Fini la catherine, fini les bécosses dehors. On serait les premiers de tous les environs à avoir ça.

– Comme au Palais du Parlement. Mais on va dire qu'on fait trop d'argent.

– On va se servir du profit qu'on a fait sur la terre à Genest. Ça sera pas si cher que ça. Coudon, tu voudrais pas d'une toilette à l'eau ? On va se creuser un puisard en arrière de la grange pis envoyer les égouts par là, loin de la maison rouge.

– Ah oui, je le veux ! Tu peux être sûr que je le veux. Amène-là, ta toilette à l'eau... amène-là vite...

Elle s'approcha et leva la tête bien haut pour ajouter :

– Pis… penses-tu que ça serait possible d'installer un bain tant qu'à faire ?

– Mon Dieu, mais tu te prends vraiment pour la reine Victoria.

– Non, mais pour une personne qui aime se laver pis sentir le propre. Jos, mon frère, y en a un, un bain, là où il reste à Lewiston.

Honoré qui adorait donner dans les farces grivoises et scatologiques à l'occasion lança en tournant les talons :

– Si Jos Allaire se lave les fesses tant qu'il veut, j'vois pas pourquoi c'est faire qu'on laverait pas les nôtres autant que lui. Vivent les chiottes à l'eau !

Il éclata de son grand rire si communicatif dont le bruit se mélangea avec celui de la clochette d'entrée.

Émélie secoua la tête un peu scandalisée de son langage si vulgaire ; et souriant un peu, elle retourna à ses étalages.

∞∞∞

Au printemps, non seulement creusa-t-on un puits artésien mais on réaménagea un puits de surface et on en creusa un second tout neuf, tous sur le dessus de la côte à Ferdinand Labrecque, le frère de Rémi, personnage dans la trentaine fort bien vu des paroissiens et surtout des villageois.

Les trois sources d'alimentation en eau courante suffiraient à fournir à l'année longue au moins une vingtaine de maisons, peut-être – on le verrait à l'usage – une trentaine voire davantage.

Certes, il avait été question d'aqueduc municipal, mais ce pauvre maire Bilodeau n'avait pas eu d'autre choix que celui de repousser aux calendes grecques la réalisation d'un tel projet coûteux vu le refus généralisé de la population des rangs de contribuer par ses taxes à un service qui n'aurait d'utilité et d'agrément que pour les seuls villageois. À une séance du Conseil, on avait fait valoir sans succès l'imposition d'une taxe d'eau aux seuls usagers d'un tel aqueduc.

Jean Jobin avait même signalé que le presbytère et la chapelle qui disposaient déjà de l'eau à la pompe, bénéficieraient grandement de l'eau courante, ce qui permettrait l'installation de toilettes à l'eau pour un meilleur confort des usagers parmi lesquels d'abord et avant tout les gens des rangs qui ne savaient pas toujours où donner du ventre le dimanche avant, pendant et après la messe.

«La diarrhée, ça court pis ça fait courir!» avait-il déclaré le plus sérieusement du monde.

Peine perdue! Il y avait des latrines derrière la sacristie et cela suffisait pour les reins des payeurs de taxes, fit valoir quelqu'un. La voix d'opposition la plus forte déclara avec emphase:

«Vous avez la chance de pouvoir vous regrouper pour avoir l'eau courante. Comme ça, c'est moins cher pour chacun vu que vous êtes ensemble. Nous autres, quand on veut de l'eau, on creuse un puits à nos frais et dépens. Vous devez faire pareil: c'est question de justice.»

Plusieurs citoyens du village s'y opposèrent aussi qui possédaient un bon puits de surface sans songer aux souillures qui pouvaient leur venir du cimetière, des tas de fumier, des engrais étendus sur les terres et tutti quanti.

«On fera un aqueduc quand ça sera à la mode!» avait dit un esprit peu dégourdi.

«Ça l'est depuis le temps des Romains», avait alors répliqué Barnabé Tanguay.

Le moment arrivé, Ferdinand Labrecque fit venir un foreur de puits artésien de Thetford Mines et l'on se mit à l'œuvre. Et quand l'eau vint, des irréductibles qui la goûtèrent furent ébranlés et demandèrent combien il en coûterait pour se brancher sur le nouvel aqueduc.

Honoré répandit l'idée que pour celui qui se branchait maintenant tandis qu'on creusait dans les rues pour installer la conduite principale, les coûts étaient d'autant réduits. De nouveaux opposants furent convaincus. Et bientôt, ce fut la vague de l'eau dans le village.

Le curé Gosselin prit l'habitude de bénir les travaux à toutes les semaines qu'il fut là et à l'automne, trente résidences auraient à boire de l'eau propre et fraîche venue des hauteurs à Labrecque.

∞∞∞∞

Le bois sorti du lot à Genest fut scié par Théophile Dubé et ses hommes à son moulin. La partie nécessaire pour la construction d'une maison et d'une grange pour la jeune famille Cloutier fut renvoyée au fond du Petit-Shenley et le reste transporté sur le terrain derrière la maison rouge, cagé pour bien sécher en attendant le début des travaux.

Mais les choses n'allèrent pas comme prévu. Une petite maison solide appartenant à Rémi Labrecque fut mise en vente par cet homme qui s'y trouvait trop à l'étroit avec sa nombreuse famille. Elle était de bonne construction, pièce sur pièce, et suffirait à accommoder les Grégoire pour dix ans selon les prévisions d'Honoré. Elle avait une certaine ressemblance de forme avec la maison rouge et ne coûterait que cent piastres plus les frais du déménagement. Bref, ce serait bien plus économique ainsi et tout aussi fonctionnel qu'une maison neuve. Et puis de toute façon, on savait que tôt ou tard, mais avant dix ou quinze ans, au rythme où se développait la paroisse, un tout nouveau magasin serait érigé en lieu et place des bâtisses qui serviraient de magasin et résidence entre-temps : vaste, important comme ceux des vieilles paroisses, à deux étages, à section séparée pour la marchandise intéressant particulièrement les femmes, et qui offrirait de tout ce qui se vendait sur le marché.

Une équipe d'hommes sous la direction de Joseph Dubé, armée d'un cabestan, de vérins puissants, de pièces de bois longues de trente pieds et rouleaux nombreux, se mit à l'œuvre. La maison fut soulevée tandis qu'au village, à côté de la maison rouge, d'autres hommes érigeaient les fondations de pierres à quelque distance de la maison Foley, entre elle et le magasin. Le plus fort cheval du contremaître et entrepreneur fut utilisé pour actionner le treuil. Après deux jours de préparatifs sur les lieux de départ et d'arrivée, on était prêt.

Pour les enfants du village, c'était la fête. Jamais encore on n'avait vu un transport de maison et la chose impressionnait fortement. Les garçons surtout malgré que les petites filles fussent elles-mêmes d'une certaine curiosité à l'égard de cet événement unique à ce jour.

On était à l'époque des vacances d'été. La nouvelle du déménagement courait depuis une semaine. On aurait le temps de rattraper l'événement avant sa fuite définitive dans les dédales du passé. Voici que le premier jour des activités, des groupes d'enfants allèrent aux abords des deux chantiers. On leur disait: «Revenez mercredi. C'est là que la maison va mettre ses souliers pour marcher jusque chez Grégoire.»

Ils étaient pas moins de trente, le grand jour, à regarder la maison juchée sur des pièces de bois, enchaînée au rouleau du cabestan, commencer à bouger. Ce fut le grand moment que celui où on put discerner son mouvement. Des «oh» et des «ah» fusèrent des groupes d'enfants tandis que les travailleurs adultes savouraient leur fierté sans en donner l'air.

Puis la maison, une heure plus tard, s'arrêtait au beau milieu du chemin. Là, il fallait changer la position du treuil horizontal et l'accoupler à l'extrémité ouest de la bâtisse. Deux chevaux tiraient les poutres utilisées pour les emporter à l'avant de la bâtisse et les remettre en place sur le sol où elles servaient de patins fixes tandis que les poutres de soutien à la base de la maison servaient, eux, de patins roulants qui utilisaient les dizaines de rouleaux de bois afin de permettre leur mobilité et partant, celle de toute la maison.

Pouce à pouce, pied à pied, verge à verge, la bâtisse avança. Parfois un adulte lançait un avertissement aux enfants: «*Avancez pas trop proche: si la maison verse, vous l'aurez su'l'dos, vous autres.*»

Rémi Labrecque lui-même menait ces travaux-là sous la direction de Joseph Dubé qui les avait entrepris et il ajoutait alors pour transformer la menace en sourire : « *Pis vous allez vous faire aplatir comme des crêpes.* »

Parmi les petits énervés se trouvait Octave Bellegarde, huit ans, et que ces travaux fascinaient. Il en déménagerait un jour, lui aussi, des maisons. Et il en bâtirait d'énormes. Que vienne donc le temps !...

Et il y avait Tancrède Poulin, 9 ans, et il y avait Marie Morin, 7 ans, et il y avait Cyrille Martin, 7 ans, surnommé bourré-ben-dur, et il y avait François Jobin, 10 ans, fils de Jean. Et puis les deux sœurs Paradis, Clothilde, âgée de 7 ans et Adèle, âgée de 9 ans... Toute cette marmaille piaillait, allait, venait, aurait voulu rendre des petits services pour se donner l'impression de prendre part à l'action, mais on les repoussait invariablement au nom de leur propre sécurité.

Les branches qu'on put épargner le furent et les autres émon-dées, écourtées ou carrément coupées. Le chemin du village avait bien durci depuis le printemps et les pluies ne lui avaient fait aucun dommage, qui s'écoulaient dans les fossés d'irrigation creusés au temps du premier curé et qu'on avait aménagés de nouveau du temps de l'abbé Quézel.

Finalement, au bout de deux jours, la maison à Rémi était posée sur ses fondations de pierres à quelque distance de la maison rouge, côté ouest, entre le magasin et la maison Foley. Une passerelle reliait les deux galeries de maison. Émélie pouvait ainsi aller du magasin à sa nouvelle demeure sans avoir à descendre ou monter les escaliers. Une telle séparation des lieux obligerait Émélie plus tard, quand viendraient les enfants, à embaucher une servante pour la seconder dans la tenue de maison et dans le soin des petits. Mais on n'en était pas encore rendu là...

Honoré en profita pour faire rénover au goût du jour l'extérieur du magasin général et de leur nouvelle résidence attenante. Le bas de la toiture du magasin fut allongé et recourbé pour éloigner l'eau de pluie. Les fenêtres et la porte d'entrée furent soulignées par un jambage décoratif d'inspiration victorienne, et l'escalier de devant et la galerie furent garnis de barreaux finement découpés. Une des deux fenêtres de façade fut agrandie pour servir de vitrine.

Et la maison nouvelle fut également enduite d'un «lock» couleur brique pour l'harmoniser avec la maison rouge et ainsi constituer un complexe commercial et résidentiel attrayant, moderne et fonctionnel.

Une nouvelle importante fit le tour de la paroisse ces jours-là: l'installation des toilettes à l'eau dans la nouvelle maison Grégoire de même qu'au presbytère et dans la sacristie. Un vent de modernisme souffle sur Saint-Honoré, déclara un loustic qui savait dire.

Les premiers chez Honoré qui utilisèrent cette commodité grand luxe furent les journaliers à l'emploi de Joseph Dubé et jusque l'entrepreneur lui-même qui ne s'en priva pas. Chaque quart d'heure, l'on pouvait entendre la chasse d'eau. Chose était sûre: elle fonctionnait à merveille, emportant au loin quelque part ailleurs cadeaux de la nature et odeurs les caractérisant. Du moins en partie. Pour s'essuyer, un homme s'approvisionna d'herbe verte avant d'entrer. Quand Dubé l'apprit, il le semonça vertement:

– Tu pourrais boucher les tuyaux avec ça. Faut pas se… se… tu sais quoi… avec du foin, voyons.

– J'ai pris de l'herbe.

– Vert ou sec, c'est du foin pareil.

– Mais quoi c'est qu'on fait? protesta l'homme tancé.

– Tu fais comme avant.

– Avant, je m'essuyais pas.

– C'est ça que je dis: tu fais comme avant.

Durant le déménagement de la maison rouge à l'autre, Émélie fit en sorte de nettoyer la salle de toilette afin de la rendre impeccable. Elle n'ignorait pas que les ouvriers s'en étaient servie comme d'un jouet ou simplement pour satisfaire leur curiosité tout comme elle-même l'avait fait au Palais du Parlement.

– Qui étrenne les toilettes? demanda-t-elle après le premier repas dans la nouvelle maison, un soir que le magasin était fermé pour cause de déménagement.

– Ça revient au maître de la maison, déclara Honoré le plus sérieusement du monde.

– En ce cas, vas-y!

– Le problème, c'est que pour étrenner, faut un étron. Pis j'en ai pas.

– De ce que tu parles mal quand tu veux! On parle pas de ces choses-là de cette manière-là. Un peu de classe, voyons! Tu devrais avoir honte: toi, un élève du collège de Sainte-Marie.

Il éclata de rire:

– T'as raison: j'exagère. Mais la plupart de nos clients aiment ça rire avec ça…

– Clients peut-être, mais pas clientes. Marchand peut-être, mais pas marchande.

Il dut quand même être question du nécessaire pour s'essuyer: sujet universel dont personne ne parlait jamais.

– Avec tout ce qu'on reçoit dans le gros qui est emballé dans du papier, avec le journal qu'on reçoit tous les jours, on devrait pas avoir trop de misère avec ça.

– Bon, ben comme j'ai envie de la petite affaire, j'y vais, moi, finit par dire Émélie.

Et c'est elle qui, n'y pouvant plus de curiosité et de l'attente fut la première à tirer la chasse d'eau…

– Quel beau bruit! lança Honoré quand elle sortit en souriant…

En emménageant dans la nouvelle maison, la surface du magasin doubla par l'utilisation de ce qui servait de cuisine auparavant. Les deux autres pièces, chambre du couple jusque là et chambre d'Édouard devenue celle de Marie trop peu de temps, servirent de dépôts de marchandises en attendant de combler d'autres besoins.

Un dimanche, Émélie et Honoré se rendirent en visite chez Édouard et Marie. Il fut question du retour au village de la jeune fille malade. Elle refusa net avec le même entêtement de naguère. Et mit un point final à toute discussion à ce propos en affirmant que même guérie, elle n'y retournerait pas comme elle l'avait déjà affirmé.

∞∞∞∞

Ce fut une année fertile en événements.

Tout près des Grégoire, vint au monde un nouveau-né en la petite personne d'Arthur Foley, quatrième enfant de Joseph et Lucie. De l'autre côté de la rue, le presbytère changea d'occupant. L'abbé Gosselin fit ses adieux à la paroisse qui ne le regretta aucunement pour l'avoir si peu connu et parce qu'il s'était si peu mêlé à la population durant son séjour effacé. Le remplaça l'abbé Georges R. Fraser, un personnage sérieux à visage autoritaire mais qui faisait montre d'un gant de velours avec ses ouailles pourvu qu'on soit dévotieux et qu'on soit animé d'une grande confiance en la miséricorde de Dieu. On le découvrirait vite comme un pasteur au zèle infatigable, bon organisateur, prédica-teur profond et pratique et qui verrait à l'organisation de maintes confréries et dévotions faisant de Saint-Honoré une paroisse enviée, admirable et honorable.

Honoré et lui s'entendirent à merveille et pouvaient jaser de choses distantes de Shenley comme la politique fédérale ou pro-vinciale. Et comme on était de plus en plus proche d'une élection, le sujet devint encore plus chaud entre les deux hommes qui, au provincial du moins, ne supportaient pas le même parti. Le curé favorisait les conservateurs qu'il dissociait volontiers de la mort de Riel due, soutenait-il, aux conservateurs d'Ottawa et non ceux du Québec. Tandis que le jeune Grégoire, maintenant en âge de voter et d'organiser localement pour un parti, demeurait fidèle à

Mercier et à son nouveau parti dit Libéral National qui regroupait libéraux et conservateurs mécontents.

En septembre, Honoré reçut une lettre étonnante en provenance de Québec. Un envoi du bureau du chef de l'Opposition et signé Honoré Mercier lui-même.

Monsieur,

Je me suis souvenu de notre rencontre au Palais du Parlement. J'ai pris votre nom en note. Je vous sais maintenant majeur et en âge de voter. J'aurais besoin de vous comme organisateur de mon parti lors des prochaines élections qui s'en viennent au grand galop. Serez-vous mon bras droit à Saint-Honoré-de-Shenley, mon cher Honoré Grégoire?

Prière de me faire parvenir votre réponse à l'adresse ci-dessous. Peut-être que cette participation ne sera pour vous — j'ai donc envie de te tutoyer, Honoré, comme lors de notre rencontre à Québec — qu'un départ vers des lendemains glorieusement politiques pour vous. Je vous ai senti un avenir certain en ce domaine important : vous êtes un chef né.

J'attends votre réponse dans les plus brefs délais.

Honoré Mercier

Quand il eut fini de la lire un soir de septembre, à la table avec Émélie, il déclara :

— C'est le curé Fraser qui se morfondrait en lisant ça. Il ne fait pas confiance à Mercier.

— Les prêtres aiment pas les rouges, c'est bien connu. Quoi c'est que tu vas répondre?

— Que je suis à son service pour la prochaine élection. Qu'on m'avertisse pis je ferai ce qu'il faut.

— T'as pas peur qu'on se fasse des ennemis politiques? Que d'aucuns nous privent de leur clientèle? Pis qu'ils s'en aillent acheter au magasin de Saint-Évariste?

– Non. Je vas faire en sorte de respecter l'adversaire. Ça serait pas payant pour eux autres d'aller acheter leurs effets à Saint-Évariste, voyons, Émélie !

– En tout cas, fais-en pas trop durant les élections... C'est un jeu toujours dangereux, ça.

– Ça va ben aller, tu vas voir...

∞∞∞∞

Fin octobre, un samedi, Honoré ramena le journal qu'il brandit devant son épouse en train de préparer le repas du soir.

– Une grande nouvelle, Émélie. Une belle nouvelle surtout...

– Les élections sont déclenchées.

– J'te parle pas d'élections pantoute.

– La reine Victoria va venir au Canada.

– Non, tu te trompes. Ça concerne un personnage féminin, mais c'est pas la reine.

– La reine de France.

– Tu sais ben que y a pas de reine en France depuis qu'ils ont coupé la tête à Marie-Antoinette.

Émélie allait du poêle à la table sans regarder ni son mari maintenant assis ni le journal qu'il avait déplié devant lui à côté de son assiette et des ustensiles.

– Dis-moi où c'est que ça s'est passé toujours ? À Québec, à Montréal, à Ottawa ?

– À New York.

– Un personnage féminin en visite à New York ? J'vois pas autre chose que la statue de la Liberté.

Honoré recula sa chaise et bondit sur ses pieds dans un geste exagéré sciemment :

– Hein, tu sais ça, toé, Émélie Allaire ?

– Tu me prends pour une cruche parce que je suis une femme.

– T'es pas une cruche, t'es mon trésor.

– Ben ton trésor, il lit les journaux itou… tout comme mon toutou de cher époux. L'inauguration a eu lieu vendredi, le 28 octobre, et a été faite par le président Cleveland.

– Mais comment peux-tu le savoir d'abord que c'est dans le journal d'hier.

– Parce que dans le journal de la semaine passée, ils ont annoncé l'inauguration.

– Ce qui fait que la cruche, ben c'est moé, Honoré…

Ils étaient habitués de se taquiner ainsi et chacun possédait la capacité de rire de soi-même, ce qui le rendait sympathique quand il se moquait de l'autre.

En mangeant, on parla des dimensions de la statue. De ses concepteurs. De son transport. De son piédestal. De tout ce qui la concernait dont le journal faisait état…

Et l'on se coucha tôt.

Et on veilla au lit.

∞∞∞∞

On veilla au lit aussi un mois plus tard, le 28 novembre, et ce soir-là, Émélie conçut son premier enfant. Un pressentiment le lui dit et sa surprise ne fut pas très grande quand ses menstruations ne se produisirent pas le mois suivant.

Ce fut à la table de cuisine qu'elle lui annonça cette nouvelle. C'est là qu'on aimait se dire les choses plus importantes. Il neigeait ce soir-là et aucune clarté ne venait de l'extérieur. Une lampe posée au milieu de la table leur parlait de calme et de sérénité.

– Je vas avoir un enfant, lui annonça-t-elle abruptement tandis qu'ils se parlaient de la prise du pouvoir par Honoré Mercier.

Honoré se désintéressa de tout ce que le journal disait se passer ailleurs et il ne songea plus qu'à leur situation nouvelle.

– Nous autres ? Toé pis moé : un enfant ? On a-t-il été capables de faire ça, nous autres ?

– Avec l'aide du bon Dieu.

– Tu penses que le bon Dieu se mêle de ça?

– Il se mêle de tout.

– Un petit gars ou une petite fille?

– On prendra ce que le bon Dieu nous donnera pourvu que l'enfant soit en bonne santé.

– C'est plein de sagesse, ce que tu dis là. Une vraie parole en or.

– Un trésor, il faut que ça dise des paroles en or.

– Pis quand est-ce qu'on va avoir ça, ce bébé-là?

– Fin de l'été.

– C'est Marie qui sera contente pour toé.

– Pauvre Marie qui traîne toujours de la patte.

Honoré soupira:

– Peut-être que l'année 1887 sera la bonne année pour elle.

– Les bonnes années pour elle se font rares, soupira Émélie qui prit une gorgée de thé en fixant la flamme de la lampe.

∞∞∞∞∞∞∞

Chapitre 24

1887

Depuis qu'Obéline Racine avait remplacé Philomène Morin comme maîtresse d'école du village, les enfants se sentaient plus encadrés. Philomène avait eu l'avantage de connaître la maternité, ce qui rend certaines plus tolérantes et aimables envers les petits, parfois même un peu trop. Et c'est en raison de nombreuses naissances successives qu'il lui avait fallu céder sa place à quelqu'un d'autre.

Obéline n'avait pourtant jamais encore donné une correction physique à un enfant. Stricte mais sans violence, cela en faisait une maîtresse aimée et respectée.

L'école étant située du côté est de la maison rouge et parce qu'il se trouvait plus de familles du côté ouest, il était possible à Émélie de voir les petits courir à toutes jambes devant le cimetière puis le magasin pour retourner à la maison. Parfois d'aucuns s'arrêtaient et lui présentaient un papier sur lequel leur mère avait écrit le nom d'effets légers à rapporter à la maison. Alors, il fallait que la marchande fasse crédit. Mais comment aurait-elle pu refuser quelque chose à un enfant charmant, elle qui en portait un depuis sept mois dans son ventre et le mettrait sur terre vraisemblablement à la reprise des classes en septembre ?

Ce jour-là était celui de la fermeture de l'école pour la saison estivale. Après la guerre des éteignoirs, sur pression des cultivateurs de partout, on avait écourté l'année scolaire afin de permettre aux enfants de travailler avec leurs parents aux foins, à la cueillette de fruits sauvages, au jardinage, au ramassage de petites roches sur les labours, à la disposition du bois de poêle et du bois de fournaise pour le faire sécher au grand soleil d'été : toutes occupations facilitées par un plus grand nombre de mains y œuvrant.

Cette année-là, Obéline, avec la complicité d'Émélie, réservait une belle surprise aux enfants : un petit cadeau de fin d'année scolaire. Et ce petit cadeau était un petit sac de « candies » à l'orange préparé au magasin par Émélie qui le fit avec un grand amour, parfois en posant la main sur son ventre pour dire au petit être qui s'y lovait sa joie de le voir grandir à la vie. Pour ne pas susciter de jalousie, chaque sac était pesé afin de contenir la même quantité. Puis la gueule du sac était soigneusement repliée et ensuite percée et enfilée d'un ruban blanc, symbole de pureté et de joie, que la jeune femme frisa joliment avec un couteau.

Obéline l'invita à en faire elle-même la distribution à l'école puisque les bonbons étaient offerts à titre gratuit par la marchande, mais la jeune femme déclina l'invitation. Il fallait qu'elle veille aux choses du magasin. Et puis Honoré serait absent toute la semaine pour un voyage à Saint-Georges et à Québec aux réapprovisionnements dans le gros.

Mais si Émélie ne put se rendre voir le sourire enchanté des enfants quand ils recevraient leur petit sac, Obéline la paya de retour avec une surprise de son cru. Au lieu de quitter l'école en groupe, les enfants partirent un à un à quelques secondes d'intervalle et coururent au magasin.

Le premier qui entra fut un garçon de 8 ans, Joseph Beaudoin. Il fit joyeusement tinter la clochette de la porte. Puis courut jusque devant le comptoir maintenant situé en plein milieu du magasin, suite à l'ancien rallongé, et lança à Émélie :

– Merci, madame Grégoire !

– Merci ? Mais pour quoi donc, mon petit Joseph ? fit-elle, faussement étonnée.

– Pour le cadeau à l'école.

L'enfant timide avait du mal à lever les yeux. Il les tenait grands ouverts, rivés sur le ventre rebondi de la marchande. Elle allongea le bras et souleva tout gentiment le menton du garçonnet avec son index replié :

– Pis j'espère que tu vas partager avec tes petits frères pis tes petites sœurs, là.

Le gamin hésita, regarda sur le côté puis fit un signe de tête affirmatif et se retira, rencontrant dans la porte une fillette de 10 ans qui vint remercier à son tour. Émélie lui dit comme à l'autre :

– Delphine, je compte sur toi pour en donner, de tes bonbons, à tes petits frères pis tes petites sœurs.

La petite fit plusieurs signes de tête en souriant. Avant même qu'elle ne reparte, Octave Bellegarde vint à son tour au comptoir. En les voyant ainsi côte à côte, enfants du même âge, Émélie eut une sorte de prémonition : elle les vit adulte et mariés.

– Delphine pis Octave, vous êtes donc ben beaux, tous les deux.

Ils s'échangèrent un regard embarrassé...

Et ce fut ainsi pendant plusieurs minutes ensuite. Tous les écoliers vinrent offrir leurs remerciements. Émélie qui ne pleurait jamais sur une personne décédée avait la larme facile devant certains événements anodins et de voir tous ces petits qui se demandaient ce qu'elle pouvait bien avoir dans son ventre lui en arracha quelques-unes...

∞∞∞∞

Marie aurait aimé voir ça. Mais Marie affaiblissait de jour en jour. L'été lui était toujours difficile. Elle garda un certain optimisme et confia même à ses amis Amabylis et Augure que si elle parvenait à passer l'été, elle survivrait encore un an, peut-être même recouvrerait la santé au cours de l'hiver suivant.

Mais elle crachait du sang à tout bout de champ et se rendait moins souvent à sa grande pierre voir l'eau de la rivière couler, si pure et si belle. Et si bleue surtout.

Une seule fois par mois, elle se rendait à la messe. Édouard la laissait descendre le plus près possible de la chapelle un bon quart d'heure avant l'office. La malade entrait et allait occuper ce banc isolé loué par Honoré pour elle et la protection de l'entourage. Après la messe, elle restait sur place et le curé, faisant exception pour elle, s'en approchait et recueillait là sa confession. En même temps, il lui donnait la communion de main à main et non pas sur la langue comme aux fidèles en santé. Geste qui eût pu être sacrilège si posé en des circonstances ne le requérant pas.

Tous lui jetaient au moins un regard. Et on baissait les yeux devant sa misère et cette condamnation à mort qu'on lisait dans son visage émacié, ses yeux entourés de bistre, ses vêtements exagérément grands et noirs, et l'on se bouchait les oreilles à ses quintes de toux retenue ou peut-être simplement affaiblies par sa faiblesse grandissante.

Il lui arriva d'apercevoir Georges qui évitait de la regarder tel un être coupable de rejet. Il lui arriva aussi de voir Georges entrer à la chapelle en la compagnie de Séraphie Grégoire dont on disait qu'il l'épouserait en septembre. Cela causait du chagrin à Marie et en même temps réjouissait son cœur si grand et généreux.

Au début de la saison chaude, la malade annonça à son père qu'elle ne voulait plus retourner au village avant l'automne. Édouard en fit part au curé Fraser qui promit de la visiter pour lui apporter la communion une fois par mois sûrement.

La cause principale de cette décision était l'accouchement de sa sœur. Marie voulait éviter la contamination d'Émélie qui serait alors plus vulnérable, et encore moins celle de son bébé naissant. Elle les verrait plus tard, quand ils auraient tous deux repris des forces ou bien qu'elle-même sortirait victorieuse de son long combat contre le bacille destructeur.

Et elle pria souvent et longuement. Et elle écrivit à ses cousines Leblond. Aussi à son frère Jos. Et même, une fois, à Honoré Mercier pour lui suggérer d'ouvrir une maison pour personnes tuberculeuses dans la belle région de Mégantic où l'air des montagnes et du grand lac feraient tant de bien à ceux qui, comme elle, luttaient contre la consomption. Le premier ministre fit réponse que les moyens du gouvernement ne le permettaient pas en raison surtout des budgets alloués à la construction de chemins de fer, mais que ce n'était que partie remise et que la «suggestion intelligente» de Marie ne resterait pas lettre morte… qu'il fallait compter sur le temps…

Elle le crut.

Mais l'argent pour un tel sanatorium et bien autres projets devait plutôt s'écouler dans la mer de l'inconnu par la baie des Chaleurs…

∞∞∞∞

À table, ce soir du milieu d'août, Honoré déclara en pointant du doigt un article du journal de la veille :

– Ça brasse à Mégantic pas pour rire, Émélie.

– Quoi c'est qui peut tant se passer à Mégantic : un village d'Écossais tranquilles.

– Y a des Canadiens français itou par là, tu sais.

– Disons… mais qui c'est qui brasse de même ?

– Un dénommé Morrison. Il ferait la pluie pis le beau temps par là avec ses deux revolvers dans des étuis sur ses flancs. Un vrai cow-boy, pas rien qu'un homme avec un chapeau à larges rebords…

– Comme un certain Honoré Grégoire qui se présente à Shenley pour devenir commis au magasin Allaire.

Émélie était assise face à son mari, l'assiette remplie de soupe aux pois, désertée par la faim depuis quelques jours, mais s'obligeant à manger pour le bien-être de son futur nouveau-né.

– Hey, ça fait des années que je l'ai pas vu, mon chapeau, sais-tu où c'est qu'il serait donc?

Émélie savait qu'il était accroché dans la grange, dans un coin perdu et sombre, tout empoussiéré, mangé par les mites du temps qui passe; mais de crainte que son mari n'ait l'idée saugrenue d'aller le chercher, elle répondit évasivement, sans dire la vérité tout en évitant de lui mentir et pour le faire rire comme elle aimait le faire:

– Comme disait Caïn d'Abel au Seigneur, j'suis pas la gardienne de ton vieux chapeau.

Elle misa juste et Honoré s'esclaffa. Puis reprit son sérieux en parlant de l'affaire judiciaire dont tous les journaux parlaient, et qui se passait pas très loin, du côté de Mégantic, un lieu qu'il avait eu l'occasion de visiter à deux reprises et que les sœurs Allaire, Émélie et Marie, avaient visité elles aussi en 1883.

– On dit que le père Morrison s'est fait ôter sa terre par un créancier pis que ça fait pas l'affaire de son garçon, un cow- boy de l'ouest canadien qui est revenu pour réclamer justice. Mais le pauvre homme, je parle du père, a aucun papier pour prouver qu'il a payé son hypothèque comme il le prétend et comme son fils Donald prétend lui aussi. Bon… y a quelqu'un qui a tiré une balle à travers une vitre, dans l'horloge de la maison des Duquette, autrefois celle des Morrison… La rumeur dit que c'est Donald Morrison… Et qui d'autre? Cow-boy… habitué de se faire justice soi-même… revolvers chargés sur lui… bon tireur il paraît… pis tout un mobile pour tirer dans l'horloge qui a été confisquée avec le bien au complet… En plus, y a des billots qui auraient été bousillés la nuit… sciés en deux… des billots pour faire des poteaux de télé- graphe… imagine que tu peux pas les recoller… Une histoire à suivre. Il paraît qu'il pourrait y avoir un mandat d'arrestation contre le fameux cow-boy… On verra ben à mesure…

– Te souviens-tu quand Georges Mercier t'appelait le kid de Saint-Isidore?

– Ben au contraire de m'insulter, ça me flattait. Me comparer à une célébrité du Far West...

– J'trouve pas que l'image était ben ben flatteuse. Un homme qui a tué une vingtaine d'autres hommes.

– Quant à ça, t'as ben raison... Tu manges pas?

– Faudrait ben.

Et ils se parlèrent de nouveau de Mégantic. Émélie raconta son voyage là-bas. Elle et Marie avaient pris le train à Thetford pour Sherbrooke puis de là à Mégantic. Un fort long détour. Et ça les amena à jaser à propos de la ligne Scott-Mégantic que l'on attendait toujours et qui sans être dans les promesses électorales de Mercier avait été dans ses propos en privé.

– Espérons que ça prendra pas encore dix ans!

– La mode est aux chemins de fer. La mode va ben finir par nous atteindre, nous autres itou.

– Sauf que la ligne passera pas par Shenley, mais par Saint-Évariste. Qu'importe, c'est tout comme à Shenley. Même pas cinq milles...

Soudain Émélie porta la main à son ventre et grimaça. Honoré s'inquiéta aussitôt:

– Ça serait-t-il ton temps qui est venu?

– Peut-être que oui, peut-être que non.

– Faut-il aller chercher la matrone?

– Pas encore... j'ai eu une douleur, mais c'est peut-être pas une contraction... C'est mon premier: j'sais pas trop ce que c'est.

Honoré se leva de table:

– J'dis qu'il faut pas prendre de chance...

Restitue Lafontaine, l'épouse d'Henri Jobin, agissait comme sage-femme dans la paroisse et allait d'un rang à l'autre afin d'aider les jeunes femmes à mettre au monde un enfant. Elle répétait qu'il fallait la prévenir dès les premières contractions pour lui donner le temps d'arriver avant la naissance et lui permettre de préparer le nécessaire. Son message avait atteint Honoré qui voulait, dès le premier signal donné par sa femme, courir chercher la matrone.

– Attends au moins qu'il se passe autre chose, protesta Émélie qui ne croyait pas le moment venu puisque le bébé devait se montrer le nez à la fin du mois seulement et non au beau milieu comme maintenant.

Il resta debout, mains appuyées au dossier de sa chaise et attendit tout en s'exprimant encore sur l'affaire qui intéressait Mégantic et, disait le journal, jusque les Américains de Nouvelle-Angleterre. Puis d'un lien à l'autre, l'on vint à parler de Jos et de la satisfaction que démontraient ses lettres à propos de son exil volontaire à Lewiston.

Émélie n'eut pas d'autre signal de son ventre...

Ce n'était que partie remise. Et le bébé mit son nez dehors, sur la terre du bon Dieu, deux semaines plus tard soit le 28 août. Il fut baptisé sous le prénom d'Alfred et reçut pour marraine la mère d'Obéline Racine, nommée Geneviève Carrier et pour parrain Grégoire Grégoire, oncle de l'enfant.

∞∞∞∞∞∞∞

Chapitre 25

Automne 1887

Ce 11 septembre, un dimanche de grand soleil frais, Marie Allaire réunit ses forces et sortit de la maison. Là, elle regarda ce ciel bleu faisant la joie des personnes en santé et la tristesse de celles qui vont mourir bientôt. Elle désirait aller penser et prier près de la rivière d'argent au cours inépuisable. Mais avant de se mettre en marche, elle fut prise d'une quinte de toux qui pouvait d'un moment à l'autre virer à la pleurésie hémorragique causant la mort. Pourtant, une voix intérieure lui disait que son heure n'était pas encore venue et qu'il lui restait du temps à faire en ce monde que d'aucuns, surtout des femmes, désignaient sous le nom de vallée de larmes.

Quand ses poumons et ses bronches lui donnèrent enfin quelque répit, elle emprunta le chemin de terre battue de son pas si misérable, une jambe retenue en arrière par son infirmité et l'autre par sa maladie. Ce jour-là, elle portait une robe aux chevilles en tissu de couleur mauve. Un vêtement presque funèbre par son dépouillement et par sa teinte. Mais son regard n'exprimait aucune tristesse et plutôt l'étincelle de l'espérance : car elle sentait la délivrance prochaine et l'arrivée d'un jour à l'autre de l'éternelle félicité qu'elle appelait de tous ses vœux et de toutes ses prières.

Et elle l'atteignit bientôt, cet endroit appelé par certains la roche à Marie tant on l'avait vue s'y asseoir pour rêver et construire en sa tête des histoires de bonheur sans fin tout en plongeant son regard dans le cristal du ruisseau.

Mais la joie en elle serait-elle aspirée par la faiblesse de son corps comme par un insatiable vampire ou bien serait-elle soutenue par la perspective de ce mariage à être béni le lendemain, lundi, en après-midi ?

Rendue à la rivière, assise sur la grande pierre, jambes repliées vers ses cuisses, la jeune femme se sentit bien. Elle ferma les yeux pour remercier Dieu de lui offrir des moments de pareille extase. Puis les rouvrit. Et regarda l'eau brillante qui jouait à cache-cache avec les pierres et faisait étinceler le petit gravois du lit de la rivière. Comme le Créateur en avait fait pour le bonheur des hommes ! Comme il aimait l'humanité pour lui donner d'aussi grandioses spectacles se reproduisant inlassablement au fil des ans, des siècles et des millénaires !

Des feuilles jaunes, détachées des arbres quelque part en amont et d'autres rouges comme le soleil couchant de ces soirs d'automne, voguaient en dansant sur l'onde joyeuse puis s'évanouissaient à vau-l'eau. Et le vent tranquille chuintait légèrement à travers les branches de feuillus bordant le cours d'eau.

Le pont de bois sur le chemin n'apparaissait que par petits bouts entre les aulnes.

Tout était calme et sérénité.

Tout était beau et durable.

Tout était doux et clair.

L'âme de Marie avait beau être à cette image, il lui venait parfois des moments de pluie et même d'orage. Prisonnière de son corps et de sa solitude extrême, il lui arrivait de penser que les choses auraient pu être autrement. De se dire en cette veille du mariage de Georges avec Séraphie que sans son infirmité et sa maladie, c'est elle qui sortirait au bras d'un époux de la petite chapelle et regarderait avec une grande espérance la maison rouge d'en face. Elle eut tout à coup une de ces parenthèses de tristesse, un instant de douleur morale à traverser, un nuage à laisser passer devant le soleil. Ce n'était pour elle qu'une façon commune de décrire ses états d'âme et bien peu signifiante puisqu'elle adorait la pluie et les soirs d'orage en lesquels chaque fois elle admirait outre le spectacle romantique, la Toute-Puissance divine et son infinie générosité envers les gens de la terre.

Des larmes se formèrent dans ses yeux puis s'écoulèrent doucement sur son visage pour tomber sur la roche et l'assombrir de taches qui auraient tôt fait de disparaître. Elle imagina Georges à ses côtés, lui si fidèle, si dévoué, si respectueux et surtout si amoureux. Main dans la main. Tête haute. Sans aucun besoin de parler. À s'abreuver aux silences des choses et aux mots des autres.

Puis une voix qu'elle reconnut, une voix qui marchait sur le bout des orteils, dit quelque chose derrière elle, dit son nom puis deux petits mots importants, sûrement les mots les plus grands qu'elle puisse entendre :

– Marie… suis là…

Il fallait qu'elle entende un cœur à ce moment précis et le ciel lui envoyait Amabylis venue sans bruit à la manière indienne.

– Ah, bonjour Mabel ! Viens t'asseoir avec moi : y a de la place pour nous deux sur la roche ici.

– T'es venue à pied… seule ?

– Comme une grande.

Amabylis prit place. Elle prit la main de son amie et l'enveloppa dans les siennes.

– Tu dois penser à Georges pis Séraphie, ça doit ?

– Un peu.

– Pis ça te fait pleurer.

– Oui.

– C'est bon de pleurer… ça nous vide du mal qu'on a… Je pleure souvent… mais pas devant Augure… il s'inquiéterait pour rien…

– Et pourquoi pleures-tu, Mabel ?

– Parce que… je me sens perdue sur la terre… Pas toujours, mais des fois… dans ce temps-là, j'essaie de mettre de la lumière dans ma vie… Oh, j'aime Augure et je me sens bien en sa présence, mais y a des étoiles que rien que soi-même on peut allumer… Pis je le fais une fois par jour… Je me donne un petit temps de bonheur… de lumière… C'est ma manière de prier… Je prie itou comme on prie, c'est sûr, mais…

– C'est la grâce de Dieu que tu trouves tous les jours, Mabel. T'es une bonne personne pis le bon Dieu te donne sa grâce.

– Il doit ben te la donner encore plus qu'à moé… parce que t'es une bonne personne toé itou… pis encore ben plus.

– Dis donc pas ça !

– J'sais pas si je trouverais le courage d'endurer c'est que t'endures, Marie, j'sais pas…

Amabylis soupira et riva son regard un moment dans l'eau courante. Marie commenta :

– On se dit ça, mais quand on a les pieds dedans, on le trouve, le courage de vivre dans l'épreuve. Tu vois, j'ai même trouvé le courage de renvoyer Georges pour qu'il se fasse une vie avec une femme en santé qui va lui donner des enfants en santé pis qui va pouvoir s'en occuper comme il faut.

– Mais ça te fait mal…

– Oui… autrement, on parlerait pas de courage.

Il se fit une pause et chacune se concentra sur l'eau et ses murmures. Puis l'Indienne parla :

– Demain, on reviendra icitte toutes les deux. Pis quand la cloche sonnera pour annoncer le mariage de Séraphie avec Georges, on se tiendra la main comme on le fait là. Pis le baume que ça va mettre sur ton cœur mettra de la lumière dans le mien.

– Y a trois mots que j'ai envie de te dire, Mabel.

– Je les écoute.

– Je t'aime beaucoup…

– Ben moé itou, je t'aime beaucoup…

Et le lendemain, lundi, 12 septembre 1887, Séraphie Grégoire épousa Georges Lapierre en la chapelle de Saint-Honoré. Et

Prudent Mercier fit sonner la cloche pour annoncer au monde cette union. Et le son de la cloche remplit le cœur de Marie Allaire et de son amie Amabylis Quirion.

Quelques larmes tombèrent sur le sol près de la roche à Marie où elles se perdirent pour se rendre au bout de quelques jours rejoindre l'eau bleue même la petite rivière diamantée.

∞∞∞

Marie ne devait plus sortir de la maison par la suite.

«J'ai pas la force d'aller à la messe,» disait-elle de dimanche en dimanche à Édouard.

Le premier dimanche d'octobre, Émélie et Honoré prirent le chemin du 9 avec bébé Alfred, un enfant vigoureux qu'on voulait montrer à Marie, sachant qu'elle n'en n'avait plus pour longtemps à vivre. Et pour lui offrir la joie de voir au moins une fois son neveu joufflu.

Marie qui ne les attendait pas était en jaquette dans la cuisine quand ils se présentèrent à la maison. Honoré ne détela pas le cheval: il l'attacha simplement au coin de la galerie, ce qui indiquait que le couple ne resterait pas très longtemps. On ne voulait pas trop exposer l'enfant.

Édouard se rendit ouvrir:

– J'savais pas que vous étiez pour venir aujourd'hui, mais c'est ben beau… rentrez donc tous les deux… on serait mieux de dire tous les trois…

Marie resta assise dans la berçante qu'elle occupait. Elle n'avait plus la force de se tenir debout et maintenant, il fallait que son père l'aide à se rendre de son lit à la chaise ou à la table où elle ne restait guère que cinq minutes chaque fois. Son visage disait la fin. Ses yeux vidés de tout éclat ne parvenaient même plus à exprimer son contentement, pas même un semblant de joie…

Et pourtant, elle en ressentit une très grande quand Émélie vint à elle et découvrit le bébé.

— Il te voit. Il te regarde, fit la mère en levant de joyeux sourcils.

Marie approuva par de petits signes de tête à peine esquissés puis son regard rencontra celui de sa sœur. Elles restèrent ainsi un moment à tout se raconter de leur vie passée par de simples lueurs qu'enfin put émettre, comme celles d'étoiles éloignées dans la nuit, la malade en réponse à celles si vives d'Émélie.

— Elle, c'est ma tante Marie, vint dire Honoré par-dessus l'épaule de son épouse.

— Et lui, c'est ton grand-papa, dit Émélie en présentant l'enfant à Édouard qui le regarda en esquissant un sourire.

Puis Émélie alla s'asseoir dans une autre berçante. En peu de temps, l'enfant qu'elle avait nourri avant leur départ et qui s'était endormi en venant, retrouverait le sommeil dont elle l'avait sorti sans qu'il ne rechigne, pour le faire voir éveillé à sa sœur.

— J'ai une grande faveur… à vous demander… à tous les deux, dit alors la malade.

— C'est quoi ?

— En retournant… arrêtez voir Mabel… Amabylis… pis Augure… pis montrez-leur le petit Freddé…

Émélie éclata de rire :

— Freddé ? Où c'est que t'as pêché ça ?

— C'est Jos qui a écrit ça dans sa lettre. Il dit que les bébés qui s'appellent Alfred aux États, on les appelle Freddy dans la vie courante…

— C'est pas une mauvaise idée, déclara Honoré qui s'approcha de sa femme et s'adressa à l'enfant aux yeux déjà refermés.

— Hein Freddé ? Qu'est-ce que tu penses de te faire appeler de même, hein ? Quasiment comme le cheval que j'avais. En réalité pareil…

— Moi, j'aime pas trop ça, maugréa Émélie. On l'a fait baptiser Alfred, pas Freddé…

– On va en faire un marchand général en tout cas, lui itou, hein, ma femme?

– Le bon Dieu le dirigera où c'est qu'il doit aller.

– Le bon Dieu, des fois, faut l'aider un peu.

Puis ce furent d'autres bons moments malgré l'état pitoyable de Marie qui avait tout le mal du monde à garder ses yeux ouverts. Émélie ne tarderait pas à proposer leur départ.

– On va laisser Marie se reposer ben comme il faut, là. Greyons-nous, Honoré, on s'en va.

– C'est quasiment rien qu'une saucette, votre visite, dit Édouard. Marie pourrait aller se coucher pis vous autres, vous pourriez rester encore un boutte…

– On a ben d'l'ouvrage qui nous attend au magasin.

– J'vous dis… la prospérité, ça coûte cher…

Et le couple s'apprêta à partir. Émélie s'approcha de nouveau de sa sœur et lui montra le bébé une dernière fois.

– Ben ben contente de votre visite, souffla la malade.

– Ben on va revenir te le montrer à mesure qu'il va grandir. Tu vas voir…

Marie regarda Émélie droit dans les yeux grâce à des velléités d'énergie qu'elle trouva au fin fond d'elle-même. Elle savait que ce serait la dernière. Émélie eut le même pressentiment, mais elle l'écrasa impitoyablement et le remplaça par une prière spontanée. Cela toutefois ne suffirait pas…

Le petit Freddé, lui, continua de dormir à poings fermés. Sa vie commençait à peine, tandis que celle de sa tante âgée de 20 ans, en arrivait à ses derniers jours.

∞∞∞∞∞∞∞∞

Chapitre 26

Samedi, 15 octobre 1887

Les feuilles colorées et sèches tombaient une à une, parfois en groupe de plusieurs, arrachées par un même coup de vent aux arbres en peine qui ne parvenaient pas à les retenir malgré leurs gestes allongés pour le faire. Octobre bien plus que novembre fait penser à la mort. C'est alors que la vie des végétaux se retire dans le sol et qu'ils ne laissent à la vue que leur tige fanée, leur tronc asséché de l'intérieur, leur coton sec ou même rien du tout. La vie s'enterre en octobre et parfois même, pour le mieux faire comprendre aux humains obsédés par novembre, il emprunte à l'hiver un manteau de neige qu'il dépose sans prévenir sur le sol pour quelques heures ou quelques jours.

Chaque jour qu'elle en avait la force, Marie se rendait, marchant quelques pas à la fois, de son lit à l'escalier où, comme au village dans la maison rouge, elle s'asseyait pour regarder ce que la nature offrait d'autre. En ce samedi, le quinze du mois, tandis que son père labourait sa chère terre, la jeune femme parvint à se rendre une fois encore jusqu'à l'escalier qui donnait sur une fenêtre. En chemin, elle reprit son souffle à plusieurs reprises afin de ne point le perdre à jamais. Et s'aida de sa canne. Une petite vieille centenaire n'aurait pas pu se faire plus maigre, ne se perdrait pas autant dans sa jaquette, aurait le visage moins sec et ossu. La consomption ajoutait un siècle aux 20 ans à peine sonnés de la condamnée à mort.

Tous les jours, elle crachait du sang maintenant, emplissant des linges et des linges que son père faisait bouillir dans un chaudron noir dehors afin qu'elle n'en manque pas. Il s'occupait de cuisiner seul depuis des mois et ne demandait plus à sa fille qu'une seule chose : qu'elle vienne à table manger. Une courte marche qui, disait-il, la maintenait à la surface de la vie.

De cette fenêtre, elle pouvait voir des arbres dispersés autour de la maison et au loin, la roche grise que le vent avait ornée de quelques feuilles mortes. Et, ce jour-là, un ciel incertain qui ne se décidait pas à déverser de la pluie ou à se dégager pour offrir le soleil et la brillance automnale.

Amabylis était venue la veille au soir comme tous les soirs depuis quelque temps, afin de soutenir le moral d'un être pour qui l'espérance ne pouvait plus porter sur des lendemains terrestres. C'est à elle que Marie songea en prenant place. Un court moment : une courte prière. On aurait le temps de se parler à sa prochaine visite. Puis elle pensa à ses cousines Leblond à qui, toutes les saisons, elle écrivait et dont elle recevait une lettre au même rythme. Alice et Cédulie allaient à merveille. Chacune avait trouvé sa propre voie et disait s'y complaire…

Des souvenirs d'enfance se posèrent sur le sol avec des feuilles tombées, images du temps de leur vie, à Émélie et elle-même, au sein d'une autre famille après la mort prématurée de leur mère. Aucun ne s'attarda et chacun de ces souvenirs laissa poliment la place au suivant dans sa mémoire.

Puis ce fut le rappel de son arrivée au cœur du village de Saint-Honoré en 1880, et cette vision de sa mère et Georgina sur le parvis de la chapelle dans l'embrasure de la porte centrale grande ouverte. Le curé Faucher avait eu beau dire plus tard qu'il ne s'agissait pas d'une scène prémonitoire, voici qu'arrivaient à expiration tout comme elle les sept ans annoncés par Pétronille de sa douce voix lointaine…

« Nous viendrons te chercher, Marie, nous viendrons pour t'emmener avec nous et tu trouveras la paix et le bonheur. Il ne se passera pas sept ans avant notre retour. C'est pour très bientôt. Tu n'auras pas peur. Mais tu auras mal… comme moi, comme Georgina… et puis tu seras libre pour toujours, avec nous deux et aussi ton frère Édouard et ta petite sœur Henriette. La forêt verte ne saurait te protéger, mais elle ne saurait te retenir non plus. Nous t'attendrons au paradis, Marie. Plus tard, bien plus tard, ton père viendra aussi puis, longtemps après, ce sera le tour d'Émélie et de Joseph. Et un jour, nous serons tous ensemble. Mais toi, tu seras la première à nous rejoindre, la première, la première… »

Marie qui avait fermé les yeux pour se souvenir de ces mots à la fois troublants et réconfortants les rouvrit. Son regard tomba sur elles, là-bas, entre deux arbres, qui lui souriaient et lui adressaient des signes de la main. C'étaient elles, la petite Georgina et Pétronille, toutes deux en jaquette blanche comme elle, resplendissantes dans la grisaille du temps, entourées d'un halo de paix et de bonté, et dont la seule vue avait pour effet de combler de bonheur.

« Nous sommes venues te chercher, Marie. Veux-tu venir avec nous ? » demanda Pétronille qui connaissait pourtant la réponse inscrite dans le cœur de sa fille terrestre.

Marie avait apporté avec elle comme chaque fois qu'elle se déplaçait dans la maison depuis des mois, un linge pour recevoir ses expectorations, et aussi son chapelet noir dont l'usage constant lui faisait entrevoir ses lendemains dorés du paradis. Le cœur battant, l'esprit tout entier à sa mère et à sa sœur, elle laissa tomber hors de l'escalier le linge, comme s'il était soudain devenu parfaitement inutile. Et elle prit le chapelet entre ses deux mains. Sa mère au fin et délicat sourire lui dit :

« Nous allons prier ensemble puis tu viendras nous retrouver si tu veux. »

Ce furent alors des *Ave* en litanie qui s'élevèrent dans le ciel comme les notes d'un chant sacré, la voix de Marie rejoignant celle de ses chères disparues au-dessus des arbres pour former le bouquet d'un hommage répété adressé à la sainte vierge des cieux.

Une pluie fine se mit à tomber, qui ajouta ses diamants et ses perles aux corps éthérés des visiteuses. Marie alors se sentit soulevée par la vertu d'une magie inconnue. Et attirée par les sourires de sa mère et sa sœur qu'elle percevait comme la grâce divine.

Voici que d'un jeune érable près des visiteuses se détacha une feuille d'or qui commença à se balancer dans l'air. La petite Georgina, dans de vifs éclats de rire, se mit à courir, bras tendus et mains ouvertes, pour la recueillir comme un trésor précieux.

Alors l'âme de Marie s'évada enfin de son pauvre corps en train de rejeter hors de lui-même avec la vie des jets de sang saccadés : trois de suite. Puis le corps chuta mollement comme la feuille qui venait de se poser sur les mains légères de Georgina.

Marie Allaire avait vécu…

∞∞∞∞

Édouard trouva le corps baignant dans son sang au pied des marches, visage contre terre. Il sut aussitôt que sa fille avait rendu l'âme. Il lui parut qu'il devait la changer de position pour lui donner celle du sommeil qu'elle avait tant espéré et appelé depuis que la grande maladie s'était déclarée. Et il la retourna. Les yeux étaient restés ouverts : il les referma. Puis il vit ses deux mains posées contre sa poitrine, retenant le chapelet qui les enchaînait et que pas la moindre goutte de sang n'avait souillé.

– T'es libre asteur que t'es avec ta mère pis les autres…

L'homme resta longtemps un genou à terre, à prier, à penser à ses enfants disparus, à Pétronille, à Marie-Rose. Et il pleura en silence. Des larmes tombèrent dans le sang tombé.

Un bruit le ramena à la réalité. Il se leva, se rendit à la porte. C'était Amabylis…

– Elle est partie, dit Édouard en levant les yeux au ciel.

– Ah!

– Je l'ai trouvée au pied de l'escalier dans son sang…

– J'en avait le pressentiment pour aujourd'hui, mais j'arrive trop tard… C'est ben de valeur qu'elle soye morte tu seule… mais… peut-être qu'elle l'était moins qu'on pense… pis qu'en fin de compte, j'arrive à l'heure qu'il faut.

– Veux-tu m'aider pour la préparer? On va exposer le corps sur la table. Ensuite, je vas demander à Joseph Dubé de me faire une tombe. Il en a peut-être dans sa grange qui feraient l'affaire. Au fond, n'importe quelle tombe pour Marie, ça ferait: elle demandait jamais rien pour elle.

L'Indienne suivit Édouard. Elle fut saisie par la scène, elle qui pourtant s'y attendait. Et se signa puis se rendit vivement à l'évier prendre un plat qu'elle remplit d'eau en pompant vivement. Puis avec le linge blanc tombé pas loin du cadavre, elle lava le visage qui, à mesure qu'elle le dégageait de la souillure écarlate, apparaissait de plus en plus serein.

Voilà qui leur parut à tous deux invraisemblable, impossible. Mourir de cette façon, les yeux devraient être révulsés, les muscles du visage figés dans le désespoir et la recherche d'oxygène; et pourtant non, il se trouvait une sorte d'aura de paix répandue sur tous les traits. On attribua ce miracle à la prière comme en faisait foi le chapelet intact.

– Elle était pas tu seule, dit Édouard. Elle était pas tu seule.

Puis on lui enleva sa jaquette. Le reste du corps fut nettoyé sur place, déplacé hors de la mare de sang et lavé encore jusqu'à ce qu'il ne reste sur Marie aucune souillure. Son père et Amabylis allèrent choisir une robe sombre dans sa chambre; on l'en revêtit. Tout se passa dans le plus grand silence. L'Indienne retourna à la chambre prendre un drap qu'elle revint étendre sur la table; Édouard ensuite y déposa le corps de sa fille qui lui parut ne pas peser plus qu'une simple feuille d'arbre séchée par le temps.

À la demande d'Édouard, Amabylis se rendit chez elle aller et retour afin de confier à Augure la tâche de se rendre au village prévenir Honoré qui se chargerait à son tour de faire savoir la triste nouvelle au curé et à Joseph Dubé.

– Ça sera pas requis d'avertir Joseph Dubé, fit le jeune homme affligé. Monsieur Allaire le sait pas, mais on en vend, des cercueils, au magasin. Sont entreposés dans le haut de la grange à côté des réserves de blé pis d'avoine. La tombe pour Marie, on va la donner : pas question que monsieur Allaire nous la paye !

La scène se passait à l'extérieur, derrière le hangar où Honoré travaillait seul à dégager le cours d'un canal d'égouts de surface. Affairée à l'intérieur, Émélie ne vit pas le visiteur. Et puis comme il en venait à toute heure du jour pour parler avec son mari, la présence d'Augure ne l'aurait pas inquiétée.

Augure ne s'attarda pas. Il reprit le chemin du retour et s'arrêta avant d'entrer dans les champs à la forge Foley où il annonça la triste nouvelle qui, de là, devait se répandre par toute la paroisse.

Honoré entra au magasin. Il se rendit au comptoir de service où jasaient Émélie, Restitue et sa fille Célanire.

– Excusez-moi, mesdames, j'aurais un mot à dire si vous voulez.

– On allait s'en aller, fit Restitue, la tête en biais.

– Non, restez. Faut que vous sachiez comme toute la paroisse… Émélie, c'est fini…

– La pauvre Marie est…

Il fit un signe de tête en soupirant.

– Quand ? demanda-t-elle en secouant la tête comme si elle avait voulu nier la réalité.

– Après-midi quelque part. Ton père l'a trouvée vers trois heures en revenant du labour. Pleurésie hémorragique. Je m'en vais le dire au curé. Ton père veut la faire enterrer lundi matin. Après le presbytère, je vas atteler pis charger un cercueil dans la voiture pour descendre au 9… si tu veux te préparer. La gardienne à Freddé va rester pour la veillée… on va avertir sa mère en passant.

– Va falloir revenir de bonne heure pour le boire du bébé.

Le visage d'Émélie était pétrifié, figé dans la douleur morale. Mais son cœur étreint retenait les larmes en son être profond. Et pour mieux leur faire barrage, elle proposa à ses clientes et visiteuses de réciter en l'accompagnant dans la prière un Pater Noster, tandis que son mari quittait pour se rendre à la maison presbytérale.

Puis elle dit :

– Si vous voulez venir au corps à soir ou demain… ou ben rien qu'aux funérailles lundi… c'est comme vous voulez…

– Nous autres, on va y aller demain, promit Restitue.

– Moé, je vas en parler à Onésime.

– En tout cas, on te présente nos condoléances, Émélie.

– Les miennes itou, enchérit Célanire.

Toutes deux serrèrent la main de la jeune femme en deuil. Elles percevaient sa douleur inapparente.

– Dire qu'on serait une famille de huit si le bon Dieu en avait pas rappelé cinq à Lui déjà… Mon frère Joseph-Édouard, ma mère Pétronille, ma sœur Henriette, ma sœur Georgina et là, ma sœur Marie. Reste mon père pis mon frère Jos des États qui sera même pas là pour l'enterrement même si on lui envoie un télégramme… Honoré est plus chanceux, lui, à part que son père en 78, personne est mort dans sa famille.

Émélie continua de parler, de dire tout ce qui lui venait au cœur afin de mieux abrier sa peine d'une couverture de souvenirs, de réflexions sur la vie et la mort, d'interrogations terre-à-terre sur le quotidien des jours à venir.

Il parut à Restitue qu'elle et sa fille devaient s'en aller pour laisser Émélie à son deuil, à ses pleurs secrets peut-être. Le respect leur commandait de la laisser au cœur de sa solitude : c'est là que se trouvait sa liberté en ce moment.

– On s'en va. On va te revoir demain au corps.

Et s'en allèrent. Émélie les suivit, verrouilla la porte du magasin. On ne la rouvrirait que le lundi midi après l'enterrement de sa sœur. Elle retourna au comptoir y écrire une note en noir : *fermé jusqu'à lundi pour deuil.* Et alla coincer le papier dans la vitre de la porte.

Revenue derrière le comptoir, elle s'assit sur le tabouret et posa ses bras sur le comptoir, et sa tête sur ses bras. Paroles et gestes de sa mère alitée lui revinrent à l'esprit depuis la nuit du vieux temps...

« Écoute-moé ben, ma petite fille. Grand-maman Josephte est pas loin, tu sais. C'est comme s'il y avait une porte invisible entre elle pis nous autres. Elle nous entend. Elle nous voit. Mais nous autres, on peut pas... Tu sais, peut-être que betôt dans pas grand temps, ça sera moé... qui sera partie avec grand-maman... Faudra pas que tu pleures. Parce que je vas être juste de l'autre côté de la porte invisible pis que je vas te voir pleurer. Pis te voir pleurer, ça va me faire de la peine. Tu comprends-tu ça, Émélie ? »

Pétronille s'empara de la main de la fillette et la serra entre les siennes :

« Tu vas t'en rappeler tout le temps de ta vie ? Quand y a quelqu'un que t'aimes qui meurt, faut pas que tu pleures... faut pas que tu pleures... faut pas que tu pleures... Quand y a quelqu'un que t'aimes qui va mourir, tu t'en iras quelque part où c'est que tu seras tu seule, pis là, tu te berceras, pis tu te diras : faut pas que je pleure, faut pas que je pleure, faut pas que je pleure... Parce que si je pleure, je vas faire de la peine à la personne chérie qui est partie, mais qui me regarde, qui m'entend, qui me sourit... »

Sa nature prit le dessus un moment et quand Émélie releva la tête, ses yeux luisaient, embrouillés. Il lui fallut ravaler maintes fois pour dégager un peu sa gorge de l'étau affreux qui l'enserrait impitoyablement. Elle avait d'autant plus de douleur qu'elle ne pouvait l'évacuer en pleurs.

∞ ∞ ∞

Ceux du village qui n'avaient pas encore appris la nouvelle de la mort de Marie le devinèrent quand ils virent Honoré et Émélie passer devant leur maison avec ce cercueil noir à l'arrière de leur voiture. On envoya des enfants guetter au chemin aux fins de savoir si les Grégoire entraient dans le rang 9. Et un soulagement général se répandit d'une demeure à l'autre. Soulagement de savoir que le bon Dieu avait enfin rappelé à Lui une personne souffrante et condamnée à mort. Soulagement de savoir qu'une jeune femme consomption et contagieuse ne ferait plus courir de risques à quiconque. Toutefois, Marie serait quand même regrettée et sa mémoire ne subirait pas le sort déplorable de celle de Jean Genest. Car elle était morte en bonne chrétienne, ce qui lui vaudrait une place de choix au milieu du cimetière.

Prudent Mercier prépara l'attelage du curé et le conduisit devant sa porte. L'abbé Fraser monta et à son tour, guère longtemps après les Grégoire, prit la direction du 9. Augure ne s'était pas arrêté chez lui et avait continué pour rejoindre sa femme chez les Allaire. D'autres, dont les Foley, se dépêchèrent de couper court à leurs activités pour manger tôt et pouvoir se rendre au corps après souper.

Il était proche six heures quand les Grégoire entrèrent dans la montée de la maison Allaire après avoir parcouru le chemin dans le plus profond des silences. Honoré détela à l'arrière et conduisit le cheval à l'étable tandis que sa femme l'attendait dans la voiture. Émélie, malgré toute la force morale que chacun lui connaissait, avait besoin du bras fort de son mari pour entrer dans la maison en deuil.

Édouard sortit. Il resta devant la porte arrière sans dire un mot. Son regard rencontra celui de sa fille aînée; ils se comprirent dans le chagrin profond. C'est Honoré qui devait parler le premier afin de faire émerger tant soit peu le cœur des Allaire de leur peine:

— On le savait que c'était pour arriver, que c'était proche d'arriver, mais on pensait pas que ça serait si vite... trop vite, ben trop vite.

Édouard se contenta de bouger la tête puis il ouvrit la porte et s'écarta pour laisser passage à sa fille et son gendre.

Émélie arriva devant le corps exposé. Elle s'approcha doucement de la table, d'un pas court mais sans hésitation. Et s'arrêta sur le côté, près de sa tête endormie éclairée par des lueurs de cierges posés autour par les soins d'Amabylis. À son tour, elle perçut cette incomparable sérénité sur le visage émacié, creusé par la maladie et figé par la mort. Comme si elle s'était envolée sur les ailes de la tranquillité. Dans un murmure que seule la morte pouvait entendre, elle dit:

– Bonjour, ma petite Marie!... Je sais que tu me vois pis que tu m'entends... Tu sais asteur pourquoi j'pleure pas... c'est pas que j'ai pas de peine, ça itou, tu le sais... tu sais que c'est plus fort que moi... C'est sur moi-même que je souffre... de me voir tu seule d'enfant Allaire... parce que Jos, c'est quasiment comme s'il était mort, parti si loin pour en revenir qu'une fois par trois, quatre ans... Toi, t'es libre pour toujours, tu vas jamais plus souffrir... t'as ben assez souffert ici-bas... t'as connu un sort cruel, tout le monde le dit...

Honoré jugea bon – et sa femme lui en exprimera de la reconnaissance plus tard – de rester un peu à l'écart afin que les deux sœurs puissent communiquer par le cœur et dans une même prière sans doute. Édouard fit montre d'une aussi louable discrétion en occupant le couple Bizier qui lui répondait à mi-voix tout comme il s'exprimait lui-même.

Émélie poursuivit:

– T'es avec Georgina, Henriette, Joseph-Édouard pis maman asteur, et vous devez nous regarder pour nous aimer. Ton visage est beau, Marie, on dirait que tu te reposes de toutes les douleurs endurées... T'as juste à lever les yeux pis tu peux voir le bébé couché dans son ber à la maison. Bénis-le et demande aux autres de le faire. J'aime vivre, c'est certain, mais j'aimerai mourir pour te rejoindre, toi, maman et les autres de chez nous. T'étais contente de me voir bien mariée… Honoré est un homme bon… des fois capricieux, mais avec un cœur grand comme la maison rouge… Suis si contente que t'aies pu voir mon premier bébé. Je sens que je vas en avoir d'autres. Bénis-les si tu veux ? Je sais que tu vas le faire.

Et elle continua de zigzaguer ainsi dans son propos, incapable de se concentrer et ce, pour mieux semer l'impitoyable sentiment douloureux qui la poursuivait et cherchait sans cesse à broyer son cœur tout entier.

Le curé ne tarda pas à s'amener. Émélie recula, lui laissa tout l'espace auprès de Marie pour que ses prières, plus fortes que celles du commun, atteignent plus sûrement les autorités du Ciel. Et elle s'assit aux côtés d'Amabylis…

∞∞∞∞

Ils vinrent au corps bien plus nombreux qu'on ne l'aurait cru, considérant la maladie qui avait emporté Marie. Peut-être les gens voulaient-ils croire que les microbes mouraient avec la personne qui les transportait pourvu qu'elle soit une bonne chrétienne et que sa dépouille fût bénie par le prêtre. Tout le dimanche après-midi, des visiteurs entrèrent par la porte avant et, après un moment de recueillement et de prière, repartaient par la porte arrière. Émélie et Honoré les recevaient devant, Édouard les remerciait derrière.

À la demande d'Émélie et son père, les Bizier restèrent tout le temps qu'ils voulurent et ne quittèrent les lieux que pour aller dormir. Ainsi, plusieurs paroissiens cesseraient de voir ce couple comme des gens bizarres, pas comme les autres, et qu'il fallait mettre de côté. Le terrain avait été magnifiquement préparé longtemps avant ce jour par Marie elle-même qui avait ouvert son âme si grande à celle d'Amabylis.

Lorsque tous furent partis ce dimanche soir, Édouard et les Bizier mirent le corps en bière. Le cercueil fut refermé et cloué par la main du père en deuil. Marie venait de disparaître à jamais de la surface de la terre. Au matin, une heure avant celle prévue pour les obsèques, Augure viendrait aider à transporter le corps, de la maison à la voiture.

Émélie et Honoré attendraient Marie devant la chapelle et leur nouvelle demeure voisine de la maison rouge.

∞∞∞∞∞∞

Chapitre 27

Lundi, le 17 octobre 1887

Amabylis, toute vêtue de noir, et Édouard prirent place dans la voiture de chaque côté du cercueil, assis sur la fonçure. Augure agissait comme cocher. L'on se mit en chemin par ce matin d'une limpidité lumineuse.

«Un beau jour pour se faire enterrer,» eût dit Marie Allaire la première.

Un ciel net allant d'un bleu angélique au-dessus des têtes au bleu ouatiné dans le cercle des horizons exhalait de l'air frais que transportait une brise légère le plus souvent imperceptible. Si on était loin de l'été, on se sentait encore loin de l'hiver.

Édouard qui possédait deux chevaux maintenant avait choisi le blanc pour conduire sa fille en terre. Par ce choix et d'autres, il voulait que soit enterrée à jamais dans l'esprit des paroissiens le souvenir de la consomption qui avait ruiné la vie de Marie et emporté son corps dans la tombe.

Le cocher prit sur lui de faire arrêter la bête sur le pont de la rivière afin que Marie, une dernière fois, puisse regarder l'eau transporter tous ces diamants de lumière que ses yeux avaient contemplés tant de fois et tant de temps. Des bijoux éclatants dont pas même une reine n'aurait pu se parer étaient ici offerts à celui qui voulait les voir pour orner son âme et embellir ses yeux. Augure en recueillit des milliers et des milliers tandis qu'Amabylis faisait de même. Édouard crut qu'ils priaient devant la roche à Marie et lui-même récita mentalement un *Ave*.

Le cocher enfin clappa et le pas du cheval sur le bois du pont ramena chacun à la réalité du moment. Édouard qui possédait une montre la fit jaillir de sa poche pour la consulter. Il savait la distance à parcourir et la vitesse réduite de l'attelage. On arriverait à temps sans devoir faire trotter le cheval. Alors il croisa les bras et s'engonça dans ses réflexions profondes en promenant ses regards sur la terre féconde.

Tout au long du voyage funèbre, Amabylis parla silencieusement à Marie dont elle se savait écoutée. Il fut question de petites choses du quotidien qui revêtaient une si grande importance par le fait de les savoir à portée de l'esprit de la défunte.

Augure, vu son infirmité aux deux mains, avait fort à faire pour garder les guides autour de son bras semi-valide. Mais il avait développé des habiletés particulières et pouvait avec les deux doigts d'une seule main demander à la bête de prendre la direction qu'il voulait. Édouard ne prit pas inquiétude. De toute façon, le cheval allait droit d'instinct. Et à l'embranchement de la rue principale du village, il aurait pu tourner dans le bon sens vu sa mémoire bien imprégnée des tenants et aboutissants de ce trajet.

Des femmes sortirent des maisons et firent le signe de la croix. D'autres s'agenouillèrent au passage du corps. Peu d'hommes se montrèrent, retenus par leur travail aux champs, au moulin à scie ou autre part.

Un petit groupe attendait devant la chapelle. Honoré n'avait eu aucun mal à recruter six hommes afin de porter à l'épaule le cercueil dépourvu de poignées. Il faudrait l'entrer dans la chapelle puis l'en faire sortir après le service funèbre pour le reconduire au cimetière à la fosse du repos éternel. L'un d'eux signala aux autres la venue de la voiture. Les paroles se firent murmurantes. Les gestes montèrent de quelques crans dans l'échelle de la dignité et de la réserve.

De l'autre côté de la rue, devant leur résidence, Émélie et Honoré, dans leurs vêtements noirs, attendaient sans broncher, sans dire, sans voir, enfermés dans un état de prière, prostrés, figés dans des sentiments qui depuis deux jours s'étaient décantés pour laisser en chacun la clarté revenue grâce aux souvenirs lumineux laissés par Marie et toute sa vie d'espérance.

Plusieurs s'étonnèrent de voir Augure mener l'attelage. Après tout, n'était-il point un mendiant venu d'ailleurs, marié à quelqu'un d'une autre race ? On s'y fit. En fait, on l'oublia sitôt constaté. Et toute l'attention fut donnée à l'ensemble et à chacune des images que présentait ce convoi d'une seule voiture.

Prudent fit sonner le tocsin. Trois coups espacés. Leur son lugubre se transforma par la magie du soleil en des notes plus légères invitant à la sérénité et accompagnant les derniers pas retenus du cheval blanc. Le curé reçut le signal et s'amena à l'entrée de la chapelle dont on ouvrit la porte pour y bienvenir au nom du Seigneur la dépouille de la jeune personne décédée.

Amabylis et Édouard descendirent. Émélie et Honoré s'approchèrent lentement. Les porteurs, les frères Rémi et Ferdinand Labrecque, les cousins Esdras et Jean Jobin junior (17 ans), Onésime Pelchat (23 ans) et Onésime Lapointe descendirent les marches et retirèrent le cercueil qu'on transporta à l'épaule vu l'absence de poignées. La tombe étant de cèdre et le corps de rien, ce fut charge légère pour chacun. Le curé dans l'entrée l'aspergea d'eau bénite et de prières, puis il fit demi-tour. Outre Marie, ses porteurs et ses proches, dont Amabylis et Augure, on put apercevoir parmi les fidèles venus sympathiser et prier, Henri Jobin et son épouse Restitue, leur fille Célanire dont l'époux était porteur, le couple Bégin, Maxime et Mathilde, Joseph et Lucie Foley, Grégoire Grégoire et son épouse Séraphie, des Bilodeau, des Beaulieu, des Lapointe, des Lambert, des Cloutier et jusque le couple François-Xavier Blais et son épouse Zoade, venus de Saint-Éphrem-de-Tring. Mais pas d'Obéline Racine retenue par son travail de maîtresse d'école ni de Georges Lapierre retenu par un motif inconnu dont on devinait toutefois la vraie nature.

La cérémonie eut lieu. L'abbé Fraser se fit bref. La dépouille n'était quand même pas celle d'un père ou d'une mère de famille. Le deuil avait moins de poids. Le prêtre savait Marie pieuse de son vivant, mais ignorait la grandeur de sa belle âme. Il écourta son homélie sous le prétexte annoncé que les fidèles avaient leurs travaux lourds d'automne à accomplir. Et ne dit rien du cœur de Marie, de sa roche, de sa rivière, de sa souffrance offerte, de ces diamants qui brillaient dans ses yeux quand elle regardait un être humain ou de l'eau qui coule.

Et le cercueil prit le chemin de la sortie puis du cimetière. Personne ne put voir, car embusqué derrière le hangar de la maison rouge, Georges Lapierre qui s'était tenu dehors sous les arbres près de la chapelle durant la cérémonie, là même où grâce à Marie, il avait fait un grand rêve devant les premières feuilles tombées le jour du mariage d'Émélie en septembre 85. Et voici que devant les dernières feuilles tombées de cet octobre 87, il venait d'assister par le cœur et par l'esprit à un rituel funèbre le séparant à jamais de Marie plutôt qu'à un rituel nuptial l'unissant à elle pour toujours.

Malgré la présence de Séraphie Grégoire dans sa vie, il continuait d'aimer Marie Allaire et savait qu'il l'aimerait pour l'éternité.

Il assisterait à distance à l'inhumation proprement dite puis quand tous auraient quitté les lieux de l'enterrement, il irait jeter quelques mots en fleur sur la tombe.

Quelques prières et bénédictions s'ajoutèrent aux autres de la chapelle puis les porteurs firent descendre le cercueil dans la fosse à l'aide des câbles qu'Honoré avait fait mettre sur le tas de terre la veille.

Alors que l'on commençait à se disperser et qu'Édouard allait prier sur Marie-Rose apparurent Obéline et sa classe pour la plus grande joie d'Émélie. On laissa tout l'espace autour de la fosse aux écoliers puis la maîtresse leur fit réciter des *Ave* pour ensuite réciter seule le De Profundis en français.

Après le dernier amen, les enfants furent renvoyés chez eux et leur maîtresse resta avec Émélie tandis qu'Honoré s'en allait au magasin avec Édouard. Elles se parlèrent des derniers mois de Marie, du bonheur que son visage reflétait dans la mort, de la douceur de ce temps d'automne. Alors se produisit un événement qu'une âme trop sensible aurait cru relever du miracle. L'on vit venir un homme qui fut aussitôt reconnu et qui enjamba la clôture séparant le terrain des Grégoire de celui du cimetière. Il salua de la main sans dire un seul mot aux deux femmes étonnées et s'approcha de la fosse, casquette écrasée sur sa poitrine afin de cacher que c'est son cœur que son poing comprimait. On l'entendit murmurer, et pas loin d'aussitôt s'amena à sa suite, sur des pas aériens, la chatte Mousseline à la brillante fourrure.

– Mais c'est la belle Mousseline! s'exclama Obéline.

– Je l'ai jamais vue dans le cimetière, fit Émélie qui, elle aussi, observait la scène avec curiosité et tendresse.

– Manquable qu'elle doit venir la nuit: c'est un beau terrain de chasse au mulot.

Elles se turent. L'animal contourna la fosse, évitant soigneusement la terre humide et reniflant toutes choses, et vint se frotter contre la jambe de Georges qui se pencha et le prit dans ses bras.

– Allons-nous-en! suggéra Émélie qui toucha son amie à la manche.

– T'as raison: laissons-le à son chagrin…

Elles s'éloignèrent en jasant de choses relevant du quotidien, de la vie courante. Voilà qui conduisait déjà Émélie sur le chemin de ce nouveau deuil vers une paix de l'âme qu'elle savait vouloir pour elle tous les siens disparus, surtout Marie. Et puis elle songea à son bébé: c'était bientôt l'heure de son boire…

Les souvenirs malheureux se bousculaient dans l'esprit de Georges. Et les souvenirs heureux se chargeaient de tristesse à cause des funestes circonstances. Il continuait de ne pas comprendre pourquoi Marie l'avait poussé malgré lui à un état de bonheur dont elle était absente. Un jour peut-être comprendrait-il qu'elle était devenue une fleur vivace dans son être profond et y demeurerait toujours, peu importe le temps écoulé depuis cet enterrement si pénible à voir.

Émélie enleva son chapeau qu'elle posa sur une tête de bois sur sa commode. Elle s'assit sur son lit un moment pour penser à Marie. Et songea qu'elle n'avait aucun souvenir d'elle, aucun objet comme sa croix de bois ou la mèche de cheveux de Georgina qu'elle puisse chérir toute sa vie durant et qui lui permette de parler à la disparue concernée. Alors elle sortit de la chambre et demanda à Honoré et à son père de venir.

Après qu'elle leur eut parlé, ils prirent un marteau dans le hangar et retournèrent au cimetière. Georges revint à la réalité et mit la chatte par terre. L'animal s'en alla sans hâte entre les croix. Georges répondit à leurs salutations et les regarda faire comme s'il s'était agi de violeurs de sépulture.

— Je vas y aller, moi, fit Honoré qui s'accroupit près de la fosse puis s'y laissa glisser jusqu'à poser le pied sur le cercueil.

Il prit le marteau que lui tendait son beau-père et s'agenouilla sur la boîte qu'il décloua avec les oreilles de l'outil. Puis il parvint à décentrer le couvercle et à insérer sa main à l'intérieur.

— Quoi c'est que vous faites là? se scandalisa Georges.

— Attends un peu, tu vas voir, lui dit Édouard qui avait mis un genou à terre et attendait.

La main d'Honoré lui tendit bientôt le chapelet de Marie.

— C'est pour Émélie, dit-il. Elle voulait le garder et on a oublié de le prendre hier soir avant de fermer la tombe.

— Mais... pourquoi que vous lui laissez pas?

Tandis qu'Honoré clouait de nouveau le couvercle, Édouard se leva et mit la main sur l'épaule du jeune homme qui protestait:

– Marie a pus besoin d'un chapelet pour le dire. Elle peut parler directement à la sainte Vierge asteur. Émélie en a besoin, elle, pour se rappeler, pis pour parler à Marie... Pis si jamais tu veux le prendre dans tes mains, le chapelet, ben t'auras qu'à voir Émélie: elle va pas te refuser ça, même que ça va lui faire ben chaud au cœur...

Ça aussi, Georges avait du mal à le comprendre. Il mettrait du temps à y parvenir...

∞∞∞∞∞∞∞∞

Chapitre 28

1888

C'était un beau jeudi, ce 21 juin, au bout d'un printemps de fraîcheur et à la feuillaison précoce. Attablés devant leur repas du soir, Émélie et Honoré ne mangeaient pas encore de ce que la jeune femme avait préparé et mis sur la table, et s'intéressaient au bébé Alfred qui se traînait à quatre pattes sur le plancher de bois sablé à la main par elle pour éviter aux bébés, celui-ci et les autres à suivre, de s'érafler la peau ou bien de se piquer d'échardes douloureuses.

— Quand est-ce que tu vas te mettre debout, mon p'tit Freddé, hein ? lui dit son père que l'enfant arrêté regardait avec curiosité.

— Le seul reproche que je fais à Marie... à ma pauvre petite Marie, c'est d'avoir surnommé Alfred Freddé.

Si la jeune femme avait pu, à force de volonté affirmée, obliger à peu près tout le monde tout le temps – à l'exception de son père qui s'oubliait parfois – à l'appeler Émélie au lieu de ce Mélie indésirable que dans son esprit elle associait à ce méli-mélo qui ne la caractérisait surtout pas, il lui était impossible de rendre ce même service à son fils aîné et seul enfant pour l'heure. Elle regrettait même de lui avoir donné le prénom d'Alfred. Le pire, c'est que le bébé réagissait bien mieux à l'appel de Freddé qu'à celui d'Alfred...

— C'est pas grave, Émélie, quand il va grandir, ça va changer. Personne va l'appeler Freddé plus tard.

– Tu m'en diras tant! Le Napoléon Dulac que tout le monde appelle Cipisse, on sait pas pourquoi. Il l'a dit au magasin, que tout le monde l'appelle de même depuis aussi longtemps qu'il s'en souvienne. C'est pareil pour Cyrille Martin... un p'tit gars de 8 ou 9 ans... pourquoi qu'on l'appelle «bourré-ben-dur»? C'est épouvantable de surnommer les gens comme ça. Octave Bellegarde... Ti-Tave... ça va y rester le reste de sa vie... Pis ce pauvre Elzéar Racine surnommé Tine... Je l'ai dit à Obéline pour qu'elle le dise à son monde, mais...

– Tu t'en fais pour rien, pour quasiment rien. On pense pas à ça. Ça ôte rien à notre p'tit Alfred de se faire appeler Freddé, voyons donc!... Pis son autre nom, c'est Napoléon... comme Cipisse Dulac... Tout le monde dirait Poléon... ou Palon... ou Cipisse, on sait jamais... Oublie ça, c'est rien pantoute... Bon, ben on va manger un peu.

En même temps, il déplia le journal de l'avant-veille, le plus récent qu'on ait reçu, et secoua la tête.

– Ah ben Cipisse! Ça brasse encore à Mégantic!

– Comment ça?

– Un meurtre en plein village lundi après-midi. Deux hommes qui se sont affrontés au revolver. Un d'eux autres, c'est la fameux cow-boy qui se promenait partout en faisant son fantasque...

– Tu m'en as déjà parlé l'année passée.

– Pis l'autre un shérif adjoint du nom de Jack Warren, un Américain.

– Lis-moi ça si tu veux!

– C'est long pas mal... je vas te le conter comme ils le content là-dedans.

– Comme ça, tu vas l'apprendre quasiment par cœur pis tu vas pouvoir en parler en toute connaissance de cause à la boutique à Foley tout à l'heure.

– Quen, mais c'est une bonne idée: ça fait longtemps que j'ai pas veillé à la boutique de forge.

– Quand tu vas pas chez Foley, tu vas chez Racine.

– C'est un reproche?

– Aucunement. Ton temps t'appartient d'abord à toi, pis à ta famille ensuite.

– Pis le magasin, lui?

Elle lui adressa un regard ironique et un fin sourire:

– Tu le mets quelque part entre les deux... Comme la passerelle entre la maison rouge et ici...

Il éclata de rire, mais il y avait de la retenue et du doute dans le son du ton. Et il commença de manger son mélange de sauce blanche aux œufs et de patates en robe de chambre qu'il ne déshabillait pas avant de les consommer en arguant que le meilleur se cache dans les pelures.

– Tu veux que je te le conte?

– Je t'écoute. Le bébé joue avec ses bebelles de bois: on va s'entendre.

– Y a la maison pis la grange des Duquette qui ont passé au feu. Tout le monde a pensé que c'était Morrison. Un juge a émis un mandat d'amener. Mais le shérif Edwards, il se forçait pas pour appliquer la loi. Un juge de paix de Compton a fait assermenter l'Américain Warren comme shérif adjoint malgré Edwards. Ça faisait des semaines que Warren pourchassait Morrison... Sais-tu, on se croirait au Far West tandis que ça se passe tout proche de nous autres...

– C'est pas à la porte, Mégantic.

– Ben non, Émélie! En droite ligne, à vol d'oiseau par-dessus les concessions, on est à vingt-six ou vingt-sept milles de Mégantic. C'est collé.

– Le problème, c'est que par train, faut passer par Sherbrooke.

– Ça va venir, la ligne Scott-Mégantic: monsieur Mercier va tenir ses engagements. D'ici à 1890, on va l'avoir.

– Il manque d'électeurs dans notre coin, c'est pour ça...

– Continuons d'être des bons libéraux pis un jour, ça va nous rapporter quelque chose, tu vas voir.

– Monsieur Mercier, il se dit du parti national.

– Tout le monde sait que c'est un libéral dans le fond.

– Bon, pour en revenir à ton histoire de Mégantic, là?...

– Là, lundi de cette semaine, Warren aurait piégé Morrison. Il aurait annoncé à tout le monde dimanche qu'il allait à sa poursuite dans le bout de Scotstown tandis qu'il serait resté en ville en espérant que le cow-boy se pointe le nez. Pis c'est arrivé comme prévu. Les deux hommes se sont fait face en plein village. Y a eu un duel au pistolet. Warren a mordu la poussière. Mort raide sur la rue principale. Morrison a sacré son camp. Asteur, c'est un fugitif. Y a un mandat d'arrestation émis contre lui. D'après moi, il va se sauver dans l'Ouest où c'est qu'il a vécu durant six ans avant de revenir pour faire justice à son père. Il va disparaître à jamais de Mégantic...

Et voici que l'horloge placée dans un coin sonna les coups de six heures du soir. En même temps, l'angélus convia chacun à un bref moment de recueillement. Puis Émélie mit sur la table un autre sujet que celui du cow-boy de Mégantic:

– Faudrait régrandir le hangar du magasin. Depuis qu'on a déménagé que j'y pense: j'voudrais faire de notre ancienne chambre un beau salon au lieu que de s'en servir comme on le fait pour entreposer du stock.

– Moi, j'ai pensé après qu'on a déménagé la maison icitte qu'on bougerait pas à moins de bâtir un vrai gros magasin avec une vraie grosse maison à côté. Comme à Lévis. Comme à Sainte-Marie. Comme à Saint-Georges.

– Tu sais ben qu'on est pas prêts pour ça, nous autres. Ça prend des bidous pour une construction pareille.

– On empruntera...

– Trop emprunter quand on n'a pas les reins assez solides, c'est se mettre en péril, tu le sais.

– Ça prend de l'audace, c'est tout. Non, mais verrais-tu ça quelqu'un qui surviendrait pis qui bâtirait de magasin flambant neuf, grand comme j'te le dis... Faudrait fermer nos portes, nous autres.

– Qui c'est qui pourrait faire une chose pareille?

– J'ai entendu dire que Thomas Champagne en aurait parlé sérieusement.

– Ça se fera jamais tant que les gros chars passeront pas à Saint-Évariste. Pis là, c'est nous autres qu'on va se bâtir un gros magasin.

Animé par la fougue de sa jeunesse, Honoré avait besoin pour le tempérer un peu, de l'esprit calme et posé de sa jeune épouse. Plus jeune d'un an, Émélie devançait son mari de dix ans au moins en maturité. Et il le sentait. Et le plus souvent, il finissait pas suivre son idée à elle.

À son tour de faire un coq-à-l'âne, il dit avec une moue d'étonnement dans le visage:

– En tout cas, il s'en est passé depuis un an! Changement de curé... le curé Fraser est homme de progrès. Changement de maire... Ferdinand Labrecque est homme de progrès... Changement de premier ministre... Honoré Mercier est homme de progrès...

– Changement de maison... Honoré Grégoire est homme de progrès.

– Pis des mariages en masse... Notre Georges Lapierre avec Séraphie... Et j'ai su par mon frère Grégoire que son Octave se marierait avec la Célanire Bougie avant la fin de l'année. Sans compter Joseph Poirier qui a marié Marie Fontaine... Pis qui encore... ah oui, Arcadius Bilodeau avec Edwidge Beaudoin, la fille à Elzéar.

– T'oublie la fille du maître de poste, Amazélie Tanguay qui s'est mariée avec Philippe Lambert le printemps passé.

– Ça va peupler, ça va peupler! Va falloir ouvrir d'autres rangs. Du long des lignes numérotées 6, 4 pis 2, y a des bonnes terres à défricher comme c'est pas pensable. Malgré que le 2, lui, soit pas rattaché au canton de Shenley... ça fait partie de Marlow.

– Autrement dit Saint-Martin.

– C'est ça.

Ils continuèrent de manger, mais en silence pour un temps puis Émélie s'arrêta de mastiquer et soupira, un triste regard vers le passé:

– Dans les grands changements, faudrait pas oublier non plus les décès.

– C'est pas mieux de les oublier, tu penses Émélie? fit le jeune homme sur le ton de la tendresse.

– C'est ce que j'ai fait, tu le sais ben. Mais le deuil, il vous en revient toujours des morceaux dans le visage. C'est comme des petites tempêtes après la grande sur l'océan de la vie où vogue votre frêle bateau...

– Hugo écrivait: frêle esquif.

– Dans le fin fond de nous autres, c'est mieux d'y penser de temps en temps; ça nous aide à vivre mieux les difficultés qu'on rencontre au jour le jour.

– C'est ben certain, mais... J'me sens pas capable de comprendre ce que t'es capable de comprendre à cause de ce que t'as traversé... des tempêtes dans la vie d'Émélie Allaire, c'est pas ça qui a manqué. Tandis que moi, j'ai beaucoup reçu sans le payer trop cher...

– Que tu t'en rendes compte, c'est beaucoup déjà...

S'adressant à son fils, Honoré dit joyeusement:

– Pis jusque le p'tit Freddé qui nous a été donné gratis, hein Freddé... hein Alfred?

Assis au milieu de la place dans la clarté abondante venue de fenêtres généreuses, l'enfant aux yeux bleus et aux bajoues rosées avait l'air de questionner ses parents. Il finit par sourire timidement à son père. Puis à sa mère.

Et la conversation reprit à bâtons rompus.

Quelqu'un vint l'interrompre à la fin du repas, qui frappa à la porte et désirait acheter quelque chose au magasin. Il avait été établi comme politique qu'on ne refusait pas d'aller servir un client qui, même s'étant rivé le nez dans la porte de la maison rouge et les yeux sur les heures d'ouverture et de fermeture du magasin, osait venir relancer les propriétaires à leur maison privée. C'est que son achat avait un côté urgent et on ne voulait pas le mécontenter par un refus direct et parlé.

Comme c'était Joseph Foley en plus, un si bon voisin, pas question de ne pas lui répondre.

– Auriez-vous des linges pis j'voudrais acheter aussi du savon de Castille : ma femme est sur le bord d'acheter...

– Déjà ? s'étonna Émélie. Elle m'avait dit que c'était pour le mois de .

– Semble que ça va être plus vite qu'on pensait.

– J'y vas. Entrez, pis suivez-moi, on va aller au magasin par la passerelle. Peut-être que dans ce temps-là, Honoré pourrait aller chercher madame Restitue ? De quoi c'est que vous en pensez, monsieur Foley ?

– Une bonne idée, ça, dit Honoré qui se leva à son tour de table. Mais faudrait que t'emmènes le p'tit Freddé avec toi au magasin, Émélie.

– T'inquiète pas, je m'en occupe.

Mieux qu'une collaboration au niveau du magasin, les Grégoire se rendirent chez leur voisin quand la sage-femme fut venue. Tandis que sous la conduite d'Honoré, Joseph (fils) et Mary, maintenant âgés respectivement de 7 et 6 ans emmenaient avec eux à la maison Grégoire leurs petits frères William, 4 ans, et Arthur, 2 ans, Émélie assista à la naissance de leur cinquième enfant qui serait baptisé le lendemain sous le prénom de Philias.

Cinq enfants dans sept ans, Émélie trouvait que c'était beaucoup. Elle se demanda non sans inquiétude combien elle-même en aurait. Puis soupira en se disant qu'il fallait accepter la famille que le bon Dieu donne... toute volonté devant se soumettre entièrement à la sienne...

∞∞∞∞∞∞∞

Chapitre 29

Le jour suivant…

Le curé Fraser croyait qu'il fallait embrigader les fidèles dans des organisations paroissiales et les embarquer dans des coutumes pieuses pour les mieux guider encore vers leur salut éternel. L'une de ces coutumes s'appelait la Confrérie du St-Rosaire et avait été fondée à Saint-Hyacinthe par l'Ordre des frères prêcheurs. Son inspirateur avait été le frère Dominique Jacques, un personnage que fascinait la récitation fréquente du chapelet et surtout du rosaire.

Le pivot de cette Confrérie consistait en une promesse solennelle : celle de réciter le rosaire le 27 de chaque mois à l'église ou à la maison. L'abbé voulait qu'un autre que lui organisât la première manifestation publique de la dite Confrérie et le meilleur homme pour le faire en grand, c'était dans son esprit Honoré Grégoire. Si Mercier avait demandé à ce jeune homme instruit, fervent catholique et au service du public à cause du magasin, de travailler à de l'organisation électorale en sa faveur, personne mieux que son voisin d'en face, songea le prêtre, ne serait capable de réunir le maximum d'associés, c'est-à-dire de participants à cette pratique magnifique.

Et bientôt, de la forêt de Saint-Honoré, s'élèverait vers le Très-Haut et surtout la vierge Marie une gerbe de prières composée de fervents *Ave*, de Pater ardents, d'invocations humbles et belles.

Tel était le rêve du curé Fraser ce soir et cette nuit-là. Le matin suivant, il traversa à la maison rouge et y entra pour exposer son désir, ce qu'il fit en présence d'Émélie.

La réponse d'Honoré fut favorable. Il dressa aussitôt un plan dans sa tête. Tout d'abord, il fallait ériger une plate-forme genre hustings du côté ouest de la sacristie. Et c'est là, un soir prochain que tous les paroissiens qui le désiraient défileraient pour promettre devant les autres de réciter le rosaire toute leur vie chaque 27 de chaque mois comme le voulait leur adhésion à la Confrérie du St-Rosaire.

Si de 50 à 100 personnes se présentaient, on pourrait se féliciter du résultat. On n'en espérait pas tant...

Les deux hommes se parlèrent aussi de politique. Il fut question du premier ministre Mercier qui venait de se nommer lui-même Commissaire de l'Agriculture et de la Colonisation, ce qui, selon Honoré, accélérerait le projet de la ligne de chemin de fer passant par Saint-Évariste, à quatre milles de Saint-Honoré.

Cette fois, le prêtre et le jeune marchand s'entendirent sur toute la ligne. On utiliserait une partie du bois destiné à la construction d'une maison mais qui n'avait pas servi en raison de l'achat d'une autre, bois scié l'année d'avant et empilé près de la grange, pour élever la plate-forme qui serait permanente et pourrait avoir d'autres usages que celui de la fondation du pieux mouvement paroissial.

— Je vais demander aux frères Dubé de nous fournir les hommes pour bâtir la plate-forme.

Ce faisant, Honoré calculait que parmi les autres usages dont on avait parlé de manière générale, se trouverait celui de la tenue d'assemblées politiques quand viendrait le temps des élections. Joindre l'utile à l'utile, et pourquoi pas !

— Et dimanche, je ferai l'annonce en chaire... je dirai que vous allez, mon cher Honoré, vous adresser aux fidèles sur le parvis de notre église...

Émélie qui les écoutait tout en écrivant quelque chose, redressa la tête sans exprimer son objection.

– Je le sais, reprit le prêtre, tout le monde dit toujours chapelle, mais moi, je pense que notre chapelle, c'est notre église.

La jeune femme pensa qu'il avait tort en faisant cela. En ce sens que le fait de désigner la chapelle par le nom de chapelle tisonnait dans la tête des gens l'idée de bâtir une vraie église appelée à durer 500 ans et qui répondrait aux besoins de la paroisse ad vitam aeternam. Tandis que désigner la chapelle sous le nom d'église produisait l'effet contraire. Mais ce n'est pas elle qui oserait expliquer une chose pareille à son curé.

– C'est bien, c'est très bien, dit Honoré, ça nous donne une meilleure image de notre paroisse.

Puis il fut de nouveau question de Mercier et de son gouvernement, et particulièrement de son sous-ministre de la colonisation, le curé Labelle de Saint-Jérôme, connu aussi par son surnom le Roi du Nord, bâtisseur de chemins de fer et apôtre zélé de la colonisation.

Et c'est avec un grand étonnement que le curé Fraser put entendre le jeune homme réciter par cœur un texte du curé Labelle :

«*Le Canadien est essentiellement colonisateur; l'histoire depuis plus de deux cents ans le démontre de toutes manières. Mais le Canadien n'est colonisateur, dans le sens pratique du mot, qu'à condition que la colonisation marche avec la religion. De là le double rôle du clergé dans ce pays : conduire les âmes au ciel et les défricheurs à l'entrée des forêts vierges. Le colon, en apercevant le clocher dans la forêt, entrevoit, dans un temps rapproché, l'augmentation de la valeur de sa propriété et l'arrivée du médecin, du notaire, du marchand, du moulin, etc. Faites vivre un prêtre dans un canton, construisez une modeste chapelle pour y dire la messe et la colonisation de cette municipalité se fera comme par enchantement.*»

Le curé Fraser en avait les larmes aux yeux pour plusieurs raisons. Tout d'abord la teneur du texte. Et puis son auteur, un curé. Et le fait qu'Honoré soit capable de le réciter aussi aisément. Enfin, il se félicitait de son choix de ce jeune homme pour monter la Confrérie dans la paroisse. Sûrement qu'on aurait cent « associés »…

Il retourna au presbytère, heureux de sa visite, tout en sachant qu'il manquait tout de même un atout dans le jeu d'Honoré pour réussir l'entreprise qu'il lui avait confiée : les prières de son curé. Qu'à cela ne tienne, il se mit aussitôt en état de prière…

∞∞∞∞

Pour le seconder, Honoré demanda à un villageois, Aristide Blais, un jeune homme qui travaillait au moulin à scie de Théophile Dubé, de répandre la nouvelle et de promouvoir l'événement à venir.

Ce dimanche, le 24 du mois, le curé glissa en chaire un mot de la Confrérie aux fidèles et les invita à se rendre voir la plate-forme construite la veille, d'où Honoré Grégoire s'adresserait à eux pour les inviter à adhérer au regroupement.

Près de cent personnes se rendirent à l'invitation du prêtre et bientôt Honoré les harangua. Il leur parla de la valeur de la prière collective. Du bien qu'ils feraient à leur curé en adhérant nombreux à la Confrérie. De l'argent de prière mis en banque pour le Ciel.

« En cette fête des Canadiens français, devait-il conclure, faisons valoir tous ensemble notre attachement à notre religion catholique toujours sous la menace de fanatiques protestants. Et l'un de nos plus importants remparts est la prière. Voici notre chance d'en élever un nouveau encore plus épais et ça s'appelle le rosaire. Je vous attends tous et tous ceux à qui vous le direz mercredi soir le 27. Et chacun devant tous fera la promesse solennelle de réciter son rosaire de la bonne manière tous les 27 des mois et des années qui suivront. À mercredi tous ! »

∞∞∞

Les résultats furent bien plus qu'inespérés : la place était noire de monde en ce soir de l'inauguration de la Confrérie. Presque toute la paroisse se trouvait là. Et il n'était plus question de faire réciter la promesse solennelle à chacun des «associés» ou bien on ne finirait pas avant les petites heures du matin. Conférant avec l'abbé Fraser, Honoré suggéra de faire défiler quinze personnes sur le hustings, une pour chaque dizaine d'*Ave* d'un rosaire et de leur faire dire leur promesse puis de faire suivre par celle de tous les fidèles à la fois, celle-ci étant alors l'apanage du curé pour plus de poids.

Et ce fut fait ainsi. Honoré désigna au hasard des volontaires à main levée et quand le premier, Onésime Lacasse, fut sur la plate-forme, il lui fit répéter après lui chaque groupe de mots de la promesse :

– Moi, Onésime Lacasse… je promets… de réciter mon rosaire… à l'église ou à la maison… seul ou en famille… tous les 27 de chaque mois… tant que je vivrai… pour la protection… de ma sainte religion… de ma foi catholique… de mon peuple canadien-français… Par cette promesse… je deviens membre… associé… de la Confrérie du St-Rosaire… Amen…

– Moi, Restitue Jobin…

– Moi, Obéline Racine…

Émélie qui assistait, son bébé dans ses bras, demeurait sceptique. Elle avait beau être croyante, il lui apparaissait dans cette «pieuserie» quelque chose de vain, de vide, d'excessif. Ce n'est pas ainsi qu'elle se voyait en relation avec le bon Dieu, car pour elle, penser à l'au-delà, c'était penser à ses chers disparus, c'était penser à sa mère, c'était penser à Georgina et c'était penser à Marie que, les yeux fermés, elle imaginait lui sourire de là-haut… Son mysticisme à elle n'était pas celui des formules pieuses répétitives même si elle s'y adonnait par habitude. Mais elle ne s'opposait pas à ceux qui comme sa sœur décédée passaient par la piété enfantine pour aller à leur Créateur. À chacun sa manière!

On était à la brunante. Une longue filée de voitures attendait le long de la rue et des deux côtés, l'une depuis le Grand-Shenley et jusqu'à la chapelle, et l'autre dans le sens inverse depuis la chapelle jusque vers chez Aristide Blais. Personne n'avait encore remarqué la présence d'un étranger au village. Pourtant, on avait l'habitude d'en voir, mais pas au point de ne pas les interpeller du regard. Faut dire que le visiteur de passage ne se démarquait guère des cultivateurs de la place par son allure. Il portait des vêtements d'habitant, une épaisse moustache comme bien d'autres et jusque Honoré qui avait du mal à donner du volume à la sienne, une chemise à carreaux et des bretelles larges. Et traînait avec lui un sac de jute dans lequel se trouvaient des choses qui n'auraient pas manqué de surprendre les paroissiens. Augure Bizier l'aperçut et comprit à première vue qu'il ne s'agissait pas d'un quêteux: il n'en avait pas l'allure. Quand il se savait observé, l'étranger changeait de place, s'éloignait, donnait l'impression de partir, se servait des arbres, de la distance et des aulnes pour s'éclipser.

On était à la promesse de groupe quand Honoré le repéra parmi les gens, appuyé à un tronc d'arbre, bras croisés, solitaire et immobile, sac à ses pieds. Il se questionna sur ce personnage d'exception sans trouver une seule réponse. Avait-il entendu parler de cette soirée de la grande prière par de la parenté et venait-il voir comment faire pour mettre sur pied une si belle Confrérie? Ce pouvait être un jeune homme de Saint-Évariste ou de Saint-Éphrem, ce pouvait être quelqu'un de Saint-Martin ou de Saint-Georges.

Au moment de la grande promesse, cet étranger qu'on pouvait évaluer à pas loin de 30 ans, leva lui aussi le bras comme tous pour s'engager à réciter son rosaire. Et il parut à Honoré qu'il répétait les bouts de phrase après le curé qui avait pris la relève au saint recrutement.

Aristide Blais, un homme qui ressemblait par plusieurs aspects à ce visiteur inconnu, mit fin à la pieuse assemblée en remerciant Honoré de son initiative, sans mentionner qu'en fait, c'était celle du curé Fraser. Et les cultivateurs ne traînèrent pas, eux qui avaient du foin à couper le jour suivant et bien d'autres travaux à faire chez eux. Les filées de voitures se brisèrent en segments. Chacune fit demi-tour. Et l'on rentra chez soi, d'aucuns en récitant déjà leur rosaire du mois suivant afin d'être sûrs de ne pas briser leur promesse.

Les villageois quant à eux avaient du temps encore à tuer et ils flânèrent çà et là par petits groupes. Accaparé un temps par le curé et Aristide, Honoré perdit l'étranger de vue. Et cet homme reprit son sac et se dirigea vers la maison rouge suite à cette grande jeune femme qui, son enfant entre les bras, y allait tout droit devant lui.

Émélie avait décidé d'ouvrir le magasin durant une heure afin d'éviter que des clients ne viennent frapper à la porte de la résidence voisine. Et puis autant profiter d'un tel rassemblement pour faire entrer quelques piastres dans le tiroir, toute manne étant bonne à glaner. Elle déposa le bébé sur la galerie, trouva la clef à l'intérieur de sa robe et la glissa dans la serrure. Quand elle se retourna pour prendre l'enfant, elle aperçut à son tour l'étranger dans la paroisse et le salua d'un léger signe de tête et d'un sourire encore plus léger. Il attendait au pied de l'escalier, immobile, visage fermé.

Elle regarda du côté de la chapelle à la recherche de son mari qu'elle ne vit nulle part. Ça lui permit de repérer des gens qui semblaient venir vers le magasin : elle ne serait donc pas seule bien longtemps avec ce personnage au comportement insolite.

Émélie, aussi loin qu'elle se souvienne, n'avait jamais eu motif de craindre qui que ce soit, pas même son père qui ne l'avait jamais battue malgré la coutume de le faire fort répandue. Depuis l'ouverture du magasin en 1880 : aucun vol, aucune entrée par effraction. Mais ce qui nous est inconnu dérange toujours. Et puis elle n'avait pas été exempte de ces récits d'enlèvements d'enfants ou de vols à main armée dans le style Far West dont, par ailleurs, on avait été copieusement informé par les journaux ces dix dernières années.

Elle entra et se rendit mettre le bébé dans un ber d'utilité que son mari avait installé dans leur ancienne chambre de la maison rouge servant maintenant de pièce d'entreposage. Quand elle revint dans le magasin assombri par l'heure, il lui fallut d'abord faire de la clarté en allumant trois lampes en trois points stratégiques. Bizarrement, elle ne vit pas l'inconnu qui pourtant était entré sur ses pas.

Était-ce donc un fantôme ? se demanda-t-elle en marchant jusqu'au comptoir de la caisse derrière lequel elle se rendit et s'arrêta. Et elle étira le cou dans diverses directions encore sans rien voir qui bouge. Et jeta un œil vers la porte d'entrée en pensant qu'elle s'ouvrirait pour laisser passage à cet homme qui avait dû se mettre en attente sur la galerie. Ou bien avait-il changé d'idée... Peut-être que d'autres clients plus rassurants feraient leur apparition...

— *I need tobacco...*

Émélie demeura figée sur place quand elle entendit cette voix forte et sombre, et plus encore à l'idée qu'elle s'exprimait dans une autre langue qu'elle savait être l'anglais même si elle n'en connaissait que des éléments de base appris à l'école Modèle. Puis une ombre large et haute surgit au bout du comptoir. L'inconnu avait attendu son retour en s'asseyant sur la chaise droite qui s'y trouvait et sur laquelle on faisait parfois s'asseoir un enfant ou une personne fatiguée qui voulait prendre quelques minutes pour récupérer. Et cet homme qu'elle avait pris pour un fantôme existait bel et bien dans son implacable virilité que racontaient sa carrure, son front large, sa moustache abondante et tombante, son regard de bois...

— *I want tobacco*, redit-il presque mot pour mot.

— *Tobacco ?* Là... Trois cennes le paquet...

— *Right...*

Il se rendit à la tablette indiquée et prit le premier paquet disponible. Le huma. Toucha les feuilles brunes de sa main gauche en les soulevant. Il dit :

– *Very good.*

Et retourna au comptoir.

Émélie se pencha et tira d'en dessous une feuille de journal qu'elle posa sur le comptoir pour emballer l'effet acheté par cet étranger anglais. Quand elle voulut prendre le paquet de tabac dont l'odeur sucrée l'atteignait, tant les feuilles étaient près de son visage, l'inconnu le retira vivement et laissa tomber son bras hors de portée de la marchande. Et il mit la main sur la feuille de journal pour y lire un grand titre en lettres noires. Elle commençait à s'inquiéter sérieusement lorsque la clochette de la porte se fit entendre et que son mari entra en parlant :

– Y a quelqu'un qui a laissé un gros baluchon dehors… Ah, c'est ce monsieur, certainement !?

L'étranger tourna la tête et n'eut aucune réaction significative. Puis se reprit d'attention pour le journal. Émélie signala à son mari :

– J'pense qu'il parle pas le français.

– *No, I don't !* lança aussitôt l'inconnu de sa voix forte et caverneuse.

Honoré s'approcha, le pas prudent, le nez affable :

– *May I help you ?*

– *Yes… yes… Tell me… this…*

Il désignait l'article qui l'intéressait au plus haut point. Honoré qui possédait une bonne base en anglais écrit prit le journal et traduisit du mieux qu'il put tout en signalant d'abord à l'inconnu que le journal datait de plusieurs jours déjà et que la nouvelle n'était donc pas très fraîche.

– *Tell me,* insista l'autre jeune homme.

– *Here, they write :* « Morrison en fuite ». *We could say : Morrison : a fugitive.*

– *Go on !*

— Donald Morrison, the Megantic outlaw is on the run. The young Scottish man who killed Jack Warren, assistant of the sheriff Edwards on June the 18th has disappeared. Nobody have seen him since...

À mesure qu'il traduisait à sa façon l'article, Honoré acquérait la certitude qu'il avait devant lui le fameux cow-boy de Mégantic en personne. Il se souvenait avec précision de la description physique qu'on en avait faite et chaque trait de son visage correspondait à ce portrait en mots d'un précédent journal. Il ne manquait que les pistolets insérés dans les étuis d'un ceinturon lui barrant la poitrine.

L'article disait que personne dans la communauté écossaise des Eastern Townships, de Mégantic à Compton, de Lingwick à Birchton, de Stornoway à Scotstown ou de Bury à Spauldling n'avait aperçu le fugitif ou bien, disait-on aussi, protégeait-on sa fuite. À moins que le hors-la-loi ne soit reparti pour l'Ouest du pays par le chemin de fer Pacific Canadien. Il était aussi question d'une récompense offerte à qui fournirait les renseignements susceptibles de le faire arrêter et le montant n'était pas précisé.

— That's O.K., fit l'inconnu.

Puis il regarda autour de lui et enfin répondit à l'attente de ses deux interlocuteurs tenus en haleine:

— I am... Donald Morrison.

— You?... You?...

Honoré bredouillait. Il avait beau être un jeune homme calme et toujours en contrôle, se trouvait devant lui un personnage qui avait tué un policier assermenté et qui était en train, par la magie des journaux, de devenir un mythe dans tout le Québec et même en Amérique. On savait que déjà, plusieurs policiers et miliciens s'étaient mis à la recherche du fugitif et que si on devait mettre sa tête à prix pour une somme déterminée, on ferait accourir comme une meute de loups les chasseurs de prime dont ce Jack Warren au départ faisait partie avant qu'un juge de paix complaisant envers le créancier des Morrison ne consente à le nommer adjoint du shérif de Mégantic.

– *Morrison, the fugitive: it's me...*

Et l'homme se désigna la poitrine de sa main libre. Puis il mit le paquet de tabac sur le journal et fouilla dans sa poche pour trouver l'argent nécessaire à son achat.

Honoré était bouche bée. Émélie tremblait un peu.

– *Don't be afraid: I am not a killer. Jack Warren was a menace for me... I had no intention to kill him...*

– *But... why are you... here?* demanda Honoré.

L'homme expliqua ses raisons. Tout d'abord, il voulait brouiller les pistes en s'éloignant du territoire écossais des Townships. En même temps, il voulait se renseigner par les journaux sur les sentiments des gens de la région de Mégantic à son égard et des mesures prises par les autorités pour le faire arrêter. Il dit qu'il n'avait pas l'intention de retourner dans l'Ouest. Et qu'il ne se rendrait pas aux autorités, mais ferait tout en son pouvoir pour obtenir justice pour ses parents spoliés de leur ferme par un créancier véreux.

Honoré lui dit qu'il connaissait cette histoire de l'hypothèque sur la ferme dont le créancier s'était servie pour dépouiller les Morrison de leur bien, et il lui montra de la sympathie. Émélie se calma. Le cow-boy ajouta qu'il retournerait bientôt dans les Townships écossais et dit que depuis le duel du 18 juin, il voyageait à pied dans le pays canadien-français où personne ne le reconnaissait. La nuit, il dormait dans les chapelles. Et maintenant que la poussière de l'affaire commençait à retomber, il retournerait quelque part à Marsden ou Marston pour s'y cacher dans les bois tout en négociant avec la justice. Tel était son plan. Telles étaient ses intentions.

Honoré lui dit qu'il l'avait vu à la cérémonie de fondation de la Confrérie alors que Morrison avait comme tout le monde récité la promesse solennelle. L'autre dit qu'il n'avait pas voulu se faire remarquer en agissant autrement que la foule, qu'il s'était arrêté pour acheter du tabac et peut-être obtenir plus de renseignements à partir des journaux, et que le lieu à visiter pour ces deux raisons n'était autre que le magasin général.

Enfin, il dit que ses pistolets se trouvaient dans son sac resté sur la galerie. Excité par les circonstances, nourri par tous ces articles sur les héros du Far West américain, Honoré ne résista pas au désir de voir les armes en question et le demanda. Morrison acquiesça d'un signe de tête en biais. Il se rendit chercher son gros baluchon qu'il vint poser sur le comptoir devant les yeux ébahis d'Honoré et ceux inquiets de sa femme. Il en sortit le ceinturon qu'il mit à côté.

– *May I?...* fit le jeune homme médusé.

– *Let me put'em on you...*

C'est ainsi que Morrison installa ce drôle de ceinturon sur la poitrine d'Honoré dont le cœur d'enfant battait la chamade. Quand la scène fut terminée, l'Écossais demanda au jeune marchand sa promesse de ne parler à personne de sa visite sans pour autant l'exiger. Honoré promit. Émélie promit.

(Le bruit en courut quelques années plus tard, mais l'on crut à une de ces histoires inventées par Honoré, grand conteur et souvent drôle de pistolet...)

Morrison dormit dans la chapelle dont les portes restaient ouvertes à l'année longue. Personne ne le sut à part les Grégoire qui ne le revirent pas. Mais dans les mois et les années à venir, Honoré devait suivre dans les détails les péripéties de la fascinante affaire Morrison[2] qui ne trouverait son dénouement qu'en 1894, à la mort le jour de sa sortie de prison du malheureux cow-boy qui n'avait pas pu obtenir justice...

∞∞∞

2. Relatée dans *Donald et Marion* par l'auteur.

Un mois plus tard, Honoré qui avait affaire dans un recoin sombre de la grange trouva un objet familier perdu de vue depuis des années : son chapeau de cow-boy souillé, troué, effiloché... Il le ramena à la maison rouge au grand dam d'Émélie.

— Tu vas faire quoi avec ? lui demanda-t-elle.

— Le garder un peu... histoire de me souvenir...

— Pas besoin d'une vieille affaire de même pour se souvenir des vieilles affaires.

— Ah oui ? dit-il sur le ton de la réplique bien sentie. Moi, je connais quelqu'un qui garde un vieux coffret, une vieille croix de bois, une mèche de cheveux qui est pas d'hier... La personne en question s'en sert pour se rappeler du vieux temps... Ce qui est bon pour Mousseline serait-il pas bon pour Mousse ?

Émélie ne dit plus un mot même si elle ne parvenait pas, elle, à établir une comparaison entre ses objets presque sacrés et ce vieux chapeau miteux de son mari.

Ce soir-là, ils prirent place sur la galerie de leur résidence tandis que le bébé dormait, afin de réciter leur rosaire, car on était le 27 du mois. C'était l'heure entre chien et loup, mais il passait quand même des marcheurs et des voitures sur la rue entre les bâtisses Grégoire et celles de l'église : chapelle et maison presbytérale.

Honoré osa mettre son vieux chapeau sur sa tête pour, dit-il, éloigner les moustiques. Il n'avait pas à le faire : un petit vent du soir s'en chargeait et puis la saison des mouches s'éteignait.

Et tout le temps qu'on récita des *Ave*, le jeune homme fit la revue des articles à propos du cow-boy de Mégantic, articles qui avaient été nombreux depuis son passage par là. Émélie, elle, ne cessa de camoufler son fou rire à voir son homme affublé d'une pareille vieillerie qui aurait fait fuir les loups, les ours et jusqu'aux mouffettes bien plus que les moustiques...

∞∞∞∞∞∞∞∞∞

Chapitre 30

Semaine sainte 1889

Émélie et Honoré se tenaient debout dans le salon nouvellement aménagé, là même où ils avaient eu leur chambre à leur mariage en 85 et jusqu'à leur déménagement.

– Je vas enfin pouvoir recevoir les dames de la paroisse pour leur offrir le thé… comme en Angleterre… Ça va attirer la clientèle qui sera mieux disposée à acheter.

– On sait ben : c'est les hommes qui payent pis c'est les femmes qui achètent. Au collège, on disait : l'homme pense, la femme dépense.

Honoré éclata de son rire « célèbre » et si communicatif. Mais ses blagues et son grand éclat frappèrent ce jour-là un mur nommé Émélie.

– Tu sauras que c'est sérieux, tout ça ! Faut se faire aimer du monde pour que le monde nous aime.

– Tu sais ben que je le sais ! dit-il, désolé de voir qu'il n'avait pas pu dérider sa trop sérieuse épouse.

Il n'y paraissait nullement que la jeune femme était enceinte de quatre mois. Elle n'avait pas grossi de son premier accouchement en 87 et se tenait encore plus droite, plus forte, plus digne dans ses vêtements qui l'affinaient à la taille sans augmenter l'importance de ses autres lignes corporelles. Honoré la détailla du regard et voulut s'approcher, mais elle se déroba et attira son attention sur le décor de la pièce jolie mais sombre :

– Je pense ben que je vas tenir les tentures fermées comme ça. Ça fait intime. Ça fait chic. Ça fait salon.

– En tout cas, ça fait velours.

Elles étaient plutôt en chintz de couleur bourgogne. Et leur apparence épousait et complétait celle d'un sofa rococo victorien posé en biais entre les rideaux et le mur arrière. Au centre de la pièce trônait une table de style Regency et ses quatre chaises coordonnées. On y prendrait le thé quand on serait à plus de deux ou bien on le ferait sur le divan devant lequel se trouvait une petite table basse. Émélie avait voulu que son mari participe aussi à l'aménagement et lui avait confié la décoration d'un coin, celui de gauche situé au cœur de la maison rouge. Son choix ne lui plaisait pas, mais elle taisait son désaccord. Honoré avait trouvé à Québec chez un marchand d'art et antiquités une table à motifs floraux sculptés, au dessus en marbre. Jusque là, rien pour le contrarier. Mais voici qu'il s'était aussi procuré une statue de plâtre, œuvre d'un certain Philippe Hébert; elle représentait nul autre que le premier ministre lui-même, Honoré Mercier. Il semblait à Émélie, malgré toute l'admiration qu'elle vouait à l'homme d'État, que cette sculpture n'avait pas sa place dans son salon. Mais les caprices de l'homme sont nombreux, se disait-elle, et une femme se doit d'en satisfaire plusieurs… trop peut-être…

Et puis un buffet de salle à manger contenant un peu de vaisselle avait été mis sur la cloison droite pour utilité courante. (Il y avait toujours un poêle dans la section magasin qui pouvait dispenser de l'eau bouillante requise pour faire le thé, de même qu'un évier dont la pompe avait été remplacée par une « champlure » quand l'aqueduc Labrecque avait été construit.)

Pour compléter le décor se trouvaient plusieurs cadres sur les deux murs opposés. L'un contenant la photo de noce de Cédulie. L'autre présentant un portrait d'Antoine Plamondon. Un troisième exposant une œuvre d'Antoine-Sébastien Falardeau, un artiste de 37 ans qui venait tout juste de mourir. D'autres par des inconnus…

Enfin le plancher de chaque côté de la table était recouvert d'une laize de tapis beige uni. Elle avait été tissée par Restitue Jobin qui la lui avait offerte en cadeau pour sa plus grande joie.

– Qui c'est qui va étrenner le salon avec toi?

– Sais pas.

– La première qui se présentera?

– C'est pas tout le monde qui viendra. Quand je serai occupée au magasin, pas question de venir ici.

– Mais t'es tout le temps occupée au magasin, Émélie.

– Souvent c'est du placotage avec la cliente... là, on jasera ici quand y aura personne d'autre de l'autre côté.

Honoré se gratta le cou exprès pour atténuer sa grimace. Puis il fit un autre commentaire:

– Tu trouves pas que c'est un peu sombre?

– C'est pas pour rien qu'on a mis deux lampes sur les tablettes, là.

– Tu vas les allumer chaque fois?

– Une... pis je vais laisser brûler la mèche à flamme très basse du matin au soir. Tu sais, Honoré, les personnes qui viendront ici un quart d'heure, une demi-heure, vont se sentir dépaysées... sorties de notre petite paroisse... belle paroisse mais aux limites qui paraissent étroites des fois comme t'es le premier à le dire, Honoré... pis vont pouvoir se laisser transporter ailleurs par le décor et leur propre imagination.

– Magnifique! s'écria-t-il. C'est vraiment magnifique! Pis on va l'appeler le salon d'Émélie.

– Libre à toi!

Il s'appuya à un dossier de chaise:

– Je reviens à ma question: qui c'est qui va l'étrenner avec toi? T'as pas un nom en tête? Sais pas... Obéline... ou madame Restitue qui a contribué au décor... madame Foley peut-être?

– Sais pas encore, Honoré, mais j'aurais ben envie que ce soit Obéline. C'est ma meilleure amie.

– C'est ce que je pensais. Je veux aller faire un tour chez monsieur Racine, à la boutique ces soirs-ci, veux-tu que je l'invite en ton nom ?

– T'auras pas besoin : je vas lui dire de venir me voir le dimanche de Pâques. C'est une belle journée pour ouvrir mon salon, trouves-tu ?

– Parfaite !… Puis moi… j'aurais quelque chose à te suggérer… tu devrais mettre ton petit coffret que t'as eu de ta mère icitte… avec la petite croix dedans pis la mèche de cheveux… pis le chapelet à Marie… Il me semble que ça serait mieux que dans notre chambre. Vois-tu, dans notre chambre, on dort presque tout le temps…

Elle posa sa main sur son ventre sans le regarder pour dire sur un ton ironique :

– Pas tout le temps, tout le temps, là…

– Je veux dire qu'ici, comme tu passes tes longues journées au magasin, quand t'aurais une minute de liberté pis que t'aurais le goût de te recueillir disons… en récitant un Pater ou un *Ave*… tu viendrais ici… Ensuite, tu reprendrais ton ouvrage plus forte… tu comprends ?

Émélie pencha la tête, regarda le lieu possible où poser le coffret soit sur le buffet et acquiesça :

– C'est une bonne idée, ça, Honoré. Et j'pense que je vas la suivre…

– Pour une fois…

– Je prends autant tes idées que tu prends les miennes, tu sauras… Mais tu penses pas que c'est mon père que je devrais inviter le premier dans mon salon ?

– Tu lui montres après la messe dimanche, mais tu prends ton premier thé avec Obéline dans l'après-midi. Comme ça, tout le monde est bien considéré.

Ce qui serait fait tel que discuté.

∞∞∞∞

C'est un Honoré stupéfait qui devait se rendre à la boutique de Pierre Racine le mercredi suivant, journal sous le bras, une promesse à tenir repliée sous l'exemplaire. Il se trouvait d'autres flâneurs du soir autour du feu éteint et qui déjà s'entretenaient du sujet du jour à propos duquel l'arrivant en avait long à dire. Et long à cacher.

Mais pourrait-il tenir sa langue sur la visite inopinée de Donald Morrison à son magasin l'été d'avant, quelques jours après le fameux duel de Mégantic dont tous les journaux du pays et d'Amérique avaient fait état à la une? Comment garder plus longtemps l'exaltant secret dont l'avait habillé le cow-boy hors-la-loi en ajustant sur lui le ceinturon de ses armes à feu? Il résolut de le dire sans le dire. De commencer ses phrases par « si je vous disais que… vous en penseriez quoi ? »…

La clarté entrait en abondance encore à cette heure d'après souper par les deux portes grandes ouvertes. Honoré parut dans l'embrasure et prit un moment pour adapter ses yeux à la pénombre qui abritait ce cercle de personnages en train de régler des questions distantes sur lesquelles pourtant ils n'avaient aucune prise. S'y trouvaient qui brandissaient à l'occasion une pipe éloquente quatre hommes du village outre Pierre Racine le propriétaire, soit Henri Jobin, Pierre Chabot, Théophile Dubé et Barnabé Tanguay: gens d'expérience par excellence à Saint-Honoré.

Ils savaient déjà la grande nouvelle qu'Honoré venait annoncer et dont il avait hâte de parler.

— Morrison est abattu, dit-il en brandissant l'exemplaire de son journal.

— Mais pas mort, dit Tanguay. Viens t'assire avec nous autres, Noré, on est à s'en parler justement.

Le jeune homme alla prendre place sur un baril vide tourné à l'envers entre les deux beaux-frères Pierre Chabot et Henri Jobin qui avaient épousé l'une et l'autre des sœurs Lafontaine, Marie-Desanges et Restitue.

— À part Tophile pis Barnabé, nous autres, on sait pas lire, ça fait que dis-nous donc c'est quoi qu'ils écrivent dans le journal, Noré, demanda Pierre Racine.

— Avez-vous suivi ça un peu durant l'hiver, vous autres? Suis pas venu placoter avec vous autres depuis l'automne passé.

— On sait qu'ils ont pourchassé le fugitif depuis le mois de juin de l'année passée, c'est à peu près tout', dit Théophile.

— Pis toé, Noré, as-tu pas mal tout' lu dans le journal ce qui est arrivé à Morrison depuis qu'il a tué un homme dans la rue l'année passée?

— J'ai suivi ça de proche. J'ai tout lu, j'pense. Même que j'ai eu des copies du Montreal Star pis du journal anglais The Gazette que m'a envoyées quelqu'un que je connais par là… à Montréal, j'veux dire… Peu importe… Depuis l'année passée qu'ils courent après Morrison. Trois cents policiers, miliciens, chasseurs de prime… Ils ont mis trois mille piastres pour qui serait capable de le livrer mort ou vif. Monsieur Mercier s'en est mêlé. Ils disent que c'était la plus grande chasse à l'homme de l'histoire judiciaire du Canada : c'est pas rien. Pis lundi… lundi de Pâques, tandis que Morrison visitait ses vieux parents à Marsden, un détective du nom de McMahon avec son adjoint Pete Leroyer surnommé le Sauvage ont réussi à le traquer pis à l'abattre. Ils l'ont conduit à la prison de Sherbrooke et le cow-boy va certainement se faire accuser de meurtre devant la cour de justice dans les journées à venir. C'est à peu près ça que je sais dans les grandes lignes. Mais… j'en sais pas mal itou entre les grandes lignes… Les trêves… la trahison… l'intervention d'un journaliste pis tout le bataclan… Posez-moi des questions : si je peux, je vas vous répondre.

— Ben moi, je vas t'en poser une qui me turlupine depuis l'année passée, mon Noré, dit Théophile Dubé. Y en a qui ont dit que le cow-boy de Mégantic, il a passé par ici pis même qu'il s'est arrêté à ton magasin, à la maison rouge. Pis qu'il aurait acheté du tabac pis des balles de fusil… Puis qu'il s'est réfugié dans la chapelle pour la nuit avant de sacrer son camp pour de bon pis jamais revenir par chez nous… C'est-il la vérité, ça, ou ben c'est-il des inventions à Prudent Mercier qui reste pas loin de chez vous ou ben de la grande gueule à Célina Paradis?

Honoré tourna la tête. Il regarda chacun sans rien dire pendant un moment. Et trouva de l'ironie dans le regard de l'un, du défi dans celui de l'autre et de la méfiance dans les yeux du troisième. Seul Théophile Dubé en ce moment lui faisait vraiment confiance, et il le montra en rejetant une énorme poffe de fumée bleue aspirée depuis sa pipe de blé d'Inde au fourneau enflammé et généreux.

– Si un homme est ben placé pour vous répondre, c'est ben Honoré Grégoire, vous pensez pas? Si je vous dis que c'est vrai qu'un homme est venu le soir de la fondation de la Confrérie du St-Rosaire, qu'il avait des pistolets avec lui, qu'il parlait rien d'autre que l'anglais, qui s'est identifié comme Donald Morrison, vous diriez quoi? Monsieur Jobin, vous?

– J'dirais que j'vois pas c'est qu'un fugitif écossais s'rait v'nu faire dans la Beauce où c'est que personne connaît sa langue… c'est une affaire qu'a pas d'allure pantoute.

– Bonne réponse. Pis monsieur Chabot?

– Moé, j'dis que ça aurait pu arriver, mais que c'est pas arrivé pis que c'est quelqu'un du milieu du village qu'a inventé une histoire à dormir deboutte… peut-être même que c'est toé, mon Noré. T'es pas mal conteux d'histoires de même, toé. T'as la parole dans la bouche pis la menterie dans la poche.

Honoré se leva d'un bond et protesta avec la plus haute véhémence, à ce point par le ton qu'on le prit pour un véritable tribun:

– Messieurs, y a la vérité, y a le mensonge. Je dirai plus, je dirai qu'il y a le devoir de vérité… mais aussi… le devoir de mensonge… Je vous le dis… Vous êtes tous ici des hommes de devoir. Pierre Racine a pour devoir de forger et il forge.

Le regard du forgeron brilla d'une lueur de certitude.

— Pierre Chabot a pour devoir de bâtir et il bâtit.

Le regard de Chabot interrogeait l'avenir et l'homme se demandait quelle serait sa prochaine entreprise.

— Henri Jobin est aussi un homme de devoir comme pas un et nous le savons tous.

Jobin laissa passer par ses yeux de la reconnaissance pour ces mots flatteurs.

— Et notre ami Barnabé Tanguay accomplit chaque jour son devoir de maître de poste et il respecte toutes les exigences de sa charge...

— Faut ben, parce que je me ferais «clairer» par le gouvernement fédéral, lança l'intéressé qui obtint le rire général.

— Pis c'est quoi, ton vrai devoir, à toé, Noré? demanda le forgeron.

Avant qu'il ne réponde et le temps que son regard se charge d'énergie persuasive, l'on enchérit:

— Le devoir d'un marchand, ça sera... de marchander! s'exclama Chabot en le désignant du bouquin de sa pipe.

Le groupe rit de nouveau. Honoré reprit la parole sur un ton plus mesuré:

— Le devoir d'un marchand, c'est de servir son monde comme il faut. De faire crédit à d'aucuns mais pas trop pour pas nuire aux autres clients... parce que si tu supportes trop de crédit, t'as moins d'argent pour supporter de l'inventaire pis tu dois faire venir à mesure... Pis c'est de prendre un profit suffisant – mais pas plus, ce qui serait du vol – pour survivre, pour que ton magasin grandisse raisonnablement chaque année que le bon Dieu amène pis pour subvenir aux besoins raisonnables de ta famille. C'est ça, le devoir d'un vrai marchand, je pense. Pis j'ajouterai que c'est de trimer d'une étoile à l'autre autant qu'un cultivateur ou qu'un journalier. Prier. Dire son rosaire tous les mois. Se reposer le dimanche. Pis de temps en temps, le soir, aller à la boutique de forge pour parler de ce qui bouge dans le monde entier. Autrement dit se tenir au courant de tout. Lire son journal. Parler de ce qu'il lit.

— Ben maudit torrieu, s'exclama le forgeron, t'es le marchand parfait, mon Honoré. Si on t'arait pas, on s'rait ben malheureux.

— Ben voyons… ma femme aurait pu en marier un autre que ça serait les mêmes principes.

— Comment ça? s'étonna Théophile Dubé. Tes principes te viendraient-ils de ta belle et jeune Émélie?

— Elle a les mêmes que moi: c'est pour ça qu'on s'entend ben comme il faut.

Dubé reprit en ricanant, l'œil à la malice:

— T'as pas parlé du devoir d'un scieur comme moi? Tu vas me dire que le devoir d'un scieur, c'est de «schier»?

Ce fut un autre éclat général surpassé par celui d'Honoré qui riait fort aux blagues scatologiques pourvu qu'elles ne se disent pas devant les dames.

Et chacun put voir des lueurs de satisfaction dans les yeux profonds de Théophile Dubé.

— Ben moé, fit Racine, j'vous dis que c'est le temps de prendre un verre de p'tit blanc. Comme vous le savez, j'ai un flasque caché pour les occasions. Celle-là est bonne: on rit rare à soir.

Et le forgeron se rendit à un vieux meuble établi situé dans un coin de la boutique, mais pas tout à fait, car de l'autre côté se trouvait un tuyau qui perçait le mur et par lequel en toutes saisons, l'homme pouvait aller soulager ses reins sans risquer de se geler les parties. Ce qu'il vit dans l'encoignure le mit en colère, ces deux petits yeux bleus qui étincelaient dans l'ombre et qu'il reconnut aussitôt. Il lança à son fils qui s'y était embusqué pour écouter les propos des grands:

— C'est que tu fais là, le Ti-Tine? Sors de là pis marche à maison, toé, pis tusuite ou ben tu vas avoir affaire à moé!

L'enfant honteux se montra puis, tremblant, les fesses serrées, contournant son père du plus loin possible pour éviter son coup de pied, il courut, pattes au cul, vers la sortie de la boutique, passant devant les cinq personnages assis qui lui lancèrent des phrases entremêlées, toutes favorables mais qu'il crut toutes défavorables.

— Le Tine, comment il s'appelle déjà ? demanda Chabot.

— Elzéar, répondit Honoré qui eut souvenance un court moment de sa discussion avec Émélie à propos des surnoms qu'elle trouvait indésirables.

Le forgeron revint et présenta le flacon à Henri Jobin qui, par politesse, en prit une courte rasade. Les autres suivirent, mais Honoré refusa.

— L'abstinence, ça ferait-il partie ça itou du devoir d'un marchand ? interrogea Dubé.

— Je prends l'exemple de monsieur Laurier.

(*On parlait beaucoup et souvent de Wilfrid Laurier devenu le chef du parti libéral à Ottawa en 1887 et donc chef de l'Opposition, et dont la popularité auprès des Canadiens français grandissait rapidement.*)

— C'est quoi que Laurier vient faire là-dedans ? s'inquiéta Tanguay, un bon conservateur, grand opposant des libéraux et qui craignait de perdre le bureau de poste advenant l'élection du parti libéral à la tête du Canada.

— J'ai lu dans le journal qu'il fume pas, qu'il boit pas… Dans sa jeunesse, il a essayé de fumer pis a été malade. Il aurait dit à quelqu'un : « D'abord que fumer rend malade, c'est mauvais pis j'fumerai jamais. » Bon, il a dit ça dans des mots plus beaux que les miens, là, mais c'est ce qu'il voulait dire. Pis c'est pas tout. Il a fait pareil avec la boisson. Même si j'ai jamais fumé, j'ai promis de jamais commencer ça. Pour la boisson, c'est pareil. Même que j'en ai fait le serment par écrit dans mon livre de comptes pas longtemps après avoir fondé la Confrérie du St-Rosaire.

— Ben dans ce cas-là, mon Noré, fit Théophile, tu vas aller drette au ciel pis nous autres drette en enfer.

— C'est pas boire un verre qui fait un ivrogne.

— C'est ça que disait l'abbé Chiniquy, argua le forgeron.

– Chiniquy est un renégat, lança Pierre Chabot, faut pas le prendre en exemple.

Racine tendit quand même le flacon au jeune marchand rassis qui leva les mains pour refuser encore avec une plus grande fermeté :

– J'ai promis par écrit de ne prendre aucune liqueur enivrante pour un an.

– Pis l'année finit quand ? demanda Henri Jobin.

– Dans dix, onze mois.

– T'as le temps de faire un autre enfant, lança Tanguay.

– Faudrait attendre que le prochain vienne au monde.

– Quoi, vous allez en avoir un autre ?

– Ça se pourrait ben… à la fin de l'été…

– Pis si tu casses ta promesse pour nous accompagner ? dit Dubé.

– Faudrait que je paye cinq piastres aux âmes du purgatoire à leurs intentions…

– Ben on va te le rembourser, ton cinq piastres, à nous cinq ici. Une piastre chaque. Qui c'est qui est contre ?

Avant qu'ils ne votent, Honoré leva les bras :

– Pas question de briser ma promesse ! Fini. Final. Obstinez-vous pas après moi.

Tous se turent de guerre lasse. Honoré brandit son journal et reprit la parole :

– Finalement, on devait parler de l'affaire Morrison de Mégantic pis nous v'là à parler de n'importe quoi à part de ça.

– Avant de revenir là-dessus, fit Dubé, explique-nous donc c'est que tu voulais dire par devoir de menterie.

– Dans des cas, la menterie est nécessaire. Disons que le docteur te trouve une maladie mortelle, Tophile. Si tu lui demandes, il doit te mentir. Pour t'éviter un mal encore pire : la désespérance. Pour pas jeter ton moral à terre. C'est un devoir de mensonge, ça.

– Ben du bon sens! lança le forgeron qui retourna cacher son flacon dans le meuble rustique tout noir et encombré d'outils de travail.

Il se fit une courte pause. Racine qui revenait prendre place sur une berçante bancale et craquante, déclara solennellement:

– Je dis que le cow-boy de Mégantic va se faire pendre comme Louis Riel. Pis… comme Riel, peut-être plus à cause de la politique qu'à cause de ce qu'il a fait.

– Intéressant, ce que tu dis là, Pierre, fit Dubé. Ça se pourrait ben.

Honoré décida d'écouter sans se mêler à la conversation, sans risquer de trahir son secret et sa promesse. Il avait dit sans dire. On savait sans savoir. Cela suffisait. Et ce n'est pas Émélie qui en parlerait: elle n'avait pas la moindre envie que la paroisse apprenne la visite d'un meurtrier dans son magasin, sinon d'un véritable meurtrier du moins d'un homme accusé de meurtre.

Pierre Chabot s'exprima ensuite:

– Ben moé, j'pense que supporté comme il l'a été par la communauté écossaise depuis l'année passée… ils l'ont caché partout, ils l'ont nourri, couché… va falloir que la justice fesse pas trop dur, autrement ils vont se ramasser avec une révolte sur les bras.

– En tout cas, ça va y prendre tout un avocat pour le défendre! déclara Jobin.

Le seul qui n'avait pas encore donné son opinion sur l'avenir judiciaire de Morrison à part Honoré était le maître de poste. Dubé la lui demanda. Il répondit lentement:

– Je dirai que… il sera pas pendu, pis ça me surprendrait que ça se fasse…

– Comment ça?

– La justice a pas été trop bonne envers lui pis sa famille; faudra pas qu'elle fesse encore plus sur eux autres. Ensuite, le Jack Warren, c'était un buveur, un vantard, un chasseur de prime américain qui a été nommé adjoint du shérif sous la pression du créancier qui a ruiné les Morrison : ça va compter dans la balance devant le juge. Itou, le même Warren se trouvait à menacer la vie du cow-boy... ils l'ont trouvé mort dans la poussière avec un petit revolver dans la main droite... Légitime défense...

– Mais on peut pas plaider légitime défense quand c'est un représentant de la loi qui veut vous arrêter, opposa Dubé.

– Morrison pourrait dire : moé, tout ce que j'savais de Warren, c'est que c'est un Américain chasseur de prime pis un ivrogne en plus. Je me suis cru menacé... Le juge aura pas le choix de le croire.

Et l'échange se poursuivit longuement. Honoré y assista comme à une partie de balle et il retourna à la maison content de sa courte soirée.

Il en fit état à Émélie dans l'obscurité presque totale de leur chambre à coucher qui ne laissait voir que des petites étoiles de feu émises par leurs yeux grands ouverts et qui reflétaient la flamme à son plus bas d'une lampe posée sur la commode.

– Qu'est-ce que t'en penses, Émélie, de l'affaire Morrison, toé ?

– J'en pense rien du tout. On aurait ben raison d'en penser quelque chose, nous autres, d'être favorables ou non au cow-boy, mais notre devoir, c'est d'en rien penser pantoute. Notre devoir, c'est de laisser la justice suivre son cours en espérant qu'elle sera plus compatissante que la justice qui a pendu Riel. Notre devoir, Honoré, c'est pas de penser pis de dire, c'est de prier pour le pauvre homme. On sait qu'il est pas méchant, toi pis moi. On sait qu'il possède une bonne âme. C'est tout ce qui compte pour moi.

– Pis pour moé.

Honoré soupira. Ces mots jetaient un bel éclairage sur ses pensées. Il dit des mots choisis qui aidèrent à les reposer tous deux d'une journée bien remplie :

– T'as raison, Émélie, t'as donc raison !

∞∞∞∞∞∞∞

Chapitre 31

1889, la suite

Et le 10 septembre naquit une première fille au couple Grégoire. On la prénomma Éva. Elle fut baptisée le jour même et eut pour parrain et marraine Lucie et Joseph Foley. Le bébé arriva quelques jours en avance et Honoré, à la demande expresse d'Émélie, se trouvait en voyage à Québec pour les affaires du magasin quand l'heureux événement eut lieu. La mère fut bien entourée par Lucie Foley et Restitue Jobin. Tout se passa bien.

Quand il fut de retour le surlendemain de la naissance, Honoré comprit, par la fermeture temporaire du magasin annoncée dans la porte, qu'il était père de nouveau.

— Tu t'es dépêchée coudon! fit-il en se présentant dans l'embrasure de la porte de chambre.

— C'est la nature qui décide, pas nous autres. Nous autres, faut obéir.

— Tout va comme tu veux?

— Dépareillé! Mais a fallu fermer le magasin.

— Va falloir qu'on s'accoutume un commis qu'on pourra engager au besoin.

— Un commis à temps partiel... sais pas...

— Ça nous coûterait pas une fortune pis...

— Dans le fond, ce qu'il nous faut, c'est une servante-commis. Elle pourrait s'occuper des enfants avec moi pis en cas de besoin, faire de la vente au magasin.

– Ça nous donnerait la chance d'aller se promener de temps en temps. Ben c'est le cadeau que je vas te faire à l'occasion de l'événement... Freddé, il est où ?

– C'est madame Foley qui le garde... Veux-tu voir notre fille ? Elle dort dans sa couchette...

– Une fille ! fit-il, le ton à la surprise. Ça va équilibrer. Un gars, une fille... pis le prochain un gars.

– On prendra ce que le bon Dieu nous donnera.

Il s'approcha et regarda le bébé. Il trouva que l'enfant ne ressemblait à personne d'autre qu'à un bébé et lui sourit sans insister. Elle grandirait et on verrait bien qu'elle était un mélange de Grégoire et d'Allaire. Et recula pour ne pas la réveiller tout en parlant à voix modérée :

– Pis j'ai un autre cadeau pour toi, que j'ai ramené de Québec. Je l'ai mis dans ton salon de la maison rouge. Quand tu vas te lever, tu pourras le voir.

– J'peux ben me lever tusuite, là...

– Les relevailles : tu dois pas te lever.

– Ils disent ça, mais j'ai toujours peur de faire une phlébite à pas bouger du lit.

Elle se glissa hors des couvertures. Il grimaça :

– Mais tu devrais pas.

– En dedans de moi, j'pense que je devrais. Je veux le voir, ton cadeau. Ça doit être gros si tu l'as laissé dans la maison rouge.

– En forçant, j'aurais pu l'emmener ici.

– On y va...

Il lui donna le bras par souci de son état physique et ils sortirent de la chambre puis de la maison pour s'engager sur la passerelle.

– T'es sûre que ça va comme il faut ?

– Ça fait assez de bien de sortir du lit.

Ils poursuivirent sous les yeux curieux d'Agathe, la femme de Prudent Mercier qui les voyait par sa fenêtre. Puis disparurent bientôt dans la bâtisse du magasin.

Quand ils furent dans le salon d'Émélie, elle chercha l'objet cadeau et finit par le trouver qui trônait sur le sofa lorsque ses yeux furent habitués à la clarté sombre du lieu. C'était une photo dans un cadre magnifique.

– Comme c'est ton idole après le pape... Depuis le temps que tu découpes pis ramasses tous les articles de journaux qui parlent de monsieur Laurier...

Si Émélie n'était guère en amour avec la statue de Mercier du coin de la pièce, par contre, elle réclamait depuis près de deux ans celle de Laurier, en fait depuis que l'homme politique était devenu chef d'Opposition à Ottawa. Honoré n'en avait pas trouvé, mais en lieu et place, il avait fait l'acquisition d'une photo de deux pieds par trois entourée d'un cadre luxueux aux fioritures artistiquement dessinées. C'est la première chose qu'il avait emportée dans la maison au retour un peu plus tôt et en fait la seule, car les autres marchandises attendaient derrière le hangar dans la grande voiture à ridelles.

– C'est ton idole autant qu'à moi, Honoré.

– Disons. Ben oui...

– C'est la meilleure idée que t'as eue depuis longtemps.

– Tant mieux que ça te plaise !

– Mais y a pas de place pour le cadre dans mon salon : tu vois, les murs en sont couverts. Et puis le cadre est trop grand pour la grandeur des murs. Ce qui veut dire qu'on va l'exposer tu sais où ? En plein magasin.

– Mais ça va prendre l'espace de plusieurs tablettes utiles.

– Ça vaudra le coup... Tout le monde va savoir qu'on est non seulement des supporteurs de monsieur Laurier mais aussi de ses organisateurs...

– Pis un changement de gouvernement, ça pourrait nous valoir le bureau de poste.

— Sans faire de tort à personne parce que si les bleus perdent le pouvoir, monsieur Tanguay va perdre le bureau de poste automatiquement. Va falloir des rouges comme nous autres pour le reprendre.

— C'est du bon patronage : à chacun son tour dans l'assiette au beurre ! C'est comme ça que ça marche et on n'y peut rien.

— Autant battre le chemin pour y arriver.

— En plus que je te l'offre… disons nous l'offre, la photo à monsieur Laurier, dans l'espoir que nos descendants soient tous de bons libéraux…

Elle rit pour la première fois depuis la naissance d'Éva.

Ils s'entendaient comme deux larrons en foire. Mais en chacun, au-delà des motifs terre-à-terre se trouvaient des élans de patriotisme voire d'idéalisme. Eux, autant et plus que la plupart des Canadiens français, vouaient à Laurier une admiration sans bornes enracinée dans leur fierté de la race. L'on espérait de tout cœur qu'un jour, l'un des siens devienne premier ministre de ce pays s'agrandissant chaque décennie pour, osaient avancer certains, s'étendre un jour « a mari usque ad mare ».

Le couple se rendit explorer le magasin à la recherche du meilleur endroit où fixer la fameuse photo appelée à provoquer les échanges et les émois.

— C'est là qu'elle va ! déclara Honoré en désignant le plein centre de la grande pièce, au bout de l'étalage central qui s'élevait jusqu'au plafond. À la place du tabac pis des chandelles. En pleine vue de chaque client qui nous visitera.

— Encore une bonne idée, Honoré.

Il courut au hangar prendre marteau et clous tandis que sa femme libérait les tablettes concernées. Et en pas grand temps, l'espace destiné à Laurier fut aménagé et le cadre accroché, bien accroché. Puis Honoré, entourant les épaules d'Émélie de son bras solide et la retenant contre lui, récita par cœur une partie de discours du valeureux homme d'État.

«*Nous sommes environnés d'une race forte et vigoureuse, d'une activité dévorante qui a pris l'univers entier pour champ de travail. Je suis jaloux, en tant que Canadien français, de nous voir éternellement devancés par nos compatriotes d'origine britannique. Nous sommes obligés d'avouer que, jusqu'ici, nous avons été laissés en arrière. Nous pouvons l'avouer et l'avouer sans honte, parce que le fait s'explique par des raisons politiques qui n'accusent chez nous aucune infériorité... Mais les temps sont changés, et le moment est venu d'entrer en lice avec eux. Nos pères, jadis, ont été ennemis; ils se sont fait, durant des siècles des guerres sanglantes. Nous, leurs descendants, réunis sous le même drapeau, n'aurons plus d'autres combats que ceux d'une généreuse émulation, pour nous vaincre mutuellement dans le commerce, dans l'industrie, dans les sciences et les arts de la paix...*»

Pendant un long moment, leur corde patriotique vibra, puis ils reprirent le chemin de la maison...

∞◌∞

L'affaire Donald Morrison connut son dénouement au cours de l'automne. Le hors-la-loi subit son procès et fut condamné à quatorze ans de prison pour avoir défié la loi. Lourdement sentencé malgré le travail compétent, disait-on, de l'avocat Fitzpatrick qui avait également défendu Louis Riel en 85.

Plusieurs dont Honoré en discutèrent un soir à la boutique chez Foley. Il y avait unanimité à dire que justice n'avait pas été rendue. Personne là, ni ailleurs, ni surtout dans les Eastern Townships, n'aurait imaginé une sentence de plus de un ou deux ans de prison.

Honoré comprit qu'il tairait à jamais la visite au magasin du cow-boy pour qui, lui et sa femme avaient tout de même récité bien des rosaires depuis lors. Faut croire que sans ces prières et celles de toute sa communauté écossaise, la sentence eût été bien pire encore.

Outre cette affaire Morrison, une autre histoire, autrement plus macabre, faisait la une des journaux depuis l'automne 1888, qui s'était passée à Londres, Angleterre. Honoré et les autres en avaient souvent parlé à leurs soirées de boutique, soit chez Racine soit chez Foley. Une histoire à donner froid dans le dos et qui mettait chacun sur les nerfs, surtout sur le chemin du retour à la maison par grande noirceur. Et c'était l'énigme non encore résolue de Jack l'Éventreur.

On en parla chez Foley ce soir de novembre, un an jour pour jour après le dernier meurtre, le plus horrible de tous, et qui avait coûté la vie de Mary Jane Kelly. Tous les hommes présents avaient suivi l'affaire comme tant d'autres de par le monde et chacun se faisait une idée, par les articles de journaux qu'il lisait ou se faisait lire, de l'identité du meurtrier.

— Ça me surprendrait pas pantoute que ça serait un homme de la famille royale d'Angleterre, suggéra Aristide Blais de sa voix qui portait de bout en bout de la boutique. Ça expliquerait en maudit pourquoi que la police lui a jamais mis la main dessus. Ils le sauraient qu'ils le diraient pas, ben entendu. Faut protéger les gros...

— Ben moé, j'pense que ça prend un chirurgien : il est trop habile avec son couteau, ce gars-là, avança Ferdinand Labrecque.

— Ou ben un bon boucher comme toé, lança Honoré qui recueillit l'hilarité générale.

Depuis plusieurs mois en effet, Labrecque, un personnage qui exerçait plusieurs petits métiers en plus d'avoir été élu maire de la paroisse, avait répondu à un besoin criant : celui d'un boucher. Et voici que chaque semaine maintenant, il abattait une ou deux têtes d'animaux, le plus souvent un cochon et un veau.

— Ouais, enchérit Jean Jobin, tu saurais comment t'y prendre pour faire de la belle ouvrage.

— Où c'est que ça s'est passé, ça ? demanda Georges Beaudoin, un cultivateur venu faire ferrer son cheval et dont les connaissances en la géographie du monde se limitaient au mont Adstock qu'il pouvait apercevoir de chez lui.

– À Londres, répondit Honoré. Dans un quartier appelé Whitechapel.

– Comment que tu dis ça, là, mon jeune?

– Whitechapel… chapelle blanche en français.

– Par chance que la nôtre est rendue grise: on se crèrait par icitte.

– C'est de l'autre côté de la mer.

– Ah bon…

Et les mêmes arguments enchevêtrés, parfois contradictoires, permettant de diriger les doutes furent dits et redits là comme dans tous les journaux d'Europe et d'Amérique. Le meurtrier pouvait être un peintre, un fou furieux, ou les deux, un Canadien montréalais ayant fui l'Europe d'où la fin des assassinats crapuleux, un assassin récidiviste évadé de prison et parlant une autre langue que l'anglais en plus que mort quelques jours seulement après le dernier meurtre de la série, ce qui en expliquerait la fin, et même un médecin sataniste du nom de Dr Roslyn Dontsan.

– Il s'en passe donc en Europe! commenta Joseph Foley qui achevait de façonner un fer sur son enclume.

– La civilisation moderne, c'est là que ça se passe d'abord, dit Jean Jobin qui plongea sa pipe dans son sac de tabac pour la bien bourrer avec son pouce.

Et il fut question de l'Exposition de Paris ainsi que de son attraction principale, la tour Eiffel inaugurée le 31 mars. D'aucuns parmi les sept hommes présents n'en avaient jamais entendu parler et se montrèrent incrédules quand on leur apprit que la construction avait plus de mille pieds et qu'elle était entièrement illuminée le soir et la nuit grâce à l'électricité. Honoré les fit ricaner quand il leur dit que bientôt, le Palais du Parlement à Québec et celui d'Ottawa seraient éclairés eux aussi à l'électricité.

— Un fanal électrique, ça prend un grand fanal comme toé, Noré Grégoire, pour nous inventer ça à soir, déclara Georges Beaudoin pince-sans-rire.

— Mieux que ça, déclara Honoré par-dessus les rires provoqués, en Europe, ils ont des petits chars électriques au lieu que traînés par des chevaux comme à Montréal pis Québec. Pis ça s'en vient par chez nous, ça s'en vient vite...

En tout cas, ce soir-là, les discussions sur le progrès prirent le pas sur celles à propos d'affaires judiciaires... Honoré s'intéressait aux deux et quand il manquait d'eau au moulin de la conversation, que ce soit au sujet de l'actualité locale, nationale ou internationale, il y en déversait à plein... Grand avantage non pas d'être instruit comme lui, mais de s'instruire chaque jour comme il le faisait méthodiquement.

∞∞∞∞∞∞

Chapitre 32

1890

Cet hiver-là, le cimetière fut enterré de neige plus que de coutume. Rayé de la surface de la terre par la poudrerie incessante qui balaya le village en janvier et dans la première quinzaine de février. Deux enfants de la paroisse décédèrent de pneumonie. Il fallut chaque fois au bedeau creuser une heure de temps pour déblayer la fosse commune où les cercueils furent déposés en attendant le moment de les mettre en terre au printemps pour le repos ultime des disparus.

Deux hommes de cœur et de fidélité regardaient vers le champ des morts à chaque sortie de messe quand le ciel leur permettait de s'y rendre grâce à une clémence qu'on attendait de lui au moins le dimanche : Édouard Allaire et Georges Lapierre. Et à compter du jour de l'An jusqu'à la fonte des neiges, chacun ne put que prier et se demander si l'âme de la personne disparue se trouvait aussi profondément enfouie dans l'éternité que son corps dans la terre de Saint-Honoré-de-Shenley.

Vint avril. Comme pour leur ménager une surprise agréable, la semaine sainte dégagea entièrement les croix et le sol, et, comme d'autres, le jour de Pâques, les deux hommes au deuil caché, et qui, pour cette raison en plus de bien d'autres, garderaient toute leur vie le brassard noir autour de leur cœur, se rendirent au cimetière malgré les feuilles mouillées et malodorantes en décomposition sous leurs pieds.

Enceinte et nauséeuse, Séraphie, l'épouse de Georges, n'était pas venue à la chapelle. Le jeune homme avait donc tout son temps pour aller saluer Marie. Quant à Édouard, il ne se privait pas de ces visites qu'on pouvait supposer qu'il faisait à sa fille enterrée. Mais Émélie et Honoré savaient bien que son regard se posait tout aussi longuement sur la sépulture de Marie-Rose Larochelle. On le voyait aussi traverser la ligne catholique et aller se recueillir au-dessus de ce pauvre Jean Genest qui continuait de faire peur en raison du lieu non béni où sa dépouille avait été enterrée. Et surtout parce qu'on effrayait les enfants en parlant de son fantôme qui soi-disant rôdait à la brunante pour s'emparer de ceux qui tardaient à revenir à la maison.

— Va donc inviter mon père à manger avec nous autres à midi, demanda Émélie à Honoré.

Le jeune homme en avait fini avec des clients qui repartaient. Il ne restait plus dans le magasin que Célanire et son époux Louis Carrier dont les achats étaient complets et prêts à être emballés par la marchande.

— Doit être retourné au 9.

— Non, je viens de le voir entrer dans le cimetière.

— J'y vas.

— Pis mets-toi un chandail si tu veux pas attraper la mort.

— À vos ordres, chère madame!

Le jeune homme prit un chandail de laine accroché au mur à côté de la porte donnant sur le hangar, l'endossa et sortit par l'arrière. Moins exposée au soleil et au vent, la terre retenait encore quelques petites lames de neige et des traces çà et là qu'il contourna pour se rendre à une barrière étroite permettant maintenant d'entrer à l'intérieur du cimetière par là sans avoir à enjamber les pagées de clôture. Édouard et Georges se parlaient près de la tombe de Marie : un peu plus et il les aurait fait sursauter.

– Monsieur Allaire, suis venu vous inviter à dîner. Émélie pis moi, on vous invite. Elle achève au magasin… Georges, t'as pas Séraphie avec toi ? Tu pourrais venir avec nous autres.

– Non, justement, faut que je retourne à maison. Suis venu dire une prière sur la tombe à Marie comme chaque printemps.

– T'as été le seul amour de sa vie ! dit Édouard qui s'étonna lui-même de pareille phrase.

Georges hocha la tête :

– Pis ça fait quasiment trois ans déjà qu'elle est partie. Trois ans à l'automne… Ça s'oublie pas…

Cela fit penser à Édouard au temps écoulé depuis la mort de Marie-Rose :

– Les années nous filent entre les doigts comme l'avoine quand t'en prends une poignée.

– Quel âge vous avez, monsieur Allaire ? demanda Honoré.

– Proche 60 ans.

– Ce qui veut dire ?

– Tu sais que j'sais pas trop… suis venu au monde en 32 au mois de novembre…

Honoré calcula instantanément :

– Ce qui va vous donner 58 au mois de novembre.

Édouard sourit :

– Quand je vas avoir 60, tu me le diras, Noré.

– J'y manquerai pas… Bon, ben allez-vous venir nous voir tantôt ?

– Je vas y aller.

– Georges ?

– Je vas arrêter un quart d'heure pas plus… pis pas pour manger, là.

Pendant ce temps, Émélie terminait les transactions d'après la grand-messe, reconduisait les Carrier jusqu'à la sortie et verrouillait la porte. Puis elle se rendit voir par la fenêtre du côté du cimetière. Elle y resta un moment à regarder les trois hommes s'entretenir et à imaginer ce qu'auraient pu être les choses sans la mort de Marie. Elle ferma les yeux et vit sa sœur au bras de Georges. Un couple heureux. Un beau couple. Un couple qui ne serait jamais... Puis elle rêva à son père au bras de Marie-Rose. Un autre couple heureux. Un autre couple qui n'avait jamais été et ne serait jamais. Au fond, deux couples qui se ressemblaient : deux couples interdits par la vie.

Alors elle secoua doucement la tête puis revint au centre du magasin où elle salua le portrait de Laurier comme elle le faisait toujours puis consulta l'horloge posée sur une tablette. Il arrivait midi. Il fallait qu'elle se hâte ; Lucie Foley était sur le point de lui ramener Alfred et Éva qu'elle lui faisait garder tous les dimanches avant-midi après la grand-messe en raison du brouhaha au magasin.

Une fois encore, Émélie trouverait le temps de tout accomplir comme si elle avait eu le don de multiplier les résultats de chacun de ses gestes. Ajouter du bois dans le poêle pour que finisse de cuire le ragoût de porc qu'il est désormais plus aisé de faire à cause de l'approvisionnement régulier assuré par Ferdinand Labrecque, un bon boucher. Recevoir les enfants et nourrir le bébé Éva. Veiller sur Alfred qui, débordant de l'énergie de ses trois ans, court partout tant que le sommeil ou la faim ne s'emparent pas de lui. Mettre une nappe sur la table puis la vaisselle et les ustensiles. Faire entrer Mousseline. Faire sortir Mousse. Et risquer à tout moment qu'un client retardataire vienne frapper à la porte pour acheter quelque chose dont il ne peut absolument pas se passer, le plus souvent du tabac à pipe ou à chiquer.

Enfin, les trois hommes furent à table et elle à servir. L'on avait pu convaincre Georges de rester à manger, histoire de se souvenir d'un heureux temps passé. Car le jeune homme avait souvent pris des repas avec les Allaire dans la cuisine de la maison rouge avant le mariage d'Émélie et Honoré. Mais il manquait Marie et rien n'était pareil.

Il fut question de politique comme chaque fois qu'une table réunissait plus d'un homme. Cette fois, on parla de la mort de

John A. MacDonald toujours premier ministre du pays et qui, à 75 ans et très sérieusement malade, risquait de passer l'arme à gauche d'un mois à l'autre.

Personne dans la pièce ne le regretterait et chacun garderait toujours en tête, comme la plupart des Canadiens français, l'exécution de Louis Riel cinq ans auparavant.

Il fut aussi question de Mercier dont les journaux affirmaient qu'il annoncerait des élections pour le mois de juin. On lui reprochait de n'avoir toujours pas fait construire le tronçon de chemin de fer Scott-Mégantic passant par Saint-Évariste ni celui reliant le bas de la Beauce à Saint-Georges tandis que le gouvernement avait pourtant établi un réseau ferroviaire du côté des Laurentides au nord de Montréal, au Lac-St-Jean et jusque dans la région de la baie des Chaleurs. De plus, on se félicitait à Québec de la modernisation de routes favorisant l'industrie laitière et la colonisation de nouvelles régions de même que d'investissements préliminaires devant mener à la construction d'un pont sur le fleuve à Québec.

– C'est à Ottawa que ça va se passer, déclara Honoré qui prévoyait des changements politiques au pays. Je pense qu'il va y avoir des élections de ce côté-là avant un an pis que notre homme va prendre le pouvoir.

– Si les femmes avaient le droit de vote, Laurier gagnerait, affirma Émélie en s'asseyant à son tour, un bon moment après les hommes.

Honoré eut une quinte de rire. Non qu'il se moquait de l'idée bien au contraire, mais au souvenir d'un article farfelu qu'il avait lu peu de temps auparavant dans le journal. Il en fit état:

– Hey, j'en ai lu une bonne... Sais-tu où est le journal avec l'article sur les femmes et le vote?

– Il est là où il doit être.

– Ce qui veut dire?

Elle fit un signe de tête en désignant la salle des toilettes et ça déclencha un autre fou rire de la part d'Honoré qui se leva et courut chercher le journal en question. Il revint en feuilletant les pages et marmonnant :

— Pourvu que l'article soit pas parti...

— Pourvu qu'il soit parti, fit Émélie qui commença à son tour à manger.

— Je l'ai...

Il replia le journal pour en faire un carré contenant uniquement l'article et résuma la première partie avant de lire la suite.

— Le titre : *Les femmes trop légères pour voter ?* On dit que les femmes ont une légèreté d'esprit qui est une de leurs grâces, mais qui les rend inhabiles à se livrer assidûment aux occupations absorbantes, pénibles et parfois dégradantes de la vie publique... En tout cas, ça se passe à la législature du Vermont. Il y a été présenté un projet de loi qui donne le droit de vote dans les affaires municipales aux femmes sujettes à impôt. Le principe : si tu payes de l'impôt, t'as le droit de vote. Mais y a un problème... Je vous lis ce qui suit... Bien que le projet de loi en question soit appuyé de nombreuses pétitions à la législature, il n'y a pas une seule de ces pétitions qui émane d'un groupe de femmes, et pas une signature de femme sur aucune pétition, malgré les obsessions de leurs prétendus protecteurs...

— Autrement dit, intervint Émélie, c'est les femmes plus que les hommes qui doivent être converties à l'idée de voter. Je vous dis qu'on est pas sorties du bois, nous autres, les femmes.

— Quoi, fit Édouard, tu voudrais voter, toé ?

— Ça changerait quoi ? demanda Honoré. Ton père est libéral, ton mari est libéral...

— Je voterais selon ma conscience, pas selon mon mari.

Honoré éclata de rire encore et entraîna les deux autres à sa suite. Il se dépêcha de se rattraper :

— J'ris pas de ton idée, Émélie, j'ris de penser que les femmes en veulent même pas, du droit de vote. Mais elles disent exactement le contraire : *j'voterais comme mon mari.* Ce qui en fin de compte changerait rien du tout aux résultats des élections.

– C'est ça, la légèreté des femmes, dit-elle. Mais ça va finir par changer si des Émélie Allaire entreprennent de les convertir une par une... Ça prendra le temps qu'il faut...

Il y avait dans les sourcils, le regard, le ton de la jeune femme tant de détermination qu'on la prit au sérieux. Même le petit Alfred leva la tête vers sa mère pour questionner cette façon de parler qu'il ne connaissait guère...

∞∞∞∞∞∞∞

Chapitre 33

Juin 1890

— Honoré, faut que tu leur fasses ôter leurs grosses bottes d'étable toute crottées de fumier avant d'entrer ici, protestait Émélie en regardant son cher salon transformé en salle de comité politique.

— Émélie, un électeur, faut que tu le traites comme il faut, je dirais même aux petits oignons hachés fins.

— C'est ça: en le laissant graisser de fumier mon plancher, mes laizes de tapis, mon sofa...

— Je vas m'occuper de tout nettoyer comme il faut après les élections.

— Toi, nettoyer, c'est pas trop ton fort. Quand c'est pas des femmes engagées, c'est Émélie qui doit faire ça. C'est pas d'l'ouvrage d'homme, je le sais, mais nettoyer l'étable, ça, c'est d'l'ouvrage d'homme... pis t'es en train de faire de mon salon une vraie étable. Le thé va goûter ce que les chevaux sentent...

— C'est pas si pire que ça! Ils se mettent jamais les pieds sur ton sofa, voyons. Les laizes, on les fera tremper pis ça va revenir comme des neuves.

— Si fallait que madame Restitue voie ses belles laizes!

Le couple demeurait dans l'embrasure, mais avant d'y faire venir son mari, la jeune femme avait pris soin d'allumer les deux lampes et d'ouvrir les tentures pour que lumière soit faite sur l'état de la place.

— Toi pourtant Honoré, quand tu vas travailler à l'étable, tu les ôtes, tes grosses bottes.

— Ben oui, pis je vas continuer à le faire… mais, on est en temps d'élections là… pis je m'en vas te le dire, des bons libéraux, ça doit accepter de voir un peu de fumier dans leur salon.

— Ben là, là, mon cher Honoré Grégoire, on s'entend pas pantoute, pantoute.

— Qu'est-ce que tu veux faire, c'est moi, l'organisateur libéral dans la paroisse. Faut que je fasse ce qu'il faut faire.

— Ça empêcherait pas de faire ce qu'il faut faire de leur faire ôter leurs « motadites » grosses bottes crottées avant d'entrer dans mon salon.

— Eux autres, ils viennent pas dans ton salon, ils viennent au comité libéral. Émélie, on les fait pas déchausser quand ils arrivent à la porte du magasin.

— Le magasin, c'est pas pareil, tu sauras. C'est un lieu public. Les planchers sont en bois franc. Pis on a tout ce qu'il faut pour bien nettoyer à tous les jours tandis que mon salon, c'est un endroit chic.

— Émélie, dit Honoré sur un ton conciliant, nos clients, notre monde, c'est tout des cultivateurs quasiment… en tout cas les trois quarts et plus, qui font des travaux d'étable pis…

— Ouais, mais quand ils viennent à messe, ils se mettent des souliers fins, des souliers de beu… ils les ôtent, leurs grosses bottes.

— Pas tous. Tu le sais. Loin de là. Il nous en vient le dimanche après la messe qui en ont épais en dessous les semelles de bottes.

— Bon ben Honoré, tu t'occuperas de remettre le salon dans son état, sinon c'est moi qui enverrai une facture à l'honorable Mercier après les élections pour dégâts au fumier pis à l'odeur.

— Dis donc, Émélie Allaire, t'as été élevée sur une terre. Ton père était cultivateur pis l'est encore. Les Leblond où c'est que t'as grandi : des cultivateurs. Tu dois savoir, tu dois connaître comment ça marche.

– Justement… mon père pis monsieur Leblond, c'est des hommes qui ôtaient leurs bottes en rentrant dans la maison.

Le ton entre les deux était carrément à la prise de bec en ce jour de juin, à deux semaines des élections provinciales prévues pour le 17 alors que le premier ministre Mercier et son groupe de libéraux solliciteraient un nouveau mandat à la population canadienne-française et canadienne-anglaise de la province.

Émélie était plus propre que libérale.

Elle continuerait d'appuyer Mercier, de saluer la photo de Laurier dans son magasin, mais elle ferait en sorte que la chambre d'entreposage à l'avant soit vidée à l'annonce d'une élection et serve, de refuge pour les organisateurs et électeurs dont plusieurs n'y venaient que pour manger quelques bonbons qui leur étaient offerts gracieusement par le magasin dans un grand plat de verre ciselé qui brillait sous le moindre éclairage.

De toute façon, Honoré libéra la dite pièce qui devait servir de bureau de scrutin le lundi électoral.

Le 17 juin, Mercier, héros des foules et idole de son peuple, fut réélu. Et ce, malgré tous les complots tramés contre lui par les conservateurs de John A. MacDonald à Ottawa. Et parmi ceux-là, l'envoi à New York et Londres d'émissaires du gouvernement canadien pour couper les jarrets du premier ministre provincial dans sa tentative d'emprunt de 3,5 millions visant à stabiliser les finances publiques. Mercier toutefois avait alors fait un joyeux pied-de-nez à MacDonald en se tournant vers le Crédit Lyonnais de Paris qui avait prêté le capital voulu à la province de Québec.

Le résultat des élections ne parvint à Saint-Honoré que le jour suivant par le biais des journaux. Ce 18 juin 1890 était un mardi à ciel variable où la pluie alternait avec les percées de soleil. Mais rien qui empêchât les organisateurs de paroisse et bien des électeurs de se rendre au village aux fins de savoir qui avait gagné. Et donc qui avait perdu.

Plus d'une centaine d'hommes et quelques femmes se regroupèrent sur la place de la chapelle devant la plate-forme érigée pour la fondation de la Confrérie du St-Rosaire. D'autres femmes étaient venues avec leur mari, mais préféraient aller au magasin acheter, regarder la marchandise nouvelle ou simplement jaser avec Émélie.

Le bruit avait couru, mais Honoré l'annonça officiellement :

– Mes bons amis, l'honorable Honoré Mercier a gagné ses épaulettes… et si vous voulez, on va le chanter ensemble… Allons… Il a gagné ses épaulettes, maluron malurette ; il a gagné ses épaulettes, maluron maluré… maluron maluré… maluron maluré…

Ce furent des applaudissements nourris. Seul le curé s'abstint tout en se frottant les mains pour ne pas le montrer. Il n'avait pas voté Mercier. Mais comment aurait-il pu refuser à Honoré cette tribune ? Et puis la séparation entre les affaires religieuses et celles de la politique ne l'offusquait pas autant que d'autres prêtres et surtout évêques de la province.

– Mes bons amis libéraux… voici la répartition des sièges. Libéraux : 43 sur 73. Conservateurs : 23. Nationalistes : 5. Conservateur indépendant : 1. Et ouvrier : 1. Victoire libérale : victoire de l'honorable Mercier.

Applaudissements nourris des auditeurs debout.

– J'ai ici entre mes mains une lettre qui me vient de l'honorable Mercier lui-même, et adressée aux gens de Saint-Honoré, et qui nous annonce une très bonne nouvelle… C'est pas une promesse d'élection d'abord que vous avez voté déjà… Et c'est que monsieur Mercier s'engage à faire voter les crédits nécessaires sous son actuel mandat pour faire prolonger la ligne du Quebec Central de Scott à Mégantic en passant par Saint-Évariste…

Applaudissements nourris et cris.

– Et ce qui me porte à croire que c'est la vérité, c'est la liste des grandes réalisations de monsieur Mercier depuis sa prise du pouvoir en 87. Je vous l'aurais dit avant l'élection, mais la lettre est arrivée en retard...

D'aucuns pensèrent que Barnabé Tanguay, le maître de poste, un bleu teinté favorisé par les conservateurs, avait pu retenir le courrier adressé à l'organisateur libéral en chef de la paroisse par le bureau du premier ministre. Même Honoré le pensa, mais il n'en dit mot afin d'éviter que les oppositions de pensée ne se transforment en querelles politiques. Ardent libéral, il l'était, mais homme de bonne entente paroissiale, il l'était encore davantage.

– Lis-nous ça, Noré! lança une voix forte que le jeune orateur de fortune reconnut être celle de Cipisse Dulac.

– À une conférence interprovinciale, il a fait adopter vingt-six résolutions visant à augmenter l'autonomie des provinces et abolir le droit de veto du fédéral... au grand déplaisir de John A. Macdonald...

Huées abondantes...

– Le chemin de fer Québec-Lac-St-Jean a été complété. Un bureau d'immigration québécois a été ouvert à Montréal. Un comité de la santé a été créé...

Hourras et bravos!

– Mercier a attaqué le pouvoir de taxer du fédéral et sa capacité de forcer les Canadiens français du Québec, par le biais de la conscription, à aller se battre dans de sanglantes et lointaines guerres...

Huées à l'endroit du fédéral se mélangèrent à des bravos à l'endroit de Mercier.

– Des lois ont été votées pour contrôler les conditions sanitaires et le travail des enfants dans les usines...

Là, les applaudissements furent mitigés. Rares étaient ceux parmi cette foule qui ne faisaient pas travailler les enfants sur la terre, aux foins, aux labours, aux récoltes, à la cueillette de fruits, au train, et souvent durement. Ces lois les inquiétaient bien un peu. Honoré reprit:

– Mercier a nommé les trois premiers inspecteurs d'usine de la province. Il a fait du développement économique sa priorité. A fondé des écoles du soir pour les travailleurs. A subventionné le développement des chemins de fer... comme il va le faire pour la ligne Scott-Mégantic... Il parle de faire construire un pont sur le fleuve à Québec... imaginez le progrès, mes amis... Et... c'est monsieur le curé qui sera content d'entendre ça... écoutez ce que monsieur Mercier a dit le jour de la Saint-Jean-Baptiste l'année passée.

L'abbé Fraser se redressa sur sa chaise et fabriqua un sourire qu'il accrocha à son visage puis mit sa main derrière son oreille pour signaler à Honoré qu'il était tout ouïe, ce qui permit d'accaparer l'attention de tous, si bien que seul le bruit stridulent des nombreux maringouins en quête de sang frais fut encore audible.

Voyant la foule réchauffée, Honoré prit le ton du grand tribun pour parler à sa place :

– La province de Québec est catholique et française et restera catholique et française. Tout en affirmant notre amitié et notre respect pour les représentants des autres races et religions, tout en déclarant notre empressement de leur donner leur juste part en tout et partout, nous déclarons solennellement que nous ne renoncerons jamais aux droits qui nous sont garantis par les traités, par la loi et la constitution... Cessons nos luttes fratricides et unissons-nous ! »

Ça n'avait pas le bruit du tonnerre, mais ce fut un tonnerre d'applaudissements. Saint-Honoré affichait du retard sur ceux qui avaient entendu le même discours dans la bouche de Mercier un an plus tôt, mais la spontanéité et la chaleur ne faisaient pas plus défaut là qu'à Montréal ou ailleurs dans la province.

Et pendant que son mari haranguait les électeurs heureux de leur victoire, Émélie choisit quelques-unes de ses clientes présentes, celles dont les époux avaient le plus fréquenté son salon, et les y envoya pour qu'elles puissent constater l'état pitoyable des lieux et l'odeur qui s'en échappait et circulait dans tout le magasin.

– Vous excuserez la propreté, mais on fournissait pas durant la campagne électorale. Comme vous le savez, tous les hommes sont pas d'une propreté impeccable, mais je vous garantis que dès la semaine prochaine, le salon brillera comme un sou neuf et sentira la meilleure des odeurs.

Il semble que personne n'avait remarqué.

Tout cela permit à Émélie de se rendre compte une fois pour toutes qu'il leur fallait engager quelqu'un. Malgré des efforts inouïs, elle ne pouvait simplement plus suffire à voir à tout. Et quand, un mois plus tard, elle se sut de nouveau enceinte, on se mit en quête d'une personne fiable, vigoureuse, énergique, sachant lire, écrire et compter, capable de prendre soin des enfants sans les battre.

Honoré suggéra d'écrire une offre d'emploi dans la vitre de la porte du magasin. Émélie pensa et dit que ce n'était pas la meilleure idée.

– Toutes celles qui se présenteront et qui n'auront pas la place comprendraient mal et ça nuirait au commerce. Vaut mieux pas en parler. Observer les jeunes filles. Faire une liste en secret. Écrire le pour et le contre. Finalement, on sélectionnera. Si celle qu'on choisit refuse, ce qui me surprendrait pas mal, on demandera à la suivante sur notre liste.

– Tu ferais un sapré bon politicien, Émélie.

Fort sérieusement, elle rétorqua:

– Mais que veux-tu: y a que les hommes pour faire des politiciens. Faut croire que les femmes sont trop propres pour ça…

– T'aimes donc ça me faire étriver, toé.

– Ben commençons ça, la liste des personnes…

– Pas d'hommes là-dedans?

– Y a les enfants, Honoré…

– C'est vrai… Pas d'hommes sur la liste…

Ils étaient à se parler de part et d'autre du comptoir dans un magasin qui, à cette heure du soir, ne comptait aucun client, lorsque leur échange à propos des jeunes personnes possiblement disponibles pour répondre à leur offre fut interrompu par la clochette de la porte d'entrée. Apparut un jeune inconnu d'à peine 20 ans comme en témoignaient les traits de son visage. Il portait un chapeau à larges rebords comme celui d'Honoré qu'une main criminelle aux très longs doigts féminins avait fait disparaître à tout jamais après en avoir fait un nid de poule pendant un temps puis un jour, l'avoir découpé avec une paire de ciseaux et en avoir brûlé les composantes dans un feu joyeux, secret et sacré. Sacré car cette main avait pris soin d'ajouter aux flammes une petite branche de rameau bénit pour l'expiation de ce péché de destruction du bien d'autrui.

— Bonsoir m'sieur, bonsoir m'me.

— Bonsoir.

— Bonsoir.

Il avança aussitôt sa tête vers un étalage pour y examiner sans les toucher des dards utiles aux pêcheurs. Le jeune homme n'avait aucune envie d'en acheter car il en possédait quelques-uns enfouis dans une sacoche qui se trouvait dans sa voiture avec ses autres possessions.

Émélie et Honoré baissèrent la voix pour continuer leur investigation qui consistait à visiter par l'imagination les foyers de la paroisse un à un, systématiquement…

Le visiteur disparut derrière l'étalage central. Tout étranger qu'il fût, on ne craignait pas qu'il s'emparât de quoi que ce soit. Ça n'était jamais arrivé. Les sommes entrées et les inventaires bisannuels balançaient invariablement; et sinon, il s'agissait d'erreurs qui se corrigeaient d'elles-mêmes la prochaine fois.

Deux ans avaient passé déjà depuis qu'un autre homme solitaire et inconnu s'était amené au magasin. Il était une célébrité du monde judiciaire qui ne faisait pas partie du camp dit le meilleur et croupissait en la prison de St-Vincent-de-Paul pour quatorze années.

– Je vas lui demander si je peux lui être utile… s'il cherche quelque chose en particulier, dit Honoré qui s'éloigna aussitôt du comptoir.

– Ce que je cherche, vous l'avez peut-être, mais vous l'avez peut-être pas non plus.

L'inconnu avait compris pourquoi le marchand s'approchait de lui et il avait pris les devants.

– Dis toujours, mon homme.

Honoré tutoyait automatiquement les hommes plus jeunes que lui et il était sûr que celui-là ne dépassait pas ses 24 ans à lui.

– Je cherche de l'ouvrage.

Honoré eut un rire à trois éclats :

– Ça adonne drôle parce qu'on est justement, ma femme pis moé, en train de chercher quelqu'un pour travailler.

– Mais pas un homme, malheureusement, lança Émélie de loin et à qui l'échange n'avait pas échappé.

– Mais pas un homme, reprit Honoré qui fit la moue et donna un léger coup de tête vers son épaule droite comme il le faisait souvent depuis quelque temps, comme s'il avait plus souvent qu'auparavant à dire «je suis désolé».

– Pourquoi qu'un homme pourrait pas le faire? demanda l'étranger en suivant Honoré vers le comptoir d'Émélie.

– Parce qu'il faut prendre soin des enfants pis servir au magasin.

L'homme s'arrêta au centre du lieu le mieux éclairé du magasin et qui l'était encore davantage du fait que le soleil n'était pas encore tout à fait disparu dans l'horizon de l'ouest et dispensait encore de la lumière à l'intérieur de la maison rouge. Il ôta son chapeau afin de montrer son savoir-vivre devant une dame, d'autant que la beauté et le port de tête noble d'Émélie l'estomaquaient.

– J'comprends ça. Avoir soin comme il faut des enfants, ça prend des mains de femme. La main de l'homme, c'est pour les corriger quand ils font du mal.

Émélie fronça les sourcils. Elle pensait qu'il n'appartenait pas à un homme de corriger les enfants, mais bel et bien à la mère qui était le mieux capable d'adapter la punition à la faute sans pour autant blesser l'enfant dans son moral. Elle en avait discuté avec Honoré avant et après leur mariage et là-dessus, ils s'entendaient plutôt bien.

L'inconnu remarqua la réaction de la femme et reprit:

– Mais une correction, c'est pas une volée. Qui aime bien châtie bien, dit la Bible. Pis moé, je dis: qui aime mal châtie mal. J'me présente… Marcellin Lavoie… Je viens de pas mal loin… Ça fait plusieurs jours que je voyage… Quand suis arrivé au milieu du village tantôt, j'me suis dit: c'est par icitte que je m'installe. C'est le bout du voyage.

– Sais-tu lire, écrire pis compter? demanda Honoré.

– Lire pis écrire: couramment.

– Pis compter?

Le jeune homme fit rapidement un calcul:

– Vingt-deux plus douze, moins quatre, divisé par trois, multiplié par deux, plus deux, ça donne quoi?

– Tu parles vite, mon ami, dit Honoré.

– Vingt-deux est la bonne réponse, fit Émélie qui en profitait pour détailler leur visiteur de pied en cap.

Châtain clair, cheveux vagués jusque sur la nuque, regard bleu: l'air du Jésus sur les illustrations en vogue. Grand, athlétique, les bras musclés et velus, il paraissait sourire dès qu'il ouvrait la bouche pour parler, mais son visage retraitait derrière un voile de mystère sitôt qu'il reprenait son sérieux.

– Ça donne mon âge… pis mon âge, ben c'est ben ça: 22 ans.

Émélie ouvrit les bras et les mains:

– Ça donne rien de parler de ça, Honoré, on prend pas un homme à cause des enfants.

– Je demande ça au cas où… On sait pas l'avenir… Si on vient assez gros, on pourrait avoir besoin d'un commis à plein temps. Pis d'une servante à plein temps… Vu que notre ami veut s'installer dans la paroisse… Mais j'pense que de l'ouvrage, il pourrait y en avoir de ce temps-là au moulin à scie. Pis si c'est pas assez, il pourrait de temps en temps travailler avec ton père sur sa terre. Il pourrait s'adapter aux besoins de monsieur Allaire pis à ceux de Théophile Dubé.

– C'est où, le moulin à scie ?

– C'est vers la sortie du village de notre bord.

– Il doit y avoir une rivière par là.

– Non, le moulin vire pas par le courant d'eau, c'est avec un engin de train de char que Dubé a acheté pis déménagé en morceaux et remonté.

– Un engin à vapeur.

– En plein ça.

– Monsieur Dubé reste pas loin ?

– La maison d'après. Ça me surprendrait qu'il te prenne pas.

– Je vous ai dit mon nom, mais vous autres, c'est ?

– Honoré Grégoire… et ma femme Émélie.

– Vous avez un beau magasin. Ordonné. Propre.

– On devrait lui faire prendre une tasse de thé dans mon salon, suggéra Émélie.

– Bonne idée, approuva Honoré. Pour souhaiter la bienvenue à un futur paroissien.

L'homme n'hésitait pas dans ses réponses, mais il éludait les questions concernant son lieu d'origine qu'il désignait par «les bas», ce qui ne signifiait pas grand-chose. Pour trouver gîte et couvert advenant qu'il trouve du travail, Honoré lui suggéra de se rendre chez son cousin Anselme, le fils de Grégoire, maintenant établi sur une terre voisine de celle de Prudent Mercier du côté de la chapelle, et longeant le Grand-Shenley.

Quand il fut parti après avoir exprimé de la reconnaissance, le couple, de retour à sa liste, s'interrogea.

— Il a une drôle de voix, as-tu trouvé, Honoré ?

— Comme tu dis : des fois, elle claque comme un coup de fouet, d'autres, elle est reposante.

— Il a pas l'air mauvais.

— J'y ai pas pensé, mais peut-être qu'on pourrait le prendre, nous autres, à temps partiel comme commis. Toi, ça te donnerait du temps pour les enfants.

— Écoute, Honoré, j'veux pas être une femme qui s'occupe rien que du magasin, mais j'veux pas non plus être une femme qui s'occupe rien que des enfants. Je les aime, mes enfants, mais il me faut les deux.

Le jeune homme posa sa main sur celle de sa femme et se fit tendre :

— On va s'arranger pour que tu t'occupes des deux de la manière que tu veux. Pis pour ça, la première affaire, c'est de trouver une servante qui sait lire, écrire pis compter.

— Mon premier choix, c'est elle, fit Émélie en montrant un nom à l'aide de son crayon.

— Odile Blanchet ?

— Oui, monsieur. Elle a 13 ans. Elle vient de finir l'école. Débrouillarde. Vive comme un poisson dans l'eau. En santé. Elle a le sourire facile. Si elle travaille, y a des chances pour qu'elle se marie pas avant 18 ou 19 ans, ce qui nous la laisserait pour 5 ou 6 ans. Qu'est-ce que t'en penses, toi ?

Il ne tergiversa pas :

— J'pense que ça sera la p'tite Odile…

Le jour suivant, Émélie se rendit en personne à la maison des Blanchet sur la Grand-Ligne et la jeune fille, tout comme ses parents, fut enchantée de la proposition. Elle accepta aussitôt et eux aussi. Même qu'Émélie la ramena au village avec sa petite valise.

Elle fut interceptée devant le moulin à scie par l'étranger de la veille qui demanda à savoir où était cet Anselme Grégoire dont on lui avait parlé.

— Suivez-moi, dit-elle à l'homme à pied.

— J'ai eu de l'ouvrage; je commence demain. Monsieur Dubé a dit qu'avec votre recommandation, je devais être un bon travaillant.

Il marcha à côté de la voiture d'Émélie. Odile qui était transportée de joie mais voulait éviter de faire un faux pas, regarda à peine le personnage qui lui cependant la remarqua. Et photographia dans sa tête son petit chapeau plat orné de fleurs et d'un ruban blanc à deux sections qui volaient parfois sous un léger coup de vent.

— Où c'est que vous avez mis votre voiture pis votre cheval? demanda Émélie.

— J'ai dételé en arrière du moulin pis mon cheval est dans le clos de pacage à monsieur Dubé. J'sais pas si monsieur Anselme va vouloir pensionner mon cheval?

— Vous pouvez être sûr que oui. Ben... s'il vous prend, vous, il va prendre votre cheval.

— J'ai parlé à quelques personnes depuis hier soir et j'peux dire qu'on vous porte sur la main à Saint-Honoré, vous, les Grégoire.

— On fait notre possible pour ben servir le monde au magasin.

— C'est plus que ça... Rien que ça vous vaudrait le respect, mais vous êtes des gens aimés du monde.

Cette parole toucha profondément le cœur d'Émélie. Depuis son arrivée en ce village dix ans auparavant, elle avait fait son gros possible pour rendre service à toute la population sans exception, dans la patience, dans le respect, dans l'aménité et dans la joie, même dans les moments aussi tristes que ceux d'octobre 87 alors qu'elle avait dû faire son deuil de sa sœur chérie. Il avait fallu un jeune étranger pour découvrir une telle chose que les gens savaient au fond d'eux-mêmes mais taisaient, et la lui dire. Elle en eut la larme à l'œil. Il comprit qu'il avait touché une corde sensible en cette magnifique femme.

— Votre père, c'est quelle maison dans le 9?

— La troisième du côté ouest.

— Je vas y aller après que j'aurai vu monsieur et madame Anselme...

— C'est pas sûr que papa aura besoin vu qu'il a demandé à quelqu'un l'autre jour, mais...

— J'pensais que...

— Si vous manquez d'ouvrage, peut-être qu'on pourrait vous en donner de temps en temps comme commis.

Odile ressentit de l'insécurité. On lui avait offert d'être gardienne et commis à l'occasion, et voilà qu'on proposait à ce jeune homme d'agir en tant que commis.

Émélie indiqua du doigt la maison d'Anselme à quelque distance de la rue sur une petite côte et Lavoie prit congé en saluant.

— Un monsieur d'homme! confia Émélie à Odile.

— C'est qui?

— S'appelle Marcellin Lavoie.

Elles ne se dirent rien d'autre sur le chemin du retour. Émélie songeait à cet étranger qu'elle trouvait poli et distingué: deux qualités qui lui plaisaient chez les hommes, car bien peu les possédaient jusque dans la délicatesse.

Odile aurait bien aimé avoir cinq ans de plus afin de lui faire les doux yeux...

∞∞∞∞∞∞∞

Chapitre 34

Ensuite...

Le jeune étranger fut aussitôt embauché par Théophile Dubé qui, après avoir échangé avec lui, décida d'en faire son scieur principal, donc de lui confier la grand-scie. Il l'entraînerait tout d'abord puis l'y ferait travailler à l'occasion quand le cultivateur qui agissait déjà comme scieur serait retenu très bientôt par ses travaux agricoles.

D'autre part, le moulin ne virait que quatre jours par semaine, ce qui permettrait à Lavoie de louer ses services le vendredi et le samedi, ou bien à Édouard Allaire ou à Honoré Grégoire suivant les besoins prioritaires de chacun. Le chemin tracé pour lui par le couple Grégoire s'ouvrait largement devant le jeune homme dont on ne savait pourtant pas grand-chose encore, mais qui inspirait la confiance.

En août, il fut initié à la grand-scie, mais aussi aux travaux d'un commis de magasin. Il se comporta admirablement dans les deux tâches et donna satisfaction pleine et entière à ses employeurs. Il gagnerait suffisamment pour payer sa pension et celle de son cheval chez Anselme Grégoire, pour se constituer un petit bas de laine et pour se payer du linge et des frivolités à l'occasion.

Ponctuel, intègre, vaillant et avenant, tels étaient ses principaux atouts. De plus, il ne jurait pas et respectait les dévotions obligatoires sans toutefois montrer beaucoup d'ardeur à la prière apparente. Il déclina même poliment l'offre d'Honoré de faire partie des « associés » de la Confrérie du St-Rosaire, prétextant qu'il préférait s'adresser directement au Seigneur dans ses mots à lui et non par le biais de formules répétitives qui, disait-il, endorment.

Odile Blanchet possédait des qualités semblables avec en plus la capacité de se faire aimer des enfants. Elle faisait tant rire le petit Freddé qu'il en avait souvent les larmes aux yeux. Et quand Éva pleurait, elle avait tôt fait de la consoler en la berçant, en lui murmurant des mots rassurants, en la réchauffant sur elle ou en l'alimentant au biberon. Elle occupait une des chambres du haut de la résidence familiale et devait se soumettre aux règles strictes d'Émélie quant à l'horaire quotidien : lever, tâches régulières, repas, coucher. Tout cela était bien moins rigide que dans sa propre famille et elle s'en accommodait fort bien.

En ce 1er septembre, tandis qu'ils se trouvaient seuls au magasin, Émélie et Honoré se parlèrent de leurs deux nouveaux employés, et en des termes élogieux seulement, multipliant les exemples de bonne attitude de leur part.

— Dimanche, ton père m'a dit qu'il avait eu Marcellin vendredi pour bûcher du bois de poêle. « Un vrai forcené à l'ouvrage », qu'il m'a dit.

— C'est à se demander où c'est qu'il prend toute son énergie, commenta Émélie.

— Faut dire qu'il mange comme un défoncé.

— C'est pas un défaut pour quelqu'un d'aussi travaillant.

— Pis la p'tite Odile, elle est donc vite sur ses raquettes !

— On a fait le bon choix... Faudra pas oublier de leur acheter chacun un cadeau du jour de l'An à notre voyage à Québec la semaine prochaine.

— On y manquera pas...

∞∞∞

En effet, les Grégoire s'étaient entendus pour aller ensemble à Québec en passant par Thetford pour y faire des achats dans le gros en vue de l'hiver et du jour de l'An, marchandise qui serait aussitôt acheminée de Lévis à Thetford où ils la reprendraient dans l'entrepôt de la gare quitte à faire plus d'un voyage aller et retour de là à Shenley la semaine d'ensuite.

Et puis ils en profiteraient pour visiter Alice Leblond à l'hôpital Général où par ailleurs Cédulie se rendrait pour l'occasion. Les trois jeunes femmes pourraient ainsi partager un repas ou deux en se parlant de leur jeune temps.

Honoré avait pris entente avec Théophile Dubé pour que celui-ci libère Marcellin afin qu'il s'occupe du magasin toute la durée du voyage tandis qu'Odile serait la gardienne des deux enfants.

Et le couple se mit en chemin dans une grosse voiture à ridelles tôt le matin du lundi, 9 septembre, tout juste aux aurores. On ne serait à Thetford qu'à la toute fin de l'après-midi. Une première partie de voyage interminable sous un soleil raisonnable. On avait l'habitude.

Une clef du magasin avait été confiée à Marcellin.

Joseph Foley avait dit à Honoré qu'il faisait confiance un peu vite à un étranger si peu loquace sur ses origines.

«Un homme malhonnête aurait pas installé ses pénates par chez nous,» lui avait répondu le marchand. «Et puis il partirait avec sa voiture et nos marchandises qu'on mettrait la police à ses trousses et le jeune homme irait pas ben loin.»

Mais cette idée n'avait même pas effleuré l'esprit des Grégoire. Honoré gardait une grande confiance en le flair de sa femme qui avait la méfiance facile. Émélie avait été la première à vouloir se fier à ce nouveau venu dans la paroisse. «Un homme travaillant comme ça, disait-elle, a pas besoin de voler pour être heureux pis pour gagner sa vie. C'est les fainéants qui volent…»

Malgré qu'elle n'ait pas encore ses quatorze ans, Odile faisait preuve d'un haut sens des responsabilités. Elle était capable de faire tout ce qu'une femme adulte pouvait faire, y compris préparer à manger, ce qui constituait la tâche la plus exigeante et délicate. Certes, il lui manquait l'expérience, mais en situation d'urgence, elle pourrait compter sur les deux voisines, mesdames Foley et Mercier. Il avait aussi été convenu que Restitue Jobin viendrait à la résidence une ou deux fois par jour durant l'absence des maîtres. C'est donc l'esprit tranquille que le couple avait quitté la maison à l'aube.

On aurait pu confier la garde des enfants aux voisins ou à madame Restitue, mais Émélie qui très jeune, avait hérité de lourdes responsabilités, croyait qu'il fallait en confier à Odile qui saurait relever le défi. C'est en se fiant à elle qu'on en ferait quelqu'un d'encore plus fiable. De toute manière, Lucie, Agathe et Restitue veilleraient au grain.

Odile se rendit à la fenêtre quand elle vit passer Marcellin devant la résidence. Il l'aperçut et lui adressa une salutation de la main et du sourire. Elle répondit par un geste à moitié accompli, le cœur en accéléré, le sourire embarrassé. Ce serait, se dit-elle, la seule fois de la journée où elle le verrait puisque la porte donnant sur la passerelle entre la résidence et la maison rouge était cadenassée ; en conséquence, pas question que le jeune homme ne s'amène par là ni qu'elle se rende au magasin par cette voie presque intérieure.

Et les clients furent bien étonnés d'avoir affaire à un pur étranger. Il dut s'expliquer chaque fois, et dire que les Grégoire seraient absents toute la semaine pour voyage d'affaires, et qu'il était le commis occasionnel, mais qu'il travaillait aussi et surtout au moulin à scie.

Tout en cette première journée se passa pour lui et pour Odile comme désiré par Émélie et Honoré.

Quand elle effectua ses visites à la résidence Grégoire tel que prévu et demandé, Restitue constata que tout était sous contrôle habile de la jeune Odile. Les deux enfants paraissaient aux anges avec elle. Éva mangea sa bouillie saupoudrée de sucre d'érable.

Freddé montra la même exubérance voire une plus grande qu'en présence de sa mère. C'est que la jeune gardienne lui faisait bien moins la remontrance et lui passait en riant ses petites frasques d'enfant. Elle se conduisait avec eux comme une grande sœur, pas comme une mère. Et cela était bien, très bien aux yeux de Restitue.

Sans qu'elle n'y ait été conviée, la femme prit la décision de se rendre au magasin pour en savoir plus sur cet étranger entré si vite dans les bonnes grâces des époux Grégoire. Il lui vint à l'idée qu'à deux, les questions fuseraient bien plus densément et que le jeune homme se livrerait peut-être malgré lui sous le poids de l'interrogatoire. Pour être deux, il en fallait une autre; elle pensa que la plus curieuse de cette paroisse était sans doute Célina, l'épouse d'Édouard Paradis, une «questionneuse» de première force.

Et se rendit lui proposer de l'accompagner en ajoutant que les renseignements qu'elles obtiendraient prendraient tous ensuite le seul chemin du presbytère et qu'ainsi, toutes deux auraient accompli un devoir de chrétiennes en vue d'une plus grande protection des citoyens y compris Émélie et Honoré Grégoire.

Restitue, aux abords de la soixantaine, et sa compagne très bientôt quinquagénaire marchaient allégrement sur le chemin de terre en direction du cœur du village. Chacune avait «fini sa famille» et il n'y paraissait pas trop de leurs grossesses passées. Varices pour l'une, mais pas assez pour altérer son pas. Poids pour l'autre, mais pas assez pour le ralentir. Maigreur pour Célina et pas assez pour se laisser entraîner trop vite par sa curiosité…

– Depuis que je la connais, Émélie fait confiance à tout le monde: ça veut dire que c'est dans son naturel.

– Pis Noré Grégoire donc! J'ai su que la porte du hangar, la moitié du temps, est même pas barrée, le jour comme la nuitte.

– Qui sait, peut-être qu'ils ont fait rentrer le loup dans la bergerie, eux autres, là.

– Tu penses pas que ça serait à monsieur le curé d'y voir le temps que les Grégoire sont partis?

— Il doit y voir. Il a rien qu'à tasser son rideau pour voir la maison rouge pis l'autre maison des Grégoire.

— Si on peut juger le crapaud à le voir sauter, Restitue, une maison, ça saute pas ben haut. La voir, ça dit pas c'est qu'il se passe en dedans. Une maison, ça parle pas fort.

— C'est pour ça qu'on va aller en dedans pis questionner l'intéressé. Va falloir savoir d'où c'est qu'il vient, si c'est son vrai nom pis c'est qu'il faisait avant de venir par chez nous.

— C'est peut-être un autre Donald Morrison.

— Un qui?

— Le cow-boy qui a tué un policier à Mégantic v'là deux ans. D'aucuns prétendent qu'il se serait montré le nez icitte au village, un bon soir, pis qu'il serait même allé au magasin.

— J'ai entendu dire ça, oui… Mais les Grégoire l'auraient fait savoir au monde… un tueur au village… j'en tremble…

C'est à se pomper mutuellement par des paroles de plus en plus truffées d'inquiétude qu'elles parvinrent à la galerie de la maison rouge. Elles y montèrent quand même comme de vaillants soldats. Devant la porte, elles se tournèrent vers la chapelle et le presbytère pour se donner du courage.

— Vas-y, Célina!

— Toé la première, Restitue. T'es la plus vieille de nous deux… T'es la femme sage en plus d'être la sage-femme…

— Envoye donc, ma Restitue: toujours en avant, la Restitue, toujours la tête la première, la Restitue… y a de quoi en avoir le hoquet…

Elles n'eurent plus à s'obstiner pour savoir qui entrerait la première, car la porte s'ouvrit brusquement. Le commis au sourire encore plus large que l'embrasure les accueillit:

— Bonne journée, mesdames, c'est le beau soleil qui vous envoie. Votre venue au magasin ensoleille ma journée, je vous le garantis.

Quel beau langage! Quel contraste avec les phrases le plus souvent bancales des hommes de cet âge, faites de vieux mots égrianchés, de conjonctions aux airs de clous rouillés, d'onomato-pées marmonnées servant de liant à un discours décousu, incertain et dont les phrases se mélangeaient avec le tabac à chiquer et les crachats noirs.

– Ah! mais c'est donc vous, l'étranger? C'est madame Grégoire qui m'a parlé de vous et pis la p'tite Odile Blanchet itou.

– Elles vous auront dit de belles choses, j'espère.

– Moé, je m'appelle Restitue Jobin… ben mon mari est un Jobin, mais moé, c'est Lafontaine, Restitue Lafontaine.

– Un nom original.

– Pis moé, c'est Célina Paradis… ben mon mari, c'est Édouard Paradis, mais moé, c'est Célina Carbonneau…

– Vous portez des noms qui inspirent: Lafontaine, Paradis. En vous voyant, on se croirait à la fontaine du paradis…

Elles éclatèrent de rire comme des fillettes nerveuses.

Restitue passa la première le pas de la porte, suivie de l'autre femme. Toutes deux durent frôler presque le jeune homme dont l'odeur de propreté les surprit agréablement. Même qu'il exhalait une senteur de pin qui n'était pas celle d'un bûcheron mêlée de sueur, mais pure, nette et masculine.

Seuls les prêtres pratiquaient une telle hygiène et parfois un jeune homme de belle éducation comme Honoré Grégoire. Voilà qui déjà leur en révélait pas mal sur cet inconnu séduisant. Et qui expliquait pourquoi Émélie avait si belle opinion de lui. Mais tout ce qui brille n'est pas or et les apparences sont souvent trompeuses. Il fallait en savoir plus. Voilà ce qui animait l'esprit de chacune tandis qu'elles faisaient semblant de s'intéresser à la marchandise exposée.

– Si je peux vous aider, mesdames, faites-moi signe. Je serai derrière le comptoir.

– Ah, tu peux te tenir pas loin de nous autres, on a ben des affaires à savoir.

– Si vous voulez… À votre service!

Elles se mirent à examiner du tissu à la verge dont les pièces bien rangées debout se trouvaient sur la tablette-comptoir du centre.

— Coudon, mon gars, tu nous as pas dit ton nom... Tu nous connais, mais pas nous autres.

— Suis sûr que vous connaissez mon nom, sourit-il.

— Pas moé certain! Toé, Restitue?

— Qui? Moé? Ben j'ai entendu dire Lavoie... j'ai pensé que c'était un surnom, j'sais pas trop pourquoi, là...

Elles rirent nerveusement. Il sourit aimablement, disant:

— C'est bien Lavoie... Marcellin Lavoie.

— C'est pas trop un beau nom, mais ça t'enlève pas tes qualités, hein?

— Vous avez raison, madame Restitue, vous avez bien raison, là, vous.

— Tu viens des paroisses d'en bas, toé itou? demanda Célina.

— Ben plus loin que ça.

— Ah oui?

— Oui.

— Ben c'est où, ça, ben plus loin?

— Aussi loin que... la Gaspésie... ou l'Acadie... ou Chicoutimi...

Voilà une réponse de Normand qui ne plaisait guère aux deux femmes. Célina insista:

— C'est la Gaspésie ou ben l'Acadie ou ben Chicoutimi?

— J'ai pas dit que c'était là, j'ai dit que c'était aussi loin que là.

Le jeune homme se savait encerclé. Comme un cheval sauvage que l'on veut dresser. Si les Grégoire avaient respecté son enclos et n'en avaient pas traversé les barrières, voici que ces deux bonnes femmes non seulement le cernaient, mais lui lançaient lasso après lasso. Une fois pris, il aurait du mal à s'en défaire sans étouffer. Le problème, c'est qu'il ne voulait pas mentir, même pour préserver son mystère. Au-delà de son vrai nom et de ce qu'on pouvait lire dans ses attitudes, il n'avait rien à dire de sa vie passée. Et voulait encore moins dire pourquoi ce silence.

Contrairement à ce que deux clientes normales auraient fait, soit de commenter à propos de l'apparence, de l'éclat, de la qualité des tissus examinés, Restitue et Célina se contentaient de tout évaluer par le toucher, et leurs doigts se promenaient sur les pièces et parlaient de cent façons tandis que leurs bouches ne parlaient que d'une seule, visant à percer le mystère de l'étranger.

— On voudrait savoir, tout d'un coup qu'on aurait de la parenté par chez vous? La province de Québec, c'est petit, mon ami.

Marcellin inventa une autre esquive et se mit à fredonner la chanson *Le petit Grégoire*. Il commença par la fin du couplet:

« *T'es ben trop petit, mon ami!*

T'es ben trop petit, Dame, oui! »

Célina échappa un encouragement:

— Non, mais t'as une belle voix! Tu vas te mettre au chœur de chant. On va le faire savoir à monsieur Lacasse.

Et le lasso lancé par Restitue retomba mollement par terre. Lavoie fonça tête baissée dans le chant pour ainsi faire parade et les entraîner dans une autre direction que celle de sa vie passée.

La maman du petit homme

Lui dit un matin:

A 16 ans, t'es haut tout comme

Notre huche à pain…

À la ville tu peux faire

Un bon apprenti;

Mais pour labourer la terre,

T'es ben trop petit, mon ami!

T'es ben trop petit, Dame, oui!

— Mesdames, dit-il aussitôt qu'il eut terminé ce premier couplet, je dois aller travailler au comptoir. Comme vous l'avez si bien dit: Lavoie doit faire le compte. Si vous avez besoin, faites-moi signe. De toute façon, je ne connais pas encore tout, loin de là, dans le magasin, surtout la marchandise fine comme ce qui vous intéresse.

Elles durent s'en retourner avec un carré de tissu et quelques pièces de l'énigme Lavoie dont aucune ne s'ajustait correctement au puzzle que le jeune personnage représentait.

Au presbytère, elles n'eurent à son égard que des bons mots ponctués de questions un brin insidieuses. Le curé leur dit simplement qu'on devait lui faire confiance, à ce nouveau venu, tout comme on faisait confiance aux Grégoire.

∞∞∞∞

Tous les trois dormaient dans la chambre des maîtres à la porte ouverte. Odile et le petit Freddé sur le lit tout habillés et le bébé Éva dans son berceau. Une petite sieste de l'après-midi suivant les règles d'Émélie et la lassitude des petits et de la servante. Dans la cuisine, l'on frappa à la porte d'entrée, mais Odile n'entendit rien du tout. Ni n'entendit les pas d'homme qui se dirigeaient vers elle. C'était le commis qui s'arrêta dans l'embrasure et contempla la scène charmante.

La jeune fille était étendue sur le dos, jambes légèrement écartées et robe relevée jusqu'aux genoux, comme une jeune fleur sur le point de s'ouvrir. Sa chevelure en boudins lâches flottait sur l'oreiller blanc et son épaule recouverte. Soudain, elle émit un long soupir qui produisit une sorte de doux gémissement et sa jeune poitrine, à peine perceptible dans cette position, se souleva jusqu'à rejoindre le regard du jeune homme qui secoua doucement la tête et sourit:

– Odile, Odile… tu dors?

Ce qui était l'évidence même.

Il avait chuchoté. Il chanta:

– Petite Odile… petite Odile…

La jeune fille se réveilla en sursaut. Tout de suite, elle pensa à repousser sa robe à ses chevilles.

– Chchchchchchut! fit-il en posant son index sur sa bouche. Il me faut une clef que madame Émélie a oublié de me remettre. Sais-tu où il y a des clefs dans la maison, ici?

– Ben… ouè… peut-être ben… Y en a dans le tiroir avec les outils…

– Tu veux venir me le montrer?

La jeune fille était toute retournée. Par la surprise d'abord puis par le personnage qui attirait l'attention, qui intriguait, qui faisait s'accélérer certains cœurs de femme.

Il lui laissa toute la place pour franchir l'entrée de la chambre et la suivit dans la cuisine jusqu'au tiroir dont elle avait parlé. Mais elle ne l'ouvrit pas et se contenta de le lui montrer. L'homme tira et tomba sur des ustensiles de cuisine comme elle l'avait dit. Puis sortit un long couteau dont il regarda la lame en disant:

– C'est quasiment pour faire boucherie, ça.

Il se tourna vers Odile qui restait debout, bras croisés, un peu tremblante sans être capable de comprendre pourquoi. Et lui adressa un large sourire en disant:

– Tu es bénie du ciel, jeune fille.

Puis il trouva deux clefs noires semblables qu'il ramassa de sa main libre et remit le couteau à sa place, là où il l'avait pris. Et s'en retourna tandis que la jeune fille allait reprendre sa place sur le lit auprès de Freddé. Toutefois, elle ne put se rendormir et le rêve éveillé vint s'emparer de son esprit.

Ce que voulait décadenasser Marcellin était un coffret noir contenant, avait dit Émélie tout en oubliant de lui en donner la clef, des montres de prix, et qui se trouvait sur une tablette sous le comptoir. Pour éviter toute tentation, on n'exposait ces trésors à la vue qu'en la présence de la personne désireuse de s'en procurer un: un événement unique dans une vie d'homme. Ces montres n'étaient pas destinées aux femmes qui, pensait-on, n'en avaient aucun besoin. Un client était venu pour les voir et attendait sagement le retour du commis dans le magasin.

— J'ai la clef, je pense, annonça Marcellin en rentrant dans la maison rouge. J'en ai même deux.

Il se rendit au comptoir, y mit le coffret et essaya une première clef dans le cadenas qui fut aussitôt ouvert devant le regard brillant du client, un homme de 30 ans qui, tout comme Marcellin, travaillait à l'occasion au moulin à scie chez Dubé. Les deux personnages se connaissaient déjà et se faisaient confiance.

Quatre jolies montres en or finement ciselé apparurent dans la lumière du jour: semblables au premier coup d'œil dans leur rondeur et leurs chaînes, mais différentes par les motifs gravés sur le couvercle. Marcellin en prit une qu'il ouvrit et porta à son oreille puis à celle du client:

— Tiens, mon Napoléon, écoute le tic tac... un charme. C'est beau à entendre, tu penses pas?

Les yeux bleus de Napoléon brillèrent comme des saphirs noyés par la grâce de Dieu. Mais c'était le désir de posséder l'objet extraordinaire et si peu répandu dans la paroisse encore, qui faisait ainsi étinceler de convoitise son regard illuminé.

— Je peux-t-il la prendre dans mes mains?

— Montre-moi tes mains... faudrait pas coller de la gomme de sapin sur du si bel or...

Napoléon montra pattes blanches. Ou presque. Et il s'expliqua sur les quelques souillures noires qu'il avait aux paumes et aux pouces:

— C'est des vieilles taches: pas partables. Mais c'est ben sec. Je la salirai pas pantoute.

Le commis lui tendit l'objet et l'autre jeune homme le caressa comme la chose la plus merveilleuse qu'il ait jamais touchée dans sa vie. Il n'aurait pas montré autant de délicatesse, loin de là, à cajoler les formes d'une épouse s'il en avait eu une.

– C'est fait en Suisse.

– En quoi ?

– En Suisse…

Voyant que l'autre ne saisissait pas, Marcellin expliqua :

– La Suisse, c'est un vieux pays de l'Europe.

– Ah ! Ah oui ! Ben sûr ! J'avais compris en suif…

Le commis ne fut pas dupe de cette parade exécutée par son client pour camoufler son ignorance, mais il se contenta d'un sourire aussi fin que l'or de la montre.

– Ça se vend quel prix, ça ?

– C'est pas donné… c'est onze piastres… c'est écrit, le prix, dans le coffret, là… C'est le même prix pour les autres… Veux-tu voir les autres ?

– Non, non… je vas prendre celle-là… mais j'ai que sept piastres… je pourrais-t-il faire marquer pour le reste qui manque ?

– Certainement, mon ami !

Le goût de posséder une montre de poche était venu à Napoléon par Marcellin au moulin à scie où ils travaillaient parfois à proximité un de l'autre. Le commis ne se départissait jamais de la sienne même si les hommes qui possédaient une telle montre ne la portaient pour la plupart que le dimanche ou en des occasions spéciales alors qu'ils étaient endimanchés. Mais lui la gardait toujours dans une petite poche de son pantalon sur la hanche. Et à l'ouvrage, il lui arrivait de la consulter. Napoléon avait voulu la voir. Lavoie lui avait dit qu'elle provenait des États, mais qu'elle avait été fabriquée dans un autre pays. Puis il lui avait dit qu'il s'en vendait maintenant au magasin général.

La transaction fut terminée sans que le client ne consente à au moins jeter un œil sur les trois autres montres, comme s'il avait trouvé un immense trésor qu'il n'aurait pas voulu risquer de perdre en s'aventurant dans une nouvelle exploration.

Quand il eut quitté, Marcellin était à déposer l'argent dans le coffret à la place de la montre vendue, de même que la facture indiquant ce qui restait à payer quand il se rendit compte que la boîte comportait un double fond. Il manœuvra pour soulever le premier et découvrit une grosse somme d'argent de papier. Était-ce pour cette raison qu'on ne lui avait pas confié la clef du coffre ? La curiosité l'emporta. Il mit les billets sur le comptoir pour en faire la somme. Il y avait là près de deux mille piastres…

Marcellin Lavoie leva les yeux au ciel.

∞∞∞∞∞∞∞∞

Chapitre 35

La deuxième clef décadenassait la porte de la maison du côté de la passerelle menant au magasin. Ce dont se rendit compte le commis d'occasion qui pensa une fois encore que les Grégoire avaient oublié de la lui confier en partant. Et il l'ouvrit puis entra pour aller remettre les deux clefs dans le tiroir où il les avait prises.

Odile était à nourrir le bébé à la cuillère, assis et sanglé dans sa chaise haute et le petit Freddé avait couru se cacher derrière le poêle en voyant entrer ce géant sous son énorme chapeau.

– Imagine que je viens de vendre une montre à Napoléon Martin, dit l'homme en refermant le tiroir et se retournant vers Odile assise à côté du bébé. Tu le connais ? Il travaille avec nous autres au moulin chez Dubé.

Elle composa un léger signe d'acquiescement. Il s'approcha d'elle et projeta son ombre sur les deux êtres fragiles devant lui. Odile le regarda, remit un peu de bouilli dans la bouche du bébé, sentit sa main trembler.

– Sais-tu que t'as les plus beaux yeux du monde, toi ?

La jeune fille crut qu'il parlait au bébé et tourna la tête vers le jeune homme qui reprit ses mots en la regardant profondément :

– Oui, les plus beaux yeux du monde, c'est à toi, Odile Blanchet.

– Ben… heu… sais pas…

– Tu peux en être sûre, tu peux en être sûre.

Sans plus, il retourna au magasin. Elle resta pétrifiée. Il fallut que le bébé gazouille pour qu'elle recommence à l'alimenter. Puis elle se rendit devant un miroir accroché au-dessus de l'évier pour y chercher ce que ses yeux noirs avaient de si beau… Car personne ne lui avait jamais dit une chose pareille. Et elle ne l'avait jamais constatée…

∞∞∞∞

Dans les jours suivants, pas une seule fois le commis ne retourna à la maison privée des Grégoire. Les clients furent nombreux au magasin; il les servit avec compétence, célérité et intérêt. Vinrent plusieurs jeunes filles avec ou sans leurs parents. Parmi elles, Marie Paradis que sa mère Célina envoya en commission pour trois fois rien. Il y eut aussi Obéline Racine que la curiosité conduisit voir cet étranger dont tout le village parlait depuis quelque temps. Et jusqu'à Émérence Dulac, la sœur de Napoléon dit Cipisse, qui vint avec ses parents et toisa à la dérobée le commis empressé.

Le curé s'interrogea sur tout ce va-et-vient dont il était témoin. Derrière son rideau, il se rendit compte que les jeunes filles se succédaient à la maison rouge. Il lui faudrait surveiller ça de près. Ce qui l'inquiétait, c'était le mystère de ce personnage qui disait s'appeler Marcellin Lavoie, mais qui faisait en sorte d'éluder toutes les questions qui lui étaient adressées. Même les siennes. Car le prêtre, au milieu de la semaine se rendit au magasin. Il questionna le commis sans grand succès. Aucune réponse précise ne lui fut accordée. Il fut même sur le point de le mettre au pied du mur, de lui dire d'avouer son passé sinon il risquait de se faire renvoyer de la paroisse, mais cette intention demeura figée dans sa tête. Il pousserait plus avant son enquête au retour du couple Grégoire de Québec.

Le dimanche suivant, Émélie et Honoré revenaient de Québec. Ils en étaient à la toute dernière étape de leur voyage de retour, satisfaits, dans leur voiture surchargée de nouvelle marchandise. On était tard l'après-midi. L'attelage double atteignait le dessus de la côte devant la maison du demi-frère d'Honoré, après avoir quitté Thetford avant l'aube et s'être arrêté en chemin à la chapelle de Saint-Méthode pour que le couple y entende la sainte messe dominicale.

Grégoire et son épouse Séraphie avaient des visiteurs en les personnes de Séraphie (fille) et de son époux Georges. Et tous quatre étaient assis dehors sur la galerie d'en avant. Honoré arrêta les chevaux devant la porte. On jasa du beau temps et du voyage. Il fut vite question du nouveau venu dans la paroisse. Le doute fut aussitôt soulevé.

– Vous êtes pas des peureux de confier votre magasin à un inconnu! avança Grégoire. Qui vous dit qu'il va pas sacrer son camp avec l'argent de la semaine?

Honoré éclata de rire:

– C'est pas parce qu'un homme est étranger dans la paroisse qu'il est forcément malhonnête, mon bien cher frère.

– L'occasion fait le larron!

Séraphie (fille) avait le cœur qui battait bien plus fort qu'avant l'arrêt de la voiture. La vue d'Honoré continuait de la troubler en son for intérieur, mais elle devrait emporter son secret dans la tombe. Et puis, enceinte, tous les battements de son cœur devraient désormais être consacrés à ses enfants. Aussi à son époux dont le deuil de Marie Allaire s'éternisait, elle le devinait chaque jour de leur existence.

– On se fie à lui comme à toi, mon Grégoire.

– C'est un jeune homme droit comme un hêtre, enchérit Émélie.

– Ben moé, rétorqua Grégoire, j'donne l'absolution à personne sans confession. Suis comme les prêtres.

– Un homme comme Marcellin a pas grand-chose à confesser, ça fait que… il a pas besoin d'absolution non plus.

Il n'en fut pas davantage question. Chacun des Grégoire resta sur ses positions. On déclina l'invitation à manger que fit Séraphie et l'attelage poursuivit son chemin vers la maison des Blanchet où personne ne le vit passer, puis vers le village.

Tout au long du parcours, des hommes sortaient et saluaient. On leur disait qu'il y en avait pour tous les goûts dans la voiture en prévision de l'hiver et du jour de l'An. Honoré invitait tout le monde à venir admirer et peut-être acheter les nouveautés de l'année arrivées par bateau d'Europe chez les grossistes au cours de l'été. À cause de leur métier et de leur bonne humeur entraînante, les Grégoire répandaient la joie sur leur passage.

Émélie descendit sur le chemin de contournement de la maison. Elle fut accueillie par Odile qui sortit sur la galerie avec le petit garçon qui regardait l'immense cargaison de ses yeux agrandis par l'étonnement et allumés par le bonheur de revoir ses parents. Honoré se rendit ensuite mettre la voiture en position derrière le hangar de la maison rouge puis détela et reconduisit les chevaux à l'étable.

Quand il rentra à la maison, Émélie lui raconta ce qu'elle avait su de la gardienne à propos du commis. Il était venu prendre la clef du coffret des montres et celle de la porte donnant sur la passerelle. L'homme et la femme se regardèrent, s'interrogèrent par leur silence et leur regard inquiet. En passant devant chez Anselme, on n'avait pas vu âme qui vive ni décelé aucun signe de vie de Marcellin.

Émélie prit la clef du coffret dans le tiroir. Elle précéda son mari vers le magasin par la passerelle. Elle eut tôt fait de décadenasser la boîte et de l'ouvrir. Il manquait une seule montre. Mais à la place, elle aperçut les billets pour sept piastres et la facture d'achat. Puis souleva le couvercle donnant sur leurs réserves et poussa un soupir de soulagement tout comme Honoré.

— Je le savais qu'on pouvait avoir confiance, dit-il avec une moue de constatation.

– T'as du flair pour les hommes de confiance, dit-elle à son tour.

Le lendemain soir, après sa journée de travail au moulin à scie, Marcellin se rendit chez les Grégoire. Il expliqua ce qu'on savait déjà soit les motifs de sa quête et de l'utilisation des deux clefs. Surtout, il dit avoir présumé que le couple avait oublié de les lui remettre avant leur départ pour Québec. On déclara le comprendre parfaitement.

Au confessionnal, le curé Fraser amena Odile à lui parler de ses contacts avec l'étranger durant l'absence des Grégoire. Le plus osé qu'elle révéla fut cette parole concernant ses yeux soi-disant les plus beaux du monde. La suspicion augmenta chez le prêtre qui se promit de faire montre devant les Grégoire d'un grand intérêt pour la personne de Lavoie et ses origines…

Son flair de pasteur lui disait de garder l'œil ouvert. Et surtout le bon !

∞∞∞∞

Deux malheurs frappèrent les Grégoire la semaine qui suivit leur retour de Québec. Mousseline disparut et Mousse, le chien, mourut subitement, comme si le départ de la chatte l'avait affecté au point de provoquer en lui un arrêt cardiaque.

On put constater la grande sensibilité du petit Freddé qui pleura toutes les larmes de son corps malgré les paroles rassurantes de son père et de sa mère. Ces bêtes étaient ses amis car il était l'ami des bêtes.

Pour le consoler, on acheta un chiot et un chaton. Le garçonnet sécha ses larmes. Mais ses parents trop affairés ne songèrent pas à leur donner un nom.

Bientôt, ce fut l'hiver. Lucie Foley accoucha de son cinquième garçon et sixième enfant qui fut prénommé Alcid, tandis qu'Émélie portait avec de plus en plus d'évidence un enfant à naître quelque part en avril.

Aucun autre événement d'importance à part les naissances, les mariages et de rares décès ne furent à signaler au cours de cette période. Honoré et maintenant Marcellin allaient souvent veiller à la forge, à la lumière et à la chaleur du feu, et l'on y devisait à propos des nouvelles venues d'ailleurs par les journaux.

Un soir cru de la mi-décembre fut particulièrement animé quand on parla de la révolte des Sioux dans l'Ouest américain. En fait, il s'agissait d'une invention de journalistes accompagnant une expédition dans les Badlands en territoire indien au Montana.

Mais trois jours plus tard, une autre nouvelle, véridique celle-la, relança le débat à savoir si on devait respecter ou non les Indiens. Selon la majorité présente, il fallait les mater pour toujours, contrairement à ce pensait Honoré, opinion que partageait Marcellin.

Le grand, l'unique Tananka Yotanka dit « Sitting Bull » avait été tué, en fait assassiné, ce lundi, par des policiers du gouvernement américain. Il avait 56 ans, l'âge d'un vieillard pour un Sioux.

– On est sur le bord de la fin pour ce qui est des guerres indiennes, soupira Honoré qui avait suivi de près tout ce qu'on en disait dans les journaux depuis fort longtemps.

L'avenir prochain lui donna raison. À peine quinze jours plus tard, le 30 décembre au matin, avait lieu un terrible massacre – à la mitrailleuse – d'hommes et surtout de femmes et d'enfants Sioux à Wounded Knee. « Souvenez-vous de Custer, » hurlaient les soldats en abattant squaws et enfants. Quinze jours plus tard, après un baroud d'honneur, les derniers rebelles devaient se rendre au général Miles. Ainsi se terminèrent les guerres indiennes.

Mais au début de janvier de cette année 1891, un autre événement tragique fut discuté à la forge Foley par les hommes réunis : la mort de Monsignor Labelle, curé de St-Jérôme, ce grand apôtre de la colonisation surnommé le Roi du Nord à qui on devait l'aménagement d'une voie ferrée qui, sans lui, aurait pris encore une décennie peut-être avant d'atteindre les pays d'en-haut. On palabra longuement sur ses mérites et son œuvre.

Toutefois, ce qui mobilisait bien davantage Honoré en ce mois de janvier, c'était l'élection fédérale déclenchée par sir John A. MacDonald, premier ministre conservateur. Elle serait tenue en plein hiver soit le 5 mars suivant. On en parlait ce soir-là.

– On appelle ça de la stratégie, déclara Honoré, le rouge.

– Quoi ? s'enquit Barnabé Tanguay, le bleu.

– Une élection en plein hiver.

– Comment ça ?

– Parce que ça favorise le vote des gens des villes pis que ça réduit le vote des électeurs des campagnes. Comme les bleus sont plus forts dans les villes… Ça saute aux yeux…

– Ça prend ben un organisateur à Laurier pour inventer une idée pareille.

– Écoute, Barnabé, l'hiver, c'est pas le temps pour une élection. MacDonald pourrait se faire battre pareil… en tout cas la machine électorale de monsieur Mercier travaille à plein pour Laurier.

– Pis Mercier met tout son prestige dans la campagne, on le sait. Mais ça sera pas assez, mon Noré, pas encore assez.

– Ben c'est ce qu'on va voir.

Les autres assistants regardaient les deux hommes se renvoyer la répartie comme une balle d'un jeu quelconque alors que le feu pétillait et parfois jetait au loin des étincelles éclatantes qui se mouraient bientôt sur le sol après leur agonie dérisoire.

Le maître de poste eut raison et son emploi fut protégé. Le parti conservateur remporta l'élection avec 123 sièges contre 92 pour les libéraux de Laurier. Et ce, malgré un nombre record de députés libéraux élus au Québec.

Ce fut une grande déception pour Honoré qui avait mis beaucoup de son temps et de ses énergies dans l'organisation de la campagne au plan local. Mais un mois plus tard, le soleil dissipa les nuages politiques grâce à l'arrivée dans la maison d'un nouvel enfant, un fils qui porterait le curieux prénom de Ildéfonse. Il eut pour parrain et marraine Anselme Grégoire et son épouse Octavie Labrecque, cousin et cousine d'Honoré.

Durant ses relevailles, Émélie confia à Restitue qu'elle espérait bien que son corps se repose quelques années avant la prochaine naissance.

Trois jours après l'arrivée du bébé, Marcellin Lavoie sollicita d'Honoré la permission de visiter la maman afin de lui présenter ses félicitations. C'est avec empressement qu'elle lui fut accordée. Il emprunta la passerelle pour se rendre à la résidence.

Odile qui le voyait souvent à travers les vitres mais rarement de proche, ressentit le même trouble que la première fois où elle l'avait vu sur le chemin avec Émélie et que celle où il était venu prendre les clefs près de huit mois auparavant.

— Veux-tu aller avertir madame Grégoire que je voudrais aller la saluer et voir le bébé?

— Oui.

La jeune fille poussa la porte – déjà entrouverte – de la chambre. Il lui fallut sortir Émélie de sa somnolence:

— Madame Grégoire, monsieur le commis demande pour vous voir.

— Comment? s'étonna Émélie qui aurait pu s'attendre à recevoir la visite de n'importe quelle autre femme de la paroisse, mais jamais d'un homme.

— C'est monsieur Lavoie…

— Oui, dis-lui de venir.

Elle remonta le drap qui la recouvrait pour ne rien laisser voir de sa jaquette, encore moins de ses épaules.

— Le bonjour, madame Émélie, fit-il dès qu'il parut dans l'embrasure. J'ai demandé à monsieur Honoré la permission de venir vous féliciter pis me v'là! Comment allez-vous?

– Je vais bien. On a eu un autre fils. C'est le petit Freddé qui tourne autour du berceau… il comprend pas grand-chose là-dedans, lui, à son âge.

– Je peux le voir ?

– Il dort, mais tu peux le regarder, bien sûr !

On tutoyait Marcellin qui jamais n'aurait osé faire la même chose avec l'un ou l'autre du couple bien que la différence d'âge entre eux soit de quelques années seulement : en fait trois. La distance entre patrons et employé était sacrée.

– S'appelle Ildéfonse… Un nom pas courant, mais un choix de ma cousine qui est religieuse à Québec. Elle dit que c'est le nom d'un grand saint du paradis.

– Un bébé en santé, on dirait. Fait pour vivre soixante-dix ans au moins.

Cette parole fit naître un sombre pressentiment dans l'esprit de la mère qui le chassa aussitôt. Seul le Seigneur, disaient les prêtres, connaît le futur, et un pressentiment, qu'il soit bon ou mauvais, demeure sans aucune valeur.

– Je vous félicite, madame Grégoire. Ça va faire des petits mousses tout à l'heure pour courir dans le magasin.

– Je te remercie de ta visite. C'est rare, un homme qui s'intéresse à un bébé naissant. Le plus souvent, les pères vont même pas assister au baptême des nouveaux-nés.

– C'est pas pour me faire valoir.

– Je le sais.

– J'vous dérange pas plus longtemps.

– Ça m'a fait plaisir de te voir.

Il plongea son regard dans celui d'Émélie tout en esquissant un sourire :

– Et moi donc !

Émélie avait remarqué que le jeune homme adaptait son langage à celui de ses interlocuteurs. À une autre, il aurait pu dire «pis moé don», mais avec elle, il châtiait son langage. Ça aussi lui faisait plaisir.

Au moment de partir, il s'approcha de nouveau du berceau et traça discrètement dans l'air le signe de la bénédiction. La jeune femme en fut fort intriguée. Il avait posé ce geste avec tant de naturel. Pouvait-il s'agir d'un prêtre? Ou de quelqu'un qui avait étudié pour le devenir?

Le mystère de cet homme la turlupinait, elle comme tant d'autres de la paroisse dont les jeunes filles qui sentaient leur cœur battre en le voyant, et surtout le curé Fraser qu'il inquiétait au plus haut point.

∞∞∞∞

En juin, à la boutique de forge de Pierre Racine, les hommes se parlèrent du sujet du jour: la mort du premier ministre MacDonald survenue la veille à Ottawa.

Sir John fut pendu par d'aucuns dans leurs propos, encensé par d'autres. Mais au fond de tous et chacun soufflait le vent du changement et cette disparition ne pouvait que le favoriser.

L'homme politique n'était guère pleuré dans la province de Québec sinon par les Anglophones de Montréal. La province avait la mémoire longue et Riel, le pendu, restait vivant dans son cœur.

∞∞∞∞∞∞∞∞

Chapitre 36

Ils venaient nombreux de toute la paroisse pour se faire guérir par Honoré dont la réputation de personnage possédant un don s'était répandue dans les coins les plus reculés depuis l'affaire de la dent du curé Quézel.

L'abbé Fraser ne voyait pas du meilleur œil ces interventions qu'il pensait puiser à la superstition des gens ou même à quelque chose d'occulte, d'inexplicable et peut-être de dangereux pour l'âme et le salut éternel de ceux qui allaient se faire traiter par la seule imposition des mains et quelques bonnes paroles à fausse odeur de prière. Et aussi près de l'incantation que de l'invocation.

Honoré pouvait toujours se cacher derrière ses pinces qu'il n'avait à utiliser qu'une fois sur sept ou huit, ses autres patients demandant son aide pour un mal quelconque.

Le pauvre jeune homme appelait de tous ses vœux l'arrivée d'un médecin à Saint-Honoré. Il savait le curé contrarié par sa pratique. Mais il avait pu constater maintes fois qu'il faisait réellement du bien aux gens et puis il les recevait sans demander d'argent et en repoussant carrément tout don de quoi que ce soit en rétribution pour son geste de guérisseur.

– Si ça vous aide, c'est ma récompense, disait-il à chacun ou chacune à leur départ.

Avec le temps, il s'était rendu compte que les résultats s'avéraient meilleurs s'il se trouvait seul avec la personne à guérir, aussi transforma-t-il la chambre avant de la maison rouge en une sorte de cabinet de guérison qui reçut toutefois le nom de bureau des affaires du magasin.

Honoré à qui depuis l'enfance on avait dit qu'il possédait la fleur de lys soit le pouvoir de guérir parce que septième fils d'affilée, s'était rendu compte que ce pouvoir en fait se trouvait dans la foi que la personne demandant soulagement mettait en son soi-disant pouvoir. Et cela lui avait été confirmé encore récemment alors qu'il avait acheté chez un grossiste un livre intitulé *De la suggestion*, écrit en 1886 par le professeur Hippolyte Bernheim. Par contre, influencé par l'ouvrage, il en était venu à la conclusion qu'il valait mieux que les «patients» à traiter croient dur comme fer que le pouvoir était en lui et non en eux.

La paroissienne la plus sceptique quant à ce don de guérisseur d'Honoré était nulle autre que son épouse elle-même. Émélie se disait que si son époux pouvait soulager un mal de dents simplement en parlant au «patient», il aurait pu tout aussi bien guérir la consomption de sa pauvre sœur Marie. D'autant que son mari portait Marie dans son cœur et manifestait envers elle une compassion qui allait parfois jusqu'à provoquer ses larmes. D'ailleurs, puisque pas même les prières de Marie, des siennes, de celles de son père, de Georges, d'Honoré et du curé réunies n'avaient permis à la jeune femme tuberculeuse de survivre, comment de simples paroles en l'air pourraient-elles amoindrir les symptômes de l'appendicite ou ceux de la pneumonie? Pour ce qui était de maux aussi graves, le public lui-même en général n'aurait pas consulté Honoré, mais pour des maux dits pas trop «haïssables», on le faisait volontiers. Et de plus en plus de cultivateurs lui demandaient de venir exercer son pouvoir sur leurs bêtes malades, particulièrement les chevaux sur lesquels, disait sa réputation, Honoré savait y faire comme pas un quêteux se vantant de posséder un pareil don.

– Ça s'appelle de l'hypnotisme, dit Marcellin à Émélie, tandis que Marie Paradis venait de s'enfermer dans la chambre mystérieuse avec Honoré.

Le commis travaillait ce jour-là au magasin. En passant devant le comptoir, il s'arrêta un moment pour répondre au regard sceptique de la jeune femme. Elle rétorqua :

– C'est pas parce qu'une chose porte un nom savant qu'elle porte la vérité.

– J'ai étudié ça un peu aux États... le pouvoir est en celui qui se fait guérir... le guérisseur est en fait un guide, pas un vrai guérisseur comme un docteur...

– Première fois que tu parles des États. J'pensais que tu venais des bas ?

– J'ai été aux États un bout de temps.

– Pas dans le coin de Lewiston toujours ? Mon seul frère vit par là. C'est le dernier membre de ma famille, à part mon père que tu connais, qu'il me reste encore. Tu vas le connaître, il va venir l'année prochaine, en 1892. Il est jamais revenu depuis qu'il est parti. En tout cas, dans quel bout que t'étais par là-bas ?

– Dans le Connecticut... à Hartford.

– C'est que tu faisais par là ?

Émélie ne laissait pas passer la chance une fois la porte ouverte par Marcellin. Il répondit fort simplement :

– Je travaillais dans une manufacture... probablement comme votre frère à Lewiston... Je vous laisse ou l'ouvrage sera pas faite...

Marie Paradis, un petit bougon de femme, nerveuse comme une queue de poêlon, sèche et pas trop jolie, disait souffrir d'un malaise à la gorge. Elle prit place sur la chaise droite, enveloppante, coussinée, des « patients » devant Honoré assis sur une chaise semblable. Il la questionna sur son mal. Ça n'avait aucun rapport avec un rhume récent ou la grippe, et ne pouvait avoir été causé par des cris répétés ou quelque chose d'avalé de travers. Honoré ne put prédire le temps qu'elle mettrait à guérir. Il se rendit derrière elle, palpa sa gorge à la recherche de bosses qui auraient pu signifier une inflammation de ganglions, mais en vain.

– Je te dis, Marie, que tu vas guérir de ta gorge… ça sera pas trop long… encore quelques jours pis ton mal va être parti.

Et il la renvoya aussitôt de la chambre sombre. Deux ou trois minutes par visite suffisaient. Elle se rendit auprès d'Émélie et lui confia qu'elle se sentait déjà mieux. Mais son regard explorait le magasin à la recherche, pensa la marchande, du commis qui se trouvait encore dans le hangar. Était-elle venue pour sa gorge vraiment ou plutôt pour zieuter Marcellin ? Pour le voir, elle le verrait, songea Émélie qui se rendit à la porte arrière et cria au commis de venir en se disant qu'elle trouverait une raison le temps qu'il s'amènerait.

– Veux-tu t'occuper de mademoiselle Paradis ? Faut que je parte à la maison.

Bien sûr qu'il n'aurait pas osé lui demander pourquoi elle devait se rendre à la maison par la passerelle. Mais en s'en allant, Émélie pensa qu'elle devrait plutôt favoriser des rencontres entre Obéline et Marcellin. Il était plus jeune qu'elle mais pourrait lui faire un mari aimable. En fait, le commis avait nombre de points communs avec Honoré à part le don de guérir. Et encore car s'il était, comme elle le croyait, quelqu'un ayant étudié en vue de la prêtrise, peut-être était-il capable au moins – et c'était beaucoup – de guérir les âmes sinon les corps.

Comme si le ciel avait vivement répondu à son vœu, voici qu'elle aperçut Obéline se dirigeant vers le magasin. Elle la salua de la passerelle. Lui dit qu'elle ne tarderait pas à retourner à la maison rouge et qu'au besoin, Honoré ou Marcellin lui répondraient. Mais quand elle fut rendue à jeter un œil aux enfants, une troisième jeune femme que le commis venu d'ailleurs intéressait, Émérence Dulac, entra dans le magasin suite à Obéline Racine.

Honoré qui avait laissé ouverte la porte de son « bureau d'affaires » les vit toutes trois qui faisaient semblant d'examiner la marchandise. Pour donner meilleure chance aux réactions, il referma la porte mais y colla son oreille pour entendre comment son commis se débrouillerait devant cette attaque en règle de trois jeunes femmes qu'on savait toutes intéressées par ce bel étranger à n'être considéré comme paroissien que le jour où il s'établirait à demeure à Saint-Honoré.

Il se produisit alors un jeu essoufflant pour le commis que chacune réclamait auprès d'elle afin d'obtenir un renseignement ou un autre sur la marchandise regardée et convoitée peut-être. Si à ces jeunes personnes, il était donné de comparer les objets étalés, au commis, il fut offert d'évaluer chacune par rapport aux autres sans toutefois parvenir à décerner le premier prix à aucune.

Obéline avait pour elle le bon goût et la mesure. On lui sentait une confiance en soi mêlée à une bonté d'âme qui la faisaient tant apprécier de ses classes chaque année. Par plusieurs aspects autres que physiques, elle ressemblait à Émélie, ce qui n'était pas pour lui nuire au regard de Marcellin.

Marie possédait une vivacité d'esprit et une curiosité qui la rendaient attachante. Ce qu'il y avait de candeur dans ses gestes et ses phrases était pourtant calculé; et des trois, elle aurait été la plus capable de toucher l'intelligence du jeune homme sans la heurter. Prudente dans sa prudence.

Quant à Émérence, il se dégageait de sa personne un attrait puissant. Un attrait physique. Elle possédait un sourire énigmatique, prometteur de plaisirs inavouables. Vingt ans plus tard, le cinéma, un nouvel art, montrerait des êtres comme elle et les désignerait sous le nom de femmes fatales ou de vamps.

C'est avec elle que le commis s'entretenait à propos d'un camphre de l'abbé Warré :

– C'est bon pour le rhume, c'est bon pour les mites, c'est bon pour passer l'hiver, mais ça s'évapore pis faut renouveler la provision.

La forte odeur dégagée par les cristaux blancs de la boîte de tôle ne parvenait pas à masquer une douce senteur de parfums mélangés exhalée par la personne d'Émérence. De quoi était composée cette concoction, voilà qui faisait partie de son mystère.

Obéline réclama Marcellin qui vint auprès d'elle dans l'autre rangée:

— Pour tous les tissus, le prix à la verge est le même. Il est écrit sous les pièces sur un grand morceau de carton, là...

Il dut la frôler pour soulever des pièces. Elle frissonna et se recula un peu par souci pudique. Et voici que Marie à son tour s'empara de l'attention du commis en l'interpellant par son simple prénom:

— Marcellin, Marcellin...

— J'arrive, Marie.

La jeune femme venait de marquer un point. Il l'avait appelée par son prénom et elle seule de cette façon. Elle voulait payer un sac de bonbons à dix cents et présenta une piastre pour le faire. Il se pencha pour prendre la cassette sous le comptoir, mais laissa sa main gauche sur le dessus pour s'aider de son bras à se redresser. Marie la toucha de la sienne et lui confia à mi-voix quand il remit son œil sur le bord du comptoir:

— Y en a deux là qui veulent te mettre la main dessus.

— Pas plus que deux? demanda-t-il avec un sourire ironique en se redressant et retirant sa main emprisonnée.

— Méfie-toé, elles ont plein de trucs dans leur sac.

— Pis moi dans le mien.

— Tu fais ben.

Il ouvrit la cassette et compta la monnaie à remettre. Elle dit sur le même ton retenu:

— À soir, je vas aller faire mon tour sur le cap à Foley: si tu viens, ben... on jasera.

Il demeura interdit un moment, parut réfléchir et sourit pour dire:

— Bonne idée! Je pourrais passer par le 9 pis couper à travers des clos pour arriver au cap par en arrière. J'pourrais me rendre à cheval.

— Quelle heure? souffla-t-elle avec un regard en biais.

— Après souper.

La jeune fille mit la monnaie dans son réticule. Elle ouvrit le sac et prit un «candy» qu'elle porta à sa bouche déjà remplie de salive. Et elle quitta, triomphante.

Marcellin s'arrangea pour se trouver seul avec chacune des deux autres et il leur proposa un complot... Quand elles furent parties, Honoré le retrouva:

– Veux-tu ben me dire c'est quoi que tu prépares, mon gars, pour à soir sur le cap à Foley?

– C'est ma manière de leur faire savoir que le jour où c'est que je porterai intérêt à une ou l'autre, c'est moi qui vas faire les premiers pas... pis tous les autres ensuite. Elles ont trop de toupette, ces trois-là, je trouve.

– Jamais vu un homme populaire comme toi, Marcellin. Le savais-tu, mais tu me fais penser à Wilfrid Laurier. Ta chevelure. Le front, le nez... Les idées, j'sais pas, mais... Bon, ben j'aurais pas dû écouter à la porte, ça fait que je vas garder ça pour moi, garanti, juré.

– J'aimerais bien.

– Quand Honoré Grégoire dit «la tombe», tu peux compter là-dessus, fit le jeune marchand, les yeux agrandis.

Émélie revint sur les entrefaites. Elle ne sut lire ni sur le visage de son mari ce sourire énigmatique qu'elle savait cacher quelque chose ni dans le départ précipité de Marcellin un sens qui rattachait l'une à l'autre les attitudes des deux personnages.

– Obéline est déjà partie? Je voulais lui parler. Et toi, avec la face que tu me fais, t'as rien à me dire, Honoré?

– Moé, faire une face, moé? J'ai toujours la même vieille face, voyons. J'aimerais donc ça, le matin, quand je me fais la barbe devant mon miroir, changer de face. Sais-tu, ça me donne une idée, là. Je laisse pousser ma moustache là, sous mon nez.

– Ça sera pas du nouveau... t'as mauvaise mémoire ou quoi? Mais ça te vieillit trop, je trouve...

– En plein ce qu'il faut! D'aucuns comme madame Restitue pis madame Célina me prennent pour un jeunot. Faut remédier à ça.

– Madame Jobin a beaucoup de respect pour toi, tu sauras. Autant que pour moi. Tu sais ce qui arrive? Tu te regardes dans le miroir; tu te trouves jeunot; pis ensuite tu penses voir le même regard que le tien dans les yeux de madame Restitue pis de madame Célina.

– Ça se peut, fit-il en haussant une épaule et en reprenant son pas vers le hangar.

Avant qu'il ne disparaisse, elle l'apostropha:

– Hey, Honoré, jamais la barbe comme ton frère Grégoire, sinon Émélie s'en va vivre à Montréal ou à Paris.

– Tu t'y ferais, voyons donc! Les poils, ça fait partie de la personnalité d'un homme… comme la poitrine pour une femme… La moustache, rien d'autre… Après souper, je vas aller veiller un peu à la boutique à Foley; tu vas tenir le magasin?

– J'avais dessein de visiter Obéline à soir.

– Elle sera pas là… j'pense.

– Comment ça, tu penses?

Il leva sa main et la secoua en signe d'hésitation:

– Ben… elle pis Marcellin, j'pense que…

Émélie en fut contente et contrariée à la fois. Certes, elle ne nourrissait aucun sentiment envers Marcellin, mais il lui semblait qu'il présentait plus d'attraits en jeune homme célibataire et indépendant tel qu'il était plutôt qu'autrement.

∞∞∞∞

Il y avait ce cercle sombre en ce soir d'automne aux abords du feu éteint. Pour éclairer la veillée, Joseph Foley tenait un fanal à haute mèche allumée, accroché à un clou de bois de la poutre centrale du plafond. Il faisait cru à l'intérieur, mais les assistants pour la plupart étaient vêtus d'un mackinaw d'hiver tissé de laine.

Il y avait là, premier arrivé et venu pour une réparation de voiture, un presque revenant, en la personne de Clément Larochelle qui n'avait plus assisté à une de ces soirées de placoteux depuis le décès de son épouse Marie-Rose, suivi de son mariage avec Flavie Gagnon. L'homme avait considérablement vieilli et la soixantaine serait bientôt là pour lui comme pour quelques autres dans la paroisse dont Édouard Allaire et le couple Henri et Restitue Jobin. Cette rencontre faisait naître en son cœur de sombres souvenirs que par bonheur les propos entendus avaient tôt fait d'effacer.

Son voisin, vieillard à la pipe fumante, ressassait sur les pauses, des souvenirs tout aussi noirs de son enfance en Irlande et de sa traversée sur l'Atlantique en ces temps épouvantables du choléra mortel où la mort venue tout près lui avait adressé quelques signes d'invitation auxquels, grâce à la prière sans doute. il n'avait pas répondu. Ces aventures de jeunesse racontées cent fois déjà, il n'en parlait plus en cet automne de sa vie. Et il déjouait ceux qui, comme Honoré, lui redemandaient son vieux récit en entraînant son jeune voisin dans toutes sortes de débats politiques ou judiciaires. Ce qui lui venait en tête le plus souvent et ce soir-là surtout, c'était la saison du dépouillement et des préparatifs pour le long voyage hivernal. Il se sentait un arbre à l'intérieur de lui-même et dont toutes les feuilles étaient tombées à part quelques-unes encore. Mais si la nature devait envisager un long voyage, lui devait accepter l'imminence du grand voyage. Et au printemps peut-être, alors que la vie reprendrait dans la végétation, elle s'éteindrait en lui. Telle était sa vision de l'avenir, à ce Michaël Foley au corps usé.

Honoré arriva sur le tard. Il avait flâné un bout de temps à l'arrière de la grange à Foley à observer discrètement ce qui se produirait sur le cap avec tous ces rendez-vous donnés par le commis à certaines jeunes filles enamourées du village. Obéline Racine, Émérence Dulac et Marie Paradis risquaient de se rendre à son invitation sans savoir que le vilain Marcellin leur posait un lapin. Et serait absent afin de leur faire comprendre qu'elles ne devaient plus lui courir après. Fatigué d'attendre sans rien avoir vu, et transi par ce soir frais, Honoré avait décidé de joindre le cercle de la forge.

Jos Plante le salua le premier. Il l'invita à s'asseoir entre lui et Napoléon Dulac, deux hommes qui faisaient une forte consommation de tabac à chiquer et qui par conséquent rejetaient par terre toutes les cinq minutes d'énormes crachats noirs que l'on ne remarquait plus.

Philippe Lambert, un personnage dans la trentaine, grand fumeur de pipe, possédait un tempérament bouillant. Et quand il se trouvait là ces temps-ci, Barnabé Tanguay ne se présentait pas. Lambert était si libéral que sous la clarté du jour, son visage demeurait entièrement cramoisi. Et quand un opposant le disait teindu, il le devenait encore davantage. Voilà qui n'était pas pour déplaire à Honoré qui, lorsqu'un bleu attaquait Mercier ou Laurier, les défendait avec mesure pour ne point risquer de déplaire à ces gens faisant aussi partie de sa clientèle ; mais alors, Lambert levait ses baguettes à sa place et Honoré en ressentait toujours du soulagement et de la satisfaction. Même s'il lui arrivait de se sentir l'âme d'un promoteur de combats de coqs.

Complétaient le décor dansant et emboucané Augure Bizier, l'ancien quêteux qui parvenait maintenant à survivre sur la terre des Quirion sans devoir prendre la route, – et qui serait père bientôt d'un enfant qu'on prénommerait Marie s'il s'agissait d'une fille – , de même que le nouveau quêteux de la région, Edmond Lepage qu'il appelait Mon Page, un homme venu comme lui de Saint-François, père de quatre enfants, malade, disait-il, des reins, du foie, de la rate et du cœur. Bon pour le croque-mort, disait-il aussi en riant, pis pour du porte en porte en attendant. Augure l'hébergeait tout comme par le passé de bons samaritains l'avaient logé et nourri, lui. Telle était la généreuse loi non écrite des mendiants.

Voici que l'on discutait pour la combientième fois le grand sujet politique de l'année : le scandale de la baie des Chaleurs impliquant la gouvernement Mercier et mouillant, soutenaient ses ennemis politiques, jusque le premier ministre lui-même. Même ceux ne sachant ni lire ni écrire connaissaient les données générales du scandale.

Alors que ne sont construits en 1891 que soixante des 180 milles à être construits du chemin de fer de la baie des Chaleurs, de sérieuses questions avaient été soulevées sur les rapports entre les entrepreneurs et les gouvernements qui leur ont accordé des subventions. La compagnie de chemin de fer a reçu des subventions à la fois du gouvernement fédéral et du gouvernement libéral du Québec. Et voici que le 4 août précédent, les conservateurs d'Ottawa dirigés maintenant par John Abbott déclenchaient une enquête sénatoriale. Sa conclusion venait d'être tirée, soit que le gouvernement du Québec a reçu des pots-de-vin à même ses propres subventions, l'argent ayant probablement servi à défrayer des dépenses électorales. Mais le gouvernement provincial venait tout juste de créer une commission d'enquête parlementaire et toute la population de la province s'attendait à plus de lumière sur cette affaire bientôt.

Tout cela avait été diffusé par les journaux. Et dit aux soirées de la forge Foley ou de la forge Racine par Honoré Grégoire qui défendait les libéraux de Mercier et le premier lui-même contre les Barnabé Tanguay de ce petit monde de Saint-Honoré qui ne juraient que par les conservateurs d'Ottawa.

«C'est un complot des bleus du fédéral,» avait souvent répété Honoré.

«C'est de la corruption des rouges du provincial,» avait aussi souvent répété Barnabé.

Et les autres, peu sûrs de leur position, tâchaient de l'étançonner avec les raisonnements antagonistes entendus en se disant que le temps leur prodiguerait le meilleur éclairage et leur donnerait raison sans qu'ils n'aient eu à parler.

Mais Tanguay n'étant pas là ce soir-là, Honoré avait beau jeu et il vanta tout d'abord les réalisations du gouvernement Mercier, la personnalité de son chef, la personnalité et le dévouement du regretté curé Labelle et amena son auditoire à une conclusion inévitable :

— D'aussi grands hommes n'auraient jamais trempé dans d'aussi basses affaires. En tout cas, la statue de monsieur Mercier dans le salon d'Émélie, c'est pas demain qu'on va l'ôter de là...

Qu'il suffise qu'Honoré ne soit pas là pour veiller au grain à la prochaine veillée des placoteux et Barnabé pourrait aisément renverser la vapeur en la défaveur de Mercier et faire du premier ministre une crapule dont il vaudrait mieux se débarrasser à la prochaine élection...

∞◎◎∞

— Je ne vous ai pas donné rendez-vous avec moi, j'ai dit que je pourrais y être... dit Marcellin à Obéline qui osa venir lui adresser un reproche au magasin le jour suivant. Pourrais y être, ça veut pas dire : j'y serai...

— La différence entre un menteur authentique et un menteur politique, c'est que le menteur politique dit des paroles à double sens pour faire plaisir et garder bonne conscience, tandis que le menteur authentique dit des mots à un seul sens. Moi qui suis droite, je préfère le menteur honnête... Et par-dessus tout l'homme qui dit la vérité ou bien se tait.

Elle n'en dit pas davantage et quitta le magasin la tête bien haute.

Ces paroles devaient trotter dans la tête de Marcellin, devaient chatouiller sa conscience et lui faire se rendre compte qu'il avait fauté envers ces trois jeunes femmes au cœur rempli d'espérance, une espérance qu'il avait gavée d'une promesse non tenue, une espérance abusée.

Quand elle apprit sa conduite, Émélie la réprouva devant Honoré, mais pas devant le principal intéressé qu'elle bouda durant quelques jours.

Marcellin dit et redit à Honoré de manière qu'Émélie l'entende que c'était sa seule façon d'agir pour que les jeunes filles cessent de lui courir après. Autrement, il n'aurait jamais la paix.

– Et si c'était quelqu'un d'autre qui m'intéresse, finit-il par dire à Émélie en l'absence d'Honoré. Une personne qui est inaccessible et qui ne sera probablement jamais mienne?

La jeune femme en fut profondément troublée. Et pourtant, le commis ne songeait pas à elle et bien plutôt à la jolie Odile Blanchet qui, à quatorze ans, devenait de plus en plus femme…

∞∞∞∞

Dans les semaines suivantes, Marcellin trouva moyen de s'excuser auprès d'Émérence, de Marie et même d'Obéline, mais il ne laissa aucun espoir à l'une ou l'autre. Humiliées par l'affaire du cap à Foley, se sentant éconduites, elles s'étaient promis en leur for intérieur de ne plus jamais montrer le plus petit intérêt envers ce beau parleur mystérieux venu d'ailleurs. Et certaines firent naître des rumeurs sur la morale du personnage envers les clientes du magasin, rumeurs qui gravirent à petits pas discrets les marches de l'escalier du presbytère où elles se glissèrent en douce pour tomber dans l'oreille d'un prêtre qui gardait le bon œil ouvert et les deux oreilles en portes de grange.

∞∞∞∞

Au sommet de sa gloire, Honoré Mercier n'a pas pris au sérieux les accusations lancées contre lui à propos des soi-disant pots-de-vin versés à son parti en marge de la construction du chemin de fer de la baie des Chaleurs. Il a tardé à se défendre. Ottawa n'attend pas les conclusions de la commission d'enquête parlementaire mise sur pied par Mercier en septembre et le lieutenant-gouverneur

Auguste-Réal Angers, un personnage à la solde des conservateurs, renvoie le gouvernement Mercier le 16 décembre.

Le 8 mars suivant eurent lieu des élections. La victoire des conservateurs fut écrasante. Ils obtinrent cinquante et un sièges contre vingt et un seulement pour l'équipe de Mercier.

Même Honoré Grégoire, contrairement à sa promesse faite à la forge Foley, dut enlever la statue de Mercier du salon d'Émélie. Mais il ne la remplaça surtout pas par celle de Boucher de Boucherville, le nouveau premier ministre de la province de Québec.

Le mois suivant, Mercier sera accusé de fraude criminelle, mais on ne prouvera rien contre lui et il sera blanchi. Mais le scandale et ses conséquences l'auront ruiné physiquement et financièrement.

Honoré Grégoire consacrerait désormais tout son cœur politique à un seul homme: Wilfrid Laurier, le chef du parti libéral canadien.

∞∞∞∞∞∞∞∞

Chapitre 37

— Son père, vous devriez vendre la terre pis venir vivre avec nous autres au village.

— Émélie, dans quelques années d'icitte, t'auras une grosse famille pis ta maison est pas ben grande. Tu me dis que j'ai 60 ans asteur? Suis bon pour garder ma terre encore un bon boutte. J'aime ça, la terre ; j'ai toujours aimé ça.

La jeune femme tourna son regard nostalgique vers la croix marquant la tombe de Marie-Rose Larochelle et soupira :

— C'est elle qui doit être contente de vous.

Seul Édouard comprit l'allusion à son sentiment pour cette chère disparue.

Ce n'était guère l'endroit ni le moment pour parler de ces choses entre eux : les Grégoire, Édouard Allaire, les Bizier, les Blanchet, les Jobin et tout plein de monde se trouvaient là pour assister à l'enterrement de Michaël Foley décédé le 17 mars et dont la dépouille, en attendant le dégel de la terre, avait été déposée dans une cabane dite le charnier qui contenait cet hiver-là deux autres corps, ceux d'enfants morts en bas âge.

Il n'y avait plus la moindre trace de neige. Le soleil de la semaine sainte réchauffait le village et tous ces gens en noir au milieu du cimetière.

Le couple Grégoire était touché par la mort de ce voisin irlandais disparu à 68 ans d'une attaque du cœur, le jour même de la fête de la Saint-Patrick, saint patron d'Irlande. D'aucuns allaient jusqu'à

parler de petit miracle vu que le vieil homme avait toujours souhaité mourir ce jour-là et que le ciel lui avait accordé cette grâce
spéciale. Ce qui laissait à penser que l'âme du défunt se trouvait
maintenant dans la gloire du Père sans le moindre arrêt dans le feu
purificatoire du purgatoire.

Entre ses deux parents, le petit Freddé qui courait maintenant
sur ses 5 ans, restait tranquille à se demander ce que cela voulait
dire et à essayer de comprendre ce mot mort qu'il avait entendu si
souvent ces deux derniers jours. Il songeait au chien Mousse qui
s'était lui aussi immobilisé pour ne plus jamais bouger et qu'on
avait dû enterrer à mi-chemin entre la maison rouge et le cap à
Foley. Des larmes montèrent à ses yeux. Il se sentait le cœur gros,
la gorge serrée. Mais personne ne le remarqua.

À la maison, Odile veillait à la garde de la petite Éva et de bébé
Ildéfonse. Souventes fois, elle s'asseyait dans la berçante près d'une
fenêtre à l'arrière, avec l'espoir de voir passer le commis qui allait
bien plus souvent du hangar de la maison rouge à la grange qu'il ne
passait sur le chemin principal entre le magasin et la chapelle, ce
qui ne lui arrivait presque jamais. Et lui n'avait pas tardé à prendre
conscience de sa présence, et chaque fois qu'ils se voyaient sans
témoin, ils se souriaient de loin et se saluaient par des signes de la
main. Chacun savait sans se le dire qu'il avait un grand intérêt pour
l'autre. Mais tant d'années les séparaient et surtout tant de volon-
tés dans la paroisse à partir de celle du curé, des Grégoire, des
villageois, des jeunes filles éconduites qui maugréaient contre
l'étranger dont on doutait de plus en plus de la morale et des
bonnes mœurs… Les deux restaient donc à distance, mais dans le
secret, ils se soudaient l'un à l'autre par l'imagination. Marcellin
aurait pu lui faire parvenir une lettre, mais elle aurait répondu et
tôt ou tard, on aurait découvert le pot aux roses. Chacun pourtant
brûlait de parler à l'autre, de lui ouvrir son cœur. Toutefois, si l'on
devait se rendre compte de leur attachement, il perdrait sa place
de commis sur la pression du curé et peut-être même qu'Odile

perdrait sa place de gardienne. Ils étaient tous deux lucides sur cette question et plus longtemps ils le resteraient, plus longtemps ils pourraient se voir et rêver l'un à l'autre le soir et la nuit.

Marcellin s'occupait du magasin pendant que les Grégoire assistaient aux funérailles. On lui avait fait comprendre à mots semi-couverts qu'il ne devait pas se rendre à la résidence par la passerelle à moins qu'Émélie ou Honoré ne s'y trouvent déjà et pour un motif sérieux. Ce qui en clair voulait dire de n'y point aller en leur absence. Voilà qui avait tracé une ligne de conduite non seulement au commis mais à Odile à qui l'on avait fait part aussi de cette décision. Si elle-même, par besoin important, devait aller au magasin, elle s'y rendrait par dehors et la porte principale devant la chapelle. Et seulement durant son seul après-midi de congé, soit le lundi. On lui donnait parfois congé le dimanche après-midi, mais alors, le magasin était fermé pour tous.

Le commis ne pouvait donc utiliser les toilettes à l'eau de la résidence et en cas de besoin, il devait, comme Honoré l'avait fait des années durant, se rendre à l'étable, ce qu'il eut à faire durant la cérémonie d'enterrement sous le regard intempestif et vindicatif du curé Fraser, un prêtre qui tolérait avec grand-peine tout ce qui n'était pas résolument catholique c'est-à-dire ce qui s'écartait de ces attitudes chrétiennes enracinées en profondeur et luisantes en surface.

Tandis que le curé priait et bénissait le cercueil, Honoré enchérissait à mi-voix à la proposition de sa femme faite à son beau-père :

– Monsieur Allaire, ça sera pas long qu'on va bâtir le magasin. Aussitôt que le train va passer à Saint-Évariste, on va construire quelque chose de gros. Vous avez un revenu annuel par l'hypothèque qu'on vous paye. Le produit de votre terre serait votre coussin de réserve… pour payer votre tabac pis peut-être aller voir Jos aux États de temps en temps…

– Dans le temps comme dans le temps! rétorqua Édouard qui tourna la tête vers la croix de Marie-Rose et parut prier.

En fait, il dit à la disparue qu'il ne lui serait pas infidèle en abandonnant sa terre avant d'y être obligé par la maladie et l'invalidité.

Marcellin marchait sur la terre ramollie. Il tourna la tête vers la résidence pour y voir une fois de plus la charmante Odile qui tenait Éva dans ses bras. Et trouva moyen de lui adresser une salutation de la main droite aux doigts qui battaient moins que son cœur. Il dut se contenter de sourire sans répondre au salut pour n'être pas démasqué par quelqu'un du cimetière que l'enterrement n'accaparait pas.

Le curé poursuivit le rituel sans perdre de vue le commis indésirable puis la porte de l'étable qu'il avait laissée entrouverte. Cet homme n'avait pas encore fait ses pâques. L'année d'avant, il était censé les avoir faites dans une autre paroisse. Mais en ce printemps 1892, l'abbé Fraser l'avait à l'œil et l'avait d'ailleurs gardé à l'œil depuis l'automne précédent: la même excuse ne saurait être invoquée. Car cet homme dont il savait qu'il avait vécu aux États, n'avait pas quitté la paroisse un seul dimanche; et de là à croire qu'il s'était confessé et avait communié sur semaine ailleurs qu'à Saint-Honoré, pas question de donner dans pareille crédulité!

À l'intérieur de l'étable, le jeune homme appuya une pelle à la cloison d'une stalle et la fonça avec une couche de foin afin de s'y soulager et de jeter le tout dehors ensuite sur le tas de fumier par la porte y donnant. Mais l'un des chevaux ne cessait de se manifester par de petits hennissements que le commis ne trouvait pas ordinaires. Quelque chose sûrement dérangeait la bête que lui-même pourtant avait bien soignée plus tôt le matin et abreuvée. Il fallait voir. Et avant de se déshabiller, il marcha plié par le milieu pour chercher entre les pattes des chevaux ce qui ne leur était pas habituel. Et trouva vite. Un tout petit être était blotti au fond, sous la crèche, engoncé sur lui-même, perdu, effacé, les deux yeux fermés au monde entier.

– Salut! lui dit Marcellin qui mit un genou à terre derrière les pattes du cheval Grison.

L'enfant ne bougea pas.

– Salut! répéta le commis. Hey... qui es-tu, mon garçon?

Le petit ouvrit les yeux puis pencha la tête encore plus et il éclata en de profonds sanglots.

– Je vas pas te faire du mal, voyons... mais j'aimerais donc ça que tu me dises ton nom.

Le garçonnet continua de pleurer, ses épaules à sautiller, sa tête à se cacher.

Une peine pareille, songea le jeune homme, ne saurait lui venir que par un sentiment de rejet. On avait dû le battre sans raison et il était venu se réfugier dans cet endroit où la porte n'était jamais verrouillée, dans une propriété où il ne se trouvait pas pour le moment de chien adulte pour alerter ou chasser les intrus.

– Tiens, je vais venir à toi... pis on va placoter tous les deux.

Marcellin avait pris le ton le plus doux qu'il ait pu composer. Doucement, il contourna les pattes de la bête et se rendit sans rien brusquer jusqu'auprès du petit qu'il pouvait encore apercevoir caché sous la crèche, dans le coin de la stalle.

– Bonjour, toi! Comment que tu t'appelles donc?

– Po... Po... Poléon...

– Napoléon, mais c'est un grand et beau nom. C'est le nom d'un homme qui a mené le monde, le savais-tu?

L'enfant ne comprenait pas le sens des mots mais il saisisssait celui du ton réconfortant. Et il commença à se décrisper pour enfin relever un peu la tête. Marcellin fut horrifié de lui voir l'œil gauche tout noirci et enflé; et cela confirma qu'on l'avait frappé ou bien l'enfant, s'il s'était agi d'un accident, aurait couru à la maison, tandis qu'au contraire, il semblait vouloir s'effacer de la surface de la terre.

– T'as mal... à ton œil, Poléon?

– Ui...

— T'as eu quoi sur ton œil, Poléon ?

L'enfant haussa les épaules et détourna les yeux. Comme il avait l'air de se sentir coupable !

— Tu t'es cogné après la porte ?

— N…on…

— Ton papa, il t'a donné une tape ?

— Ui…

Le jeune homme secoua la tête et ferma les yeux. Il avait mal au cœur d'entendre cela. Pas un enfant ne pouvait agir si mal qu'il méritât pareil châtiment. Et puis celui-ci paraissait si faible, si petit, si sensible, si vulnérable…

— C'est quoi ton nom… Poléon qui… Poléon Blais ?

— Amber…

— Poléon Lambert ?

— Ui…

— Ton père, c'est Philippe Lambert… à l'autre bout du village.

— Ui…

— Ben viens avec moi, mon p'tit Poléon… je vas te mettre une couenne de lard sur ton bobo pis ça sera pas long que tu vas être guéri… pis tu vas voir comme il faut demain… Veux-tu venir ? Quel âge que t'as, Poléon ?

L'enfant montra quatre doigts de sa main.

— 4 ans, mais t'es quasiment un homme asteur.

Le petit qui faisait aisément confiance, car il possédait un bon tempérament, docile et aimant, sourit enfin. Il sortit de son trou et se mit debout. Son visage ne dépassait pas le jarret de Grison. Marcellin lui prit la main et l'entraîna par des mots rassurants :

— On va mettre une couenne de lard salé, pis ton œil va désenfler ben comme il faut. T'aimes-tu les chevaux, toi, Poléon ?

— Ui…

— Savais-tu que monsieur Grégoire, il est capable de soigner les chevaux ? La pousse, la vermine, les coliques, le souffle, il soigne tout.

Marcellin ne songeait plus à ses besoins naturels que les événements avaient pas mal diminués. Il sortit de la bâtisse en tenant l'enfant par la main sous le regard incrédule et barbare du curé qui mettait le point final au rituel d'inhumation du vieil Irlandais.

Un étranger qui n'a pas fait ses pâques et qui émerge d'une grange avec un enfant de quatre ans : il y avait de quoi s'en mêler de près. Et l'abbé Fraser s'adressa au couple Grégoire afin d'attirer leur attention sur la scène insolite se déroulant dans le champ entre l'étable et la maison rouge, soit ces deux êtres sans lien de parenté ou de garde et qui marchaient comme… père et fils.

– Mais c'est le p'tit Lambert ! s'exclama Émélie. Le commis a dû le trouver caché dans l'étable. Le pauvre petit homme, il se fait battre par son père pis il se sauve partout. C'est donc triste à voir !

– Qui vous dit que c'est pas cet étranger-là qui l'attire avec des bonbons pis des belles paroles ?

Honoré éclata de dire :

– Non, monsieur le curé, pas Marcellin. Si le p'tit gars s'est caché dans ma grange, c'est parce qu'il s'est sauvé de sa maison, chez eux.

– Je vous accompagne… Passons par la barrière pour mettre les choses au clair, si vous voulez.

Autour de la fosse, les Foley en deuil, la veuve Euphemie, Joseph et son épouse de même que d'autres enfants du défunt dont Elizabeth, épouse de Bernard Grondin de Saint-Évariste, Louis et son épouse Célerine de Saint-Victor, William et son épouse Marie Lacombe de Saint-François, Amédée Pépin, veuf de Brigid décédée deux ans plus tôt à Beauceville, Mary, épouse de Louis Maheux de Saint-François, Henry et son épouse Angéline Plante et Phillias et son épouse Victoria Poirier de Saint-François, furent tous un peu hébétés et s'interrogèrent sur ce départ précipité du prêtre que suivait le couple Grégoire. Ils ne virent pas Lavoie et le petit Lambert que le hangar rouge cachait déjà. Les poursuivants du commis le perdirent de vue quand il disparut entre les deux maisons tandis qu'eux-mêmes franchissaient la barrière du cimetière. Allait-il reconduire le petit chez lui ? L'emmenait-il dans le magasin par la passerelle pour moins risquer d'être aperçu ? Ce sont les questions que se posait l'abbé Fraser tandis qu'Émélie se disait que tout s'expliquerait aisément quand on serait en présence de Marcellin et du petit Napoléon qu'elle avait reconnu.

Le trio dut s'arrêter quand il fut entre le magasin et la résidence après avoir enjambé la passerelle.

– Où donc cet homme est-il passé ? demanda l'abbé contrarié.

Émélie et Honoré devinrent aussi perplexes que leur curé. La jeune femme demanda à son époux de se rendre au magasin tandis qu'elle entrerait voir dans la résidence. Le prêtre dit :

– Faites, mais il pourrait avoir pris le grand chemin.

Et il s'avança de quelques pieds pour constater que Marcellin et le petit ne se trouvaient pas sur la rue principale. Ils étaient donc dans l'une ou l'autre des bâtisses.

– Je vais avec madame, dit-il, sourcils froncés.

L'enquête serait de courte durée puisque le commis et l'enfant se trouvaient dans la résidence où le jeune homme avait demandé à Odile d'aller reconduire l'enfant, tandis que lui-même jetterait un œil sur les petits Grégoire ainsi que sur la porte du magasin par une fenêtre.

Et voici que Freddé, alerté par le bruit, apparut dans l'escalier et s'arrêta, interdit, au milieu des marches pour examiner la scène et surtout le garçonnet au visage tuméfié. Sur les entrefaites, le curé et sa mère franchissaient le seuil de la porte.

Aussitôt, ils aperçurent l'enfant blessé qui tenait fermement la main de celui qui l'avait fait sortir de cette fosse profonde remplie de larmes et de terreur dans laquelle une autre main d'homme l'avait si cruellement enfoncé.

– J'ai trouvé le petit Lambert caché dans l'étable sous la crèche de Grison, annonça aussitôt le commis. Je suis venu demander à

Odile de le reconduire chez lui. Et moi, j'aurais surveillé à la fois vos enfants, madame Émélie, et l'entrée du magasin par le châssis.

– Voilà une excellente idée, Marcellin, approuva-t-elle.

Mais le prêtre avait l'entêtement dans l'œil; il voulait utiliser l'occasion pour confondre et peut-être cerner dans une encoignure des événements du jour ce commis récalcitrant afin de l'obliger à dire de lui ce qu'il avait tu mordicus et avec ruse jusque là.

– Et qu'est-ce qui nous dit, madame, qu'est-ce qui nous dit que ce n'est pas sa main qui a frappé ce petit? Cela doit être vérifié tout de même auprès de ses parents. Laissez-moi cette affaire entre les mains; je m'en vais de ce pas reconduire l'enfant à ses parents et poser les bonnes questions à ceux-ci. La vérité va éclater au grand jour.

Par les deux portes de chaque bout de la passerelle, laissées ouvertes par Honoré et Émélie, la jeune femme cria à son mari de rester au magasin pour le cas où il viendrait des clients, ce qui était probable en raison des funérailles. Il apparut dans l'embrasure. Elle lui répéta ce qu'elle venait de dire en ajoutant que tout était sous contrôle, c'est-à-dire celui de monsieur le curé.

Le prêtre s'empara de la main du tout-petit et l'entraîna vers chez lui. En marchant, l'enfant regarda de son œil valide et grand ouvert à côté de l'autre terriblement fermé, tour à tour son sauveur qui l'avait pris en pitié et Freddé qui le regardait avec une tendresse certaine.

– J'ai pensé bien faire, dit Marcellin quand le prêtre et l'enfant se furent éloignés.

– Tu as très bien fait, lui dit Émélie. Et monsieur le curé verra bien ce qu'il verra.

Mais le commis n'en était pas si sûr, lui qui n'avait pas la même confiance en ce curé de campagne tout comme dans les autres prêtres, que celle des paroissiens de Saint-Honoré pour la plupart et ceux de toute la province, et même des Franco-Américains qu'il avait côtoyés pendant quelques années.

∞∞∞

Il avait vu juste. Dès son retour de la maison Lambert, le curé qui ne s'était pas encore départi de ses vêtements liturgiques de circonstance, entra au magasin et convoqua le commis au presbytère sans rien dire aux Grégoire. Le ton était sans appel et l'appel était urgent. Marcellin échangea un regard avec Honoré et Émélie; il suivit l'abbé à la maison presbytérale de l'autre côté de la grand-rue. Le prêtre le fit attendre dans son bureau et s'éclipsa un moment pour se mettre en soutane, tenue qui, dans son esprit, lui conférait une plus grande autorité morale et civile.

Au moment de prendre place devant son interlocuteur, il mit les choses de son bureau dans un ordre qu'elles possédaient déjà dans leur ensemble. Par là, il voulait montrer qu'il était celui par qui l'ordre arrive et s'installe dans cette paroisse.

— Monsieur Lambert a catégoriquement nié avoir frappé son enfant de manière à le blesser comme il l'était. On ne le frappe jamais par la tête, ont dit ses parents. Il nous arrive de le corriger mais par des coups sur les fesses seulement.

— Le petit Napoléon m'a dit que c'était son père.

— Les enfants disent n'importe quoi.

Marcellin regarda le curé droit dans les yeux et dit, non sans ironie:

— Et les adultes croient ce qu'ils disent quand ça fait leur affaire.

— Écoutez, monsieur l'étranger dans cette paroisse, je connais Philippe Lambert, je connais son passé... on ne peut en dire autant de vous. Qui nous dit que vous n'êtes pas une main criminelle, un fugitif, un hors-la-loi comme l'a été ce Morrison de Mégantic? Un tueur peut-être?

— Je n'ai jamais levé la main sur un enfant de toute ma vie, monsieur le curé. Je crois certainement qu'il faut les reprendre, les corriger même, mais de manière bien rare, exceptionnelle.

– Vous qui n'avez pas fait vos pâques et qui refusez de lever le voile sur votre passé, et tout particulièrement votre passé américain, comment pourrais-je vous croire un seul instant?

– Croyez-vous que ce petit Napoléon Lambert m'aurait donné la main si j'avais été son bourreau?

– Ça se pourrait. La terreur peut tout, cher monsieur.

– Vous croyez? fit le commis avec un sourire ironique.

Puis Marcellin devint rouge de colère devant autant d'aveuglement de la part de ce prêtre. Mais il ne perdit pas son sens des réalités. Il se savait au pied du mur. Il lui fallait avouer ce qui, en cette époque et en ce milieu, était l'inavouable.

– Écoutez, si j'fais pas mes pâques, c'est que je ne suis pas de religion catholique. En réalité, aux États, je suis devenu ce qu'ils appellent là-bas un *Étudiant de la Bible*. Certains ont commencé de nous désigner sous l'appellation de *Témoins de Jéhovah*. Nous respectons la famille et les enfants et...

Le curé asséna un formidable coup de poing sur la table. Il se leva, visage cramoisi, le poil des mains hérissés comme ceux d'une bête en rage:

– C'est pire que tout. Une brebis galeuse dans la paroisse. Un autre Jean Genest dont je n'ai que trop entendu parler et dont le corps de pendu pourrit dans la terre non bénite de l'autre côté du cimetière, enchaîné pour l'éternité... Mais vous avez néanmoins fréquenté la chapelle du village, ce qui constitue un sacrilège, monsieur...

– Écoutez, monsieur le curé, je suis venu par ici parce que j'ai l'intention de faire un retour à la religion catholique. Mais il me faut du temps...

– Vous m'en direz tant. Pour l'heure, vous n'êtes qu'un... qu'un apostat. Vous êtes bien pire qu'un batteur d'enfants, monsieur, vous êtes en dehors des cadres de la sainte Église catholique.

– Vous connaissez la parabole de l'enfant prodigue.

Le prêtre se rassit, hésitant:

– Vous marquez un point. Mais… je ne saurais tolérer dans cette paroisse quelqu'un comme vous…

– Si je devais revenir à la religion catholique ?… Donnez-moi un an.

– Je vous donne un mois.

Marcellin sonda le plafond d'un regard profondément dubitatif. Il les trouvait bien basses, ces grosses poutres…

Puis il dit :

– Est-ce que vous m'accordez la permission de visiter vos toilettes ? C'est ce que j'allais faire à l'étable chez Grégoire, mais les événements m'en ont empêché et voici que la nature me parle fort asteur…

Le curé se fit sec, presque vulgaire :

– Allez aux bécosses dehors !

Marcellin se leva. En quittant, il ironisa :

– Vos toilettes à l'eau sont sacrées, je comprends ça…

– Un mois, redit le prêtre une dernière fois. Pas un jour de plus.

– Tout est entre les mains de monsieur le curé, dit le commis à Honoré en rentrant au magasin.

– Le p'tit Lambert, c'est-il son père qui l'a fessé dans la face ?

– Son père dit que non, c'est sûr… mais monsieur le curé vous en dira plus long, à vous pis à madame, quand il le jugera à propos, ça doit…

Le jeune homme ne voulut en dire plus. Il se rendit faire du rangement dans le hangar. Émélie et Honoré se composèrent des visages d'incompréhension, mais ils ne doutaient quand même pas de la valeur morale de leur homme de confiance.

∞∞∞∞

En août vint Jos Allaire. On l'attendait. Il fut reçu comme un prince. Le lendemain de son arrivée, Émélie attela et le reconduisit chez leur père dans le 9. Elle assista à une réconciliation émouvante. En fait leur différend s'était réglé dans le cœur de chacun peu de temps après le départ du jeune homme cinq ans plus tôt, mais ils n'avaient jamais eu l'occasion de s'en parler de vive voix.

Et ne s'en parlèrent pas non plus ce jour-là.

Leur poignée de main, leurs larmes à peine dissimulées, leur ton de voix, tout disait l'amour paternel et l'amour filial. Joseph n'avait guère grandi et restait maigre comme un vélocipède.

L'on ne put s'empêcher de parler de la pauvre Marie. À ce moment, entre Allaire adultes, les trois pleurèrent sans réserve. Ils pleurèrent sur Pétronille et sur Georgina autant que sur Marie. Émélie et Joseph n'ayant pas connu leur frère aîné Joseph-Édouard et si peu leur sœur Henriette morte bébé, ne pouvaient par conséquent ressentir vraiment le mal de leur mort. Le petit Freddé qu'on avait emmené demeurait interdit une fois de plus devant quelque chose qu'il cherchait à comprendre. Enfant sans malice et discret, il avait le don de l'effacement et se trouvait à l'arrière du poêle, assis sur le plancher à caresser des chatons qui n'avaient pas trois mois, mais l'œil sur sa mère, son grand-père et cet homme qu'il ne connaissait pas, qui tous trois s'étreignaient et versaient tant de larmes, tant de larmes…

Émélie s'en voudrait d'enfreindre une règle si profondément encavée dans son cœur et qui lui dictait de ne jamais pleurer sur un disparu… ou même plusieurs.

∞∞∞∞∞∞∞

Chapitre 38

Émélie qui possédait un flair exceptionnel aussi bien en affaires que dans les relations humaines de la vie courante grâce à son talent d'observation doublé d'une capacité d'empathie peu commune, comprit vite que ce conflit larvé entre le curé Fraser et le commis avait sans doute éclaté lors de la visite – convoquée – de Marcellin au presbytère. Il y avait cet hermétisme dans le visage du jeune homme et cette nervosité du prêtre qui traversait les fenêtres de la maison presbytérale puis celle du magasin pour lui parvenir en l'image d'un va-et-vient inhabituel de la part du curé. Elle se dit que la présence dans la paroisse de ce jeune homme trop secret pourrait bien prendre fin à cause des pressions irrésistibles de l'abbé Fraser sur ses employeurs, donc eux-mêmes, les Grégoire et Théophile Dubé du moulin à scie.

Elle se devait de prévenir le coup.

Tout d'abord, elle analysa les faits survenus lors de l'enterrement de Michaël Foley eu égard à l'attitude du commis envers ses enfants Éva et Freddé. De plus, Honoré lui avait parlé du tempérament excessif de Philippe Lambert et conclut que le mal fait au petit Napoléon ne pouvait venir que de son père. Hors de tout doute, Marcellin avait dit la vérité. Mais le curé avait peut-être profité de l'occasion ou bien trouvé autre chose pour passer un lasso au cou du cheval sauvage afin de le dompter puis de le rendre docile et transparent. Pouvait-il ne s'agir que du fait que Marcellin n'avait pas fait ses pâques ? Il y avait plus et elle pensa qu'aucun des deux antagonistes ne voudrait ouvrir la bouche pour que la vérité se répande hors des murs du presbytère.

Quand la soupe est trop chaude, il faut mettre de l'eau froide dedans, avait souvent dit son père. Et si pour ça, elle goûte moins bon, on ajoute un peu de sel ensuite.

Voilà ce qu'elle fit ce jour-là. Quand elle aperçut le curé dehors, elle sortit sans attendre ni hésiter et traversa la rue. Le prêtre était chaque fois ému quand il apercevait cette si belle grande jeune femme à la tête bien droite et au regard qui disait l'équilibre et la confiance en soi sans orgueil. Mais il ignorait qu'Émélie était capable de le corrompre gentiment et tout à fait honnêtement.

Avant qu'il ne se lance dans quelque diatribe que ce soit contre le commis ou même qu'il n'insinue quoi que ce soit à son sujet pour le faire condamner, elle lui parla d'argent. D'escompte consenti au curé Faucher sur toute la marchandise achetée par la Fabrique et le curé lui-même. Une pratique que l'on avait dû interrompre après son départ, du temps des abbés Quézel et Gosselin étant donné des affaires plus serrées au magasin. Habitude avec laquelle il était temps de renouer.

« Quinze pour cent en tout temps ! »

L'expression agit sur la colère du prêtre comme un analgésique des plus apaisants. Ils se parlèrent un peu ensuite du beau printemps et avant de faire quelques pas sur la voie du retour à la maison rouge, elle s'enquit :

– Le petit Lambert finalement ?

– Tout est arrangé. Tout est sous contrôle.

– Tant mieux ! C'est un bon petit garçon pis j'espère que plus personne va lever la main sur lui à l'avenir.

– On va faire ce qu'il faut faire pour ça. Faut tout de même pas non plus perdre de vue la parole d'Évangile : qui aime bien châtie bien.

Le prêtre était plus calme maintenant. La jeune femme ne voulut pas tisonner les braises et attiser le feu en s'opposant. Elle lui souhaita bonne journée. Il la remercia de son souci du bien-être paroissial.

Émélie ne parla pas à Honoré de sa manœuvre afin de mieux protéger leur commis.

∞∞∞∞

Toutefois, le prêtre n'était pas un enfant d'école. Après le départ d'Émélie, il réfléchit à sa visite. Et eut de sérieux doutes. Il lui parut qu'elle était venue en fait couvrir cet *Étudiant de la Bible* ayant tourné le dos à la sainte religion catholique. Ce constat lui liait encore davantage les mains. Et puis, il avait donné un mois au repentir de l'apostat...

Mais un mois plus tard, plusieurs semaines de l'autre côté de Pâques alors que Marcellin n'avait fréquenté ni le sacrement de pénitence ni celui de l'eucharistie durant la période pascale, rien n'avait encore changé. Et le loup continuait de se promener dans la bergerie. Il fallait tirer un coup de semonce. C'est chez Anselme Grégoire que le curé choisit de frapper. Il rendit visite au couple qui hébergeait le commis et leur conseilla de ne plus le faire, surtout que leur famille s'agrandissait. Il ne donna cependant aucune raison claire. Mais il montra beaucoup de détermination. Anselme déclara à Octavie qu'ils n'avaient guère le choix et demanda le soir même à Marcellin de se trouver un autre gîte. Émélie conseilla au jeune homme d'aller vivre chez son père dans le rang 9, ce qu'il fit sans peine au grand dam de l'abbé Fraser.

Et le commis continua de faire les doux yeux à Odile qui les lui rendait bien. Quand l'occasion se présenta, il lui donna rendez-vous à la roche à Marie. Le jour de son congé, elle n'aurait qu'à se rendre à la petite rivière bleue à la brunante après avoir dit à ses parents qu'elle restait chez les Grégoire jusqu'à la nuit et aux Grégoire qu'elle passerait la nuit chez elle. Il la reconduirait au village à cheval une fois la nuit tombée. Formidable complot appelé à se réaliser quand les arbres seraient en fleurs.

– Je viens souvent ici ; monsieur Allaire se doutera pas que t'es venue, Odile.

La jeune fille n'avait pas emprunté le chemin public pour se rendre à la roche à Marie, mais bien plutôt la voie des clôtures qu'elle avait longées jusqu'à la rivière où Marcellin l'avait fait monter sur son cheval pour l'emmener à la roche à Marie pas loin du pont public.

Il frissonnait à sentir encore ses bras posés dans son dos et les mains de la jeune fille agrippées à ses épaules dans une prise magnifique. C'était le plus proche qu'ils pourraient se tenir pour préserver la morale. Et quelle souffrance intolérable et divine que de passer une heure avec elle sans même lui toucher la main !

Tout ce qu'ils se dirent avait trait au quotidien, à leurs travaux et aux gens de la place, mais chaque mot fut baigné de poésie, de joie douce, de lumière enchanteresse. Elle parla peu, lui beaucoup. Et chaque phrase de l'un resterait gravée en l'autre comme de la musique céleste. Peut-être que l'âme de Marie y veillait.

Quand la noirceur profonde fut venue, il la reconduisit au village par le grand chemin où les risques de se faire voir étaient à peu près nuls.

Et ces rencontres nocturnes se reproduisirent chaque quinzaine jusqu'à l'automne. Elles ne donnèrent lieu à aucune entorse, pas la moindre, aux bonnes mœurs. En chacun, le sentiment amoureux donnait des ailes et lui permettait de voler très haut dans le ciel.

Il l'entraîna par le récit d'événements de sa vie passée dans des rêves d'or et d'évasion, et chaque fois, elle se sentait comme *Alice au pays des merveilles*, un conte qu'elle avait souventes fois entendu. Mais jamais il ne lui avoua qu'il avait renié sa foi catholique pour devenir *Étudiant de la Bible* ou, comme d'aucuns appelaient ceux de son groupe aux États : *Témoin de Jéhovah*.

Début octobre eut lieu leur dernière rencontre de cette année 1892. Le froid et l'hiver les empêcheraient de se voir. Ils devraient se contenter de se côtoyer, et plutôt rarement, quand lui travaillerait au magasin.

– On se parlera par nos yeux à travers les vitres, lui répéta-t-il à plusieurs reprises.

Ce soir-là, ils avaient un fanal avec eux, qu'ils posèrent sur la roche à Marie. Édouard continuait de penser que son pensionnaire se rendait seul près de la rivière et ne lui posait jamais de questions ni ne s'en posait à lui-même sur cet engouement du jeune homme pour un lieu tant aimé par sa fille disparue.

– Mets tes mains sur la roche, veux-tu?

Elle le fit. Il fit de même. Alors leurs yeux se rencontrèrent et l'âme de chacun vint à la recherche de celle de l'autre. Et la trouva. Cela dura plusieurs minutes. La lueur de la flamme non seulement allumait le contact des cœurs, mais lui imprimait une sorte de va-et-vient charnel à l'incommensurable intensité.

– Marie est avec nous. Elle est en nous.

En disant cela, le jeune homme oubliait les principes de sa secte pour qui quelqu'un qui est mort le demeurera jusqu'à la fin des temps, soit jusqu'à la résurrection des corps annoncée par la Bible.

∞∞∞∞

Peu de temps après, Émélie qui se savait enceinte demanda à Odile quel prénom elle choisirait pour ce quatrième enfant qu'elle croyait d'instinct devoir être une fille. Le visage de la jeune fille s'éclaira. Elle répondit sans hésiter comme si la chose avait été réfléchie longtemps d'avance:

– Alice.

– Comme *Alice au pays des merveilles*.

Odile éclata de son petit rire clair et répéta:

– Comme *Alice au pays des merveilles*.

– C'est un bon choix, réfléchit tout haut Émélie. C'est un très bon choix.

∞∞∞

En décembre, comme l'avait prédit Honoré, Montréal se dota de ses premiers petits chars électriques. Et la Beauce s'habilla d'un épais manteau de neige que devait arroser ensuite une pluie d'hiver, ce qui encroûta les choses et les champs, et rendit le cap à Foley apte à recevoir les joyeux adeptes de la glisse.

Émélie qui devinait depuis longtemps le sentiment commun unissant le commis et la servante ne tentait rien pour les en décourager tout en laissant entre eux la nécessaire barrière qu'il fallait et que lui commandait la morale. Une telle différence d'âge était fréquente et puis Odile marchait sur ses 16 ans maintenant. Qu'ils s'épousent un jour et ce serait très bien. Aussi, leur confia-t-elle cet après-midi-là le soin de conduire les enfants, Freddé et petite Éva, sur le cap pour glisser en traîne sauvage dans la partie non boisée qui constituait une pente peu importante aux adultes mais énorme aux petits.

D'autres avaient battu la piste pour monter le long de la clôture. Freddé l'emprunta le premier et s'aida des perches de cèdre, suivi par Odile qui tirait le toboggan vide à l'aide d'une corde solide puis du commis qui emportait dans ses bras la fillette ébahie. Le garçonnet portait un manteau sur des pantalons de la même étoffe brune épaisse et un casque de fourrure qu'on lui avait calé par-dessus les oreilles. Éva était emballée comme un cadeau. Odile portait son long manteau gris aux chevilles tandis que le commis n'avait revêtu que son mackinaw rouge vin. Pour chacun de ces quatre cœurs, c'était le bonheur pur. L'air froid, les rayons du soleil, la rareté de l'événement, le sentiment de confiance que chacun avait dans les trois autres et peut-être l'amour qui faisait battre le cœur de la jeune fille et du jeune homme, tout disait à tous des secrets formidables. Il ne manquait plus que la descente pour qu'ils s'envolent dans des rires sans retenue.

Au sommet, Odile mit la traîne en position entre deux jeunes sapins. Marcellin prit place à l'avant. Il serait le guide et si jamais on heurtait quelque chose, c'est lui qui essuierait le coup. Freddé s'assit derrière lui et le commis lui emprisonna les pieds sous ses coudes. Ce fut ensuite petite Éva si docile qu'installa confortablement Odile. Et celle-ci occupa la dernière place afin de protéger les enfants et les empêcher de tomber à la renverse.

– Tout le monde est prêt ? lança le commis dont le pied arc-bouté dans la neige retenait le toboggan.

– Oui, dirent les voix claires mélangées derrière lui.

Et ce fut le grand départ sur la blancheur étincelante.

– T'nez vous ben comme il faut ! cria Odile aux enfants.

Les petites mains dans les mitaines se roulèrent bien dur.

Marcellin se rendit vite compte – il le savait mais n'y avait pas pensé – qu'il n'avait pas le moindre contrôle sur la traîne qui dérapa pour le plus grand plaisir de ses passagers. Et la suite du trajet se fit de travers jusqu'à l'arrêt en bas de la pente dans une portion de neige amollie par le piétinement d'autres glisseurs venus depuis le matin. Le jeune homme se dit qu'à la prochaine descente, il ferait en sorte de verser sur le côté afin de donner encore plus de sensations aux petits et à Odile.

Et l'on reprit le chemin battu le long des perches pour retourner en haut. Émélie à une fenêtre du hangar souriait en les regardant. Elle mit la main sur son ventre, murmurant :

– Alice, toi aussi, tu vas t'émerveiller quand tu seras là.

Marcellin crut voir quelque chose bouger entre les conifères rabougris du pied du cap sur la gauche de la pente. Lourdes de neige, comment les branches auraient-elles pu se déplacer ainsi ? Il y regarderait de plus près à la prochaine descente. Mais ce sera Freddé qui en trouvera la cause, soit le petit Napoléon Lambert embusqué et qui regardait les glisseurs et les enviait tristement malgré sa joie de les entendre rire de si bon cœur.

— Viens avez nous autres, petit Poléon! lui dit le commis.

L'enfant perdu dans une casquette trop grande aux rebords qui lui recouvraient les oreilles regarda autour de lui vers l'arrière en se demandant à qui l'on parlait. Odile enchérit:

— Viens glisser, petit Poléon…

— Viens avec nous autres, Poléon, cria aussi Freddé.

Complètement rassuré, le petit s'engagea sur la croûte, mais glissa en bas. Freddé descendit et le guida en le prenant par la mitaine. Et bientôt, la traîne faisait sa deuxième descente. Le petit Lambert avait trouvé sa place entre petite Éva et Odile. C'était le maximum qu'on pouvait embarquer sur le toboggan.

Et les rires comme des notes de musique enrobées de petits cristaux de glace glissaient plus vite qu'eux sur la croûte en sautillant vers le village. On était vraiment au pays des merveilles… Et le cœur des enfants et des grands bondissait dans l'hiver tout blanc…

∞∞∞∞∞∞∞

Chapitre 39

Le curé Fraser réfléchit à la situation et ça l'amena à mieux tolérer cet étranger non catholique dans la paroisse. Tout d'abord, la chose étant tenue secrète tant par lui que par le commis, le risque de contamination des autres paroissiens s'en trouvait réduit à peu. Et puis Lavoie qui ne s'adonnait donc à aucun prosélytisme avait demandé un délai d'une année pour ajuster sa foi: un futur enfant prodigue peut-être. Aussi, la paroisse avant lui avait bien toléré en son sein un non pratiquant et aucun dommage n'en avait résulté; bien au contraire car personne n'avait envie de se faire enterrer dans la fosse entourée de chaînes, et la tombe de Jean Genest faisait exemple à tous ceux qui auraient voulu tourner le dos à la religion catholique... en leur donnant le frisson.

Mais par-dessus tout, comment déplaire au couple Grégoire en s'immisçant dans leurs affaires alors que ces gens se montraient si bons catholiques, si dévoués à leur Église et à leur Presbytère? Honoré, le fondateur de la Confrérie du St-Rosaire, faisait aussi partie de tous les mouvements paroissiaux non exclusivement réservés aux dames. Émélie, tout comme son époux, participait à toutes les dévotions. C'est eux qui pavoisaient le chemin pour la procession de la Fête-Dieu. Là où ils participaient, les fidèles s'enrôlaient aisément. De tous les laïcs, ils étaient les meilleures chevilles entre le temporel et le spirituel, devant le maire Ferdinand Labrecque, devant le secrétaire municipal et maître de poste Barnabé Tanguay. Un seul homme approchait Honoré par son poids moral dans cette paroisse : Onésime Lacasse, ce citoyen de bonne composition qui, avantage marqué sur Honoré Grégoire, ne montrait pas sa couleur politique. D'autres s'avéraient d'excellents citoyens catholiques et des exemples à suivre comme Henri Jobin et son épouse Restitue, et même déjà, Jean Jobin junior, un jeune homme de grande qualité.

Telle était la nécessaire élite paroissiale à laquelle se joindraient le plus vite possible, l'espérait-on en tout cas, un docteur et un notaire.

Depuis quatre ans, le curé Fraser agissait comme président de la commission scolaire. Il était temps de confier la tâche à quelqu'un d'autre, à un homme de progrès comme Honoré Grégoire. Honoré accepta de le remplacer, ce qui lui coûterait du temps et de l'argent.

Tout bien pesé donc, et considérant que Marcellin Lavoie assistait à la messe du dimanche et ne faisait pas mauvais exemple, l'abbé décida de l'ignorer, tout *Étudiant de la Bible* qu'il fut. De l'ignorer presque complètement...

Voilà ce à quoi pensait le prêtre ce jour de juin 1893, tandis qu'il s'apprêtait à faire une entrée dans le registre paroissial. Il commença à écrire...

Le 11 juin 1893, nous, prêtre soussigné, curé de cette paroisse, avons baptisé Marie Gabrielle Alice, née la veille, fille légitime d'Honoré Grégoire, marchand, et d'Émélie Allaire de cette paroisse. Le parrain a été Joseph Plante, industriel, la marraine Octavie Rouleau, épouse du parrain, soussignés ainsi que le père. Lecture faite.

Octavie Rouleau. Joseph Plante. Honoré Grégoire.

Georges R. Fraser

Après trois jours au lit, Émélie commença à se lever et à voir à de légers travaux dans la maison. Elle envoyait Odile travailler au magasin. Et même le tenir toute seule. Depuis plusieurs mois qu'on initiait la jeune fille de maintenant 16 ans aux tâches requises par le commerce, il était temps qu'on lui confie de plus grandes responsabilités. Et puis ça l'attacherait davantage à l'entreprise et l'éloignerait peut-être d'un an ou deux du mariage. Pas question toutefois de la faire travailler au magasin aux mêmes heures que le commis. Pour seconder Honoré, c'était ou bien Odile ou bien Marcellin, mais pas les deux, en attendant le retour d'Émélie.

Et puis Lavoie ne manquait pas d'ouvrage. C'était presque l'été et le moulin à scie virait à plein régime cinq jours par semaine. Ce jeudi-là comme les autres jours, l'on pouvait entendre à la ronde le bruit strident de la grand-scie qui dévorait les billes de bois pour les mieux séparer en des planches que l'on jetait ensuite dans une trémie à l'arrière de la bâtisse. Un employé, Napoléon «Cipisse» Dulac, vidait tous les quarts d'heure dans une longue charrette attelée le contenu de la trémie puis le transportait dans le champ de terre noire jusque devant des supports à séchage où d'autres hommes aussi musclés se chargeaient de hisser les planches en leur appuyant une extrémité sur le sol et l'autre sur la pôle du séchoir. Chaque jour, un nouveau séchoir était ainsi rempli. Ces constructions de fortune étaient si solides qu'il eût fallu un ouragan pour les jeter à terre. Elles s'étendaient à perte de vue derrière le moulin Dubé.

— C'est quoi que t'attend pour te faire une blonde ? cria le scieur à celui qui débarrassait la grand-scie des planches fraîchement taillées.

— Ben… heu… j'sors quasiment avec une fille, là, fit Napoléon Martin, l'interpellé.

— Hein ! se surprit Marcellin qui tira sur une manette située au-dessus de sa tête afin que le chariot transportant la bille à scier revienne à l'arrière de la grand-scie.

Ils ne pouvaient se parler que par bribes, après chaque fractionnement de la bille alors que Martin prenait la planche tombée sur une table pour la porter à la trémie perchée dehors. Et jamais quand le patron Théophile se trouvait aux alentours à cet étage de la coupe.

– Tu m'avais pas dit ça, Poléon. C'est qui la fille?

– Ben… Émérence Dulac si tu veux savoir.

– Ah ben, batêche de crime, dirait Édouard Allaire.

Et le chariot recula encore. Marcellin tira sur une tige de bois émergeant du plancher et qui commandait la progression du porteur vers la scie. La scie se mit à gruger la bille déjà coupée de moitié, mais qui avait été mal assujettie au départ à l'aide des crochets de rétention. Au retour, alors que le scieur allait actionner de nouveau le mouvement vers la scie, elle tomba à plat sur les supports du chariot que Marcellin stoppa aussitôt. Comme pour couvrir son mensonge au sujet de sa «blonde», Napoléon accourut pour la remettre en place et la fixer comme il faut. Ce qu'il accomplit en se penchant en avant. Tout était d'adon pour que survienne alors une tragédie. Le jeune homme en voulant reculer poussa le manche de bois de commande et le chariot reprit sa progression vers la grand-scie. Dans quelques secondes, son corps serait sectionné en deux parties par un impitoyable trait…

Mais le sort et Marcellin en décidèrent autrement. Celui-ci se rua vers son collègue que la mort était sur le point de dévorer, l'attrapa par les épaules, le tira brutalement à l'arrière. Par malheur, le scieur ne put rétablir son équilibre et il allait lui-même tomber sur la scie et y perdre la vie quand son bras gauche la lui sauva. Le prix à payer fut de le perdre et il fut sectionné au-dessus du coude et emporté par le chariot.

La scène s'était déroulée sous les yeux horrifiés de Théophile Dubé qui, le moment d'avant, parvenait au deuxième étage comme il le faisait des dizaines de fois au cours d'une journée. Il se précipita auprès du blessé qui avait perdu conscience et s'était affalé dans le bran de scie que le sang mouillait en abondance.

L'industriel avait souvent entendu parler d'accidents semblables survenus à d'autres moulins ailleurs. Il savait ce qu'il fallait faire advenant la même chose dans le sien, compte tenu de la distance le séparant du docteur le plus proche dont le cabinet se trouvait à

Saint-Évariste. Il traînait toujours de longues écorces sur le plancher et il en trouva vite une qu'il vint enrouler autour du moignon pour arrêter l'écoulement sanguin. En même temps, il consulta sa montre de poche. Il lui faudrait desserrer le garrot aux cinq minutes. Mais avant le reste et de toute urgence, il devait trouver moyen de cautériser la plaie pour faire barrage au sang et prévenir l'infection. Alors il retourna en bas et, par la porte de la fournaise, plongea le long tisonnier dans le feu qui chauffait l'eau afin de produire la vapeur, source d'énergie du moulin. Puis il stoppa le moulin, trouva une corde de chanvre et retourna vivement là-haut auprès du blessé que Napoléon Martin, assis par terre, hébété, sidéré, horrifié, regardait sans rien faire et sans même être capable de penser.

– Va chercher son bras pis mets-le dans une poche de jute, lui ordonna brusquement Dubé qui consulta de nouveau sa montre.

Le blessé demeurait inconscient. Et tant mieux si cet état pouvait durer jusqu'après la cautérisation. Les cinq minutes achevées depuis la pose du garrot, Dubé le remplaça par un autre fait à même sa corde tandis que survenait Dulac venu voir pourquoi le moulin s'était arrêté et que Martin après avoir mis le bras dans le sac y ajoutait quelques lambeaux de chair lancés par la scie ensanglantée.

– Le pauvre gars, il va être infirme pour sa vie ! se désola Dubé devant Dulac qui arrivait à lui.

– Comment c'est qu'il a ben pu faire ça ?

– Il a sauvé la vie à Martin, là, qui s'est fourré où c'est qu'il avait pas d'affaire.

– C'est qu'on fait avec ça ? demanda Napoléon en suspendant le sac à bout de bras.

– Mets-le à terre : on va voir à ça plus tard.

Dubé envoya Dulac chercher le cautère improvisé. Il eut le temps de s'en servir avant que le blessé ne reprenne conscience et quand il revint à lui, ce fut pour lancer un cri de désespoir à se voir ainsi éclopé pour toujours. Des images de son avenir lui passèrent rapidement devant les yeux. Il ne pourrait plus travailler au moulin ; il ne pourrait plus travailler au magasin. Il ne serait plus qu'un pauvre invalide. C'est qu'à ce moment, en raison de l'effet du choc, il ne ressentait encore aucune douleur physique… Mais alors il se peut que Jéhovah lui vint en aide en lui suggérant de retourner aux États où il pourrait gagner son pain en faisant du porte à porte pour son groupement des *Étudiants de la Bible*. Le pauvre blessé se raccrocha à cette seule idée comme à une bouée de sauvetage, tout autre sentiment atteignant bien moins de profondeur en lui en ces tragiques circonstances.

Dulac reconduisit Marcellin chez Édouard Allaire tandis que l'affreuse nouvelle courait d'une porte à l'autre par tout le village avant de prendre le chemin des rangs de la paroisse. Odile et Émélie tombèrent dans les bras l'une de l'autre et pleurèrent. Honoré secouait la tête en se demandant pourquoi le bon Dieu laissait de tels drames se produire dans la vie des gens qui ne le méritaient pas, comme ce jeune homme de qualité, d'honnêteté, de charité, de vaillance et de rayonnement.

Le dimanche suivant, Émélie, Honoré, Odile et les quatre enfants Grégoire, Freddé, Éva, Ildéfonse et le bébé Alice, se rendirent visiter Marcellin que sa faiblesse physique et morale clouait au lit. Au passage, Honoré invita les Bizier à les suivre en pensant qu'Augure, lui-même handicapé, saurait trouver les mots d'encouragement pour remettre le commis sur pied au plus tôt. Et puis on avait discuté de cet accident et résolu de garder Marcellin pour commis. Il en ferait sans doute moins d'une façon et probablement plus autrement. Surtout on l'aimait trop pour le laisser se débrouiller tout seul.

La visite fut apparemment un succès. Grâce à la décision des Grégoire et aux propos d'Augure, Marcellin parut retrouver courage. Il y eut aussi que les regards profonds d'Odile lui en insufflèrent une belle dose.

Après le départ de ses visiteurs, Marcellin songeait se rendre à la roche à Marie pour une première sortie depuis son accident lorsqu'un nouveau visiteur s'amena : le plus inattendu de tous les paroissiens.

Édouard alla ouvrir la porte au curé venu en voiture fine et qui avait attaché son cheval devant la maison.

– Tout un honneur ! Rentrez donc, monsieur le curé !

– C'est pas une visite de paroisse ; je viens voir quelqu'un qui traverse une dure épreuve.

Le blessé se leva de sa berçante, mais l'abbé lui dit :

– Reste assis, mon ami, reste assis.

Que voulait donc dire ce « mon ami » gros comme le bras ? se demanda Marcellin. Il obtint réponse dans la suite.

– Suis venu pour t'exprimer ma sympathie dans l'épreuve qui t'accable. Je comprends ce qui t'arrive. J'ai un frère qui a perdu la main dans un moulin. Je sais ce qu'il a enduré physiquement et moralement. Je peux m'asseoir ?

– Ben certain ! dirent ensemble Édouard et Marcellin.

Et le prêtre pérora sur l'accident survenu à son frère, sur une nécessaire résignation à la volonté du Seigneur et sur ce qui était peut-être un signe du ciel indiquant à la personne touchée une autre direction à prendre, et pour le mieux.

Marcellin crut qu'il s'agissait d'une allusion à son retour à la religion catholique et il avait raison, mais pas entièrement car le prêtre parlait à double sens à la façon politicienne. Pour montrer son pardon et son accueil, il en arriva au nœud de son monologue :

– Mon ami, je veux par la même occasion t'annoncer que j'ai fait enterrer ton bras dans la terre bénite au cimetière. Si tu restes parmi nous, et je t'invite à le faire, tu pourras, un jour lointain t'y faire inhumer également.

– Suis surpris et touché, monsieur le curé. Soyez-en certain !

Il n'y paraissait pas que ces deux personnages avaient été en conflit majeur. Édouard se réjouit de cette visite étonnante et fort à propos.

— Un bon prêtre! déclara-t-il après son départ. J'espère qu'il va rester longtemps par icitte.

— Vous avez raison, monsieur Allaire, dit l'autre, le regard perdu bien loin.

∞∞∞∞

Napoléon Martin vint lui porter ce que Dubé lui devait en gages. Marcellin trouva dans l'enveloppe un bonus de vingt piastres. Il en fut ému :

— C'est pas tout le monde qui ferait ça pour moi.

— Un homme ben généreux!

— Monsieur Allaire va être surpris lui itou. Il est parti pour le village. T'aurais pu lui laisser l'envcloppe pour moi. Mais c'est bon de même : j'avais affaire à toi, mon Poléon…

— Comment ça?

— J'ai une blonde pour toi.

— Comment ça?

— Vu qu'il faut que j'parte, tu vas prendre soin de la p'tite Odile Blanchet pour moi.

— Comment ça?

— T'es pas intéressé?

— J'ai pas dit ça.

Marcellin dit que la seule solution pour lui était de partir aux États. Malgré la générosité et la bonne volonté des Grégoire, il ne leur ferait pas un commis efficace avec un seul bras, considérant tout ce qu'il fallait transporter des voitures à la grange, au hangar, au magasin… et dans les deux sens. Sacs de tous les poids, harnais, boîtes remplies : tout était lourd à porter dans un magasin pour ceux qui y travaillaient.

Il dit qu'il pourrait trouver du travail rémunéré là-bas sans préciser qu'il s'agirait de faire du porte à porte pour son groupement religieux. Puis il parla d'Odile et du sentiment qui l'unissait à elle. Ajouta que son départ lui briserait le cœur et que pour en diminuer la cruauté, il lui écrirait une lettre dans laquelle il plaiderait la cause de Napoléon. Il lui dirait qu'ayant sauvé la vie de Napoléon, une partie de lui-même serait toujours en cet homme, et qu'en se laissant fréquenter par Napoléon, ce serait comme de se laisser aimer par lui, Marcellin. Il se dit qu'elle le croirait au bout d'un certain temps.

– Faudra jamais que tu dises à personne ce que je viens de te dire, mon Poléon. Ou bien Odile prendrait pas mon idée...

– Mais toé, tu l'aimes pas?

– Je l'aime assez pour m'en aller à jamais. Ça va lui prendre un homme qu'a tous ses membres pis qui va s'installer par ici avec elle pour tout le temps. Le meilleur pour elle, je sais que ça sera toi, Poléon.

Chacun alors regarda au loin dans l'avenir, mais dans des directions diamétralement opposées...

∞∞∞

Une semaine plus tard, en l'absence d'Édouard, Marcellin fit son paqueton, écrivit trois lettres, l'une pour Émélie Grégoire, l'autre pour Odile Blanchet et la troisième pour le curé Fraser, et les laissa sur la table avant de monter à cheval et de partir, laissant derrière lui la voiture dans laquelle il était venu.

À Odile, il écrivait ce qu'il avait dit à Napoléon. Il conclut en soulignant la dernière phrase : « Si jamais tu aimes Napoléon, c'est un peu moi que tu vas aimer en lui. »

Au curé, il écrivait quelques mots d'excuse et de remerciement. Il disait qu'il ne reviendrait pas à la religion catholique et que son accident était le signe du ciel lui indiquant qu'il devait rejoindre ses frères de Pennsylvanie.

Et à Émélie il disait à quel point Honoré devrait *se sentir privilégié de faire sa vie sur terre avec elle*. Il termina en disant qu'Honoré était d'une bonne race, lui aussi, et que leur descendance serait bénie de Dieu.

Mais il emporta avec lui le secret de son appartenance aux *Étudiants de la Bible* qu'il partageait avec l'abbé Fraser. Et le curé le tairait pour ne pas qu'on lui fasse reproche d'avoir fait enterrer dans le cimetière un bras non catholique.

∞∞∞∞∞∞∞∞

Chapitre 40

Odile fit lire sa lettre par Émélie qui en fut profondément touchée comme si les mots s'adressaient à elle personnellement. Son attachement pour Marcellin n'était surpassé que par celui envers Honoré et les enfants. Elle comprenait les raisons de son départ définitif et flairait même quelque chose d'encore plus déterminant qu'il ne mentionnait pas, quelque chose de son passé qu'il avait tenu au secret tout le temps qu'il avait été à Saint-Honoré. Peut-être, songeait-elle, reviendrait-il un jour ou l'autre au bout d'un certain nombre d'années et alors saurait-on la vérité pleine et entière ?

Émélie comprit vite aussi que la jeune fille désirait avoir son opinion sur Napoléon Martin qui cherchait à la fréquenter et dont Marcellin lui avait écrit tant d'éloges dans sa lettre trop courte.

– C'est un bon parti, dit Émélie. Travaillant. Ça sera pas long qu'il aura sa terre à lui. Son père va l'aider pour ça, c'est certain…

Odile se laissa approcher par un Napoléon des plus heureux qu'elle questionna beaucoup sur celui qui ne reviendrait pas. Elle pleura souvent puis ses larmes se tarirent devant l'inéluctable.

À la fin de l'hiver 1894, Napoléon demanda Odile en mariage. Il aurait sa terre à lui au printemps. On fixa la date au 16 juillet. Odile aurait alors 17 ans.

Émélie et Honoré s'en réjouirent et en furent peinés tout à la fois. Après avoir perdu ce commis qu'ils aimaient sincèrement, voici qu'ils devraient remplacer la servante que les enfants adoraient, leur chère Odile si vive, si pétillante et si vaillante. Comme on était loin de ces après-midis de glissade sur le cap à Foley!…

∞∞∞∞

Émélie, déjà mère de quatre enfants nés à deux ans d'intervalle depuis 1887, s'attendait à retomber enceinte en cette année 1894. Et cela vint plus tôt que prévu. Début juin, elle annonça à Honoré que ses élans prématurés après la période d'allaitement d'Alice produiraient un nouvel enfant pour janvier 1895.

– Sûrement un gars! se contenta de dire le jeune homme de 29 ans. Nous autres, c'est un gars, une fille, un gars, une fille, un gars, une fille…

– Va falloir que je commence à penser à un nom pis à quelqu'un pour être de cérémonie…

∞∞∞∞

Le premier soir de l'été eut lieu une de ces rencontres hebdomadaires à la boutique de forge Foley. Il s'y trouvait Barnabé Tanguay qui avait renoué avec ces veillées de placoteux en apprenant que Philippe Lambert, son gendre et pire ennemi politique, les avait désertées. Et Henri Jobin qui apparut fort amaigri dans l'ombre de la place. Joseph Plante et Théophile Dubé, les deux industriels de la paroisse, y fumaient leur pipe en façonnant à leur manière les choses de la vie. Jean Jobin junior maintenant âgé de 24 ans et Honoré Grégoire s'y présentèrent ensemble après s'être rattrapés sur le chemin de venue. Ils emportaient avec eux deux sujets de conversation qui passionnaient tous les hommes: Mercier, l'ex-premier ministre malade, et Morrison, le hors-la-loi emprisonné depuis son procès de 1889 à Saint-Vincent-de-Paul.

Il fut d'abord question du fameux hors-la-loi puisque le journal rapportait sa mort deux jours plus tôt à l'hôpital Royal-Victoria de

Montréal où il avait été admis quelques heures seulement après sa sortie de prison suite à l'obtention de sa grâce.

Honoré fit une révélation étonnante :

– Il l'avait dit en regardant les murs de la prison en 89 qu'il mourrait pas en prisonnier. C'est arrivé comme il l'avait prédit. Il est sorti de Saint-Vincent-de-Paul avant-hier avant-midi pis est mort avant-hier après-midi à l'hôpital, au bout de son souffle. Un vrai prophète !

– De quoi il est mort ? demanda Henri Jobin.

– Consomption. À son âge, de quoi veux-tu qu'on meure, à moins de se faire fesser par le tonnerre ?

– Ben... y a le diabète comme monsieur Mercier. Et... le cancer...

– Justement, il paraît que le grand Honoré Mercier se fait traiter à l'hôpital Notre-Dame. C'est sûr qu'en bon Canadien français, il se fera pas hospitaliser à Royal-Vic...

– Asteur, on est aussi ben traités dans notre langue que dans la langue anglaise, commenta Jean Jobin.

– C'est ton idée, dit Tanguay, mais faudrait voir ça. L'hôpital Victoria, c'est flambant neu'... Ça vient d'ouvrir, au mois de décembre... C'est ce qu'il y a de plus moderne à Montréal pis même au Canada comme hôpital...

Le feu semblait toutefois éteint ce soir-là. Il eût fallu pour le rallumer une solide discussion politique. Mais aucune odeur d'élection ne flottait dans l'air de Québec ou d'Ottawa cette année-là. On ne prévoyait pas de scrutin fédéral avant deux ans et Laurier devrait attendre pour devenir peut-être premier ministre. À Québec, après la démission du premier ministre Boucher de Boucherville qui avait lui-même remplacé Mercier, on avait pour chef de l'État le plus terne des conservateurs, Louis-Olivier Taillon qui avait déclaré ne pas vouloir tenir d'élections avant 1896 ou 1897.

La soirée d'Honoré ne fut pas très exaltante.

Celle d'Émélie le fut, qui la passa en compagnie de ses enfants et de la servante. La jeune femme avait sorti son vélo et, sur la grand-rue, elle montrait à Freddé, un grand garçon de 7 ans maintenant, et qui fréquentait l'école, comment faire pour le conduire. Odile restait sur la galerie avec Éva, Ildéfonse, le préféré de sa mère, et bébé Alice. Le pauvre Alfred qui avait les pieds plats ne parvint pas à se tenir en équilibre sur le bicycle et il eût tôt fait de se décourager et d'aller s'asseoir dans les marches de la chapelle en posant son menton découragé dans ses mains impuissantes.

L'abbé Fraser s'amena. Il jasa un bon moment avec la jeune femme. Il lui annonça une nouvelle surprenante: son départ imminent de la paroisse.

– Je viens de l'apprendre par une lettre de l'archevêché. Mon remplaçant arrivera fin juillet et je partirai un mois plus tard après l'avoir initié aux choses d'ici.

– Vous connaissez son nom?

– Feuiltault... l'abbé J.A. Feuiltault... J'ignore son prénom. Ce sera Joseph-Albert ou autre chose du genre. Un jeune homme qui devrait rester longtemps parmi vous. Monseigneur me dit qu'il aura pour mission de préparer les paroissiens à la construction d'une belle grande église et de veiller à sa réalisation.

– Ben ça va me faire beaucoup de peine de vous voir partir.

– À moi de même... surtout de ne plus côtoyer une paroissienne d'aussi belle qualité que vous.

– Là, vous me faites rougir, monsieur l'abbé.

– Je suis sincère. Vous êtes une femme d'exception, Émélie. Grande chrétienne. Bonne mère de famille. Épouse aimante et dévouée.

– Mais monsieur le curé, si tout ça est vrai, je ne suis pas exceptionnelle: tant de femmes de la paroisse sont de bonnes chrétiennes, de bonnes mères et de bonnes épouses...

– Oui... non... j'aurais dû commencer par ce je-ne-sais-quoi qui vous rend exceptionnelle.

Il y avait dans les mots du prêtre une émotion qu'elle n'avait jamais décelée auparavant. Nourrissait-il donc à son égard le même genre de sentiment sublime et inavouable qu'elle avait éprouvé pour le commis de naguère? Se pouvait-il seulement que de pareils sentiments existent? Étaient-ils à réprouver en raison des sacrements du mariage et de l'ordre qui emprisonnaient le cœur de la femme et de l'homme en des territoires bien délimités et définitifs? En tout cas, si l'abbé Fraser vibrait à sa personne, personne mieux qu'elle ne saurait le comprendre.

– Ce sera ma taille, monsieur le curé. Je suis plus grande que la plupart des autres femmes.

Il plongea son regard humide dans celui d'Émélie pour affirmer, l'air énigmatique:

– En effet, vous êtes plus grande que les autres femmes: ça se voit.

– Pas de ma faute: j'ai poussé en orgueil, comme on dit.

Le prêtre secoua la tête en souriant. Peut-être comprendrait-elle plus tard le vrai sens de sa répartie. Puis il baissa la tête comme soudain envahi par un embarras presque honteux:

– Je retourne à mes travaux du soir. Et je vous souhaite une bonne soirée, Émélie.

Puis il cria aux enfants:

– Bonsoir, les enfants! Bonsoir, mademoiselle Odile. Et… bonsoir monsieur Freddé…

Ce furent plusieurs bonsoir emmêlés, enchevêtrés qui lui furent répondus.

Comme prévu, le curé Fraser fut remplacé par l'abbé Feuiltault qu'il présenta aux Grégoire un soir de juillet, quelques jours seulement avant le mariage de la belle Odile à Napoléon Martin.

Le front haut et solide, le regard déterminé, les cheveux noirs bouclés, le nez viril d'un fonceur, la jeune prêtre serra les mains avec vigueur. Doté d'une voix sourde et chantante, une aura de mystère l'entourait, qui aurait tôt fait de disparaître. On verrait plus tard en effet qu'il était tout le contraire soit un personnage franc et direct, un être méthodique et un bourreau de travail. Et par-dessus tout, il avait en tête sans jamais de cesse la mission que son supérieur ecclésiastique lui avait confiée: amener la paroisse à se bâtir un temple appelé à durer deux siècles et plus.

Après le départ des deux prêtres, Émélie et Honoré y allèrent des commentaires favorables sur l'abbé Feuiltault.

∞∞∞∞

Trois événements hors de l'ordinaire ponctuèrent la vie du couple en cette deuxième partie de 1894. Tout d'abord, ils assistèrent à la noce de leur servante qui leur avait promis de continuer de travailler pour eux à la maison et au magasin tant qu'elle ne serait pas enceinte de plusieurs mois si cela devant se produire. Elle en profiterait pour initier quelqu'un d'autre aux nombreuses tâches qui lui étaient dévolues.

Il y eut ensuite le décès et l'enterrement d'un grand ami de la famille, Henri Jobin, qui fut emporté par le cancer.

Début novembre, on apprit par le journal la mort d'Honoré Mercier, le plus grand nationaliste de la province de Québec. Une foule de plus de 70,000 personnes accompagna le cercueil vers le cimetière. À 54 ans, l'illustre personnage entrait dans la légende d'un peuple.

∞∞∞∞∞∞∞∞

Chapitre 41

Ce ne fut pas bien difficile de trouver un prénom au bébé qui vit le jour le 31 janvier de cette année 1895. Tout d'abord, ce fut un garçon comme l'avait prédit Honoré en vertu du principe de l'alternance gars/fille énoncé par lui huit mois auparavant avec un joyeux sourire de faux devin. On l'appela Henri, un choix laissé à sa marraine Restitue Lafontaine qui s'acquitta de son devoir en lui attribuant le prénom de son mari décédé.

Il avait aussi fallu un parrain. Pierre Racine avait pris comme un honneur de le devenir.

L'enfant était en bonne santé tandis que sa mère récupérait plus vite qu'aux accouchements précédents. Émélie s'était rendu compte chaque fois que plus longtemps elle restait alitée après l'événement, plus ses jambes la faisaient souffrir ; aussi, malgré les supplications rituelles de la sage-femme Restitue et d'Honoré, se leva-t-elle dès le lendemain pour «vernousser» dans la maison.

Enceinte à son tour, Odile Blanchet finirait de travailler au printemps. Une deuxième servante fut engagée de même qu'un nouveau commis en la personne de Jean Jobin junior. Le jeune homme cumulerait deux fonctions comme son prédécesseur Marcellin Lavoie et occuperait également le poste de secrétaire municipal en remplacement de Barnabé Tanguay, démissionnaire.

Son épouse Délia rendit visite à Émélie pour la féliciter mais surtout pour l'encourager, car malgré son jeune âge encore – elle venait tout juste d'atteindre sa majorité de 21 ans – elle devinait que des grossesses aussi rapprochées exigeaient de la mère une formidable rançon de santé cumulative. Or, voici que l'épouse d'Honoré, à seulement 29 ans, venait de mettre au monde son cinquième enfant : à ce compte-là, elle risquait d'en avoir encore autant sinon davantage même.

— Faut prendre ça un à la fois, lui dit Émélie assise dans la berçante de sa chambre.

— Par chance que c'est pas deux à la fois, plaisanta la visiteuse.

Délia était une petite femme noiraude, vive et joyeuse avec un beau visage aux traits de fillette. Et resplendissante de santé comme le disaient ses pommettes à la rougeur naturelle. Elle redevint songeuse aux prochaines paroles d'Émélie qui appuya sur chaque mot :

— On rêve tous d'une vie longue et prospère, et surtout en santé, mais en même temps, il faut la transmettre, cette vie qui nous a été donnée, et ça, c'est exigeant sur notre pauvre corps mortel. Ma mère est partie à 30 ans. Moi, j'en avais que six à sa mort. Ça m'encourage : mon petit Alfred aura ses 8 ans au mois d'août et je me sens en pleine santé. Dans le fond, les prêtres ont ben raison de dire qu'il faut laisser tout ça entre les mains du bon Dieu. C'est Lui qui sait quand c'est le temps de nous rappeler à Lui. On comprend pas toujours pis faut pas chercher à trop comprendre, parce que la vie elle-même est un des grands mystères... j'allais dire de la vie. Pis la mort, un plus grand mystère encore.

Délia décela beaucoup de résignation et un grand esprit de sacrifice dans ces clichés entendus partout. Il restait en elle une certaine rébellion de la jeunesse et elle prit le temps d'absorber la pensée d'Émélie en ne la partageant qu'à moitié et regrettant son acceptation des choses en trop bonne chrétienne. Elle ne songeait pas qu'Émélie avait transposé son sens de la décision sur un autre plan, celui des affaires, et qu'en matière familiale, son couple se conformait aux diktats de la religion comme tous les autres couples, et même que les Grégoire vivaient l'abstention afin d'espacer les naissances d'au moins deux ans, une planification tout de même exceptionnelle.

L'on se parla d'autre chose. Délia quitta heureuse et pourtant inquiète, comme à son arrivée…

∞∞∞∞

En avril, Odile partit. On lui fit un petit souper de remerciement. Et on la pleura. Freddé cacha ses larmes : il se savait trop grand pour en verser en public. Éva ne put retenir les siennes derrière sa trop grande fragilité. Ildéfonse se tint auprès de sa mère qui le réconforta à maintes reprises à la table en caressant ses cheveux noirs comme le charbon et qui se terminaient en pointe au milieu du front, ce dont des enfants malins du village riaient en disant que c'était un signe du diable. Alice était encore trop jeune pour réaliser l'ampleur de cette perte pour sa famille et Odile ne cessa de l'émerveiller par toutes sortes de simplicités joyeuses en lesquelles l'enfant saisissait l'attention qu'on lui portait. Odile avait choisi son prénom et pour cela, mais aussi parce que la petite pétillait de bonne humeur, elle était devenue sa préférée sans toutefois que la servante ne le laisse trop paraître.

Alice fut la dernière qu'Odile prit dans ses bras quand ce fut le moment de la séparation sur la galerie alors que Napoléon l'attendait dans sa voiture sur la rue. Honoré eut le dernier mot au nom d'Émélie, au nom des affaires et au nom du cœur :

– En tout cas, Odile, quand on aura besoin et que tu pourras pis que tu le voudras, on te reprendra de temps en temps. On n'en trouvera jamais une meilleure que toi.

Et criant à son mari :

– Poléon, compte-toi chanceux d'avoir une aussi bonne p'tite femme.

– Pas si p'tite que ça! fit Odile dont la grossesse approchait de son terme et qui allait monter dans la voiture en s'aidant du bras de son mari.

Une fois assise, elle demanda:

– Mon p'tit Freddé, où c'est qu'il est donc?

– Ah lui, doit être allé trotter avec le p'tit Lambert... Sont tout le temps ensemble pis avec le petit Alfred Dubé...

– Merci pour tout, là!

Émélie rétorqua:

– C'est à nous autres de te remercier. T'as été vraiment bonne pour nous autres.

Et ce fut tout.

Toute fin est belle dans la tristesse...

∞∞∞∞

Tout commencement respire la joie.

C'était un grand jour pour Saint-Honoré et pour toute la région avoisinante. Le jour le plus attendu depuis le premier coup de hache en 1854 par Clément Larochelle quarante ans auparavant. Un jour d'avenir. Un jour de liesse. Un jour mémorable. Et pourtant, l'événement qui en était le cœur se produirait à plus de quatre milles de distance. Les Grégoire en seraient avec tous leurs enfants à l'exception du dernier resté à la maison sous la garde de la nouvelle servante. Le curé Feuiltault en serait pour en tirer des arguments en faveur de la grande église à construire. Ferdinand Labrecque en serait aussi, lui qui avait multiplié les demandes au gouvernement de la province au nom de sa municipalité dont il était maire depuis 8 ans, et de toute sa paroisse...

Une ombre au tableau, une seule pour Honoré: c'est le gouvernement conservateur de la province qui avait rempli une promesse faite par le libéral Honoré Mercier. La rumeur voulait même que le premier ministre en personne, le très honorable Louis-Olivier Taillon soit du voyage inaugural.

Mais le plus important de tous les personnages, celui qui s'était tant et si longtemps fait désirer, arriverait bientôt, empanaché, glorieux, puissant et avec grand fracas. Il portait un nom court et magique : le train.

Ces deux dernières années, on avait enfin construit la ligne Scott-Mégantic en passant par Tring-Jonction, Saint-Victor, Saint-Éphrem, Saint-Évariste, Courcelles, Saint-Samuel pour arriver à sa destination de Lac-Mégantic où les rails poursuivaient leur course parallèle vers les États-Unis d'un côté et vers Sherbrooke de l'autre. Et on avait aussi bâti les gares en ces divers lieux de halte du fameux cheval de fer qui sillonnait maintenant toute l'Amérique. Aucun scandale n'en avait résulté et Honoré Grégoire pensait qu'hélas ! il valait peut-être mieux que Mercier soit trépassé pour qu'à sa disgrâce imméritée ne s'ajoutât point le regret de voir que ses adversaires politiques avaient réalisé un de ses vœux, fait publiquement à deux ou trois reprises et privément au moins une fois devant Émélie et lui-même lors de leur visite au Palais du Parlement quand le flamboyant politicien se trouvait encore dans l'Opposition.

Il y avait foule sur le long quai de la gare et plus loin, dans les champs le long de la voie dans les deux directions. Il était venu des gens de Saint-Évariste, de Saint-Honoré, de Saint-Hilaire et jusque de Saint-Martin, la municipalité voisine de Shenley du côté est. « C'était noir de monde, » diraient toute leur vie les assistants. Le ciel avait revêtu son manteau le plus bleu pour l'occasion. On était à la fin de juin en un dimanche de chaleur raisonnable.

Le couple Grégoire avait tenu à emmener les enfants pour graver en eux à jamais cet événement considéré comme le plus important de leur vie outre ceux de leur vie familiale proprement dite. Un nouvel avenir s'ouvrait devant eux : une moisson d'or serait enfin leur récompense de tant d'années d'efforts, de sacrifices, de sueur et parfois même de sang. Ce train, si on avait eu à le baptiser aurait porté le nom tout simple et grandiose de : *Désormais*. Approvisionnements par train. Voyages en train vers Québec ou Mégantic, vers les États ou Sherbrooke. Pouvoir aisément se rendre à Montréal, à Lewiston voire dans l'Ouest du Canada. Désormais plus rien ne serait pareil…

Il vint à l'esprit d'Honoré un meilleur nom peut-être que *Désormais* pour ce train nouveau et ce fut celui de *Liberté*. Finis les interminables transports de marchandises de Thetford à Shenley, il suffirait d'un petit voyage de quatre milles et de pas trois heures aller et retour. Finis les cahoteux périples en diligence de Saint-Georges à Lévis. Terminé le long enfermement hivernal dans les limites de Saint-Honoré.

Et possibilité d'accéder à des soins médicaux voire une hospitalisation en moins d'une demi-journée, survienne un accident grave ou autre situation d'urgence.

Émélie et Honoré avaient parlé de tout cela une fois de plus et avec un enthousiasme particulier ce jour-là en venant à la gare, revêtus de leurs plus beaux atours avec leurs enfants tout aussi endimanchés qu'eux-mêmes. Une excitation fébrile les atteignait comme tous les autres sur place, mais figeait les gens dans une sorte d'attente euphorique. Seules les bouches se faisaient aller et servaient d'exutoire à cette exaltation née en chacun du sentiment de posséder le monde par ce train qui leur était donné.

— Quelle heure qu'il est ? demanda Émélie à son mari.

Il tira sa montre derrière les jambes d'Alice qu'il tenait dans ses bras et répondit :

— Onze heures moins quart : les gros chars arrivent dans un quart d'heure d'après le chef de gare.

— C'est les enfants qui vont être fatigués : une demi-heure sans bouger.

Mais Émélie comprenait qu'il fallait payer le prix pour être aux premières loges, soit entre la gare et la voie ferrée. Elle tenait

Ildéfonse par la main qui avait son autre main dans celle d'Éva qui, elle-même avait son autre main dans celle d'Alfred. La famille Grégoire formait ainsi une portion du premier rang sur lequel se trouvaient d'autres gens de Saint-Honoré dont leur commis Jean Jobin qui avait offert de tenir le magasin. On l'avait fermé pour cette journée capitale. Il y avait aussi le curé Feuiltault qui s'entretenait avec son collègue de Saint-Évariste de construction d'église. Car cette paroisse voisine en possédait une belle grande depuis bientôt huit ans, érigée sur la côte la plus importante de la région d'où l'on pouvait voir l'horizon ouest à des milles.

Théophile Dubé avait fermé le moulin et conduit son épouse Démerise à la gare. D'autres aussi comme Joseph Foley venu avec Napoléon «Cipisse» Dulac, Anselme Grégoire et son père Grégoire étaient arrivés tôt. Restitue qui ne voulait pas manquer l'événement était venue avec son gendre Onésime Pelchat et sa fille Célanire.

Pas loin des Grégoire se trouvait un couple dont Émélie supposa que la jeune femme devait avoir 20 ans et son compagnon guère plus. Il lui semblait les avoir déjà vus quelque part et elle fouilla dans ses souvenirs tout en les observant à satiété en ayant l'air de surveiller la voie ferrée qui disparaissait dans un tournant à un quart de mille, là où surgirait bientôt le noir mastodonte. Et puis, elle le trouvait beau, ce garçon avec sa moustache tombante et sa pipe fumante, son regard profond et ses cheveux noirs. La jeune femme, sans doute son épouse, rendait parfois à Émélie ses regards d'observation et son sourire exhalait une sorte de beauté tranquille. Et une sorte de tristesse lointaine comme celle écrite dans les yeux d'Émélie.

Pour qu'il se tienne si proche d'elle, songea Émélie, c'est sans doute qu'ils n'étaient pas encore mariés. Elle glissa un mot à Honoré à leur sujet; il se détacha des siens et alla les voir:

– J'pense vous connaître, mais ça doit pas, hein?

– Nous autres? se surprit le jeune homme à la voix posée et plutôt basse. On vient de Saint-Évariste.

– Moi, c'est Honoré Grégoire, le marchand de Shenley. Ma femme pis mes enfants sont là…

– Moé, c'est Jolicœur, Gédéon Jolicœur.

Honoré lui tendit la main en même temps qu'il toisait sa compagne :

– Et elle, c'est l'épouse?

– Non, pas encore, avoua Gédéon avec un sourire embarrassé.

La jeune femme qui l'était plus encore que lui serra la main tendue sans dire son nom tant elle était timide, réservée, emprisonnée en elle-même. Gédéon la présenta :

– Elle, c'est Marie Lamontagne.

– Venez que je vous présente ma femme, le temps que les chars arrivent, suggéra Honoré.

Ils acceptèrent…

On n'eut que le temps de se dire quelques mots seulement, car le rugissement du train se fit entendre dans le lointain. Le son se transforma en plainte puis de courtes lamentations suivirent. Comme si la locomotive avait voulu prévenir ceux qui l'attendaient de sa puissance et de sa faiblesse. S'affirmer tout en réclamant de l'affection comme un enfant qui grandit.

– Ben hâte de voir ça! dit Cipisse Dulac.

– Nous autres itou! ajouta Onésime Pelchat.

– Enfin! Enfin! dit Honoré quand le monstre d'acier parut là-bas.

– Les gros chars, les gros chars, annonça Freddé à sa mère, comme si elle n'en savait rien et pour lui faire plaisir.

Bien entendu, la plupart des adultes présents avaient déjà pris le train, mais pas les enfants. On avait beau avoir l'habitude, songeait Émélie, l'arrivée d'un train constitue chaque fois un événement fort impressionnant par l'énormité du monstre docile et de ses bruits de mécanique, de chaudière, de vapeur qui siffle, de roues qui grincent et de rails qui gémissent sous le poids formidable.

Retenait l'attention en premier la cheminée d'acier qui s'élevait en s'agrandissant au-dessus du réservoir et dont s'échappait ce long panache de fumée noire que l'engin exhalait à grands coups de ses puissants poumons encrassés.

Puis le regard s'abaissant tombait sur le gros phare éteint qu'on allumait de noirceur mais qui le jour et par un aussi grand soleil captait les rayons qu'il reflétait par sa vitre luisante et ses parois de métal doré.

– Les enfants, tenez-vous ben serrés pis grouillez pas, leur ordonna Émélie.

Honoré ne manquait pas de leur jeter un regard protecteur à mesure que s'approchait le géant dont les roues déjà faisaient vibrer le quai de la gare sous les pieds des visiteurs et voyageurs. Cette locomotive n'était pas de la dernière génération et avait probablement une vingtaine d'années, jugea-t-il quand il aperçut ce grillage rouge devant et qui servait à libérer la voie pour le cas où il s'y trouve un morceau de bois ou autre objet capable d'entraver le roulement et, cas extrême, de faire dérailler le train.

Les petites mains se tenaient solidement. Éva retenait ses larmes tout en se demandant pourquoi elle pleurerait. Alfred se sentait rassuré par la présence pas loin sur sa droite de ce grand personnage moustachu qui avait dit s'appeler Jolicœur. Et Ildéfonse se serrait contre sa mère.

Émélie parvint à toucher dans la poche de sa robe fleurie sa croix de bois et la mèche de cheveux de Georgina. Et plus creux, elle tâta les grains du chapelet de Marie. À l'insu de son mari, elle avait pris avec elle ces objets sacrés avant leur départ. Et c'est à Pétronille, sa mère et à ses deux sœurs qu'elle pensait quand le train entra en gare à vitesse réduite mais dans un fracas assourdissant alors que le quai frémissait de tous ses bois.

L'odeur de métal mouillé se répandit tout autour. Le mécanicien garda la tête droite comme si un manque d'attention de sa part eût risqué de faire dévier le colosse de sa voie. Et la locomotive dépassa le quai puis alla s'immobiliser à une certaine distance de façon que le principal wagon à voyageurs soit à hauteur de la gare. Un homme cravaté apparut aussitôt dans les marches et lança :

— Mesdames et messieurs, vous allez maintenant entendre quelques mots du premier ministre de la province, le très honorable Louis-Olivier Taillon.

Et Taillon expliqua pourquoi sa visite n'avait pas été annoncée :

— La vedette du jour ne doit pas être le premier ministre, dit-il sur un air de fausse humilité politicienne, mais le train, ce train qui en est à son premier voyage par ici. Saint-Évariste est un lieu magnifique ainsi que les paroisses d'alentour. Longue vie aux gens de par ici. Mon gouvernement est heureux de vous offrir enfin le train. Vous l'avez eu avant d'autres qui l'attendent et qui l'auront bientôt…

Il sortit un papier griffonné de sa poche pour terminer :

— Vive Saint-Évariste ! Vive Saint-Honoré ! Vive Saint-Hilaire ! Et vivent les gros chars !

Il fut vivement applaudi et resta sur place pour serrer les mains qui ne tardèrent pas à venir se tendre devant la sienne. Honoré s'y rendit aussi. Pour se donner de l'élan, il imagina que Taillon était Mercier.

∞∞∞∞∞∞∞∞

Épilogue

Ces jours-là, une autre bonne nouvelle atteignait le couple Grégoire : c'était l'ouverture des rangs (doubles) 6 et 4. La paroisse accroîtrait de beaucoup sa population dans moins de dix ans en doublant ainsi son territoire agricole cultivé.

Émélie et Honoré prenaient une marche de soir dans les environs et venaient de s'arrêter devant le cimetière, non pas, cette fois, pour prier en faveur des disparus, mais pour leur demander de bénir leur avenir.

L'on imagina d'abord la grande église qui serait sans doute érigée là, plus loin, sur la droite. Et puis, comme l'avait annoncé l'abbé Feuiltault, il faudrait déménager le cimetière et le refaire sur la côte encore boisée juste voisine du cap à Foley. Mais ce qui faisait le plus rêver le couple, c'était leur projet de vaste magasin qu'on avait dessein de faire construire en même temps que l'église quand le cimetière serait parti. Le curé parlait d'un horizon de cinq ans.

La maison rouge reculerait. La résidence deviendrait entrepôt. Et à la place de la maison rouge s'élèverait un édifice long et large, à deux étages, jouxtant une nouvelle résidence au goût d'Émélie et répondant aux besoins d'une famille en pleine croissance. Les plans, on les avait déjà et on les connaissait par cœur, mais en ce beau soir de juillet, à la brunante, on en admirait la future réalisation.

Ils n'avaient pas 30 ans, ni l'un ni l'autre. Leur beauté physique n'avait d'égale que leur beauté intérieure et leur foi en l'avenir.

Ils possédaient la prudence et l'audace. Les calculs d'Émélie complétaient les élans d'Honoré.

C'était la meilleure heure de leur vie.

Et devant leurs yeux agrandis par l'espoir s'étalaient à perte de vue les vastes champs qui leur vaudraient la moisson d'or.

∞∞∞∞∞∞∞∞

À suivre dans
La moisson d'or